Het huis van Musume

Voor Laura Jane

met de wens dat je mag opgroeien
in een wereld waarin het hart het laatste woord heeft

liefs,
mam

Ann Tatlock

Het huis van Musume

BARNABAS

Het huis van Musume
Ann Tatlock
Copyright © 2002 by Ann Tatlock
Originally published under the title *All the Way Home*
by Bethany House, a division of Baker Publishing Group,
Grand Rapids, Michigan, 49516, USA
All rights reserved.

ISBN 978-90-8520-109-0
NUR 340

Vertaling: Dorienke de Vries
Ontwerp omslag: Studio Vrolijk – Margreet Kattouw

2008 UITGEVERIJ BARNABAS - HEERENVEEN
Alle rechten voorbehouden.

Uitgeverij Barnabas is onderdeel van Uitgeversgroep Jongbloed te
Heerenveen

www.jongbloed.com

Proloog

Ver beneden mij drijft in de bleekgrijze lucht op een wolk een ring van gekleurd licht. Vanaf mijn stoel bij het raampje kan ik hem helemaal zien, een glanzende, ronde regenboog, zwevend tussen hemel en aarde, als een stralenkrans voor de wereld. Ik dacht altijd dat regenbogen halve cirkels waren met een duidelijk begin en einde, maar nu ik er van boven af op kijk, zie ik een volmaakt rond exemplaar, oneindig, eindeloos.

Zou het een teken kunnen zijn? Het is niks voor mij om overal tekenen achter te zoeken, maar nu betrap ik mezelf erop dat ik het fijn zou vinden als die regenboog speciaal voor mij bedoeld was: om iets duidelijk te maken, om een boodschap over te brengen van de natuur, of van het universum, of van God zelf, als Hij bestaat.

Ik heb de neiging mijn buurvrouw op de schouder te tikken en haar op de regenboog attent te maken, maar ze zit nog steeds in haar zakdoek te snikken, en ik vraag me af of ik haar niet beter met rust kan laten. Vanaf het moment dat het vliegtuig in Los Angeles losraakte van de startbaan, heeft ze aan een stuk door stilletjes zitten huilen. Het ligt voor de hand dat ze net van iemand afscheid heeft genomen, en ik weet – ik herinner het mij maar al te goed – dat afscheid nemen een mens zwaar kan vallen. Desondanks had ik verwacht dat ze wel tot zichzelf zou komen voor we onze definitieve vluchthoogte hadden bereikt, maar dat is jammer genoeg niet het geval. Sinds de start heb ik strak uit het raam gekeken om haar enige privacy te gunnen, maar ik kan mijn nek moeilijk over de afstand van een compleet continent in een en dezelfde stand gedraaid houden.

Zuchtend wend ik me naar haar toe en raak voorzichtig haar arm aan. 'Gaat het een beetje?'

Ze slaakt een gilletje van schrik, alsof ze verbaasd is dat ik het beleefde stilzwijgen tussen ons heb verbroken. Toch schenkt ze me een korte glimlach, ook al moet ze op hetzelfde moment met haar zakdoek een nieuwe tranenvloed stelpen. Haar gezwollen ogen en gevlekte gezicht doen niets af aan het feit dat ze een schoonheid is. Ze kan niet ouder zijn dan twintig of eenentwintig jaar, en heeft een smal gezicht met fijn besneden trekken en grote, blauwe ogen. Een blauw hoedje siert haar zorgvuldig gekapte, gladde blonde haar.

'Het spijt me echt dat ik maar doorjank', verontschuldigt ze zich nu. 'Ik heb net afscheid genomen van mijn verloofde.' Ze snuit even discreet haar neus. 'Hij is opgeroepen voor de dienstplicht en nu sturen ze hem naar Vietnam.' Met haar accent lijkt ze regelrecht weggelopen uit *Gejaagd door de wind*, en aangezien ons toestel linea recta naar het diepe zuiden vliegt, neem ik aan dat ze onderweg is naar huis.

Voor ik kan reageren vertelt ze al verder: 'Ik had willen trouwen voor zijn vertrek, maar hij wilde niet het risico lopen dat ik als weduwe achterbleef. Zijn pa zei dat ik dan ten minste nog een uitkering zou krijgen, maar zelfs dat hielp niet. Alsof die uitkering mij iets kan schelen! Ik wil hém gewoon! Dus ik zeg tegen hem: "Als je maar weet dat je maar beter kunt terugkomen, want je hebt beloofd dat we gaan trouwen, en het is je geraden die belofte te houden." Hij zou zijn best doen, zei hij.'

Ze zwijgt en ik weet dat dit het moment is waarop ik haar haastig gerust dien te stellen met de verzekering dat hij natuurlijk terugkomt; dat hij vast en zeker een van die geluksvogels is die op de een of andere manier weten te overleven;

dat alle kogels rakelings langs hem heen zullen vliegen en dat alle landmijnen net daar liggen waar hij niet loopt; dat hij zal terugkeren uit de strijd met al zijn armen en benen intact, en dat zijn geest en verstand onaangetast zullen zijn en dat ze dan zullen trouwen en kinderen krijgen en nog lang en gelukkig leven.

Voor zo'n geruststelling is ze bij mij echter aan het verkeerde adres. Ik verwens het lot dat ons naast elkaar heeft gezet, niet omwille van mijzelf, maar omwille van haar. Misschien dat iemand anders wel de sussende woorden had kunnen spreken die deze doodsbange jonge vrouw zo hard nodig heeft. Een oudere vrouw bijvoorbeeld, een vriendelijke, grijze oma, die eerder in haar leven een man en een zoon naar het slagveld heeft uitgezwaaid – zo iemand zou dit meisje een kalmerend klopje op haar hand geven: 'Kom, kom, lieverd, wees nou maar niet bang. Toen mijn Harry in 1943 naar de Stille Oceaan vertrok, dacht ik ook dat ik hem nooit meer zou terugzien. Maar de Heer zij dank, hij kwam veilig weer thuis, met meer medailles op zijn jasje geprikt dan er juwelen bij Tiffany's liggen.'

Dat kan ik dus niet. In plaats daarvan vraag ik: 'Hoe heet je verloofde?'

'Alan', zegt ze trots. 'Alan Hastings de Derde. En ik hoop hem ooit de Vierde te geven.'

'Komen jullie allebei uit Jackson?' Jackson in Mississippi is de bestemming van ons vliegtuig.

Ze knikt. 'We hebben daar ons hele leven gewoond. Alan was zo'n beetje de buurjongen, hoewel hij in werkelijkheid een paar straten verderop woonde. We zijn samen opgegroeid.' Ze zwijgt weer, haalt haar neus op en vervolgt: 'Ik moest juist weer denken aan die luchtalarmoefeningen die we op school altijd hadden. Dan moesten we onder onze bank gaan zitten met de handen op ons hoofd, weet u nog wel? Ik ben opgegroeid in de verwachting dat de Russen ons aan flarden zouden bombarderen en nu het daadwerkelijk oorlog is, zijn we aan het vechten in Vietnam. Tot een paar jaar geleden had ik zelfs nog nooit van dat land gehoord. Wie had dat nou kunnen denken?'

Haar stem sterft weg, maar het valt me op dat de tranenstroom is opgedroogd. Misschien helpt het dat ze gewoon met iemand kan praten. Ze kijkt even nadenkend voor zich uit en ik wacht rustig tot ze verdergaat.

Met een ruk draait ze zich naar mij toe en kijkt me recht in de ogen. 'President Johnson heeft in al zijn verkiezingstoespraken beloofd dat hij onze jongens nooit naar Vietnam zou sturen, en moet je nou zien. Hij is nog geen jaar aan de macht en het lijkt wel of half Amerika op pad is om tegen de rooien te gaan vechten.'

Ik knik instemmend. Het is juli 1965 en zojuist zijn er honderdduizend manschappen naar Vietnam vertrokken. Het doet me op een bijna griezelige manier denken aan de beloften van Roosevelt, in 1941, dat wij nooit en te nimmer bij de oorlog betrokken zouden raken. Ik heb al langgeleden geleerd geen enkele politicus te vertrouwen als hij iets belooft, maar mijn jonge medepassagier is blijkbaar nog niet zo ver.

'Het is niet eerlijk', voegt ze er nog aan toe.

'Nee,' geef ik toe, 'het is bepaald niet eerlijk. Er zullen heel wat mensen op Johnson hebben gestemd, juist vanwege deze belofte, en die zijn nu allemaal diep teleurgesteld.'

'Nou, persoonlijk vind ik dat mensen hun woord moeten houden.'

'Dat vind ik ook, maar ze doen het vaker niet dan wel; zo lijkt het tenminste.'

Ik vermoed dat we minder dan vijftien jaar schelen, maar ik ben al vergeten hoe het is om zo jong te zijn, jong genoeg om nog te geloven dat het er in het leven eerlijk aan toe moet gaan en dat beloften er zijn om gehouden te worden.

Het vliegtuig glijdt zacht zoemend hoog boven de wolken. Een keurig geklede stewardess komt ons een drankje aanbieden, waarvoor we beiden bedanken. Wanneer ze doorloopt naar de volgende rij, zegt mijn buurvrouw: 'Ik heb gewoon een gloeiende hekel aan oorlog. U ook zeker?'

Ik schrik van de vraag. Natuurlijk heb ik een hekel aan oorlog. Zou er wel iemand bestaan die er dol op is? 'Ik heb in mijn leven tot nu toe drie oorlogen meegemaakt,' vertel ik haar, 'en met geen van drieën was ik erg ingenomen.'

'Drie oorlogen?'

'De Tweede Wereldoorlog, Korea en nu Vietnam', som ik op.

'Volgens sommigen was Korea geen echte oorlog.'

'Wel voor degenen die hun mannen en zonen verloren.'

De jonge vrouw knikt. 'Grappig eigenlijk. Nu u het zo zegt, bedenk ik me ineens dat dit ook mijn derde oorlog is. Ik ben geboren in 1944. Mijn moeder was pas zeventien en mijn vader achttien. Twee weken na mijn geboorte werd hij opgeroepen en als infanterist naar Europa gestuurd.'

'Is hij weer thuisgekomen?'

'Ja, hoor. Hij leeft nog steeds.'

Gelukkig. 'Nou, dat geeft de burger moed, of niet soms?'

Haar ogen lichten op. 'Dat zal wel, ja. Er komen inderdaad ook mannen weer thuis.' Ze staart even glimlachend langs me heen en kijkt me dan weer aan. 'Kunt u zich nog iets van de Tweede Wereldoorlog herinneren?'

'Nou en of. Heel veel zelfs. Ik was natuurlijk nog een kind, maar ik herinner me die tijd heel goed. Een mens vergeet zoiets niet zomaar.'

Mijn levendigste herinneringen betreffen echter nauwelijks de feiten die je in de geschiedenisboeken vindt. Ik herinner me niets van de gevechten en de krantenkoppen, niets van Roosevelts praatjes bij de haard en de eindeloze lijsten met gesneuvelden. De brieven van mijn broer Stephen, die in Europa vocht, deden me weinig, evenmin als het uitblijven van brieven van mijn broer Lenny, die ergens in het Stille Zuidzeegebied in een Japans gevangenenkamp zat. Wat de oorlog voor anderen betekende zei me toen al niet zo veel, en tegenwoordig nog minder.

Wat me uit die oorlogsjaren wel helder is bijgebleven, zijn de afscheidswoorden waarmee Jimmy Durante elke week zijn radioprogramma besloot, en die me steevast in tranen deden uitbarsten. 'Welterusten, mevrouw Calabash', zei hij altijd en dan voegde hij eraan toe: 'waar u ook bent' en als hij deze woorden uitsprak had ik het gevoel dat hij me recht in het hart keek en precies wist hoe ik me voelde, ook al had niemand in mijn directe omgeving daar ook maar enig vermoeden van.

Door de oorlog was ik gescheiden van de mensen van wie ik het meeste hield, van Chichi en Haha en Sunny. Die scheiding was op zichzelf al erg genoeg, maar nog erger was dat ik niet wist waar ze waren. Als ik ook maar enig vermoeden had gehad van hun verblijfplaats, of van het moment dat ze weer terug zouden komen, was het allemaal een stuk draaglijker geweest. Maar ik had sinds hun vertrek niets meer van hen vernomen, en zo was het voor mij alsof ze de trein hadden genomen naar het einde van de wereld en daar van de rand waren getuimeld.

Iedere vrijdag luisterde ik naar Jimmy Durante, samen met mijn nichtje Stella en haar huisbazen, Grady en Cecelia Liddel, in de kleine, maar keurige zitkamer van het echtpaar. Dan lag ik op de grond met mijn arm over mijn hond Jimmy heen naar het gelach van de volwassenen te luisteren en deed mijn best om mee te lachen. Maar zodra ik die laatste woorden hoorde, ging het mis. Ik weet niet hoe Jimmy Durante op anderen overkwam, maar op mij maakte hij een weemoedige en eenzame indruk, en in zijn stem klonk het verlangen om iets te kunnen zeggen tegen een persoon die er gewoon niet was. En dus drupten na afloop van het programma mijn tranen op het zorgvuldig gezogen tapijt van mevrouw Liddel, van verdriet om mijzelf en om Jimmy Durante en om al die mensen van wie het leven onherstelbaar vernield was omdat de belangrijkste stukjes ontbraken.

Mijn metgezel bijt op haar onderlip en vraagt voorzichtig: 'Hebt u ook iemand verloren? In een van die oorlogen, bedoel ik?'

Ik aarzel met mijn antwoord, omdat ik er eigenlijk niet over wil praten, maar dan zeg ik met tegenzin: 'Ja, ik ben bang van wel.'

'Uw man toch niet?' Ze werpt een vlugge blik op mijn linkerhand, of ze daar ook een ring ziet.

'Nee, dat niet. Ik ben nooit getrouwd.'

'O, neem me niet kwalijk!'

Ik vind haar reactie zo vermakelijk, dat ik mijn lachen haast niet kan inhouden. Voor jonge mensen is het de ultieme tragedie: ongetrouwd blijven. Net als zo veel anderen van haar leeftijd gelooft dit meisje dat het leven pas begint zodra ze zich in de huwelijkse staat heeft genesteld.

Ik zou haar willen zeggen dat ze geen medelijden met me hoeft te hebben, omdat ik zelf voor een leven als alleenstaande heb gekozen. Ik ben al langgeleden tot de ontdekking gekomen dat alleen zijn de beste manier is om je hart te beschermen; ik weet in elk geval zeker dat ik nooit zo zal hoeven lijden als zij nu.

'Nou,' zeg ik bij wijze van verklaring, 'ik heb het altijd erg druk gehad met mijn werk.'

'O ja? Wat doet u dan precies?'

'Ik ben journalist. Ik schrijf voor het tijdschrift *One Nation*.'

'Wat spannend!' roept ze uit. Ik heb haar nog niet eerder zo levendig gezien. 'Bent u op weg naar Mississippi voor een artikel?'

Eigenlijk wel. Het zoveelste verhaal over de burgerrechtenkwestie. De afgelopen vier jaar heb ik al zo vaak iets over dat onderwerp gepubliceerd dat ik een beetje ben uitgekeken op de sit-ins, het geweld en het onrecht. Maar die vrouw in Carver heeft me maandenlang aan het hoofd gezeurd of ik alsjeblieft een reportage wilde maken over de kiezersregistratie in haar woonplaats.

'Waarom zou ik dat moeten doen?' had ik haar gevraagd.

'Ik heb al uw artikelen gelezen en ik weet gewoon dat u deze kwestie recht zult doen', was Helen Fultons antwoord geweest. Ik denk niet dat ze de ironie van haar eigen woorden in de gaten had. 'Niet één zwarte burger van Carver staat als kiezer geregistreerd, en we hebben uw hulp nodig om daar verandering in te brengen.'

Ik probeerde net tijd vrij te maken om aan mijn tweede roman te gaan werken. Mijn eerste was al meer dan een jaar uit, en als ik niet heel gauw een tweede publiceerde, zou ik in de literaire wereld binnen de kortste keren in de vergetelheid raken. Helen Fulton bleef echter hardnekkig aandringen en ten slotte stemde mijn hoofdredacteur ermee in dat ik in Carver zou rondneuzen om te zien of daar iets de moeite waard was om over te schrijven.

Over dat alles wil ik echter niet praten. Niet nu en al helemaal niet met een vreemde. Het is allemaal veel te vervelend. En dus vertel ik de jonge vrouw dat ik een paar dagen vakantie heb genomen om een vriendin te gaan opzoeken die in Carver woont.

'O, Carver, dat ken ik wel', zegt ze. 'Niet veel te beleven daar.' Dan, alsof ze zich plotseling realiseert dat ze mogelijk een uitglijder heeft gemaakt, slaat ze even de hand voor de mond. 'Maar het is een leuk stadje, hoor, echt. Ik hoop dat u het er naar uw zin zult hebben.'

'Dank je.' Ik koester geen hoge verwachtingen van dit reisje en popel om terug te keren naar het onvoltooide hoofdstuk dat thuis op mijn bureau op me ligt te wachten.

Na een korte stilte zegt ze, weifelend weer: 'Ik vind het heel erg dat u iemand verloren hebt in de oorlog. Ik had er niet over moeten beginnen.'

'O, dat geeft niet. Het is al zo lang geleden.' Het is me niet te min om mijn toevlucht te nemen tot clichés.

'Maar het kost vast, ik weet niet, jaren en jaren om over zoiets heen te komen.'

Is dat zo? Hoeveel jaren zouden er op elkaar gestapeld moeten worden om het verlies voorgoed te begraven?

Ik probeer te glimlachen. 'Vertel me eens iets meer over Alan. Heb je ook een foto van hem?'

'Natuurlijk!' roept ze uit, opent haar met kraaltjes bestikte tasje en haalt haar portefeuille tevoorschijn. Ze laat me een foto zien van een knappe jongeman en begint over hem te vertellen. Het meeste gaat langs me heen, want tijdens haar verhaal klinkt in mijn hoofd nog steeds de stem van Jimmy Durante, die mevrouw Calabash een goede nacht wenst, en voel ik tegen mijn natte wang de warme, ruwe tong van mijn hond die mijn verdriet probeert weg te likken. De wond die door het vertrek van Chichi, Haha en Sunny is veroorzaakt, is nog even vers als in de dagen dat mijn hart voor het eerst vergeefs naar hen hunkerde. Zij brachten de blijdschap in mijn leven, ik hoorde bij hen, meer dan bij mijn eigen familie, zij waren het goud dat blonk in de schroothoop van mijn jeugd. Maar de oorlog nam hen van me weg en week na week vroeg ik me af waar ze gebleven waren en wanneer ze weer thuis zouden komen.

Terwijl mijn buurvrouw doorratelt, keer ik mijn gezicht naar het raampje. De regenboog is nergens meer te zien. Misschien hangt hij nog steeds boven Arizona of New Mexico of Texas – ik weet niet precies waar we op dat moment waren. Of misschien is het prisma van de wolken verbroken, of zijn de zonnestralen verder gegleden, waardoor de regenboog is vervaagd. Als hij daar in de wolken stond om mij iets te vertellen, dan is die boodschap verloren gegaan. Definitief voor mij verloren, zoals Chichi, Haha en Sunny.

Deel 1

Herinnering

1

Toen ik Sunny voor het eerst ontmoette, zat ze in haar eentje op een bankje in Hollenbeck Park en luisterde naar een muziekkorps van het Leger des Heils. Ik had haar op school weleens gezien – we zaten al ongeveer een maand samen in de derde klas – maar we hadden nog nooit een woord gewisseld. Ik had trouwens met niemand nog veel gesproken. Ik woonde nog niet zo lang in Los Angeles en was nieuw op school. Maar Sunny was me opgevallen en ze intrigeerde me. Te midden van de menigte leerlingen leek ze even alleen als ik.

Ze zat stijf rechtop, haar roze bloesje tegen de rugleuning van het bankje gedrukt, haar blauwe rokje keurig over de knokige knietjes getrokken. Haar schoenen bungelden een paar centimeter boven de grond en haar kleine handen lagen netjes in haar schoot gevouwen. Ik volgde haar blik naar de groep muzikanten die deze middag prominent in het park aanwezig was. Zo'n twaalf stemmig uitziende mannen en vrouwen in donkere uniformen bliezen op trompetten, trombones en klarinetten, sloegen de trom en rammelden met tamboerijnen, terwijl een koor liederen zong die oom Finn ongetwijfeld zou bestempelen als 'suikerzoete godsdienstige deuntjes'. De dirigent stond op een houten kist en zwaaide met een potlood bij wijze van dirigeerstokje. Naast hem stond een vrouw met een banier, met daarop de woorden 'God is Liefde'.

Bij mij thuis werd de naam van God regelmatig genoemd. Telkens als iemand zijn telefoonbotje stootte, het eten liet aanbranden of onaangenaam getroffen werd door iets op het journaal, ketste de naam van God tegen de muren en de plafonds en, als de ramen openstonden, ongetwijfeld ook tegen de voordeur van de buren. Wanneer mijn familie de naam van God in de mond nam, plakten ze er altijd nog een woord aan vast, waarvan ik daarom lange tijd had aangenomen dat het Gods achternaam was. Pas later kwam ik erachter dat het om een gangbare krachtterm ging. Hoe dan ook, in ons huis zou je de woorden 'God' en 'liefde' nooit in een en dezelfde zin vernemen.

Een beetje schuw kuierde ik naar mijn klasgenootje toe en glipte naast haar op het bankje. Ze wierp me vanuit haar ooghoeken een vlugge blik toe en keek toen weer naar het muziekkorps, alsof ik niet meer was dan een brutale eekhoorn die om een pinda kwam bedelen. Minstens vijf minuten zaten we zwijgend naast elkaar, terwijl ik ongemerkt aandachtig naar haar profiel keek. De namiddagzon toverde een lint van licht in haar gladde, zwarte pagekopje. Tegen het donkere haar stak haar melkwitte huid extra scherp af, hoewel de ene wang die ik kon zien een gezonde, rode blos vertoonde. Het zwarte oog erboven tuurde onder een dik, rimpelloos ooglid uit, waarboven zich een zwart halfmaantje welfde. Een neus had ze nauwelijks; het was niet meer dan een bobbeltje zonder neusbrug dat even ver uitstak als haar bovenlip. Ik vond haar prachtig en wilde dolgraag vriendschap met haar sluiten, maar kon niet meteen voldoende moed verzamelen om haar aan te spreken. Na een poosje vroeg ik: 'Wat ben je aan het doen?'

'Luisteren', zei ze. Ze draaide niet eens haar hoofd naar me toe.

Dus ging ik ook maar luisteren. Het korps begon net aan een nieuw lied, met een langzame, aangrijpende melodie. Als ochtenddauw daalden de rijzende en dalende tonen over Hollenbeck Park. De muziek kon me echter minder boeien dan het meisje naast mij. Ze zat roerloos, als in trance, haar gezicht een en al verbaasde verrukking. Het leek wel of ze iets opmerkte wat voor mij verborgen bleef. Het was, zo dacht ik, of ze feeën zag dansen op het gazon of engelen hoorde zingen in de takken van de bomen. Ik wenste vurig dat ik hetzelfde zou zien als zij, maar alles wat ik zag waren de rode, verhitte gezichten van de muzikanten, die in de brandende zon hun instrumenten stonden te bespelen.

Plotseling voelde ik me verdrietig en slecht op mijn gemak, zoals gewoonlijk weer een buitenbeentje in een gezelschap waar ik graag bij wilde horen. Ik had gedacht dat ze misschien een praatje met me zou maken, en dat ze misschien even erg naar een vriendin verlangde als ik, maar blijkbaar had ik het bij het verkeerde eind. Ik was inderdaad niet meer dan een eekhoorn die bedelde om iets wat zij niet wilde geven. De straten van Boyle Heights, waar ik het afgelopen uur doorheen had gedwaald, kwamen me ineens vertrouwd en troostend voor, en ik besloot mijn zwerftocht te hervatten.

Maar voordat ik me van het bankje kon laten glijden, draaide mijn klasgenootje zich eindelijk opzij en zei ademloos en met grote ogen: 'Heb je ooit zoiets moois gehoord?'

Ik knikte stom, niet in staat een woord uit te brengen. Ze keek me recht aan en ze praatte tegen me!

'Hoe heet je?' vroeg ze toen.

Dolgelukkig dat ze dit wilde weten, flapte ik er meteen uit, veel te hard: 'Augie!'

Er verscheen een rimpeltje tussen haar donkere ogen. 'Wat is dat nou voor naam?'

'Een afkorting van Augusta.'

Ze staarde me doordringend aan, alsof ze zich afvroeg of ik de waarheid sprak. Uiteindelijk vormden haar lippen een rondje en ze zei: 'Oh', waarmee ze vermoedelijk wilde zeggen dat ze me maar op mijn woord zou geloven.

'En jij?' vroeg ik. 'Hoe je heet, bedoel ik.'

'Sunny.'

Ik hield mijn hoofd een beetje schuin. 'En wat is dát dan voor naam?'

'Het is Amerikaans voor Hatsune.'

'Oh.'

'Ik ben eigenlijk Japans', legde ze uit. 'Maar volgens mijn vader ben ik het niet echt. Hij zegt dat ik een Amerikaan ben.

Niet eens een Japanse Amerikaan, maar een gewone Amerikaan en verder niks.'

Ik knikte heftig, alsof ik er alles van begreep, hoewel dat niet het geval was.

Ze liet haar ogen even achterdochtig over mijn rode krullen dwalen en keek me toen weer aan. 'En wat ben jij?'

'Wat bedoel je?'

'Ik bedoel, waar komt jouw familie vandaan?'

'Uit San Bernardino.'

Ze schudde haar hoofd. 'Nee, daarvoor. Zoals mijn opa en oma, die kwamen uit Japan. Waar komen de jouwe vandaan?'

'Dat weet ik niet', zei ik schokschouderend. 'Misschien uit New York of zo'n soort plaats.'

Ze keek wezenloos. 'Maar wat bén je nou? Schots of Duits of nog iets anders?'

Ik fronste geërgerd mijn wenkbrauwen en zei: 'Nee, niet Schots of zo. Ik ben gewoon Amerikaans, net als jij.'

'Maar je familie moet toch ergens vandaan komen.'

'Uit San Bernardino, dat zei ik toch. We zijn deze zomer hierheen verhuisd.'

Sunny zuchtte, ten teken dat ze het opgaf. 'Nou ja, het maakt ook niet uit.' Ze zwaaide haar voeten onder het bankje heen en weer en keek zoekend het park rond alsof daar ergens het antwoord te vinden was dat ik haar niet kon geven. Plotseling keek ze me weer aan en vroeg: 'Waarom hebben je vader en moeder je Augusta genoemd?'

'Omdat ik in augustus geboren ben.'

'De hoeveelste?'

'De negende.'

'Negen augustus 1930?'

'Hoe weet je dat?' riep ik verbaasd.

Haar fijngetekende wenkbrauwen schoten omhoog en er brak een glimlach door op haar gezicht. 'Dan ben ik ook jarig!'

'Echt waar?'

'Yep. Dit jaar heb ik een poppenhuis gekregen, en een boek en een armband van mijn vader en moeder, en nog een heleboel dingen meer, van mijn tantes en ooms en van mijn oma. Wat heb jij gekregen?'

Mijn familie had het in die tijd razend druk met de verhuizing naar Los Angeles en dus was mijn verjaardag ongemerkt voorbijgegaan. Dat wilde ik mijn nieuwe vriendin echter niet bekennen, en dus antwoordde ik ontwijkend: 'Oh, van alles en nog wat.'

'Ik heb je op school gezien', zei ze. Het leek haar te ontgaan dat ik haar vraag niet echt had beantwoord. 'Je bent nieuw hier.'

'Ja.'

'Waar kom je vandaan?'

'Uit San Bernardino, dat zei ik toch.'

'Waarom?'

'Hoezo, waarom?'

'Waarom zijn jullie hierheen verhuisd?'

'Mijn vader is gestorven.' Meteen schoot me te binnen wat mijn moeder me had ingeprent en ik voegde er haastig aan toe: 'Bij een ongeluk. Toen moesten we hierheen verhuizen en nu wonen we bij oom Finn en tante Lucy.'

Weer keek Sunny me lange tijd aan, maar uit haar gezicht kon ik niet opmaken wat ze dacht. Ten slotte vroeg ze: 'Mis je je vader erg?'

Mijn vader missen? Ik had hem eigenlijk nooit echt gekend. Hij was reizend vertegenwoordiger en in de acht jaar die sinds mijn geboorte verstreken waren, was hij nauwelijks thuis geweest. Ik haalde mijn schouders op. 'Neu-eu', gaf ik toe. 'Eigenlijk niet.'

Sunny wendde haar blik weer naar het muziekkorps. Het koor was opgehouden met zingen en de man met het dirigeerstokje stond nu te preken tegen een kleine menigte die zich daar had verzameld. Hij had een hoofd als een biet en zijn donkere haar glom van het zweet. Zelfs van deze afstand zag ik hoe zijn nekspieren zich spanden uit protest tegen de stijve uniformkraag.

'Ik zou mijn vader wel missen als hij doodging', zei Sunny.

Ik knikte. Dat gold wel voor de meeste kinderen, veronderstelde ik. Ik was eigenlijk altijd al anders geweest dan andere kinderen en ons gezin leek ook niet echt op andere gezinnen.

Sunny ging staan en klopte wat denkbeeldig vuil van de achterkant van haar rok. 'Heb je zin om bij mij thuis te komen spelen?'

Achter haar klonk de stem van de prediker. 'God houdt van u', schreeuwde hij dwars door Hollenbeck Park. 'Hij houdt van u en daarom heeft Hij zijn Zoon gezonden om voor uw zonden te sterven.'

Afgezien van het gevloek bij ons thuis was ik vrijwel onbekend met God, maar op dat moment leek het ineens mogelijk dat er ergens een God van liefde bestond. Was ik zojuist niet uitgenodigd om bij een ander meisje thuis te komen spelen, en dat voor het eerst in mijn leven?

2

Toen ik net geboren was, vergiste de vroedvrouw zich bij het invullen van mijn geboortebewijs. Nadat ze al 'august' had opgeschreven, realiseerde ze zich dat ze mijn geboortemaand aan het invullen was op de regel waar mijn naam had moeten staan.

'Dat geeft niks', mompelde mijn moeder vanaf het bed. 'Laat maar zitten. August is net zo goed een naam.'

'Maar mevrouw Schuler,' protesteerde de vroedvrouw, 'August is een jongensnaam en de baby is een meisje.'

Naar verluidt aarzelde mijn moeder geen seconde. 'Zet er dan maar een a achter', beval ze onverschillig. En zo kwam het dat ik als gevolg van iemands slordigheid de naam Augusta kreeg. Ik hoorde dit verhaal voor het eerst toen ik een jaar of zes, zeven was en het was mijn zusje Valerie, elf jaar ouder dan ik, die ermee kwam. Ze lachte erbij, alsof het een goede mop was of een grappige familieanekdote. Ik vond het echter hele- maal niet grappig. Hoe jong ik ook was, ik was oud en wijs genoeg om te begrijpen dat mijn ouders het blijkbaar niet de moeite waard hadden gevonden om een naam voor mij te bedenken, en dat ze mijn aanstaande komst grotendeels had- den genegeerd, tot ik er opeens was.

Ik was de jongste van zes kinderen, en scheelde zeven jaar met de broer die direct boven mij kwam, Stephen. Mijn oudste broer Lenny kende ik nauwelijks. Hij was al vijftien toen ik werd geboren en tegen de tijd dat ik drie werd, was hij al uit huis en in het leger gegaan. Tussen Lenny en Stephen had je nog Mitchell, Valerie en Gwen.

Mijn verwekking viel min of meer samen met het begin van de crisistijd. Toen ik ouder werd en me een beetje van de wereld bewust begon te worden, drong ook deze optelsom tot me door: een zesde zwangerschap plus een rampzalige ineenstorting van de economie geeft als uitkomst een ongewenst kind. Als achtjarige kon ik het uiteraard niet op die manier onder woorden brengen, maar dat wil niet zeggen dat ik het niet voelde.

Mijn vader was niet bepaald succesvol in het vak dat hij had gekozen. Hij ontbeerde zowel de gedrevenheid als de charme waar een reizend vertegenwoordiger niet zonder kan, en van zijn schamele verdiensten kon ons gezin maar net de eindjes aan elkaar knopen. We woonden in een klein huurhuis in San Bernardino, in Californië, en hoewel mijn vader het er altijd over had dat hij op een dag goed zou gaan verdienen, zodat we eindelijk een eigen huis konden kopen en geld op de bank zetten, kwam die dag nooit.

Ik werd te laat geboren om de grootse plannen van mijn vader uit zijn eigen mond te vernemen, maar Valerie vertelde me later dat hij voor de beurskrach van 1929 grote dromen had gekoesterd. Na de krach stierven deze dromen een stille dood en langzaam maar zeker veranderde mijn vader in een geslagen man. Nog acht jaar bleef hij bij de mensen aankloppen om zijn waren, variërend van borstels tot encyclopedieën, aan de man te brengen, maar uiteindelijk kwam hij tot de conclusie dat hij – zoals men dan zegt – dood meer waard was dan levend. Na alle achterstallige premies van zijn levensverzekering te hebben voldaan, dronk hij een pint slechte whisky en reed onze oude Plymouth een overweg op waar net de sneltrein in aantocht was. Zijn dood werd officieel vermeld als een ongeluk, hoewel moeder ons wel vertelde dat hij zelf een eind aan zijn leven had gemaakt. 'Hij heeft zo vaak gezegd dat hij het zou doen,' jammerde ze, 'en nu heeft hij het nog gedaan ook, en ook precies zoals hij gezegd had.'

De dood van mijn vader had grotere gevolgen voor mij dan zijn leven. Zijn zelfmoord was het, die ons naar Los Angeles deed verhuizen. Op de dag dat de overblijfselen van mijn vader uit de restanten van onze Plymouth werden getrokken, raakte er bij mijn moeder een steekje los. Sinds die dag was er geen touw meer vast te knopen aan wat ze deed. Ze had heel goed met ons in San Bernardino kunnen blijven, want als we zuinig waren omgesprongen met de uitkering van de verzekering en eventuele bijverdiensten van haar en mijn oudere broers en zussen, had ons leven tamelijk ongehinderd verder kunnen gaan.

In plaats daarvan kocht ze kaartjes voor de bus, voor haarzelf en de vier kinderen die ze nog onder haar hoede had, en sleepte ons mee naar Los Angeles, waar we onaangekondigd bij haar broer op de drempel verschenen. Oom Finn deed de deur open en moeder deelde hem mee dat hij als haar enige broer vanaf nu verantwoordelijk voor ons was. Oom Finn bekeek de vijf gezichten een voor een en zei, na een paar inleidende vloeken: 'Mevrouw Schuler, deze keer ben je echt compleet gek geworden.'

'Dat kan wel zijn, Finn,' gaf mijn moeder toe, 'maar dan nog hebben we een dak boven ons hoofd nodig en eten in onze maag, en je kunt het nu eenmaal niet maken om je eigen vlees en bloed de deur te wijzen.'

Finn O'Shaughnessy was toen al een man van middelbare leeftijd, en hij woonde met zijn gezin in de arbeiderswijk Boyle Heights, in Fresno Street. Hij had een ijzerwarenwinkel op Whittier Avenue, een paar straten verderop, en verdiende al sinds vijfentwintig jaar zijn brood met de verkoop van spijkers en buizen. Hij was voor de tweede keer getrouwd, nadat zijn eerste vrouw aan de tering was gestorven – hoewel onder mijn broers en zussen het grapje de ronde deed dat tante Arlys gewoon ziek was geworden van haar huwelijk met oom Finn. Na haar dood was oom Finn getrouwd met een vrouw die zestien jaar jonger was dan hij en de bloemrijke naam Lucille Peacock droeg. Bij deze twee vrouwen had hij in totaal vijf kinderen verwekt. Bij Arlys waren dat Stella, inmiddels negentien en net getrouwd, en Maureen, die vijftien was en nog thuis woonde. Samen met Lucy kreeg hij Russell (die Rusty genoemd werd), en Riley en Rosey; de jongste was drie en de oudste negen.

Zijn huis was dus al helemaal vol, en ik weet zeker dat hij ons weggejaagd zou hebben als moeder niet een verfomfaaide envelop uit haar tasje had gegrabbeld en hem die in de handen had geduwd. 'Hier zit de uitkering van Leonards verzekering in', zei ze. 'Het is een redelijke vergoeding voor als we hier een tijdje blijven.' Daarop nodigde mijn oom ons binnen, brulde naar tante Lucy dat ze erbij moest komen en zei dat we de zaak dan maar eens rustig moesten bespreken.

Zo kwamen we terecht bij oom Finn en zaten we daar met ons elven op elkaar gepropt als haringen in een ton. Het huis was maar klein, een typische arbeiderswoning zoals je ze in Boyle Heights overal zag. Om bij de voordeur te komen moest je drie betonnen stoeptreden beklimmen, en de deur gaf direct toegang tot de woonkamer. Dat was het belangrijkste vertrek in het huis, maar het was desondanks niet bepaald uitnodigend ingericht. Er stond een allegaartje van meubels die allang uit de tijd waren. Onder het voorraam stond een oude bank. De overtrek was van dezelfde gebloemde stof als het gordijn, en beide waren door tante Lucy zelf genaaid. Ze stonken hevig naar sigarettenrook, en aangezien tante Lucy de ene sigaret met de andere aanstak, moesten ze die geur al hebben geabsorbeerd lang voordat ze in gebruik werden genomen. Voor de bank stond een gebutste koffietafel die plaats bood aan stapels tijdschriften, halflege bierflesjes en asbakken boordevol peuken. Aan de andere kant van de kamer bevonden zich een paar bultige fauteuils van verschoten bruine stof met crèmekleurige antimakassars over de armleuningen. Tante Lucy zou al die jaren van plan blijven om ook voor deze stoelen nog eens een overtrek te naaien, maar het kwam er nooit van. Er stond een koffietafel tussen de fauteuils in, met daarop een lamp met een lampenkap vol franje en een enorme buizenradio. De laatste vormde in huize O'Shaughnessy de voornaamste bron van vermaak. Aan de muren prijkten talloze ingelijste familiefoto's, een tweetal goedkope landschapjes en een klein, versierd crucifix, het enige overblijfsel van een katholieke levensovertuiging die op sterven na dood was.

De keuken was ruim, uitgerust met bijna antieke apparatuur en geschilderd in een oogverblindend kleurenpatroon. Het aanrechtblad was geel, de kasten gebrand oranje, het behang wemelde van de paarse bloemetjes, afgewisseld met vetvlekken, en de geelwitte linoleumvloer zat vol strepen van een hele generatie schoenzolen. In het midden van de keuken stond een formicatafel met een felrood blad, en daaromheen zes uiterst smoezelige chromen stoelen met stoffen zittingen.

Direct aan de keuken grensde een klein vertrekje dat de bijkeuken had kunnen zijn, maar dat door tante Lucy als naaikamer werd gebruikt. Nadat wij erbij waren gekomen, diende het tevens als slaapkamer voor mijn moeder. Het bevatte een bank, een naaitafel en een stoel, een Singer-naaimachine met pedaal, rollen stof van verschillende kleuren en patronen en een hele verzameling glazen potten met honderden klosjes garen erin. Tante Lucy kon uitzonderlijk goed naaien en leverde een bijdrage aan het gezinsinkomen door jurken te vervaardigen voor een kleine, maar welgestelde klantenkring, waaronder twee of drie minder bekende Hollywoodsterren. Overdag hielp moeder haar met het eindeloze voeren en zomen en patroonknippen dat daarvoor noodzakelijk was. 's Nachts zocht ze troost bij de flessen die ze verstopte tussen de kussens van haar bedbank.

De eerste verdieping van het huis was te bereiken via een smalle trap die links van de voordeur langs de muur van de woonkamer was aangebracht. Boven bevonden zich drie slaapkamertjes en het enige bad. Voor de badkamer moest je boven aan de trap rechts de gang in, en halverwege was er dan nog een deur die toegang gaf tot de zoldertrap.

De zolder was een grote, open ruimte. Langgeleden was oom Finn van plan geweest er een speelkamer voor de jongste kinderen van te maken, maar nu werd hij, met behulp van een paar tweedehands matrassen, een ladekast zonder handgrepen en een stel versleten vloerkleden, omgetoverd in een slaapkamer voor Valerie, Gwen, Stephen en mij. We voelden ons op die zolder als in een gevangenis. Er was maar een klein, stoffig raampje, en in de nok van het V-vormige plafond bungelde een kaal peertje, dat fel licht gaf. Uit de kieren in de onafgewerkte muren staken stukken geel behang, die daar jaren geleden bij wijze van isolatie in waren gepropt.

Zo gauw ze kon, nam Valerie een baantje als inwonend dienstmeisje, waardoor ze al na een paar weken aan het huis van oom Finn kon ontsnappen, maar Gwen, Stephen en ik lagen op die donkere zolder nachtenlang wakker, en luisterden naar de muizen die zich een weg knaagden door de krantenkoppen in de muurspleten.

In de periode van onze verhuizing naar Boyle Heights was ik me al bewust geworden van de lege plek in mijn ziel, die daar zat als een luchtbel in een glazen ruit. Dat holle gevoel was er altijd, en het veroorzaakte een pijn die het leven zwaar maakte, een verlangen naar iets waaraan ik geen naam kon geven. Ik had nooit de vreugde van een normale kindertijd gekend, nooit ervaren hoe geweldig het is om een wereld te ontdekken waarin alles even nieuw en geheimzinnig en boeiend is. Al op achtjarige leeftijd was ik levensmoe, hoewel ik het toentertijd uiteraard niet zo onder woorden had kunnen brengen.

Lezen was mijn enige vluchtmogelijkheid. Ik had maar een boek, een sprookjesboek, en misschien kwam het nog meer door de plaatjes dan door de verhalen dat ik een wereld ontdekte die in alles van de mijne verschilde. Het was een wereld van magie en goedheid, van schoonheid en een gelukkige afloop, en van al die andere heerlijkheden die aan het huiselijk bestaan van de familie Schuler-O'Shaughnessy ontbraken. Uren was ik in dat boek verdiept; ik verslond het, ik kroop helemaal in de verhalen.

Uiteraard moest ik telkens weer terugkeren naar mijn eigen leven. Zodra ik de laatste bladzijde had gelezen en het boek terzijde legde, was ik weer even ver als toen ik begon. En door de fantasieën die het boek in mij had opgeroepen leek de werkelijkheid waarin ik mij bevond nog eens zo troosteloos.

Ik was gevangen in een soort kinderlijk nihilisme, veronderstel ik, hoewel ik dat natuurlijk pas kan zeggen nu ik als volwassene terugkijk. Maar op de een of andere manier voelde ik toen al, ook al was het leven voor mij nog maar net begonnen, dat het allemaal de moeite niet waard was, en de weg die ik moest afleggen om uiteindelijk nergens uit te komen kwam mij onnodig lang voor.

In die toestand liep ik eind september 1938 in Hollenbeck Park Sunny tegen het lijf. De volwassenen bij mij thuis letten hoegenaamd nooit op mij, en dus was ik vrij om naar buiten te gaan en door Boyle Heights te dwalen, zonder zelfs maar te zeggen waar ik heen ging. Trouwens, ik geloof niet dat het ook maar iemand opviel als ik wel thuis was. Dus toen ik met Sunny meeging naar huis en haar familie leerde kennen, wist ik meteen dat dit het was wat ik zonder het te weten altijd had gemist, en sinds die tijd bestond er voor mij buiten hun gezin geen leven meer.

3

Sunny woonde niet ver van het park, in een wit vakwerkhuis met blauwe luiken en kozijnen. Het was een goed onderhouden woning, met een glad gemaaid gazon ervoor en bloembakken voor de ramen met allerlei soorten kleurige bloemen. Je zag zo dat de mensen die er woonden eer in hun huis stelden. Het bood een heel andere aanblik dan het huis van oom Finn, waar het onkruid tussen de gebroken tegels door piepte en de zonwering boven de ramen gescheurd en verschoten was.

Ook binnen was het huis anders. Dat besefte ik zodra Sunny en ik door de voordeur naar binnen stapten en zij uitriep: 'Mama, ik ben thuis!', op een toon alsof haar moeder al de hele middag op die boodschap zat te wachten. Als ik bij oom Finn een dergelijke mededeling zou doen, zou ik geen enkele reactie krijgen, maar Sunny's uitroep werd onmiddellijk beantwoord: 'Dag, lieverd! Blij dat je er weer bent!' De groet kwam van ergens uit het achterhuis, en direct daarna verscheen Sunny's moeder, terwijl ze glimlachend haar handen afdroogde aan het schort dat om haar slanke middel zat geknoopt. 'En wie hebben we hier?' vroeg ze vrolijk, toen ze mij zag staan.

'Dit is Augie, mama, dat is een afkorting van Augusta, want ze is in augustus geboren.' Sunny maakte een opgewonden sprongetje op de houten vloer. 'We zijn op dezelfde dag jarig, mama, leuk hè?'

'Nou, dat is zeker leuk!'

Vergeleken met mijn moeder, die groot en breed gebouwd was, was de moeder van Sunny maar een nietig vrouwtje, nauwelijks groter dan ik. Haar zwarte haar hing tot net over haar oren en was in losse krullen gepermanent. Haar huid was glad als porselein, en ze had fijnbesneden gelaatstrekken. Telkens als ze glimlachte verschenen er vonkjes in haar donkere ogen, net sterretjes die glinsterden tegen een nachtelijke hemel. In mijn ogen leek ze regelrecht afkomstig uit mijn sprookjesboek, een fee in mensengedaante, maar dan zonder vleugeltjes. Ze was de mooiste vrouw die ik ooit had gezien.

En toch was zij het, die míj een complimentje gaf. 'Wat heb jij prachtig rood haar!' riep ze uit. 'Het lijkt wel gesponnen goud!' Eerder verbijsterd dan gevleid bracht ik mijn hand omhoog naar mijn haardos en trok aan de warrige klitten. Zoals gewoonlijk was ik ook deze ochtend aan mijn lot overgelaten, en dus vergeten mijn haar te borstelen.

'En wat een schattige sproetjes!' Lachend tikte Sunny's moeder met haar wijsvinger tegen mijn neus. Toen ze haar hand weer wegtrok wreef ik over datzelfde plekje, alsof ik de sproeten wilde wegpoetsen. Hoe kon ze die nu schattig vinden? Andere kinderen lachten me uit en riepen 'sproetenkop', zelfs mijn eigen broers en zussen, hoewel hun sproeten maar een beetje lichter waren dan de mijne.

Het enige wat ik ooit over mijn uiterlijk te horen had gekregen, was dat ik niet om aan te zien was. Zelfs mijn moeder had onlangs nog tegen tante Lucy de hoop uitgesproken dat ik het stadium van lelijk eendje binnenkort eens zou ontgroeien. Tante Lucy had de woorden weggewuifd en haar gerustgesteld met de woorden 'Lelijk in de luier, schoon in de sluier'. Tijdens dit gesprekje zat ik bij hen in de keuken en ze dachten waarschijnlijk dat ik het toch niet zou begrijpen, maar dat deed ik wel.

Aangezien ik dus niet gewend was complimentjes te krijgen, vervulde het me met achterdocht dat Sunny's moeder iets positiefs over me zei, des te meer omdat zij en haar dochter allebei glad, donker haar hadden, en een smetteloze huid. Zelfs op die leeftijd wist ik al dat dit verre te verkiezen was boven mijn eigen klittende, rode pieken en gevlekte gezicht. Daarom bedankte ik haar niet. Ik wist gewoon niet hoe ik moest reageren. Gelukkig leek ze geen antwoord van mij te verwachten, want ze vervolgde onmiddellijk: 'Ik vind het erg leuk om je te leren kennen, Augie. Ik ben Suma Yamagata, Sunny's moeder.'

Haar naam klonk als een minigedichtje, of als een onbekend wijsje dat onverwacht langs komt drijven. Ik wilde de klanken vasthouden en herhalen, maar zodra ik de naam had gehoord was ik hem weer vergeten. Hoe zou ik zoiets ooit kunnen onthouden?

'We zijn elkaar tegengekomen in het park, mama', legde Sunny ondertussen uit. 'Er was daar een muziekkorps aan het spelen en ik zat ernaar te luisteren en toen kwam Augie er plotseling aan.'

De vriendelijke ogen van de vrouw richtten zich weer op mij en ze vroeg: 'Woon je hier in de buurt, Augie?'

Ik schuifelde ongemakkelijk heen en weer en wreef met mijn ene voet over mijn kuit. 'In Fresno Street', mompelde ik en wees vagelijk in de verte, hoewel ik geen idee had in welke richting ik het huis van oom Finn moest zoeken.

'Dan moet je op dezelfde school zitten als Sunny.'

'Dat is ook zo, mama,' zei Sunny met vlugge knikjes, 'maar we kenden elkaar nog niet eerder. Ik heb gevraagd of ze zin had om te komen spelen en toen zei ze van ja.'

Sunny's moeder lachte een beetje en zei: 'Nou, dan zal ik jullie maar niet verder ophouden. Je vader komt over een uur thuis en dan gaan we meteen eten. Wil je soms blijven eten, Augie?' De uitnodiging sloeg me met stomheid en mijn keel zat meteen zo dicht dat ik er geen woord uit geperst kreeg, maar ik slaagde erin te knikken. 'Waarom bel je je moeder dan niet even om te vertellen waar je bent? We zouden niet graag zien dat ze zich ongerust maakt over jou.'

Ik haalde mijn schouders op en de knoop in mijn tong raakte los. 'O, dat geeft niet', zei ik. 'Ze wordt nooit ongerust.'

Sunny's moeder fronste haar wenkbrauwen en schudde licht haar hoofd. 'Nou, ik weet zeker van wel. Ik zal zelf wel even bellen, als je dat prettig vindt. Wat is jullie telefoonnummer?'

Weer haalde ik mijn schouders op. 'Dat weet ik niet.'

De vrouw keek me met groeiende bevreemding aan. 'Hebben jullie wel telefoon?'

'Ja.'

'Goed dan, hoe heet je vader? Dan laat ik me wel doorverbinden door de centrale.'

Toen ik bleef zwijgen, wenkte Sunny met haar wijsvingertje haar moeder naar zich toe en fluisterde: 'Haar vader is gestorven door een ongeluk, mama. Vorige zomer. Daarom zijn ze hierheen verhuisd en nu wonen ze bij Augies oom.'

'O, neem me niet kwalijk!'

'Mogen we nu gaan spelen, mama?'

'Ja, natuurlijk.'

Wij sprongen de trap op en bij elke trede voelde ik de verbijsterde blik van Sunny's moeder in mijn rug prikken. Ik wist nu al dat ik haar kon vertrouwen. Ook al miste ik mijn vader niet, ik had haar graag de ware toedracht van zijn overlijden verteld, al was het alleen maar om van haar het meeleven te krijgen dat ik tot nu toe van niemand had ontvangen. Misschien zou ze zelfs wel haar armen om me heen slaan en me een tijdje tegen zich aan houden en zeggen dat ze het zo erg voor me vond wat er gebeurd was. Maar moeders waarschuwing had aan duidelijkheid niets te wensen overgelaten: 'Denk eraan dat je nooit ook maar aan iemand vertelt hoe je vader ons allemaal te schande heeft gemaakt door zichzelf om te brengen. Dat gaat niemand iets aan, alleen ons. Hij is gestorven door een ongeluk, zoals de lijkschouwer heeft gezegd. Heb je dat goed begrepen, Augie?' Ik begreep er helemaal niets van, maar ik had het beloofd: 'Ja, mama.'

Boven aan de trap legde Sunny de vinger op de lippen en maakte me met een knikje attent op een dichte deur. 'Mijn broertjes slapen nog', zei ze. 'Mama vermoordt me als ik ze wakker maak.'

Ik betwijfelde of haar moeder ook maar een vlieg zou kunnen doodslaan, maar ik knikte ook en legde de vinger op mijn lippen om Sunny duidelijk te maken dat ik zachtjes zou doen.

'Je ziet ze straks nog wel', deelde ze mee. 'De ene heet Sammy, hij is vier, en de ander heet George. Hij is nog maar een baby en hij slaapt bijna de hele tijd, behalve als hij honger heeft, dan brult hij veel.'

'Hoe komt het dat ze Amerikaanse namen hebben?' vroeg ik.

'Nou, zie je,' begon ze uit te leggen, 'Sam heet eigenlijk Isamu en George Shoji, maar we noemen hen altijd bij hun Amerikaanse namen.'

'Maar waarom hebben jullie hen dan niet meteen gewoon Sam en George genoemd?'

'O, dat was om Obaasan, denk ik. Dat is mijn oma. Ze woont bij ons in, dat daar is haar kamer.' Sunny wees naar een openstaande deur verderop op de overloop. 'Papa is haar enige zoon en daarom moet ze hier wel wonen, ook al heeft ze ook nog twee dochters – dat zijn mijn tantes, vanzelf. Die wonen ook hier in Los Angeles, en ik wou dat ze bij een van hen introk, maar volgens papa moet ze bij ons wonen. Maar Obaasan wil eigenlijk het liefst dat we allemaal naar Japan gaan verhuizen. Ze vindt het hier afschuwelijk.'

'Waarom?'

'Dat weet ik niet. Ze is in Japan opgegroeid en ze zegt dat ze nog steeds Japans is en dat ze ook in Japan wil sterven, maar papa wil haar niet terugsturen. Maar om haar een plezier te doen heeft hij ons allemaal Japanse namen gegeven. Ze noemt ons nooit bij onze Amerikaanse namen. Mijn tweede naam is Helen, maar volgens mij weet Obaasan dat niet eens. Ze noemt me ook geen Sunny, maar gewoon Hatsune.'

'Waarom noem je haar zo, hoe heet het, oma Zand?'

'Obaasan. Dat is Japans voor oma. Tenminste, het is een van de Japanse woorden voor oma. Er zijn heel veel verschillende woorden voor oma, en hoe je haar noemt hangt af van hoe oud je bent, maar wij noemen haar altijd Obaasan, dat is veel gemakkelijker. Waarom zou je haar het ene jaar Baachan noemen en het volgende jaar Obaachan en daarna Obaasan? De Amerikaanse manier is veel beter. Je noemt je oma gewoon oma, hoe oud je ook bent. Snap je wat ik bedoel?'

Ik knikte, al had ik geen idee waar ze het over had. 'Maar kun je dan niet gewoon oma tegen haar zeggen?' vroeg ik.

Sunny's ogen werden groot en ze schudde haar hoofd. 'Ze zou me doodslaan als ik dat deed. Ze vindt oma een lelijk woord.' Ze zweeg even en legde opnieuw de vinger tegen haar lippen. 'Als we geluk hebben, slaapt ze nu. Probeer haar niet wakker te maken. Ze kan een ontzettende mopperkont zijn, vooral als je haar stoort in haar middagdutje.'

Op onze tenen slopen we langs haar oma's slaapkamer, maar we hadden Sunny's kamer nog niet bereikt toen een zwakke stem riep: 'Hatsune?'

Mijn nieuwe vriendin trok een gezicht. 'Ze is wakker', fluisterde ze. 'Nou moet ik haar even gedag gaan zeggen. Kom mee.'

Ik volgde haar de kamer in. Er brandde geen lamp en de gordijnen waren dicht, maar er sijpelde net genoeg licht tussen de kieren door om het kleine vrouwtje te kunnen zien dat in een grote fauteuil in een hoekje van het vertrek zat. Haar voeten rustten op het bijbehorende voetenbankje en verrieden hun bestaan alleen door een minuscuul rimpeltje in de deken die haar vanaf haar middel bedekte. Ze droeg een zijden kimono, maar in het gedempte licht ontgingen me de ingewikkelde details van dat gewaad. Toen we wat dichterbij kwamen, zag ik dat het ronde, gerimpelde gezicht van de oude vrouw bijna even klein was als dat van Sunny. Haar neus was hetzelfde bescheiden bobbeltje, zonder noemenswaardige neusbrug, zodat haar bril bijna geen houvast vond. Haar ogen waren weinig meer dan spleetjes achter de brillenglazen, en leken precies op de smalle knoopsgaatjes in het rugpand van mijn jurk. Haar grijzende haar was weggetrokken uit haar gezicht en vastgezet in een dun knotje. Ze rekte zich om de stok te pakken die naast de stoel stond en wees er toen mee naar Sunny, in een gebaar dat dreigend leek, maar het niet was. Ze wekte meer de indruk van een theaterdirecteur die een acteur uitkoos met wie hij een woordje wilde wisselen. Daarop begonnen zij en Sunny een gesprek in het Japans. Ik was een en al verbazing dat ze ook maar iets konden opmaken uit al die wonderlijke klanken.

Na een poosje draaide Sunny zich naar me om en zei: 'Ze wilde weten waar ik geweest was en toen heb ik verteld dat ik in het park naar een muziekkorps zat te luisteren en dat ik jou toen ben tegengekomen.'

De onderste punt van de stok beschreef een wijde boog tot hij naar mij wees. De oude vrouw glimlachte niet toen ze naar me keek, maar ze zei iets tegen Sunny en knikte erbij. Toen ze uitgesproken was, vertaalde Sunny: 'Ze zegt hallo en dat ze het leuk vindt om je te ontmoeten.'

'O', zei ik dom. 'Zeg maar hallo terug.' Daarna fluisterde ik: 'Spreekt ze geen Engels?'

Sunny schudde haar hoofd. 'Dat heeft ze nooit willen leren.'

'Waar ruikt het hier naar?' vroeg ik toen achterdochtig, met half dichtgeknepen ogen.

'Naar wierook', legde Sunny uit. 'Obaasan is altijd wierook aan het branden en aan het bidden bij dat altaartje daar.' Ze wees naar een lage kast waar ondanks het zwakke licht een dun rookpluimpje zichtbaar was dat opsteeg uit een kruik. Ik liet mijn blikken door het vertrek dwalen en ontdekte dat de muren behangen waren met Japanse kunst, en dat er in plaats van een bed een mat op de vloer lag die er nogal oncomfortabel uitzag. De enige voorwerpen die me bekend voorkwamen waren de stoel waarin Sunny's oma zat en een oude fonograaf op het tafeltje ernaast. Het drong plotseling tot me door dat al het meubilair en alle platen aan de muur die ik beneden had gezien typisch Amerikaans waren, en in niets verschilden van de dingen bij oom Finn thuis, of het moest zijn dat ze er schoner en beter verzorgd uitzagen. Deze kamer echter, waar Sunny's oma woonde, was een klein stukje Japan, zo natuurgetrouw nagebootst als maar kon, dat nam ik tenminste aan.

Sunny wisselde nog een paar woorden met haar oma en daarna knikte de oude vrouw ons nogmaals toe, waarmee ze het onderhoud als beëindigd leek te beschouwen. Toen we weer buiten stonden, vroeg Sunny: 'Wil je nu mijn poppenhuis zien?' Dat wilde ik wel, maar nog veel liever wilde ik weten waarom haar oma geen Engels sprak en waarom ze daar maar zat in die verduisterde kamer die rook naar specerijen en brandend hout.

Sunny's slaapkamer was groot en licht en ongewoon mooi voor iemand die gewend was op zolder te slapen. En dat deze kamer, met het grote hemelbed, de prachtige notenhouten meubeltjes en, het mooiste van alles, de boekenkast vol boeken, helemaal van haar alleen was, kon ik bijna niet geloven. Hoe was het mogelijk dat Sunny niet overweldigd was door de schoonheid van deze kamer, telkens als ze er kwam? Ikzelf bleef op de drempel staan en durfde haast geen voet meer te verzetten. Met open mond staarde ik naar al datgene wat mijn vriendin zo vanzelfsprekend vond. Ik heb geen idee hoe lang ik daar zou zijn blijven staan gapen, als Sunny niet had gezegd: 'Kom nou, sta daar niet zo.' Ze zat al op haar knieën bij een volledig gemeubileerd poppenhuis van twee verdiepingen.

'Je vader is vast heel rijk', zei ik vol ontzag.

Daar moest Sunny om lachen. 'We zijn helemaal niet rijk. Ik krijg maar een paar nieuwe schoenen per jaar.' Alsof daarmee de kwestie van hun welstand afdoende was besproken, vroeg ze meteen: 'Wil je nou spelen, of niet?'

Ik ging naast haar op de grond zitten, maar het poppenhuis boeide me op dat moment niet zo. De mensen hier in dit echte huis waren veel interessanter dan een pop in een poppenhuis ooit kon zijn. 'Ik wist niet dat je Japans kon spreken', merkte ik op, nog steeds onder de indruk.

'Ik kan het niet zo heel goed', zei ze bescheiden en schokschouderde onder mijn bewonderende blikken. 'Ik kan het precies goed genoeg om met oma te kunnen praten. Andere kinderen moeten na schooltijd naar de Japanse school om Japans te leren spreken, maar ik hoef dat niet van papa.'

'Waarom niet?'

Sunny keek me aan en proestte het uit. 'Omdat we in Amerika Engels spreken, natuurlijk! Wat heb ik nou aan Japans?'

'Waarom moeten die andere kinderen het dan wel leren?'

Sunny bewoog haar schouders weer even in een lichtelijk verveeld schouderophalen. 'Ik denk dat hun vaders geloven dat ze ooit weer terug zullen gaan naar Japan of zoiets. Ik weet het eigenlijk niet. Ik ben alleen maar blij dat ik zelf niet naar die school hoef. Als ik niet met mijn oma hoefde te praten, zou ik nooit Japans praten, dat weet ik wel.'

'Hoe komt het dat ze nooit Engels heeft geleerd?'

Sunny verplaatste een van de poppen in het poppenhuis van de slaapkamer naar de keuken, terwijl ze mijn vraag probeerde te beantwoorden. 'Ze was een fotobruid. Ze is alleen uit Japan weggegaan en hier gekomen omdat ze dacht dat mijn opa een *dekaseginin* was.'

'Een wat?'

'Een dekaseginin. Dat is iemand die naar Amerika is gekomen om een heleboel geld te verdienen, maar niet om er te blijven. Oma is met opa getrouwd omdat ze dacht dat hij haar mee terug zou nemen naar Japan zodra hij hier genoeg verdiend had, maar dat heeft hij nooit gedaan.'

'Was ze toen niet boos?'

'Ze is nog steeds boos.'

'En wil ze nog altijd terug?'

Sunny knikte. 'Daarom heeft ze nooit Engels geleerd. Volgens papa zou dat voor haar betekenen dat ze haar droom om weer naar huis te gaan opgaf.'

'Kan je vader haar niet gewoon terugsturen?'

'Er is daar niemand die voor haar kan zorgen. We hebben er wel wat familie, maar al haar kinderen wonen hier. Zij wil dat we allemaal teruggaan, maar papa zegt dat hij niet terug kan gaan omdat hij er zelfs nooit is geweest.'

Ik kauwde nadenkend op mijn onderlip. 'Als ze dan geen Engels kan, wat doet ze dan de hele dag?'

'Meestal zit ze gewoon op haar kamer. Ze kan mama niet helpen in huis, omdat ze erge reuma in de handen heeft. Ze komt alleen beneden om te eten, maar zelfs dat wordt steeds moeilijker, omdat de reuma nu ook in haar knieën gaat zitten. Papa wil beneden een kamer voor haar laten aanbouwen, zodat ze geen trappen meer hoeft te klimmen. Dan zouden de jongens ook elk een eigen slaapkamer kunnen krijgen.'

'Maar doet ze dan helemaal niets?' schoot ik uit. 'Hoe kan ze daar nou de hele dag maar zitten te zitten?'

'O, dat weet ik niet. Ze draait Japanse muziek op haar platenspeler. Ze leest de Japanse kranten uit Klein Tokio. Ze roept de hele tijd dat er iemand bij haar moet komen om een praatje te maken. En volgens mij slaapt ze ook heel veel.'

Ik had plotseling medelijden met de oude vrouw. Wat een leeg leven moest dat zijn! Na een korte stilte vroeg ik weer: 'Wat is dat eigenlijk, een fotobruid?'

Sunny merkte wel dat er van spelen niet veel zou komen en legde zich er maar bij neer. Ze staakte haar gescharrel met de poppen en ging in kleermakerszit zitten. 'Nou, mijn opa kwam heel lang geleden naar Amerika, ergens in achttienhonderdzoveel, toen hij negentien was. Toen hij oud genoeg was om te gaan trouwen, schreef hij een brief naar een paar mensen in Japan, stuurde hun wat geld en vroeg hun hem een vrouw te sturen.'

'Echt waar?' riep ik uit.

'Yep.'

'Dus je kon een vrouw kopen alsof je iets bestelde bij een postorderbedrijf?'

'Yep. Hij kreeg een foto toegestuurd van mijn oma en ze zag er leuk uit, dus trouwden ze terwijl zij nog in Japan was en hij hier. Toen ze dus hier kwam en ze elkaar voor het eerst ontmoetten, waren ze al getrouwd.'

Ik probeerde het te bevatten, maar zo'n vreemdsoortige regeling ging mijn voorstellingsvermogen te boven. In mijn hoofd tuimelden de vraagtekens over elkaar heen, maar ik wist niet wat ik het eerst moest vragen. Ten slotte merkte ik op: 'Ik begrijp niet waarom ze hierheen kwam als ze zo'n hekel heeft aan Amerika.'

Sunny zuchtte, alsof ze een beetje genoeg kreeg van al die uitleggerij. 'Ze kwam hierheen omdat ze dacht dat mijn opa gauw rijk genoeg zou zijn om haar weer mee naar huis te nemen.'

'Werd hij ook rijk?'

Sunny schudde haar hoofd. 'Nee, maar papa zegt dat er ook sprake was van een misverstand, want opa wilde sowieso al nooit terug naar Japan. Hij probeerde oma over te halen om Engels te gaan leren en vriendschap te sluiten met de *hakujin*, maar dat vertikte ze. Ze zegt dat de hakujin een hekel aan ons hebben en dat dat altijd zo zal blijven.'

'Wat is dat nou weer?'

'Hakujin? Dat zijn mensen zoals jij.'

'Zoals ik?'

'Ja, blanke mensen. Jij hebt toch niks Japans in je, of wel?'

Ik schudde mijn hoofd.

'Dan ben je hakujin.'

Ik fronste. 'Nou, ik vind je oma aardig, ook al ben ik een hak-u-in', zei ik, struikelend over het rare woord.

'Papa zegt altijd dat de meeste blanken ons wel mogen, en dat we gewoon niet moeten letten op degenen die dat niet doen.'

'Als ik een hak-u-in ben, wat ben jij dan?'

'*Sensei*', antwoordde Sunny kort.

'Zendzee?'

'Ja, ik ben sensei, mijn vader en moeder zijn *nisei* en mijn oma is *issei*.'

'Waarom heten jullie niet allemaal hetzelfde?'

'Hoe kan dat nou? We zijn toch allemaal verschillend?'

'Hoe bedoel je, verschillend?'

'Nou, ik ben hier geboren en niet in Japan.'

'Nou en?'

'Dus ben ik sensei.'

'Waar zijn je ouders dan geboren?'

'Hier.'

'Waarom zijn zij dan geen zendzee?'

'Omdat hun ouders wel in Japan zijn geboren en daarom heten ze nisei.'

'Dus het hangt af van waar je geboren bent?'

'Zoiets, ja. En ook van je leeftijd.'

Ik moest hier een poosje over nadenken en kwam tot de conclusie dat ik het nooit zou begrijpen, ook al bleven we er eindeloos over heen en weer praten. Ik zou Sunny op haar woord moeten geloven. Hoe zou het zijn om Japans te zijn en al die vreemde, mooie dingen wel te kunnen bevatten?

Alsof ze mijn gedachten kon lezen, wees Sunny er nogmaals op dat ze uiteindelijk niet echt Japans was. 'Papa praat nooit over zulke dingen', merkte ze op. 'Hij zegt dat we allemaal gewone Amerikanen zijn, net als iedereen hier – zelfs Obaasan, al is ze geen Amerikaans staatsburger. Maar papa

40

zegt dat ze hier een groter deel van haar leven heeft doorgebracht dan in Japan en daarom is ze meer Amerikaans dan Japans, en als de regering het goedvond zou hij voor haar het staatsburgerschap aanvragen, maar dat kan niet.'

'Waarom niet?'

'Omdat ze in Japan geboren is.'

'Nou en?'

'Iedereen die in Japan geboren is, kan geen Amerikaans staatsburger worden.'

'Maar je opa dan?' vroeg ik. 'Is die wel een staatsburger?'

'Nee, hij is dood. Hij is al gestorven voor ik geboren werd.' Sunny begon te giechelen en sloeg de hand voor haar mond. 'Maar soms hoor ik Obaasan 's nachts nog tegen hem schreeuwen dat hij haar mee terug moet nemen naar Hiroshima. Dat is echt grappig. Papa moet dan naar haar toe gaan en haar wakker maken en zeggen dat ze weer een nachtmerrie heeft. En dan zegt ze tegen hem dat wakker worden in Amerika pas echt een nachtmerrie is.'

Sunny lachte opnieuw, maar ik deed niet mee. 'Nou,' zei ik, 'als ze dan echt zo graag terug wil, vind ik dat je vader haar terug moet sturen. Er zal daarginds toch wel iemand zijn die voor haar wil zorgen?'

'Nee, en papa zegt dat ze zich beter gelukkig kan prijzen omdat ze hier woont, waar we alle vrijheid hebben.'

'Hebben ze daar dan geen vrijheid?'

'Niet zoals hier, denk ik. De mensen in Japan moeten de keizer aanbidden en net doen alsof hij een god is en dat soort dingen. Papa zegt dat hij nooit voor de keizer zou buigen, zelfs niet al hielden ze een samoeraizwaard tegen zijn keel.' Sunny haalde haar wijsvinger langs haar hals. Ik moest even slikken bij de gedachte dat haar vader onthoofd zou worden.

'Dan heeft hij vast een grote hekel aan die keizerfiguur', veronderstelde ik.

'Hij heeft geen hekel aan hem. Hij vindt alleen dat het een man is net als alle andere mannen. Hij vindt het niet goed om een man te aanbidden, omdat iedereen gelijk is; en dat is trouwens de belangrijkste reden waarom mijn opa naar Amerika is gekomen. Papa noemt Amerika het land van de onbegrensde mogelijkheden en hij zegt dat er nergens een beter land is om in te wonen.'

Nog nooit had ik zulke praat gehoord en ik was er behoorlijk van in de war. Voordat ik echter nog meer vragen kon stellen, hoorden we van beneden een mannenstem. Sunny sprong vlug overeind en riep uit: 'Papa is thuis!' Meteen verdween ze en ik bleef alleen in haar kamer achter, waar ik alles wat ik deze korte en vreemde middag had gehoord nog eens rustig overdacht.

Na een poosje waagde ik me schuw naar beneden, omdat ik toch wel erg nieuwsgierig was naar Sunny's vader. Vanaf de trap keek ik toe hoe ze samen zonder muziek door de woonkamer walsten, Sunny staande op de schoenen van haar vader. Hij torende hoog boven haar uit en was misschien wel dertig centimeter langer dan zijn vrouw, maar vergeleken met mijn eigen familie was hij nog steeds klein, mager en tenger; zijn handen waren fijngebouwd, zijn vingers lang en dun. In zijn pikzwarte haar was aan de zijkant een scheiding getrokken en zijn haar was netjes naar de andere kant gekamd. Hij had een ferme kaak, zijn mondhoeken wezen vriendelijk omhoog, en zijn ogen waren een beetje vergroot achter een paar brillenglazen zonder montuur.

Toen ik vader en dochter daar zo zag dansen, stokte de adem me in de keel en ik kreeg een bittere smaak in mijn mond. Ik zou zijn gaan huilen van afgunst als ze op dat moment niet abrupt met hun dans waren opgehouden en hun aandacht op mij hadden gericht.

'En wie mag dit dan wel zijn?' riep Sunny's vader verrukt uit, alsof ik een keurig ingepakt cadeautje was dat hem onverhoeds in de handen werd gestopt.

Sunny sprong van haar vaders tenen af. 'Dit is Augie', zei ze. 'We zitten op dezelfde school en we zijn op dezelfde dag jarig en we hebben elkaar vandaag gevonden in het park.'

De wenkbrauwen van de man wipten boven de rand van zijn brillenglazen uit, terwijl hij me met onverholen vrolijkheid bekeek. Toen, tot mijn stomme verbazing, kwam hij met uitgestoken hand op mij toe. Alleen volwassenen gaven elkaar een hand en nu stond hij hier te wachten tot ik mijn hand tegen zijn uitgestrekte handpalm zou leggen. Dat deed ik dan ook verlegen, maar toen hij daarna ook nog een buiging maakte en zei: 'Het doet me bijzonder veel genoegen kennis met jou te mogen maken, Augie', begon ik hardop te lachen. Het was een lach van onversneden blijdschap en tot mijn hernieuwde verbazing viel iedereen me bij, zodat in de kamer een tastbare vreugde neerdaalde als verse sneeuw. Met mijn hand nog steeds in de zijne zei Sunny's vader: 'Ik heet Toshio Yamagata' – hoe zou ik hun namen ooit leren onthouden? – 'en als jij bent geboren op dezelfde dag als mijn dochter, dan moet je wel net zo bijzonder zijn als zij.'

'Papa!' kreet Sunny en probeerde gegeneerd te kijken, maar ze was duidelijk in haar nopjes.

Haar vader wierp haar een gespeeld ernstige blik toe. 'Nou, het is toch waar? Iedereen weet dat mensen die op 9 augustus 1930 zijn geboren, erg bijzonder zijn. Het staat zelfs zwart op wit in het *Regeringshandboek van Belangrijke Feiten*.'

Hij keek opnieuw naar mij en zijn gezicht lichtte op in een glimlach. Ik keek met grote ogen naar hem op, totaal in zijn ban. Niemand had me ooit eerder verteld dat mensen die op 9 augustus 1930 geboren zijn bijzondere mensen zijn. Maar als deze man zei dat het zo was, dan was het zo. Op dat moment bloeide er iets in mij op, en mijn ziel ging open als een blad dat zich in de lente ontrolt. *Ik ben bijzonder*, dacht ik en de woorden echoden in mijn gedachten en dansten regelrecht naar mijn hart. *Ik ben bijzonder.*

'Augie blijft bij ons eten,' kondigde Sunny's moeder toen aan, 'en het eten is bijna klaar, dus handen wassen allemaal.'

Iedereen weet dat Japanners leven van rijst en rauwe visjes, dus was ik stomverbaasd toen er werd opgediend. De maaltijd bestond uit gehaktbrood, aardappelpuree en in boter gestoofde tuinerwten. Zelfs Obaasan kreeg het Amerikaanse voedsel voorgezet, hoewel ze at uit een kom en niet van een bord, en met eetstokjes in plaats van met een vork. We zaten bij elkaar in een niet al te grote, maar lichte eetkamer en zonder hun scheefstaande ogen en oma's kimono hadden we zo op het omslag van een of ander Amerikaans tijdschrift gekund.

Voor we aan tafel gingen, moest Sunny's moeder haar man hebben ingelicht over mijn recente verlies, want ook al richtte hij zich een groot deel van de tijd direct tot mij, hij vroeg niet een keer naar mijn vader. Wel vertelde hij dat hij de ijzerwarenwinkel van oom Finn goed kende. Hij was er zelfs een paar keer geweest en werd toen bediend door een slimme jongedame die meer van het loodgietersvak en van timmeren wist dan hijzelf. Dat was mijn nichtje Stella, vertelde ik hem. Ze leerde voor schoonheidsspecialiste en in de uren dat ze niet op school zat om rollers in vrouwenkapsels te leren zetten, werkte ze voor oom Finn. Daarop vroeg Sunny's vader of ik het leuk vond in Los Angeles, wat ik dacht van de school en of ik weleens naar het softbal op de radio luisterde. Ik antwoordde dat ik Los Angeles inderdaad leuk vond, maar school helemaal niet, behalve de bibliotheek, en dat ik dolgraag luisterde naar softbal op de radio. In werkelijkheid had ik nog nooit een wedstrijd gevolgd en softbal liet me koud; ik zei het alleen maar omdat hij me een enthousiaste liefhebber leek van deze sport. Ik wilde hem laten geloven dat ik precies datgene leuk vond wat hij ook leuk vond.

Af en toe spraken hij en zijn vrouw zacht in het Japans met de oma, maar die zei nooit iets terug. Ze hief slechts haar ogen op en knikte even bij wijze van antwoord, maar haar eetstokjes rustten geen moment tot de kom leeg was. Ik was gefascineerd door de handigheid waarmee ze de stukjes gehaktbrood aan haar stokje prikte en de met erwten beplakte klonten aardappelpuree opschepte. Stiekem lette ik op of er misschien een hapje van de stokjes viel voor het haar mond had bereikt, maar dat gebeurde geen enkele keer. Het moest zijn alsof je met breinaalden zat te eten, bedacht ik, en opnieuw verbaasde ik me over de moeilijkheden waar een Japanner in zijn leven mee te kampen had. De gedachte vervulde me echter niet met medelijden en evenmin met dankbaarheid omdat ik Amerikaanse was. Integendeel, voor mij waren het buitengewoon bijzondere mensen. Dat moesten ze ook wel zijn om betekenis te kunnen ontdekken in al dat geknor en onverstaanbare gemompel, om te kunnen begrijpen wie zendzee was en wie nietzee en iszee, en om te kunnen eten met dunne stokjes zonder ooit een hapje te laten vallen. Ik benijdde hen uit de grond van mijn hart.

'Vertel eens, Augie,' zei Sunny's vader, terwijl hij zich een tweede portie aardappelpuree opschepte, 'wat vind je nog meer leuk? Wat doe je het allerliefst?'

Ik moest even nadenken. Ik was niet gewend vragen over mijzelf te beantwoorden. 'Ik houd het meest van lezen', antwoordde ik toen.

'Aha!' riep hij blij en van schrik wipte ik omhoog in mijn stoel. 'Dat is een prijzenswaardige tijdsbesteding', vervolgde hij. 'Wist je dat de allereerste roman van de wereld is geschreven door een Japanse vrouw in het jaar 1004?'

Dat wist ik niet en ik schudde dan ook ontkennend mijn hoofd.

'Het heet *De verhalen van Genji*,' viel Sunny in, 'maar het is heel saai. Papa, neemt u Augie en mij volgende week mee naar Klein Tokio voor de film?' Ze keek haar vader smekend aan en wachtte gretig op zijn antwoord.

Hij schudde zijn hoofd met een toegeeflijke glimlach. 'Films, films en nog eens films', zei hij met een gemaakte zucht. 'Jij zou ook eens meer moeten lezen, net als Augie.'

Sunny negeerde zijn opmerking en wendde zich tot mij: 'Ojisan Masuo, dat is mijn oom, heeft een kleine bioscoop in Klein Tokio en wij mogen altijd gratis naar binnen!'

Ik was nog nooit naar de film geweest en was buiten mezelf bij het vooruitzicht. Mijn geestdrift nam nog verder toe toen Sunny's vader me na het eten opdroeg naar boven te rennen en daar uit Sunny's boekenkast een boek te kiezen dat ik graag zou willen lenen, het maakte niet uit welk. Haastig koos ik een boek met korte verhalen en kleurrijke illustraties.

Toen ik later die avond naar huis liep, klemde ik het tegen mijn borst alsof het een schat was waar ik lange tijd naar had lopen zoeken. Ja, tijdens die korte wandeling door Fourth Street, van Fickett naar Fresno, zag de hele wereld er stralender uit. Sunny had me uitgezwaaid met de woorden: 'Tot morgen op school!' en Sunny's ouders hadden me allebei op het hart gebonden dat ik gauw weer moest komen, wanneer ik maar wilde, en door de manier waarop ze dat zeiden wist ik zeker dat ze het meenden ook. Ik had beloofd dat ik het zou doen, hen bedankt voor het eten en voor het lenen van het boek en die hele weg naar huis zongen de woorden 'Ik ben bijzonder' na in mijn hart.

4

De vriendschap met Sunny was pas twee weken oud, toen oom Finn ontdekte dat ik bij een Japans gezin over de vloer kwam. Ik weet niet meer hoe hij erachter kwam dat Sunny van Japanse afkomst was. Misschien had ik het zelf wel laten vallen, omdat ik niet op de hoogte was van de diepe verachting die mijn oom jegens alle niet-blanken koesterde. Wat me wel is bijgebleven, is de enorme driftbui die hij kreeg en de familieruzie die erop volgde.

We waren er allemaal bij, inclusief Stella en haar kersverse echtgenoot, Jack Callahan. De zondagse maaltijd, in huize O'Shaughnessy altijd een informeel, maar voedzaam gebeuren, was net achter de rug en we hingen zo'n beetje rond en luisterden naar de radio. Oom Finn lag languit in zijn bultige fauteuil, met zijn kousenvoeten op het voetenbankje. Zijn hoofd rustte tegen de rugleuning, zo ver hing hij onderuitgezakt. Tussen de zoom van zijn mouwloze hemd en de broeksband zonder riem was een brede streep buik zichtbaar – een bleke, behaarde vetkwab. Zijn lange, dikke armen bedekten de armleuningen. Zijn ene hand bungelde over de rand als een gestrande zeester en de andere omvatte losjes de hals van een flesje bier. Hij had twee zondagse gewoonten: op die dag droeg hij geen overhemd en schoor hij zich niet. Aan het begin van de middag, als zijn baard al langer dan een dag ongehinderd had kunnen groeien, zag hij eruit als de zwervers die ik weleens bij ons in de buurt had zien bedelen.

Moeder zat aan de keukentafel, die nog bezaaid was met vuile borden en restjes eten. Onder haar dunne katoenen kamerjas droeg ze haar kanten pyjama, een combinatie die hard op weg was haar gebruikelijke weekendkostuum te worden. Afgezien van hun voorliefde voor informele kleding leken moeder en oom Finn ook uiterlijk veel op elkaar. Ze waren allebei lang en grof gebouwd, met een overmaat aan vet op hun botten. Ze hadden hetzelfde golvende rode haar, waar bij beiden grijze strepen doorheen liepen, en identieke hazelnootbruine ogen, dicht bij elkaar geplaatst in ronde vollemaansgezichten. Verder hadden ze allebei een reusachtige haakneus, die hun dunne lippen overschaduwde als een zonnescherm. Het weinige dat ze aan kin nog hadden, ging verloren tussen een stel hangwangen en bibberende onderkinnen. Nee, aantrekkelijk waren ze niet, hoewel een incidentele glimlach hun uiterlijk aanzienlijk had kunnen veraangenamen. Nu echter zat hun gezicht vol fronsrimpels en het moment dat moeders mondhoeken voor het laatst omhoog gekruld waren, moest lang voor mijn geboorte hebben gelegen. Mijn opa en oma O'Shaughnessy hadden, ondanks het feit dat ze vrome katholieken waren, niet meer dan twee van dergelijke exemplaren voortgebracht en als je het mij vroeg was dat ook meer dan genoeg.

Die middag zat moeder zomaar een beetje te niksen aan tafel, haar armen over elkaar op het formica tafelblad. Misschien luisterde ze naar de muziek die uit de radio schalde, maar het ligt meer voor de hand dat ze alleen aandacht had voor wat zich afspeelde in haar geest.

Tante Lucy zat in de tweede fauteuil, naast de deur die toegang gaf tot de keuken. Ze was een van oom Finns sokken aan het stoppen en pafte er ondertussen lustig op los. Soms stopte ze haar sigaret in een sigarettenpijpje, zoals filmsterren ook altijd deden, maar dat deed ze eigenlijk alleen als er vriendinnen op bezoek waren. Als er alleen familie aanwezig was, zoals nu, gebruikte ze het pijpje niet. Haar onderlip vertoonde permanent de blauwe blaar die volgens Stella veroorzaakt werd door de sigaretten die ze onder het werken tussen haar lippen hield. Ook nu bungelde daar een sigaret, waarvan de askegel langer en langer werd, tot hij op haar bloes dreigde te vallen. Net op tijd tikte ze hem af in de asbak en zelfs van de andere kant van de kamer kon ik de rode kring zien die haar lippenstift op het filter had achtergelaten.

Ook als ze thuisbleef, wat meestal het geval was, maakte ze zich helemaal op. In feite had ik haar nog nooit gezien zonder dat ze 'haar gezicht op had'. Soms, als oom Finn om zijn ontbijt zat te brullen, riep ze terug vanuit de slaapkamer: 'Hou je gemak, Finn, ik sta m'n gezicht nog op te zetten.' Dan zond oom Finn een hele verzameling vloeken omhoog, in de wetenschap dat ze hem eerder zou laten verhongeren dan die belangrijke bezigheid halverwege te onderbreken. Er stonden zo veel flesjes, tubes en doosjes op haar toilettafel dat een half dozijn vrouwen ze in een half dozijn levens nog niet op zouden krijgen. Ze bezat een even uitgebreide collectie nagelvijlen, teennagelschaartjes, wimperkrullers, rollers, pincetten, scheermesjes, scharen, borstels, poederdonsjes en wattenschijfjes – plus nog een leger aan ondefinieerbare gebruiksvoorwerpen – waarvan ieder onderdeeltje zonder uitzondering bedoeld was om haar uiterlijk schoon te bevorderen.

Ze had dik, kort haar dat ze wekelijks opnieuw verfde, bleekte of permanentte, met als enig resultaat dat het dor en bros was en iedere week een andere kleur had. Ook beschikte ze over een namaak moedervlekje – zelf noemde ze het een schoonheidsvlek – dat ze de ene keer bij haar mondhoek plakte en de volgende keer midden op haar wang. Door haar kapsel, haar cosmetica en haar mobiele moedervlek wist je nooit hoe tante Lucy er de volgende dag zou uitzien.

Juist omdat ze er zo veel werk aan had, was het des te triester dat ze er uiteindelijk niet echt op vooruitging; dat vond ik althans. In mijn ogen was ze gewoon een oude vrouw die uit alle macht probeerde er jong uit te zien. Toch vond ik haar aardig. Als ze geen ruziemaakte met oom Finn was het een best mens en het aanzien meer waard dan mijn eigen moeder.

Haar kinderen, Rusty, Riley en Rosey, hadden zich die bewuste zondagmiddag met hun speelgoed op de trap geïnstalleerd. Mijn zusje Gwen en mijn nichtje Maureen waren boven tussen tante Lucy's afgedankte cosmetica aan het snuffelen, terwijl Stephen, vijftien jaar en dus rusteloos, naar de zolder was gegaan, waar hij zich overgaf aan sombere buien en sinds kort ook aan het roken van gegapte sigaretten.

Ik had me op de bank tussen Stella en Jack genesteld. Jack had zijn arm om ons allebei heen geslagen en mijn hoofd lag tegen zijn schouder. Zo zaten we gedrieën genoeglijk naar de radio te luisteren. Als Jack en Stella op bezoek waren, leek het ineens wat gezelliger in huis. Hoewel ik hen nog maar net kende, vond ik hen toch aardig en voelde ik me met hen meer verbonden dan met mijn andere familieleden.

Jack was een lange, schrale vent die het leuk vond mij met simpele goocheltrucjes te vermaken. Hij was goedlachs en gemakkelijk in de omgang, en er was maar weinig wat hem van zijn stuk bracht. Op dit moment werkte hij als lasser, maar hij was vervuld van grootse toekomstplannen. Ooit wilde hij werktuigbouwkundige worden en bovendien wilde hij leren vliegen. Zijn droom was, zo zei hij, om wegen en bruggen en dammen te bouwen en die vervolgens te bewonderen vanuit de cockpit van zijn eigen vliegtuig. Ik had hem gevraagd of ik een keer mee mocht als hij zijn brevet had gehaald en hij had het me plechtig beloofd. Als ik wilde, mocht ik zelfs zijn copiloot worden. Jong als ik was, vond ik Jack ongelooflijk romantisch, net als Charles Lindbergh, en ik hoopte maar dat ik later, als ik groot was en ging trouwen, evenveel geluk zou hebben als Stella.

Mijn nichtje Stella had een goede man als Jack meer dan verdiend, vond ik. Ze was knap, hield van een grapje en lachte graag. Als schoonheidsspecialiste in de dop kwam ze wel twee of drie keer in de week bij ons om haar vaardigheid te beproeven op Gwen en Maureen. Ook ik mocht soms voor proefkonijntje spelen. Wanneer ze dan mijn haar waste en in model bracht, zoog ik haar aandacht in mij op, terwijl zij maar doorbabbelde met de krulspelden tussen haar lippen geklemd. Ik vroeg haar dan waarom ze mijn haren krulde, terwijl ik toch al krullen had, en dan zei ze dat ze moest leren werken met allerlei verschillende soorten haar en dat mijn haardos de grootste uitdaging voor haar vormde. Of dat een compliment was, wist ik niet, maar het kon me ook niet schelen omdat het Stella was die het zei.

Zelf miste ze het rode haar van de O'Shaughnessy's; ze had het dikke, glanzende kastanjebruine haar van haar moeder Arlys geërfd. Ze was steevast keurig gekapt en stijlvol, zij het betaalbaar gekleed en haar nagels waren altijd gemanicuurd. Wanneer we eens samen op stap gingen, vervulde het me met trots om met haar gezien te worden.

Ik herinner me dus dat we die zondagmiddag op de bank zaten en dat ik me, verzadigd en doezelig van het overvloedige eten, knus tussen Jack en Stella had opgekruld. Tijdens het journaal begon oom Finn echter weer eens te schelden, deze keer op 'dat imperialistische Japanse ongedierte dat probeert heel China in te pikken'. Waarschijnlijk heb ik op dat moment aan Stella om opheldering gevraagd en misschien iets gezegd over het feit dat Sunny Japanse was, want ook al zijn de details verder vaag, ik zie nog heel duidelijk voor me dat oom Finn opkeek en me langdurig en ijzig aanstaarde. Oom Finn beschikte over een heel arsenaal lelijke gezichten, voor elke gelegenheid een, maar de woede en verachting die nu op zijn gezicht te lezen stonden, had ik nog nooit bij hem gezien. Ook Stella moet het opgevallen zijn, want ze zei meteen: 'Laat toch zitten, pa, dat geeft toch niks.'

Het was vast haar bedoeling hem te sussen, maar met haar woorden goot ze alleen maar olie op het vuur en het volgende ogenblik stond hij levensgroot voor ons en schreeuwde: 'Hoezo geeft dat niks?' En tegen mij loeide hij: 'Wou je me vertellen dat die griet met wie je rondhangt een Jap is?'

Ik kon geen antwoord geven. Bevend als een rietje keek ik naar hem op. Het was Stella die in mijn plaats antwoord gaf: 'Luister nou eens, pa, Augies vriendin is niet echt Japans. Ik bedoel, ze is Amerikaanse, hier geboren en alles, net als wij. Je kunt haar er moeilijk de schuld van geven dat de Jappen China zijn binnengevallen. Ze is nog maar een kind.' Natuurlijk had ik Stella alles over Sunny verteld, maar dat anderen belang in haar zouden kunnen stellen, hoe dan ook, was nooit bij me opgekomen.

Oom Finn leek er op dat moment echter heel veel belang in te stellen, zij het niet op een prettige manier. 'Al was ze geboren op de stinkende stoep van het Witte Huis!' brulde hij. 'Ze is en blijft een Jap!' Daarna spuwde hij Gods naam weer uit met dat tweede woord eraan vast, en bulderde: 'Wat denk je wel, Augie, dat je je afgeeft met dat soort?'

'Maar, pa,' protesteerde Stella, die nog steeds haar best deed mij erbuiten te houden, 'er komen toch ook Japanners in de winkel en die gooit u er toch ook niet uit.' Ik had Stella verteld dat ze ooit meneer Yamagata had geholpen, en volgens haar herinnerde ze zich hem nog. Meneer Yamagata had tegen haar gezegd dat ze de eerste vrouw was die hij tegenkwam die het verschil wist tussen een moerbout en een houtschroef, en ze had geantwoord dat ze als de eerstgeborene van Finn O'Shaughnessy al vertrouwd was met alle denkbare gereedschappen waarover de mensheid beschikte nog voor haar melkgebit compleet was. Daar had hij om moeten lachen en dat had zo vrolijk geklonken dat het haar had doen denken aan een treinwagonnetje dat een hele groep kinderen naar een pretpark vervoert.

'Dat is heel iets anders', gromde oom Finn echter. 'Zaken zijn zaken. Vriendjes worden met die lui is een heel andere kwestie.'

'Dus u wilt wel hun geld, maar verder niks', zei Jack nu.

'Hou je d'r buiten, Jack.'

'Je bent een schijnheiligerd, Finn …'

'Alle Jappen zijn barbaren', viel oom Finn hem in de rede. 'Weten jullie dan helemaal niks? Luisteren jullie nooit naar het nieuws? Ze proberen de hele wereld in hun macht te krijgen, en daarbij is niets ze te dol! Ze maken er een echt moordfeest van, daar in China! Ze slachten die spleetogen links en rechts af alsof het niks is …'

'Ja, en met onze hulp,' onderbrak Jack hem, 'want Amerika levert Japan olie en schroot bij scheepsladingen tegelijk, wat de oorlog alleen maar ten goede komt.'

'Hou Amerika erbuiten, Jack!' Met een ruk draaide oom Finn zich weer naar mij en prikte de wijsvinger van de hand waarin nog steeds zijn flesje bier hing in mijn richting. 'Ik neem je familie in huis', schreeuwde hij. 'Ik geef je eten en een dak boven je hoofd en dit is mijn dank! Mags, kom eens hier! Weet jij eigenlijk wel wat dat kind van jou loopt uit te spoken?'

'Toe nou, pa, kalmeer nou eens even ...'

'Hou je erbuiten, Stella!'

'Maar Finn, kunnen we dit nu niet gewoon op een redelijke manier bespreken ...'

'Kop dicht, Jack, dit is een familieaangelegenheid.'

'Maar Finn, Jack hoort nu ook bij de familie! Praat niet zo tegen hem ...'

'Kop dicht, Lucy. Mags, ik zei: "Kom hier!"'

Met duidelijke tegenzin verscheen moeder in de deuropening en bleef op de drempel tussen de keuken en de woonkamer staan. Slechts met grote moeite hield ze haar ogen open en ze wankelde even, voordat ze steun vond tegen de deurpost. 'Tisser, Finn?' mompelde ze sloom.

'Moet je jezelf eens zien!' schreeuwde hij nu tegen haar. 'Weer aan de fles, zeker?'

Moeder schudde wild haar hoofd. 'Wat hebbie nou weer te schreeuwen, Finn?' Ze legde een hand tegen haar voorhoofd. 'Ik heb hoofdpijn.'

De dikke wijsvinger en het flesje bier richtten zich opnieuw beschuldigend op mij. 'Dit kind van jou is dik met een stel Jappen. Hoe heb je d'r eigenlijk opgevoed, Mags? Had je haar niks beters kunnen leren?'

Moeder wendde haar lege blik naar mij en knipperde een paar keer met haar ogen om beter te zien. 'Wat heb je gedaan, Augie?' vroeg ze zacht.

Ik kon nog steeds niks zeggen. Stella nam mijn hand in de hare en hield hem stevig vast. Opnieuw was zij het die in mijn plaats antwoord gaf. 'Ze heeft een vriendin gevonden, meer niet. Wat is daar mis mee?'

'En jij wist zeker ook dat die nieuwe vriendin een Jap is!' schreeuwde oom Finn.

'En wat dan nog?' Stella stak uitdagend haar kin in de lucht. 'Wat geeft dat?'

'Daar gaan we weer, met je "wat geeft dat?"' loeide oom Finn en sloeg zijn armen wijduit. 'Dat kind gaat om met een stelletje tuig en jij vraagt mij wat dat geeft?'

'Hoor nou eens, Finn ...'

'Kop dicht, Jack!'

'Finn toch!' Tante Lucy smeet haar naaiwerk neer en sprong op van haar stoel. Op de trap begon Rosey luidkeels te huilen, terwijl de jongens van angst geen vin leken te kunnen verroeren. Met een diepe zucht klom tante Lucy de trap op om Rosey te gaan troosten.

'Dit is toevallig een fatsoenlijke familie,' stelde mijn oom, 'en dus gaan wij niet om met zulke oosterse typen.'

'Pa, we praten hier gewoon niet meer over tot je wat gekalmeerd bent.'

'Wie heeft er allemaal gezien dat je daarheen ging?' snauwde oom Finn en zijn woede richtte zich weer regelrecht op mij. 'Wie weten er allemaal dat je in dat Jappenhuis bent geweest?'

Mijn maag draaide zich om en even dacht ik dat ik moest overgeven. Ik deed mijn mond open, maar kon geen woord uitbrengen en dus zat ik daar, verstomd, met wijd opengesperde ogen en hangende kaken.

'Laat haar toch met rust, pa.'

'Wat is er met haar? Heeft ze ineens haar tong verloren of zo?'

'Je hebt haar doodsbang gemaakt, pa.'

'Daar stikt het in Boyle Heights van de blanke kinderen en jij moet uitgerekend die ene Jap ...'

'Er wonen ook heel veel Japanse gezinnen in Boyle Heights, pa.'

'Nou moet jij eens naar me luisteren, meid, en goed ook.' Oom Finn boog zich over me heen, zodat ik zijn bieradem kon ruiken. 'Jij laat je gezicht daar niet meer zien, begrepen? Ik verbied je bij die Jappen nog een voet over de drempel te zetten.'

'Ach, laat haar toch, Finn', zei mijn moeder nu. 'Ze is nog maar een kind en ze moet toch een paar vriendinnetjes hebben.' Met hortende stappen kwam ze de kamer in, alsof ze in de ruzie wilde bemiddelen, maar oom Finn deed een stap in haar richting en haalde uit. Toen zijn hand haar gezicht raakte, slaakte ze bijna verbaasd een kreet en tuimelde op de grond.

'Pa!' Nu sprong Stella overeind en ze rende naar moeder toe.

'Finn, bedaar!' gilde tante Lucy vanaf de trap, en Rosey begon nog harder te krijsen. De beide jongens hervonden de controle over hun benen en maakten zich uit de voeten naar hun kamer.

''t Is al erg genoeg dat ze naar Amerika zijn gekomen,' schreeuwde oom Finn, 'en nu moeten ze zo nodig ook naar onze buurt verhuizen. Als ze dan met alle geweld in dit land willen wonen, laat ze dan in Klein Tokio blijven bij hun eigen soort, en niet proberen zich in te dringen. Ze worden toch nooit echte Amerikanen, zoals wij!'

Vloekend stampvoette hij door de kamer, terwijl moeder door Stella in de stoel van tante Lucy werd geholpen. Er zat een snee in haar onderlip en het bloed liep langs haar kin.

'Kijk nou wat je gedaan hebt!' verweet Stella haar vader op schrille toon. 'Je hebt d'r lip compleet aan flarden geslagen!' Ze grabbelde in de zak van moeders kamerjas, trok een verkreukelde zakdoek tevoorschijn en drukte die tegen de wond. Moeders hoofd viel slap tegen de rugleuning van de stoel, en ze kreunde met gesloten ogen. Ik wilde naar haar toe gaan om haar over de hand te aaien en haar te troosten, omdat ze het voor me had opgenomen, maar ik was te bang om me te bewegen. Zolang ik daar op de bank zat met Jacks arm nog steeds om mijn schouder, had ik naar mijn idee het veiligste plekje in huis.

'Je moet je schamen, pa', foeterde Stella verder. 'Je eigen zus nog wel.'

'Nou, ze is toch te zat om iets te voelen.'

'Finn, hoe kun je zo wreed zijn?'

'Hou je erbuiten, Lucy.'

'Mooi niet!'

Ik begon me af te vragen wie er zich eigenlijk nog wel mee mocht bemoeien. Misschien had alleen oom Finn hier het recht om iets te zeggen.

'Dit is mijn huis,' zei hij inderdaad, 'en zolang ik hier de baas ben, blijft iedereen bij de Jappen uit de buurt.'

'Luister nou eens, pa, er zijn zat mensen die niet veel ophebben met de Ieren, maar daarom zijn wij toch nog geen slechte mensen.'

'Nou, wij zijn tenminste blank. En het zijn de blanken die in dit land orde op zaken hebben gesteld en dus is het voor de blanken bestemd en niet voor een stelletje schele geelgezichten uit het Oosten.'

Tante Lucy had er genoeg van en stampte naar boven. De scheldwoorden die ze over haar schouder de kamer in slingerde deden voor de vloeken van oom Finn niet onder. In haar armen krijste Rosey maar door, terwijl moeder zachtjes zat te jammeren met de zakdoek nog steeds voor haar mond.

Uit de radio kweelde een opgewekte mannenstem: 'Je was vast een prachtige baby, je was vast een prachtig kind ...' Ondertussen sloeg oom Finn met zijn vuist tegen de muur, al schreeuwend over het 'gele gevaar', waarmee hij niet alleen de Jappen leek te bedoelen, maar ook de 'poepchinezen', de 'spaghettivreters' en 'die vuile zigeuners', kortom iedereen die niet afkomstig was uit een Engelstalig Europees land. Bij elke dreunende vuistslag wipte het crucifix aan de muur even op.

Haar vuisten gebald langs haar zij en haar wangen vuurrood stampte Stella met haar ene voet op de grond, en riep telkens weer: 'Pa, schei uit. Schei uit, pa!' Maar oom Finn bleef slaan en schreeuwen; zijn speeksel spatte in het rond.

'Je was vast een prachtige baby, want o, wat ben je toch mooi ...'

Met een ruk stond Jack op, liep de kamer door en zette de radio af. Daarna pakte hij mij bij de hand, hees me overeind en zei: 'Kom, Stella, laten we Augie maar even meenemen naar ons huis. Aan al dat gebrul hier heeft niemand iets.'

Stella keek van haar man naar haar vader en weer terug. 'Je hebt gelijk, Jack', stemde ze toe. 'Laten we gaan.' Ze nam mijn andere hand en gezamenlijk gingen we naar buiten. Maar oom Finn was nog niet klaar. Hij kwam in de deuropening staan, zwaaide met zijn armen en riep ons achterna: 'Ze gaat daar niet meer heen!'

'Dat doet ze wel!' riep Stella terug.

'Over mijn lijk!'

'Voor mijn part', fluisterde Stella.

Geen van ons zei een woord toen we in Jacks auto stapten – een oude Ford die hij van de sloop had gered en opgeknapt. Jack gaf even een extra dot gas bij het wegrijden, gewoon voor het effect, denk ik, want oom Finn stond nog steeds bij de deur met zijn bierflesje te zwaaien en riep iets wat niemand meer kon verstaan.

Tijdens de rit naar Echo Park deed ik er het zwijgen toe. In feite had ik sinds het begin van de ruzie nog geen woord gezegd. Ik was te verbijsterd, te bang en te veel in de war. Wat mankeerde er nou aan Sunny's familie dat oom Finn daardoor in zo'n razernij kon ontsteken? En stel nou dat oom Finn zijn dreigementen waarmaakte en me nooit meer naar Sunny zou laten gaan?

Algauw waren we bij het appartement van mijn nichtje, een enkele kamer boven de garage van een eengezinswoning. Toen we naar binnen gingen, vond ik eindelijk mijn stem terug en vroeg: 'Hoe moet het nou, Stella, als ik van oom Finn niet meer met Sunny mag spelen?'

'Hij trekt wel bij', zei ze beslist. 'Uiteindelijk doet hij altijd wat ik zeg.'

Ze zette me een schaaltje met ijs voor en ging toen doodgemoedereerd met Jack zitten kaarten, alsof de zaak al beklonken was en de woede van oom Finn totaal vergeten.

5

Hoe ze het voor elkaar kreeg, is me een raadsel, maar een paar dagen na de woede-uitbarsting van oom Finn kwam Stella me vertellen dat ik mijn Japanse vriendinnetje weer mocht opzoeken. 'Maar,' waarschuwde ze, 'denk erom dat je haar nooit meevraagt naar huis. En praat ook niet over haar waar pa bij is. Wat pa betreft, bestaat Sunny gewoon niet.'

'Maar waarom dan niet, Stella?' vroeg ik verbijsterd. 'Waarom haat oom Finn hen zo, alleen maar omdat ze Japanners zijn?'

Mijn nichtje slaakte een zucht. 'Later, als je groot bent, Augie, dan zul je het wel begrijpen.'

Zou het? Zou ik ooit gaan begrijpen waarom oom Finn vuur spuwde over de Yamagata's, terwijl hij hen zelfs nooit had ontmoet? Wat haat was, wist ik wel, want ik haatte oom Finn uit de grond van mijn hart. Dat kwam echter omdat ik hem kende en wist dat hij mijn genegenheid niet waard was. Om iemand te haten die je niet kende – dat was iets heel anders. Wat wisten volwassenen dat ik niet wist, dat ze hier wel een touw aan vast konden knopen?

De zondagavond voor Halloween was ik bij de Yamagata's. Sunny en ik lagen op onze buik op de vloer van de woonkamer pompoenen en heksen te tekenen. Mevrouw Yamagata zat te naaien aan Sunny's Halloweenkostuum en meneer

Yamagata zat de krant te lezen, terwijl hij, om het in zijn eigen woorden te zeggen, 'met een half oor naar de radio luisterde'.

Sunny en ik verheugden ons erg op de volgende dag, want dan werd in onze klas Halloween gevierd. We wisten al dat we met een vrachtlading snoep huiswaarts zouden keren en als ik het op de juiste manier rantsoeneerde, zouden we er een hele week mee kunnen doen. Nog spannender voor mij was echter het feit dat ik dit jaar een heus kostuum zou hebben. Toen Valerie me vorig jaar in San Bernardino had meegenomen naar de Halloweenviering die door de YMCA werd gesponsord, droeg ik alleen een oud kussensloop over mijn hoofd, met gaten erin geknipt voor de ogen en de mond.

'Waarom mag ik geen heel laken?' had ik gezeurd.

'Veel te duur', had moeder gezegd.

Zodra we bij het feest waren gearriveerd, kwam er een kind op me af dat verkleed was als herdersmeisje en vroeg: 'Wat moet jij nou voorstellen?'

Ik schaamde me zo dat ik geen antwoord gaf, maar Valerie bitste: 'Heb je geen ogen in je hoofd? Ze is een halve geest. Helemaal doodgaan was te duur.'

Daarna liet mijn zusje me aan mijn lot over en moest ik me tussen de overige geesten en trollen zelf maar zien te vermaken. Ik werd zo gemeden en gepest vanwege mijn halfdode staat, dat ik het liefst helemaal dood was geweest. Het was een afschuwelijke avond.

Dit jaar zou het echter heel anders gaan. Dankzij de naaikunst en de vindingrijkheid van mevrouw Yamagata zou Sunny verkleed gaan als circusclown en ik als Shirley Temple, het kindsterretje uit Hollywood en de lieveling van het grote publiek. Een hele sprong voorwaarts voor een aan lager wal geraakte geest! Mevrouw Yamagata had zelfs een Shirley Temple-pruik weten te bemachtigen via een verre nicht die kostuumnaaister was in Hollywood. Mijn keus was op Shirley gevallen nadat Sunny's vader ons een keer had meegenomen naar de bioscoop in Klein Tokio voor de film *Little Miss Broadway*. Ik had Sunny voorgesteld om allebei als Shirley Temple te gaan, maar zij vond dat geen goed idee, omdat een Japanse Shirley de lachlust van iedereen zou opwekken. Dan had ze liever dat de mensen om haar lachten omdat ze een clown was.

De avond viel en afgezien van de achtergrondmuziek die uit de radio klonk en het gekras van onze potloden over het papier was het stil in huis. Ondanks mijn opgewonden stemming was ik wel gevoelig voor de harmonieuze sfeer in de kamer en ik keek op van mijn tekening om er even bewust van te genieten. Meneer Yamagata zat half achter de krant verstopt, met zijn in slippers gestoken voeten kruiselings op het voetenbankje. Zo nu en dan reikte hij naar het kopje groene thee dat op het tafeltje naast zijn stoel was gezet. Ook al was hij in Californië geboren en getogen, hij was nog net zo dol op groene thee als zijn verwanten in het oude land. Telkens wanneer het kopje achter de krant verdween, klonk kort daarna een discreet, maar duidelijk slurpgeluidje, gevolgd door een voldane zucht. Daarna verscheen de hand weer en werd het kopje teruggezet op het schoteltje. Hij was zo anders dan oom Finn, wanneer die in zijn versleten stoel bier zat te drinken, hikkend en boerend tussen de slokken door, net zolang tot hij in slaap viel.

Het was vooral de sfeer van tevredenheid die me die avond zo opviel. Meneer en mevrouw Yamagata zaten daar zo rustig, en af en toe wisselden ze een glimlach alsof er in de hele wereld geen vuiltje aan de lucht was. Niemand zat op spelden – wachtend op de eerstvolgende boze uitval en het daaropvolgende salvo van geschreeuw en gescheld, zoals bij oom Finn thuis. Daar was ik altijd op mijn hoede, klaar om weg te duiken, mijn hoofd in mijn armen te verbergen of onder de tafel te kruipen om te ontsnappen aan de regen van verwensingen en beschuldigingen die ieder moment op mij kon neerdalen. Bij oom Finn bevond je je voortdurend in de vuurlinie en het huis aan Fresno Street was geen thuis, maar een slagveld in miniatuurformaat.

Hoe anders was het hier, in dit neutrale gebied dat op geen enkele manier door de strijd was aangetast. Stilte was gewoon stilte, en geen stilte voor de storm. Harmonie was hier normaal en er was geen enkele reden om bang te zijn.

Ik voelde me zo op mijn gemak, dat ik het wel aandurfde om de Yamagata's de vele vragen te stellen waarmee ik de laatste tijd worstelde. 'Meneer Y?' zei ik vragend.

De krant zakte op zijn schoot en het glimlachende gezicht van meneer Yamagata verscheen. 'Zeg het eens, Augie.'

Nadat ik hun namen een aantal keren op de wonderlijkste manieren had verhaspeld, had hij voorgesteld dat ik hen meneer en mevrouw Y zou noemen. Ik maakte er Yamamoto van, of Yagamata, maar meestal Yamamama. Het was er zelfs een of twee keer uit gekomen als Mamagota, maar nooit had ik het goed. 'De meeste hakujin vinden het een moeilijke naam om te onthouden,' had hij gezegd, 'dus we vinden het prima als ze ons gewoon meneer en mevrouw Y noemen. Dat moest jij ook maar doen, Augie.'

'Meneer Y,' vroeg ik dus nu, 'hebt u een hekel aan Ieren?'

Zijn glimlach maakte plaats voor een frons van onbegrip, mevrouw Yamagata blies een lachje door haar neus en Sunny zei: 'Wat een domme vraag, Augie.'

Dat was het niet. Het was een belangrijke vraag en ik moest en zou er antwoord op krijgen.

'Nou, laat eens kijken, jij hebt toch Iers bloed, Augie?' vroeg meneer Yamagata. Toen ik knikte, vervolgde hij: 'Dan kan het niet anders of ik vind Ieren ontzettend aardig.'

Sunny begon te giechelen en zei: 'Ja, maar misschien heeft hij wel een hekel aan Duitsers en dan heeft hij een hekel aan je andere helft.' Ik had pas onlangs van Stella gehoord dat ik half Duits en half Iers was en deze ontdekking aan Sunny overgebracht als antwoord op haar vraag van langgeleden wat ik was en waar mijn familie vandaan kwam.

'Ik heb geen hekel aan Duitsers, Sunny', antwoordde meneer Yamagata. 'Doe niet zo raar.'

'Maar aan wie hebt u dan wel een hekel?' vroeg ik.

Hij schudde zijn hoofd. 'Er zijn wel een paar mensen die ik niet zo erg mag, Augie, maar ik geloof niet dat ik echt een hekel aan iemand heb.'

'Behalve dan aan de keizer', lachte Sunny plagerig.

'Nee, zelfs niet aan hem', verzekerde meneer Yamagata.

Mevrouw Yamagata trok de draad strak en zei hoofdschuddend: 'Wat een gespreksonderwerp! We proberen toch gewoon met iedereen zo goed mogelijk om te gaan.'

Ik keek weer naar Sunny's vader. 'Dus u hebt geen hekel aan Ieren?'

'Natuurlijk niet. Waarom zou ik?' Hij glimlachte alweer en leek de zaak als afgehandeld te beschouwen, want zijn krant ging weer omhoog en onttrok hem aan het gezicht.

Ja, waarom zou hij? Daar probeerde ik nu net achter te komen. Oom Finn haatte hem, maar hij haatte oom Finn helemaal niet.

'Ik dacht dat alle grote mensen een hekel hadden aan mensen die ze niet kennen', flapte ik eruit.

De krant zakte weer en deze keer had het gezicht van meneer Yamagata een vragende uitdrukking. Mijn opmerking had hem blijkbaar van zijn stuk gebracht, want nu was het mevrouw Yamagata die het woord nam. 'Maar Augie, hoe kom je daar nou bij?'

Ik wilde hun niet vertellen wat mijn oom over hen had gezegd, en daarom zei ik: 'O, zomaar. Misschien lijkt het ook maar zo.'

'Nou,' zei meneer Yamagata, die van zijn verbijstering was bekomen, 'er is beslist een hoop haat in de wereld, maar het hoort juist bij volwassen worden dat je leert om andere mensen recht te doen en een kans te geven, voor je concludeert dat je hen niet mag.'

Nu keek ook Sunny op van haar tekening. 'Maar papa, als je iemand een kans geeft en daarna merkt dat je een hekel aan hem hebt, mag dat dan wel?'

Mevrouw Yamagata liet opnieuw haar snuivende lachje horen en meneer Yamagata schraapte zijn keel. 'Nou, Sunny,' zei hij, 'dat is een moeilijke vraag ...'

'Haat veroorzaakt alleen maar problemen, Sunny', schoot zijn vrouw hem te hulp. 'Natuurlijk zullen er altijd mensen zijn die je niet zo aardig vindt, maar die kun je het beste een beetje uit de weg gaan. Als jij hen niet lastigvalt, is de kans groot dat ze jou ook met rust zullen laten.'

Sunny haalde haar schouders op en hervatte haar kleur-werk, maar ik wist nog steeds niet wat ik nou van oom Finn moest denken. 'Meneer Y?' vroeg ik dus opnieuw.

'Ja, Augie?' De krant bleef halverwege boven zijn schoot zweven, klaar om weer opengeslagen te worden.

'Waarom hebben sommige mensen dan wel een hekel aan mensen die ze niet kennen?'

Weer zakte de krant omlaag en meneer Yamagata fronste nadenkend de wenkbrauwen. Na een poosje zei hij: 'Ik denk omdat dat het gemakkelijkst is. Anderen recht doen kost veel tijd en inspanning, en de mens staat nu eenmaal niet bekend om zijn geduld.'

Met die woorden sloeg hij de krant weer open en zijn gezicht verdween.

Misschien is dat het probleem van oom Finn, dacht ik. Het is hem gewoon te veel moeite om de Yamagata's te leren kennen. Hij is er te lui en te stom voor, en uiteindelijk is dat pech voor hem.

De radio stond niet hard, maar net als meneer Yamagata luisterde ik met een half oor naar de muziek, terwijl ik bleef piekeren over de verschillen tussen mijn eigen familie en die van Sunny. Ik merkte eigenlijk niet eens welke muziek het was, maar plotseling was ik een en al aandacht, toen het programma werd onderbroken met een speciale uitzending waarin een nieuwslezer meldde dat op de planeet Mars een aantal gasexplo-sies had plaatsgevonden. Sunny legde haar potlood neer en luisterde even. 'Waar gaat het over, papa?' vroeg ze toen.

Meneer Yamagata sloeg schouderophalend een pagina om. 'Het is vast niet belangrijk.'

Al vrij snel werd de muziek hervat. Sunny en ik keken elkaar even verbaasd aan en gingen toen weer verder met onze tekening. Ik kon me voorstellen dat het voor een stelle-tje geleerden groot nieuws kon zijn, net zoals wanneer de komeet Haley ergens gezien was, maar niet dat het de moeite waard was om er een muziekprogramma voor te onderbreken met een extra nieuwsbulletin. Het zou maar weinig mensen kunnen schelen dat de planeet Mars de hik had gekregen. Mij in elk geval niet.

Sam kwam naar beneden en klom bij zijn moeder op schoot. Die legde haar naaiwerk weg en kamde met haar vingers door zijn haar. 'Is Obaasan klaar met verhaaltjes vertellen?'

Sam schudde zijn hoofd. 'Ze viel in slaap voor het uit was.'

'Ach, nou, kom dan maar beneden spelen. Ik zal wat papier voor je pakken, dan kun je samen met de meisjes gaan kleuren.'

Het kind leek echter tevreden met zijn zitplaats en legde zijn hoofd tegen zijn moeders schouder.

Een paar minuten later werd de muziek opnieuw onderbroken, deze keer door een interview met iemand in New Jersey, die een beroemd sterrenkundige heette te zijn. Het drong niet echt tot ons door, want volgens mij luisterde iedereen inmiddels weer met een half oor. Maar bij de derde onderbreking, weer een paar minuten later, stond de oude buizenradio plotseling in het middelpunt van de belangstelling. 'Zet het geluid eens harder, Sunny', beval meneer Yamagata.

Sunny kwam overeind, draaide aan de knop, en ging weer op de vloer liggen. Het was weer een speciale uitzending; deze keer ging het erover dat in een plaatsje met de naam Grovers Mill, ergens in New Jersey, een boerderij getroffen was door een reusachtig voorwerp, dat wel iets weg had van een meteoor. We keken elkaar aan, behalve Sam, die het glanzende, zilveren kettinkje van zijn moeder had ontdekt.

'Toshio,' zei mevrouw Yamagata, 'waar hebben ze het in vredesnaam over?'

'Er is ergens een meteoor ingeslagen, denk ik ...' Hij brak af om verder te luisteren.

Meneer Yamagata leek zich geen zorgen te maken, maar het werd al snel duidelijk dat zich in het vredige Grovers Mill iets verschrikkelijks afspeelde. Volgens de verslaggever zag de meteoor er bepaald niet uit als een meteoor. Hij leek meer op een enorme metalen cilinder en was met zo'n kracht neergekomen dat hij nu half begraven lag in een diepe krater.

Sunny en ik gingen rechtop zitten en schoven steeds dichter naar de radio toe, tot we met ons oor bijna tegen de luidspreker gedrukt zaten. De verslaggever beschreef de aanblik die de boerderij bood: er stond een hele rij auto's met felle koplampen en een menigte nieuwsgierige toeschouwers stond zich te vergapen en te schreeuwen, terwijl een grote politiemacht de mensen bij het vreemde voorwerp weg probeerde te houden.

Ik had graag dwars door de radio heen willen kijken naar die boerderij in New Jersey. Ik wilde met eigen ogen zien wat daar in Grovers Mill gebeurde, om er iets van te kunnen begrijpen. Uit de radio klonk alleen maar een verward pandemonium van angstige en boze stemmen, dat de ware toedracht alleen maar versluierde.

Aan de verslaggever hadden we ook niet veel. Hij leek evenmin te weten wat er op die akker in het oosten was geland. Hij praatte met de eigenaar van de boerderij en interviewde de sterrenkundige die ook van de partij was, maar de boer wist niet meer te vertellen dan dat hij van de inslag pardoes uit zijn stoel was gevallen en de wetenschapper kwam niet verder dan een paar geleerd klinkende veronderstellingen over de aard van het voorwerp.

Plotseling vroeg de verslaggever ons aller aandacht, wat nogal zinloos was, want die had hij allang. In de cilinder was een zoemend geluid hoorbaar, zei hij, of beter gezegd een schrapend geluid. Hij hield zijn microfoon dicht bij het voorwerp, zodat we het allemaal beter konden horen. Sunny en ik keken elkaar met grote ogen aan. Ja, we hoorden het. Er moest iets in zitten wat leefde. En wat dat ook was, goed was het beslist niet.

Opnieuw golfden de paniekerige stemmen door de kamer. Luide mannenstemmen schreeuwden: 'Achteruit! Achteruit, zeg ik!' De cilinder brak open; het ene uiteinde klapte omhoog als het luik van een onderzeeër. Wat erin zat, maakte aanstalten naar buiten te komen!

Ik was plotseling zo bang dat ik nauwelijks meer kon ademhalen en Sunny gilde: 'Wat is dat, papa?'

'Ik weet het niet, Sunny', zei meneer Yamagata kalm. 'Laten we maar verder luisteren.'

'Toshio?' Ook mevrouw Yamagata leek nerveus, maar haar man legde de vinger op de lippen om aan te duiden dat ze stil moest zijn.

'Een monster!' riep de verslaggever uit! Uit de cilinder kroop een reusachtig monster tevoorschijn, een wezen met tentakels, grote, zwarte ogen en een kwijlende bek ...

Onverwacht werd de man onderbroken en de muziek hervat. De klok aan de muur tikte de minuten weg. Sinds de eerste berichten onze rustige avond hadden verstoord, was er al minstens een halfuur verstreken. Sunny's lippen beefden alsof ze op het punt stond in huilen uit te barsten. Ze keek weer naar haar vader en fluisterde: 'Marsmannetjes!'

Meneer Yamagata probeerde te lachen. 'Dat is onmogelijk', zei hij met nadruk. 'Die bestaan helemaal niet.'

'Maar Toshio,' sprak mevrouw Yamagata hem tegen en ze drukte Sam nog steviger tegen zich aan, 'die man zei ...'

'Dat weet ik.' Hij wuifde geringschattend met zijn hand. 'Maar het kan niet echt zijn. Het is gewoon nep.'

'Luister nou, papa!'

In Grovers Mill heerste complete verwarring en er gebeurde van alles tegelijk. Mensen krijsten, sirenes huilden en opnieuw werd de uitzending abrupt afgekapt, terwijl zich voor ons geestesoog taferelen van dood en verwoesting afspeelden. En inderdaad, het volgende bulletin meldde dat er al veertig slachtoffers waren gevallen. Ze lagen op een akker en volgens de verslaggever waren hun lichamen onherkenbaar verbrand en verminkt.

Mevrouw Yamagata hapte naar adem en sloeg de hand voor de mond. 'Toshio,' probeerde ze nog eens, 'wat denk jij nou dat daar gebeurt?'

Nu waren we allemaal doodsbang en niemand kon het meer voor de ander verbergen, zelfs meneer Yamagata niet. Sam begon te huilen en ook ikzelf was bijna in tranen.

'Ik weet het niet, Suma', bekende meneer Yamagata. Hij zette zijn bril af en wreef met duim en wijsvinger in zijn ogen.

Het antwoord kwam echter vlug genoeg. De inwoners van Grovers Mill werden weggevaagd door iets wat de man op de radio alleen maar kon omschrijven als een hittepistool. Bij de gedachte aan een dergelijk wapen vloog mevrouw Yamagata overeind, met de huizenhoog gillende Sam in haar armen.

'Geen paniek, Suma. Het komt best goed.'

'Maar, papa, de marsmannetjes komen! Ze gaan ons allemaal vermoorden!'

'Bedaar, Sunny. Dit is vast een soort grap. Het kan gewoon niet ...'

Maar het was wel zo! De man voor de radio zei het op datzelfde ogenblik. De marsbewoners waren in New Jersey geland, zei hij. En zij vormden nog maar een onderdeel van een grote invasiemacht, afkomstig van Mars! Ongetwijfeld waren er op ditzelfde moment nog veel meer marsmannen onderweg naar de aarde. Verscheidene duizenden, die hadden geprobeerd de strijd met hen aan te binden, hadden dat al met hun leven moeten bekopen. Het buitenaardse monster beheerste nu het complete middengebied van New Jersey ...

'Onmogelijk', fluisterde meneer Yamagata tegen de radio.

'Maar als het nu eens echt waar is, papa!'

Een luidruchtig gebons op de voordeur onderbrak onze speculaties. 'Meneer Yamagata!' werd er geschreeuwd. Tijd om te antwoorden was er niet, want onmiddellijk stormde een jongen het huis binnen, struikelend over zijn benen, die buiten adem meedeelde: 'Meneer Yamagata, mijn pa heeft me gestuurd om te vertellen dat de marsbewoners ons aanvallen. Ze hebben New Jersey al aan flarden geschoten. We moeten zien weg te komen!'

Zonder erbij te zeggen waar we ons dan in veiligheid konden stellen, verdween hij even snel als hij gekomen was.

Sunny en ik begonnen te gillen, en renden hand in hand de trap op om ons in haar klerenkast te verschuilen. We kropen op handen en knieën de donkere ruimte in, tussen haar kleren en schoenen door, en gingen in het verste hoekje van de kast tegen de wand zitten. Toen Sunny zei: 'Ze gaan ons allemaal verbranden met hun hittepistolen!' barstten we allebei in tranen uit en vielen elkaar in de armen.

'Jij bent de beste vriendin van de hele wereld, Augie', zei Sunny snikkend.

Ik drukte mijn natte wang tegen de hare. 'En jij bent mijn beste vriendin.'

'Ik zal je nooit vergeten.'

'Ik zal jou ook nooit vergeten.'

Zo zaten we daar wang aan wang te huilen en te jammeren. Onze tranen veegden we af met een paar vuile sokken die we op de vloer van de kast hadden gevonden.

'Ik wil niet dood!' snikte Sunny.

'Ik ook niet!' jammerde ik.

Maar we hadden geen keus. De marsmannen waren op aarde geland en vast van plan het hele menselijke ras uit te roeien. Ik had geen idee hoe lang ze erover zouden doen van New Jersey naar Californië, maar was ervan overtuigd dat het een kwestie van minuten was voor de hittepistolen ons zouden treffen en onze lichamen onherkenbaar zouden verbranden en verminken.

Ik weet niet hoeveel tijd er zo verstreek; het leken wel eeuwen, maar waarschijnlijk waren het niet meer dan een paar minuten. Toen zei Sunny ineens: 'Luister, daar komen ze aan!'

En inderdaad, vanuit de hal beneden kwamen voetstappen de trap op. We omknelden elkaar nog stijver en zetten ons schrap voor de naderende aanval van de hittepistolen. Het geluid van de voetstappen ging in ons gekrijs verloren en toen iemand de kastdeur opende, begonnen we zo mogelijk nog harder te schreeuwen en drukten ons ver weg in de hoek van de kast, om zo klein en onopvallend mogelijk te zijn. Het wezen zei iets, maar pas nadat het de woorden een paar keer had herhaald, drongen de woorden eindelijk tot ons door: 'Sunny, Augie, bedaar een beetje! Bedaar nou en kom er eens uit, in vredesnaam. Straks zijn we allemaal doof van dat gegil.' Het was geen marsmannetje, het was meneer Yamagata! Het duurde even voordat we bij onze positieven kwamen en vaststelden dat de dood niet zo dichtbij was als hij leek. We hielden op met schreeuwen, maar drukten nog wel hijgend en snikkend de vuile sokken tegen ons gezicht om onze tranen te stelpen. Daarna kropen we nasnikkend de kast uit, regelrecht in de armen van Sunny's ouders, die op hun knieën op de grond zaten om ons op te vangen. Sunny wierp zich in haar moeders armen en ik stortte me op meneer Yamagata. Sam was er ook, hij zat op zijn moeders rug met zijn armen om haar nek.

Na een paar seconden vroeg Sunny: 'Zijn we nu veilig, mama? Hebben we de marsmannetjes verslagen?'

Meneer en mevrouw Yamagata begonnen zacht te lachen. 'Er waren helemaal geen marsmannetjes, Sunny', zei mevrouw Yamagata. 'Het was maar alsof.'

'Echt waar?' Sunny klonk verbaasd en nog niet helemaal overtuigd.

'Het was precies wat ik dacht', stelde haar vader ons gerust. 'Het was maar een show, een Halloweenstunt. Orson Welles en zijn theatergroep speelden *The War of the Worlds*. Dat was alles, meer niet.'

'Hoe weet u dat?' vroeg ik achterdochtig. Mijn stem klonk gedempt, omdat ik mijn gezicht nog steeds tegen zijn schouder verborgen hield.

'Dat zeiden ze op de radio. Meneer Welles kwam zelf vertellen dat het alleen maar een toneelstuk was, gewoon voor de grap.'

'Dus we gaan niet dood?' vroeg Sunny nog voor de zekerheid.

Ik voelde meneer Yamagata schudden van het lachen. 'Welnee!' zei hij. 'Van een onschuldige Halloweengrap is nog nooit iemand doodgegaan.' Pas toen durfde ik mijn hoofd op te tillen en keek ik meneer Yamagata recht in het lachende gezicht.

Op dat moment verscheen Obaasan op de drempel van Sunny's kamer. Ze staarde naar ons met een uitdrukking op haar gezicht die ook zonder woorden wel duidelijk maakte dat ze van mening was dat wij allemaal ons verstand hadden verloren. Ten slotte zei ze iets in het Japans. Ik vermoedde dat ze zich kwam beklagen, omdat ons geschreeuw haar weer eens uit een diepe slaap had gewekt. Meneer Yamagata gaf antwoord en onderwijl keek ik naar Sunny. 'Hij zegt dat we ons in de kast hadden verstopt, omdat we dachten dat de marsmannetjes ons met hittepistolen kwamen vermoorden', vertaalde die.

Toen meneer Yamagata uitgesproken was, bleef Obaasan in de deuropening naar ons staan staren. Plotseling begonnen haar schouders te schokken, eerst zachtjes, maar daarna steeds heftiger, en toen brak het gerimpelde gezichtje open in een gierende schaterlach die als een vulkaanuitbarsting opborrelde uit haar borst. Ze lachte tot de tranen over haar wangen liepen, en tikte met haar stok op de vloer alsof ze zich ermee een weg wilde banen naar de woonkamer daaronder. Nog voor ze helemaal bedaard was, had ze zich alweer omgedraaid en liep in zichzelf mompelend naar haar kamer, waaruit even later een nieuw lachsalvo opklonk.

Wij zaten daar allemaal als met stomheid geslagen.

Uiteindelijk zei meneer Yamagata: 'Ik kan me de dag niet heugen dat zij voor het laatst heeft gelachen.'

'We moeten de marsmannetjes maar dankbaar zijn voor hun komst', antwoordde mevrouw Yamagata.

'Ik ben anders blij dat ze juist niet zijn gekomen,' sprak Sunny haar tegen, 'maar het was leuk om Obaasan te horen lachen.'

En natuurlijk was ook ik blij voor Obaasan. Maar meer nog dan voor Obaasan was dit een bijzonder moment voor mij, een moment van grote schoonheid. Ik genoot er uitbundig van en beloofde mezelf dat ik het nooit zou vergeten. Toen ik mij in de armen van meneer Yamagata stortte, was het net alsof ik de armen van een vader om mij heen voelde. De invasie van de marsmannetjes, hoe nep die ook was, had me een kijkje gegeven in dat voor mij onbekende land dat familie heette.

6

Niet lang daarna vertelde Sunny mij over een Japans spreekwoord dat een opsomming geeft van de dingen die een mens
het meest moet vrezen: '*Jishin, kaminari, kaji, oyaji*', oftewel
'Aardbeving, onweer, vuur, vader.'

De eerste drie leken me logisch, maar vader? Dus vroeg ik
Sunny waarom Japanse kinderen bang waren voor hun vader,
en daarop vertelde ze mij dat het in Japan heel anders toeging
dan in Amerika. 'De vaders daar zijn heel streng, het enige
wat ze doen is opletten en wachten tot hun kinderen iets
verkeerd doen, zodat ze meteen straf kunnen geven. En ze
geven hun kinderen nooit een knuffel of een kus, en ze zijn
ook niet aardig tegen hen.'

'Hoe weet je dat nou?' riep ik vol ongeloof uit, er vast van
overtuigd dat ik haar niet goed had verstaan of begrepen.

'Dat heeft papa me verteld,' zei Sunny, 'en Obaasan trouwens ook. Je hebt toch wel gemerkt dat Obaasan ons nooit
een knuffel of een zoen geeft?'

Ik knikte. In de paar weken dat ik de Yamagata's nu kende,
had ik inderdaad nooit gezien dat Obaasan enige genegenheid
uitte jegens wie dan ook. Ik had echter aangenomen dat dat
kwam omdat ze hier tegen haar zin moest wonen en dat ze
weer gelukkig en lief zou kunnen zijn, als ze maar terug kon
naar Japan. Bovendien, als het daar echt zo slecht toeven was,

waarom wilde Obaasan dan zo graag terug? Uit dat hardnekkig verlangen naar haar vaderland bleek toch alleen maar hoe heerlijk het daar moest zijn?

'Nou,' ging Sunny verder, als om mijn gedachten tegen te spreken, 'dat komt omdat Obaasan uit Japan afkomstig is. Volgens haar krijgen de kinderen daar zelfs nooit een zoen van hun moeder.'

Als dat zo was, dan leken de gezinnen in Japan meer op de familie Schuler-O'Shaughnessy dan op de Yamagata's, en dat weigerde ik domweg te geloven. Ik was al tot de conclusie gekomen dat Japan het gelukkigste land ter wereld was, een moderne Hof van Eden. Dat kon niet anders, als mensen als de Yamagata's daar vandaan kwamen. Een betere vader dan meneer Yamagata, zo liefdevol en vriendelijk en altijd in voor een knuffel, bestond er eenvoudig niet. Stel dat hij van het ene op het andere moment naar Japan verplaatst zou worden, dan zou hij daar toch een even goede vader zijn? Waarom zou hij ineens een ander mens worden, alleen omdat hij ergens anders woonde?

En dus verwees ik Sunny's woorden schouderophalend naar het rijk der fabelen. In stilte hoopte ik dat de Japanners erin zouden slagen de wereldheerschappij te grijpen, wat ze volgens oom Finn aan het proberen waren. Met mensen als de Yamagata's aan de top zou de hele wereld een paradijs worden.

In de loop van dat schooljaar was ik steeds vaker bij de Yamagata's en steeds minder bij oom Finn. Toen het jaar 1938 ten einde liep en overging in 1939 ging ik al elke dag uit school met Sunny mee naar huis. We speelden, we aten, we hielpen haar moeder met de afwas en we deden ons huiswerk. Pas als ik het onvermijdelijke onmogelijk langer kon uitstellen, nam ik uitgebreid afscheid van Sunny en haar ouders, en soms zelfs ook van Obaasan en van de jongens, alleen om mijn verblijf nog wat te kunnen rekken. Pas dan liep ik naar huis, waar ik regelrecht doorliep naar mijn kamer op zolder. Als ik geluk had, liep ik onderweg mijn oom niet tegen het lijf. Alleen Stephen en ik sliepen nu nog op zolder, met een laken tussen onze matrassen gehangen voor de privacy. Net als Valerie had ook Gwen een baantje als inwonend dienst-meisje gezocht en was het huis uit gegaan.

Tegen de tijd dat het lente werd, logeerde ik ook ieder weekend bij de Yamagata's. Ik vermoed dat de uitnodiging daarvoor het gevolg was van het feit dat Sunny's ouders zich zorgen maakten over mijn onwilligheid om 's avonds naar huis te gaan. De oorzaak van die onwilligheid begrepen ze onge-twijfeld niet helemaal, maar ze moeten zijn gaan beseffen dat ik het huis aan Fresno Street het liefst vermeed.

'Blijf toch de weekenden logeren', zeiden ze dus tegen me. 'Je kunt bij Sunny op de kamer slapen, net alsof jullie zusjes zijn.' Sunny smeekte me om ja te zeggen, al was dat uiteraard niet nodig. Zodra de uitnodiging werd herhaald, nam ik die met beide handen aan.

'Maar,' zei mevrouw Yamagata erbij, 'je moeder moet het natuurlijk wel goedvinden. Ik zal haar morgen bellen om het te bespreken.'

Mijn eerste gedachte was dat ze dan waarschijnlijk oom Finn aan de lijn zou krijgen, en dat zou uiteraard rampzalige gevolgen hebben. Toen schoot me echter te binnen dat het morgen zaterdag was, en dan was hij altijd de hele dag in de winkel.

Toen de telefoon ging, was ik net in de keuken een boter-ham met pindakaas voor mezelf aan het smeren. Tante Lucy veegde het afwassop van haar handen, pakte de hoorn van de haak en zong haar gebruikelijke: 'Hallo! Met het huis van de familie O'Shaughnessy.' Na een korte stilte zei ze: 'Mevrouw Schuler? Ik zal even kijken.'

Ze legde de telefoon op het aanrecht, liep de keuken door en keek om het hoekje de naaikamer in. Daarna kwam ze even bij de keukentafel staan, waar ik mijn boterham zat te eten. Ik had haar nog nooit zo blond gezien en de moedervlek zat vandaag hoog op haar ene jukbeen, pal onder haar linker-oog.

'Het is de ma van je vriendin', zei ze zachtjes. 'Die Japanse vrouw.'

Ik trok mijn wenkbrauwen hoog op. 'Kan ma met haar praten?'

Tante Lucy snoof en schudde haar hoofd. 'Op dit moment niet.'

Ik gluurde naar de naaikamer en zag nog net de voetzolen van mijn moeder over de leuning van de bank bungelen. Ze was diep in slaap, ook al was het midden op de dag.

'Je hebt toch geen kattenkwaad uitgehaald?' vroeg tante Lucy fronsend.

'Nee, echt niet!' riep ik. 'Echt niet, tante Lucy!'

Mijn tante zuchtte diep. 'Nou, laat ik maar eens horen wat ze wil.' Ze liep weer naar het aanrecht en pakte de hoorn op. 'Ik ben bang dat mevrouw Schuler er net even niet is', loog ze. 'Kan ik u misschien helpen?' Vol spanning luisterde ik naar mijn tantes kant van het gesprek. 'Ah, ik begrijp het … O, natuurlijk, ik denk dat dat wel goed is … Ja, ja, uh-uh … Dat is prima … Het is wat ongebruikelijk, maar … Net zusjes, zegt u? Ik weet dat ze graag bij elkaar zijn, maar … uh-uh … Weet u zeker dat het geen moeite is? Ik bedoel maar, ze is al zo vaak bij u … O, nou ja, goed dan … Als u haar maar direct naar huis stuurt, als ze u op de zenuwen gaat werken. Ah, hahaha … ja, ja … Wat zegt u …? O ja, ik zal zorgen dat mevrouw Schuler ervan weet … Nee, echt, ik denk dat ze het wel best zal vinden… Ja, natuurlijk. Goed dan. Goedemiddag.'

Mijn tante hing op. 'Ze willen graag dat je min of meer bij hen komt wonen. Ze wilde weten of je de weekenden daar zou mogen logeren.'

'Wat hebt u gezegd?' vroeg ik gretig, hoewel ik dat natuurlijk al wist. Ik wilde het alleen nog een keer horen.

'Dat het goed is. Als zij dat nou zo graag willen. Ik weet zeker dat je moeder het geen probleem vindt.'

'Maar als oom Finn erachter komt, krijg ik er vast van langs!'

'Laat oom Finn maar aan mij over.'

En dat was dat. Ieder ander kind had het vast vreemd gevonden om zo nonchalant door haar eigen familie te worden verstoten, maar voor mij was het alsof ik toestemming had gekregen om naar huis te gaan.

Ik vroeg me niet af waarom de Yamagata's bereid waren mij in huis te nemen; ik accepteerde het gewoon. Ik was natuurlijk ook veel te jong om de gulheid van dat gebaar te beseffen. Ik kon niet overzien hoeveel werk en extra verantwoordelijkheid een extra kind in huis met zich meebracht. De Yamagata's behandelden mij met zo veel liefde, dat ik er niet aan twijfelde of ze wilden me gewoon graag om zich heen hebben. Vanaf dat moment begon mijn leven pas echt te veranderen en een enigszins normaal karakter te krijgen.

Sunny's kamer werd ook de mijne, net als haar grote hemelbed. Het grootste deel van mijn schamele garderobe kreeg een plekje in Sunny's klerenkast en als we dezelfde maat hadden gehad, hadden we gewoon elkaars kleren kunnen dragen. Ik was echter veel groter dan zij en dus viel daar niet aan te denken. Al het andere deelden we echter met elkaar, of beter gezegd, zij deelde het met mij: haar speelgoed, haar poppenhuis en al die prachtige boeken.

Maar het mooiste van alles was, dat haar ouders ook mijn ouders werden. Alles wat een vader en moeder horen te doen voor een kind, deden meneer en mevrouw Yamagata voor mij. Ze gaven me te eten, wasten mijn kleren, kamden mijn haar en hielpen me bij mijn huiswerk. Ze haalden de dokter erbij als ik ziek was en namen me mee naar de tandarts als ik kiespijn had, en hoewel ik er in die tijd niet bij stilstond, moeten ze ook de rekeningen daarvoor hebben betaald. Maar bovenal knuffelden ze mij als ik er behoefte aan had, en ze waren altijd bereid me te omhelzen of me een zoen te geven en te vertellen dat ze van me hielden.

Tegelijkertijd deinsden ze er niet voor terug me te straffen als ik dat verdiend had. Het kwam regelmatig voor dat Sunny en ik onze rommel niet opruimden, of zo luidruchtig waren dat Obaasan last van ons had. De Yamagata's waren echter zelfs mild in het straffen en zodra Sunny en ik onze verdiende moppers hadden geïncasseerd en onze straf hadden uitgezeten – die meestal inhield dat we voor een uurtje uit elkaar werden gehaald om in alle rust ons wangedrag te overdenken – was alles vergeven en vergeten en leefden ouders en kinderen weer vrolijk verder.

Als lid van het gezin had ik ook bepaalde klusjes toegewezen gekregen. Zo moest ik elke woensdag en zaterdag de badkuip schrobben, waar ik een ontzettende hekel aan had. Toch deed ik het telkens zonder morren. Ook hielp ik bij de afwas en veegde het paadje naar de voordeur schoon. Samen met Sunny was ik verantwoordelijk voor het netjes houden van onze kamer. Sunny had haar eigen klusjes, net als Sam, dus het volvoeren van de mij opgedragen taken versterkte alleen maar mijn gevoel dat ik er helemaal bij hoorde.

Op zaterdagochtend hielpen we meestal in de groentewinkel van meneer Yamagata en zijn zwager, Hito Miyamoto. Meneer Yamagata was ook mede-eigenaar van de bioscoop van zijn andere zwager, Masuo Nakamura, maar daar kwam hij niet veel. Het grootste deel van zijn zesdaagse werkweek was hij in de groentewinkel te vinden. Ojisan (oom) Hito en zijn vrouw Obasan (tante) Akemi woonden met hun twee kleine kinderen in het bovenhuis. Obasan Akemi was de jongere zus van meneer Yamagata. Zijn andere zus, Obasan Yoshiye, was met de bioscoopeigenaar getrouwd.

De groentewinkel bevond zich in First Street, een zijstraat van Pleasant Avenue in Boyle Heights, niet ver van Klein Tokio, maar nog wel aan deze kant van de Los Angelesrivier. De winkel was omringd door hakujin-zaken, maar het feit dat hij in Japanse handen was verhinderde niet dat hij floreerde. Meneer Yamagata en Ojisan Hito hadden het altijd druk en de bel aan de winkeldeur rinkelde aan een stuk door. Sunny en ik waren de hele zaterdagochtend bezig met vegen, stoffen, ramen lappen en vakken vullen. Meneer Yamagata had beloofd dat we ook de klanten mochten gaan helpen, zodra we oud genoeg waren.

De winkel trok zowel Japanse als blanke klanten, maar mijn lievelingsklanten waren toch de oudere emigranten uit Japan. Wanneer een van hen de winkel in kwam, onderbrak ik mijn werk om de show te volgen. Deze bejaarde mensen hielden nog vast aan de oosterse omgangsvormen, en dat vereiste een heleboel buigingen en beleefde conversatie, voordat er eindelijk zaken gedaan konden worden. Soms praatte meneer Yamagata met hen in hun moedertaal, soms in het Engels, afhankelijk van wie hij voor zich had. Wanneer de deurbel rinkelde en een bejaarde klant binnentrad, bijvoorbeeld meneer Tanaka, die zijn gebruikelijke portie groene thee en sigaretten kwam halen, dan kwam meneer Yamagata naar voren om hem te begroeten alsof hij een eregast was. De beide mannen maakten een diepe buiging, eerst de een en dan de ander, en zeiden dingen als: 'Ah, Tanaka-san, goedemiddag. Het is me een waar genoegen u weer te ontmoeten' en 'Dank u, Yamagata-san, ik hoop dat u en de uwen in goede gezondheid verkeren.'

Ik raakte elke keer weer in de ban van dit ritueel en het verrukte me, zo beleefd als de Japanners tegen elkaar deden. Ik probeerde me weleens voor te stellen dat oom Finn een buiging zou maken voor een van zijn klanten, maar dat was zo'n belachelijke gedachte dat ik erom in de lach schoot. Oom Finn zou voor niemand buigen, zelfs al kreeg hij geld toe. Hij zou een klant nog liever met een schop tegen zijn achterwerk de deur uit laten vliegen dan zichzelf verlagen met een dergelijk vertoon van nederigheid.

Sinds ik al mijn weekenden bij de Yamagata's doorbracht, vormden de sporadische telefoongesprekken tussen tante Lucy en mevrouw Yamagata de enige schakel tussen mijn beide levens. Het waren korte gesprekken, die uitsluitend over mij gingen. Ik hoorde weliswaar slechts een kant, maar de vrouwen praatten alleen over wat ik nodig had, hoe het met me ging en hoe ik het deed op school. Tot mijn verbazing en verrukking vond mevrouw Yamagata mijn tante 'een prettig iemand'. Gezien de mening van oom Finn over alles wat Japans was, maakte het diepe indruk op me dat mijn tante Lucy hartelijk tegen mevrouw Yamagata was. Een poos lang droomde ik ervan dat de beide vrouwen vriendschap zouden sluiten, zodat oom Finn zou gaan merken dat hij deze mensen verkeerd had beoordeeld. Per slot van rekening hadden meneer en mevrouw Yamagata wel meer hakujin-vrienden. Meneer Yamagata vertelde altijd dat hij bijvoorbeeld Harvey Tucker tegen het lijf was gelopen, of had geluncht met Bill McQueen, of dat die ouwe Tom Johnson uit Pasadena had gebeld om zijn hart te luchten over de laatste softbalwedstrijd. Dat waren toch stuk voor stuk verdacht Amerikaanse namen. Mevrouw Yamagata ging regelmatig bij de vrouwen uit de buurt op bezoek, en zij kwamen op hun beurt bij haar aanwippen met verse baksels, nieuwe recepten en sappige roddels. De buurvrouw, Vera Eddington, was zelfs kind aan huis.

Mevrouw Eddington was een stuk jonger dan mevrouw Yamagata. Ze was pas getrouwd en had nog geen kinderen, en ik denk dat ze zich een beetje eenzaam voelde als haar man de hele dag naar zijn werk was. Dus als Sunny en ik uit school kwamen, troffen we haar steevast in de keuken, waar ze hielp met taarten bakken of zilver poetsen, of gewoon met mevrouw Yamagata bij een kopje koffie zat te babbelen. Persoonlijk vond ik haar een beetje ordinair – ze had te veel lippenstift op en was behangen met een overdaad aan slecht bij elkaar passende sieraden, en ze rookte zo veel sigaretten dat mevrouw Yamagata na haar vertrek soms de keuken moest luchten. Haar man heette Chester, maar iedereen noemde hem Eddie.

Soms kwamen ze op zaterdagavond samen op bezoek. Dan klapte meneer Yamagata de kaarttafel uit en gingen ze met z'n vieren gezellig zitten kaarten. De Eddingtons waren heel andere types – veel jonger, luidruchtiger, minder beschaafd en natuurlijk hakujin – maar de beide echtparen hadden blijkbaar toch wel iets gemeen, want ze lachten veel en bleven soms tot diep in de nacht zitten kaarten en praten. Mevrouw Eddington deed me aan mijn tante denken en dus dacht ik: als Vera Eddington met mevrouw Yamagata bevriend kan zijn, waarom tante Lucy dan niet?

De reden daarvoor was natuurlijk mijn oom. Die wist heus wel waar ik elke avond en alle weekenden uithing, maar hij noemde nooit hun naam, noch tegen mij, noch tegen wie dan ook. Ongetwijfeld was hij het er nog steeds niet mee eens dat ik me afgaf met 'dat stelletje Jappen', maar volgens Stella vond hij het wel prettig dat er een persoon minder was in zijn overvolle huis. Een mond minder hoeven voeden betekende dat hij wat meer geld overhield, en hij had graag wat kleingeld op zak voor als hij ging pokeren.

Oom Finn had niet zo'n grote vriendenkring, maar hij had wel een aantal trouwe pokermaatjes. Het waren allemaal blanken, uiteraard, en de meesten waren Iers. Zo eens per week kwamen ze bij elkaar om te kaarten, bier te drinken en zo mogelijk quitte te spelen. Zijn beste maatje was Sean McDougall, die toevallig ook onze postbode was. Ze gingen graag samen naar de pub – een bar met de naam *Bij Charlie O'Casey* – om, zoals ze zeiden, 'verhalen te vertellen over het goeie, ouwe vaderland'. Ik vroeg me altijd af waar ze die dan vandaan haalden, want geen van beiden was ooit in Ierland geweest. Als ze terugkwamen van de pub waren ze altijd in een uitgelaten stemming. Dan vertelden ze moppen die ik niet begreep en lachten bulderend om de clou. Het was echter een heel ander soort lachen dan ik hoorde als de Eddingtons en de Yamagata's bij elkaar waren. Ik kreeg er de koude rillingen van. Ik mocht Sean McDougall niet zo, en vond hem juist daarom een uitermate geschikte vriend voor mijn oom.

Hoe dan ook, de band tussen mijn twee levens was maar zwak en na een poosje besloot ik dat het ook maar beter was om mijn twee leefwerelden totaal gescheiden te houden. Het leven bij oom Finn verdroeg ik, en van het leven bij de Yamagata's genoot ik.

Omdat ik er nu ook 's nachts bleef, ontdekte ik dat het waar was wat Sunny me had verteld: Obaasan lag soms woedend in het donker te roepen en op haar man te schelden omdat hij haar niet terugbracht naar Japan. Ik was altijd wat van slag als ik wakker was geschrokken van haar Japanse tirades, maar Sunny moest erom giechelen, dus probeerde ik dat ook. In werkelijkheid ging er door mijn hart echter een steek van medelijden met de oude vrouw die zo graag naar huis wilde, juist omdat ik voor het eerst in mijn leven begreep wat het zeggen wilde om een thuis te hebben. Ik kon me niet voorstellen hoe het moest zijn om zoiets heerlijks voor altijd te moeten missen. Daarom probeerde ik dat ook maar niet. Ik draaide me gewoon om en viel weer in slaap. Wat mij betreft was ik voorgoed thuis. Hoewel ik in het verkeerde gezin was geboren had ik, om onnaspeurlijke redenen en door het welwillend ingrijpen van een of ander onzichtbaar wezen, mijn echte familie eindelijk gevonden en niets of niemand zou daar ooit nog verandering in kunnen brengen.

7

Op zaterdagmiddag, als ons werk in de groentewinkel erop zat, zaten Sunny en ik vaak met een ijsje of popcorn of een lolly op het bankje voor de winkel. Dan praatten we over alles wat ons belang inboezemde. We namen de plot nog eens door van de film die we onlangs hadden gezien, we vertelden elkaar welke klasgenootjes we leuk vonden en welke niet, en fantaseerden over wat we later wilden worden. Soms bespraken we de vraag met wie we zouden trouwen en hoeveel kinderen we dan wilden en hoe we die zouden noemen.

Tijdens een van de vele gesprekken op dit bewuste bankje bleek dat, terwijl ik mijn best deed in te burgeren in de wereld van de Japanners, Sunny juist vastbesloten was daaraan te ontsnappen. Hoewel onze levens elkaar op dat specifieke moment en op die specifieke plaats hadden gekruist, voerde onze innerlijke reis ons juist in tegenovergestelde richtingen. Mijn bestemming lag in het Oosten, die van Sunny in de wereld van de blanken.

Als ik het me goed herinner, opperde ik dat Luther Huffington haar over een jaar of tien misschien wel ten huwelijk zou vragen, als ze het maar slim genoeg aanpakte. Luther zat een klas hoger dan wij en Sunny vond hem een stuk. 'Hij is zo lief!' fluisterde ze ademloos, telkens als we hem tegenkwamen. Ze had nog nooit een woord met hem gewisseld, maar liep al een week of wat vanuit de verte met hem te dwepen. Ik probeerde haar dus aan te moedigen, maar ze schudde alleen maar verdrietig haar hoofd, kauwde peinzend een handvol popcorn weg en zei toen: 'Zelfs al zou hij me ooit zien staan, wat vast niet gebeurt, en zelfs al zou hij me vragen, wat ook vast niet gebeurt, dan nog kan ik niet met hem trouwen.'

'Waarom niet?'

'Het is tegen de wet.'

'Wat is tegen de wet?'

'Dat een Amerikaan met een Japanner trouwt.'

'Echt?'

'Yep. Je mag alleen met je eigen soort trouwen, anders moet je naar de gevangenis.'

Ik kon mijn oren niet geloven. Ik had nog nooit van het bestaan van zo'n wet gehoord. 'Weet je dat zeker?'

'Yep.'

'Wie zegt dat dan?'

'Papa heeft het verteld.'

'Dus Amerikanen mogen alleen met Amerikanen trouwen?'

'Yep.'

'Maar jij bent toch Amerikaans', protesteerde ik.

'Ja, maar ik zie eruit als een Japanner.'

Sinds ik Sunny had leren kennen, had ik al heel wat verbijsterende dingen gehoord, en dit was weer zoiets waar ik niets van begreep. 'Maar als je dan wilt trouwen, hoe moet dat dan?' vroeg ik.

'Dan moet ik trouwen met iemand die er net zo uitziet als ik.'

'Maar als je nou liever met Luther wilt trouwen?'

'Dat kan dus niet.'

'En als je het dan toch doet?'

'Dan ga je naar de gevangenis.'

Ik was ontzet. Stel je voor dat je in de boeien werd geslagen en afgevoerd naar de nor, alleen omdat je met Luther Huffington was getrouwd!

'Weet je het echt zeker?' vroeg ik nog eens. 'Stoppen ze je echt in de gevangenis voor zoiets?'

'Yep. In Californië tenminste. In andere staten mag je wel trouwen.'

'Echt?'

Ze knikte. 'Ik heb weleens gehoord van stelletjes die ervandoor gingen naar Seattle of zo'n soort plaats om daar te trouwen, want daar hebben ze geen wet dat het niet mag. Dus dan trouwen ze en komen daarna weer hier terug. Maar mama zegt dat niemand hen dan nog aardig vindt. De blanken niet en de Japanners ook niet.'

Sunny keerde haar popcornzakje ondersteboven en liet de laatste korrels in haar mond vallen. Ik was een langzame eter en dus pas halverwege mijn eigen zakje.

'Wat doen ze dan?' vroeg ik.

'Wie?'

'Die mensen die getrouwd zijn, maar die niemand meer aardig vindt.'

'Die zijn altijd alleen, want niemand wil meer met hen omgaan.'

'Zelfs hun eigen familie niet?'

'Vooral hun eigen familie niet.'

Het werd steeds ingewikkelder. 'Bedoel je dat Japanse mensen het niet leuk vinden als een Japanner met een blanke trouwt?'

Sunny schudde nadrukkelijk haar hoofd. 'Klopt. De meesten vinden dat de Japanners bij elkaar moeten blijven.'

'Maar ik ben blank en iedereen in jullie familie vindt het goed dat ik bij jou ben!'

'Dat is heel iets anders.'

'Waarom?'

'Omdat niemand met jou hoeft te trouwen. Je bent er gewoon.'

'Maar als ik wel met een Japanner ging trouwen, dan vindt ineens niemand me meer aardig?'

'Dat denk ik, ja. Behalve ik, natuurlijk.'

We zwegen. Ik pikte een stukje popcorn uit mijn zakje en bracht het naar mijn mond, maar plotseling kon er geen hap meer bij. Pas jaren later zou ik onder woorden kunnen brengen wat ik nu probeerde te bevatten en dat was het volgende:

de wetten van dit land en de houding van de mensen die er woonden lieten geen enkele ruimte voor liefde. Als achtjarige voelde ik alleen nog maar haarfijn aan dat er iets niet klopte.

Wat mij vooral verontrustte, was het feit dat ik niet langer binnen de Japanse gemeenschap geaccepteerd zou worden als ik met een van hen zou trouwen. Het leek er verdacht veel op dat de Japanners even bevooroordeeld waren als de blanken, en dat weigerde ik te geloven. Natuurlijk waren ze dat niet. Meneer Yamagata had me al verzekerd dat hij aan niemand een hekel had. Hij was heel anders dan oom Finn met diens schandalige, stompzinnige minachting voor iedereen die anders was dan hijzelf. Wat Sunny me nu vertelde, was in lijnrechte tegenspraak met de open en hartelijke manier van doen die ik bij de Japanse Amerikanen had opgemerkt; niet alleen bij de Yamagata's, maar ook bij anderen die ik in de afgelopen maanden had ontmoet. Vol onbegrip verbande ik de discrepantie tussen wat Sunny me had verteld en wat ik met eigen ogen had gezien naar een hoekje van mijn geest, in de veronderstelling dat ik er later nog weleens over zou nadenken, als dat tenminste noodzakelijk was.

'Wat ga jij doen, Sunny,' vroeg ik ten slotte, 'als je later met een blanke man wilt trouwen?'

Ze haalde haar schouders op en schudde haar hoofd.

'Loop je dan ook weg naar Seattle?' opperde ik.

'Ja, dat denk ik wel.'

'Ik wou dat jij kon trouwen met wie je maar wou.'

Sunny staarde naar het zakje vol vetvlekken in haar hand, verfrommelde het en smeet het in de richting van de prullenbak die naast het bankje stond. Ze miste, maar stond niet op om het op te rapen. 'Weet je wat ik graag zou willen, Augie?'

'Nou?'

'Ik wou dat ik blank was.'

'Dat meen je niet!'

'Dat meen ik wel.'

'Maar waarom dan?'

'Het zou alles een stuk gemakkelijker maken.'

'Maar wat is er dan verkeerd aan hoe het nu is?'

'Wat er verkeerd aan is?' echode ze. 'Alles.'

'Hoezo, alles?'

Ze keek me uitdrukkingloos aan. 'Jij weet niet hoe het is, Augie. Niemand noemt jou platgezicht, of trekt zijn ogen scheef als hij je ziet.'

'Nou en? Mij schelden ze uit voor sproetenkop en vuurtoren en gisteren zei Jimmy Farnsworth nog dat ik een nichtje van Godzilla zou kunnen zijn. Daar was je zelf bij.'

Sunny haalde koppig opnieuw de schouders op. 'Dat is niet hetzelfde.'

'Waarom niet?'

'Omdat jij blank bent. Wat ze ook over je zeggen, je bent nog steeds hetzelfde als iedereen, maar ik ben anders.'

Hier had ik geen antwoord op. Ik was met stomheid geslagen. Natuurlijk, Sunny werd af en toe geplaagd, maar dat overkwam de meeste kinderen toch weleens? Nooit eerder had ze gezegd dat ze liever blank wilde zijn. Natuurlijk, ze was anders, maar ik had altijd aangenomen dat ze juist vond dat ze had geboft omdat ze Japanse was.

Het was een zonovergoten middag. Blanke en Japanse gezichten dreven voorbij, allemaal voetgangers die in First Street moesten zijn. Ik probeerde met Sunny mee te voelen, maar slaagde er niet in. Gelukkig zijn was voor mij synoniem met Japanner zijn. Sunny, die zo was geboren, kreeg het geluk op een presenteerblaadje aangeboden, en ik was de pechvogel, die alles op alles moest zetten om een plaatsje in die verheven cultuur te bemachtigen.

'Nee,' zei ik na een poosje, 'het is niet goed om blank te willen zijn, Sunny.'

'Nou,' zei ze kribbig, 'ik wil het toch.'

'Maar jij hebt juist zo veel geluk gehad!'

Ze schudde haar hoofd. 'Maar Amerika is blank, Augie.'

'Hoe bedoel je?'

Ze dacht even na en zei toen: 'Nou, bijvoorbeeld, heb je ooit een Japanse filmster gezien?'

Ik blies nadenkend mijn wangen bol. 'Volgens mij niet.'

'En een Japanse president dan?'

Ik schudde mijn hoofd.

'Hebben we op school weleens een boek gelezen waar een Japanner in voorkwam?'

'Eh, ik geloof het niet.'

'En kijk dan.' Sunny wees op een reclameposter die aan een winkelruit hing. Twee engelachtige, blonde kindertjes zaten glimlachend boven een kom soep.

'Amerika is blank', concludeerde ze nogmaals.

Ze had gelijk, ik kon er niets tegen inbrengen. Het was ongelooflijk maar waar, dat ik zo aan het blanke karakter van Amerika gewend was, dat het me nooit eerder was opgevallen. Het was Sunny die me erop moest wijzen.

'Maar ik dacht dat je het hier fijn vond!' riep ik plotseling uit. Ik wist niets anders te bedenken om ons gesprek te vervolgen. 'Nu klink je net als Obaasan, alsof je terug wilt naar Japan.'

'Ik wil niet terug naar Japan. Ik wil er alleen maar bij horen hier.'

Na een lange stilte vroeg ik: 'Knijp je daarom elke avond in je neus?'

Sunny keek verbaasd. 'Hoe weet je dat?'

'Ik heb het gezien.'

'Maar ik dacht altijd dat je al sliep.'

'Niet altijd dus.'

'Je had je ogen dicht.'

'Dat dacht je maar. Dus, waarom knijp je in je neus?'

Met een diepe zucht wendde Sunny haar blik af. 'Omdat hij veel te plat is. Ik heb zelfs haast geen neus! Ik wil een hakujin-neus, zoals jij. De mensen vinden de neuzen van blanke meisjes veel mooier.'

Ik fronste mijn wenkbrauwen. 'Ik vind jouw neus anders heel mooi.'

'Dank je,' zei Sunny, 'maar ik niet.'

'Hoe groot wil je hem proberen te maken?'

'Dat weet ik niet. Zo groot als maar kan, denk ik.'

Door al dit gepraat over neuzen moest ik ineens aan Jimmy Durante denken. Ik had hem voor het eerst gezien in de film *Little Miss Broadway* en kon mijn ogen niet geloven, zo'n voorgevel als die vent had. Geen wonder dat hij de bijnaam 'het Neusgat' had gekregen. Ik stelde me Sunny voor met zo'n neus en proestte het uit.

'Waar lach je om?' vroeg Sunny, plotseling op haar hoede.

'Als je maar niet zo vaak in je neus knijpt dat je er straks net zo een hebt als Jimmy Durante!' gierde ik.

Daar moest Sunny ook om lachen, maar ze zei meteen dat ze zelfs een neus als die van Jimmy Durante liever had dan haar eigen.

'Dat meen je toch niet?' riep ik uit. 'Als je zo'n neus had, kon je niet eens meer je hoofd rechtop houden. Dan liep je de hele tijd naar de grond te kijken.'

'Misschien wel', gaf ze toe. 'Maar met zo'n neus kon ik tenminste trouwen met wie ik wou.'

'Met zo'n neus zou er niet eens iemand met jou wíllen trouwen', wierp ik tegen. We gierden het uit, en zwaaiden ondertussen naar een bekend gezin dat net voorbijreed. In plaats van mijn hand weer in mijn schoot te leggen, liet ik mijn vingers even onderzoekend langs mijn eigen neus glijden. Sunny had me aan het denken gezet. Hoe mijn neus er eigenlijk uitzag, had me nog nooit beziggehouden. Het was een handig apparaatje om mee adem te halen, maar meer ook niet. Nu drong het tot me door dat hij misschien wel twee keer zo groot was als die van Sunny en vermoedelijk ook als alle andere neuzen in haar familie.

'Hoe vaak doe je het eigenlijk?' vroeg ik.

'Wat?'

'In je neus knijpen.'

'Vijfentwintig keer.'

'Helpt het?'

'Volgens mij wel.'

'Denk je echt dat je over een poosje meer op een blanke zult lijken?'

'Ik hoop het.'

Weer betastte ik mijn neus en streek met mijn wijsvinger over de neusbrug. 'Denk je dat mijn neus platter kan worden, als ik hier maar hard genoeg op druk?'

Sunny trok een rimpel boven haar ogen en week een beetje naar achteren om me beter te kunnen zien. 'Waarom zou je dat willen?' vroeg ze vol afschuw.

'Om Japanser te lijken, natuurlijk.'

Ze tuurde me achterdochtig aan en ik begreep dat ze dacht dat ik haar voor de gek hield.

'Ik meen het echt, hoor', verzekerde ik haar. 'Ik zou er alles voor overhebben om Japans te zijn.'

'Haha', lachte ze schril en sloeg haar ogen ten hemel. 'Vast niet!'

'Welles!'

'Nietes! Je weet niet waar je het over hebt.'

'Heus wel!' protesteerde ik luidkeels. 'Jij bent niet goed bij je hoofd, dat je er als een blanke uit wilt zien. Straks wil je ook nog bij oom Finn wonen.'

Zwijgend zat ze even op haar lippen te bijten. Toen zei ze: 'Het is eigenlijk wel grappig: ik wil blank zijn en jij wilt Japans zijn.'

'Ja.'

'Konden we maar gewoon ruilen.'

'Nou!' Ik was ervan overtuigd dat het op de lange duur voor mij de beste ruil zou zijn.

'Ga je echt proberen je neus platter te maken?' vroeg ze.

Ik knikte heftig. 'Reken maar.'

'Nou, laten we het dan samen doen, elke keer als je bij mij logeert.'

'Goed!' Ik raakte nu vol vuur. 'Denk je dat het zal helpen?'

We bestudeerden elkaars neus, ik om te zien of die van haar al groter was dan eerst en zij om te bepalen of de mijne platter zou kunnen worden. Ik betwijfelde of de hare veel veranderd was sinds onze eerste ontmoeting in Hollenbeck Park, maar als ik er vanuit een bepaalde hoek naar keek en er een scheutje wensdenken aan toevoegde, ja, dan was wel te zien dat haar neusbrug iets verder naar voren stak. Wat de mijne betreft stelde Sunny vast: 'Ik denk dat het wel zal lukken, maar je zult er heel veel op moeten duwen. Misschien ben je al wel oud voor het helemaal klaar is.'

'Hoe oud dan?' vroeg ik, en wapende me bij voorbaat tegen de moedeloosheid.

'Geen idee. Twintig misschien, of vijfentwintig.'

Die dag leek nog heel ver weg, maar ik was vastbesloten zo ver te komen. 'Dan kan ik beter meteen beginnen.'

Vanaf die dag bewerkten we onze neus elke avond voor het slapengaan, een gewoonte die we een paar jaar zouden volhouden. Ongeveer eens per week bekeken we ons profiel in Sunny's toiletspiegel en hoewel we geen verandering zagen in wat Jimmy Durante 'die ouwe schnozzola' noemde, bleven we ons vastklampen aan de hoop dat we op een dag ook uiterlijk deel zouden uitmaken van het ras waar we zo graag bij wilden horen.

Het schooljaar ging voorbij, en ook de zomer, en op 9 augustus 1939 werden Sunny en ik allebei negen jaar. Het was de eerste verjaardag die we samen vierden en voor zover ik me herinner was het ook die dag dat we voor het eerst beweerden een tweeling te zijn. Mevrouw Yamagata moest erom lachen en zei dat we er dan wel bij moesten vertellen dat we twee-eiig waren, want geen mens ter wereld zou ons voor een eeneiige tweeling aanzien. En het was ook vanaf die dag dat ik mijzelf, ondanks mijn uiterlijk, als een rasechte Japanse ging beschouwen.

Mevrouw Yamagata had ons lievelingskostje gekookt – hotdogs met een dikke laag ketchup en kommen vol dampende rijst met sojasaus. Volgens Obaasan was die combinatie slecht voor de maag, omdat onze ingewanden nu tegelijkertijd naar het oosten en het westen wilden draaien, maar we aten het toch. Als toetje was er een enorme chocoladetaart met negen kaarsjes, die Sunny en ik gezamenlijk uitbliezen. Daarvoor deden we stilletjes een wens, en ook al zeiden we het niet tegen elkaar, ik denk dat we allebei hetzelfde wensten – te mogen worden wat we niet waren.

Naderhand overlaadden meneer en mevrouw Yamagata ons met cadeaus – zo kwam het mij althans voor, omdat ik in mijn leven nog maar zo weinig cadeautjes had gekregen. Ik herinner me er nog maar twee van: het speciale cadeau voor

Sunny en dat voor mij. Dat van Sunny kwam het eerst. Meneer Yamagata ging even weg en kwam toen terug met een krat, zo een waarin de blikken conserven voor de winkel werden aangevoerd. In het krat, opgerold op een nestje van oude lappen, lag een jong hondje van ongeveer drie maanden oud.

Sunny gaf een gil van blijdschap en tilde het beestje meteen op. 'O, papa, is die echt voor mij?'

'Helemaal!'

'Nou, jij en Augie mogen er samen voor zorgen', voegde mevrouw Yamagata eraan toe.

'Wat een schatje! Wat voor ras is het?'

'Hij is een zogenaamde bastaard', legde meneer Yamagata met een scheef glimlachje uit. 'Van gemengd bloed, dus; een beetje van dit en een beetje van dat.'

'Met andere woorden,' viel mevrouw Yamagata in, 'niemand heeft enig idee.'

'Nou, gezien de oren die hij aan zijn kop heeft, zou ik zeggen dat er wel iets van een jachthond in zit', speculeerde meneer Yamagata.

Sunny en ik tilden elk een van de flaporen omhoog en bekeken die nauwlettend. Ze leken nogal bovenmaats voor dat kleine koppie. Toen viel mijn blik op iets anders. 'Moet je die neus eens zien!' riep ik uit. 'Wat een grote neus voor zo'n klein hondje!'

Sunny aaide de vochtige, zwarte bobbel en zei: 'Nu weet ik hoe ik hem ga noemen. Jimmy Durante, roepnaam Jimmy!'

Zo kwam Jimmy in mijn leven, en de volgende veertien jaar zou hij daar deel van blijven uitmaken.

Sunny nam het hondje op schoot en vroeg: 'En wat is Augies speciale cadeau?'

In alle opwinding was ik dat helemaal vergeten.

'Ah, dat is waar ook!' zei meneer Yamagata. Hij vouwde zijn handen op de eettafel en boog zich naar mij toe. 'Nou, zie je, Augie, het is niet iets wat je kunt vasthouden, je kunt het eigenlijk niet eens zien ...'

'Maar we hopen dat je er toch blij mee bent', viel mevrouw Yamagata hem in de rede.

Ik knikte, en hoopte maar dat meneer Yamagata een beetje zou opschieten. 'Nou, je weet hoeveel we van je houden en hoe blij we zijn dat je hier bij ons bent.'

Weer knikte ik. Waar wou hij nu heen? Ging hij me vertellen dat ik niet meer mocht komen, vanwege oom Finn? Wat voor cadeau zou dat nou zijn? Ik wiebelde op mijn stoel.

'Nou, we weten hoe de toestand bij jou thuis is, dat je geen vader meer hebt, en dat het daar, nou ja, een beetje eenzaam voor je is. We kennen je nu al bijna een jaar en als je hier bent, vergeten we gewoon dat dit jouw huis eigenlijk niet is en dat wij jouw echte familie niet zijn ...'

'Misschien kun je maar beter ter zake komen, Toshio', onderbrak mevrouw Yamagata hem vriendelijk.

'Zo dadelijk, Suma, geef me even de tijd.' Hij schraapte zijn keel en keek me glimlachend aan. Ik begon weer te wiebelen, zo zenuwachtig werd ik.

'We weten wel dat je moeilijk altijd hier kunt zijn,' ging hij verder, 'maar we meenden dat je, als je hier bent, ons maar moest beschouwen als je familie, en voortaan mama en papa zeggen tegen Suma en mij. We begrijpen natuurlijk wel dat je al een moeder hebt en dat je ook herinneringen hebt aan je vader, en dat zijn natuurlijk je echte ouders, maar Suma en ik hadden zo gedacht dat je het onderscheid kunt maken door voor ons de Japanse woorden voor papa en mama te gebruiken.'

'Maar, papa,' zei Sunny en ze keek haar vader met gefronste wenkbrauwen aan, 'er zijn zo veel Japanse woorden voor papa en mama. Je raakt ervan in de war, net als van al die verschillende woorden voor Obaasan.' De oude vrouw trok haar wenkbrauwen op; ze vroeg zich zeker af wat er over haar gezegd werd. 'Wat moet Augie nou zeggen?' vervolgde Sunny. 'Moet ze jullie ook weer anders noemen als ze groter wordt?'

Meneer Yamagata schudde zijn hoofd. 'Nee, nee, Sunny. Daar hebben we al over nagedacht. Het zou het gemakkelijkste zijn als Augie de woorden *Chichi* en *Haha* gebruikte. Die zijn het gemakkelijkst te onthouden en uit te spreken. Wat denk je ervan, Augie? Lijkt het je een goed idee om ons *Chichi* en *Haha* te noemen?'

Chichi en Haha. Als je die woorden zei, leek het of je lachte. En terecht! De gedachte dat ik deze beide mensen papa en mama zou mogen noemen, vervulde me met onuitsprekelijke vreugde. Ik kon alleen maar bevestigend knikken op meneer Yamagata's vraag, want er zat zo'n groot brok in mijn keel dat ik geen woord kon uitbrengen.

Meneer Yamagata – Chichi – glimlachte me toe. 'En dan hadden we bedacht om jou ook maar een nieuwe naam te geven', zei hij. 'Wat dacht je van *Musume*? Het betekent "mijn dochter". Dus dit is ons speciale cadeau voor jou. Gefeliciteerd met je verjaardag, Musume.'

Chichi, Haha, Musume, drie toverwoorden. Mijn metamorfose van Iers-Duitse Schuler-O'Shaughnessy naar Japans-Amerikaanse Yamagata was een feit.

8

Ik vond het heerlijk om Japans te zijn en genoot met volle teugen van het leven in de wereld van de Yamagata's. Hoewel zij helemaal in Amerika waren ingeburgerd, had hun leefwereld nog steeds een duidelijk Japanse kleur. Wij vierden de Vierde Juli, Thanksgiving en het kerstfeest op de gebruikelijke manier, maar daarnaast hadden we ook de Japanse feestdagen, die aan de neus van de hakujin-kinderen voorbijgingen. Sunny had in heel Los Angeles familieleden wonen, en wanneer dit gezelschap bijeen was voor, bijvoorbeeld, de verjaardag van de keizer, dan bestond er voor mij geen blank Amerika meer. Ik was niet langer Augie, maar Augie-*chan*. Tantes, ooms, neven, nichten, schoonfamilie – voor iedereen was ik Augie-chan, behalve voor Chichi en Haha, die Musume tegen me zeiden, en voor Sunny, die me als enige Augie bleef noemen. Bij deze gelegenheden werd ik ook nooit als gast beschouwd, zelfs niet als *tomadachi*, een vriendin, omdat iedereen me zag als *kazoku*, deel van de familie. Met mijn rode haar bleef ik een vreemde eend in de bijt, maar dat leek geen van Sunny's verwanten op te vallen of te kunnen schelen.

Ook al had Chichi met de keizer niet veel op, toch lieten we nooit verstek gaan bij *Tenchosetsu*, de jaarlijkse viering van zijn verjaardag. Ik denk dat we erheen gingen om Obaasan gelukkig te maken, voor zover dat mogelijk was zolang ze nog in Amerika woonde. Het was een zeer formele aangelegenheid, waarvoor de Japanse Kamer van Koophandel elk jaar de grote Amerikaanse Legioenshal afhuurde. Daar zaten we dan op klapstoeltjes, met ons gezicht naar een verhoogd podium gekeerd, waarop vier heren zaten, twee aan elke kant van een vierkante kast met paarsfluwelen gordijnen erover. De mannen aan de linkerkant droegen witte handschoenen en een van hen leidde de ceremonie in door met stijve passen naar het midden van het podium te lopen en daar een diepe buiging voor de kast te maken. Deze diepe, plechtige buiging, waarbij de handen stijf langs de zijkanten van de benen werden gestrekt, werd de *saikei-rei* genoemd. Wel een halve minuut lang bleef de man roerloos in die houding staan. Daarna richtte hij zich weer op, terwijl hij zijn handen langs zijn benen omhoog liet glijden. Vervolgens deed hij een stap naar voren en opende de kastdeuren, waardoor voor de hele menigte daar verzameld het portret van keizer Hirohito zichtbaar werd. Dit werd beschouwd als een heilig moment, omdat het portret slechts een keer per jaar aan het publiek werd getoond. Bij deze plechtigheid sprongen Obaasan steevast de tranen in de ogen en vol eerbied staarde ze naar de afbeelding van de persoon die zij als God beschouwde.

De tweede man las daarop uit een soort boekrol, de *Kyoiku Chyokugo*, de keizerlijke instructies voor die voor alle Japanse burgers golden. Hoewel ik er geen woord van kon verstaan, luisterde ik ernaar met een aandacht alsof het een concert was. Voor mij was de taal ook net muziek. Na deze lezing stond de derde man op. Deze hield een toespraak, uiteraard weer in het Japans. Dit was wat minder plechtig en een stuk saaier, en zo langzamerhand begon het in de zaal ook warm en benauwd te worden. Onder de redevoering veegden de mensen het zweet van hun voorhoofd. Gelukkig kwam ook aan dit onderdeel een einde en wanneer de vierde man ging staan, brak het mooiste ogenblik aan.

Hij beval ons te gaan staan en wij sprongen allemaal op. Daarna hief hij beide armen in de hoogte en schreeuwde: '*Banzai!*' Gehoorzaam riepen wij hem na: 'Banzai!' Zijn armen zwaaiden omlaag en weer omhoog en hij brulde: 'Banzai!', en wij schreeuwden nog harder: 'Banzai!' Nog eens herhaalden we dit Japanse hoera en ik riep het hardst van allemaal.

Achter het toneel stond een piano, en zodra die de eerste maten speelde van '*Kimi gayo*', het Japanse volkslied, viel iedereen in. Behalve ik, natuurlijk. Ik kon alleen maar doen alsof door mijn lippen te bewegen, maar dat deed ik dan ook met verve. Bij Obaasan stroomden de tranen over de wangen.

Als de muziek afgelopen was, schoven we in lange rijen naar buiten, de zon weer in, en ieder jaar mompelde Chichi tegen Haha: 'Gelukkig, dat zit er weer op voor een jaar.' Ikzelf nam me echter plechtig voor dat ik voor de volgende keizerlijke verjaardag het hele volkslied uit mijn hoofd zou leren, zelfs al zou ik dat met de dood moeten bekopen.

Een andere activiteit die wij trouw bezochten, was de picknick van de Japanse gemeenschap, die elk jaar in juni werd gehouden in Elysian Park. Dit was een massale happening, waarvoor we al weken van tevoren druk in de weer waren, vooral Haha, die een heleboel moest bakken en naaien. Sunny en ik kregen altijd een nieuwe jurk, ook al stond van tevoren vast dat die bij het spelen in het park en de hardloopwedstrijden meteen weer vuil zou worden. Ook kocht Haha nieuwe tennisschoenen voor alle kinderen, zodat we bij het hardlopen niet voor de besten hoefden onder te doen. Sunny en ik wonnen nooit een prijs, maar desondanks hadden we het toch geweldig naar onze zin.

Op de dag van de picknick stroomde het park 's ochtends vroeg al vol met honderden Japanners, die in afwachting van het officiële begin van het festijn met reusachtige manden voedsel liepen rond te sjouwen. De ochtend was bestemd voor spelletjes en wedstrijden waaraan alle kinderen mochten meedoen en 's middags was er voor de oudere jongens het jaarlijkse honkbaltoernooi. Ergens gedurende de dag gaven de kleine jongens een demonstratie ritmische gymnastiek. Hun leider sprong opgewonden rond en telde de tijd af: '*Ichi! Ni! San! Shi!*'

Naast de sportieve activiteiten was er muziek in overvloed, voornamelijk uitgevoerd door de leerlingen van de Japanse scholen. Ze demonstreerden Japanse dansen, zongen liederen en meestal waren er ook wel een of twee kinderorkesten die zwetend en toeterend in het rond marcheerden.

Rond het middaguur ging er iemand met een bel het park rond om aan te kondigen dat het tijd was om te eten. '*Ohiru desu*,' zei hij tegen iedereen, 'het is tijd voor de lunch.' Moe van de inspanning en van de hitte zochten we allemaal dankbaar een plekje ergens in de schaduw en maakten ons op voor de maaltijd. De bedoeling was dat je je meegebrachte eten deelde met andere families, zodat niet iedereen alleen zijn eigen mand leeg zou eten. Zo deden allerlei Japanse heerlijkheden de ronde, zoals *maki-zushi*, een soort rijstbal gevuld met gember, paling, spinazie en wortel, en *nishime*, een in sojasaus gebakken mengsel van kleine stukjes wortel, bamboespruiten, champignons, tarowortels en varkensvlees.

Het was vermakelijk om te zien hoe de vrouwen elkaar lekkere hapjes aanboden om te proeven. Dat ging heel formeel. Iets als *otsukemono*, groente in het zuur, werd bijvoorbeeld aangeboden met een buiging en de opmerking: 'Dit smaakt echt nergens naar, maar wees zo goed er iets van te proberen.' De vrouw die het in ontvangst nam, zei dan bijvoorbeeld: 'Ah, *arigato*. Dank u, dank u. Ik weet zeker dat het heerlijk zal smaken. Zelf heb ik wat *botamochi* gemaakt. Het is niet zo goed gelukt, maar wees zo vriendelijk het van me aan te nemen.'

Ook al deinsde ik terug voor paling en rauwe vis, de meeste andere gerechten durfde ik wel te proeven en na een poosje begon ik sommige ervan zelfs te waarderen.

Tijdens de picknick vloeide de *sake* rijkelijk, en het meeste ervan verdween in de kelen van slechts een paar mannen, elk jaar dezelfde. Ik kende het spul niet, maar wat er gebeurde als bijvoorbeeld meneer Omori en meneer Kikumura beiden een paar flessen ervan achterover hadden geslagen, stond me wel aan. Dan verzamelde zich een kleine menigte om hen heen en smeekte hun om *naniya bushi* te zingen. Chichi legde me uit dat dat een soort ballades waren, waarbij de klassieke Japanse verhalen in liedvorm ten gehore werden gebracht. Meneer Omori en meneer Kikumura voldeden maar al te graag aan dit verzoek. Zij gingen met gekruiste benen in het gras zitten, en wisselden hun gezang af met grote slokken uit de sakefles.

Beide mannen hadden een fantastische stem die prachtig klonk in de open lucht, en ik luisterde met verrukte aandacht als eerst de een en daarna de ander het hoofd in de nek legde en zijn gezang ten hemel liet stijgen. De ademloos luisterende menigte werd steeds groter naarmate de mannen ons langer op de oude liederen van het vaderland trakteerden, en lang voordat ze ermee ophielden liepen bij meer dan een toehoorder de tranen over de wangen. Obaasan, die het grootste deel van de dag in een tuinstoel zat, vroeg een plekje dicht bij de zangers en tikte ongeduldig met haar stok tegen haar stoelpoot als ze tussen twee liederen in te lang met de fles bezig waren.

Dit kon wel een uur of langer duren, tot een van beide mannen omrolde en in slaap viel. Ik verkeerde eerst in de veronderstelling dat hij flauwviel van alle emoties, maar Chichi legde me later uit dat meneer Omori (of meneer Kikumura) gewoon buiten bewustzijn was geraakt door een te grote hoeveelheid drank. Als dit gebeurde, was het concert uiteraard afgelopen en verspreidden de mensen zich weer om ander vermaak te zoeken.

Waar ik ook elk jaar weer naar uitkeek, was de oudejaarsavond in Japanse stijl. Chichi hield zich aan de traditionele gewoonten om op die dag zo veel mogelijk schulden af te betalen – al vermoed ik dat hij er niet veel had – de groentewinkel van boven tot onder schoon te schrobben met hulp van Sunny en mij, en ten slotte een lang en heet bad te nemen om zichzelf symbolisch te reinigen van het vuil van het afgelopen jaar. Ook Sunny en ik namen een extra lang bad, en we schrobden en schrobden om er zeker van te zijn dat we schoon genoeg waren voor het nieuwe jaar. Om middernacht maakte Chichi ons wakker voor het gezamenlijke traditionele maal van boekweitnoedels in kippenbouillon. De eerste keer dat we voor dit maal met Chichi, Haha en Obaasan aan tafel zaten was de oudejaarsnacht van 1939 en ik weet nog hoe volwassen we ons voelden.

Op nieuwjaarsdag kwam de hele familie in het huis van een van hen bij elkaar en riep elkaar goede wensen toe: '*Akemashite omede toh gozai masu!* Gelukkig Nieuwjaar!' of '*Konen mo yoroshiku onegai itashi-masu.* Ik hoop dat we in het komende jaar weer net zulke goede vrienden zullen zijn.' We smulden van het eten dat Haha en de andere vrouwen hadden klaargemaakt en dat bestond uit allerlei gerechten die volgens de traditie op de eerste dag van het nieuwe jaar werden gegeten: bamboespruiten en taro, pittig gekruide kliswortel, garnalen en, als we het konden betalen, kreeft, rode snapper, filets van rauwe tonijn en zeebaars, in sojasaus gemarineerde en gezouten haringkuit, gefrituurde sojabonenkoekjes, zure rijst die als een pudding in vellen zeewier werd gewikkeld en *mochi,* rijst die tot een plakkerige brij was gestampt en daarna tot kleine broodjes was gevormd.

Het was niet zozeer de smaak van deze gerechten waarom ik er dol op was, als wel het feit dat ze zo door en door Japans waren. Bij oom Finn kwamen deze dingen nooit op tafel en alleen al daarom waren ze bijzonder voor mij, evenals de mensen die ze aten.

Als onze magen gevuld waren, was het tijd voor de spelletjes. De oudere mensen en ook de jongeren die Japans spraken deden de traditionele spelletjes als *Go* en *Karuta,* maar de meeste kinderen brachten de rest van de dag door met bordspelen als dammen of Monopoly.

Natuurlijk was elke nieuwjaarsdag het begin van een hele reeks gewone dagen; die heerlijke gewone dagen van mijn leven bij de Yamagata's. Nu ik erop terugkijk, lijken het net de afzonderlijke stukjes van een gebrandschilderd raam, en de alledaagse vormen en kleuren vormen samen een prachtige afbeelding. Onze dagen waren gevuld met de dagelijks terugkerende belevenissen van wakker worden en samen ontbijten en naar school gaan en weer thuiskomen – vooral dat laatste was bijzonder fijn – tot we weer naar bed gingen. En aan het eind van al die heerlijke, doodgewone dagen lagen Sunny en ik samen in bed met Jimmy languit tussen ons in. De hond likte ons gezicht en wij aaiden zijn vacht en lagen in het donker te fluisteren en te giechelen. Wat het gebrandschilderde raam bijeenhoudt, is de herinnering aan Sunny die in haar neus knijpt om hem meer hakujin te laten lijken, terwijl ik de mijne platdruk om er als een Japanner uit te gaan zien.

Zo zag mijn leven eruit, meer dan drie heerlijke, geheim-zinnige jaren, die veel te snel omvlogen. Ik was gelukkig, zo gelukkig als een kind maar kan zijn, en voelde me geborgen als een ongeboren vogeltje, opgerold in de dunne eierschaal, in zalige onwetendheid van de wereld daarbuiten.

9

Van mijn eigen familie vervreemdde ik meer en meer, alsof het mensen waren die ik in een grijs verleden ooit had gekend. Ik dwaalde door het huis als een geestverschijning, ongezien en onopgemerkt en over het algemeen had ik ook geen behoefte daar verandering in te brengen.

Tante Lucy wilde nog weleens belangstellend naar mijn leven informeren, maar als ik dan beleefd antwoord gaf, had ik het gevoel dat haar gedachten alweer wegdreven als de rook van haar sigaret. Mijn vermoeden werd telkens weer bevestigd, want tien minuten later stelde ze opnieuw de vraag die ik zojuist had beantwoord.

Met oom Finn wisselde ik nauwelijks een woord, en dat vond ik wel best ook. Ik vond hem een kwaadaardige ouwe vent, knorrig en geniepig, mijn tijd en aandacht niet waard.

De gesprekken met mijn neefjes en nichtjes beperkten zich tot luidruchtige ruzies over het gebruik van de badkamer. Voor de rest was Maureen te oud om veel met mij om te gaan, en Rusty, Riley en Rosey waren te jong.

Mijn zusjes Valerie en Gwen woonden ergens in Los Angeles, maar lieten zelden iets van zich horen. Mijn broer Mitchell was helemaal in rook opgegaan; tijdens de crisisjaren had hij op een gegeven moment de trein gepakt om elders werk te gaan zoeken. In het begin schreef hij nog weleens een briefje of een kaart, maar dat hield op een gegeven moment ook op, en we wisten niet eens of hij nog leefde. Mijn oudste broer Lenny stelde altijd mijn moeder schriftelijk op de hoogte wanneer zijn legeronderdeel weer eens was verplaatst, maar dat gebeurde niet vaak en ook die briefjes waren maar kort. Soms dacht ik weleens aan Lenny en dan vroeg ik me af hoe hij het zou hebben bij de marine, maar eigenlijk had ik hem nooit als broer meegemaakt, en zo was hij voor mij meer een legende dan een mens van vlees en bloed.

De enige die ik echt miste, was mijn moeder. Ik was nooit echt vertrouwd met haar geworden, hoe graag ik dat ook wilde. Zij was degene die mij op een afstand hield. Ze leek wel over een derde arm te beschikken, een die aan haar elleboog was vastgemaakt en waarmee ze tegen mijn borst duwde, zodat ik haar nooit kon bereiken, al deed ik nog zo mijn best. Soms begon ik een gesprekje over koetjes en kalfjes, of ik vroeg haar iets, zodat ze wel moest reageren, en dat deed ze dan ook, maar verder dan een kort antwoord ging het niet. In de loop van de tijd werd dat alleen maar erger. Ongemerkt, maar hardnekkig, bleef ze haar bloed met alcohol vergiftigen, en langzamerhand begon ze steeds meer op de sigarettenrook van tante Lucy te lijken, die wegdreef en oploste in de lucht.

Uiteindelijk ging ze zich ook vreemd gedragen. Ze werd bijvoorbeeld midden in de nacht wakker en ging dan het huis uit. Dan dwaalde ze door de buurt, met alleen de kleren aan het lijf die ze toevallig aanhad toen ze eerder die avond buiten westen raakte – dat kon een kamerjas of een pyjama zijn, maar evengoed alleen een onderbroek, afhankelijk van hoe ver ze met uitkleden was gekomen. Het kwam regelmatig voor dat commissaris O'Reilly, een pokervriend van oom Finn, midden in de nacht belde om te vertellen dat een van zijn onderge-schikten moeder weer van de straat had geplukt en op het bureau had afgeleverd. Of oom Finn zo goed wilde zijn haar te komen halen? Een politiewagen was geen taxi. Dan zei oom Finn dat commissaris O'Reilly moeder maar in de cel voor dronkenlappen moest stoppen en haar daar tot de ochtend laten zitten, dan zou hij tegen die tijd wel zien of hij zin had om haar op te halen of niet. Ik wist dat hij haar het liefst voorgoed daar had willen laten blijven, maar als het eenmaal ochtend was haalde tante Lucy hem altijd weer over.

Andere nachten haalde moeder de voordeur niet eens. Dan vonden we haar bij het aanbreken van de dag op de vloer van de woonkamer, haar hand voor zich uitgestrekt, alsof ze net de klink had willen pakken op het moment dat ze omviel.

Ze beweerde zich niets van haar uitstapjes te kunnen herinneren en was elke keer weer stomverbaasd als ze op de vloer of in de cel wakker werd. Ze ging zelfs zo ver dat ze oom Finn en tante Lucy en zelfs mij ervan beschuldigde dat we haar uit bed sleepten en achterlieten op plaatsen waar ze niet hoorde. Oom Finn dreigde dat hij haar aan haar bed in de naaikamer zou vastbinden als ze niet normaal ging doen, maar dat deed hij nooit.

Alleen met Stella en Jack en mijn broer Stephen ervoer ik nog een familieband. Stella en Jack kwamen me af en toe ophalen en dan deden we spelletjes in hun appartement en aten ijs. Als er genoeg tijd was, gingen ze zelfs wel naar het strand. Al had Stella inmiddels haar diploma als schoonheidsspecialiste behaald, ze beproefde nog steeds haar krachten op mijn haar en dwong het al borstelend in allerlei stijlen. Als ze daarmee klaar was, mocht ik met haar make-up en haar sieraden spelen en telkens als ik haar het resultaat liet inspecteren, riep ze uit: 'Pas op, jongens, een hartenbreekster in de kamer!' En dan zei Jack met een knipoog: 'Je mag wel blij zijn dat ze niet tien jaar ouder is, Stella, anders ging ik er nog met haar vandoor.' Ze hadden allebei de gave om zalf op de wonden in mijn gebutste ego te smeren, terwijl ze me tegelijkertijd aan het lachen wisten te maken.

Ook mijn broer Stephen ontpopte zich als iemand met wie ik goed kon praten. In de jaren dat we samen bij oom Finn op zolder sliepen, leerde ik hem steeds beter kennen en met hem had ik de band die ik met mijn andere broers en zussen nooit had gekregen. We scheelden zeven jaar en hadden dus maar weinig gemeen, maar toch was Stephen altijd aardig voor me. De weekenden bracht ik weliswaar bij de Yamagata's door, maar door de week sliep ik nog altijd op zolder en dan praatten Stephen en ik soms uren achter elkaar door het stoffige laken heen dat tussen onze matrassen hing. De rook van zijn sigaret dreef naar mijn kant en als hij met het gezicht naar me toe op zijn zij lag, zag ik bij ieder trekje een rond lichtvlekje op het laken verschijnen.

De meeste van die gesprekken zijn in elkaar gevloeid en wat me er vooral van is bijgebleven, is hoe diep ongelukkig hij in die tijd was. Hij ging naar school en had daarbij twee bijbaantjes – als vakkenvuller en telegrambezorger – omdat oom Finn van hem eiste dat hij zou bijdragen in de kosten van zijn levensonderhoud. Stephen zat vol wrok, omdat hij het grootste deel van zijn verdiensten aan zijn oom moest afstaan, terwijl hij zelf op zolder moest slapen en niet eens af en toe nieuwe kleren kon kopen. Hij noemde vader een lafaard, omdat die een eind aan zijn leven had gemaakt, verweet moeder dat ze ons bij oom Finn had gebracht, en was over het algemeen verbitterd over wat er van ons leven was geworden. Volgens hem had ik geluk gehad dat die 'dingessen' me min of meer hadden geadopteerd en dat was ik helemaal met hem eens. Stephen had maar een wens, en dat was weg zien te komen bij oom Finn en op eigen benen staan.

Er is maar een gesprek dat ik me vrij nauwkeurig kan herinneren, en dat vond plaats in de herfst van 1940. Ik lag over moeder na te denken en besloot eens aan Stephen te vragen of hij soms wist waarom ze zulke rare dingen deed.

'Ze is getikt', zei Stephen eenvoudig. 'Door te veel drank.'

'Kunnen we er dan niet voor zorgen dat ze niet meer drinkt?'

'Geen kans. Als iemand ooit aan de drank is geraakt, kun je het verder wel schudden. Je komt er nooit meer vanaf.'

'Weet je dat zeker?'

'Helemaal.'

'Maar waarom dan, Stevie?'

'Alcohol neemt je in de tang. Misschien zijn er wel mensen die er los van kunnen komen, maar niet zo'n zwakkeling als Mags Schuler.'

Ik had moeder nog nooit als zwak beschouwd, al herinnerde ik me wel dat ze vroeger aardiger was. Dat was in de tijd dat ze nog niet dronk, of dat we het in ieder geval nog niet hadden gemerkt. 'Toen ik nog klein was,' zei ik tegen Stephen, 'en als ik dan moest huilen, dan nam moeder me op schoot en zong voor me, net zolang tot ik ophield met huilen. Soms deed ik net alsof, alleen om ervoor te zorgen dat ze voor me ging zingen. Ze had een mooie stem, weet je nog wel?'

'Ik kan me niet herinneren dat ik haar ooit heb horen zingen', zei hij bot.

'Volgens mij mist ze pa. Misschien drinkt ze daarom wel.'

'Misschien.'

'Mis jij pa, Stevie?'

Er volgde zo'n lange stilte, dat ik dacht dat mijn broer geen antwoord meer zou geven. Ten slotte zei hij: 'Ik wou dat hij het niet had gedaan, op die manier zelfmoord plegen, bedoel ik. Nou zitten wij met de gebakken peren. Ma heeft het geld van de verzekering aan oom Finn gegeven alsof hij er recht op had en wij kunnen ernaar fluiten. En nu zitten jij en ik hier op een zolder, en ik moet oom Finn er nog voor betalen ook. Reken maar, Augs, dat ik ervandoor ga zodra ik van school af kom. Nog een jaar. Ik tel de dagen af, moet ik zeggen. Ik ben al het geld dat ik niet aan oom Finn geef aan het sparen voor als ik hier wegga.'

'Maar wat ga je dan doen, Stevie?' vroeg ik.

'Dat weet ik nog niet precies', antwoordde hij. 'Ik weet alleen dat ik graag wil reizen en avonturen beleven. Misschien kan ik Mitch gaan zoeken, en als ik hem vind kunnen we samen per trein het hele land door. Ik wil de oostkust zien, New York en Boston en dat soort steden. In ieder geval wil ik zo ver mogelijk hiervandaan, dat weet ik wel.'

'Zul je me dan af en toe schrijven?'

'Vast! Ik zal je leuke ansichtkaarten sturen van alle plaatsen waar ik kom.'

'Dan zal ik ze allemaal bewaren. En als je oud bent, moet je proberen mij weer te vinden, goed? Dan zal ik al je avonturen opschrijven in een boek.'

'Vast. Afgesproken. Dat zou ik leuk vinden – dat je een boek van mijn avonturen maakt, bedoel ik. Ik zal proberen je niet teleur te stellen, Augs.'

'Dat weet ik. Ik weet zeker dat je allerlei avonturen zult beleven en dat het een tof verhaal zal worden.'

Ik herinner me dat het ook die nacht was, dat Stephen de mogelijkheid opperde om als huursoldaat in Europa te gaan vechten. Ik wist niet eens dat het daar oorlog was en vroeg of hij dat wel zeker wist.

'Reken maar', zei hij opgewonden. 'Vertellen ze je dat niet bij jou op school?'

'Misschien. Ik weet het niet meer.'

'Nou, het is al ongeveer een jaar aan de gang.'

'Maar waar vechten ze dan om?'

'Een zo'n Duitser, Hitler heet-ie, is Polen binnengevallen en toen begon iedereen te schieten. Ik denk dat die Hitler in Europa de macht wil grijpen.'

'Aan welke kant ga jij dan vechten?'

'Tegen Hitler, natuurlijk.'

'Waarom?'

'Nou, stel dat Amerika gaat meedoen, dan zouden we ook tegen Hitler en zijn nazileger vechten.'

'Denk je dat we mee gaan doen?'

'Volgens die ouwe Roosevelt niet en hij heeft het voor het zeggen. Ik zou wel willen, anders. Dan hoefde ik geen huursoldaat te worden, maar kon gewoon met het Amerikaanse leger mee naar Europa.'

Ik liet me er verder niet over uit, omdat ik Stephen niet wilde teleurstellen, maar stiekem hoopte ik dat Amerika nooit bij de oorlog betrokken zou raken. Dat zou alleen maar problemen geven voor iedereen, en de situatie zoals die nu was beviel me veel te goed. Maar als president Roosevelt zei dat we niet mee zouden doen, dan was de zaak toch zeker ook beklonken?

Die nacht, en ook de tijd erna, probeerde ik het allemaal weg te wuiven: Hitler, de nazi's, Duitsland en Polen. Oom Finn had verteld dat de Japanners met de Chinezen aan het knokken waren, maar ik had geen idee van wat er zich afspeelde, en ik hoefde het ook niet te weten. Zelfs toen Chichi tijdens de nieuwsuitzendingen begon te ijsberen, zelfs toen de geruchten over de oorlog als confetti door de gesprekken van de volwassenen begonnen te dwarrelen, zelfs toen maakte ik me nog geen zorgen.

Wat hadden de berichten uit al die verre oorden per slot van rekening met mij te maken? Mijn wereld was onaantastbaar, mijn eierschaal nog intact.

10

Op het moment dat de eerste Japanse vliegtuigen voor de kust van Oahu opdoken, waren Sunny en ik de *jitterbug* aan het dansen. Voor onze elfde verjaardag hadden Chichi en Haha ons een platenspeler cadeau gegeven en van ons zakgeld hadden we platen gekocht van de muziek die in die dagen populair was. Iedereen danste de jitterbug en Sunny en ik wilden niet achterblijven. Jimmy deed altijd mee met zijn eigen hondenversie van de dans, door wild blaffend rondjes te rennen en soms, als hij echt door het dolle heen raakte, voortdurend op en van het bed te springen.

Het was onze gebruikelijke zondagsbesteding geworden om uren achtereen in de slaapkamer te dansen. Vaak deden we de hele ochtend niets anders dan rondspringen en met onze armen zwaaien. Zo komt het dat ik precies weet wat we aan het doen waren op die ochtend van de zevende december 1941. Ik kan het natuurlijk niet van minuut tot minuut exact aangeven, maar ik stel me zo voor dat wij onze platen aan het doorsnuffelen waren, op zoek naar iets om bij te dansen, op hetzelfde ogenblik dat de bommen in de mosterdkleurige vliegtuigen met de rode zon op de vleugelpunten werden geladen. Honderden vliegtuigen – torpedojagers, bommenwerpers, gevechtsvliegtuigen – stonden klaar om op te stijgen van de vliegdekschepen, zo'n tweehonderd mijl ten noorden van de Hawaïaanse eilandengroep.

Het zonlicht scheen helder naar binnen en we dansten in de schuin door de ramen vallende stralen. Ondertussen werd commandant Mitsuo Fuchida, de held uit de Chinese Oorlog, ver weg op de donkere Stille Oceaan, gewekt en ging hij zich klaarmaken om de aanval op Pearl Harbor te leiden. De eerste vliegtuigen stegen op en Sunny en ik wervelden door de kamer, verloren ons evenwicht, vielen om, kregen een lachbui en krabbelden weer overeind. We dansten zo wild, dat de vloer ervan trilde en de naald een stukje oversloeg. Jimmy blafte en hapte naar onze enkels. Als we geweten hadden wat er te gebeuren stond, hadden we vast niet zo gelachen, maar we wisten het niet, en dus gingen we gewoon door met het uitstoten van de kreten die meestal tot gevolg hadden dat Obaasan op de drempel verscheen, met een strenge uitdrukking op haar gezicht en haar handen over haar oren. Als Chichi inderdaad beneden een kamer voor haar had laten bouwen, had ze geen last van ons gehad en wij niet van haar. Die kamer was echter nog steeds in de planningsfase, en dus woonde Obaasan nog in de kamer naast de onze, en zij schiep bepaald geen genoegen in het vermaak van de jeugd.

Zoals verwacht kwam ze ons ook die zondagmorgen weer waarschuwen dat we stil moesten zijn en terwijl ze ons uitfoeterde met woorden die ik niet verstond, vielen waarschijnlijk de eerste bommen op de Amerikaanse vloot. Obaasan schuifelde terug naar haar eigen kamer, waar ze naar Japanse muziek had zitten luisteren. Sunny en ik trokken ons niets van haar aan en dansten lachend verder, terwijl Jimmy bleef blaffen en happen. En tegelijkertijd verdronken er wel duizend mannen tegelijk, want de USS *Arizona* brak in stukken en zonk naar de bodem van de haven.

Haha was in de keuken bezig met het warme eten. Chichi zat in zijn eigen stoel in de woonkamer de krant te lezen en met zijn gebruikelijke 'halve oor' naar de radio te luisteren. Sam en George waren samen aan het spelen in hun kamer aan de andere kant van de overloop. Ik weet gewoon dat het zo was, omdat het een ochtend was als al die andere zondagochtenden in het huis van de Yamagata's.

Kort voor twaalven, toen Chichi de trap op kwam, was de verwoesting van de Amerikaanse vloot compleet. Vierentwintighonderd mannen waren dood of stervende. We zagen Chichi de trap op komen, maar dachten dat hij ons kwam vertellen dat we onze handen moesten gaan wassen voor het eten. We hadden trek. We zwaaiden vrolijk naar hem en lieten ons op bed ploffen, maar Chichi zwaaide niet terug en hij glimlachte ook niet. Hij bleef op de drempel staan en keek lange tijd naar ons, met een verstrakt gezicht en doffe ogen. Wij konden alleen maar verstomd terugstaren, en vroegen ons af wat er aan de hand was. Omdat hij niets zei over handen wassen, dacht ik dat hij misschien boos op ons was. Maar als hij ons een standje had willen geven voor het lawaai, dan zou hij meteen zijn losgebarsten in de overbekende preek: dat we rekening moesten houden met de anderen in huis. Deze stilte was griezelig, veel erger dan een standje. Ten slotte zei hij ernstig: 'Sunny, zet die muziek eens af. Ik moet jullie iets vertellen.'

Sunny sprong van het bed en tilde de naald halverwege een maat van de plaat. Ze draaide de knop op Uit en de plaat kwam langzaam tot stilstand. Nog dieper werd de stilte die als een wolk om Chichi heen hing en ons meezoog. Sunny keerde zich langzaam om en keek haar vader aan, haar ogen groot van gespannen afwachting. Ik kon de ijskou van haar angst voelen, en het bezorgde me kippenvel.

Toen Chichi eindelijk iets zei, klonk zijn stem gepijnigd: 'Meisjes ... de Japanners hebben Pearl Harbor gebombardeerd.'

Niemand verroerde zich. Niemand zei iets. Ik probeerde het te verwerken, maar mijn gedachten draaiden in kringetjes rond. Na een paar geladen seconden vroeg ik: 'Waar is dat, Chichi, Pearl Harbor?'

'Op Hawaï. De Japanners hebben ons aangevallen en er zijn vele honderden Amerikanen omgekomen. De Amerikaanse vloot is vernietigd.'

Nog steeds drong het niet echt tot ons door. 'Echt waar, papa?' Sunny kon alleen nog maar een schor gefluister uitbrengen.

Chichi knikte. 'Ik weet het zeker, Sunny. Ik heb het net op de radio gehoord.'

'Misschien is het wel een grap', opperde Sunny aarzelend. 'Net als toen Orson Welles zei dat de marsmannetjes geland waren, weet u wel? Misschien hebben de Japanners ons niet echt aangevallen ...'

'Nee, Sunny, deze keer is het wel echt. Het is geen toneelspel. Ga nu naar beneden, naar mama. Ik moet aan oma vertellen wat er gebeurd is.'

Hij liep weg, ons in bange verbijstering achterlatend. We vroegen ons af wat dit nieuws precies met ons te maken had. We wisten nauwelijks waar Hawaï lag, laat staan Pearl Harbor – alleen dat het heel ver weg was, ergens midden in de Stille Oceaan. Dat leek op veilige afstand van Californië en toch was de angst op Chichi's gezicht niet mis te verstaan, even verontrustend als onverhoeds aanrollende donderwolken aan een zojuist nog strakblauwe lucht.

'Wat zou er nu gaan gebeuren?' vroeg ik Sunny.

Mijn vriendin keek me met haar donkere ogen aan. Ze was duidelijk even bang als Chichi, maar net zomin als ik wist ze precies waarvoor. 'Ik weet het niet, Augie. Misschien komen ze ons zo dadelijk wel bombarderen.'

'Maar ze kunnen jou toch niet bombarderen! Jij bent een Japanse.'

Sunny schudde haar hoofd. 'Laten we het aan mama gaan vragen.'

Op de overloop passeerden we de kamer van Obaasan, waar Chichi en zijn moeder zachtjes in vlug Japans zaten te praten. We versnelden onze pas en renden hand in hand en struikelend over onze benen de trap af, naar de woonkamer, waar Haha was. Ze zat op de rand van de fauteuil naar de radio te luisteren en depte haar ogen met een punt van haar schort.

Sunny liet mijn hand los en stormde naar haar moeder toe. Die omhelsde haar even stevig en schoof toen op om op de brede zitting een plekje voor haar vrij te maken. Ik ging op de grond aan hun voeten zitten en liet mijn hoofd tegen Haha's knie rusten. Ze legde haar kleine hand om mijn kin. De warmte van haar huid kalmeerde me een beetje. Uit de radio klonk bandmuziek, wat vreemd en ongepast leek. Net als het dansen van de jitterbug tijdens een oorlog.

'Wat gebeurt er, mama?' vroeg Sunny. 'Waarom huilt u?'

'Heeft papa het niet verteld?'

'Hij zei dat de Japanners Pearl Harbor hebben gebombardeerd.'

'Dat klopt.'

Het bleef stil, alsof er geen verdere uitleg nodig was.

'Maar dat is toch heel ver weg?' hield Sunny aan.

Haha snoof even en toen ze sprak, beefde haar stem. 'De Japanners hebben Amerikaans grondgebied aangevallen. Dat betekent dat het nu oorlog is.' Ze drukte haar hand nog steviger tegen mijn wang, alsof ze vreesde mij te zullen verliezen. Ik legde mijn beide handen over haar vingers, zodat ze me niet los kon laten. Ik wilde door niets en niemand van haar gescheiden worden, nu niet en nooit.

'Gaat Amerika dan tegen Japan vechten, mama?'

'Ja, Sunny, ik ben bang dat dat er wel van gaat komen.'

'Moet papa dan ook vechten?'

'Nee, dat denk ik niet.'

'Als papa niet hoeft te gaan, is er toch niks om bang voor te zijn?' De vraag zelf klonk al angstig genoeg.

'Als een land in oorlog is, is dat moeilijk voor iedereen, Sunny', antwoordde Haha. 'Maar we zullen ons best doen om flink te zijn.'

Ik keek op om Haha's gezicht te kunnen zien, hoewel ik haar hand niet losliet. 'Haha,' vroeg ik, 'bedoelt u dat de Japanners nu onze vijanden zijn?' Voor mij was dat een onvoorstelbare gedachte. De afgelopen drie jaar had ik er alles aan gedaan om zelf Japanse te worden. Japan was mijn paradijs, de Japanners mijn afgoden.

Haha zuchtte diep, alsof haar hart brak. En misschien was dat ook wel zo. 'Ja, Musume, ik ben bang van wel.'

Ik was met stomheid geslagen en het duizelde me. Pas na enig nadenken was ik in staat de woorden bijeen te sprokkelen voor de vraag die zwaar op mijn gemoed drukte: 'Bedoelt u dat ze ons haten?'

'Nou, als je het mij vraagt, heeft oorlog meer met hebzucht dan met haat te maken.'

Beide zetten de Japanners niet bepaald in een gunstig daglicht.

'Oom Finn zei dat ze in China de macht wilden grijpen.'

'Dat proberen ze nog steeds, Musume. Wat daar gebeurd is, is echt verschrikkelijk.'

'Wist u daarvan, Haha?'

'Natuurlijk. Het is al jaren aan de gang.'

'En willen de Japanners nu hier ook de macht grijpen?'

'Ik neem aan van wel.' Haha's stem klonk moe, alsof ze plotseling heel oud was.

'Maar, Haha,' waagde ik, 'Japanners zijn zulke goede mensen. Als zij hier aan de macht komen, wordt alles toch alleen maar beter?'

Ik hield geen oog van Haha af en probeerde haar gedachten te lezen. Ik hoopte dat mijn woorden haar gerust zouden stellen, en dat ze zou beseffen dat we er inderdaad alleen maar gelukkiger op zouden worden als de Japanners het in de wereld voor het zeggen hadden. Haha keek me echter alleen maar aan met een mengeling van droefheid en medelijden, en ik kon met geen mogelijkheid ontdekken wat ze dacht.

Voordat iemand verder nog iets kon zeggen, reed er een auto voor die met krijsende banden voor het huis tot stilstand kwam. Haha verstrakte. 'Ik vraag me af wie …'

Ze kon haar zin niet afmaken. De voordeur vloog open en Ojisan Hito stormde naar binnen, op de voet gevolgd door tante Akemi en hun twee kinderen, Tommy en Beth, die allebei luidkeels jammerden.

Ojisan, die ik van de groentewinkel goed kende, was in alle staten. 'Sensohda!' schreeuwde hij met wijd opgesperde ogen en zwaaiende armen. Hij zag eruit als een buitenaards wezen uit het griezelkabinet op de kermis. 'Toshio, Suma, sensohda!'

Haha maakte zich los van Sunny en mij, stond op en liep naar haar schoonzuster toe om haar te omhelzen. Daarna begonnen de drie volwassenen in het Japans tegen elkaar te ratelen. Ik vroeg Sunny wat Ojisan had gezegd. Ze zuchtte diep. 'Hij zei dat het oorlog is.' Ook zij stond op om haar neefje en nichtje te gaan troosten, die in de algemene ontsteltenis helemaal vergeten leken.

Plotseling stond Chichi halverwege de trap. Zijn gezicht was rood en vertrokken en de handen waarmee hij de leuning omklemde beefden. Ik kon niet voorkomen dat ik hoorbaar naar adem hapte. Nooit had ik Chichi zo kwaad gezien en dat beangstigde me meer dan alles wat er die ochtend gebeurd was. 'Wat doen jullie nou?' riep hij. 'Hou meteen op met dat Japans praten! Wij zijn Amerikanen, geen Japanners. We horen Engels te spreken!'

Het opgewonden gesprek van Haha, Ojisan en Obasan brak abrupt af en ze staarden hem allemaal aan. Het zachte gesnik van Tommy en Beth was nog het enige geluid in de kamer. Zijn ogen strak op het kleine groepje volwassenen gericht, daalde Chichi verder de trap af. 'We moeten proberen rustig te blijven', zei hij, hoewel het hem zichtbaar moeite kostte zelf zijn kalmte te bewaren. 'We moeten het hoofd koel houden om goed te kunnen nadenken.'

Maar Ojisan sloeg met zijn vuist in zijn handpalm en riep uit: 'Hoe kun je nu van ons verwachten dat we kalm blijven, Toshio? Weet je wel wat dit betekent?'

'Dat weet ik, Hito ...'

'Hoe haalden ze het in hun hoofd? Waar haalden ze de stommiteit vandaan?'

'Dat weet ik niet, maar wij kunnen er nu niets meer aan veranderen.' Chichi legde zijn hand op Ojisans schouder en schudde hem zachtjes heen en weer, alsof hij hem wakker probeerde te schudden uit een boze droom. 'Wat er ook gebeurt, je mag nooit vergeten dat je een Amerikaans staatsburger bent. Wij zijn geen Japanners. Heb je dat begrepen?' Hij keek nu als een onderwijzer die er bij zijn leerlingen iets probeert in te stampen.

De radio begon aan een nieuwsbulletin, maar wij waren te erg van streek om goed te luisteren. De telefoon ging en Haha rende naar de keuken om op te nemen. Buiten op straat was het een drukte van jewelste – mensen stonden in hun tuinen naar elkaar te schreeuwen, claxons loeiden en op de hoek van de straat prees een krantenjongen luidruchtig een extra editie aan.

'Luister, Hito,' vervolgde Chichi, 'ga naar huis en ontdoe je van alles wat in je appartement en in de winkel nog aan Japan herinnert – kranten, brieven, souvenirs, noem maar op.' Ojisan begon tegen te sputteren, maar Chichi hield vol: 'Alles, begrepen? En als je daarmee klaar bent, hang je een bord voor het raam met daarop de woorden: "Wij zijn Amerikanen!" Duidelijk?'

Nu verscheen Obaasan op de trap. Traag en moeizaam kwam ze naar beneden, leunend op haar stok. Sunny's broertjes schoten langs haar heen en duwden haar bijna omver in de haast om te zien wat er aan de hand was. Ze vlogen op hun vader af, trokken hem aan zijn overhemd en gilden: 'Wat is er, papa? Papa, wat is er?'

Obaasan begon om haar dochter Akemi te roepen, die haar onder aan de trap opving en in rap Japans met haar begon te praten. Haha kwam de woonkamer weer in, maar het rinkelen van de telefoon riep haar opnieuw naar de keuken. Er bonsde iemand op de voordeur en een stem riep: 'Meneer Yamagata! Meneer Yamagata!' Het was de vader van een van de andere Japanse gezinnen in Boyle Heights. Onuitgenodigd kwam hij de hal in en maakte de algehele verwarring nog groter door te vragen: 'Meneer Yamagata, wat moeten we doen? Mijn vader is issei. Hij zegt dat hij weggehaald zal worden. Hij zegt …'

Weer ging de telefoon. De radioverslaggever was nog steeds opgewonden aan het schetteren. Auto's toeterden op straat en mensen schreeuwden. Het huis was vol met boos en bang gebabbel, waarvan ik het meeste niet kon verstaan. De man wiens vader issei was, liet zich ongevraagd en ongemerkt op de bank vallen, begroef zijn gezicht in zijn handen en barstte in snikken uit. Sunny, haar broertjes, haar neefje en nichtje en ik kropen bang en verward op een kluitje bij elkaar op de vloer. We waren nu allemaal in tranen, en George en Beth huilden het hardst van iedereen. 'Wat gebeurt er toch, Sunny?' vroeg Sam fluisterend.

'Het is oorlog', zei ze eenvoudig.

'Met wie dan?'

'Met de Japanners.'

Sam staarde zijn zusje aan met half dichtgeknepen ogen en zijn mond hing open alsof hij op het punt stond iets te vragen, maar de juiste woorden nog niet gevonden had. Eindelijk barstte hij los: 'Maar Sunny, wij zijn toch ook Japanners?'

Sunny perste haar lippen op elkaar, veegde een traan van haar wang en gaf geen antwoord.

Ondertussen ving ik her en der uit de gesprekken van de volwassenen wat brokstukken op, zonder er overigens een zinvol geheel van te kunnen maken.

'Ze zegt dat ze precies wil weten wat ze op de radio zeiden …'

'Wat denk jij dat Roosevelt …'

'… hadden het kunnen weten, we hadden het moeten zien aankomen …'

'… en volgens mij kunnen we verwachten …'

'Wij hebben dezelfde rechten als alle andere staatsburgers!'

'Maar de issei dan … nooit toestemming gekregen om …'

'… nooit gebeurd zijn als we allemaal gewoon in Japan gebleven waren, zegt ze …'

'Als ik jou hier nou eens hielp, Toshio, dan kunnen we daarna samen naar de winkel gaan.'

'Goed. Ga maar vast naar achteren en maak een vuurtje in de vuilnisbak, dan zal ik …'

'… wil weten wat je van plan bent …'

Ojisan Hito verdween door de achterdeur en Chichi ging naar boven. Obaasan en Obasan Akemi zonden hem een spervuur van Japanse woorden achterna. De buurman op de bank huilde ondertussen maar door, zich niet bewust van de starende kinderen die het gedrag van de volwassenen maar nauwelijks konden verwerken.

Een paar minuten later kwam Chichi terug met een stapeltje papieren in zijn hand. Er volgde een gespannen, boze
woordenwisseling met zijn moeder en zuster, in het Japans,
ondanks zijn eigen waarschuwing dat we alleen Engels mochten spreken. Obaasan en Obasan Akemi staken allebei hun
handen naar hem uit, alsof ze hem wilden tegenhouden bij
wat hij van plan was, maar hij rukte zich los en liep de hal in.
Tot mijn ontzetting begon Obaasan te gillen. Ik kon niet
geloven dat zo'n tenger vrouwtje tot zo'n doordringend gekrijs
in staat was. Huilend en jammerend strompelde ze haar zoon
achterna naar de keuken. Obasan Akemi volgde; ook zij was
in tranen en riep aan een stuk door in het Japans.

Ik keek vragend naar Sunny om een vertaling. De tranen
stroomden langs haar wangen en ze deed geen moeite meer
om ze weg te vegen. 'Het zijn brieven van Obaasans familie in
Japan. Papa gaat ze verbranden. Hij zegt dat we alles wat uit
Japan komt moeten vernietigen.'

'Waarom?'

'Dat weet ik niet', fluisterde ze.

De man op de bank keek eindelijk weer op en haalde een
zakdoek uit zijn zak. Daarmee veegde hij over zijn gezicht en
hij depte zijn gevlekte wangen alsof hij een baby afdroogde.
Daarna snoot hij luidruchtig zijn neus. Hij stopte de vieze
zakdoek weer terug, kwam met een diepe zucht overeind en
streek zijn broek glad.

Sunny keek naar hem op en zei: 'Ik vind het heel erg van
uw vader, meneer Nishitani', hoewel ze waarschijnlijk evenmin als ik wist waar de oude man zo bang voor kon zijn.

Meneer Nishitani knikte haar toe. 'Ik ook, Sunny', zei hij,
liep naar de deur en vertrok.

Uit de achtertuin drong gekrijs tot ons door, de razernij
sloeg in golven door de ramen naar binnen. Als er geen Japans
was gesproken, had ik mezelf in het huis van oom Finn kunnen wanen. Beth kroop snikkend bij mij op schoot; George
ging bij Sunny zitten en jammerde. Op de radio speelde de
band van Benny Goodman. De hoorns en de houten blaasin-
strumenten leken stemmen uit gelukkiger dagen, die lachten
om onze rampspoed en spotten met onze tranen.

Terwijl wij, kinderen, elkaar probeerden te troosten, vloog de voordeur opnieuw open en sloeg met een klap tegen de muur. We schokten allemaal overeind van schrik. Net als ik dacht waarschijnlijk iedereen dat het moment was aangebroken waarop de vijand het huis kwam binnenstormen met geweren en bajonetten in de aanslag, vol verlangen om iedereen te doden en te verminken, net als hij in Pearl Harbor had gedaan.

Maar in plaats van het Japanse leger stond daar oom Finn. Met gebalde vuisten en een gezicht dat van woede net een te strak opgewonden bal rode wol leek, stormde hij naar binnen. Hij zag me zitten, kwam met grote passen op me af, greep me bij mijn pols en trok me met een ruk omhoog. Beth gleed van mijn schoot en kwam als een krijsend hoopje mens op de vloer terecht. Ik gilde het uit en probeerde me schrap te zetten op het vloerkleed, maar tegen de kracht van oom Finn was alle verzet zinloos. Onder de ontzette blikken van de anderen sleepte hij me de hele woonkamer door.

'Chichi!' krijste ik. 'Haha! Chichi!'

Ik wist nog net de deurpost te grijpen, maar oom Finn greep me rond mijn middel, tilde me op en droeg me als een zak met vuile was onder zijn arm naar buiten. Ik schreeuwde uit alle macht en wrong met armen en benen om te ontsnappen, maar mijn oom klemde me nog steviger vast totdat ik dacht dat hij alle lucht uit mijn longen zou persen. We kwamen bij de auto, die met ronkende motor stond te wachten, en oom Finn smeet me naar binnen, gleed naast mij achter het stuur en scheurde ervandoor. Ik draaide me snel om, net op tijd om Haha en Sunny hulpeloos op de drempel te zien staan, alsof ze bevroren waren bij hun pogingen om mij te redden.

De oorlog die vanochtend in Pearl Harbor was begonnen, had Boyle Heights in een mum van tijd bereikt.

11

Het was 's nachts altijd donker bij oom Finn op zolder, maar zo donker als in de nacht van de zevende december 1941 was het zelfs daar nog nooit geweest. Ik verlangde hevig naar Chichi en zijn troostende armen om mij heen. Hij mocht me zelfs uitlachen, als hij me maar vertelde dat het allemaal nep was, zoals Sunny in eerste instantie ook had gedacht; dat het alleen maar een nieuwe aanval was van marsmannetjes die natuurlijk niet echt gekomen waren. Maar hij had al gezegd dat het deze keer werkelijkheid was. De Japanners hadden de Amerikaanse marinebasis op Hawaï gebombardeerd en hoewel er nog geen formele verklaring was afgegeven, wist iedereen dat we nu in staat van oorlog verkeerden.

De wanhoop die me die nacht vervulde, had echter niets met angst voor de oorlog te maken. Ik had het gevoel dat ik voor oorlog immuun was. Vechten was iets wat zich ver weg afspeelde en de mogelijkheid dat ik zou sterven stond nog verder van me af. De last die als een berg zand vanuit het niets op mij was neergeploft had een heel andere oorzaak. Wat me verpletterde was het feit dat ik van mijn familie was gescheiden, zelfs ruw uit hun midden was weggerukt, en dat die tiran van een oom Finn had gedreigd dat ik hen nooit zou terugzien.

Mijn oom, die me in zwijgende woede uit het huis van de Yamagata's had gesleept, was zodra we thuis waren in onbeheerste razernij uitgebarsten. Hij trok me aan mijn elleboog de woonkamer in, waar iedereen rond de radio geschaard zat om maar niets van het nieuws te missen. Moeder hing lusteloos in een van de gemakkelijke stoelen. Tante Lucy zat op een stoel die uit de keuken was gehaald en mijn neefjes en nichtje zaten aan haar voeten op de grond. Op de bank zat Maureen, samen met Stella en Jack. Alleen Stephen ontbrak. Oom Finn leek echter niemands aanwezigheid op te merken; zijn woede ontlaadde zich uitsluitend tegen mij.

'Weet je wel wat die lui gedaan hebben!' schreeuwde hij en porde met zijn vette wijsvinger net onder mijn sleutelbeen. 'Ze hebben ons aangevallen! Ze hebben Amerikanen vermoord! Het was al erg genoeg dat ze de spleetogen om zeep hielpen, maar nu zitten ze achter de Amerikanen aan!' Hij nam niet de moeite uit te leggen wie hij bedoelde. Ik wist het, iedereen wist het: 'ze' waren de Japanners.

'Tot nu toe heb ik een oogje toegeknepen en je met die lui laten omgaan, maar dat is afgelopen, hoor je me? Afgelopen! Vanaf nu blijf je in dit huis, waar je thuishoort, en als ik ook maar hoor dat je een woord met een van die Jappen wisselt, reken er dan maar op dat je op straat staat. Als je er een opzoekt, of ermee praat, hoef je hier kruipend nog niet terug te komen.'

Zijn gezicht was purperrood en nat van het zweet en even dacht ik dat hij in zijn eigen woorden zou stikken. Hij begon te ijsberen en ik keek hulpzoekend naar de anderen. Tevergeefs. Moeder en tante Lucy weigerden me aan te kijken en zelfs Stella sloeg haar ogen neer toen mijn blik de hare kruiste. Jack schraapte zijn keel en klemde zijn handen tussen zijn knieën. 'Zij zijn nu onze vijand geworden, Augie', zei hij zacht. 'Het is heel erg wat er nu is gebeurd. Misschien is het inderdaad beter dat je …'

De rest hoorde ik niet meer. Ik rende de trap op naar de zolder, gooide me voorover op mijn matras en schreeuwde het uit in mijn kussen tot mijn keel schor was. Toen ik na een poosje helemaal uitgeput was, bleef ik stil liggen en begon een plan te bedenken om te ontsnappen. Ik zou aan boord van een trein springen en stiekem meerijden tot wie-weet-waar, net zoals mijn broer Mitchell had gedaan en zoals Stephen van plan was. Ik wist heus wel dat ik op eigen houtje nooit zou overleven, maar toch droomde ik van weglopen, al was het alleen maar vanwege het gevoel dat ik zo nog een heel klein beetje macht had over oom Finn en een minimum aan controle over mijn eigen leven. 'Hij kan me hier niet vasthouden', huilde ik en ik stompte in het matras. 'Ik haat hem. Ik haat hem. Ik haat hen allemaal!'

Pas aan het begin van de avond verliet ik de zolder. De honger dreef me naar de keuken, op zoek naar iets te eten. Bijna iedereen was nog in de woonkamer, druk in gesprek en luisterend naar de radio. Ik negeerde iedereen en keurde niemand zelfs maar een blik waardig. In de keuken gekomen ontdekte ik moeder in de naaikamer. Ze lag op de bank en haar rechterhand bungelde boven een lege fles die op de vloer lag. Op het fornuis stonden schalen en pannen en ook de vuile borden op tafel maakten duidelijk dat ze zonder mij hadden gegeten. Ik smeerde voor mezelf een boterham met roomkaas en jam en ging terug naar de zolder.

Toen Stephen laat die avond naar bed ging, was ik nog steeds wakker en lag stilletjes in het donker te huilen. Stephen scharrelde een beetje rond en knipte toen de zaklantaarn aan die hij altijd gebruikte als ik al in bed lag. Het licht zwaaide heen en weer en wierp dansende schaduwen op het laken. Stephen legde de zaklantaarn op de kast en ik keek naar zijn donkere silhouet, terwijl hij zich uitkleedde en onder de verfomfaaide dekens kroop. Daarna klonk het sissende geluid van een lucifer die werd aangestreken en even rook ik een doordringende zwavelgeur. Het ronde vuurplekje lichtte op, terwijl Stephen zijn sigaret aanstak. Met een vlugge polsbeweging sloeg hij de lucifer uit en de zolder vulde zich met de geur van brandende tabak.

De schaduw van zijn arm ging omhoog naar de zaklamp en het licht ging uit. De zolder was weer in duisternis gehuld. Even was het stil. De tranen gleden nog steeds geruisloos langs mijn gezicht en vielen op mijn kussen. Stephen was altijd aardig voor me geweest, een lieve oudere broer, bij wie ik mijn verhaal kwijt kon. Misschien zou hij nu ook naar me willen luisteren. Ik wilde hem vertellen wat oom Finn had gedaan, hoeveel pijn het deed om als gevangene te worden weggerukt van de mensen van wie ik hield. Ik wilde hem vragen of hij me zou kunnen helpen bij het vinden van een uitweg.

Maar voordat ik iets kon zeggen, begon hij al. 'Hé, Augs, ben je wakker?'

'Ja.' Ik draaide me op mijn zij, het gezicht naar hem toe.

'Dit is mijn geluksdag, meid', zei hij en zijn stem was laag van voldoening.

'Wat bedoel je?'

'Dat ik hier nu weg kan, natuurlijk. Ik ga aanmonsteren, daar ben ik nu oud genoeg voor. Zodra de deuren van het registratiekantoor morgenochtend opengaan, ben ik van de partij. En dan zit ik aan de andere kant van de oceaan voor je pap kunt zeggen.'

Ik had het gevoel dat ik een stomp in mijn maag kreeg. Hij had het er eerder over gehad dat hij als huurling wilde gaan vechten, maar ik had altijd aangenomen dat het maar praatjes waren en verder niet. 'Bedoel je dat je echt wilt gaan vechten, Stevie?'

'Reken maar, meid. Ik heb nu ook echt een doel. Ik ga een paar Jappen een kopje kleiner maken en dat met een lachend gezicht, vast en zeker.'

Wat zei hij nou? Wist hij dan niet dat ik ook een Jap was, en dat ik hoorde bij de mensen die hij wilde ombrengen?

Verdoofd rolde ik me weer op mijn rug. Even later wreef Stephen zijn peuk stuk op de zoldervloer en het laatste lichtpuntje verdween.

Natuurlijk kon oom Finn niet verhinderen dat ik Sunny op school nog steeds tegenkwam. We zaten in dezelfde klas en daar kon zelfs de oorlog geen verandering in brengen.

Die maandagochtend zat ik al op mijn plaats toen Sunny het lokaal binnenkwam. Het liep tegen achten en het was overal een drukte van belang van kinderen die hun truien en jassen ophingen en hun bureautje opzochten. Zodra Sunny binnenkwam, viel er echter een stilte in het lokaal en alle ogen richtten zich op mijn vriendin, zelfs die van de onderwijzeres.

Er viel niet aan te ontkomen: Sunny was plotseling alleen nog maar Japanse. Ze leek alarmerend veel op de mensen die in Pearl Harbor honderden van onze mannen hadden omgebracht. Dat had nooit iets uitgemaakt, maar nu deed het dat wel. In de ogen van de hakujin was de kleine Hatsune Yamagata de vijand.

Het aantal Japanse leerlingen op onze school was op de vingers van twee handen te tellen en dat betekende dat Sunny deel uitmaakte van een angstwekkend kleine minderheid. Wisten Chichi en Haha wel wat ze deden door haar naar school te sturen, alsof deze dag een dag was als alle andere? Hadden ze niet kunnen vermoeden hoe het zou gaan en haar niet beter kunnen thuishouden?

Midden in de gekmakende stilte siste plotseling een jongetje: 'Vuile Jap!' Daarmee was alles gezegd. Ze was niet langer een Amerikaanse. Tot nu toe mocht ze dan min of meer geaccepteerd zijn, weliswaar als Japanse Amerikaanse, maar dan toch als Amerikaanse, vanaf nu stond ze erbuiten en was ze een vreemdeling geworden in haar eigen land. En omdat ze mijn beste vriendin was, voelde ik me met haar buitengesloten.

Onze onderwijzeres, juffrouw Pruitt, luidde een belletje om aan te geven dat de schooldag was begonnen. Ze schraapte haar keel en zei: 'Allemaal opstaan, alsjeblieft. Het is tijd om te beginnen. Laten we samen de eed van trouw afleggen.'

Sunny liep naar haar bureautje dat naast het mijne stond. We keken elkaar aan en onze ogen glansden van ingehouden tranen.

'Hoi, Sunny', fluisterde ik.

'Hoi', zei ze, en het woordje bleef als ragfijn herfstdraad in de lucht hangen.

Honderden, nee, duizenden dingen hadden we te bespreken, maar zelfs als we alleen waren geweest hadden we geen van beiden meer kunnen uitbrengen dan die simpele groet. We waren nog maar kinderen; kinderen in een wereld die veel te groot voor ons was.

Allebei legden we de hand op ons hart en zwoeren met de anderen trouw aan de Amerikaanse vlag. Ik bewoog echter alleen mijn lippen; meer kon ik niet opbrengen. Het kostte me al mijn kracht om te voorkomen dat de tranen over mijn gezicht zouden stromen.

Halverwege de ochtend werden de lessen onderbroken voor de toespraak van de president, die via het intercomsysteem van de school werd uitgezonden. Zijn stem was ons al vertrouwd door de veelvuldige praatjes bij de haard, waarmee hij het land gedurende de crisistijd moed had ingesproken. Chichi, Haha, Sunny en ik hadden vaak om de radio heen gezeten om ernaar te luisteren. Ik had altijd gevonden dat er rust van president Roosevelt uitging; hij leek net een aardige opa, die ons via de radio op het hoofd klopte om ons ervan te verzekeren dat alles in orde zou komen. De dag na Pearl Harbor echter kreeg ik het ijskoud van zijn stem. Ik had het gevoel of hij voor het hele land al mijn misstappen opsomde.

'Gisteren heeft de Japanse regering eveneens de aanval op Malaya geopend.'

'Vannacht hebben Japanse troepen Hong Kong aangevallen.'

'Vannacht hebben Japanse troepen Guam aangevallen.'

'Vannacht hebben Japanse troepen de eilanden van de Filippijnen aangevallen.'

'Vannacht hebben Japanse troepen het eiland Wake aangevallen.'

'Deze ochtend hebben Japanse troepen het eiland Midway aangevallen.'

Terwijl Roosevelt het er steeds dieper in probeerde te hameren, vroeg ik me in stilte af wat er toch in de Japanners was gevaren. Hoe kon het dat goede en zachtzinnige mensen, mensen als Chichi en Ojisan Masuo en Ojisan Hito, ineens de wereld over gingen vliegen en overal hun bommen lieten vallen op duizenden onschuldige mensen? Ze moesten allemaal gek geworden zijn, zoals een hond met hondsdolheid het ook niet kon helpen wat hij deed. Het was de enige verklaring die ik kon bedenken. Ik kon niet geloven dat ze al deze verwoesting met opzet hadden veroorzaakt.

'Er vinden vijandelijkheden plaats', concludeerde Roosevelt, alsof dat nog niet duidelijk was. 'We kunnen niet de ogen sluiten voor het feit dat ons volk, ons grondgebied en onze belangen in groot gevaar verkeren. Maar als we groot vertrouwen stellen in onze gewapende strijdkrachten en in de grenzeloze vastberadenheid van ons volk, kan de overwinning ons niet ontgaan. Zo waarlijk helpe ons God.

Ik verzoek het Congres te verklaren, dat sinds de eenzijdige en lafhartige aanval van Japan op zondag 7 december 1941, de Verenigde Staten en het Japanse keizerrijk met elkaar in oorlog zijn.'

Met een bons en een schrapend geluid viel het intercomsysteem stil. In de klas kon je een speld horen vallen. De toespraak van de president had maar tien minuten geduurd, maar zijn beginwoorden leken al wel een eeuwigheid geleden. Ik moest mijn uiterste best doen om me in te houden en niet overeind te springen en te schreeuwen: 'Het is vast een vergissing! De Japanners zouden nooit met opzet iemand kwetsen. Wij zijn goede mensen, echt waar!'

Ik gluurde opzij naar Sunny. Ze zag vreemd bleek, maar vanuit haar hals kroop een rode streep omhoog, die uitwaaierde als ziekelijke uitslag. Ze zat roerloos op haar handen te staren, die gevouwen op haar bureau lagen, en keek niet op, zelfs niet naar mij. Ik kon haar profiel goed zien, en het was duidelijk dat al die neuzenknijperij niets had opgeleverd. Haar neus leek nog net zo weinig op een hakujin-neus als op de dag van onze kennismaking.

Ik raakte even mijn eigen neus aan en legde toen mijn hand weer langzaam in mijn schoot. Dat was het dan, dacht ik. Nooit zouden wij de overstap naar de wereld van de ander kunnen maken. Niet echt, tenminste. De ziel was weliswaar buigzaam, maar het gezicht was en bleef van steen. Zij zou altijd een blank meisje zijn dat er Japans uitzag en ik een Japans meisje dat er blank uitzag. En dat zou ons uiteindelijk van elkaar scheiden.

Als om het feit dat we in oorlog waren te onderstrepen, hadden we diezelfde middag een luchtalarmoefening. Dergelijke oefeningen waren niet nieuw – al maandenlang doken we van tijd tot tijd onder ons bureau – maar dit keer dachten een paar kinderen dat het echt was en het gekrijs en gehuil waren niet van de lucht. Vanonder haar eigen bureau brulde juffrouw Pruitt dat iedereen kalm moest blijven. Ze verzekerde ons dat het alleen een oefening was en dat de Japanners niet echt hun bommen op Los Angeles lieten vallen, maar het beven van haar stem verried dat ze zelf ook moeite had haar eigen woorden te geloven.

De oefening nam wat tijd in beslag en nu de onderwijzeres verstopt zat, durfde ik wel over het gangpad te kruipen en dekking te zoeken onder Sunny's bureau. Opgerold als een bal en met onze handen in de nek konden we eindelijk weer met elkaar praten, voor het eerst sinds mijn oom me de vorige dag had meegesleept.

'Wees maar niet bang, Sunny', fluisterde ik. 'Het komt vast wel goed.' Ik weet niet waar ik dat vandaan haalde. Zelf was ik er helemaal niet zo zeker van, maar dit was wat volwassenen altijd tegen kinderen zeiden en dus herhaalde ik dat.

'Iedereen kijkt naar mij', fluisterde Sunny terug. 'Ze geven mij de schuld van alles.'

'Dan zijn ze nogal stom. Jij hebt er niets mee te maken.'

'Maar ik ben ook Japans.'

'Jij bent Amerikaans. Dat heb je altijd tegen me gezegd.'

Sunny gaf geen antwoord. Ik was naar haar toe gekropen om haar iets te vertellen wat in tegenspraak was met alles wat ik nu had gezegd, en toch moest ik het zeggen. 'Ik mag van oom Finn niet meer bij jou thuis komen. Nooit meer. Ik mag zelfs niet met jou praten en als ik het toch doe, gooit hij me het huis uit.'

'Je oom haat me', fluisterde ze verdrietig.

Ik kon het niet ontkennen. 'Ik haat hem', verzekerde ik mijn vriendin. 'Hij is gemeen en dom. En lelijk ook', voegde ik er uit wrok nog aan toe.

'Wat moeten we nu doen, Augie?'

'Dat weet ik niet. Ik denk dat ik ga weglopen.'

'Waarheen dan?'

'Weet ik niet.'

'Waarom loop je dan niet weg naar ons?'

Ik dacht daar even over na en zei toen: 'Als ik dat doe, kan ik nooit meer met mijn moeder praten en ook niet met Stephen of tante Lucy of de anderen.'

'Nou en?'

'Juf Pruitt, Augie zit onder Sunny's bureau en ze praten', klikte een van de jongens.

Vanonder het bureau van de onderwijzeres klonk een scherpe waarschuwing. 'Augie, ga terug naar je eigen bureau en blijf daar.'

Ik keek nog even naar Sunny en begon weg te kruipen, maar ze hield me tegen. 'Wacht even, Augie, ik moet je nog iets vertellen. Mama krijgt een baby.'

Het kwam niet bij me op dat dit een vreemd moment was om over de baby te vertellen. Wat me veel meer verbaasde, was de steek van afgunst die ik voelde.

'Hoe kan dat nou?' vroeg ik.

'Dat weet ik niet. Het is gewoon zo.'

'Augusta Schuler!' klonk opnieuw de lichaamloze stem van juffrouw Pruitt.

Ik kroop terug naar mijn eigen bureau als een hondje met de staart tussen zijn benen. Onwillekeurig bekroop me de gedachte dat deze baby was gemaakt als plaatsvervanger voor mij, omdat Haha had voorzien dat ik op een dag niet langer deel van de familie zou zijn.

Was die dag nu plotseling gekomen? *Over mijn lijk*, zei ik bij mezelf. Oom Finn kon mij beletten de Yamagata's te zien, Haha kon een baby maken om mij te vervangen, maar ook al keerde alles zich tegen mij, ik zou hoe dan ook de weg naar huis terugvinden.

12

Moeder gilde als een *banshee*, de geestverschijning die met zijn gejammer een sterfgeval aankondigt.

'Mijn jochie!' huilde ze. 'Ze gaan mijn jongetje vermoorden! O, Lenny, Lenny!'

De Japanners waren de Filippijnen binnengevallen en mijn broer was op dat moment juist bij de marine in Bataan gestationeerd. Moeder had het nieuws net op de radio gehoord en nu stond ze midden in de woonkamer, lijkbleek en bevend, haar handen verkrampt tegen haar borst.

Tante Lucy sprong op van haar stoel en sloeg haar armen om moeders schouders. 'Kom, kom, Mags, dat weet je nog helemaal niet. Voor hetzelfde geld komt hij veilig thuis. Kom, stil nou maar …'

'Maar het zijn beesten; beesten zijn het. Niets is te gek voor die lui! O, Lenny, mijn jochie …' Ze barstte in snikken uit en tante Lucy keek hulpzoekend naar oom Finn.

Mijn oom zat op zijn gemak in zijn eigen stoel. Rond zijn voetenbankje slingerden de stukken van de avondkrant. Hij zag eruit als een man die liever niet gestoord wil worden, zelfs niet voor een oorlog. Met gefronste wenkbrauwen nam hij een lange trek van zijn sigaret en toen hij begon te praten, wolkte de rook uit zijn mond naar buiten. 'Lenny is een volwassen man, Mags, geen jochie meer. En bovendien is hij een marinier. Hij kan heus wel op zichzelf passen.' Met zijn hoofd een beetje schuin liet hij het laatste restje rook uit zijn longen stromen en zuchtte voldaan. 'En hij mag dan een Schuler zijn, laten we niet vergeten dat het bloed van de O'Shaughnessy's door zijn aderen stroomt.'

Ik zat op de trap en wierp mijn oom van daar een woedende blik toe. Zijn woorden waren nou niet bepaald troostend voor moeder. Elke oorlog was toch een zaak van leven of dood, waarbij beide partijen probeerden zo veel mogelijk mannen naar de andere wereld te helpen – en wie de meeste vermoord had, had gewonnen. Dacht oom Finn nou echt dat het bloed van de O'Shaughnessy's Lenny op het slagveld bescherming zou bieden? Het tegenovergestelde was eerder het geval, dacht ik, aangezien ik mijn eigen O'Shaughnessy-bloed de schuld gaf van het ongeluk dat mij achtervolgde.

Zoals ik al verwacht had, liet moeder zich niet sussen. Haar handen klauwden in haar katoenen bloemetjesjurk alsof ze wilde voorkomen dat haar hart uit haar borstkas zou springen. 'Maar hij is mijn jongetje', jammerde ze luidkeels. 'Mijn oudste. En nu heeft Stevie ook al aangemonsterd.'

Oom Finn ging staan en hees zijn broek op. 'Ga maar 'es een kopje thee voor haar zetten, Lucy, en zorg dat ze bedaart.'

Tante Lucy gehoorzaamde en voerde moeder mee naar de keuken, waar het gehuil en gejammer gewoon doorgingen, nu begeleid door het gerammel van de waterketel op het fornuis. Oom Finn liet een dikke boer en klom op zijn kousen de trap op. Hij liep langs me heen alsof ik niet bestond en ik had veel zin om hem beet te pakken en te roepen: 'Geeft u dan niets om Lenny? Geeft u eigenlijk wel iets om iemand?' Maar dat deed ik natuurlijk niet. Ik wist het antwoord toch al.

Uit de radio dreef muziek de kamer in. Ik keek de verlaten woonkamer in en beet mijn tanden op elkaar om een golf van woede en verdriet te onderdrukken. Hoewel ik Lenny niet echt kende, was ik toch verdrietig om hem en ik vroeg me bezorgd af wat er nu van hem moest worden. Maar bovenal had ik verdriet om mezelf. Ik vermoedde sterk dat moeder zich niet zo had laten gaan als ik in gevaar was geweest, en dat leek me oneerlijk. In feite maakte het me woedend. Ik was net zo goed haar kind als Lenny. Ik mocht dan wel de jongste zijn, maar ik bestond ook en verdiende de aandacht van mijn moeder evenzeer als hij. Ik had gewoon weleens een keer willen zien dat ze zich bezorgd maakte om mij. Maar zoals ik er nu tegenaan keek, kon ik pal onder haar neus *harakiri* plegen, zodat al mijn ingewanden over haar schoenen rolden, en het zou haar nog te veel moeite zijn om de rommel op te ruimen. Een kind dat naamloos wordt geboren, heeft gewoon geen enkele kans.

Een paar dagen later zaten we net aan het avondeten, toen Stella kwam binnenrennen en de voordeur met een woedende slag achter zich dichtgooide. Ze stampte de keuken in, rukte haar hoed af en haar jack uit, en begon op haar namaakleren pumps te ijsberen. Iedereen hield op met eten en staarde haar met open mond aan. Na een korte stilte vond tante Lucy haar tong terug. 'Stella, wat is er?'

Mijn nicht bleef met een ruk staan, alsof ze tegen een muur was opgelopen, keek haar stiefmoeder woedend aan en barstte uit: 'Jack heeft aangemonsterd!'

Onze vorken en messen kwamen weer in beweging en tikten tegen de borden toen we allemaal weer begonnen te eten. We hadden dit wel verwacht. Blijkbaar was het alleen voor Stella als een verrassing gekomen.

'Nou, waarom zeggen jullie niets?' jammerde ze en hief haar handen omhoog. Ze begon weer te ijsberen om haar ergernis op het linoleum te kunnen afreageren.

Oom Finn schoof een grote hap gebakken aardappel in zijn ene wang om iets te kunnen zeggen. 'Wat had je dan verwacht, meid? We hebben nu ook Duitsland en Italië op onze nek gekregen. Als Jack niet had aangemonsterd, was hij wel opgeroepen.'

Stella staarde haar vader vol ongeloof aan. 'Nou, dan had hij toch kunnen wachten tot zijn lichting aan de beurt was? Hij hoefde toch niet vrijwillig te gaan?'

'Kom, Stella, lieverd,' tante Lucy duwde haar stoel achteruit en stond op, 'Jack doet alleen maar wat hij denkt dat goed is ...'

'Het heeft niks te maken met goed of niet goed', viel Stella haar in de rede. 'Hij zegt dat dit zijn kans is om te leren vliegen. Daarom wil hij bij de luchtmacht. Hij zegt dat door de oorlog zijn grootste wens in vervulling zal gaan.'

'Nou, die jongen wil iets bereiken', zei oom Finn met een knikje. 'Niks mis mee, dacht ik zo.'

Stella's ene hak maakte bijna een putje in het zeil, zo hard stampvoette ze. 'Maar ik dan?' riep ze. 'Hoe kan hij mij zomaar achterlaten? Houdt hij soms niet meer van me?'

'Natuurlijk houdt hij nog van je, lieverd', suste tante Lucy. 'Daar kan de oorlog heus niks aan veranderen.' Ze sloeg een arm om Stella's schouder en troonde haar mee naar de woonkamer. 'Maar we hadden het er juist over gehad dat we graag aan kinderen wilden beginnen', hoorden we Stella nog klagend zeggen. 'Hoe moet dat nou zonder hem?'

Niemand van ons had erg met haar te doen. Maureen sloeg haar ogen ten hemel en geeuwde hartgrondig. Moeder zat onaangedaan te kauwen en haar bloeddoorlopen ogen stonden donker en afwezig. Riley en Rosey maakten een verveelde indruk. Ze hadden allebei hun bord al leeg en zaten met hun kin in hun handen en hun ellebogen op de kaarttafel, waaraan de jongere kinderen de maaltijd gebruikten als we allemaal tegelijk in de keuken zaten te eten.

Alleen de twaalfjarige Rusty leek opgewonden door het nieuws dat Stella was komen brengen. 'Als ik groot genoeg was, ging ik ook aanmonsteren', zei hij, en de blik waarmee hij naar zijn vader keek, bedelde om goedkeuring.

'Zo mag ik het horen', zei die instemmend. 'We hoeven geen lafaards in de familie.' Hij wierp een blik in de richting van de woonkamer waar Stella's gesmoorde snikken nog steeds hoorbaar waren. Met een diepe zucht schudde hij zijn hoofd, alsof hij wilde zeggen: 'Het hoeft maar oorlog te worden en alle vrouwen ter wereld krijgen het op hun zenuwen. Het is maar goed dat wij, mannen, de zaak onder controle hebben.'

Als je het mij vroeg, waren de zenuwen echter niet louter een vrouwenkwestie. Generaal John DeWitt, de aanvoerder van de verdedigingstroepen aan de Westkust, was ook niet bepaald een toonbeeld van kalmte en zelfbeheersing. Misschien neigde hij van nature naar theatraal gedoe, of misschien geloofde hij oprecht in zijn eigen woorden; hoe dan ook, hij had er een handje van om met zijn uitspraken algehele paniek bij zijn luisteraars te zaaien. 'Het is oorlog!' zei hij steevast tijdens zijn veelvuldige ontmoetingen met de pers. 'Elk moment kunnen dood en verwoesting uit de hemel op ons neerdalen.'

Het probleem was dat de meeste mensen geloof hechtten aan zijn woorden. Er waren zelfs mensen die Californië ontvluchtten, zo bang waren ze dat deze staat het volgende doelwit voor de Japanse bommen zou zijn. Wij, achterblijvers, namen allerlei voorzorgsmaatregelen die ons in geval van een aanval het leven moesten redden. Per slot van rekening waren zowel Alaska als de Westkust vier dagen na Pearl Harbor officieel tot oorlogsgebied verklaard en als je in een oorlogsgebied woonde, kon je niet voorzichtig genoeg zijn.

De schuilkelders bevonden zich op strategische punten in de stad, zodat iedereen wist waar hij dekking moest zoeken wanneer de bommen begonnen te vallen. In huis hingen we verduisteringsgordijnen voor de ramen, we dekten de straatverlichting af en doken als mollen onder de grond wanneer de sirenes begonnen te loeien. Controleurs speurden de stad af op zoek naar het kleinste streepje licht dat de precieze locatie van Los Angeles aan de vijand zou kunnen verraden. Wee degene uit wiens huis en haard dit streepje licht ontsnapte. Hij kon rekenen op een uitbrander die hij niet licht meer zou vergeten, om van de boete nog maar te zwijgen.

's Nachts zwierven de bundels van enorme zoeklichten langs de hemel, op zoek naar vijandelijke vliegtuigen. Op de stranden werd afweergeschut opgesteld, evenals op de daken van hoge gebouwen. Op een keer werd er inderdaad een salvo afgevuurd op een stel denkbeeldige oorlogsvliegtuigen boven Los Angeles, maar later bleek dat er niets aan de hand was. In de stad regende het echter granaatscherven en tientallen mensen raakten gewond.

Nu Stephen vertrokken was naar zijn trainingskamp had ik de zolder voor mijzelf. Daar fantaseerde ik over dappere daden, vluchtpogingen en spionage. Omdat ik geloofde dat

Amerika er alleen maar op vooruit kon gaan als de Japanners de oorlog wonnen, kwam ik sterk in de verleiding de verduisteringsgordijnen die tante Lucy over het stoffige zolderraampje had geplakt los te trekken. Ik stelde me voor hoe het in de geschiedenisboekjes zou staan: dat ene lichtje uit het zolderraam van Finn O'Shaughnessy's huis aan Fresno Street in Boyle Heights had de voltallige Japanse luchtvloot de weg gewezen naar het hart van Los Angeles, waardoor de Japanners uiteindelijk de overwinning hadden behaald. Natuurlijk zou het eerst lijken of ik landverraad had gepleegd, maar nadat de Japanners de macht hadden overgenomen en ons leven een paradijs was geworden, zou iedereen, inclusief oom Finn, wel begrijpen waarom ik het had gedaan. Die ene kleine actie van Augusta Schuler, de kindheldin, zou de toekomst van de hele wereld veranderen.

Toch trok ik dat gordijn nooit los. Ik was veel te bang voor de wraak van oom Finn, wanneer hij door de controleur op het matje zou zijn geroepen.

Toch was ik er nog steeds niet van overtuigd dat de Japanners barbaren waren. Ik weigerde te geloven dat ze wreedheden begingen, dat ze moordden en verminkten en verkrachtten, zoals oom Finn zei. Ik drukte die gedachte weg en bleef mezelf voorhouden dat alles goed zou komen zodra de Japanners de wereldheerschappij in handen hadden gekregen.

Achteraf denk ik dat ik de kant van de vijand koos louter en alleen omdat het Japanners waren. Wat ik vergat, of waar ik in ieder geval geen rekening mee hield, was dat Chichi en Haha in feite Amerikanen waren. Ze zagen er alleen Japans uit. Volgens mij is het nogal ironisch te noemen: de reden waarom ik de vijand liefhad – hun Japans-zijn – was juist de reden waarom mijn landgenoten hun medeburgers, de Amerikanen van Japanse afkomst, begonnen te haten.

Het was ook zo verwarrend om Amerikanen om je heen te hebben die er net zo uitzagen als de vijand.

Aan de Westkust werd de oorlog met woorden gevoerd. Volgens mij was de ijzerwarenwinkel van oom Finn de eerste waar een bord voor het raam verscheen dat de Japanse

Amerikanen de toegang ontzegde. 'Absoluut geen Jappen', stond erop. Rusty had het op de avond na het bombardement op Pearl Harbor voor oom Finn geschilderd, en de volgende dag hing het al voor openingstijd voor het raam. Niet lang daarna zag je de borden op de deuren van de restaurants: 'Wij bedienen geen Jappen'. Bij kledingwinkels en bioscopen en kappers: 'Geen Jappen'. Op een enkele telefoonpaal zaten pamfletten geprikt: 'Weg met de Jappen!', en hier en daar waren dezelfde woorden op de stoep aangebracht met verf.

Andere Aziaten deden hun uiterste best zich van de Japanners te onderscheiden. Ze droegen buttons waarop stond 'Ik ben Chinees' of plakten een papier op hun winkelruit met 'Wij zijn Filippino's of 'Wij zijn Koreanen' erop.

In reactie daarop verscheen op de ruit van Chichi's groentezaak en ook bij andere winkels met een nisei-eigenaar de mededeling: 'Wij zijn Amerikanen'.

Behalve de *Los Angeles Times*, die nog steeds beleefd over 'de Japanners' sprak, verlaagden alle kranten zich tot termen als 'de Jappen' – wat op zich al erg genoeg was – maar ook als 'dolle honden' en 'geel ongedierte'.

Ik las geen kranten. Dat was ook niet nodig. Oom Finn maakte het tot een gewoonte door het huis te ijsberen alsof hijzelf een dolle hond was, met in de ene hand een sigaret of een biertje – of allebei – en in de andere het jongste nummer van de krant. Alle artikelen over de Japanse overwinningen in de Stille Oceaan werden luidkeels voorgelezen. Dat het nieuws uit de Filippijnen moeder de stuipen op het lijf joeg, liet hem koud. Het kon hem niet schelen dat tante Lucy hem smeekte stil te zijn, dat zijn eigen kinderen zich met de handen voor hun oren uit de voeten maakten, dat Stella hem uitschold en dreigde nooit meer een voet in huis te zetten als hij niet ophield ons op die manier met het nieuws te belasten. Hij bleef doof voor alle smeekbeden. Als pijlen met rubberen punten kaatsten ze af op zijn dikke huid. Onverstoorbaar ging hij door, en hij stopte alleen met voorlezen om er voor de vuist weg zijn eigen commentaren tussendoor te gooien, met uitdrukkingen die in grofheid het taalgebruik van de kranten verre overtroffen.

Van de weeromstuit ging ik stiekem scheldnamen voor oom Finn bedenken; het was de enige manier om wraak op hem te nemen. 'Rood ongedierte', vanwege de kleur van zijn haar. 'Brulaap', vanwege het lawaai dat hij schopte. 'Dooie Ier', omdat ik hem zo het liefst had gezien.

'Ons huis is gisteravond doorzocht door een paar mannen van de FBI', vertelde Sunny me op een middag achter in december. We stonden op de stoep voor de school, waar we elke dag nog een paar laatste woorden met elkaar wisselden voor we elk naar ons eigen huis gingen. Het gaf me een triomfantelijk gevoel om met Sunny te praten, omdat ik daarmee regelrecht inging tegen het verbod van oom Finn. Het was een prettig gevoel.

'Waarom hebben ze dat gedaan?' vroeg ik geschrokken. Alles wat ik van de FBI wist, was dat ze alleen in actie kwamen als er kerels gearresteerd moesten worden voor wie zelfs de politie bang was.

Maar Sunny haalde de schouders op, alsof het hun al duizend keer eerder was overkomen. 'Omdat Obaasan issei is, zei papa.'

'Nou en?'

'Hij zegt dat ze denken dat alle issei spionnen zijn of zo.'

'Denken ze dat Obaasan een spion is?' Maar Obaasan was gewoon een oud vrouwtje, dat niet eens goed kon zien en half kreupel liep van de reuma. Ze kwam zelfs bijna nooit haar kamer uit, laat staan het huis. Hoe kon zij nou een spion zijn?

'Nou, ze is geen Amerikaans staatsburger, dat weet je, en daarom worden alle issei nu handlangers van de vijand genoemd. En als ze handlangers zijn, dan weet de FBI bijna zeker dat ze voor Japan spioneren.'

'Maar wat hebben ze dan gedaan?'

'Gewoon wat rondgesnuffeld en een paar dingen meegenomen.'

'Wat dan?'

'Papa's fototoestel en het radiootje dat op het aanrecht stond. Je weet wel, waar mama en mevrouw Eddington naar luisterden als ze aan het bakken waren. O ja, en ook nog een verrekijker.'

'Een verrekijker? Waarom dat nou weer?'

'Omdat Obaasan die dan niet meer kan gebruiken om mee te spioneren, denk ik.'

Zou de FBI dat nou zelf niet even belachelijk vinden als ik? Ik was nog maar een kind, maar voor mij was het volstrekt duidelijk dat iemand als Obaasan net zomin voor Japan zou spioneren als uit dansen gaan in de Radio City Music Hall.

'Er worden heel veel issei-mannen gearresteerd', vertelde Sunny verder. 'Ze worden weggebracht en niemand weet waarheen. Kun je je meneer Nakamura nog herinneren, de vader van Ojisan Masuo?'

Ik knikte. Ik had hem talloze keren ontmoet als de familie gezamenlijk een of andere feestdag vierde.

'Hij is dit weekend opgepakt. Ik was vergeten het je te vertellen.'

'Dachten ze dat hij ook een spion was?'

'Ja.'

'En weet je nu waar hij is?'

Sunny schudde haar hoofd. 'Ojisan Masuo is woest. Toen zijn moeder het hem kwam vertellen, sloeg hij met zijn vuist een gat in de muur van de bioscoop.'

Ik kon het hem niet kwalijk nemen. Ik zou twee gaten in de muur hebben geslagen. Meneer Nakamura was een rustige oude man, die de bijnaam 'Smiles' had gekregen, omdat hij weliswaar nooit veel zei, maar altijd glimlachte. Bij de optocht die de Japans-Amerikaanse gemeenschap ieder jaar organiseerde ter gelegenheid van de Vierde Juli ging hij altijd verkleed als Uncle Sam.

'Ik hoorde Ojisan Masuo tegen papa zeggen dat alle gearresteerde issei-mannen misschien naar Japan worden teruggestuurd', ging Sunny verder, 'en anders worden ze doodgeschoten.'

'Doodgeschoten?'

'Dat zei Ojisan. En alle anderen zeiden het ook.'

Deze geruchten over dood en deportatie schokten me diep. Nadat Sunny en ik afscheid hadden genomen, liep ik als in een waas naar huis. De oorlog stond nog maar in de kinderschoenen, was pas een paar weken oud, en nu al gebeurden er zulke vreemde dingen. De Japanse gemeenschap werd ontmanteld, stukje bij beetje, en oude mensen werden weggestuurd, wie weet waarheen en welk lot hun daar wachtte. Wat zou de achtervolgingswaanzin van de regering nog meer voor gevolgen krijgen? Als Smiles Nakamura wegens spionage gearresteerd kon worden, wat zou er dan wel niet met Chichi en Haha en Sunny kunnen gebeuren?

Mijn angst werd concreet toen oom Finn meedeelde dat alle Japanners van de Westkust waarschijnlijk zouden worden opgepakt om naar concentratiekampen in het binnenland te worden gestuurd.

'Is dat waar?' vroeg ik Sunny zodra ik haar weer zag.

'Papa zegt dat het misschien voor de issei geldt, maar met de nisei en de sensei mogen ze dat nooit doen. Wij zijn staatsburgers en we hebben rechten. Ze kunnen ons niet zomaar naar concentratiekampen sturen zonder dat we iets verkeerds hebben gedaan.'

'Denk je dat ze Obaasan ook zullen wegsturen?'

'Als ze dat proberen, zal papa zich daar met hand en tand tegen verzetten, zegt hij. Ze is maar een oude vrouw. Zonder ons zou ze in zo'n kamp nooit kunnen overleven.'

We zwegen even. Toen vroeg ik: 'Sunny, ben je niet bang?'

Haar ogen vernauwden zich en ze schudde haar hoofd. 'Nee, Augie, ik ben niet bang, alleen maar erg verdrietig, omdat iedereen nu een hekel aan mij heeft.'

'Nietes!'

'Welles.' Ze keek omhoog naar de voordeur van de school. De laatste bel was gegaan en een stroom kinderen kwam de trap af. 'Ik wilde niets liever dan net zo zijn als zij,' zei ze treurig, 'en nu heeft het zelfs geen zin meer om het nog te proberen.'

'Dat geeft niet', zei ik, waarschijnlijk te haastig. 'Ik zal altijd je vriendin blijven, wat iedereen er ook van denkt.'

'Jij kunt ook andere vriendinnen zoeken', zei ze en keek verdrietig naar mijn hakujin-gezicht. 'Als ze niet wisten dat je een Jappenvriend bent, zouden ze je vast wel aardig vinden.'

Uit Sunny's mond klonk het woord nog eens zo ruw. Ik kromp ineen, maar zei toch: 'Nou, ik ben tóch een Jappenvriend. En ik hoef geen andere vriendinnen.'

In een opwelling sloegen we de armen om elkaar heen en toen we elkaar weer loslieten, hadden we allebei tranen in de ogen.

'Ik wou maar dat je weer thuis kon komen, Augie', zei Sunny zacht. 'Iedereen mist je zo.'

'Ik mis iedereen ook.'

'Denk je dat je ooit nog eens terug mag van je oom?'

'Nee, ik denk het niet.'

'Mama zei: "Zeg tegen Musume dat mijn hart breekt om haar" en ze zei ook, dat als je oom nog eens van gedachten verandert, papa en zij heel graag willen dat je weer thuiskomt.'

Ik kon alleen maar knikken; toen draaide ik me om en liep naar het huis van oom Finn, dat nooit, maar dan ook nooit, mijn thuis zou worden.

13

Twee dingen beletten me ervandoor te gaan, terug naar de Yamagata's. Het ene was oom Finns dreigement dat hij me dan voorgoed uit de Schuler-O'Shaughnessyclan zou stoten. Ik wenste weliswaar met enige regelmaat dat er iets dergelijks zou gebeuren, maar als puntje bij paaltje komt, laat je de familie waarin je bent geboren niet zomaar schieten.

Ik heb sindsdien wel mensen ontmoet die als volwassene met hun familie hadden gebroken, maar volgens mij is dit voor een kind onmogelijk. Ondanks alles gaf ik de hoop niet op dat mijn moeder op een dag zou zeggen dat ze van me hield. Ik fantaseerde af en toe zelfs dat oom Finn plotseling aardig zou worden, zodat we nog lang en gelukkig samen in zijn huis konden leven.

Toch grappig, wat een kind bij elkaar kan fantaseren in de geheime hoekjes van haar hart. Of misschien is het ook niet zozeer fantasie, maar meer een reactie op het aangeboren verlangen naar iets waarvoor wij allemaal geschapen zijn. Mijn dagdromen waren gewoon mijn antwoord op het zwakke, maar toch zeer reële verlangen naar de liefde van mijn eigen vlees en bloed.

De tweede reden dat ik niet wegliep, had te maken met de problemen bij de Yamagata's zelf. Het ministerie van Financiën had de bankrekeningen van alle Japanse Amerikanen

137

geblokkeerd, waardoor ze niet langer geld van de bank konden opnemen. Kort daarna sloot de regering alle Japanse bedrijven, waaronder ook Chichi's groentewinkel. Vanaf dat moment zat Sunny's familie zonder inkomen. Toen Sunny me vertelde wat er gebeurd was, en dat Chichi buiten zichzelf was van de zorgen en dat Haha urenlang in haar schort had zitten huilen, meende ik dat ik het niet kon maken terug te gaan en van hen te verwachten dat ze naast de zorg voor hun eigen kinderen en Obaasan ook die voor mij nog op zich zouden nemen.

Dus bleef ik bij oom Finn en probeerde, zonder veel resultaat, me te verheugen op het komende kerstfeest. Ondanks de oorlog maakte de stad zich op voor de feestdagen. De winkels hielden kerstuitverkoop en Santa zou ook dit jaar weer zijn opwachting maken in het winkelcentrum. Kransen met linten sierden de voordeuren en als er geen verduistering was, zag je de lichtjes van de kerstbomen in de ruiten glanzen. Op school knutselden we kerstkaarten en knipten papieren sneeuwvlokken om op de ramen te plakken; witter zou de Kerst in Los Angeles nooit worden. Stella sleepte een kerstboom naar het huis van oom Finn met de mededeling dat hij te groot was voor haar appartement, en samen met mijn neefjes en nichtjes versierde ik hem met zelfgemaakte papieren decoraties en slingers popcorn.

Kort voor de feestdagen draaide het ministerie van Financiën een beetje bij en stond zowel de issei als de nisei toe om honderd dollar per maand op te nemen voor hun levensonderhoud. Chichi diende een verzoekschrift in bij de bank om zijn winkel te mogen heropenen, en een paar dagen voor Kerst kon hij inderdaad weer aan het werk, tot grote opluchting van hemzelf en Ojisan Hito. Ook de bioscoop van Ojisan Masuo kreeg toestemming om weer open te gaan.

Dat jaar viel Eerste Kerstdag op een donderdag en dus gingen de schooldeuren woensdagmiddag om twaalf uur voor twee weken dicht.

'Hoe kunnen we elkaar zien tijdens de vakantie?' vroeg Sunny, terwijl we samen de stoeptreden af liepen naar het plein.

'We kunnen ergens afspreken, in het park of zo. Of misschien kan ik wel stiekem naar de groentewinkel gaan om je daar te zien.'

'Ik weet het niet, Augie', zei Sunny en ze klemde haar schoolboeken tegen zich aan. 'Als iemand ons nou ziet en het aan je oom gaat vertellen?'

'Dat kan me niet schelen.'

'Hij slaat je dood.'

'Als-t-ie het waagt! Dan sla ik hem eerst dood.' Dat was voor de show natuurlijk, maar het gaf me een goed gevoel.

'Papa en mama hebben een paar kerstcadeautjes voor je gekocht. Ze liggen ingepakt onder de kerstboom. Ik wil ze toch wel graag aan je geven.'

Ik bleef even stil; een gevoel van schaamte bekroop me. 'Ik heb voor niemand cadeautjes gekocht, Sunny', bekende ik toen. 'Zelfs niet voor jou.'

Sunny haalde haar schouders op. 'Dat geeft niet. Het lijkt dit jaar toch al geen sikkepit op Kerst.'

Daar had ze gelijk in. De afgelopen drie jaar had ik de kerstdagen bij de Yamagata's doorgebracht. De hele familie zat bij elkaar en wisselde geschenken uit, iedereen werkte onvoorstelbare hoeveelheden mochi naar binnen en zong kerstliederen, begeleid door Ojisan Masuo op zijn oude, astmatische accordeon. En dan direct daarna kreeg je oud en nieuw met al dat exotische eten, de kreten van '*Ake-mashite omede toh gozai masu!*' en de daaropvolgende uren van vrolijke spelletjes. Tijdens deze feesten had ik de vreugde van het gezinsleven ontdekt dat de rest van de wereld allang leek te kennen. Dit jaar zou er echter van blijdschap geen sprake zijn, afgesneden als ik was van degenen die mij die blijdschap hadden geschonken.

'Gisteravond,' vertelde Sunny ondertussen, 'zei mama nog tegen papa: "Het ergste van die hele oorlog is nog dat we er Musume door zijn kwijtgeraakt."'

We hadden inmiddels de stoep bereikt waar we altijd bleven staan voor we elk een kant uit liepen. Ik leunde tegen het hek van kippengaas dat de school omringde; ik had helemaal geen haast. 'Zei ze dat echt?'

'Ja.'

'En wat zei Chichi toen?'

'Hij zei dat dat niet de schuld van de oorlog was, maar van jouw oom Finn.'

Ik knarsetandde bij de gedachte aan die man. Wat Chichi zei, was waar. Het kwam alleen door oom Finn dat ik de feestdagen niet kon vieren met de mensen van wie ik hield.

'Ik wou dat hij dood was', mompelde ik.

Sunny knikte. 'Ik ook.'

'Ik wou dat de Japanners ons kwamen bombarderen en hem aan flarden schoten. Alleen oom Finn dan, verder niemand.'

Mijn vriendin knikte weer. 'Dat zou nog het allermooiste kerstcadeau zijn.' Ze verplaatste haar gewicht van de ene voet op de andere en staarde de straat langs. Toen keek ze weer naar mij en zei: 'Nou, ik zie je nog wel.'

'Zul je Chichi en Haha en iedereen prettige kerstdagen wensen van mij?'

'Zal ik doen.'

'Ik beloof je dat ik zal proberen om je ergens te zien.'

'Goed.'

'En jij ook prettige kerstdagen, Sunny.'

'Ja, prettige kerstdagen.'

Toonloos, zonder een glimlach. Ondanks de goede wensen klonken we net als een bejaard echtpaar dat geen enkele verwachting van de toekomst meer heeft. Het valt niet mee om kind te blijven als het oorlog is.

Stella stond in de keuken koekjes te bakken, samen met Riley en Rosey. 'Wil je ook meehelpen?' vroeg ze, met een diepe zucht. Er was iets mis.

'Goed', zei ik aarzelend.

'Was eerst je handen.'

'Goed.'

Ze duwde een bakplaat de oven in en sloeg de deur met een klap dicht. Daarna viel ze op de deegbal op het aanrecht aan, met veel meer kracht dan nodig was.

'Wat is er, Stella?' vroeg ik.

Weer zuchtte ze. 'Jack is opgeroepen.' Meteen vulden haar ogen zich met tranen en ze wierp zich weer op het deeg. 'Hij moet overmorgen al naar het trainingskamp vertrekken.'

'De dag na Kerst?'

'Klopt.' Ze greep een koekjesvorm en ramde die in de uit-gerolde deeglap. 'Uncle Sam geeft er geen barst om dat ze je man van je afpakken', mopperde ze. 'En dat niet alleen, hij moet vanavond ook nog overwerken. Hoe vind je die? Wat moet er zo ontzettend nodig gelast worden dat hij op kerst-avond zelfs nog moet werken?' Toen, veel harder: 'Rosey, niet nog meer deeg, had ik gezegd! Ophouden, begrepen?' Ze gaf het kind een klap op haar pols, niet hard, maar hard genoeg voor Rosey om het op een brullen te zetten. 'Mama!' gilde het kind.

'Ze is niet thuis, dus krijs maar raak, ze hoort je toch niet.'

Plotseling was koekjes bakken met Stella wel het laatste waar ik zin in had. Ze was bijna nooit in een slecht humeur, maar als ze dat wel was, kon je beter maken dat je wegkwam. Ik hoopte maar dat haar kwaaie bui niet de hele oorlog lang zou duren. 'Kom maar, Rosey,' zei ik en stak mijn hand naar haar uit, 'dan gaan we boven spelen.'

'Ja, neem haar alsjeblieft mee', zei Stella instemmend. 'Ik word gek van dat kind.'

'Mag ik wel blijven, Stella?' vroeg Riley.

'Natuurlijk, als je verder maar van het deeg afblijft.'

Terwijl Stella doorging met het uitstansen van de koekjes, liet Riley zijn hand in de kom op tafel verdwijnen en haalde een vinger vol deeg omhoog. Hij stak hem even in de lucht, vergewiste zich ervan dat Rosey en ik het zagen en propte de gestolen lekkernij toen snel in zijn mond. Daarna grijnsde hij ons triomfantelijk toe, alsof hij zeggen wilde: 'Ha, ha, ze zag het lekker niet'. Ik kreeg zin om hem te slaan.

In plaats daarvan draaide ik me om en trok de betraande Rosey mee de keuken uit. Samen gingen we de trap op, terwijl zij de woorden uitschreeuwde die wij, mensen, bijna als eerste leren: 'Het is gemeen! Het is gemeen!'

Kerstavond kwam en de meeste kinderen waren waarschijnlijk door het dolle heen in het vooruitzicht van de bijzondere feestdag die op deze bijzondere feestavond zou volgen. De meeste kinderen konden waarschijnlijk hun ogen niet van de feestelijke pakjes onder de kerstboom afhouden, zich afvragend wat er toch in zou zitten. De meeste kinderen, neem ik aan, genoten van het bezoek van grootouders, tantes, ooms, neefjes en nichtjes. De meeste kinderen graaiden met handenvol tegelijk snoepjes en koekjes uit de hoorn des overvloeds. Op deze bijzondere avond zouden de meeste kinderen niet kunnen slapen, als ze eenmaal knus in hun bed lagen.

Zo was het echter niet in het huis van de O'Shaughnessy's, waar een geladen sfeer als een dikke mist van kamer tot kamer dreef, tot er geen ontkomen meer aan was. Alles werd erdoor vervormd, alsof we ons bewogen achter een dik stuk matglas. Zelfs de kerstmuziek op de radio klonk zwaarmoedig en verminkt, alsof hij op de verkeerde snelheid werd gedraaid.

De armzalige pogingen om de tradities in ere te houden maakten het feest juist tot een karikatuur van zichzelf. De boom was maar slordig versierd, de cadeautjes waren ingepakt in de stripbladen van vorige week, aan de muur was een hele rij oude sokken van oom Finn geprikt en op de keukentafel stond een bord met aangebrande koekjes. Alles bij elkaar versterkte het alleen maar de somberheid die overal hing waar vreugde had moeten heersen.

Jack kwam en Stella begon onmiddellijk met hem te ruziën, hem verwijtend dat hij haar in de steek liet voor het leger. Oom Finn, die al nooit een reden nodig had om te gaan schreeuwen maar elke kans daartoe met beide handen aangreep, bemoeide zich ermee en koos de kant van Jack. Tante Lucy probeerde het gekibbel te sussen, maar schreeuwde uiteindelijk het hardst van iedereen. Ik zat op de trap het tafereel aan te kijken alsof het een toneelstuk was, hoewel oom Finn me van tijd tot tijd bij de scène betrok door de Jappen te verwensen en daarbij naar mij te wijzen.

Op een gegeven moment kwam Maureen, die zich had ontwikkeld tot een knappe achttienjarige, op klikkende hoge hakken en in een strak jurkje de trap af, omgeven door een wolk van eau de toilette. Aan de voet van de trap haalde ze haar jas en hoed uit de gangkast en deed ze aan. Even keek ze naar haar familie, heel even maar. Ze leek iets te willen zeggen, maar wist bij voorbaat dat ze er geen woord tussen zou kunnen krijgen. Dus zuchtte ze alleen maar, haalde een poederdoosje uit haar tasje, poederde haar neus en knipte het doosje weer dicht.

'Ik ga uit', zei ze tegen mij. Ze moest haar stem verheffen om zich in al die herrie verstaanbaar te kunnen maken. 'Ik weet niet wanneer ik weer thuiskom.' Ze wierp nogmaals een blik op de rest. 'Nooit meer, als ik geluk heb.'

Ze liet zichzelf uit en sloeg de deur met een klap achter zich dicht. Niemand lette erop. Boven begon Rosey te jammeren, onder luid gelach en gejoel van Rusty en Riley. De jongens hadden blijkbaar groot plezier, maar het leek er sterk op dat Rosey er het slachtoffer van was.

Ik greep de leuning en trok mezelf omhoog. Ik wist niet waar ik heen zou moeten, maar wilde daar ook niet langer blijven zitten. Ergens in dit gekkenhuis moest toch wel een vredig plekje te vinden zijn. In de keuken ontdekte ik moeder met haar gezicht op tafel. Haar hoofd rustte op haar armen. Zoals meestal droeg ze ook nu niet meer dan haar versleten katoenen kamerjas en haar slippers. Eerst dacht ik dat ze huilde, maar daarvoor was ze te stil. Misschien had ze zichzelf al in slaap gehuild.

Voorzichtig legde ik een hand op haar schouder. Ik wilde haar wakker maken, hoewel ik geen idee had wat ik dan tegen haar wilde zeggen. Ik wist ook niet of dat wel nodig was. Als ze gewoon wakker werd en mij zag staan, zou de mist in haar hoofd misschien een beetje optrekken.

'Mama?'

Ze kreunde. Ik schudde haar wat harder heen en weer. 'Mama?'

Langzaam hief ze haar hoofd op. Ze snurkte nog zachtjes na, terwijl ze zich losrukte uit haar slaap. Even keek ze recht voor zich uit, alsof ze haar blik wilde scherpstellen of bedenken waar ze zich bevond. Haar gezicht was rood gevlekt en haar haren lagen tegen haar voorhoofd geplet. Haar hele profiel leek uitgezakt, van de zakjes onder haar ogen tot haar onderkinnen.

'Mama?' zei ik weer.

Aarzelend draaide ze haar hoofd naar me toe. Ze knipperde even met haar ogen en staarde me toen met open mond aan. Haar adem rook zuur van de alcohol. Haar glazige ogen vernauwden zich, en toen, alsof ze eindelijk tot vol bewustzijn kwam, brak er een glimlach door op haar gezicht. Ze keek naar mij en ze glimlachte!

'Mama!' De rilling van blijdschap die door me heen ging, was zo nieuw dat ik het gevoel nauwelijks herkende. Even zo snel zakte het echter weer weg, toen ze mijn gezicht aanraakte en zei: 'Lenny? O, Lenny, m'n jochie, ben je eindelijk thuis?'

Daarmee was het laatste beetje hoop dat ik ooit de liefde van mijn moeder zou kunnen winnen definitief de bodem ingeslagen. Op de avond voor Kerst.

'Musume!' Het was Chichi die op mijn kloppen opendeed en met een sprong was ik bij hem en sloeg mijn armen om zijn middel.

'Ik kon daar niet langer blijven, Chichi!' huilde ik. Mijn tranen maakten een grote natte vlek op de buik van zijn overhemd.

'Natuurlijk niet, natuurlijk niet', zei hij sussend. 'Kom binnen, dan kan de deur dicht. Het is koud buiten. Waar is je jas? En je schoenen!' In mijn grote haast om weg te komen uit het huis van oom Finn had ik niet eens de tijd genomen om mijn schoenen aan te trekken.

Chichi troonde me mee de hal in en deed de deur dicht. In een oogwenk was Haha bij ons.

'Musume!' riep ze blij en breidde haar armen uit. Ik hield een arm om Chichi's middel geslagen – ik kon hem gewoon niet loslaten – maar de andere stak ik naar Haha uit. Zo stonden we een poosje met z'n drieën bij elkaar in een gezamenlijke omhelzing.

Toen begonnen ze over mijn hoofd heen zachtjes met elkaar te praten. 'Ze kan hier blijven tot iedereen een beetje tot bedaren is gekomen', zei Chichi.

'Maar Toshio,' fluisterde Haha, 'haar oom komt haar vast en zeker opnieuw halen.'

Ik keek smekend naar Chichi op. 'Ik wil daar niet meer heen, Chichi! Nooit meer!'

Hij legde geruststellend zijn hand op mijn krullen. 'Maak je maar geen zorgen, Musume', zei hij. 'Je hoeft niet terug. Jij hoort hier, bij ons.'

'Maar Toshio ...'

'Geen zorgen, Suma. Het komt allemaal best voor elkaar.'

'Augie!' klonk Sunny's gil van boven aan de trap. Struikelend over haar voeten holde ze naar beneden, met Jimmy op haar hielen. Ze sloeg haar armen om me heen, terwijl de hond opgewonden blaffend om ons heen danste. 'Augie, wat doe jij nou hier?'

Ik veegde mijn druipende neus af met de rug van mijn hand. 'Ik kon niet meer bij oom Finn blijven, Sunny, ik kon het gewoon niet meer! Ik wilde bij jullie zijn.'

'Ik ben zo blij dat je hier bent, Augie! Zonder jou was het toch niks. Nu kunnen we pas echt kerstfeest vieren zoals het hoort.'

Zelfs Sam en George kwamen tevoorschijn. Ze stonden in hun pyjama's boven aan de trap en wreven de slaap uit hun ogen. 'Wat is er?' vroeg Sam gretig. 'Is de kerstman gekomen?'

'Het is nog veel mooier', lachte Chichi. 'Je zusje Musume is thuis.'

Ik was thuis en alles was weer zoals het wezen moest. Het was alsof ik ontwaakte uit een koortsdroom; de somberheid die ik in het huis van oom Finn altijd meedroeg, was plotseling verdwenen. Haha bracht Sunny en mij naar bed, las ons het verhaal *De avond voor kerst* twee keer voor, gaf ons een zoen op onze neus – ook Jimmy, toen we daarop stonden – en zei dat we maar mooi moesten dromen van gesuikerde pruimen en mochi.

Nadat ze het licht had uitgeknipt, lagen Sunny en ik te fluisteren en te giechelen. We zoenden Jimmy wel honderd keer, en rolden ons toen op om te gaan slapen, de armen om elkaar heen. Voor het eerst sinds de aanval op Pearl Harbor sliep ik diep en ontspannen.

Zodra ze beneden was, belde Haha tante Lucy om te vertellen waar ik was. 'Nou, laat haar maar blijven', zei die. 'Ze dwaalde hier de afgelopen weken door het huis met het gezicht van een slavenkind op de veiling. Het arme kind is bij jullie veel gelukkiger.'

Haha vertelde het me de volgende ochtend en voegde eraan toe: 'Je tante heeft beloofd dat zij het wel met oom Finn in orde maakt. Ze heeft me ook Stella's nummer gegeven, voor als we iets nodig hebben. Maak je dus maar nergens zorgen over, Musume. Geniet maar lekker van het feest.'

We zaten in de woonkamer te luisteren naar de kerstmuziek op de radio, verzadigd van een uitgebreid ontbijt en loom van alle opwinding die het openen van de geschenken had veroorzaakt. De vloer lag bezaaid met snippers pakpapier en stukken lint. Sam en George zaten onder de boom met hun nieuwe speelgoed te spelen. Obaasan zat in een van de leunstoelen met haar kleine voetjes op de bijpassende voetenbank. Sunny zat op de bank tegen Haha aangeleund en ik zat op de grond met mijn hoofd tegen Chichi's knie.

'Oom Finn zal toch niet weer proberen me mee te nemen, Chichi?' vroeg ik. De herinnering hoe hij me als een zak onder zijn arm had gehouden joeg nog steeds een huivering door me heen.

'Dat denk ik niet, Musume', zei Chichi rustig. 'En als hij het wel doet, laten we dat deze keer niet over onze kant gaan.'

Ik sloeg mijn armen om zijn benen heen en drukte me tegen hem aan. Hij gaf me een klopje op mijn wang. 'Ik wil altijd bij jullie blijven', zei ik. 'Ik haat oom Finn en ik ga nooit meer terug.'

Van de andere kant van de kamer wierp Haha me een verdrietige blik toe. 'Je mag niet haten, Musume. Vooral je eigen familie niet.'

'Nou, hij haat mij ook. Iedereen doet dat, zelfs mijn moeder.'

'Vast niet, Musume', wierp Haha tegen. 'Ik weet zeker dat dat niet zo is. Ze houden beslist wel van je, ze weten alleen niet hoe ze het moeten laten merken.'

'Ik haat hen ook, mama', viel Sunny me bij. 'Het zijn helemaal geen aardige mensen.'

Ik schudde mijn hoofd en wreef mijn krullenbol tegen Chichi's been. Weer klopte hij me op de wang. 'Door de oorlog is alles ook helemaal in de war', zei hij. 'Zodra de hakujin merken dat wij, nisei, helemaal de vijand niet zijn, wordt alles wel weer normaal. En dan kan Musume gewoon weer de middagen en de weekenden bij ons doorbrengen, net als vroeger.'

'Maar ik wil hier gewoon altijd zijn', zei ik koppig. 'Ik wil helemaal nooit meer terug naar oom Finn.' Het had toch geen zin om te blijven wachten op een teken van liefde; ik wist dat ik het nooit zou krijgen.

'Maar Musume,' zei Haha, 'ik weet zeker dat zij jou wel bij zich willen hebben. Je bent de jongste dochter. Wij zouden het fijn vinden als je altijd hier kon zijn, maar het zou niet goed zijn om je bij je eigen familie weg te halen.'

Ik fronste mijn wenkbrauwen en zei uitdagend: 'Jullie zijn mijn familie.'

Even was het stil, afgezien van de bromgeluiden van Sam en George, die hun speelgoedautootjes over het tapijt lieten rijden. Toen zei Chichi: 'Nou ja, zoals we al zeiden, je kunt hier blijven tot iedereen een beetje bedaard is. Maak je maar geen zorgen, Musume. Er komt vanzelf wel een oplossing.'

Obaasan bewoog even en deed haar ogen open. Ze leek alleen maar even te willen controleren of iedereen er nog was, want zodra ze de kamer had rondgekeken en iedereen had zien zitten, vielen haar ogen weer dicht en zakte ze weer in slaap.

De radio speelde 'Stille Nacht' en het klonk als een slaapliedje, dat ons niet alleen slaperig maakte, maar ook vervulde van vrede. Haha legde haar hand op haar buik en klopte er tevreden op. Toen dacht ik er pas weer aan.

'Wat wilt u het liefst, Haha?' vroeg ik. 'Een jongen of een meisje?' Ik had me nog niet met de gedachte verzoend dat zij weer een kind zou krijgen, maar vond dat ik het toch diende te vragen.

Er verscheen een lieve glimlach op Haha's gezicht. Haar hand gleed over Sunny's gladde haar en haar dochter nestelde zich tegen haar schouder. 'Het maakt me niet uit', antwoordde ze. 'Ik vind het allebei goed.' Toen, alsof ze mijn gedachten had geraden, voegde ze eraan toe: 'Als het een jongen is, is het onze derde zoon, en als het een meisje is, onze derde dochter. Jij zult altijd onze bijzondere dochter blijven, Musume.'

Mijn hart zwol van blijdschap. Dit kind was niet gemaakt om mij te vervangen! We glimlachten elkaar toe en alles was goed.

14

Ik probeerde de draad bij de Yamagata's weer op te pakken en te leven als deel van een gezin dat verwachtingen en plannen voor de toekomst had. Natuurlijk hield ik mezelf voor de gek door te denken dat het leven kon doorgaan alsof Pearl Harbor er nooit was geweest, maar ik speelde het spelletje maar al te graag, en volgens mij gold dat een tijdlang ook voor de anderen.

De Japanners maakten het ons echter niet gemakkelijk. Ze behaalden in de Stille Oceaan de ene overwinning na de andere. Ondertussen probeerden de Yamagata's en ik ons de onzekerheden van de oorlog van het lijf te houden. We leefden van de ene dag in de andere, omringd door geruchten over evacuatie en de angst dat de ons zo vertrouwde wereld op zijn einde liep.

Nadat de Japanners in december Guam en Hong Kong hadden ingenomen, overmeesterden ze in januari Manila en in februari Singapore, en deden vervolgens hun uiterste best om zo snel mogelijk de Filippijnen te veroveren. Soms vroeg ik me af hoe het met Lenny ging, maar dat waren nooit meer dan vluchtige gedachten. Wat de Amerikanen de Japanners in Californië aandeden hield me zo bezig, dat ik niet veel tijd had om me druk te maken over wat de Japanners de Amerikanen in de Stille Oceaan aandeden.

Onder de hakujin steeg de haat jegens de nisei en de issei tot het kookpunt en ontlaadde zich in mishandeling en doodslag. Overal langs de Westkust werden Japanse Amerikanen door bendes aangevallen; er werden wel zesendertig van dergelijke incidenten gemeld, waarbij zeven nisei om het leven waren gekomen. We rouwden om de doden, de Yamagata's en ik, en Chichi noemde hen martelaren.

Er waren ook minder ernstige tragedies – al bleven het tragedies: vele issei die jarenlang ergens hadden gewerkt, werden nu zomaar ontslagen; Japanse bedrijven werden geplunderd en soms bijna helemaal verwoest en mensen die in hun hart Amerikaan waren maar er Japans uitzagen, werden gemeden als de pest.

We konden niet meer naar de radio luisteren zonder beledigende opmerkingen of spotliedjes over de Japanners te horen. Op propagandaposters en cartoons werden de Japanners afgebeeld als bebrilde idioten met vooruitstekende tanden en een stompzinnige grijns op hun gezicht. Zelfs in de bioscoop was er geen ontkomen aan. Een tekenfilmpersonage als Bugs Bunny riep scheldwoorden als 'spleetoog' en 'gele aap' naar de verachte soldaten die in Japanse oorlogsvliegtuigen van de hemel neerdaalden. Hij was vervolgens al deze karikaturen te slim af en vaagde hen in zijn uppie van de aardbodem weg.

Op een dag liet Sunny me een artikel zien uit het tijdschrift *Life* met de titel: 'Hoe je een Jap van een Chinees kunt onderscheiden.' De eerste pagina toonde twee grote pasfoto's, een van een Chinees, een ambtenaar met de naam Ong Wen-Hao, en de ander van generaal Hideki Tojo, de Japanse premier. De gezichten waren door middel van witte lijnen in partjes verdeeld om bij elk afzonderlijk onderdeel het verschil te kunnen aantonen. De ogen van meneer Ong hadden 'meestal een epicanthische plooi' en de ogen van premier Tojo hadden 'soms een epicanthische plooi'. Ong had 'nooit blozende wangen' en Tojo 'soms'. De kin van de nederige ambtenaar vertoonde slechts 'schamele baardgroei', maar aan de kin van de premier ontsproot een 'zware baard'. De onderstaande tekst luidde: '*Life* biedt u hier een overzicht van de gezichtskenmerken die onze Chinese vrienden onderscheiden van onze vijanden, de Japanse vreemdelingen.'

Ik bestudeerde beide foto's aandachtig en probeerde het te begrijpen. In mijn ogen zagen de gezichten er min of meer hetzelfde uit, en de verschillen leken mij miniem en onbeduidend. Ik kon me echter goed voorstellen dat iemand als oom Finn de foto's in zijn hoofd prentte voor het geval hij op straat tegen een Aziaat aan zou lopen. Chinees of Japanner? Vriend of vijand?

Op de veer van de pijl die wees naar het midden van het Japanse gezicht stonden de woorden: 'plattere neus'. Sunny slaakte een diepe zucht toen ze het las. 'Ik zei toch dat ik problemen met mijn neus zou krijgen? Daar heb je het nou. Obaasan had gelijk: de hakujin haten ons. Dat hebben ze altijd gedaan.'

'Dat is niet waar, Sunny', probeerde ik haar gerust te stellen. 'Ze zijn nu alleen maar boos vanwege Pearl Harbor.' Maar mijn vergoelijking klonk niet overtuigend, en we wisten het allebei.

'Misschien had Obaasan ook wel gelijk over Japan', vervolgde Sunny. 'Misschien was het inderdaad beter geweest als we allemaal daar waren gaan wonen.'

Daar kon ik niets tegen inbrengen, maar toch probeerde ik het. 'Als jij in Japan had gewoond, hadden wij elkaar nooit ontmoet.'

Sunny keek me verdrietig aan. We lagen op onze buik op bed met Jimmy tussen ons in en het tijdschrift rechtop tegen de kussens. 'Maar als ze ons nu eens wegsturen, zoals ze de hele tijd zeggen? Dan zie ik je misschien ook nooit meer.'

'Zeg toch niet zulke dingen, Sunny!' riep ik uit. 'Ze kunnen je toch niet zomaar wegsturen! Chichi zegt het zelf!'

Sunny schudde langzaam het hoofd. 'Ik moet het nog zien, Augie', zei ze. 'Niemand wil ons hier nog hebben. Iedereen denkt dat we de Japanners met de oorlog zullen helpen.'

En inderdaad verspreidden de verhalen over sabotage door Japanse Amerikanen zich als een veenbrand langs de Westkust, waardoor de issei en de nisei in die regio in de grootste problemen kwamen. Zo ging er een gerucht dat de nisei-vissers op Terminal Island, net voor de kust van Los

Angeles, in hun schepen Japanse marine-uniformen hadden verborgen, kant-en-klaar gewassen en gestreken, zodat ze die konden aantrekken zodra de invasie begon. Hoewel de meesten van deze vissers nog nooit een voet in Japan hadden gezet en nauwelijks een woord Japans spraken, ging men ervan uit dat ze stonden te popelen om de kant van de vijand te kiezen en het land waar hun wieg had gestaan te gronde te richten.

Er waren ook geruchten waarin de beschuldigende vinger op de nisei-boeren werd gericht. Deze boeren zouden de vijand al bijstaan door met behulp van hun gewassen de Japanse bommenwerpers bepaalde signalen te geven. Zo zou een veld tomatenplanten met opzet zijn bedekt met witte doeken, zodat het geheel als een pijl naar een vliegveld in het zuiden van Californië wees. In werkelijkheid waren de planten ingepakt in papier als bescherming tegen de vorst en lag het veld toevallig in een punt. Dat die punt in de richting van een vliegveld wees, was puur toeval.

Terwijl we over het artikel in *Life* zaten te piekeren, had ik opeens een inval.

'Zeg, laten we een brief schrijven aan de president om hem te vertellen dat de nisei niet tegen Amerika willen vechten, maar het land juist willen helpen. President Roosevelt zit daar in Washington zo ver weg, hij weet vast niet wat er hier in Californië allemaal gebeurt. Misschien is er gewoon niemand die hem vertelt hoe het echt is. En als we dan eens een heleboel issei en nisei vragen om te tekenen – je weet wel, dat het een echte petitie wordt …'

Voordat ik uitgesproken was, zat Sunny alweer haar hoofd te schudden. 'Hij is hakujin, Augie,' zei ze, 'en dus is hij net als alle anderen. Niemand vertrouwt ons nog. Je weet toch nog wel wat DeNitwitt heeft gezegd?'

'DeNitwitt' was generaal John DeWitt, dezelfde van wie we ons direct na het uitbreken van de oorlog hadden moeten voorbereiden op dood en vernietiging, die ieder ogenblik over ons neer konden dalen. Sunny en ik wisten dat hij een hoge piet in het leger was, maar wat precies zijn taak was, begrepen we niet goed. Haha had ons uitgelegd dat hij verantwoordelijk was voor de veiligheid van de mensen aan de Westkust, maar

Chichi had daar spottend om gelachen en gezegd dat hij de zaak er alleen maar erger op maakte door iedereen ongegronde angst aan te jagen. 'Het is een stommeling', had Chichi gegromd. En hij mopperde zo vaak over DeWitt dat Sunny en ik uiteindelijk een bijnaam voor de man hadden bedacht.

Nadat de Japanners begin januari Manila hadden ingenomen, zei DeWitt: 'Ik heb weinig vertrouwen in de loyaliteit van de vijandelijke Japanse vreemdelingen. Ik heb geen enkel vertrouwen in de loyaliteit van de nisei.' Het was na die opmerking dat Chichi begon te veranderen. Ik denk dat het de eerste keer was dat hij zich regelrecht verraden voelde, hoewel hij al sinds 7 december met anti-Japanse sentimenten was geconfronteerd. Deze keer was het anders; alsof eindelijk tot hem doordrong wat dit voor hem en zijn gezin zou betekenen. Toen hij de woorden van DeWitt aan ons voorlas uit de *Los Angeles Times*, kreeg zijn gezicht een uitdrukking van verbaasde pijn, alsof hij werd overvallen door de eerste pijnscheuten van een fatale hartaanval. De blik in zijn ogen vertelde dat hij diep gekwetst was en een onnatuurlijke bleekheid overtrok zijn gezicht. Hij liet de krant op zijn schoot zakken en drukte een gebalde vuist tegen zijn borst.

'Wat is er, Toshio?' vroeg Haha geschrokken.

Langzaam wendde Chichi zijn gezicht naar haar toe. 'Het is niets, Suma', zei hij. 'Ik ben gewoon een beetje moe. Ik ga boven maar even op bed liggen.'

Hij klom de trap op en maakte plotseling een gebogen en kwetsbare indruk, als een oude man. 'Mama,' fluisterde Sunny, 'is papa ziek?'

Haha keek haar man na. Toen hij weg was, zei ze: 'Nee, hoor, ik weet zeker van niet.' Maar het klonk niet alsof ze het geloofde.

De opmerking van DeWitt was de eerste van een lange reeks anti-Japanse uitlatingen, afkomstig uit de mond en de pen van alle hakujin die bang waren voor de nisei, en elke nieuwe krankzinnige uitspraak trof Chichi als een mokerslag.

'Het zou bijzonder dwaas zijn te twijfelen aan het bestaan van geheim agenten binnen de grote groep Japanse vreemdelingen', schreef Damon Runyon, een columnist.

'Minstens negentig procent van de in Amerika geboren Japanners voelt zich in de eerste plaats verbonden met Japan', waarschuwde John Hughes, een radiocommentator uit Los Angeles, hoewel hij niet uitlegde hoe hij aan dit statistische gegeven was gekomen.

'Ik ben een voorstander van de onmiddellijke deportatie van alle Japanners aan de Westkust ... Jaag ze bij mekaar, stuur ze weg, dump ze midden in de wildernis. Afrossen, uithongeren en afmaken die handel ... Persoonlijk haat ik de Japanners, niet een uitgezonderd', verkondigde de journalist Henry McLemore vol venijn.

En de burgemeester van Los Angeles, Fletcher Bowron, op wie Chichi nog wel had gestemd, hield radiotoespraken waarin hij zei dat alle Japanners 'moesten vertrekken'.

Sunny had gelijk. En blijkbaar had Obaasan al die jaren al gelijk gehad. Dergelijke mannen hadden een gloeiende hekel aan Chichi en Haha en Obaasan en Sunny – en dus ook aan mij – en ze waren niet bang om er rond voor uit te komen. Mensen die door zulke haatgevoelens werden gedreven, waren tot alles in staat. Bij ieder woord uit hun mond werd Chichi verdrietiger en afweziger.

Ikzelf bleef echter hardnekkig geloven in wat ik zo graag wilde geloven. 'Maar bij het begin van de oorlog zei Chichi toch dat jullie staatsburgers zijn en rechten hebben, net als iedereen', redeneerde ik. Ik sloeg het tijdschrift dicht en smeet het aan de kant. 'Je kunt toch niet zomaar gearresteerd en weggevoerd worden als je niets hebt misdaan?'

'Ja hoor, dat kan best', wierp Sunny tegen. 'Dat hebben ze toch al met de issei-mannen gedaan? Die hadden ook niets verkeerds gedaan. Als ze hen konden pakken, kunnen ze de rest van ons ook pakken.'

Ik wilde het niet horen. Ik wilde nog niet eens aan de mogelijkheid denken. Want als de Japanse Amerikanen inderdaad bij elkaar gedreven werden en 'midden in de wildernis gedropt', wat moest er dan van mij worden?

Telkens als bij de Yamagata's de telefoon ging, voelde ik een klein, maar hardnekkig sprankje hoop dat het mijn moeder zou zijn. Ik was meer dan tevreden met mijn situatie en met de zorg van Haha en Chichi, maar toch kon ik me niet losmaken van de wens dat mijn moeder zou bellen, al was het maar een keer, om te zeggen dat ze me miste of gewoon om te vragen hoe het met me ging. Ik had haar graag van mijn angsten deelgenoot gemaakt. Ik had haar willen vertellen dat de mensen van wie ik hield het gevaar liepen weggevoerd te worden, zodat zij me op haar beurt gerust kon stellen, omdat zij er ook nog was en van me hield. Maar ze belde nooit.

Kort nadat ik bij de Yamagata's was teruggekeerd, belde tante Lucy om te vertellen dat oom Finn al mijn spullen van de zolder had gehaald. Kleren, boeken, een pop en een knuffelbeer die ik van Chichi en Haha had gekregen – alles was verbrand in de vuilnisemmer in de achtertuin. Oom Finn goot olie op de vlammen om het vuur nog verder aan te wakkeren, terwijl hij me ondertussen uitschold voor verrader. Hij had tante Lucy gewaarschuwd dat ik niet hoefde te proberen naar het vaderlandslievende huishouden van de O'Shaughnessy's terug te komen, al kwam ik kruipend, omdat ik mezelf had besmeurd door de kant van de vijand te kiezen. Toen ik hoorde hoe oom Finn mijn spullen had verbrand, moest ik huilen, maar dat hij me nooit meer wilde zien, liet me koud.

Stella belde wel vaak, gewoon om even te babbelen. Ze had voor de duur van de oorlog haar baan als schoonheidsspecialiste opgegeven en werkte nu in ploegendienst in een fabriek voor militaire vliegtuigen. 'Als Jack erin gaat vliegen, kan ik beter zorgen dat ze goed in elkaar zitten', zei ze. Ze had het druk, maar voelde zich wel eenzaam, zo zonder Jack. Aan het begin van elk telefoontje vroeg ze altijd hoe het met me was, maar daarna bracht ze het gesprek steevast op haar afwezige echtgenoot.

Ze vertelde dat ze hem een medaillon van Sint Christoffer had gestuurd bij wijze van bescherming, maar nog steeds had ze nachtmerries dat hij om het leven kwam in een neerstortend, brandend vliegtuig. Jack leek echter de tijd van zijn leven te hebben. Vanaf de basis waar hij was gelegerd, joeg hij door het Texaanse luchtruim. Stella las me zijn brieven voor, waarin hij me iedere keer weer de groeten deed en zijn belofte herhaalde dat hij me mee uit vliegen zou nemen, zodra hij thuiskwam uit de oorlog. Volgens Stella kon hij inderdaad maar beter thuiskomen uit de oorlog en zoals beloofd met haar een gezin stichten, anders zou ze hem zelf met haar blote handen vermoorden.

'Ik zal proberen je een keer te bezoeken, Augie', beloofde ze me vaak. 'Maar het is niet meer zo gemakkelijk als eerst om eruit te gaan, zeker niet nu ik de autobanden aan de rubberinzameling heb gegeven. Maak je geen zorgen, meissie, we kunnen ook met de tram, en dan gaan we samen ergens een ijsje eten.'

Ik vroeg Stella een keer of zij dacht dat mijn moeder weleens naar me verlangde. Op mijn vraag volgde zo'n lange stilte, dat ik al begon te denken dat de verbinding verbroken was. Ten slotte zei Stella niet onvriendelijk dat het enige waar Mags Schuler naar leek te verlangen de fles was. 'Ik vind het niet leuk om kwaad van je moeder te spreken,' zei mijn nichtje verontschuldigend, 'maar je kunt haar echt beter uit je hoofd zetten. Bij die Japanse mensen ben je thuis. Wees nou maar gewoon gelukkig waar je bent.'

Ik zei dat ik dat ook was, maar voegde eraan toe: 'Er wordt over gepraat dat ze zullen worden weggejaagd. Als dat zo is, wat moet ik dan doen?'

'Dat weet ik niet, lieverd', zei ze. 'Ik zou er maar niet te veel over piekeren, als ik jou was. Zelfs Uncle Sam kan geen manier verzinnen om duizenden mensen bij elkaar te drijven en in kampen te stoppen. Dat is gewoon onmogelijk.'

Ik hoopte – oh, wat hoopte ik – dat Stella gelijk had.

Sunny kneep voor het slapengaan niet langer in haar neus en ik kon het haar niet kwalijk nemen. Het was niet moeilijk te begrijpen waarom ze haar pogingen om blank te lijken opgaf. Zelf bleef ik nog steeds op mijn neus duwen, hoewel ik het in stilte deed, zonder het aan Sunny te vertellen. Ik wist wel dat mijn neus echt niet platter werd, maar het was een van die dingen die me hielpen om tegen beter weten in te blijven hopen.

Op een avond, toen we al half in slaap waren met Jimmy als een warme bult tussen ons in, wisselden we nog een laatste gedachte uit voor we naar dromenland vertrokken. Ik was nog op het randje van bewustzijn toen Sunny's slaperige stem me voor een kort moment terughaalde naar de werkelijkheid.

'Ik vind het vreselijk om een Jap genoemd te worden', zei ze.

Ik rolde me om in de richting van haar stem. 'Ik ook', zei ik instemmend.

Daarna vielen we in slaap.

15

Sunny was op zoek naar God. Ze wilde Hem graag vinden om het eens met Hem over de oorlog te hebben. Ze meende dat Hij, als ze er maar eens onder vier ogen met Hem over kon praten, wel zou instemmen met haar verzoek om de mensen te laten ophouden met vechten. En als dat te veel gevraagd was, kon Hij er misschien voor zorgen dat de Japanse Amerikanen in elk geval in hun eigen huis konden blijven en niet naar interneringskampen zouden worden afgevoerd.

Wij wisten allebei niet veel over God. Zo af en toe verviel Sunny echter in diep gepeins en dan wist ik dat haar hoofd weer vol zat met brandende vragen over die andere wereld. Ze speculeerde ook wel hardop over dit hogere Wezen; ze vroeg zich af hoe Hij eruitzag, en wat Hij in vredesnaam deed, zo de hele dag in de hemel, terwijl wij op aarde met onze eigen zaakjes bezig waren.

Vooral Hollenbeck Park riep deze gedachten over de Almachtige bij haar op, waarschijnlijk omdat ze hier indertijd zo onder de indruk was geraakt van het muziekkorps van het Leger des Heils. Ik herinner me een gesprek over God dat plaatshad op hetzelfde bankje waar we elkaar een paar jaar eerder hadden leren kennen.

'Jij gelooft toch wel in Hem, Augie?' vroeg ze hoopvol, bijna smekend, alsof ze veel waarde hechtte aan mijn mening over het bestaan van God.

158

Ik haalde mijn schouders op. 'Ja, hoor', zei ik. 'Wie niet?' Per slot van rekening zongen we de gezangen tijdens bijeenkomsten op school en we luisterden naar de gebeden via de intercom. En in zijn praatjes bij de haard die voor de radio werden uitgezonden en waar Chichi en Haha altijd naar luisterden, had president Roosevelt het ook af en toe over de almachtige God of de goddelijke Voorzienigheid. En wat te denken van dat nieuwe liedje 'God Bless America', dat je Kate Smith hoorde blèren waar je maar kwam? Nee, als je in Amerika woonde en verder keek dan je neus lang was, dan geloofde je in God, op dezelfde manier als je geloofde in het recht op leven, vrijheid en geluk.

'Ik weet het niet, hoor', aarzelde Sunny daarentegen. 'Ik bedoel, mama en papa gaan nooit naar de kerk.'

'Nee, wij ook niet. Er hangt wel een kruis bij oom Finn aan de muur. Een van die dingen met Jezus er nog aan. Ik denk dat we vroeger katholiek waren.'

'Wij zijn nooit iets geweest.'

Weer haalde ik mijn schouders op. Ik betwijfelde of het allemaal zo vreselijk belangrijk was.

'Denk jij dat God naar ons kijkt en alles ziet wat we doen?' vroeg Sunny.

Ik stelde me God voor op de achterste rij van de bioscoop, vol belangstelling voor al die levens die zich voor zijn ogen afspeelden op het grote scherm. 'Ja, dat denk ik wel.'

'En dat Hij zo kan besluiten of we naar de hemel gaan of naar – je weet wel?' Sunny wees met haar duim naar de grond.

'Ja, dat denk ik wel', zei ik weer. Ik vond de gedachte daaraan niet zo prettig.

'Weet je nog van dat muziekkorps dat hier al die liedjes speelde over God? Ik wou dat het terugkwam. Denk jij dat het nog eens zal komen?'

'Vast wel', zei ik. We zagen de muzikanten echter nooit meer terug.

Na Pearl Harbor praatte Sunny maandenlang niet over God, al maakte ik uit de peinzende uitdrukking die af en toe op haar gezicht verscheen op dat Hij niet uit haar gedachten verdwenen was. Ik veronderstelde dat ze woedend op Hem was om alles wat er gebeurde, maar toen ze het onderwerp weer ter sprake bracht, bleek ze alleen maar met Hem van gedachten te willen wisselen over de oorlog.

'Maar Hij is onzichtbaar', zei ik. 'Volgens mij kun je niet zomaar met Hem over iets praten.'

'Ja, dat dacht ik eerst ook', zei Sunny. 'Maar moet je dit eens lezen.'

Ze haalde een verfomfaaid stuk papier uit haar zak. 'Dit heb ik een paar dagen geleden op straat gevonden.'

Ik nam het papiertje van haar aan en bekeek het eens goed. Het was maar klein, het formaat van een visitekaartje, en aan een kant gerafeld, alsof het ergens van afgescheurd was. Met grote letters stond erop: 'Als u God zou tegenkomen, wat zou u dan tegen Hem zeggen?' Op de achterkant stonden het adres van een zendingsorganisatie en een rijtje bijbelteksten. Dat dacht ik tenminste, al was ik niet zo vertrouwd met de Bijbel. Ik wist niet wat ik ervan moest denken en gaf het papier aan Sunny terug.

'Zie je wel', zei ze en tikte er met haar wijsvinger tegenaan. 'Hier staat toch gewoon dat je God kunt ontmoeten en iets tegen Hem zeggen?'

'Maar …' Ik brak af en wreef met mijn knokkels over mijn kin. Ik was sceptisch. Ik had nog nooit gehoord dat je met God kon praten alsof Hij een rijke oom was die je kon bezoeken als je platzak was. Maar zoals ik al zei, wist ik niet zo veel van God af, dus als mensen met verstand van godsdienst beweerden dat het mogelijk was om een babbeltje met de Schepper te maken, dan leek het me de moeite waard om op onderzoek uit te gaan. En dus vroeg ik Sunny: 'Maar waar woont Hij dan volgens jou?'

Sunny haalde haar schouders op. 'Daar moeten we achter zien te komen.'

Obaasan was van mening dat God in Japan woonde, omdat ze geloofde dat de keizer God was. Sunny en ik overwogen deze gedachte een poosje, maar verwierpen hem toen, omdat Chichi had gezegd dat de keizer een idioot was. God kon niet God zijn en een idioot tegelijkertijd.

Toen we Chichi vroegen waar God dan wel woonde, zei hij dat we Hem in onszelf moesten zoeken. Daar begrepen we niets van. Het kon toch niet dat God ergens tussen onze lever en onze milt logeerde, of als een baby opgerold lag in onze buik? Haha zei soms dat de baby binnen in haar bewoog of schopte of zelfs de hik had. Dus als er zoiets als God woonde in Sunny of in mij, zouden we dat ongetwijfeld weten.

Ik klampte Stella aan en vroeg haar of zij soms wist waar God woonde. Ze zei van niet, maar als ik er ooit achter kwam, moest ik het haar beslist komen vertellen; ze had nog een appeltje met Hem te schillen.

Ten slotte stapten we tijdens de pauze op Grace Ann Murphy af. Haar vader was methodistenpredikant, en als iemand het antwoord wist op onze vraag, dan was het Grace Ann.

'In de hemel', antwoordde ze nonchalant, nadat we haar hadden meegetrokken naar een hoekje van het schoolplein. 'Je weet wel, daarboven', en ze wees met een mager vingertje naar de lucht. Sunny en ik staarden even naar de wolken en toen weer naar Grace Ann. 'En overal', vervolgde die. Ze opende haar handen en breidde haar armen wijd uit als een ballerina die een plié gaat maken. 'God woont overal.'

Sunny fronste haar wenkbrauwen. 'Ja zeg, wat is het nou?'

'Wat bedoel je?'

'Woont Hij nou in de hemel of overal?'

'Allebei natuurlijk.'

Sunny en ik keken elkaar even aan en we dachten allebei hetzelfde. Misschien was Grace Ann Murphy toch niet die bron van wijsheid waarvoor we haar hadden aangezien.

Maar Sunny hield vol. 'Nou,' zei ze, 'waar Hij dan ook woont, kunnen we wel met Hem praten?'

De domineesdochter trok overdreven verbaasd haar wenkbrauwen op. 'Natuurlijk! Iedereen mag met Hem praten.' *Zelfs jullie*, leek ze erbij te denken.

'Maar kun je Hem dan ook zien?' drong ik aan.

Grace Ann dacht even na. 'Een oudtante van mij heeft weleens verteld dat ze Jezus naast haar bed had zien staan in de nacht dat haar blindedarm knapte.'

'Zei Hij ook iets tegen haar?' vroeg Sunny gretig.

'Ja. Hij zei dat Hij gekomen was om haar mee te nemen naar de hemel.'

'En toen?'

'Ze zei dat ze nog niet klaar was met de voorjaarsschoonmaak en dat ze er niet over piekerde om een vuil huis achter te laten.'

'Echt waar? En wat zei Hij toen?'

'Hij zei, goed, dan kom Ik over een paar weken wel terug.'

'En deed Hij dat ook?'

'Yep. Op de eerste dag van de zomer hing ze de schone gordijnen op en meteen daarna viel ze dood neer.'

Sunny en ik keken elkaar met open mond aan. 'Dus God gaf je tante waar ze om had gevraagd', zei Sunny toen tegen Grace Ann.

'Ja.'

'Denk je dat God voor mij ook iets zou willen doen, als ik het Hem vroeg, net als je tante?'

Grace Ann trok een rimpel boven haar ogen. 'Mijn vader zegt dat je niet zomaar allerlei onnozele dingen aan Hem kunt vragen. Het moet wel iets heel belangrijks zijn.'

'O, maar dat is het ook', verzekerde Sunny.

Wat kon er nou belangrijker zijn dan dat er een einde aan de oorlog werd gemaakt? Als die oude dame een paar weken extra kreeg om haar huis schoon te maken, dan zou God ons onzelfzuchtige verzoek om wereldvrede toch zeker inwilligen?

'Ik denk dat je het dan wel kunt vragen', zei Grace Ann behoedzaam.

'Maar waar moeten we dan heen?'

Grace Ann rimpelde haar neus en haar gezicht vertrok krampachtig, alsof ze plotseling erge pijn had. Ze wilde net iets zeggen toen de bel ging. Haar blik vloog naar het schoolgebouw en weer naar ons, en toen ging ze er zonder te groeten als een haas vandoor.

'Daar hadden we ook niet veel aan, hè?' zuchtte Sunny.

'Nou, we weten nu wel dat sommige mensen direct met God kunnen praten', zei ik optimistisch. 'Haar oudtante in elk geval wel.'

'Maar het moet toch ook kunnen zonder dat je blindedarm knapt. Er moet toch een plaats zijn waar je naartoe kunt om Hem te spreken, zoals mensen met de paus gaan praten.'

Verscheidene avonden, als we 's avonds in het donker lagen te praten, pijnigden we onze hersens met de vraag naar Gods verblijfplaats. Uiteindelijk kwam Sunny met een theorie. 'Ik denk dat God in een soort Stad van Smaragd woont. En zelf lijkt Hij op de tovenaar van Oz.'

'Hoezo?' vroeg ik.

'Nou, veel mensen zeggen dat je God niet kunt zien, net zoals dat grappige mannetje bij de Stad van Smaragd tegen Dorothy en de anderen zei dat ze de tovenaar niet konden zien.'

Ik herinnerde me dat tafereel heel goed. We hadden de film wel twaalf keer gezien in de bioscoop van Ojisan Masuo en tegen het einde van de looptijd kenden we hem praktisch uit het hoofd.

'Wij willen de tovenaar zien', zei Dorothy bij de poort van de Stad van Smaragd.

'De tovenaar!' riep de man die op haar kloppen had opengedaan, zijn besnorde gezicht omlijst door het kijkluikje. 'Maar niemand kan de grote Oz zien! Niemand heeft de grote Oz ooit gezien! Zelfs ik heb hem nooit gezien!'

'Hoe weet je dan dat hij bestaat?' vroeg Dorothy.

De man sputterde wat, voordat hij haar afscheepte met: 'Ach, je verspilt mijn tijd!'

'Ja, ik weet het nog', zei ik. 'Dus jij denkt dat je Hem wel zou kunnen zien, ook al zeggen de mensen van niet, als je de Stad van Smaragd maar in zou kunnen komen?'

Sunny knikte. 'Niemand had de tovenaar gezien, maar ze wisten dat hij bestond en hij bestond ook echt. En weet je nog hoe het ging toen Dorothy en de anderen hem eindelijk zagen? Toen gaf hij hun alles waar ze om hadden gevraagd. Een hart voor de Blikken Man, hersens voor de Vogelverschrikker – je weet wel. Toen ze hem uiteindelijk in het echt zagen, was hij heel aardig.'

Ik dacht even na. 'Maar hoe kunnen wij die Stad van Smaragd dan vinden?'

'Die vinden we natuurlijk niet. Ik bedoel alleen dat God vast ergens woont waar het heel erg mooi is.'

In gedachten ging ik alle prachtige plaatsen na die ik in Los Angeles kende. Dat waren er niet veel, want mijn ervaring was beperkt, maar het bracht me tot de conclusie dat God waarschijnlijk in een kerk woonde. En de eerste kerk die me te binnen schoot was de kerk van de heilige Stefanus, de katholieke kerk van Boyle Heights. Ik was er weleens langs gekomen en ook al was ik niet binnen geweest, aan de buitenkant zag het er in ieder geval indrukwekkend en schitterend uit.

Toen ik dit tegen Sunny zei, zei ze: 'Hé, ik wed dat je gelijk hebt. En anders kunnen ze ons daar misschien vertellen waar Hij wel woont.'

'Vast. Waarom hebben we daar niet eerder aan gedacht? Laten we er morgen na schooltijd heen gaan. Als we geluk hebben, woont Hij daar en als we nog meer geluk hebben, is Hij nog thuis ook.'

We hadden geen van beiden ooit een kerk van binnen gezien en wisten dus niet precies wat we konden verwachten. Het heiligdom van de heilige Stefanus overweldigde ons totaal. Het plafond was zo ver weg, dat ik mijn nek bijna verrekte toen ik omhoogkeek. Ik had het gevoel dat ik naar de hemel staarde, zo hoog hing de centrale kroonluchter boven mijn hoofd.

De enorme ruimte had aan beide kanten grote gebrandschilderde ramen. Bundels gekleurd licht dansten aan alle kanten om ons heen. Langs de muren stonden standbeelden op voetstukken: mannen en vrouwen in golvende mantels en op blote voeten. Sunny veronderstelde fluisterend dat dit de heiligen moesten zijn, en ik vroeg me af welke van hen Christoffer was, die Jack beschermde als hij vloog.

In een donkere hoek stond een woud van witte kaarsen te branden. Het geflakker toverde een spel van licht en schaduw op de muur. Ik zag een vrouw knielen, terwijl ze een kaars aanstak, maar wat het betekende wist ik niet.

Voor in de kerk, achter het altaar, hing net zo'n houten crucifix als in de woonkamer van oom Finn, alleen veel groter. Anders dan het crucifix van oom Finn riep deze een gevoel van grote eerbied bij me op en een soort verdriet om de man die daar eeuw in, eeuw uit aan het hout gespijkerd moest blijven hangen.

Ademloos keek ik rond en toen Sunny fluisterde: 'Hij moet hier wel wonen, Augie, dat kan niet anders', knikte ik instemmend.

'Wat moeten we nu doen, denk je?'

'Laten we het aan iemand vragen.' Sunny knikte in de richting van de mensen die her en der in de banken geknield zaten.

Ik dacht even over het voorstel na, maar zei toen: 'Ze worden vast boos, omdat we hen storen.'

'Maar wat moeten we dan doen?'

'Laten we wachten tot er iemand opstaat en naar buiten wil gaan. Dan houden we die gewoon tegen en vragen het.'

'Goed.'

We glipten een kerkbank in en zaten daar muisstil te wachten. Alleen onze ogen dwaalden rond om maar niets te missen van wat zich om ons heen afspeelde. 'Zouden we ook moeten knielen?' fluisterde Sunny.

Ik haalde mijn schouders op en zei: 'Ja, misschien wel. Anders komen we misschien in de problemen. Kijk, denk je dat dit ding omlaag kan?' Ik trok aan het knielbankje en met een knal alsof de kerk ontplofte, klapte het omlaag.

'Grote griezels, Augie!'

'Het ging per ongeluk!'

'Bukken!'

We maakten ons zo klein mogelijk op de grond tussen de bank en het knielbankje en verwachtten niet anders dan dat een tiental woedende mensen zich op ons zou storten. Er gingen echter een paar minuten voorbij zonder dat er iets akeligs gebeurde en dus richtten we ons een beetje op en gluurden voorzichtig over de rand van de bank. Als de mensen al onze kant uit hadden gekeken, dan waren ze inmiddels alweer tot hun gebeden teruggekeerd.

We keken elkaar even aan en lieten ons toen allebei op een knielbankje zakken, vouwden naar het voorbeeld van de mensen om ons heen onze handen en bogen onze hoofden, om de indruk te wekken dat we net als zij in gebed verzonken waren.

Na een poosje fluisterde Sunny zonder op te kijken: 'Ik geloof dat ik moet overgeven.'

Ik fronste mijn wenkbrauwen. 'Probeer het in te houden tot we God hebben gesproken, ja?'

Ze knikte en perste haar lippen op elkaar.

We hielden onze eerbiedige houding nog drie of vier minuten vol. Toen porde Sunny me in de ribben en maakte een hoofdbeweging naar een soort houten kast tegen de ene zijmuur. 'Daar kwam net iemand uit, en toen ging iemand anders naar binnen, zag je dat?' Ik had niets gezien. 'Zouden we daar in moeten gaan om met God te praten?'

'Misschien', antwoordde ik. 'Laten we even kijken wat er gebeurt als de volgende eruit komt.'

'Het was de dame die daarginds zat, met die gele hoed. Hoor 'es, als ze eruit komt, moet jij haar vragen of ze met God gepraat heeft.'

Ik voelde me plotseling verlegen worden. 'Nee, vraag jij het nou.'

'Toe nou, Augie, jij durft veel meer te zeggen dan ik.'

'Nietes.'

'Welles. Jij bent voor niemand bang. Sst–, daar heb je haar. Vraag het dan, Augie, toe nou!'

'Nou, goed dan. Maar je moet wel mee.'

We schoven de bank uit, het gangpad in en onderschepten de vrouw net voor ze de kerk verliet. Het was een aardig uitziende, jonge vrouw, die glimlachte toen ze ons zag.

'Mogen we u iets vragen?' fluisterde ik.

'Ja, hoor.'

'We wilden graag weten of u daarnet met God hebt gepraat, in dat hokje daar.' De vrouw volgde mijn uitgestoken wijsvinger en keek toen weer naar mij. Er lag verbazing op haar gezicht, maar ze glimlachte nog steeds.

'Ja, ik denk dat je het wel zo zou kunnen noemen.'

Dus hier was het! We hadden de juiste plaats al bij de eerste poging gevonden! Dolgelukkig lachten Sunny en ik elkaar toe. 'Dank u wel, mevrouw!' riep ik en ik duwde Sunny verder het gangpad op, in de richting van het houten hokje, zodat we als eersten aan de beurt zouden zijn.

Er kwam een man naar buiten die zijn gleufhoed weer opzette, en onmiddellijk wrongen Sunny en ik ons langs hem heen en schoten het hokje in. We deden de deur achter ons dicht en bevonden ons toen in een kleine, donkere ruimte. Instinctief grepen we elkaar angstig bij de hand en persten ons samen op het smalle bankje. Ik begon me net af te vragen wat er nu zou gebeuren, toen er in de wand een houten luikje opzijschoof en achter de tralies het silhouet van een hoofd en schouders zichtbaar werd.

Als dit God was, was ik niet erg van Hem onder de indruk. Ik had een stralend licht verwacht en misschien muziek, niet iets wat ik nauwelijks kon zien.

Sunny kneep in mijn hand om me aan te sporen iets te zeggen, maar ik had geen idee wat dat zou moeten zijn. Na een poosje begon het silhouet te praten: 'Is daar iemand?'

Sunny kneep harder. 'Ja', fluisterde ik schor.

'Begin dan alstublieft.'

Waarmee dan? Ik was totaal de kluts kwijt. Sunny legde haar ene hand als een kommetje om mijn oor en fluisterde: 'Vraag hem dan of hij God is.'

Ik haalde diep adem en dwong de woorden uit mijn keel: 'Bent u misschien God?'

Het silhouet boog zich dichter naar de tralies toe. 'Pardon?'

'Bent u God?' herhaalde ik, geschrokken door het feit dat God hardhorend leek te zijn.

De schaduw verschoof weer. We hoorden iemand zijn keel schrapen. 'Hoe oud ben jij?'

Wat maakte dat nou uit, dacht ik bevreemd, en waarom beantwoordde hij mijn vraag met een tegenvraag? Bovendien, als hij God was, dan wist hij toch al hoe oud ik was?

'Elf', zei ik achterdochtig.

'Dan ben je oud genoeg om te begrijpen dat ik God niet ben', snauwde de stem.

'Oh!' Dan was hij zeker de deurwachter, zo iemand als die grappige man met de grote snor die de poort van de Stad van Smaragd opendeed.

'Dit is geen plek voor geintjes', ging de stem door, zacht maar dreigend. 'Ik stel voor dat je opkrast. Er zitten mensen te wachten die willen biechten.'

Ik wist niet wat dat was, maar was niet van plan ons zomaar door deze man te laten wegsturen. 'Ik maak geen geintje!' protesteerde ik. 'Ik ben hier omdat ik dacht dat God hier woont. Is dat nou zo, of niet?'

'Of God hier woont?' herhaalde hij.

'Ja', zei ik. 'Dat wil ik graag weten.'

'Natuurlijk woont Hij hier, maar ...'

'Nou, kunnen we Hem dan spreken? Het is echt belangrijk. We beloven u dat het niet veel tijd kost, hooguit twee minuten.'

'We? Met z'n hoevelen zijn jullie dan?'

'Met z'n tweeën. Sunny en ik.'

Het silhouet boog zich weer dichter naar de tralies en siste: 'Luister eens goed, meisjes, jullie zouden beter moeten weten. De biechtstoel is een heilige plaats en het is een grote zonde om die te ontwijden.' De schaduw zuchtte hoorbaar. 'Hebben jullie nooit godsdienstles gehad?'

In het donkere kamertje keken Sunny en ik elkaar aan. 'Dat hebben we niet bij ons op school', legde ik uit.

'Zijn jullie katholiek?'

'Nee.'

'Allebei niet?'

'Nee.'

'Aha.' Het klonk opgelucht. 'Dat verklaart alles. Nou, ik begrijp niet wat jullie hier kwamen zoeken, maar nu moet ik jullie toch vragen om weg te gaan. Er zitten mensen te wachten en ik heb niet veel tijd.'

Even was het stil. We hadden hem nu meer dan eens verteld waarom we waren gekomen en het had geen zin om het nog eens te proberen. Deze man wilde ons gewoon niet bij

God toelaten. Dorothy's pantoffels met robijnen vormden haar toegangsbewijs voor de Stad van Smaragd, maar wij hadden niets te bieden waarmee we langs deze nukkige man heen de binnenvertrekken konden bereiken waar God woonde.

'Weet u zeker dat God hier woont?' vroeg ik ten slotte nog eens.

Weer een zucht. 'Natuurlijk, maar ...'

'Alstublieft, meneer, we willen Hem graag spreken', barstte Sunny los. 'Ik moet Hem iets heel belangrijks vragen.'

'Maar je kunt God niet zomaar zien', snauwde de stem ongeduldig. 'Niemand kan God zien.'

Sunny en ik zwegen verbijsterd. Dit was precies wat de deurwachter ook tegen Dorothy had gezegd, maar dat was alleen maar een smoesje om haar bij de tovenaar uit de buurt te houden. Waarom was deze man zo vastbesloten om ons niet bij God toe te laten?

'Hoe weet u dan dat Hij er wel is?' vroeg ik.

Zoals ik al verwacht had, had hij hier geen antwoord op. 'Meisjes,' zei hij met bijna tastbare ergernis, 'ik moet jullie vragen om alsjeblieft weg te gaan. Ik moet nog heel veel mensen de biecht afnemen deze middag.'

Wij verspilden zijn tijd. De schaduw bewoog weer en ik meende het geluid te horen van twee zware schoenen die ongeduldig over de vloer schraapten. 'Als jullie oprechte interesse hebben voor het katholieke geloof, kom dan een andere keer terug en dan zullen we zien wat we voor jullie kunnen doen.'

'Moeten we dan katholiek zijn om met God te mogen praten?' vroeg Sunny verdrietig.

We kregen echter geen antwoord meer en het volgende ogenblik werd het luikje dat ons van de deurwachter scheidde met een ruk weer dichtgeschoven.

Nog even bleven Sunny en ik in het duistere hokje zitten, niet in staat ons te verroeren. We hadden zo gehoopt God te mogen ontmoeten en nooit gedacht dat we zo bitter teleurgesteld zouden worden. We hadden er rekening mee gehouden dat Hij misschien niet thuis zou zijn, maar verwachtten dat we in dat geval een uitnodiging voor een later tijdstip zouden krijgen. Het was nooit bij ons opgekomen dat we zouden worden weggejaagd als een stel vliegen bij een picknick.

Die arme Sunny was helemaal van streek. Ze huilde de hele weg naar huis en liep nog steeds te snuffen toen we bij de keukendeur kwamen, waar Haha net afscheid nam van Vera Eddington. Haha vroeg wat er aan de hand was, en mevrouw Eddington kwam weer binnen, waar we met z'n allen aan de keukentafel gingen zitten.

We gooiden het hele verhaal eruit en Haha fronste haar wenkbrauwen, maar mevrouw Eddington barstte in lachen uit. 'Och, lieverd,' zei ze en klopte Sunny op haar hand, 'je had beter eerst naar mij toe kunnen komen. Ik had je meteen wel kunnen vertellen dat je God niet zou vinden in die stoffige, ouwe kerk!'

'Weet u dan waar we Hem wel kunnen vinden?' vroeg Sunny en haalde luidruchtig haar neus op.

'Lieve help, nee hoor!' riep mevrouw Eddington en ze gierde het uit. 'Eddie zegt altijd dat God er meteen na de schepping vandoor is gegaan naar een ander universum, toen Hij zag wat Hij gedaan had. Hij had er hier zo'n potje van gemaakt, dat Hij liever niet bleef kijken hoe het afliep, maar ergens anders opnieuw ging beginnen.'

'Nou, nou,' viel Haha haar vriendelijk in de rede, 'niemand weet toch zeker ...'

'Maar volgens Eddie moeten we het maar van de vrolijke kant bekijken', ging mevrouw Eddington onverstoorbaar verder. 'Als er geen God is, dan bestaat er ook geen hel, en dat is waarschijnlijk het beste nieuws dat er is. Nu hoeft er niemand in de andere wereld zijn tenen te branden aan een eeuwig durend kampvuur.'

Ze lachte breed en klopte Sunny opnieuw op haar hand, alsof nu alles was opgelost en rechtgezet. Maar aan Sunny's gezicht zag ik wel dat die nog steeds verbijsterd en met stomheid geslagen was.

'Maar dit dan?' vroeg ze. Ze haalde het kostbare snippertje papier uit haar zak. De afgelopen weken had ze het continu bij zich gedragen, welke jurk ze ook droeg, alsof het haar enige hoop was.

Mevrouw Eddington bekeek het even en zei: 'O, dat! Lieverd, dat is gewoon zo'n traktaatje waar die halleluja-lui altijd mee lopen te strooien. Eddie noemt hen "die heilige onnozelaars" en volgens hem zit er een steekje aan hen los. Nou, ik moet er eens vandoor. Ma past op Larry' – ze had het jaar daarvoor eindelijk een baby gekregen – 'en ik heb beloofd dat ik op tijd terug zou zijn. Ze moet naar een vergadering van het Rode Kruis. Vanwege de oorlog, je weet wel.'

En weg was ze.

Zwijgend staarden Sunny en ik Haha aan. Na een lange, pijnlijke stilte vroeg Sunny: 'Mama, denkt u ook dat God naar een ander universum is verhuisd?'

Haha schudde haar hoofd. 'Dat weet ik niet, Sunny.'

Sunny kwam overeind en ging uit het raam staan kijken, alsof ze speurde naar een of ander teken van dat andere universum waar God naartoe was ontsnapt. 'Als ik maar één minuutje met Hem had kunnen praten', zei ze. 'Dan had ik in elk geval kunnen vragen of Hij ervoor wilde zorgen dat de hakujin ons niet wegsturen. Nu kan ik er niets meer aan doen en moeten we vast allemaal weg.'

Haha ging naast haar dochter staan. 'Sunny,' zei ze, zo zacht dat ik het bijna niet kon verstaan, 'ook al zou God bestaan, Hij heeft ook de Japanners niet tegengehouden toen die Pearl Harbor gingen bombarderen, of wel soms? Waarom zou Hij dan wel de regering beletten om ons weg te sturen?'

Dorothy, de Blikken Man, de Vogelverschrikker en de Leeuw slaagden er uiteindelijk in de tovenaar te bereiken en ontvingen van hem alles waar ze om vroegen. Sunny en ik werden al bij de deur weggejaagd en overal in de wereld ging het vechten gewoon door. De ambtelijke molens bleven draaien en de mannetjes in Washington werkten dag en nacht om te voorkomen dat we ooit naar huis zouden terugkeren.

16

Er zijn van die prachtige dromen waarin je je armen maar hoeft uit te spreiden en je vliegt. Of je bent ineens weer omringd door mensen die je jaren geleden uit het oog bent verloren, en die je nooit meer verwachtte terug te zien. Je kunt in de schijnwerpers staan en een aria zingen, hoewel je nog nooit van je leven wijs hebt kunnen houden. In een mooie droom is alles mogelijk en gaan al je wensen in vervulling.

In een kwade droom echter loopt alles uit de hand. Je dwaalt door een huis, op zoek naar een kamer waar je al honderd keer bent geweest, maar die blijft onvindbaar. Je leest iets telkens en telkens weer, maar de betekenis van de woorden blijft je ontgaan. Een gewapende aanvaller drijft je in een hoek en je weet dat je niet meer aan de kogel kunt ontsnappen. Je bent vervuld van wanhoop en hoewel je jezelf ervan probeert te overtuigen dat er een manier moet zijn – om die kamer te vinden, de woorden te begrijpen, aan de dood te ontsnappen – weet je diep in je hart dat die manier niet bestaat en dat je hem anders toch niet zou kunnen vinden.

Zo'n kwade droom begon er voor ons toen president Roosevelt op 19 februari 1942 Edict 9066 ondertekende, waarin bepaalde gebieden werden uitgeroepen tot militaire zone 'waaruit specifieke bevolkingsgroepen of zelfs alle inwoners kunnen worden geëvacueerd'. Het edict noemde de Japanners niet bij name, maar we wisten allemaal wat de bedoeling was.

'Gaan ze ons nu echt wegsturen, papa?' vroeg Sunny.

Het was de avond van die negentiende februari en we zaten om de keukentafel. De jongens lagen al in bed en Obaasan was in haar kamer. We hadden haar over het edict verteld, maar ze had niets gezegd.

Ook Chichi deed er nu het zwijgen toe. Het leek of samen met de hoop ook zijn spraakvermogen hem ontstolen was. Hij zat gebogen bij de tafel en klemde zijn handen zo vast ineen op het tafelblad dat de knokkels wit werden.

Haha stond op om hem nog eens thee in te schenken, maar hij bedankte haar niet eens. Toen ze weer was gaan zitten, beantwoordde zij Sunny's vraag.

'Er staat nog niets vast, Sunny. Dit edict betekent alleen maar dat de regering kan besluiten bepaalde mensen elders heen te brengen, maar het is niet gezegd dat ze dat ook doet.'

'Wanneer weten we het dan zeker?' fluisterde Sunny.

Haha schudde haar hoofd. 'Daar valt niets over te zeggen, Sunny. We moeten het gewoon geduldig afwachten.'

'Maar ik heb genoeg van al dat wachten. Ik wil het nu zeker weten.'

'Zo simpel is het niet, Sunny. Misschien weet de regering zelf ook nog niet wat ze gaat doen.'

Chichi kreeg ineens zijn stem terug. 'Jawel, Suma', zei hij tegen zijn vrouw. 'Ze weten het wel. Volgens mij weten ze daar heel goed wat ze van plan zijn.'

Hij staarde weer op zijn handen, terwijl Haha, Sunny en ik een bezorgde blik wisselden. 'Maar ik begrijp niet hoe ze dat voor elkaar denken te krijgen, Toshio', zei Haha zacht. 'We zijn met honderden, nee, duizenden. Hoe zouden ze die ooit allemaal kunnen wegsturen? Waar zouden we heen moeten?'

'Kun je je nou alleen maar druk maken om getallen en plaatsen, Suma?' vroeg Chichi. Uit zijn gespannen stem bleek dat het hem grote moeite kostte zijn zelfbeheersing te bewaren. 'Wat ík niet begrijp, is hoe ze dit kunnen doen met Amerikaanse staatsburgers die niets misdaan hebben. Het is een schending van onze grondwettelijke rechten.'

Getallen, plaatsen, de grondwet. Mij zei het allemaal even weinig. Ik wilde maar een ding weten: 'Als jullie weggaan, mag ik toch met jullie mee, hè, Chichi?'

Bevend over al mijn leden wachtte ik tot Chichi me zou aankijken en mijn vraag beantwoorden. Toen zijn blik de mijne ontmoette, bleef hij me zo lang aanstaren dat ik het gevoel kreeg dat de tijd was blijven stilstaan, en dat we daar voor eeuwig onbeweeglijk zouden blijven zitten, als de strak kijkende gestalten op een ouderwetse foto. Uiteindelijk zei hij alleen maar: 'Musume ...', stond op en ging de keuken uit. Even later hoorden we hem met trage, zware voetstappen de trap op lopen.

Ik keek naar Haha, maar die had haar ogen neergeslagen en de tranen stroomden langs haar wangen.

Soms is niets zeggen nog het meest veelzeggend.

De kwade droom had me dag en nacht in zijn greep. In mijn slaap zag ik Chichi, Haha en Sunny weglopen. Ik probeerde hen te roepen, hen te smeken om terug te komen, maar er kwam geen geluid uit mijn keel.

Als ik wakker was, zag ik met groeiende angst Chichi steeds bozer en Haha steeds verdrietiger worden, totdat de emoties uiteindelijk als een muur tussen ons in stonden. Ze ontweken mijn blikken en mijn vragen bleven onbeantwoord.

'Maar Chichi, waar gaan jullie dan heen?'

'Dat weet niemand, Musume.'

'Mag ik mee?'

Stilte.

'Jullie moeten me meenemen, Chichi. Wat moet er anders met mij gebeuren?'

'Dat zullen we met je tante moeten regelen.'

'Maar ik wil daar niet meer heen!'

'Musume, ik heb het druk. Bewaar je vragen voor een andere keer.'

Hij had het helemaal niet druk. Niet echt. Hij liep alleen maar te ijsberen of hij staarde uit het raam en balde zijn handen tot vuisten.

Sunny en ik overlegden urenlang hoe we bij elkaar zouden kunnen blijven. 's Nachts lagen we in het donker te fluisteren, overdag schoven we elkaar briefjes toe in de klas, en op weg van school naar huis lieten we alle denkbare mogelijkheden de revue passeren.

'Kun jij Chichi niet overhalen dat ik met jullie mee mag, Sunny?'

'Dat denk ik niet. Hij zegt dat we alleen maar worden weggestuurd omdat we er als Japanners uitzien, dus ik denk dat je niet mee kunt als je er anders uitziet dan wij.'

'Maar ik hoor wel bij jullie', protesteerde ik. Nog nooit had ik mijn rode krullen, mijn ronde ogen en mijn uitstekende neus zo hartgrondig verfoeid. 'Chichi en Haha kunnen toch aan de regering vertellen dat ze mij hun dochter noemen? Als ze nou zeggen dat ik hun dochter ben, mag ik misschien wel mee.'

'Ik weet het niet, Augie. Ik bedoel maar, niemand zal toch geloven dat jij hun dochter bent?'

'Dat weet ik wel. Ze hoeven ook niet te geloven dat ik echt hun dochter ben, alleen maar dat ze van me houden alsof ik hun dochter ben. Dat hebben ze toch zelf gezegd? En daarom hoor ik bij het gezin. Jullie zijn mijn familie, veel meer dan mijn eigen familie. En bovendien, ik kan toch niet terug naar oom Finn? Dat kan toch niet?'

Hand in hand liepen we langs Whittier Avenue, onze vingers strak ineengevlochten. We hadden net weer een dag achter de rug vol kwaadaardige blikken en opmerkingen van onze klasgenoten, van wie vaders en broers waren scheep gegaan om het tegen de Japanners op te nemen. Telkens als we door de andere kinderen gepest werden, probeerden we te denken aan de wijze les die Haha ons had leren opzeggen: 'Schelden doet geen zeer ...' Als dat inderdaad zo was, waar kwam dan dat pijnlijke gevoel in onze borst vandaan, iedere keer als Sunny werd uitgescholden voor 'Jap' of 'geel ongedierte' en ik voor 'Jappenvriend' of 'verrader'?

'Ik heb toch wel een plan, Augie', zei Sunny.

'Vertel!'

'Zodra we aangekomen zijn op de plek waar we naartoe gaan, zal ik je schrijven om te vertellen waar het is. Dan kun je ons komen opzoeken. En als je er eenmaal bent, zal ik net zolang zeuren tot mama en papa je laten blijven. Ze zullen je vast niet dwingen om die lange reis weer terug te maken.'

'Denk je dat echt?'

'Ja, echt.'

'Maar als het nu eens heel ver weg is? Hoe kom ik daar dan?'

'Met de trein.'

'Maar ik heb geen geld.'

'Ik zal papa vragen om je wat geld te geven voor we weggaan.'

'En als dat nu niet genoeg is?'

We waren allebei even stil. Toen zei Sunny: 'Dan schrijf je me terug om te vertellen hoeveel je nodig hebt, en dan stuur ik het aan je.'

'Goed.' Ik begon weer hoop te krijgen.

'Het kan natuurlijk wel zijn,' voegde Sunny eraan toe, 'dat er geen treinen stoppen daar. Een van de kinderen op school zei dat we volgens zijn vader midden in de woestijn terechtkomen. Ik weet niet eens of daar wel wegen zijn.'

Daar had ik nog niet bij stilgestaan. 'Maar hoe kunnen jullie er zelf dan komen?'

Sunny haalde haar schouders op. 'Misschien moeten we wel lopen.'

Ik was vastbesloten niet als enige achter te blijven. 'Dan neem ik de trein tot hij niet verdergaat,' zei ik gedecideerd, 'en dan loop ik de rest ook.'

Zelfs nadat de deportaties al begonnen waren, koesterde ik nog steeds een zekere hoop dat de Yamagata's zouden mogen blijven. Het kon niet anders of de regering zou van gedachten veranderen en tot het inzicht komen dat iemands uiterlijk niets zei over zijn loyaliteit, en vervolgens zou iedereen van Japanse afkomst in zijn eigen omgeving mogen blijven. Nee, het zou nog mooier worden: de oorlog zou even abrupt eindigen als hij begonnen was en dan hoefde er helemaal niets meer te veranderen. We zouden de draad van ons leven, zoals dat er voor Pearl Harbor had uitgezien, weer oppakken en niemand zou een ander nog iets verwijten.

Het mocht echter niet zo zijn. De eersten die naar een kamp werden gestuurd waren de bewoners van Terminal Island. Een aantal van de mannen was al eerder gearresteerd, voornamelijk vissers die werden verdacht van spionage voor de Japanners. Op 25 februari kregen de overige bewoners te horen dat ze achtenveertig uur hadden om hun boeltje te pakken. Inderhaast ingerichte kampen waren gereed om hun onderdak te bieden. Voor de resterende duur van de oorlog zouden ze daar als gasten van de Amerikaanse regering mogen verblijven.

'Het is zover', zei Chichi toen het nieuws ons bereikte. 'Nu is er geen houden meer aan.'

Hij had gelijk. Op 2 maart kondigde generaal DeWitt aan dat alle Japanners, staatsburger of niet, naar interneringskampen zouden worden afgevoerd. De staten aan de Westkust waren in twee militaire zones opgedeeld. Zone 1, waar Los Angeles onder viel, zou als eerste worden ontruimd.

'Ze hebben dus een manier gevonden', merkte Haha op.

'Wat dacht je dan?' was Chichi's verbitterde antwoord. 'DeWitt en nog een heleboel anderen hebben daar hard voor gewerkt.'

'Maar, Toshio – ons huis, onze winkel – hoe moet het daar nu mee?'

'Zolang we niets horen, doen we niets.'

'Maar we zullen alles kwijtraken.' Ze klonk eerder verdrietig dan boos, en wreef over haar gezwollen buik.

Ik wilde niets liever dan die baby zijn, zodat Haha geen andere keus had dan mij mee te nemen. Ik was stikjaloers op dat kind, dat daar veilig en warm lag opgerold, net zoals ik me ooit veilig en geborgen had gevoeld in mijn bestaan bij de Yamagata's. Tegelijkertijd haatte ik de baby ook, omdat zij nu al was wat ik nooit kon worden: een echte Yamagata, een echte musume.

'Als u nou zegt dat ik uw dochter ben, Haha, dan hoeft u mij in elk geval niet te verliezen', fluisterde ik wanhopig.

Ze glimlachte zwakjes, maar dat ging gepaard met een verpletterend stilzwijgen. Een stilzwijgen dat alles zei.

Tegen 12 maart waren de Amerikaanse soldaten op de Filippijnen ziek, uitgehongerd en gebroken. Langzaam maar zeker viel het land in handen van de Japanners. De gedwongen marsen namen een aanvang. In lange colonnes marcheerden de uitgeputte Amerikaanse soldaten die op Bataan krijgsgevangen waren gemaakt naar de gevangenenkampen. Dagenlang duurden deze tochten, zonder voedsel, water of medische verzorging. Velen kwamen om; zij stierven van uitputting of werden afgemaakt.

In de wetenschap dat Jack op het punt stond uitgezonden te worden, volgde Stella het nieuws vanuit de Stille Oceaan op de voet. Angstig vroeg ze zich af wanneer hij zou moeten vertrekken en waar hij dan heen zou gaan.

'Moet je horen, Augie,' zei ze tegen me, 'je broer Lenny is nu waarschijnlijk al in handen van de Japanners, als hij tenminste nog leeft.'

Wat kon mij dat nou schelen? Ik maakte me veel meer zorgen over de Japanners die in handen van de Amerikanen vielen.

17

'Suma, het is tijd.'

Chichi's stem was schor en zijn gezicht grauw. Haha knikte alleen maar, een kort, nauwelijks zichtbaar knikje.

'Heb je nog naar de radio geluisterd of de krant gelezen?'

'Nee, Toshio, vandaag niet. Ik kon er niet tegen ...' Ze legde een hand tegen haar wang en haar stem stierf weg.

'Ze hangen overal: op de telefoonpalen, op de muren van openbare gebouwen, noem maar op.'

'Hoeveel tijd hebben we nog?'

'Zes dagen.'

'Zes dagen? Meer niet?'

'Nee, Suma, meer niet.'

'Maar hoe kunnen we in zo korte tijd al onze spullen van de hand doen?'

Chichi zuchtte diep. 'Dat weet ik niet, Suma, maar we zullen wel moeten.'

'Papa?'

'Ja, Sunny?'

'Wat hing er precies op de telefoonpalen?'

'Een evacuatiebevel. Dat betekent dat we ons klaar moeten maken voor vertrek.'

'Maar waar gaan we dan heen, papa?'

'Dat weet ik niet, Sunny.'

'Waarom vertellen ze dat dan niet?'

Het bleef stil in de kamer. Na een poosje zei Chichi: 'Ik denk omdat het ook niet uitmaakt. Ons leven is hier, en als wij hier niet kunnen blijven, wat maakt het dan nog uit waar we naartoe gaan?'

Mijn maag kolkte en het zuur brandde in mijn keel. 'Chichi? Mag ik mee, alstublieft? Alstublieft, Chichi, zeg dat ik niet hier hoef te blijven.'

Chichi legde traag zijn hand tegen mijn slaap en liet hem over mijn rode krullen glijden. 'Ik moet nu naar boven om het aan Obaasan en de jongens te vertellen.'

'Het eten is zo klaar, Toshio.'

Chichi knikte, draaide zich om en ging naar boven, gebogen en moe, als iemand die al te veel kilometers heeft afgelegd, terwijl de reis nog niet eens is begonnen.

De volgende morgen begaf Chichi zich volgens de instructies naar het gemeentelijk evacuatiecentrum. Achter het opgegeven adres bleek een winkel schuil te gaan die tijdelijk was omgetoverd tot informatiecentrum ten behoeve van de deportatie van de Japanners. Toen hij weer thuiskwam, had hij twintig genummerde labels bij zich, die hij op de keukentafel liet vallen.

'Wat zijn dat, Toshio?'

'Dat is ons registratienummer. Deze labels moeten aan onze bagage bevestigd worden en we moeten er zelf ook een dragen.'

'Dus we zijn nu een nummer geworden?'

Chichi gaf geen antwoord. 'We mogen alleen meenemen wat we kunnen dragen', legde hij uit. 'Beddengoed, toiletartikelen, kleren, serviesgoed, meer niet. We kunnen een deel van onze bezittingen opslaan in pakhuizen die voor ons zijn ingericht in een van de boeddhistische tempels. Begin maar meteen te bedenken wat je wilt houden en wat je kwijt wilt en probeer niet te veel te houden.'

Haha, Sunny en ik begonnen helemaal nergens mee. We staarden Chichi alleen maar aan, alsof we geen woord hadden begrepen van wat hij zei. Het was een gewone schooldag, maar Haha had ons thuisgehouden zodat we konden helpen met pakken. Nu stonden we daar als vastgenageld aan het vloerzeil, alsof we wortel hadden geschoten in de grond daaronder. 'Maar ... maar waar moet ik dan in vredesnaam beginnen, Toshio?' vroeg Haha vertwijfeld.

'Begin maar hier in de keuken. Sunny, jij en Musume moeten een bord maken om in de voortuin te zetten, waarop staat dat hier meubels en huishoudelijke artikelen te koop zijn. Schrijf het maar op een groot stuk karton, zodat het vanaf de straat zichtbaar is. Ik moet nu naar de winkel. Hito en ik zullen proberen hem vandaag of morgen te verhuren.'

'Ga je hem dan niet verkopen, Toshio?'

Chichi schudde weifelend het hoofd. 'Als we hem verhuren is er nog een kans dat we hem na de oorlog weer terugkrijgen.'

'Wat gaan we met het huis doen?'

'We zullen proberen dat ook te verhuren, maar het kan zijn dat we het moeten verkopen.'

'Als we de winkel en het huis verhuren, papa, betekent dat dan dat we hier na de oorlog weer terugkomen?'

'Ja, Sunny, ik denk dat we dat zullen proberen.'

'Zou de oorlog nog lang duren, denkt u?'

'Dat zou ik niet kunnen zeggen, Sunny. Ik hoop van niet.'

Jimmy krabbelde aan de keukendeur. Hij wilde naar binnen. Sunny smeet de deur open en sloeg haar armen om de hond heen. 'Zullen we Jimmy's nummer aan zijn halsband hangen, papa?'

Chichi keek haar verdrietig aan. 'Nee, Sunny, ik ben bang dat dat niet gaat. Jimmy kan niet mee. In het kamp zijn huisdieren niet toegestaan.'

'Maar papa!'

'Het spijt me, Sunny.'

'We kunnen hem toch niet zomaar achterlaten ...'

'Ik moet nu gaan, Suma. Vraag Obaasan maar of ze je helpt, of ze dat nu leuk vindt of niet.'

'Ik denk niet dat ze nog kracht heeft om wat dan ook in te pakken.'

'Dan moet ze er maar bij komen zitten om supervisie te houden. Ze kan je helpen de juiste beslissingen te nemen over wat je wegdoet en wat niet. Ze moet gewoon hoognodig haar kamer uit.'

'Goed dan, Toshio. Wil je uit de winkel wat dozen mee-brengen?'

'Natuurlijk.'

'Als er mensen komen om iets te kopen, weet ik niet wat voor prijs ik moet vragen.'

'Verkoop alles voor wat je ervoor kunt krijgen.'

Er viel een lange stilte, en de angst was bijna tastbaar.

'Ik denk niet dat ik het kan opbrengen, Toshio.'

'Dat kun je wel, Suma. Je hebt geen keus.'

Urenlang was Haha onafgebroken in touw en ze leek zich niet bewust van de tranen die ondertussen langs haar wangen rol-den. George kroop al jammerend om haar heen. Waarom zijn moeder huilde en wat ze aan het doen was, ging zijn begrip te boven, maar Haha negeerde hem het grootste deel van de tijd. Ze haalde keukenkastjes en linnenkasten leeg, zocht de inhoud van de bureauladen uit en maakte stapeltjes op de vloer van wat ze wilde verkopen, wat ze wilde bewaren en wat ze wilde weggooien. Sunny, Sam en ik brachten alle rommel naar de achtertuin en verbrandden het in de vuilnisbak. Brieven, recepten, allerlei papieren – alle tastbare bewijzen van hun leven die zich in de loop van de tijd hadden opgesta-peld gingen in rook op.

Vera Eddington zag ons bezig door het keukenraam en kwam met de baby op haar heup informeren wat we aan het doen waren.

'We bereiden ons voor op vertrek, mevrouw Eddington', antwoordde Sunny.

Mevrouw Eddington draaide zich om en liep zonder te kloppen de keuken binnen. De rest van de dag werkte ze zij aan zij met Haha; ze sorteerde, pakte spullen in en huilde net als zij. Ook de baby huilde, wegens gebrek aan aandacht, maar net als George werd hij genegeerd tot hij uiteindelijk in slaap viel. We konden die ukken toch niet uitleggen wat we zelf niet eens begrepen.

Haha gaf mevrouw Eddington haar complete goede, porseleinen servies. 'Ik zal die schalen daar toch niet nodig hebben', zei ze ter verklaring. 'Ik zou trouwens ook niet weten hoe ik ze er moest krijgen.'

'Waarom sla je het niet op, Suma?' vroeg mevrouw Eddington.

'Het is bedoeld om te gebruiken, niet om op te slaan.'

Mevrouw Eddington raakte voorzichtig een van de borden aan en liet de top van haar wijsvinger langs de gebloemde rand glijden. 'Ik zal het gebruiken, Suma,' zei ze, 'maar alleen tot jij weer terug bent. Dan krijg je het terug.'

Haha knikte en we gingen allemaal weer aan het werk.

Obaasan weigerde te helpen. Ze bleef in haar kamer en zei dat ze ziek was. Toen Haha vroeg wat haar mankeerde, zei ze dat ze pijn in haar borst had. Zelf vond ik dat geen excuus om niet te hoeven helpen. We hadden allemaal pijn in onze borst, maar opruimen moesten we.

Halverwege de middag zei Haha dat nu het bord wel in de tuin kon. Bijna onmiddellijk kwamen de hakujin erop af, als vliegen op de stroop. Boeken, kleren, bedden, tafels, stoelen en zelfs de grote radio – het werd allemaal voor een appel en een ei verkocht.

Sommige mannen reden in gehuurde bestelauto's de Japanse gezinnen af en kochten hun apparatuur voor vijf, tien of vijftien dollar. Toen ook voor ons huis zo'n wagen stilhield, verkocht Haha haar wasmachine en droger voor tien dollar en de koelkast voor twaalf. De mannen reden de apparaten op een steekwagentje het huis uit en verdwenen in een wolk van uitlaatgassen.

Obaasans platenspeler ging van de hand voor vijfentwintig cent. Haha's vingers beefden toen het muntje in haar handpalm viel. Ze moet het gevoel gehad hebben dat ze het leven van haar schoonmoeder verkocht voor een fooi. Later op de avond verkocht Chichi zijn auto voor twintig dollar.

Drie dagen lang bewoog zich een gestage stroom van koopjesjagers door het huis en stukje bij beetje namen zij het thuis van de Yamagata's met zich mee. Wij keken toe, zoals de slachtoffers van een overstroming hun spullen nakijken wanneer ze worden weggespoeld door de gezwollen rivier. Het drong allemaal niet echt tot ons door; we hadden het gevoel dat we gevangenzaten in een boze droom, zonder invloed te kunnen uitoefenen op wat zich rondom ons afspeelde.

Het hele huis werd kaalgeplukt, op een paar koffers en wat losse spullen na die mee zouden gaan naar het kamp. De lege kamers grijnsden ons aan als onafzienbare spelonken, waarin onze voetstappen hol klonken en onze stemmen echoden tegen de wand, omdat er niets meer was om het geluid te dempen. Het was een allesverterende leegte, even beangstigend als een plotselinge stroomuitval in de nacht waarbij je van het ene moment op het andere in het pikkedonker zit.

Haha zei dat ze het gevoel had het slachtoffer te zijn van een grote roofoverval en volgens Chichi was dat geen wonder, omdat het de situatie precies weergaf.

Niet alle hakujin waren haatdragend in deze laatste dagen. Sommigen waren aardig voor ons, zoals Vera Eddington, die iedere dag deed wat ze kon om Haha bij de ontmanteling van het huis te helpen. Anderen – oude buren, kennissen en klanten van de winkel – kwamen eten brengen. Ze verontschuldigden zich voor wat er gebeurde, en wensten net als wij dat de oorlog spoedig ten einde zou zijn.

Chichi en Haha ontvingen hen allemaal met gratie, en namen de geschenken en de troostwoorden waardig in ontvangst. De mannen kregen van Chichi een hand en Haha omhelsde de vrouwen. 'Na de oorlog komen we terug', zei Chichi tegen iedereen en de hakujin zeiden: 'We zullen naar jullie uitkijken. Het allerbeste.'

Mijn vertrouwen in de Amerikanen werd er bijna door hersteld. Bijna, maar niet helemaal.

De winkel was verhuurd, het huis verkocht. 'Zit er maar niet over in, Suma', zei Chichi. 'Zodra we weer terug zijn, kopen we een ander huis, een dat veel groter is.'

De laatste nacht brak aan. Sunny, de jongens en ik gingen elk in een deken gerold op de vloer van de woonkamer liggen om te gaan slapen. Obaasan lag op de slaapmat in haar kamer, die verder helemaal leeg was. De slaapmat zou morgen achterblijven, als de schaal van een heremietkrab die niet langer nodig was.

Chichi en Haha bleven nog lang op. Ze zaten op de keukenvloer met hun rug tegen de kastjes aan en praatten gedempt met elkaar. Hun stemmen klonken voor ons als het gezoem van bijen, en ik kon geen woord verstaan. Na een poosje ging het gezoem over in gesnik, en dat begreep ik maar al te goed.

Sunny en ik hadden elk een arm over de ander heen gelegd en Jimmy lag tussen ons in geklemd. Achter ons lagen al die jaren waarin we ons avond aan avond in slaap hadden gebabbeld en nu, op de laatste avond, hadden we geen woorden meer over. Er was alleen nog die afschuwelijke stilte, die mij vertelde wat ik niet wilde horen. 'Augie, het is tijd.'

18

We stonden op de stoep voor het huis, onze schouders gebogen tegen de kilte van de vroege ochtend. De buurt was stil en de rijen slapende huizen vormden een vreemd decor voor het drama dat zich op dit moment in Fickett Street ontvouwde. Wij waren als zeven toneelspelers, die een toneelstuk opvoerden dat niemand wilde zien. Terwijl iedereen sliep, viel onze wereld in stilte in duigen. Tegen de tijd dat de buurt ontwaakte, zou het allemaal voorbij zijn: het toneel verlaten en het gordijn gesloten. Einde voorstelling.

De stoep was bezaaid met bagage. We stonden daar in afwachting van meneer Eddington en zijn broer, die de familie Yamagata naar het station zouden rijden. Deze ochtend zouden ze de trein nemen waar ze al die maanden aan hadden gehoopt te ontsnappen. Ze waren allemaal op hun paasbest gekleed, alsof ze naar een deftig feest gingen, hoewel niemand van ons enig idee had van hun bestemming. Haha had er echter op gestaan dat ze er zonder uitzondering keurig uit zouden zien, om aan te geven dat hun menselijke waardigheid onaangetast was gebleven, ook al was dat dan nog het enige. 'Er zijn dingen die geen enkele hakujin ons kan afnemen', had ze gezegd.

Aan elke koffer en aan elk gezinslid was een label bevestigd. Alles en iedereen viel onder nummer 18627 – behalve Jimmy en ik.

Sunny drukte me het handvat van de hondenriem in de hand en zei moeilijk: 'Voor Jimmy zorgen, hoor. Beloofd?'

'Beloofd', zei ik. Ik voelde me net een slaapwandelaar die zijn uiterste best doet om zichzelf los te rukken uit een nacht- merrie. 'Heb je het adres van oom Finn?' Ik had het haar al honderd, nee, al duizend keer gevraagd.

'Jaja', zei ze, haast ongeduldig.

'Niet verliezen, hoor.'

'Nee. En ik ken het toch ook al uit mijn hoofd.'

'Schrijf me zodra je daar bent.'

'Doe ik. Meteen.'

Bij de buren sloeg een motor aan. Meneer Eddington reed achteruit zijn oprit af. Het zou niet lang meer duren voor hij de banden van zijn Buick zou moeten inleveren bij de rub- berconfiscatie, maar deze ochtend zouden ze nog dienen om de Yamagata's naar het station te brengen.

Even later draaide een tweede bekende auto de straat in. Het was die van meneer Eddingtons broer. Beide auto's hiel- den halt voor het huis van de Yamagata's. De broers sprongen eruit en begonnen de koffers in de achterbakken te laden.

'Sunny!' huilde ik en we sloegen hevig snikkend de armen om elkaar heen. Jimmy liep zenuwachtig heen en weer en rukte nijdig keffend aan zijn riem. Ook al begreep hij er natuurlijk niets van, hij voelde heel goed dat er iets niet in orde was.

Sunny en ik lieten elkaar los om elkaar nog eens te kun- nen aankijken. 'Ik zal je schrijven, Augie, echt. Zodra we daar zijn.'

Ik knikte, al waren brieven bij lange na niet genoeg voor mij. Ik wilde geen brieven; ik wilde Sunny en Chichi en Haha. Ik wilde mijn familie.

Haha ging op haar knieën op de stoep zitten om me te kunnen omhelzen. Ik wierp mezelf tegen haar aan en we omhelsden elkaar stevig. Ik had mezelf voorgenomen flink te zijn, maar het bleek een onhoudbaar besluit. 'Laat me niet alleen achter, Haha', smeekte ik.

Ze legde haar hand tegen mijn wang en veegde een streng krullen uit mijn gezicht. 'Musume,' zei ze zacht en haar ogen liepen vol tranen, 'we houden van jou en zullen altijd van je blijven houden. Maar we kunnen je nu eenmaal niet meenemen. Je weet dat we alles met je tante hebben besproken en zij heeft gezegd dat je weer thuis kunt komen. Zelfs je oom heeft dat gezegd.'

'Maar dat is mijn thuis niet, Haha. Ik haat hen.'

'Musume, zo mag je niet praten. Het blijft je familie.'

'Jullie zijn mijn familie! U hebt het zelf gezegd!'

Toen gaf ze me alleen nog maar een kus en stond op.

Ik keek naar Chichi, plotseling in paniek. Ze zouden toch wel op het laatste moment van gedachten veranderen? Ik had gehoopt dat ze op het allerlaatste nippertje toch nog zouden zeggen: 'Natuurlijk ga je mee. Jij bent onze dochter, net als Sunny. We laten ons jou door niemand afpakken.' Ik geloofde stellig dat er nog ergens een nooduitgang was, een manier om alle barrières die de regering had opgeworpen te omzeilen, zodat ik aan het einde van deze dag en alle dagen daarna nog steeds bij mijn familie zou zijn.

Maar Chichi sprak de zo vurig gewenste woorden niet uit. Hij zei helemaal niets. Hij was somber en zwijgzaam geworden, heel iemand anders dan de man die ik drie jaar geleden had leren kennen. 'Chichi,' probeerde ik nog eens, 'Chichi, ik mag toch wel mee? Jullie laten me toch niet achter bij oom Finn?' Ik sloeg mijn armen om zijn middel en klampte me aan hem vast.

'Lieve Musume, je kunt het nog honderd keer vragen, en dan nog kunnen we je geen ander antwoord geven', zei hij niet onvriendelijk. 'De regering zou het nooit toestaan.'

'Maar ik ben Duits!' jammerde ik, in een laatste wanhopige poging om hem over te halen. 'Als u nou zegt dat ik Duits ben! Ik hoor ook bij de vijand. Als u dat nou zegt, dan willen ze vast dat ik ook ga …'

'Musume.' Chichi bukte zich en gaf me een zoen op mijn hoofd. 'Vergeef me alsjeblieft, maar je kunt echt niet mee.'

'We zullen je schrijven zo vaak we kunnen', verzekerde Haha me. 'En als de oorlog voorbij is, komen we terug. Misschien duurt het niet zo lang meer. Laten we maar hopen dat het vlug voorbij is.'

Chichi maakte mijn armen van zijn middel los en deed behoedzaam een stap achteruit. 'Nu moet je naar huis gaan, Musume. We zullen je niet vergeten.'

Ontzet keek ik toe hoe hij de laatste reistas in de achterbak van meneer Eddingtons auto zette. Daarna hielp hij Obaasan op de achterbank. Ik wilde nog iets tegen haar zeggen, maar ze ontweek mijn blik. Het leek wel of ze van steen was, of al dood.

Het was 9 april. Aan de andere kant van de wereld gaven de Amerikaanse troepen op Bataan zich over. De Japanse bezetting van de Filippijnen was een feit. Bijna alle Amerikaanse verdedigers, zesendertigduizend in totaal, werden gedood of gevangengenomen. Op hetzelfde moment dat mijn Japanse familie op weg ging naar een Amerikaans gevangenenkamp, werd mijn broer Lenny afgevoerd naar een Japans gevangenenkamp, zo hoorde ik later.

Een voor een stapten de Yamagata's in de wachtende auto's; Haha en de jongens in de auto van meneer Eddingtons broer, Obaasan, Chichi en Sunny in de Buick. Voordat hij achter het stuur kroop, lachte meneer Eddington me even verontschuldigend toe, alsof hij wilde zeggen dat het hem speet dat hij me mijn familie ontnam. Vera Eddington had de vorige avond al afscheid genomen. Ze kon het niet opbrengen er vanochtend bij te zijn, had ze gezegd.

Eindelijk sloeg het laatste portier dicht. Sunny draaide het raampje open en stak haar hand naar me uit. Onze vingers vlochten zich in elkaar. Jimmy blafte en likte onze knokkels.

Meneer Eddington startte de motor en schakelde in de eerste versnelling. Achter hem deed zijn broer hetzelfde. Langzaam gleden ze van de stoeprand weg. Sunny's vingers glipten uit de mijne. Jimmy trok aan zijn riem, en sprong en blafte als een razende. Het kostte me al mijn kracht om hem in bedwang te houden. Het kostte me al mijn kracht om niet zelf achter de Yamagata's aan te rennen. Voor ze aan het eind van de straat gekomen waren, slaakte ik nog een laatste verstikte kreet. 'Chichi!' Ik wist wel dat ze me niet meer konden horen, en ook dat het niet had uitgemaakt als ze dat wel hadden gekund. Meteen daarna sloegen de wagens de hoek om en verdwenen ze uit het gezicht.

Hoe zeg je 'Vaarwel' in het Japans? Nu had ik zo lang bij de Yamagata's gewoond en nooit had ik de moeite genomen om te leren hoe ik in het Japans afscheid moest nemen.

19

Er zat voor mij niets anders op dan naar oom Finn terug te keren, maar ik stelde het onvermijdelijke uit zo lang ik kon. Samen met Jimmy wandelde ik door Boyle Heights totdat de zon bijna loodrecht aan de hemel stond. Af en toe ging Jimmy met een plof op de stoep zitten en keek met treurige ogen naar me op, alsof hij me wilde vragen wat we in vredesnaam aan het doen waren. Dan gaf ik een ruk aan zijn riem en liepen we weer door. Ten slotte liet ik mezelf binnen in het huis aan Fresno Street en stapte met grote tegenzin de wereld weer in waar het nijdige stilzwijgen van mijn oom en de malle fratsen van mijn moeder de sfeer bepaalden.

Na een week belde ik Stella op met de vraag of ik alsjeblieft bij haar mocht wonen, en ze zei meteen dat ze dat heel graag wilde – en als haar huisbaas het goedvond, mocht Jimmy ook mee – maar dat ik eerst het schooljaar moest afmaken. Na de zomervakantie kon ze me dan inschrijven op een school dichter bij haar huis.

Dus hield ik het nog een paar weken langer vol, maar zodra de laatste schooldag voorbij was, trokken Jimmy en ik bij Stella in en daar bracht ik de rest van de oorlog door. Het was zowel voor mij als voor mijn nicht een uitstekende regeling. Stella voelde zich erg alleen, zo zonder Jack, en mijn aanwezigheid verlichtte haar eenzaamheid enigszins. Toch huilden we in die dagen heel wat af; zij telkens als er weer een brief van Jack arriveerde en ik telkens als er weer een week voorbij was gegaan zonder een brief van Sunny. Tussendoor huilden we ook veel, trouwens. Ik herinner me nog goed hoe we 's nachts rug aan rug op de uitgetrokken bedbank lagen te luisteren naar het gesmoorde gesnik en luidruchtige gesnotter van de ander. Voor mij waren de vrijdagavonden het ergst. Dan luisterden we altijd naar de show van Jimmy Durante op de radio, samen met Stella's huisbazen, Grady en Cecelia Liddel. Elke keer als de komiek afscheid nam met de woorden: 'Welterusten, mevrouw Calabash, waar u ook bent', barstte ik in tranen uit. Waar konden Sunny en Chichi en Haha nu toch zijn?

Ik had gehoopt een paar dagen na hun vertrek een brief van Sunny te krijgen, maar de dagen werden weken, de weken werden maanden en er kwam geen enkele brief. In de tijd dat ik nog bij oom Finn woonde, zat ik elke dag na schooltijd op de stoep voor ons huis en wachtte op de postbode, Sean McDougall.

'Is er vandaag iets voor mij bij, meneer McDougall?'

'Nee, meid, helemaal niks.'

Ik wilde hem uitschelden voor leugenaar. Ik wilde zijn posttas grijpen en zelf zoeken naar het kostbare bericht van Sunny, waarvan ik zeker wist dat het erin moest zitten. Toch deed ik dat nooit. Na die dagelijkse ontmoeting met Sean McDougall bleef ik elke keer weer achter met zo'n groot verdriet in mijn hart, dat ik nauwelijks in staat was mezelf de trap op te hijsen naar mijn zolderkamer.

Toen ik naar Stella verhuisde, beloofde tante Lucy dat ze me onmiddellijk op de hoogte zou stellen als er een brief kwam. Ik wilde Sunny laten weten dat ze haar brieven voortaan naar Stella's adres moest sturen. In het begin belde ik tante Lucy elke dag, daarna om de dag en na een poosje een keer per week. Iedere keer was de boodschap hetzelfde: 'Vandaag niet, Augie. Misschien morgen.'

Ik begreep er niets van. De Yamagata's leken gewoon van de aardbodem verdwenen, opgeslokt door een of ander zwart gat.

'Waarom schrijven ze me nou niet, Stella? Ze hebben beloofd dat ze me zouden schrijven zodra ze aankwamen. Ze moeten er nu toch wel zijn!'

'Ik weet het niet, lieverd. Ze hebben er vast een reden voor. Ik weet zeker dat ze je zullen schrijven zodra het maar kan.'

Ik benijdde Stella om de brieven van Jack. Zij had tenminste nog enig contact. Zij kon tenminste nog zwart-op-wit zien staan dat hij van haar hield en daar troost uit putten. Ik had niets dan dat ondoorgrondelijke raadsel: wat er met Sunny, Chichi en Haha gebeurd kon zijn.

Toen de oorlog ongeveer een jaar oud was, kwam het bij me op dat Haha misschien wel naar de Eddingtons had geschreven. Ik probeerde hen te bellen, maar de telefoon was afgesloten. Toen ik naar hun huis ging, werd ik te woord gestaan door een gekweld uitziende vrouw. Ze had een kind op de arm en aan haar benen hingen er nog twee. De voormalige eigenaars waren naar het oosten verhuisd, zei ze, vanwege de oorlog of zo. Nee, ze wist niet precies waarheen en ook niet hoe ik hen kon bereiken. Ik vroeg of er weleens brieven kwamen van een vrouw die Suma Yamagata heette, en ze zei nee, die had ze nooit gezien, maar ze nam aan dat de vorige eigenaars al hun post lieten doorsturen naar hun nieuwe adres.

Ik had het gevoel dat het zwarte gat dat de Yamagata's had verzwolgen zich in mijn eigen borstkas bevond.

'Zouden ze dood zijn, Stella?'

'Lieve help, natuurlijk niet. Waarom zouden ze?'

'Waarom schrijven ze dan niet?'

'Dat weet ik niet. Misschien mogen ze in het kamp geen brieven schrijven.'

'Zouden ze terug zijn naar Japan?'

'Dat betwijfel ik. Als ze de Yamagata's terugsturen, moeten ze iedereen terugsturen en dat zou veel te duur zijn.'

'Waarom schrijven ze dan niet?'

'Er moet een reden zijn. Op een dag kom je er wel achter.'

'Denk je dat ze me vergeten zijn?'

'Natuurlijk niet. Hoe zou dat nou kunnen?'

Ik wachtte. Ik geloofde vast dat ze even graag van zich wilden laten horen als ik bericht van hen wilde ontvangen, maar dat iets buiten onszelf – misschien een verbod van de regering op briefwisselingen tussen Japanners en hakujin – ons gescheiden hield.

In het laatste oorlogsjaar vloog Jack met B-17 bommenwerpers op Duitsland. Op een gegeven moment kregen we bericht dat zijn vliegtuig was neergeschoten. Een tijdlang stond hij geregistreerd als vermist, en Stella was verlamd van angst dat hij omgekomen zou zijn. Hoe we die weken zijn doorgekomen weet ik nog steeds niet, maar we hadden geen keus. Eindelijk kwam er een telegram met het nieuws dat Jack krijgsgevangen was gemaakt en hoewel we niet precies wisten waar hij nu was, wisten we in elk geval zeker dat hij nog leefde. Hij bracht dat laatste jaar door in een Duits krijgsgevangenenkamp en al die tijd kregen we geen brieven meer van hem.

Het klinkt misschien raar, maar dit stemde me hoopvol. Als Jack ons vanuit het kamp niet kon bereiken, zo redeneerde ik, dan gold dat waarschijnlijk ook voor de Yamagata's. Ik hield me vast aan hun belofte dat ze na de oorlog zouden terugkomen en bleef op hen wachten. Al maanden voor de geallieerde overwinning druppelden de Japanse Amerikanen Los Angeles weer binnen, uit alle windstreken waarheen ze verdreven waren, en vanaf dat moment begon ik daadwerkelijk naar de Yamagata's uit te kijken. Ik wist dat ze niet naar hun eigen huis terug konden, maar Chichi had gezegd dat hij in ieder geval de winkel weer zou komen opeisen. Dus zat ik samen met Jimmy te wachten op het bankje voor de matglazen ramen van de zaak, en speurde naar tekenen van hun aanwezigheid.

Toen de oorlog eindelijk definitief voorbij was, kwam Jack naar huis en sprong uit de trein regelrecht in de armen van zijn dolblije vrouw. Het appartement boven de garage was te klein voor drie personen en dus verkaste ik weer naar oom Finn. Eerst bivakkeerde ik weer op zolder, maar toen bracht een telegram het bericht dat mijn broer Lenny tegen alle verwachtingen in de oorlog had overleefd. Hij lag in een veteranenziekenhuis in San Francisco, maar zodra hij daaruit werd ontslagen zou hij naar huis komen. Boyle Heights was weliswaar nooit zijn thuis geweest, maar meer dan dit zat er voor hem ook niet in. Oom Finn besloot dat Lenny de zolder zou krijgen en dus verhuisde ik naar de eerste verdieping en deelde daar voortaan een slaapkamer met Rosey.

Toen Lenny erin trok, was de zolder compleet veranderd. Oom Finn en tante Lucy hadden er wat geld tegenaan gegooid om hem op te knappen. Ze kochten een echt bed, een linnenkast en een ladekastje. Allemaal tweedehands, maar altijd nog beter dan een matras op de grond. Oom Finn plakte zelfs een stuk vloerbedekking op de vloer, dat hij bij een opheffingsuitverkoop op de kop had getikt, en tante Lucy naaide gordijnen ter vervanging van het verduisteringsgordijn dat er nog steeds hing, ook al lag de dreiging van een luchtaanval al maanden achter ons. Na de opknapbeurt zag de zolder er zowaar gezellig en uitnodigend uit.

Ik was een beetje jaloers dat mijn oom en tante zich voor Lenny zo uitsloofden, terwijl niemand de moeite had genomen de zolder een beetje te fatsoeneren voor mij. Maar toen ik tante Lucy hielp met het ophangen van de gordijnen, zei ze tegen me dat het wel het minste was wat een mens kon doen: een soldaat een kamer bieden om naar terug te keren. Daar moest ik het wel mee eens zijn. Lenny verdiende wel iets leuks; per slot van rekening had hij in de oorlog gevochten en een heleboel verschrikkingen doorstaan. Oom Finn liep overal over Lenny op te scheppen en vertelde iedereen die maar luisteren wilde dat hij een held was, die de Jappen te slim af was geweest. Ze hadden hem afgeranseld en uitgehongerd, en hem gedwongen te leven en te werken onder onbeschrijflijke omstandigheden, maar uiteindelijk waren ze erachter gekomen dat iemand met O'Shaughnessybloed in zijn lijf zich niet zomaar liet breken.

Ook al twijfelde ik er niet aan dat hij een held was, toen Lenny eenmaal thuiskwam zag hij er bepaald niet zo uit. Hij leek zelfs niet meer op de foto die moeder van hem in haar kamer bewaarde. Hij was nog maar net in de dertig, en toch leek hij wel een oude man. Zijn haar was bijna helemaal grijs en zijn lichaam graatmager, en hij liep met gebogen schouders, alsof hij zich wilde oprollen, zoals een herfstblad bij het naderen van de winter aan de randen omkrult. Een van zijn jukbeenderen week terug, zodat zijn gezicht scheef leek te hangen. Zijn ogen traanden voortdurend en zijn blik dwaalde ongericht rond. Hij schuifelde meer dan dat hij liep, alsof hij de kracht niet had om zijn voeten op te tillen. Hij kauwde aspirientjes weg alsof het snoepjes waren, hoewel hij nooit iemand vertelde waar de pijn precies zat. Ik denk eigenlijk dat alles hem zeer deed.

Moeder was er niet om Lenny welkom te heten. Ergens begin 1944 was ze definitief kierewiet geworden. In januari van dat jaar verschenen er voor het eerst grote krantenkoppen over de wreedheden in de Japanse gevangenenkampen. Een paar van onze mannen hadden weten te ontsnappen, en wekten nu met de verhalen over hun ellende het afgrijzen van heel Amerika. Bij niemand was het afgrijzen zo groot als bij moeder, die haar zoon toen nog steeds in handen van de Japanners wist. Tante Lucy vertelde me dat moeder op een nacht door het huis spookte met een mes in haar hand en dreigde elke Jap die ze tegenkwam te zullen vermoorden. Dat was meteen de laatste nacht dat ze nog bij oom Finn in huis was.

Toen Lenny haar in het gesticht bezocht, herkende ze hem niet. Hij zei zelf dat hij haar evenmin herkend zou hebben, als de verpleegster niet met grote stelligheid had beweerd dat de woest kijkende vrouw in de stoel bij het raam inderdaad Margaret Schuler was. Moeder en zoon waren vreemden voor elkaar geworden. Na dat eerste bezoek ging Lenny nooit meer terug.

Lenny weigerde te praten over wat hem in de oorlog was overkomen. We konden er alleen maar naar gissen, toen we uit andere bronnen te horen kregen over de dodenmarsen, de honger, de martelingen en de moordpartijen. We wisten dat Lenny uiteindelijk in een werkkamp in Japan was terechtgekomen, wat betekende dat hij de zeereis op een van de 'helleschepen' vanuit de Filippijnen had overleefd. In de smerige ruimen van deze schepen werden zo veel gevangenen op elkaar gepropt, dat de mannen zich nauwelijks konden bewegen.

Toen het zo heet werd, dat ze vreesden gek te zullen worden van de hitte – bij sommigen gebeurde dat ook daadwerkelijk – maakten de Japanners de marteling nog erger door geen water meer te verstrekken. Er braken allerlei ziekten uit: malaria, beriberi, zwartwaterkoorts, dysenterie en huidaandoeningen waren de meest voorkomende. Bij gebrek aan medicijnen werden lichaam en ziel vaak alleen nog bijeengehouden door het tere draadje van de wilskracht, doch maar al te vaak bleek dat draadje te zwak of knapte het als gevolg van pure wanhoop. Iedere keer als zo'n helleschip in Japan aanlegde, wemelde het in de ruimen van vreemde bedgenoten: doden en stervenden in elkaars omarming.

En dat was dan alleen nog maar de reis. Wanneer de gevangenen eenmaal het kamp hadden bereikt, volgden nog jaren van ellende.

Ik kon geen vergelijking maken tussen de Lenny van vroeger en van nu, omdat ik hem nooit gekend had. Stella kon hem zich echter nog vaag herinneren. Ze had hem verscheidene keren ontmoet wanneer de Schulers en O'Shaughnessy's bij elkaar op bezoek waren; dat was nog voor de dood van mijn vader. Volgens haar was het een slimme, knappe jongen, goedlachs en er altijd voor in om een geintje met iemand uit te halen. Hij had ook een gevoelige en medelijdende kant. Ze herinnerde zich dat ze eens samen aan het rolschaatsen waren – zij was tien, hij ongeveer veertien – en dat ze bij een val haar knieën had opengeschaafd. Het bloed liep langs haar schenen in haar sokken. 'Andere kinderen zouden me hebben uitgelachen, denk ik', zei Stella. 'Maar Lenny was echt bezorgd. Hij veegde het bloed weg met zijn T-shirt, hielp me opstaan en ondersteunde me bij het naar huis schaatsen. Ik weet nog dat ik dacht dat ik met hem had willen trouwen als hij mijn neef niet was geweest. Het was echt een aardig joch, Augie, je had hem beslist gemogen.'

Ik wilde hem ook aardig vinden nu hij uit de oorlog was teruggekeerd. Ik wilde hem leren kennen, maar dat viel niet mee. Op een avond, kort nadat hij bij ons was ingetrokken, zag ik hem alleen op het trapje voor het huis zitten roken. Ik bedacht dat dit een goede gelegenheid was om eens een babbeltje met hem te maken. Hij had vast veel te vertellen! Ik ging naar buiten, maar zijn enige reactie op mijn aanwezigheid bestond uit een snelle blik opzij en een knikje. De hand waarmee hij de sigaret naar zijn lippen bracht, beefde. Zijn vingers beefden voortdurend, alsof hij nog steeds bang was dat zijn bewakers zich in de buurt schuilhielden en zich elk moment weer met hun geweerlopen op hem konden storten.

'Hoe is het nu met je, Lenny?' vroeg ik. Ik ging naast hem zitten en sloeg mijn armen om mijn opgetrokken knieën.

Lenny knikte en blies een lange sliert rook uit. 'Wel best', zei hij, weinig toeschietelijk.

Hij keek strak voor zich uit en ik vroeg me af of hij nu de straat zag of iets heel anders. Iets wat ik niet kon zien. Ik wilde weten wat dat was. Ik wilde weten wat hij tijdens de oorlog had gezien en meegemaakt. Maar boven alles wilde ik weten hoe het was om na zo veel jaren van gevangenschap weer thuis te zijn. Was hij niet blij dat hij nog leefde, dat hij het had overleefd, terwijl honderden, duizenden anderen waren bezweken? Voelde hij zich nu geen geluksvogel, onoverwinnelijk zelfs misschien?

'Ik heb je geschreven, Lenny, toen je … weg was. Heb je mijn brieven wel gekregen?'

Hij schudde langzaam zijn hoofd. 'Nee, meid, het spijt me. Ik ben bang dat alle Japanse postbodes het zo druk hadden met soldaatje spelen dat ze geen tijd meer hadden om brieven te bezorgen.'

Ik schaterde het uit, nogal overdreven, maar zelfs de suggestie van een grapje deed me moed vatten en ik hoopte dat hij zich verder zou willen blootgeven. Hij lachte echter niet mee, maar rookte langzaam verder, methodisch, voor zich uit starend, met trillende handen.

'Nou, ik ben in elk geval blij dat je weer thuis bent', zei ik toen.

Met half dichtgeknepen ogen nam hij weer een trekje van zijn sigaret, hield de rook even in zijn longen vast en liet hem toen weer ontsnappen – een dun, ijl lintje dat neerdwarrelde op de betonnen treden van de stoep. Hij bleef zo lang zwijgen dat ik al geen reactie meer verwachtte, maar toen mompelde hij: 'Yeah.' Dat was alles. Hij keek me nog steeds niet aan.

Waarom was Lenny zo stil? Het leek wel of hij niet dankbaar was dat hij was teruggekomen, terwijl hij grote kans had gehad om daar te sterven! Ik stelde me zo voor dat ik in zijn geval door de straten had gedanst, iedereen had omhelsd die ik tegenkwam, mijn blijdschap had uitgeschreeuwd. Ik was echter pas vijftien en idealistisch, en ik wist niet wat het was om te moeten doorleven nadat het leven uit je ziel is geranseld.

We wilden allemaal graag dat Lenny met ons zou praten; niet speciaal over de oorlog, maar over wat dan ook. Jack dacht dat hij misschien wel de aangewezen persoon was om Lenny los te krijgen, omdat hij ook krijgsgevangene was geweest. Als iemand zich kon indenken wat Lenny had doorstaan, dan was hij het wel. Af en toe nodigde hij Lenny op vrijdagavond uit om samen wat biertjes te drinken, maar ook dan zei Lenny niet veel. Meestal praatte Jack en luisterde hij. En Jack wist eigenlijk de helft van de tijd niet zeker of hij wel luisterde. Hij leek zo afwezig, alsof zijn lichaam ergens anders was dan zijn geest en die twee elkaar maar niet konden vinden. Jack dacht dat Lenny misschien zou opknappen als hij ging trouwen, als hij iemand had die van hem hield, als hij een gewoon gezinsleven kon opbouwen. Lenny was daar echter absoluut niet in geïnteresseerd. Zelfs toen een paar vrouwen in het café met hem probeerden te flirten, zei hij geen boe of ba.

Het verschil tussen Jack en Lenny verbaasde me. Jack was ook uit de oorlog teruggekomen, maar anders dan mijn broer was hij alleen maar gehavend, niet gebroken. Hij werkte weer en volgde ondertussen een deeltijdopleiding om zijn felbegeerde diploma als werktuigbouwkundige te halen. Bovendien maakte hij Stella in een mum van tijd zwanger en daar was hij apetrots op. In veel opzichten leek hij er na de oorlog juist beter aan toe.

Ik vroeg Jack naar zijn verklaring voor het verschil; hoe het kwam dat hij verderging met zijn leven, terwijl dat van Lenny helemaal stil leek te staan. Volgens Jack was dat het gevolg van het feit dat de Duitsers, hoe meedogenloos ze ook met de Joden waren omgesprongen, de geallieerde krijgsgevangenen wel min of meer volgens de regels van de Conventie van Genève hadden behandeld. Het was in het kamp weliswaar niet bepaald knus toeven, maar je kon er overleven. De mannen kregen redelijk te eten en mochten pakketjes van het Rode Kruis ontvangen. Ze moesten werken, maar werden niet afgebeuld en officieren hoefden er helemaal niet te werken. Er was zelfs sprake van georganiseerde recreatie – spelletjes en allerhande sporten.

De Japanse krijgsgevangenenkampen leken in de verste verte niet op deze Duitse wachtkamers, maar hadden meer weg van de diepste krochten van de hel. Japanners, zo legde Jack uit, koesterden een diepe minachting voor iedereen die zich overgaf. Ze waren van mening dat een soldaat eerder zelfmoord diende te plegen dan zich over te geven aan de vijand. Aangezien gevangenen zoals Lenny zich hadden overgegeven, verdienden ze nog maar een ding, en dat was de dood. De Japanners redeneerden echter dat ze in dat geval even goed tot het uiterste profijt van hun krijgsgevangenen konden trekken, en daarom stelden ze hen te werk in de werkkampen tot hun lichaam het definitief opgaf. Om dat proces te verhaasten, werd er nauwelijks voedsel verstrekt en waren pakketjes van het Rode Kruis onbekend. Medische zorg ontbrak geheel. En wat georganiseerde recreatie betreft, wat daar nog het meest op leek waren de regelmatige afranselingen door de bewakers.

Natuurlijk gaf Lenny zijn droom om carrière te maken in het leger definitief op. Toch moest hij, net als iedereen, in zijn levensonderhoud voorzien. Het Comité Veteranen gaf hem slechts dertig procent van een gehandicaptenuitkering, omdat hij eerst diende te bewijzen dat zijn kwalen verband hielden met zijn diensttijd. Aangezien de Japanners geen verslagen van alle mishandelingen en martelingen hadden bijgehouden, kon Lenny zo'n bewijs niet leveren.

Oom Finn gaf hem een baantje in de ijzerwarenwinkel, waar hij vakken moest vullen en de voorraden moest bijhouden. 'Gewoon tot je weer helemaal opgeknapt bent, jong', zei oom Finn. 'Tot je weet wat je wilt. Misschien kun je een vete-ranenbeurs krijgen net als Jack, en gaan studeren. Of je kunt een beroepsopleiding gaan volgen en een vak leren. Dat is misschien nog beter.'

Lenny had geen idee wat hij wilde, en dus nam hij het aanbod aan, zonder te klagen, maar ook zonder enig enthousiasme. Wanneer oom Finn 's ochtends naar de winkel vertrok, ging Lenny met hem mee. Volgens oom Finn was hij een goede kracht, totdat zijn drinkgedrag uit de hand begon te lopen.

Ik denk dat Lenny begon te drinken om zijn nachtmerries kwijt te raken. Die nachtmerries had hij meegenomen uit het kamp, als een wond die maar niet wil helen. Rosey's slaapkamer lag direct onder de zolder en nacht na nacht lag ik klaarwakker te luisteren, eerst naar de voetstappen, dan naar een reeks krabbelende geluiden, alsof hij met zijn nagels langs de muren of over de vloer klauwde in een poging om te ontsnappen. Daarna was het altijd even stil, en dan begon het geschreeuw. De gruwelijke kreten wekten iedereen in huis. Oom Finn beval dan alle kinderen beneden te blijven, terwijl hij met tante Lucy de trap op draafde om Lenny te gaan kalmeren. Zodra ze bij hem waren, ging het geschreeuw over in een huilbui waar geen einde aan kwam, en we konden horen hoe tante Lucy hem probeerde te sussen alsof hij een baby was: 'Stil maar, je bent nu veilig. Je bent veilig, niemand kan je meer iets doen.' En oom Finn vroeg: 'Jongen, wat hebben ze toch met je gedaan? Wat hebben ze in vredesnaam met je uitgespookt?'

De gruwelijkheden die ze Lenny hadden aangedaan knaagden aan mijn hart, maar nog onverdraaglijker was de wetenschap wie die 'ze' waren. Dat wist ik heel goed. 'Ze', dat waren de Japanners. 'Ze', dat waren de mensen van wie ik had gehouden. Ik wilde niet geloven dat de Japanners – mensen zoals de Yamagata's – in staat waren een ander zulk ondraaglijk leed te berokkenen. Maar wat kon ik uitrichten nu mijn broer er het levensgrote bewijs van was? Ik kon niet ontkennen wat hem was aangedaan. Hier was hij, gebroken naar lichaam en ziel, met de complimenten van het Japanse leger.

Om de oorlog te beëindigen werden er atoombommen afgeworpen op mijn eigen Hof van Eden. De uitgestrekte steden Hiroshima en Nagasaki werden in een oogwenk vernietigd. Langer duurde het voor mijn liefde voor de Yamagata's overging in woede en verbittering. Het kostte me even tijd voor ik kon toegeven dat oom Finn misschien gelijk had gehad met zijn oordeel over de Japanners. Het waren geen goede mensen, zelfs de Yamagata's niet. Lenny's thuiskomst als levend eindproduct van Japans handwerk was de doodssteek voor mevrouw Calabash. Jimmy Durante mocht zich dan in zijn wekelijkse radioprogramma nog steeds afvragen waar deze dame uithing, ik luisterde er niet meer naar en weigerde me nog langer af te vragen waar de Yamagata's konden zijn. Ik zei tegen mezelf dat het niets uitmaakte. Ze hadden me in de steek gelaten. Ze wilden niets meer met me te maken hebben en dus wilde ik ook niets meer met hen te maken hebben. Ik zou zelfs in mijn herinneringen geen blijvende plaats voor hen inruimen.

De enige keren dat Lenny geen nachtmerries had, waren de nachten waarin hij te dronken was om nog te kunnen dromen. Oom Finn stelde vast dat hij hulp nodig had en bracht hem naar een veteranenziekenhuis om af te kicken. Maar in plaats van af te kicken nam Lenny Schuler de benen. Op een regenachtige middag wandelde hij het ziekenhuis uit en verdween. Oom Finn probeerde hem op te sporen, maar zonder resultaat, al denk ik dat hij voortdurend twee passen achter hem liep, want volgens mij heeft mijn broer Los Angeles nooit verlaten. Tien jaar later, in de winter van 1957, kregen we bericht dat Lenny dood was aangetroffen in een steegje nog geen tien straten van Fresno Street. Het officiële politierapport vermeldde alcoholvergiftiging als doodsoorzaak, maar oom Finn was het daar niet mee eens. Hij zei dat de Jappen Lenny al in 1942 in Bataan hadden vermoord, maar dat Lenny zo taai was dat hij er meer dan tien jaar over had gedaan om dood te gaan.

Nadat ik van zijn dood had gehoord, begon ik nachtmerries over hem te krijgen; alsof ik verderging op het punt waar hij was opgehouden. In mijn dromen hoorde ik hem schreeuwen op zolder en elke nacht probeerde ik naar hem toe te gaan, maar nooit slaagde ik erin de bovenste treden van de trap te bereiken. Jarenlang werd ik gekweld door deze dromen van verschrikking en uiterste machteloosheid, dromen van Lenny, die door de Japanners was gemarteld.

Niet een van mijn familieleden kwam op de slagvelden van de Tweede Wereldoorlog om het leven, maar toch eiste de oorlog zijn tol van ons. Ik verloor Lenny, die terugkeerde als een dode. Ik verloor mijn moeder, die haar verstand verloor. Ik verloor mijn broer Stephen die bij zijn terugkeer uit Frankrijk zijn belofte hield dat hij zo ver mogelijk bij oom Finn uit de buurt zou blijven. Hij ging in New Yersey wonen in plaats van naar Californië terug te keren en ik zag hem nooit meer terug. Ik verloor Stella aan Jack, die haar achter elkaar vijf kinderen schonk. En ik verloor de Yamagata's, mijn echte familie, de familie van mijn hart, die gewoon helemaal niet meer terugkwam.

Deel 2

Terugkeer

20

De hemel boven het vliegveld van Jackson werd al overschaduwd door een kalkgrijze schemering. Ergens tussen Californië en Mississippi was de dag twee uur kwijtgeraakt en dus zette ik mijn horloge gelijk met de plotseling invallende avond. Het vliegtuig begon aan de landing en mijn maag kwam omhoog. Ik wilde hier helemaal niet heen! Maar geen nood, hield ik mijzelf voor. Ik moest maar weer mijn toevlucht nemen tot mijn aloude overlevingsstrategie: emoties in de koelkast, aan het werk, en dan zo snel mogelijk weer weg.

Niets voelen vergt echter heel veel energie en ik wist niet of ik dat zou kunnen opbrengen. Ik had al een lange reis achter de rug en ik was moe. Door het onophoudelijke gekwebbel naast mij had ik de afgelopen uren niet alleen de vele bergen beklommen van het leven van de onbekende vrouw, maar ook het oude, vertrouwde landschap van mijn jeugd opnieuw doorgereisd. Ik dacht dat ik een veilige afstand had gecreëerd tussen mij en mijn herinneringen, maar mijn buurvrouw had met haar vragen de ervaringen van die lang vervlogen jaren weer flink opgerakeld.

Terwijl het vliegtuig met een diepe zucht in de richting van de aarde gleed en het landschap van Mississippi ons tegemoetkwam, keek de vrouw me aan. 'Weet u,' zei ze, 'ik zou het niet kunnen uitstaan als Alan werd doodgeschoten door een van die spleetogen.'

Ze bedoelde natuurlijk de Noord-Vietnamezen of de leden van de Vietcong. Dat waren tegenwoordig de spleetogen, het ongedierte, het gele gevaar. De vijanden in de huidige oorlog.

Ik keek mijn knappe, jonge reisgenote eens aan en had haar het liefst gezegd dat zo'n denigrerende term niet klonk uit haar mond. Het schuurde even erg als een valse noot uit een Stradivarius, en liet een even nare smaak achter als een onverwachte slok zout water uit een frisse bergbeek. Je verwacht het helemaal niet en dat maakt het des te erger.

Ik had haar ook willen vragen of ze het gemakkelijker te aanvaarden zou vinden als haar verloofde door een van zijn eigen mensen zou worden omgebracht, getroffen door een Amerikaanse kogel, weggemaaid door eigen vuur. Zou hij in dat geval niet evengoed dood zijn?

Ik beperkte me echter tot een suikerzoete glimlach en zei: 'Ik vraag me af hoe de Vietnamese vrouwen de Amerikaanse soldaten noemen.'

'G.I. Joes, denk ik.' Mijn bedoeling ontging haar volkomen.

Ze kon ook niet weten dat ik een gruwelijke hekel had aan alle racistische termen, die levende mensen verlaagden tot stukken vlees: spleetogen, moffen, nikkers – karbonaadjes, biefstukken, drumsticks. Het hele menselijk ras op het hakblok van de slager, ontdaan van menselijke waardigheid en net als de ten dode opgeschreven koe gereduceerd tot onsmakelijke hompen vlees en botten.

'Nou ja,' vervolgde mijn buurvrouw met een kort lachje, 'zelfs Alan zei dat je beter door een spleetoog omgelegd kunt worden dan door een nikker. Alles is beter dan vermoord te worden door een nikker, vindt u ook niet?'

Er sloeg een golf van ergernis door me heen, maar ik zei niets. Noch een gerechtvaardigde woede, noch zorgvuldig gekozen woorden zouden in staat zijn de eeuwenoude opvattingen van ongelijkwaardigheid uit te roeien die in deze jonge vrouw wortel hadden geschoten; in ieder geval niet in een paar minuten.

De tijd die we samen hadden doorgebracht liep ten einde, en plotseling leek mijn reisgenote bevangen door de paniekerige gedachte dat nog niet alles gezegd was. Ze leek te denken dat ik iets wist wat zij nog niet wist, want ze vroeg: 'Hoe moet ik nou leven, terwijl Alan daarginds is?'

Haar blauwe ogen glansden alweer van tranen. Ze smeekten mij om hulp, alsof ik om wat voor reden ook speciaal naast haar was geplaatst om haar te redden.

'Ik bedoel,' ging ze verder, 'dat ik bijvoorbeeld op straat loop of een douche neem of een boterham met ham eet of zoiets onnozels, en dat Alan op datzelfde moment in Vietnam wel doodgeschoten kan worden. Hoe kan ik zo een normaal leven leiden?'

Hoe kon ik haar zeggen dat ze het doen zou, omdat ze geen keus had? Ze zou gewoon doorlopen en douchen en boterhammen eten, simpelweg omdat er niets anders te doen viel. Sommige dingen zijn nu eenmaal te groot voor ons. We staan erbij en we kijken ernaar, en meer kunnen we niet doen. We staan erbij en we kijken ernaar, terwijl de hele wereld verandert in een grote moordmachine die alles wat zijn pad kruist vernietigt, inclusief jouw kleine en uiteindelijk onbetekenende dromen.

De wielen van het vliegtuig raakten de landingsbaan met een plof. De motoren schakelden terug en het toestel minderde vaart.

'In de tijd dat Alan weg is,' zei ik, 'zal hij het juist fijn vinden te bedenken dat jij alles doet wat je altijd al deed. Dat is de schakel tussen het leven dat hij leidde voor Vietnam en het leven dat hij weer zal vinden als hij thuiskomt. Het is het beste wat je voor hem kunt doen – gewoon doorleven, alleen doe je het nu voor jullie allebei.'

De woorden brandden als zuur op mijn tong. Waar haalde ik dat nu weer vandaan? Dit was niet de journalist in mij; eerder de romanschrijver. Een romanschrijver kan een complete wereld scheppen die met de echte niets te maken heeft. Het is een vaardigheid die nog weleens van pas komt, een goocheltruc, waarmee je geglazuurde troostwoorden tevoorschijn tovert uit de bitterheid van je eigen hart.

Mijn reisgenote fleurde er helemaal van op. 'Zo heb ik er nog nooit tegenaan gekeken!' riep ze uit. 'Dat zal ik doen – een normaal leven leiden voor ons allebei, tot hij weer thuis is.' Ze nam mijn hand in de hare en drukte hem stevig. 'Dank u wel', zei ze. 'Ik voel me stukken beter.'

Glimlachend ging ze staan en nam afscheid. Zelf had ik echter het gevoel dat ik de last van haar verdriet had overgenomen. Terwijl de jonge vrouw zich voegde in de langzaam opschuivende rij passagiers in het middenpad, bleef ik nog even zitten en wachtte tot het vliegtuig leeg was. Ik had helemaal geen haast.

Ten slotte pakte ik mijn tas uit het bagagerek en verliet met tegenzin het vliegtuig langs de metalen trap, waar de hitte van Mississippi me vanaf het asfalt tegemoet sloeg.

21

Voor mijn werk had ik al heel wat in het zuiden rondgereisd, maar in Mississippi was ik nog maar twee keer geweest en dan nooit verder dan Jackson. Hoewel ik de Magnoliastaat dus niet goed kende, vervulde hij me wel met een hartgrondige afkeer die ik niet zomaar van me af kon schudden. Ik associeerde hem met de geschiedenis van negerslaven en blanke meesters, en met de ondergeschikte positie van de zwarten onder een blanke overheersing in de huidige tijd. Mijn beeld van Mississippi ging mank aan allerlei vooroordelen, dat wist ik wel, en normaal gesproken hield ik daar helemaal niet van. Voordat ik hierheen ging had ik Eudora Welty en William Faulkner opnieuw gelezen, om mezelf eraan te herinneren dat een plaats die dergelijke schrijvers had voortgebracht toch niet door en door slecht kon zijn. Ik dacht aan Faulkners verbeeldingskracht: de zomer van de blauweregen, een veranda in de schemering, zwevende vuurvliegjes boven het hoog opgeschoten gras van een verwaarloosd gazon. Misschien zou ik op deze reis de kans krijgen om Mississippi onbevooroordeeld tegemoet te treden en het goede ervan tot me te laten doordringen, zelfs al bestond mijn werk uit het ontmaskeren van de minder positieve kanten.

Het was zaterdag, halverwege de ochtend. Ik had de nacht doorgebracht in het Belle Motel in Jackson, waar mijn nachtrust opnieuw was verstoord door nare dromen over Lenny. Nu reed ik met een gehuurde auto over het platteland van Mississippi naar het noorden, naar Carver, mijn koffer en draagbare typemachine op de achterbank. Het was niet ver, hooguit vijftig mijl rechttoe rechtaan over de snelweg. Carver was een stadje met ongeveer veertienhonderd inwoners en lag pal naast de Big Black River, die de grens vormde tussen de graafschappen Holmes en Attala. Vroeger was het niet meer dan een uitstaphalte van de Illinois Central Railroad, maar inmiddels dreef het op de textielindustrie. De grootste werkgever was de katoenmolen van Helen Fultons echtgenoot Tom.

Onder het rijden viel het me op dat het landschap veel groener en vruchtbaarder was dan ik me had voorgesteld. Het wemelde van bloeiende azalea's en camelia's en altijdgroene struiken, om nog maar te zwijgen over de magnolia's waaraan de staat zijn roem ontleende. Om de een of andere reden had ik me Mississippi altijd dor en droog voorgesteld, als de woestijn van het zuiden, een stoffig stuk land, gebarsten onder een meedogenloze zon. Het was er ook warm – tenslotte zaten we in juli – maar desondanks genoot ik van het uitzicht dat langs me heen gleed, van de zacht glooiende heuvels, de bloeiende struiken. Door het open raampje woei de zwakke geur van pijnbomen en kamperfoelie naar binnen. *Oké: een-nul voor Mississippi,* dacht ik. Niemand zou me kunnen verwijten dat ik de staat geen eerlijke kans had gegeven.

Helen Fulton had me verteld dat ook zij deze zuidelijke staat moest leren waarderen. 'Hij heeft alle mogelijkheden in zich om een prachtstaat te worden', had ze door de telefoon gezegd. 'Hij heeft ze alleen nog niet allemaal uitgebuit.'

Ze klonk niet als iemand die in Mississippi geboren en getogen was, en toen ik dat zei, gaf ze het meteen toe. Ze had vroeger in Cincinnati gewoond, waar ze haar man had leren kennen, die een aantal jaren daarvoor naar Ohio was verhuisd om het zuiden te ontvluchten.

'Maar toch kon hij er niet vandaan blijven?' zei ik een beetje sarcastisch.

'Hij wilde helemaal niet terug, maar zijn moeder smeekte het hem, toen zijn vader te ziek werd om de molen te leiden. Het is een familiebedrijf en daarom voelde Tom zich verantwoordelijk. En dus zijn we twee jaar geleden naar Carver verhuisd.'

'En plotseling zat u tot over uw oren in de burgerrechtenbeweging?'

'Nou, je kunt beter zeggen dat ik op een plek terechtkwam waar de burgerrechtenbeweging nog moest beginnen. Zoals ik al zei ...'

Ja, dat weet ik zo langzamerhand wel. In Carver stond geen enkele neger als kiezer geregistreerd en in heel Holmes County maar een stuk of twaalf. In heel Mississippi kwam slechts vijf procent van de zwarte bevolking in aanmerking voor een gang naar de stembus. Samen met een handjevol andere activisten probeerde Helen Fulton daar nu verandering in te brengen. Ze hadden in Carver een cursus opgezet waar negers zich konden voorbereiden op hun kiezersregistratie. Mississippi was echter de staat waar een neger nog 'vermist kon raken' omdat hij vergeten was een blanke met 'meneer' aan te spreken, en waar negervrouwen door blanke mannen verkracht konden worden terwijl de rechterlijke macht een oogje dichtkneep of, erger nog, zelf bij de misdaad betrokken was. Zo'n staat veranderde niet van de ene op de andere dag.

Het was in Mississippi dat in 1955 dominee George Lee werd vermoord omdat hij een campagne voor kiezersregistratie had geleid. Een paar maanden later werd de veertienjarige Emmett Till om het leven gebracht omdat hij tegen een blanke vrouw had gesproken. Hier was in 1959 Mack Charles Parker door een groep blanke mannen uit de gevangenis gehaald en zonder vorm van proces opgehangen. Hier was in 1961 de activist Herbert Lee door een blanke jurist vermoord en werd in 1963 de burgerrechtenactivist Medgar Evers op zijn eigen oprit doodgeschoten, voor het oog van zijn vrouw en kinderen.

Vorig jaar zomer nog was Mississippi het toneel geweest van de Freedom Summer, een gebeurtenis die meer met oorlog dan met vrijheid van doen had. Ik had er zelf niet direct verslag van gedaan, maar het hele gebeuren wel met grote belangstelling gevolgd. Blanke studenten uit het noorden hadden de staat overspoeld, met medeneming van hun jeugdig idealisme en hun koppige vastberadenheid, om over moed nog maar te zwijgen. Deze jonge mensen waren vast van plan een eind te maken aan het duivelse racisme dat het zuiden al generaties lang in zijn greep had. Samen met hun zwarte tegenvoeters zetten ze vrijheidsscholen op om de rechtelozen te leren wat hun grondwettelijke rechten waren en hun voor te gaan in een massale campagne voor kiezersregistratie.

De eerste vrijwilligers hadden de grenzen van de staat nog maar nauwelijks overschreden, toen in juni drie van hen – twee blanken en een zwarte – spoorloos verdwenen. In augustus werden de lichamen van Andrew Goodman, Michael Schwerner en James Chaney gevonden onder een aarden wal. Ze waren alle drie doodgeschoten. De zwarte Chaney was bovendien zo toegetakeld dat hij ook zonder kogel aan zijn verwondingen overleden zou zijn. Bijna al zijn botten waren gebroken. Inmiddels sleepte de Freedom Summer zich voort tegen een achtergrond van schietpartijen, mishandelingen, arrestaties en brandstichting. En dat allemaal omdat een paar bezorgde activisten hun best deden stemrecht te verwerven voor een bevolkingsgroep die krachtens de wet allang stemrecht had moeten hebben.

Het ijveren voor burgerrechten was geen aardig tijdverdrijf, geen leuke liefdadigheidsactie voor de dameskrans van de woensdagmiddag, geen bevredigend vrijwilligerswerk. Niet in Mississippi tenminste.

'De mensen hier kunnen beter niet weten dat je journalist bent', had Helen Fulton gezegd. 'Alleen de mensen die betrokken zijn bij de cursus hoeven het te weten. Voor je eigen veiligheid zullen we net doen of je een vroegere vriendin van me bent, die komt logeren.'

Ik vond het best. Ik was in de loop der jaren niet alleen ouder, maar ook voorzichtiger geworden. Niet dat ik mezelf een lafaard zou willen noemen, maar ik keek bepaald niet uit naar een nachtelijke ontmoeting met een groep mannen die hun beddenlakens hadden omgeslagen in plaats van er fatsoenlijk onder te kruipen.

'Ik neem aan dat de plaatselijke krant in Carver niet over burgerrechten schrijft?' vroeg ik.

'Met geen woord', bevestigde Helen Fulton. 'Dat is ook niet gek. Martin Luther King junior zou aan het hoofd van een protestmars dwars door het centrum van Jackson kunnen lopen zonder dat de dagbladen er ook maar een woord aan zouden wijden. De pers hier wordt gedomineerd door de segregationisten en die willen maar al te graag de indruk wekken dat er niets mis is met de status-quo. U weet wel, ze doen alsof de keizer kleren aanheeft, terwijl hij in zijn nakende niksie loopt.'

Ik moest grinniken om dat 'nakende niksie'. Het was een uitdrukking die Sunny weleens gebruikte en dan lachten we ons altijd slap.

'Goed, dan zal ik undercover opereren, zoals dat heet. Misschien krijg ik op die manier wel een veel beter verhaal. Ik ben dus gewoon een oude vriendin die het leuk vindt om bij jou op bezoek te komen.'

En hier was ik nu, op weg naar een stadje op nog geen vijftig mijl afstand van de plaats waar nog niet zo lang geleden drie burgerrechtenactivisten waren omgebracht. Ondanks de hitte huiverde ik. 'Je mag trots zijn op jezelf', had mijn eindredacteur Richard gezegd. 'Je hebt die hele burgerrechtenstrijd uitstekend verslagen. Als er in Carver een verhaal zit, ben jij de aangewezen persoon om het boven tafel te krijgen.' Dat kon wel zijn, maar eerlijk gezegd begon ik er net genoeg van te krijgen. Ik had het gehad met de zitacties, de knielacties en de protestmarsen. Ik was het zat, getuige te moeten zijn van de scheldpartijen, de relletjes en de arrestaties en zat, te moeten luisteren naar de zingende mensen die binnen een paar tellen een klap op hun hersens zouden krijgen. *We shall overcome*, ja ja. Het kwam me voor of ik al jarenlang alleen maar schreef over haat, en na ieder artikel had ik minder energie en minder illusies over. Ondanks de goede bedoelingen van enkelingen zag het ernaar uit dat we voorlopig nog niet van het racisme af waren. Waarschijnlijk raakten we er zelfs nooit vanaf.

Tot aan de jongste dag zouden mensen met elkaar slaags raken, en wanneer ik en mijn tijdgenoten er niet meer waren, zou de volgende generatie een nieuwe lichting journalisten voortbrengen, die hetzelfde afgezaagde verhaal zou opschrijven, zij het in enigszins andere bewoordingen.

'Mag ik na Carver niet eens een poosje over iets anders schrijven?' vroeg ik mijn eindredacteur.

'Kom op, Augie', zei hij. 'Je hebt al heel wat meer onderwerpen bij de kop gehad: verkiezingen, moorden, het ruimtevaartprogramma, de Cubacrisis.' Met een schuinse glimlach voegde hij eraan toe: 'Maar wat dacht je anders van Vietnam? Zou je geen oorlogscorrespondent willen worden?'

Dat was ook niet precies het voorstel waarop ik had gehoopt, maar blijkbaar was er niet zo veel goed nieuws in de wereld te vinden.

Ik reed verder naar Carver en moest mezelf dwingen aandacht te schenken aan de bloesems en al het groen langs de weg.

Toen ik het bord zag met de woorden 'Welkom in Carver' wierp ik opnieuw een blik op de routebeschrijving die Helen Fulton me had gestuurd. Ik moest dwars door het centrum van de stad om de weg naar het huis van de Fultons te vinden. Ik reed langs Café Magnolia en de geur van gebakken hamburgers deed me beseffen dat het bijna lunchtijd was. Mijn maag knorde. Ik hoopte maar dat mevrouw Fulton behept zou zijn met de zuidelijke gastvrijheid en me iets te eten zou aanbieden. Misschien dat ik na een fatsoenlijke maaltijd meer in de stemming zou zijn voor wat ik hier kwam doen.

Op aanwijzing van de routebeschrijving sloeg ik een zandweg in. Achter mij stegen als een dreigende onweersbui de stofwolken op, en sloegen neer op de bumper van de huurauto. Ik moest het raampje dichtdraaien om te voorkomen dat ik stikte door een overmaat aan zand in mijn longen. Zonder de frisse lucht van buiten was het ondraaglijk warm en benauwd in de auto en de achterkant van mijn jurk plakte aan de leren bekleding vast. 'Wat een rotland', mopperde ik hoofdschuddend; even vergat ik mijn besluit om mijn vooroordelen aan de kant te schuiven.

Plotseling dook het voor mij op: een prachtig houten huis van twee etages, genesteld tussen hoge pijnbomen en lommerrijke eiken. Langs de voorkant liep een brede en lange veranda – Faulkners veranda, met uitzicht op een gazon als een smaragdgroen tapijt. Ik zag me al zitten op een van de rieten schommelstoelen of op de schommelbank, starend naar de sterrenstelsels van dansende vuurvliegjes. Het huis was wit geschilderd, de kozijnen en luiken waren groen en her en der vonkte een rode toets van de potgeraniums die in netjes van geknoopt touw op de veranda waren opgehangen. Het puntdak had een daklijst van houtsnijwerk en op de nok prijkte een windvaan in de vorm van een haan. Het enige wat ontbrak was de blauweregen, maar dat gemis werd goedgemaakt door de grote hoeveelheid azalea's langs de zijkant van het huis en de uitbundig bloeiende kamperfoelie en wilde wijnstokken die de tuin omzoomden.

'Dat is nog eens een huis', fluisterde ik, terwijl ik mijn auto op de ronde oprit parkeerde. Nadat ik mijn zweterige rug van de stoel had losgetrokken, bleef ik even tussen de geopende portieren van de auto staan en nam het statige, goed onderhouden huis in mij op. Het was niet te vergelijken met het kleine en nogal onbeduidende appartementje dat ik in Los Angeles met een huisgenoot deelde. Hilda was verpleegster en draaide voornamelijk nachtdiensten, waardoor we elkaar maar weinig zagen. Als zij thuiskwam uit het ziekenhuis en in bed rolde, hees ik mezelf er net uit om naar mijn werk te gaan. We communiceerden door middel van haastig gekrabbelde briefjes die we op het aanrecht legden. Het was een prima regeling: we deelden de huur en de kosten voor ons levensonderhoud, en toch hoefden we niet eens met elkaar op te kunnen schieten. We hadden niet eens de tijd en de gelegenheid om te ontdekken of we de ander wel mochten.

'Wat een geluksvogel is dat mens', dacht ik, terwijl ik op het huis van Helen Fulton af liep. Er was een tijd geweest – in Stella's krappe appartement, op de zolder bij oom Finn – dat ik ervan had gedroomd om in een huis als dit te wonen. 'Wat een ongelooflijke geluksvogel; en waarschijnlijk staat ze er niet eens bij stil.'

Ik sloeg de riem van mijn tas over mijn schouder en klom de verandatrap op. De buitendeur stond open, zodat de lichte bries voor wat verkoeling in de hal kon zorgen, maar de hordeur daarachter was dicht. Achter in het huis klonk het gerammel van serviesgoed.

'Hallo?' riep ik. Ik stapte achteruit om te kijken of ik een bel zag, maar voordat ik mijn vinger op de bel kon leggen, hoorde ik voetstappen en in de hal verscheen een kleine, maar gracieuze vrouwengestalte.

'Hallo!' riep ze vrolijk, terwijl ze over de houten vloer dichterbij kwam. Bij de deur gekomen bleef ze plotseling stokstijf staan en haar handen verstijfden op het houten latwerk van de hordeur. Haar ogen werden groot, haar mond viel open en even dacht ik dat ik haar naar adem hoorde happen, alsof ze hijgde van verbazing. Meteen ook dacht ik dat ik het me verbeeld had, want onmiddellijk keerde haar glimlach terug en ze zei: 'U bent vast Miss Callahan. Ik ben Helen Fulton.' Toen ik begin twintig was en van schrijven mijn beroep ging maken, had ik de naam Schuler veranderd in Callahan, de achternaam van Jack en Stella. Helen Fulton deed de knip van de hordeur en duwde hem open. 'Wat fijn dat u er eindelijk bent. Kom toch binnen. Ik heb de lunch al klaar. U bent vast moe en hebt vast wel trek na zo'n reis.'

Met de hordeur niet langer tussen ons in kon ik mijn gastvrouw beter zien. Door de telefoon had haar stem al vriendelijk geklonken en nu zag ik dat haar gezicht daarmee in overeenstemming was. Haar lachende ogen en oprechte glimlach namen mij meteen voor haar in en er trok een onverwachte, warme gloed door mij heen. Mijn reactie op deze vrouw verbaasde me, bracht me zelfs van mijn stuk. Meestal deed ik mijn uiterste best om tussen mij en andere mensen een emotionele afstand te scheppen, maar Helen Fulton had iets wat me onmiddellijk aantrok en waar ik even veel weerstand tegen kon bieden als de Duitse matrozen tegen de verleidelijke liederen van de Lorelei.

Ik stapte de drempel over en al mijn reserves over de trip naar Carver verdwenen als sneeuw voor de zon. 'Bedankt voor de uitnodiging', zei ik en stelde tot mijn hernieuwde verbazing vast dat ik er ieder woord van meende.

We begroetten elkaar met een handdruk en ze hief haar linkerarm alsof ze op het punt stond me te omhelzen. In plaats daarvan streek ze over haar bruine haar en maakte een uitnodigend handgebaar naar de keuken. 'Kom binnen, en doe alsof u thuis bent', zei ze hartelijk.

Reken maar, dacht ik, terwijl ik mijn blikken liet dwalen door de gezellige kamers aan weerszijden van de hal. Misschien zou ik zelfs wel van de komende dagen gaan genieten, bedacht ik, want ik was bevangen door het vreemde, onverklaarbare gevoel dat ik inderdaad was thuisgekomen.

22

Voor de lunch had Helen Fulton een koude kalkoensalade gemaakt, vergezeld van warme croissantjes, vers uit de oven, met pitloze frambozenjam. Ze schonk voor ons allebei een groot glas gezoete ijsthee in en liet een schijfje citroen tussen de ijsklontjes dobberen.

Raar, dacht ik, toen ik de broodjes en de jam zag; daar was ik vroeger al dol op. Hoe kon Helen Fulton dat nou weten?

'Het ziet er heerlijk uit', zei ik, terwijl ik een servet op mijn schoot uitspreidde.

'Ik nam aan dat u wel trek zou hebben.'

'Ik ben uitgehongerd, inderdaad.'

'Hoe was uw verblijf in Jackson?'

'Prima.'

'En kon u Carver en het huis gemakkelijk vinden?'

'Geen enkel probleem. Uw routebeschrijving was heel duidelijk.'

Ze glimlachte. 'Fijn om te horen. Meestal ben ik niet zo goed in routebeschrijvingen.'

We begonnen te eten en ik merkte dat we ons allebei voldoende op ons gemak voelden om het niet erg te vinden dat er even een pauze in het gesprek viel. We zaten aan een klein tafeltje met gebogen poten, in de ontbijthoek achter in de keuken. De nis had een erker met een brede vensterbank, waarop een zitkussen lag met een heleboel kleine kussens erbovenop. Het leek me een heerlijke plek om 's ochtends met een kop koffie en een goed boek te zitten.

'U hebt een schitterend huis', merkte ik na een poosje op.

'Dank u.' Helen Fulton nam een grote slok van haar ijsthee. 'Ik vind het een heerlijk huis, maar volgens de kinderen ligt het te geïsoleerd. Ze missen de aanwezigheid van andere kinderen pal om de hoek, zoals we dat in Cincinnati gewend waren.'

Ik knikte ten teken dat ik het begreep. Kinderen keken nu eenmaal anders tegen afzondering aan dan ik. 'Hoeveel kinderen hebt u?'

'Twee: Ronnie en Joanie. Ze zijn zeven en zes.'

'Zijn ze hier ergens?' Onwillekeurig keek ik over mijn schouder.

Helen Fulton schudde haar hoofd, kauwend op een croissantje. 'Ze zijn bij hun oma, de moeder van Tom. Die woont sinds de dood van haar man alleen.' Ze snoof even en glimlachte kort. 'Of, beter gezegd, ze woont alleen met haar personeel: een inwonend dienstmeisje, een kok en een tuinman, die tevens dienst doet als chauffeur. Hoe het ook zij, de kinderen zijn daar na schooltijd vaak. Het is in de stad en overal veel dichterbij, vooral bij hun vrienden.'

'Oh. Nou, ik verheug me erop hen te leren kennen, en uw man ook, natuurlijk.'

'Oh, ja. Tom is op de molen, zoals altijd. Meestal werkt hij op zaterdag door, maar voor het avondeten komen ze in elk geval allemaal naar huis. Ze willen ook graag met u kennismaken. Eerlijk gezegd hopen we allemaal dat u hier zult willen logeren. We hebben een logeerkamer beschikbaar en we zouden het erg op prijs stellen.'

Ik veegde mijn mond af aan het servet. Het liefst had ik het aanbod onmiddellijk geaccepteerd, maar in plaats daarvan zei ik beleefd: 'Oh, maar ik wil u helemaal niet tot last zijn.'

'Dat bent u ook niet. We willen juist ú niet tot last zijn of u storen bij uw werk.'

'Oh, nee, ik …'

'Ik heb een kamer voor u geboekt in het motel van Carver, maar die kan ik wel annuleren. Het is naast het station en ik heb gehoord dat het er door het treinverkeer dag en nacht vreselijk lawaaierig is.'

'Het is ontzettend aardig van u. Ik zou heel graag hier logeren, dus als u het echt zeker weet …'

'Alstublieft, u doet me er een groot plezier mee.' Ze keek me aan met een bijna smekende blik in haar ogen. Even vroeg ik me af of ze zich in dit huis misschien even eenzaam voelde als haar kinderen.

'Goed, dan doe ik dat. Hartelijk bedankt.'

Ze schepte nog wat jam op mijn bord. 'Het is vast een spannende baan,' zei ze, 'schrijven voor een tijdschrift.'

Ik lachte. 'Ach, het brengt brood op de plank, zullen we maar zeggen.'

'Oh, het is vast meer dan dat. Ik zie mezelf nog niet overal heen reizen en artikelen schrijven die in het hele land worden gelezen. Ik heb een abonnement, moet u weten. Ik lees al uw artikelen.'

Dat had ze door de telefoon ook al verteld. Ik knikte met een glimlach.

'Ik heb vroeger ook wel gewerkt, natuurlijk', ging ze verder. Het klonk bijna verontschuldigend. 'Dat was nog voor de kinderen geboren werden.' Ze leek te denken dat ze zich, in een tijd waarin vrouwen publiekelijk hun beha's verbrandden, moest verdedigen omdat ze maar gewoon huisvrouw was. Ik had de neiging haar te vertellen dat ze het mij niet hoefde uit te leggen. Vanaf het ogenblik dat ik bij haar naar binnen stapte, leek het mij de natuurlijkste zaak van de wereld om een huis en een gezin te hebben. Ik had er zelf voor gekozen om alleen te blijven, maar als het alternatief je in zulke levendige kleuren wordt gepresenteerd, is een gevoel van verlies om wat je jezelf hebt ontzegd moeilijk te vermijden.

'Wat deed u voor werk?' informeerde ik.

'Ik was verpleegkundige, operatieassistente om precies te zijn. Het was boeiend werk, als je er tenminste van houdt. Ik mis het ook echt, maar dacht dat het voor de kinderen beter zou zijn als ik thuis was. Ik ga ooit nog weleens terug, maar voorlopig zit dat er waarschijnlijk niet in.'

We aten zwijgend verder, maar deze keer was de stilte een beetje gespannen.

Algauw vroeg ze: 'Wilt u nog wat salade?'

'Graag. Het is heerlijk.'

Ze gaf me de schaal aan en ik schepte een flinke lepel vol op mijn bord. Zodra ik haar de schaal teruggaf, drong het tot me door dat ik niet nog eens had moeten opscheppen. Mijn gastvrouw leek de lunch het liefst te willen beëindigen.

'Miss Callahan', zei ze zacht.

'Noemt u me toch Augie', onderbrak ik haar. 'Vooral nu ik hier kom logeren.'

Na een korte, geladen stilte herhaalde ze mijn naam: 'Augie.' Ze fluisterde het bijna en voor ik het goed en wel besefte, glansden haar ogen van tranen.

Totaal verbijsterd legde ik mijn vork neer en boog me voorover. Mijn gedachten gingen op topsnelheid de laatste vijf minuten langs, op zoek naar de oorzaak van haar verdriet. Ten slotte vroeg ik: 'Is er iets? Heb ik iets verkeerds gedaan?'

Ze schudde zwijgend haar hoofd en stond van tafel op. 'Neem me niet kwalijk', zei ze. Uit een doos op het aanrecht plukte ze een papieren zakdoekje, depte haar ogen ermee droog en keerde toen terug naar haar plaats.

'Miss ... Augie, bedoel ik, ik was van plan nog even te wachten tot we nader kennis hadden gemaakt – of opnieuw kennis hadden gemaakt, maar ik kan de waarheid niet voor me houden. Ik ben nooit een goede toneelspeelster geweest.' Ze lachte flauwtjes. 'Ik kan onmogelijk blijven doen alsof ik je niet ken.'

Ik trok mijn wenkbrauwen op en mijn mond vormde een strakke lijn. Helen Fulton kende mij helemaal niet, dus waar had ze het over?

'Ik begrijp er niets van', zei ik rustig, terwijl ik dacht: *ze is niet goed snik. Kom ik helemaal hierheen voor een halvegare. Nou zul je Richard horen ...*

'Natuurlijk niet. Hoe zou je ook?'

Ze leek een reactie van mij te verwachten, maar ik wist niets te zeggen. Zij was hier degene die iets uit te leggen had. 'Augie', zei ze nog eens en ze leek mijn hand te willen pakken die op tafel lag, maar haar vingers hielden vlak bij de mijne halt.

'Augie, ik ben het. Sunny.'

De kalkoensalade lag plotseling als een baksteen in mijn maag. Ik werd duizelig, maar durfde niet eens adem te halen. Wat zei ze daar nou? Dat ze Sunny was? Helen Fulton wilde me wijsmaken dat de kleine, Japanse Sunny Yamagata was uitgegroeid tot een volwassen, blanke vrouw?

Het kan niet anders, dacht ik. *Helen Fulton is niet zomaar gek, ze is volslagen krankzinnig.* Uit een eikeltje kan een reusachtige eikenboom groeien, maar iedereen met een beetje gezond verstand weet dat je geen rozen kunt verwachten als je een watermeloenzaadje in de grond hebt gestopt.

Vluchtig ging de vraag door mijn hoofd hoe ze van Sunny wist, maar de vraag hoe ik hier wegkwam leek me op dit moment van groter belang. Ik nam mezelf voor om kalm op te staan, doelbewust de hal door te lopen naar de voordeur en het vandaar op een lopen te zetten, naar de beschutting van mijn huurauto. Een mengeling van nieuwsgierigheid en verlammende angst hield me echter aan mijn stoel gekluisterd.

Een paar eindeloze seconden zeiden we geen van beiden iets, maar staarden elkaar alleen maar aan, wachtend tot de ander iets zou zeggen.

Ik duwde mijn stoel een paar centimeter naar achteren en legde mijn servet op tafel, alsof ik van plan was op te staan. Nogmaals prentte ik mezelf stilzwijgend in wat ik moest doen om hier weg te komen, maar mijn benen weigerden dienst.

'Ik begrijp dat dit vreemd voor je is, ongeloofwaardig zelfs ...'

'Is dit een of andere misselijke grap?'

'Nee, Augie, echt niet.' Ze schudde haar hoofd en stak weer haar hand naar me uit, maar ik trok de mijne weg. 'Het is geen grap. Ik ben echt Sunny Yamagata en ik had nooit gedacht dat ik je ooit nog zou vinden ...'

'Waarom doe je me dit aan?' De angst in mijn hart maakte langzaam plaats voor woede.

'Augie, het is de waarheid ...'

'Wie ben jij eigenlijk?' Met beide handen omklemde ik het tafelblad. Ik moest iets stevigs beet hebben om het contact met de werkelijkheid niet te verliezen.

'Augie, toe, ik ben echt Sunny ...'

'Maar je zei dat je Helen Fulton was.'

'Dat ben ik ook. Je weet het waarschijnlijk niet meer, maar Helen is mijn tweede naam en die gebruik ik tegenwoordig. En Fulton is uiteraard de naam van mijn man. Maar ik ben nog steeds Sunny.'

Totaal in paniek keek ik de keuken rond, in de hoop dat er iemand zou opduiken die me kon uitleggen wat er hier gebeurde. Het was duidelijk dat deze vrouw nooit Sunny Yamagata kon zijn, maar waarom wilde ze me doen geloven van wel? Om de een of andere reden had iemand bedacht dat het leuk zou zijn om mij eens gigantisch voor de gek te houden. Misschien stond die persoon zich nu ergens te bescheuren, maar hier in de keuken heerste een ijzige, geladen stilte.

'Augie, geef me een kans het uit te leggen ...'

'Je bent niet eens Japans.' Het verbaasde me dat ik nog iets kon uitbrengen, dat ik mezelf nog kon horen praten boven het gebulder in mijn oren uit.

Ze sloot even haar ogen, opende ze weer en keek me dwingend aan. 'Augie, luister. Een paar jaar geleden heb ik een eenvoudige operatie ondergaan om mijn ogen te veranderen en mijn neusbrug te verhogen. Ik bleek en permanent mijn haar ...'

'Ik geloof er geen woord van.' Ik duwde mijn stoel een stukje verder naar achteren.

'Het is echt waar, Augie, geloof me', zei ze flink. 'Heel veel Aziaten hebben na de oorlog hetzelfde gedaan om er als blanken uit te zien.'

Dat was waar. Ik had na de oorlog wel vage geruchten over dergelijke chirurgische ingrepen gehoord, maar ik meende dat het om uitzonderingen ging; om een handvol Japanners die op deze drastische wijze aansluiting hadden willen zoeken bij de hoofdmoot van de Amerikaanse samenleving. Iemand als Sunny Yamagata zou dat nooit gedaan hebben.

'Wat probeer je nu eigenlijk te bereiken? Wat wil je van mij?'

Even zat Helen Fulton sprakeloos; haar mond vormde een open rondje en ze schudde haar hoofd, alsof ze de mist uit haar brein wilde verdrijven. 'Ik wil helemaal niets. Ik wilde je alleen maar graag terugzien.'

Ik wist niet waarom ze tegen me loog, maar raapte al mijn geestkracht bijeen om dat uit te vinden.

'Als jij dan Sunny Yamagata bent,' zei ik, 'vertel me dan eens waar je in Los Angeles hebt gewoond.'

'In Boyle Heights, in Fickett Street', zei ze zacht.

'Wat voor zaak had je vader?'

'Een groentewinkel, samen met Ojisan Hito.'

'Hoe heette je hond?'

'Jimmy. Hij was genoemd naar Jimmy Durante.'

'Hoe heette mijn oom?'

'Finn O'Shaughnessy. En je tante heette Lucy.'

De antwoorden kwamen even snel als de vragen die ik op haar afvuurde, maar ik dacht nog steeds dat ik haar ergens op moest kunnen vangen. Deze vragen waren te simpel. Iedereen die zich een beetje in mijn verleden had verdiept kon van deze feiten op de hoogte zijn. Ik moest iets bedenken wat minder bekend was, iets wat alleen Sunny kon weten.

'Waar hebben we elkaar ontmoet?'

'In Hollenbeck Park. Ik zat op een bankje naar een muziek-korps te luisteren en toen kwam jij voorbij.'

Ik hapte naar adem en mijn kin verstrakte. 'Wat deden we elke avond voor het slapengaan?'

'Ik kneep in mijn neus om hem groter te maken en jij duwde op de jouwe om hem kleiner te maken.'

Kon er naast Sunny nog iemand anders zijn die dit wist? Ik zocht naar een volgende vraag. 'Wat waren we aan het doen toen Pearl Harbor werd gebombardeerd?'

Ze dacht even na, maar dan ook maar heel even. Er vloog een glimlach over haar gezicht. 'We waren in mijn kamer aan het dansen. Obaasan kwam binnen en mopperde omdat we te veel lawaai maakten. En toen kwam papa ...'

Haar stem stierf weg. Ik kalmeerde ook een beetje, en wist niet goed hoe ik nu verder moest gaan. Ik was eenvoudigweg niet in staat deze blanke vrouw in verband te brengen met het Japanse meisje dat ik als kind had gekend. 'Hoe noemden je ouders mij?' vroeg ik in een laatste poging om haar in de val te lokken.

Ze aarzelde geen moment. 'Musume. Dochter. En jij noemde hen Chichi en Haha, papa en mama.'

Ze kwam overeind, pakte iets uit de keukenla en schoof me over de tafel een foto toe. Het was een zwart-witopname van Sunny en mij op de stoep voor het huis van de Yamagata's. We hadden de armen om elkaars schouders geslagen. 'Deze heeft papa genomen op onze tiende verjaardag, weet je nog?'

Ja.

De baksteen in mijn maag sprong in stukken en struikelend over mijn benen rende ik naar de badkamer waar ik me een halfuur geleden had opgefrist. Deze keer deponeerde ik de met zo veel zorg klaargemaakte lunch in het toilet. Lang nadat mijn maag leeg was, zat ik nog geknield bij de toiletpot, misselijk en duizelig. Voor mijn gevoel was ik mijzelf en mijn eigen leven helemaal kwijt. Deze vrouw moest inderdaad Sunny zijn, maar mijn geest kon dat niet verwerken. Het was te veel. Ik zou het stukje bij beetje tot me moeten laten doordringen om het te kunnen accepteren, als dat ooit zou lukken.

Na een poosje werd er een hand op mijn rug gelegd en wat bedoeld was als troostend gebaar deed me alleen maar in snikken uitbarsten.

'Het spijt me, Augie', zei Helen Fulton – Sunny Yamagata – verontschuldigend. 'Het was niet mijn bedoeling je zo van streek te maken. Ik had niet gedacht …'

'Lieve help,' mompelde ik, 'ben jij echt Sunny?'

'Echt, ja. Augie, ik …'

'Waarom zei je dat dan niet?' vroeg ik. Ik huilde zo dat ik nauwelijks uit mijn woorden kon komen. 'Waarom zei je niet wie je was toen we elkaar aan de telefoon hadden?'

Ik kon het niet opbrengen haar aan te kijken, maar ik hoorde haar diep zuchten. Ze haalde haar hand van mijn rug.

'Allereerst omdat ik niet zeker wist of ik inderdaad jou aan de lijn had. Ik bedoel, je heet nu Augusta Callahan en geen Schuler, dus ik wist het niet zeker.'

'Waarom vroeg je het dan niet gewoon?'

'Het leek me niet goed genoeg om na zo veel jaren het contact via de telefoon te vernieuwen. Ik wilde je met eigen ogen zien en van aangezicht tot aangezicht met je praten.'

De ironie van de opmerking ontging me niet en deze keer hief ik mijn hoofd op en keek haar aan. 'Waarom heb je het eigenlijk gedaan, Sunny? Je uiterlijk veranderen, bedoel ik?'

Sunny sloot even haar ogen, zo hakujin nu, en deed ze weer open. 'Dat is … Nou ja, het ligt nogal ingewikkeld en het is op dit moment ook niet echt belangrijk. Het is veel belangrijker dat ik je teruggevonden heb en …'

'Dus na al die tijd wilde je me zo nodig terugvinden, terwijl het je vlak na je vertrek nog te veel moeite was om me te schrijven?' De woede in mijn stem verbaasde zelfs mij. Toch ging ik door: 'Waarom heb je me nooit geschreven? Je had het beloofd!'

Al drieëntwintig jaar pijnigde ik mijn hersens met deze vraag en nog nooit had ik antwoord gekregen. Ik had de vraag zelfs nooit gesteld omdat er niemand meer was aan wie ik hem kon stellen. Maar nu wel. Hier zat Sunny Yamagata geknield naast mij op de vloer van de badkamer, ergens midden in Mississippi, en eindelijk kon ik het vragen. En met die vraag kwamen alle dagen, maanden en jaren van verdriet naar buiten, en alle pijn die ik zo lang niet had willen voelen.

Sunny keek ontzet en hulpeloos. 'Waarom ik niet schreef?' echode ze. 'Maar Augie, ik heb tientallen brieven geschreven, honderden misschien wel. Papa en mama schreven ook. We hoorden nooit iets van jou, maar we bleven schrijven. Heb je onze brieven dan niet ontvangen?'

Ik zat nog steeds geknield bij het toilet, maar nu liet ik me helemaal op de vloer zakken. Een ogenblik lang kon ik alleen maar vol ongeloof mijn hoofd schudden. 'Nee', fluisterde ik.

'Niet een?'

'Niet een.'

'Hoe kan dat nou?'

Dat wist ik niet. 'Heb je ze naar het adres van mijn oom gestuurd?'

'Uiteraard.'

Zwijgend zaten we ons af te vragen wat er met al die brieven gebeurd kon zijn. Ik herinnerde me hoe ik op de stoep voor het huis op Sean McDougall met zijn posttas zat te wachten. Ik herinnerde me de vraag: 'Is er vandaag iets voor mij bij?' en het antwoord, elke dag hetzelfde: 'Nee, meid, helemaal niets.'

Toen begreep ik het. Als een dia op de muur stond het me plotseling helder voor ogen. Oom Finn had zijn beste vriend en drinkmaatje overgehaald – misschien zelfs geld gegeven – om de brieven te onderscheppen en ervoor te zorgen dat ik ze niet kreeg. Ik dacht eraan hoe McDougall altijd mijn blik ontweek, hoe hij weigerde me aan te kijken als hij zei dat er geen brieven waren. Hij was in allerlei opzichten een slecht mens, maar liegen kon hij niet goed. En nu zag ik het eindelijk, en ik begreep alles.

'Maar het is tegen de wet om met de post te knoeien!' riep Sunny uit, toen ik haar van mijn vermoeden op de hoogte bracht.

Ik barstte onwillekeurig in lachen uit. 'Mensen als Finn O'Shaughnessy en Sean McDougall trekken zich daar niets van aan', wierp ik tegen. 'Voor mijn oom telde alleen dat hij ons uit elkaar wilde halen.'

'Ik kan het niet geloven', zei Sunny en ging op haar hurken zitten. 'Ik weet dat hij heel wat gekke dingen heeft uitgehaald, maar ik kan niet geloven dat hij tot zoiets laaghartigs in staat was.'

'Nou, ik wel', zei ik bits. 'Geloof het nou maar, er is geen andere verklaring.'

Sunny schudde haar hoofd. 'Ik kon maar niet bedenken wat er met je gebeurd kon zijn. Ik heb zelfs een brief naar juffrouw Pruitt geschreven, onze juf uit de derde klas, weet je nog? Ze schreef terug dat je waarschijnlijk verhuisd was, omdat je niet langer in dat schooldistrict geregistreerd stond.'

Ik zuchtte. De situatie werd steeds duidelijker. 'Ik ben niet lang bij oom Finn gebleven. Aan het einde van de cursus ben ik bij Stella gaan wonen en daardoor viel ik onder een andere school. Stella liet oom Finn beloven dat hij jouw brieven zou doorsturen, zodat ik wist waar ik je kon bereiken en je Stella's adres kon sturen. Maar oom Finn en tante Lucy zwoeren allebei dat er nooit brieven voor mij kwamen. Tante Lucy had waarschijnlijk geen idee en strikt genomen sprak oom Finn de waarheid. Ongetwijfeld heeft geen enkele brief het huis ooit bereikt.'

'Denk je dat de postbode ze gewoon heeft weggesmeten of zo?'

Ik knikte, mijn ogen gesloten van wanhoop bij deze gedachte. 'Dat stel ik me inderdaad zo voor. O, Sunny,' kreunde ik, 'ik had kunnen weten dat oom Finn niet te vertrouwen was.'

Even zwegen we, op drift in ons ongeloof, terwijl we probeerden het verhaal verder in te vullen. Ten slotte zei ik: 'Wat moet je wel niet van me gedacht hebben, toen ik nooit iets van me liet horen!'

Hoe flets ook, Sunny glimlachte toch. 'Ik dacht dat je boos op ons was omdat we je hadden achtergelaten. Ik dacht dat je besloten had ons te haten omdat we Japans waren. En een miljoen andere dingen dacht ik ook, maar het kwam er allemaal op neer dat ik niet wist wat ik ervan moest denken. Ik bad dat je me zou schrijven, dat we iets van je zouden horen, hoe weinig ook …' Haar woorden stierven weg en ze schudde langzaam het hoofd. Voor het eerst drong het tot me door dat zij zich, al die jaren dat ik liep te tobben waar ze nu toch kon zijn, hetzelfde over mij had afgevraagd.

'Maar dan nog,' zei ik, 'waarom kwamen jullie na de oorlog niet terug? Dan zouden jullie me beslist gevonden hebben.'

Sunny ging een beetje verzitten, alsof ze een goede houding wilde vinden voor ze begon aan wat een lang verhaal zou kunnen worden. Ze streek haar rok glad en prutste onder het praten aan een knoop van haar blouse. 'Begin 1945,' begon ze, 'verlieten veel nisei de kampen om terug te gaan naar huis of zich elders te vestigen. In die tijd zijn ook papa en Ojisan Hito teruggeweest naar Los Angeles om de winkel weer op te eisen, maar de hakujin die hem hadden gehuurd wilden hem niet afstaan. De wet stond weliswaar aan onze kant, maar de uitvoerders van de wet niet, en dus konden papa en Ojisan Hito niets beginnen. En het huis was verkocht, dat weet je. Zelfs de boeddhistische tempel waar we een deel van onze spullen hadden opgeslagen was opengebroken en geplunderd. Het meeste was gestolen of vernield. Het was niet moeilijk te zien dat Californië ons niets meer te bieden had. Papa besloot om ergens anders opnieuw te beginnen en zo kwamen we in Cincinnati terecht. Daar was een groep Quakers die Japanners zoals wij hielpen bij het opbouwen van een nieuw bestaan. Ze zorgden voor tijdelijke huisvesting en hielpen mensen bij het vinden van werk. We waren er welkom, heel anders dan in Los Angeles, waar we duidelijk ongewenst waren.'

Ik zweeg en woog haar verklaring zorgvuldig. Toen zei ik: 'Ik ging regelmatig naar de winkel, tegen het einde van de oorlog en ook nog een poosje daarna. Dan zaten Jimmy en ik op het bankje voor het raam op Chichi te wachten. Ik denk dat ik er die dag dat hij langskwam net niet was.'

Sunny liet de knoop los en legde haar hand op mijn arm. 'Papa heeft geprobeerd je op te sporen, toen hij in Los Angeles was. Hij ging naar het huis van je oom in de hoop dat je daar zou zijn, maar je oom zei dat je al aan het begin van de oorlog naar het noorden was verhuisd om bij familie te gaan wonen. Papa vroeg waar dan precies en of hij je adres kon krijgen, maar je oom wilde niet een van zijn vragen beantwoorden. Hij sloeg de deur voor papa's neus dicht.'

'Naar het noorden verhuisd?' Ik keek naar het plafond, en slikte tegen de bittere gal die omhoogkwam in mijn keel. 'Nou, ik was inderdaad naar het noorden verhuisd – een paar mijl ongeveer.'

Sunny schudde haar hoofd en glimlachte een beetje vermaakt. 'En ik stelde me altijd voor dat je in Seattle of Portland woonde, of daaromtrent. Ik dacht dat we je nooit meer terug zouden zien.'

Ik haalde mijn schouders op en stak haar mijn handen toe, de palmen naar boven gekeerd. 'Nou,' zei ik, 'hier ben ik weer.'

Pas toen vielen we elkaar in de armen.

'Hoe heb je me nu eigenlijk gevonden, Sunny?'

We zaten weer aan de tafel in de ontbijtnis en Sunny had nieuwe ijsthee ingeschonken. Ik was nog steeds een beetje misselijk, maar ik nam kleine slokjes en dat hielp. Inwendig worstelde ik nog steeds met de absurditeit van het moment: hier zat ik met de vrouw die mijn oudste vriendin was en tegelijkertijd een volstrekte vreemde. Nog geen uur geleden was Sunny Yamagata voor mij niet meer dan een herinnering, telkens opnieuw begraven, en ik had niet verwacht dat ze ooit weer als mens van vlees en bloed in mijn leven zou verschijnen. Toch zat ze hier nu, niet alleen springlevend, maar ook getransformeerd tot een totaal ander mens. De tweeledige verrassing had me volslagen van mijn stuk gebracht en de situatie was zo onwerkelijk dat ik, ook al zat ik er middenin, mezelf steeds moest voorhouden dat dit echt gebeurde.

Sunny moest lachen om mijn vraag. 'Vorig jaar heb ik je boek gelezen. Toen ik het uit de bieb meenam, had ik geen idee dat Augusta Callahan dezelfde was als mijn vroegere vriendin Augie Schuler. Ik koos het boek alleen maar omdat de auteur Augusta heette. Het klinkt vast een beetje stom, maar ik nam het mee naar huis zonder te weten waar het over ging. Pas toen ik het las, begon ik me af te vragen of het misschien door jou geschreven kon zijn. Ik wist natuurlijk niet dat je schrijfster was geworden, maar ik herinnerde me nog wel hoeveel je van boeken en van lezen hield. En ook wist ik nog dat een broer van je aan het begin van de oorlog op de Filippijnen zat en dus vroeg ik me af of de soldaat in het boek misschien aan hem was ontleend. Het viel me op dat het boek aan een zekere Lenny was opgedragen, maar of je broer inderdaad zo heette, wist ik niet meer.'

Ik knikte. Mijn boek *Een soldaat komt thuis* ging feitelijk wel niet over Lenny, maar was wel op zijn levensverhaal gebaseerd.

'Op de omslag stond dat je als verslaggever voor *One Nation* werkte', ging Sunny verder. 'Daarom verzon ik het plan om contact op te nemen met het tijdschrift en er zo achter te komen of Augusta Callahan inderdaad Augie Schuler was. Als er een foto op de omslag had gestaan, had ik het natuurlijk meteen zeker geweten.' Ze zweeg even en glimlachte opnieuw. 'Ik zou je overal herkend hebben, Augie. Zodra ik je voor de deur zag staan, wist ik dat ik je terug had.'

Ik glimlachte scheefjes terug. 'Ben ik in die drieëntwintig jaar zo weinig veranderd?'

'Nou, je bent natuurlijk wel veranderd, maar ik kon de Augie Schuler die ik in Boyle Heights had gekend nog steeds in jou zien.'

Ik kon van haar niet hetzelfde zeggen, en dus zei ik niets. 'Ik ging bijna van mijn stokje, toen het tot me doordrong wie daar voor de deur stond', vervolgde Sunny. 'Ik had gehoopt dat Callahan de naam van je man zou zijn, en blijkbaar had ik gelijk.'

'Niet helemaal', corrigeerde ik haar. 'Ik ben niet getrouwd. Callahan was Stella's achternaam, en die heb ik aangenomen toen ik begin twintig was.'

'Oh?' Ze leek verbaasd. 'Waarom?'

Waarom was ik nooit getrouwd, of waarom had ik een nieuwe achternaam aangenomen? Ik nam aan dat ze het antwoord op beide vragen wilde weten, maar besloot me nog maar even te beperken tot een.

'Ik was jong en opstandig en idealistisch, denk ik. Toen ik na de oorlog hoorde wat de Duitsers in de concentratiekampen hadden uitgespookt, wilde ik niet langer met een Duitse naam rondlopen. De naam Schuler heeft me toch al nooit veel gezegd. Ik kan me mijn vader nauwelijks herinneren en met mijn moeder heb ik nooit een band gehad, maar Stella is tijdens de oorlog erg goed voor me geweest. We hebben elkaar erdoorheen gesleept, in de jaren dat Jack en jij weg waren.'

'Was Stella niet degene die in de ijzerwarenwinkel werkte, maar schoonheidsspecialiste wilde worden?' informeerde Sunny.

Ik knikte en lachte weer bij de herinnering aan Stella in haar overall. 'Inderdaad, maar uiteindelijk werd ze lasser! Tijdens de oorlog werkte ze in een fabriek waar oorlogsvliegtuigen werden gemaakt en toen Jack weer thuis was, kreeg ze een gezin. Hoe dan ook, ik beschouwde hen als mijn enige familie en toen ik oud genoeg was om daarover te kunnen beslissen, nam ik hun naam aan.'

'Dat klinkt logisch', vond Sunny. 'Maar had je je niet gerealiseerd dat je vanzelf een andere naam zou krijgen als je ging trouwen?'

Aha, dus toch de vraag naar het huwelijk. Er was geen ontkomen aan. 'Nee', zei ik, terwijl ik op mijn handen keek. 'Ik wilde me helemaal aan mijn werk kunnen wijden. Schrijven is moeilijk te combineren met de zorg voor een gezin, dus moest ik kiezen ...' Ik haalde mijn schouders op om te benadrukken dat het me niet kon schelen, maar volgens mij drukte het gebaar eerder verslagenheid uit.

'Nou ja,' zei Sunny met geforceerde opgewektheid, 'zolang je maar gelukkig bent.'

Was ik dat? Het was langgeleden dat ik mezelf had toegestaan om over mijn gevoelens na te denken en me af te vragen of ik nu gelukkig of ongelukkig, tevreden of ontevreden was.

Ik veranderde maar gauw van onderwerp. 'Wonen Chichi en Haha nog steeds in Cincinnati?'

Sunny knikte en nam een slok thee. 'Inderdaad, hoewel ze sinds papa met pensioen is heel veel reizen. Een paar jaar geleden hebben ze een camper gekocht en daarmee trekken ze het hele land door.'

'Weten ze dat ik hier ben?' vroeg ik opgewonden. 'Kan ik hen bellen?'

Sunny liet een lange ademteug ontsnappen. 'Helaas besloten ze net vorige week weer op stap te gaan en een reis door New England te gaan maken. Dus nee, ze weten niet dat je hier bent, en nee, je kunt hen ook niet bellen. Ze hebben nooit een vast reisschema; ze breken op als ze er zin in hebben en ze blijven ergens staan als ze er zin in hebben. Ik heb nu dus ook geen flauw idee waar ze precies zijn.'

'Heb je hun dan niet verteld dat ik zou komen?' Ik probeerde mijn gekwetstheid te verbergen, maar slaagde daar blijkbaar niet in want Sunny keek plotseling verontschuldigend.

'Het spijt me, Augie, maar dat heb ik inderdaad niet gedaan. Zoals ik al zei, wist ik niet zeker of jij het wel was en ik wilde hun geen valse hoop geven. Het zou hun hart hebben gebroken als ik had verteld dat ik je gevonden had en Augusta Callahan vervolgens een volslagen vreemde bleek. Ik was van plan hen te bellen zodra ik het zeker wist. Tot aan de dag van hun vertrek wist ik niets van hun vakantie af, en om eerlijk te zijn, zijzelf waarschijnlijk evenmin. Papa krijgt het op zijn heupen en hup, daar gaan ze.'

'Weet je hoe lang ze wegblijven?'

'Geen idee.'

'Zouden ze hierheen bellen?'

'Misschien. Ik weet het niet. We krijgen waarschijnlijk wat ansichtkaarten vanuit Boston of Kennebunkport, maar meer kan ik niet garanderen.'

Mijn teleurstelling moet van mijn gezicht af te lezen zijn geweest, want vlug voegde Sunny eraan toe: 'Maar ik zal je hun nummer geven, dan kun je hen bellen zodra je terug bent in Los Angeles. Ze willen beslist dolgraag van je horen, Augie. Het zou me niet verbazen als ze prompt weer in hun camper springen en in volle vaart naar Los Angeles rijden om je weer te zien.'

Ik waadde nog steeds door een dikke mistbank van ongeloof, wachtend op het optrekken van de nevel, zodat de realiteit tot mij door kon dringen. 'Ik heb al heel lang geleden de moed opgegeven dat ik hen ooit nog zou terugzien', zei ik. 'Pas nu besef ik hoe erg ik hen ben blijven missen – jullie allemaal, trouwens.'

'Je hebt geen idee hoe erg we jou in het kamp hebben gemist', zei Sunny. 'We praatten voortdurend over je. Toen mijn zusje was geboren, besloten papa en mama haar naar jou te noemen.'

Een zusje? O, natuurlijk, de baby die Haha verwachtte toen ze wegging. Dat was ik haast vergeten.

'Hebben ze haar Augusta genoemd?' Ik lachte zacht. 'Wat zielig voor dat wurm om met zo'n naam opgescheept te zitten.'

'Toen ze klein was, noemden we haar Gus, zodat we haar niet met jou zouden verwarren, maar inmiddels noemt iedereen haar Augusta.'

'Waar woont ze?'

'In Cincinnati. Ze is getrouwd en heeft een zoontje. Sam en George zitten allebei ook in Ohio. Sam is tandarts geworden en George is chemicus.'

Ik schudde mijn hoofd bij de herinnering aan de jongetjes van vroeger. 'Ik kan het nauwelijks geloven. En hebben zij ook een gezin?'

'Jazeker. Papa en mama hebben al negen kleinkinderen.'

'Ze vonden het vast vreselijk dat jij uit Ohio wegging.'

'Klopt. Tom en ik hadden ook absoluut geen zin om naar het zuiden te verhuizen, maar zoals ik door de telefoon al zei, Toms vader werd ziek en we moesten om de molen denken.'

'Heeft hij geen broers of zussen?'

'Een van elk, allebei jonger dan hij; ze wonen niet in Mississippi. Als oudste zoon had Tom toch het gevoel dat het zijn taak was om terug te komen en de molen over te nemen. We zijn anders niet van plan om hier voor altijd te blijven. Als het juiste moment daar is, zullen we uiteindelijk de zaak wel verkopen en weer naar het noorden trekken.'

'Wat voor verklaring verzin je eigenlijk als Chichi en Haha op bezoek komen? Ik neem tenminste aan dat zij er nog steeds als Japanners uitzien?'

Sunny lachte. 'Nou en of. Ze waren er ook niet bijster over te spreken dat ik me liet opereren, en ze zijn zelf al helemaal nooit van plan geweest zich een hakujin-uiterlijk aan te laten meten. Hoe het ook zij, zij komen nooit naar Mississippi. Ze vinden het een onbeschaafde staat, met al die lynchpartijen en burgerwachten en noem maar op. Nee, als we hen willen zien, zullen wij naar Cincinnati moeten.'

'Dus ze zijn hier nooit geweest?'

Sunny schudde haar hoofd. 'Er moet een wonder gebeuren voordat zij ook maar een voet op Mississippigrond zetten.'

Ik was een poosje stil en keek aandachtig naar mijn oude vriendin, op zoek naar de Sunny die ik me van vroeger herinnerde. Ik meende een glimp van haar op te vangen in haar rustige glimlach en in de manier waarop ze vragend haar ene wenkbrauw optrok, alsof ze mijn gedachten probeerde te raden.

'Nou weet ik nog steeds niet waar jullie tijdens de oorlog waren', zei ik.

'We werden naar Manzanar gestuurd. Over het hele land verspreid waren er tien kampen, tot in Arkansas toe, maar ons gezin heeft Californië nooit verlaten, tenminste niet voor de oorlog afgelopen was.'

'Manzanar', herhaalde ik. Ik had de naam weleens gehoord, maar wist er verder weinig van. Over de tafel heen pakte ik Sunny's hand. 'Ik wil je heel veel vragen, maar ik ben zo van slag, dat ik gewoon niet weet waar ik moet beginnen.'

Ze kneep even in mijn hand. 'Ik heb ook veel vragen voor jou, maar we hebben tijd genoeg. Ik zal je nu eerst je kamer wijzen en je even helpen met inrichten, dan kunnen we daarna een ritje door Carver maken. Je wilt het artikel toch nog wel doen?'

'Bedoel je dat die cursus echt bestaat? Het was geen voorwendsel om me hierheen te lokken?'

'Nee hoor, die cursus bestaat echt. En er zit ook een verhaal aan vast waarvan ik hoop dat het je reis hierheen de moeite waard zal maken.'

'Waar slaat dat nou op?' riep ik uit. 'Denk je niet dat mijn reis al meer dan de moeite waard is geweest nu ik jou heb teruggevonden? Stel je voor dat ik had besloten niet te komen, of dat mijn eindredacteur het niet goed had gevonden.'

Sunny dacht even na. 'Ik denk dat ik je in dat geval toch door de telefoon had gezegd wie ik was.'

'Wat? En het moment mislopen dat ik mijn maag omkeerde?'

We schoten in de lach en mijn blik gleed weer naar de foto op tafel. Sunny en ik op de stoep voor het huis in Fickett Street, met de armen om elkaar heen. De tijd vouwde zich ineen als een harmonica, dat lang vervlogen moment vervloeide in het heden en ik was opnieuw Musume.

Soms wordt toch werkelijk wat onmogelijk leek.

23

Nadat ik mijn koffer en mijn typemachine uit de auto had gehaald, liep ik achter Sunny aan de trap op naar een ruime slaapkamer die in blauwe en roze tinten was geschilderd en met antieke meubelen was ingericht. Ik voelde me bijna net als die keer dat ik in Boyle Heights Sunny's kamer voor het eerst zag. Het zolderkind van toen keek ook nu weer haar ogen uit naar de kamer die leek op een tot leven gekomen schilderij: een groot hemelbed, bedekt met een quilt waarop de ranken van een blauwe winde waren geborduurd; een mahoniehouten ladekast met een kleedje van wit linnen eroverheen en beladen met snuisterijen; een manshoge staande spiegel in een lijst van wit riet; een propvolle boekenkast, met familiefoto's erbovenop; een erker met kussens op de brede vensterbank, vanwaar je een mooi zicht had op de zij-tuin, en voor het raam, dat uitzag op de voortuin, een fors bureau met een groot aantal laden en een stoel op een draai-poot. De kamer was een plaatje, en tegelijk heel gezellig en bijna even groot als het complete appartement dat ik in Los Angeles met Hilda moest delen.

'Wat een prachtige kamer', zei ik, en voegde eraan toe: 'Vast een stuk beter dan wat het Carver Motel te bieden heeft.'

'Het is hier in elk geval rustig en hij ligt op het oosten, zodat je van de ochtendzon kunt profiteren.'

Ik zette mijn typemachine op het bureau. Door het openstaande raam woei een lichte bries naar binnen. 'Het is een prima werkplek.' Ik draaide me naar Sunny om. 'Zullen we maar meteen beginnen?'

'Waarom niet?' antwoordde ze glimlachend.

Ik was in Carver en in de cursus lang niet zo hevig geïnteresseerd als in Sunny, maar ze had gelijk: we hadden nog zeeën van tijd om elkaar opnieuw te leren kennen. Ik had ook eerst even tijd nodig om te wennen aan Sunny als blanke vrouw en om te gaan beseffen dat we echt weer bij elkaar waren. Een autoritje door Carver zou mijn gedachten afleiden, terwijl de rest van mijn persoonlijkheid – mijn geest, mijn ziel, mijn hart, of waar de gevoelens ook maar zetelen – zich probeerde aan te passen aan de onverwachte wending die mijn leven had genomen.

We gingen op pad in Sunny's nieuwe Buick, met de raampjes dicht en de airconditioning op volle toeren. 'Ik heb in de oorlog vier jaar in de woestijn gewoond,' zei ze, terwijl we van de oprit af de weg op draaiden, 'maar aan de hitte van Mississippi heb ik nooit kunnen wennen.' En daarna, alsof het haar net te binnen geschoten was: 'Bij nader inzien is er heel veel in Mississippi waar ik nooit aan heb kunnen wennen.'

'Misschien moet je hier geboren en getogen zijn om het te kunnen waarderen', opperde ik.

'Dat zou kunnen,' gaf ze toe, 'maar aan de andere kant: Tom is hier ook geboren en getogen en een van zijn grootste voornemens op dit moment is om ooit weer noordwaarts te verhuizen. En hoe eerder hoe beter, wat hem betreft.'

Sunny keek even opzij. Nu haar ogen schuilgingen achter de donkere zonnebril zag ik in de volwassen vrouw eindelijk een glimp van Sunny Yamagata. Daar was haar ronde gezicht, de roomwitte, smetteloze huid en het kleine rozenknopje van haar mond. Het was het gezicht van een volwassene, dat toch nog steeds deed denken aan dat kleine meisje op het bankje in Hollenbeck Park. Even wenste ik dat achter die zonnebril zich de rimpelloze oogleden bevonden, de Japanse ogen die ik

239

altijd zo prachtig had gevonden. Het kwam me voor dat er iets definitief verloren was gegaan op het moment dat ze bij de chirurg onder het mes ging – en dan niet alleen de vorm van haar ogen.

Daar wilde ik het nu echter niet over hebben; nog niet. 'Het is toch ontzettend jammer dat Tom en jij ergens moeten wonen waar jullie niet gelukkig zijn', zei ik.

Sunny haalde diep adem. We verlieten de zandweg en sloegen de verharde weg naar de stad in. 'Ach, we houden onszelf voor dat het maar tijdelijk is. We weten nog niet wanneer, maar vertrekken zullen we. Ondertussen doen we ons best om de situatie hier te verbeteren, ook al kunnen we er maar weinig aan doen. Aan al dat onrecht, bedoel ik. Tom doet er op de molen alles aan, en ik draag mijn steentje bij door middel van de cursus.'

Sunny wist alles van onrecht – meer dan de inwoners van Carver zich konden voorstellen.

Zodra we het eigenlijke Carver binnenreden, keerde ik mijn gezicht naar het raampje. In een van de hoofdstraten zette Sunny de wagen diagonaal in een parkeervak, maar ze liet de motor en de airconditioning aan. 'Hier ziet u het centrum van Carver', deelde ze mee en ik keek om me heen. Het leek eigenlijk wel een heel aardig stadje. Het was schoon en opgeruimd en maakte zelfs een enigszins ouderwetse indruk. De trottoirs waren geveegd, op de strook gras tussen de trottoirs en de straat waren bomen geplant, en hier en daar waren perkjes met bloeiende bloemen aangelegd. De gebouwen, waarvan de meeste een bakstenen voorgevel hadden, stonden hier duidelijk al sinds het begin van de eeuw en misschien zelfs wel langer, maar ze zagen er goed onderhouden uit. Achter ons lag het stadsplein, een oogverblindend groene grasvlakte, opgefleurd door strategisch aangelegde bloembedden met driekleurige viooltjes en vlijtige liesjes, en met een zigzaggend wandelpad erdoorheen. Aan de ene kant van het plein bevond zich een witgeschilderde belvédère en aan de andere kant een standbeeld dat een man voorstelde in achttiende-eeuwse kledij, met de ene hand op zijn hart. Aan het verste uiteinde van het plein was het gemeentehuis, een fraai gebouw van twee verdiepingen met daarop prominent de Amerikaanse vlag. De bordestreden die toegang gaven tot de dubbele voordeur werden naar beneden toe steeds breder, waardoor het gebouw de indruk wekte dat het iedereen met open armen verwelkomde en uitnodigde om binnen te komen.

Ik nam het allemaal in me op; ook de mannen en vrouwen die zonder haast over de trottoirs en over het plein kuierden, en de winkels in en uit stapten alsof ze op deze zaterdagmiddag geen dringender bezigheden hadden. En wie weet was dat ook wel zo. Waar zou iemand zich in vredesnaam druk over kunnen maken op een warme, zonnige zomermiddag in een stadje als Carver?

'Het lijkt wel een illustratie uit de *Saturday Evening Post*', merkte ik op.

'Laat je maar geen zand in de ogen strooien', antwoordde Sunny. 'De appel in de hand van de slechte koningin ziet er misschien verleidelijk uit, maar neem een hap en je bent dood.' Sneeuwwitje en haar boze stiefmoeder. Chichi las ons voor het slapengaan het verhaal vaak voor. Ik knikte dat ik het weer wist.

'Als je daarheen kijkt,' vervolgde Sunny, 'dan zie je het standbeeld van Lucius Carver, de stichter van de stad. De inwoners van de stad zijn trots op zijn levensgeschiedenis; hij begon met niets en stierf als een welvarend man. Een echt van-krantenjongen-tot-miljonairverhaal over iemand die door dit land rijk is geworden. De ouwe Lucius was echter een slaveneigenaar en volgens de overlevering van de negers noemden zijn slaven hem Lucifer wanneer ze onderling over hem praatten. Die goeie, ouwe Lucifer Carver, de man die een satan kon zijn. Het geeft je een indruk van de manier waarop hij zijn slaven behandelde.'

'Het zal zijn heldenstatus bij de blanken alleen maar bevorderen, neem ik aan.'

'Precies. Goed, dat daar is uiteraard het gemeentehuis en het gebouw waar we nu voor staan is de bibliotheek.' Het was een gebouw van witte bakstenen met een zuilenveranda en dubbele deuren die werden opengehouden door zware deurstoppers. Net als het gemeentehuis zag het er uitnodigend uit.

'Mogen negers hier naar binnen?' vroeg ik.

'Alleen door de achterdeur. Dat is al een verbetering, want drie jaar geleden kwamen ze er nog helemaal niet in.'

'Maken er veel mensen gebruik van?'

'Een paar. Alleen de mensen die denken dat het lezen van een boek opweegt tegen het risico van een gezelligheidsbezoekje van de Klan. Er zijn hier nog steeds blanken die menen dat je een neger het beste onder de duim kunt houden door hem dom te houden.'

'Ze hebben waarschijnlijk nog gelijk ook.'

Weer knikte Sunny. 'Dat is ook de gedachte achter de cursus. Bij de meeste instellingen hier is de integratie ongeveer even ver als bij de bibliotheek. Zie je de Big Black River Bijou daar?' We draaiden ons allebei een halve slag om op onze stoel om het theater te kunnen zien. 'De negers kopen hun kaartjes bij hetzelfde loket als de blanken, maar daarna lopen ze via dat steegje naar achteren, waar ze de trap op gaan naar de galerij. Op de begane grond worden negers niet toegelaten. En daar, in het café' – Café Magnolia stond aan de andere kant van het plein, recht tegenover het theater – 'daar bedienen ze de negers wel, maar ook hier moeten ze door de achterdeur naar binnen en plaatsnemen in een speciaal voor hen bestemd gedeelte.'

Ik had niet anders verwacht, maar voor de zekerheid vroeg ik toch nog: 'En het feit dat er inmiddels wetten zijn die dergelijke rassenscheiding verbieden laat de mensen koud?'

'IJskoud', bevestigde Sunny. Plotseling tikte ze met haar wijsvinger tegen het portierraampje. 'Kijk, daar gaat de hoofdinspecteur van politie. Hij stapt nu net het café binnen.' Ik volgde haar blik en zag inderdaad een man in uniform de deur van het eethuisje openduwen. 'Dat is Bill Sturges, hoofdinspecteur van de politie in Carver en tegelijk *Exalted Cyclops* van de afdeling Carver van de Witte Ridders van de Ku Klux Klan.'

Ik snoof. 'Een hele mond vol. Hij zal het wel druk hebben.'

'Het vraagt een zekere handigheid om tegelijkertijd de wet te handhaven en te overtreden', zei Sunny. Na een korte stilte voegde ze eraan toe: 'Maar misschien is het te doen als je ervan overtuigd bent dat een en dezelfde munt twee zijden heeft. Lynch een paar negers, houd de blanken tevreden en er heerst vrede in Carver, USA.'

Hoewel ik uitvoerig over burgerrechten had gepubliceerd, had ik over de Klan maar weinig geschreven. Hoogstwaarschijnlijk had ik in de loop der tijd wel een paar Kluxers ontmoet, maar wie zij precies waren, wist ik niet. De Klan was een groep die zich hulde in geheimzinnigheid. De leden ontmoetten elkaar op geheime plaatsen, herkenden elkaar door middel van telkens wijzigende wachtwoorden en handdrukken, en vertoonden zich alleen onder dekking van de nacht en van lange mantels, zodat ze noch door andere blanken noch door negers herkend konden worden. De dubbelrol van de politieman bevreemdde me absoluut niet, maar wat me wel verbaasde was dat Sunny ervan op de hoogte was.

'Hoe weet jij dat deze kerel de hoogste cycloop van de plaatselijke Klan is?' vroeg ik dus.

Sunny lachte. Ze zette haar zonnebril af om me te kunnen aankijken en het gaf me opnieuw een schok dat ik een blanke vrouw te zien kreeg. 'Allereerst kun je er gerust van uitgaan dat de meeste politieofficieren van Mississippi bij de Klan betrokken zijn', legde ze uit. 'Dat geldt ook voor veel blanke winkeliers en zakenmensen. Het is gewoon standaard. Maar daarbij beschikt Tom over een soort informant, een vrouw die bij hem op de molen werkt. Je moet weten dat Tom als manager een opendeurbeleid voert. Hij wil graag dat zijn werknemers met hun klachten regelrecht bij hem komen. Velen van hen voelen zich inmiddels vrij genoeg om hem aan te spreken over de problemen waar zij op de molen tegenaan lopen, maar een van de vrouwen – iemand van de administratie – heeft wel uitzonderlijk veel te klagen.' Sunny lachte even naar me, voor ze verderging. 'Het ligt er duimendik bovenop dat ze verkikkerd is op Tom en smoesjes verzint om bij hem langs te kunnen gaan. Tom zorgt ervoor dat de deur ook letterlijk openstaat wanneer die dame bij hem is, zodat zijn secretaresse in zijn kantoor kan kijken, ook al kan ze niet verstaan wat er gezegd wordt. Hoe dan ook, de man van die vrouw zit bij de

Klan en hij is nogal loslippig. Hij vertelt zijn vrouw alles, zonder te weten dat zij het op haar beurt doorvertelt aan Tom. Natuurlijk is Tom absoluut niet in haar geïnteresseerd, maar als ze een babbeltje komt maken, luistert hij altijd. Zo komt het dat hij weet wie er allemaal bij de Klan zitten en vaak ook welke rang ze daar bekleden.'

'En verwacht die vrouw dan niet dat Tom iets met de informatie gaat doen?'

'Eigenlijk niet. Waarschijnlijk denkt ze alleen maar dat ze zo indruk op hem maakt.'

'Interessant.'

'Nou ja, Tom staat zelden of nooit te kijken van wat ze hem te melden heeft. Zoals ik al zei, is het niet zo moeilijk te raden wie er hier in de buurt bij de Klan zit. Slechts heel af en toe zijn we verbaasd, zoals toen die vrouw Tom vertelde dat de organist van onze kerk ook lid is.'

Ik schudde mijn hoofd. 'Is dat waar, denk je?'

Sunny haalde haar schouders op. 'Waarschijnlijk wel. Ze heeft geen reden om zoiets te verzinnen. Maar gek is het wel, want Howard Draper past gewoon niet in het plaatje. Niet alleen omdat hij kerkorganist is. Ik bedoel maar: in deze oorden mag je al van geluk spreken als de dominee zelf er 's nachts niet opuit trekt om negers te terroriseren. Maar die Howard is echt een aardige vent. De mensen zijn dol op hem en komen lovende woorden tekort om hem te beschrijven. Hij is sinds twee jaar muziekleraar op de middelbare school en beide jaren is hij uitgeroepen tot leraar van het jaar. Hij is beleefd, vriendelijk – maar daar zit het hem eigenlijk niet in. Veel Klanleden doen zich heel beleefd en vriendelijk voor. Wat het vooral zo vreemd maakt, is dat ik Howard een paar keer gezellig met negers heb zien praten. Een keer zag ik hem voor het café in gesprek met een neger en ik weet niet waar het over ging, maar ze hadden het grootste plezier. En toen ze uit elkaar zouden gaan, wilde Howard de neger een hand geven, alsof dat voor hem de gewoonste zaak van de wereld was. Het is hier echter ongehoord, vooral in het openbaar. De neger deinsde dan ook achteruit en stak zijn handen in de zakken. Je kon zien dat hij bang was en Howard liet zijn hand vallen en begon zijn hoofd te schudden, alsof hij zeggen wilde dat hij het begreep. Dus ik weet het gewoon niet.' Sunny haalde opnieuw haar schouders op. 'Zoek het maar uit. Vermoedelijk kan Howard ontzettend goed toneelspelen. De enige verklaring die ik kan bedenken, is dat hij een van die mensen is die menen dat ze een goede daad verrichten – echt Gods wil doen, bedoel ik – door negers te lynchen. Ik vermoed dat Howard Draper het gewoon ziet als een van zijn goede werken.'

'Dat is toch ongelooflijk', zuchtte ik.

'Ach,' vervolgde Sunny, 'het is precies de mentaliteit die hier van generatie op generatie is doorgegeven. Wanneer je ermee wordt opgevoed en nooit iets anders hebt gezien, lijkt zelfs haat normaal. Daarom blijft deze stad ook vastzitten aan de Jim Crow-wetten.'

Ik knikte. Ik was heel goed op de hoogte van de rol die deze wetten nog steeds in het zuiden speelden. Het waren zowel geschreven als ongeschreven regels, die de negers van de blanken gescheiden hielden. Gemengde huwelijken zijn verboden. Negers hebben geen toegang tot clubs, tennisbanen en golfterreinen. Ze mogen in openbare gebouwen geen gebruikmaken van de lift. Bij de dokter zitten ze in een aparte wachtkamer. Er zijn geen gemengde scholen. Ze hebben hun eigen compartiment in treinen, bussen en boten. Ze hebben hun eigen kappers, kerken en ziekenhuiszalen. En om de traditie ook na de dood in stand te houden, zijn er voor hen aparte begraafplaatsen.

'Het allergekste wat Howard betreft,' vertelde Sunny verder, 'is dat hij niet uit Carver komt. Hij is niet eens een zuiderling. Hij is geboren en getogen in Chicago. Op een dag dook hij in Carver op en besloot er zijn thuis van te maken.'

'Wat?' Ik kon mijn verbazing niet bedwingen. 'Dat meen je niet! Van Chicago naar Carver? Waarom nou uitgerekend hierheen?'

'Daar weet niemand het fijne van. De geruchten gaan dat hij het noorden is ontvlucht vanwege een stukgelopen relatie. Maar Howard praat niet veel over zichzelf, dus zeker weten doe je het nooit.'

'Het lijkt niet zo waarschijnlijk dat hij alleen vanwege zoiets in dit gat komt wonen.'

'Dat denk ik nou ook. Waarschijnlijk is het ook alleen maar een verhaal van horen zeggen, een sappige roddel om door te vertellen. Aan de andere kant, mensen doen soms rare dingen. En er zitten in zijn achtergrond onmiskenbaar elementen waar hij het niet over wil hebben, dus voorlopig zal hij nog wel het plaatselijke mysterie blijven.'

'Dat komt goed uit, ik ben dol op mysteries.'

'Als ik niet wist dat hij bij de Klan zat, zou ik Howard heel graag mogen.' Sunny keerde zich weer naar het stuur en schakelde in de eerste versnelling. 'Laten we maar weer een stukje rijden en nog wat meer van de stad bekijken.'

We draaiden de straat in waar Café Magnolia stond ingeklemd tussen een schoonheidssalon en een supermarkt aan de ene kant en een bank en een groot warenhuis aan de andere kant. Sunny wees naar het warenhuis. 'Zie je die grote zaak daar?'

'Frohmann?'

Sunny knikte. 'De eigenaar is Cedric Frohmann, tevens burgemeester van Carver. Zijn familie behoort tot de welvarendste en invloedrijkste hier in de stad. Samen met de Fultons, trouwens', voegde ze eraan toe.

'Vertel me nou niet dat burgemeester Frohmann *Imperial Wizard* is van de Klan in Carver.'

Sunny schoot in de lach. 'Nee, dat niet. De burgemeester zit niet bij de Klan, hij is zelfs geen lid van de Blanke Burgerraad, al heb ik gehoord dat hij wel vaak wordt uitgenodigd om er een lezing te houden. Die burgemeester Frohmann is ook zo'n rare vogel en ik weet nog niet precies wat ik aan hem heb. Volgens Tom is hij in zijn hart een eerlijk mens en zou hij tegen de segregatie zijn als hij in het noorden was opgegroeid. Hij heeft overigens wel in het noorden gestudeerd. Hij stond op het punt naar de universiteit van Mississippi te gaan, maar veranderde op het laatste moment van gedachten en vertrok naar New York – of misschien was het Boston, ik weet het niet meer precies. Hoe dan ook, het duurde bijna tien jaar voor hij weer naar Carver terugkeerde om zich in het familiebedrijf en de lokale politiek te storten, dus hij heeft ruimschoots van het leven buiten Carver kunnen proeven. Tom zegt dat hij een burgerrechtenactivist zou zijn geworden als hij in het noorden was gebleven. Hier in Carver is het echter onmogelijk tot burgemeester gekozen te worden als je voor integratie bent.'

'Dus Warenhuis Frohmann heeft nog steeds aparte drinkfonteintjes voor blanken en zwarten.'

'Je hebt 'm door.'

'En hij heeft niets gedaan om de integratie in zijn winkel te bevorderen, ondanks de nieuwe wet op de burgerrechten?'

Sunny schudde haar hoofd. 'Het handhaven van de status-quo is de enige manier om burgemeester te kunnen blijven.'

We reden het winkelcentrum uit, langs een park en een basisschool, naar de ruim opgezette blanke woonwijk. Het was een rustige, vredige buurt, waar banen zonlicht afgewisseld werden met schaduwvlakken van grote, oude eikenbomen, magnolia's en allerlei heesters. De meeste huizen waren bescheiden van omvang; slaperige, kleine cottages met keurige grasveldjes en bakken met petunia's of vlijtige liesjes in de vensterbank. Net als het centrum was dit een prettige omgeving, onderhouden door mensen die niet echt rijk waren, maar wel eer stelden in hun stad.

Er was maar een huis dat op het randje van protserig was en ik was niet verbaasd toen Sunny het aanwees als de burgemeestersresidentie. Het was een bouwsel van witte bakstenen, twee verdiepingen hoog, omringd door een hek en voorzien van een enorme veranda met hoge, witte pilaren. Het stond een heel eind van de weg af, midden op een onberispelijk gazon. Hoewel we niet in Georgia waren, kon ik me hier zonder moeite Scarlett O'Hara voorstellen, paraderend over het gras.

'Groot zeg', zei ik.

'Hij heeft twaalf man personeel om het te onderhouden.'

'Allemaal negers?'

'Allemaal. Ik moet er wel bij zeggen dat burgemeester Frohmann heel aardig is tegen zijn negers. Hij behandelt hen zelfs als menselijke wezens. Je zult het morgen wel zien.

We zijn uitgenodigd voor het zondagse diner met de burgemeester en zijn gezin.'

'Echt waar?'

'Kijk niet zo verbaasd', lachte ze. 'Het is niks bijzonders, hoor, we waren gewoon aan de beurt. Het is traditie voor hem om elke zondag na de kerk een paar van zijn onderdanen te ontvangen. Twee of drie echtparen per keer. Tom en ik en Toms moeder zijn voor morgen geïnviteerd, en toen ik vertelde dat jij bij ons logeerde, zeiden ze meteen dat je natuurlijk ook welkom was. O ja, en Howard Draper is er elke week te gast. Ik vermoed dat de burgemeester en zijn vrouw hem proberen te strikken als schoonzoon. Ze hebben nog een ongetrouwde dochter thuis. Betsey is minstens vijftien jaar jonger dan Howard, maar de meeste mannen van haar leeftijd zitten in Vietnam. Dit is geen gunstige tijd voor een twintigjarige vrouw die op zoek is naar een man.'

'Al is een twintigjarige man die probeert in leven te blijven er waarschijnlijk beroerder aan toe.'

'Ongetwijfeld.'

Na een korte stilte vroeg ik: 'Weet de burgemeester dat Howard bij de Klan zit?'

'Ik weet het niet', zei Sunny schouderophalend. 'Waarschijnlijk vermoedt hij wel zoiets.'

'En hij vindt het geen punt om een nachtruiter als schoonzoon te hebben?'

'Het is beter dan helemaal geen schoonzoon. De hemel verhoede dat Betsey Frohmann eindigt als een ouwe vrijster.'

We verlieten de woonwijk en reden naar de rand van de stad, waar Sunny me een groot, vierkant fabrieksgebouw aanwees met een afrastering eromheen. 'Dat is de molen', zei ze. 'Hij biedt werkgelegenheid aan dertig procent van de inwoners van Carver, zowel blanken als zwarten. Tom probeert de integratie te bevorderen – hij wil af van de aparte kantines en dat soort dingen – maar de blanken willen het niet hebben en de zwarten zijn te bang om een vuist te maken. Toen Tom een neger tot voorman had bevorderd, bekleedde die de functie drie weken lang en kwam toen vragen of hij zijn oude baan weer terug kon krijgen. Hij zei het niet met zoveel woorden, maar het was duidelijk dat hij net een beetje te vaak midden in de nacht de Klan op visite had gekregen om nog veel waarde aan de promotie te hechten. Tom zegt dat hij nog niet eens de regels op zijn eigen molen kan bepalen, omdat de traditie dat al voor hem heeft gedaan. En dat is een traditie van vooroordelen die zo hardnekkig zijn dat hij ze niet kan negeren.'

'Hoe zit het met zijn familie, Sunny?' vroeg ik. 'Zijn daar nog Klanleden bij?'

'Sommigen zijn het geweest, inderdaad, en sommigen zijn het nu nog. In de directie van de molen zitten een paar neven van Tom die bij de Klan horen, en uiteraard is dat ook niet zo bevorderlijk voor de gang van zaken.'

'En zijn vader?'

Sunny schudde haar hoofd. 'Dat was ook bepaald geen negervriend, maar hij zat tenminste niet bij de Klan. Hij paste zich aan bij de status-quo zonder iets ter verbetering of ter verslechtering te doen. Hij sprak zich nooit voor of tegen iets uit. Volgens Tom is dat het voornaamste kenmerk van een lafaard.' Sunny keek me even aan en richtte haar ogen toen weer op de weg. 'Tom was nooit zo dol op zijn vader.'

'Hoe komt het dan eigenlijk dat Tom is zoals hij is, gezien zijn afkomst?'

Sunny glimlachte. 'Dat heeft te maken met een zekere Hollis Hardy. Toen Tom zo'n zes of zeven jaar oud was, huurde zijn vader Hollis af en toe in als parttime tuinman. Hij werkte er niet voor vast, maar alleen als het nodig was. Tom dacht dat hij ongeveer vijftig jaar was. Hij had een hele kudde en nog een koppel kinderen en kleinkinderen – zo zei hij het altijd. Eigenlijk mocht Tom helemaal niet omgaan met de zwarte tuinhulp, maar toch hing hij voortdurend om hem heen, omdat Hollis ondanks alles altijd lachte en altijd een verhaaltje paraat had. Bovendien had hij tijd voor Tom, tijd die zijn vader nooit leek te hebben. Fulton senior was een afstandelijk en drukbezet man – niet het prototype van een goede vader. Zo kwam het dat Tom Hollis als een soort vaderfiguur ging zien. Hij heeft hem zelfs een keer gevraagd of hij niet bij hem mocht komen wonen. Als Hollis toch al een hele kudde en een koppel moest voeden, dan maakte een meer of minder ook niet uit.

Hollis wist natuurlijk wel dat Tom een rijke, blanke jongen was die alles kon krijgen wat zijn hartje begeerde, behalve de aandacht van zijn ouders. Hij zei tegen Tom dat hij hem maar wat graag in huis zou nemen, maar dat dat nu eenmaal niet kon.' Sunny zweeg en kauwde nadenkend op haar onderlip. Ik vroeg me af of ze nu dacht aan het kleine, blanke meisje in Boyle Heights dat in een Japans gezin werd opgenomen omdat ze liefde nodig had. 'Hoe dan ook,' ging ze verder, 'sinds die keer nam Hollis telkens als hij bij de Fultons kwam werken een houten beestje mee, dat hij zelf had gesneden. Dat gaf hij dan aan Tom en hij zei erbij: "Weet je wat dat beestje zegt?" Dan maakte Tom het bijbehorende dierengeluid, waarop Hollis in lachen uitbarstte en zei: "Dat is alleen maar een geluid, meer niet. Nee, dat beestje zegt dat Daddy Hollis om je geeft. Altijd als je naar dat beestje kijkt, weet je dat Daddy Hollis aan je denkt." '

Ik wachtte tot Sunny verder zou vertellen, maar ze bleef zwijgen, en ik zei: 'Ik raad het al – Hollis kreeg de Klan op zijn dak.'

Sunny knikte en haalde diep adem. 'Op een nacht werd Tom wakker gemaakt door zijn oom, de broer van zijn moeder, die tegen hem zei dat hij nu groot genoeg was om te zien hoe je de negers moest aanpakken. Tom had geen idee waar zijn oom het over had, maar hij kleedde zich aan en ging mee.'

'Wisten zijn ouders ervan?'

'Absoluut niet. Ze lagen in bed. Blijkbaar logeerde die oom een poosje bij de Fultons. Hij heette Billy Wayne, was een jongere broer van Corinne en een nietsnut, zo een van twaalf ambachten, dertien ongelukken. Hij pochte altijd dat zijn werk voor de Klan zijn hoofdtaak was en dat er dus voor andere dingen weinig tijd overschoot. Maar goed, Tom ging met hem mee en toen hij vroeg wat er ging gebeuren, zei Billy dat ze een neger te pakken gingen nemen die een blanke vrouw had lastiggevallen. Tom vroeg wat ze dan gingen doen en Billy zei dat hij dat maar moest afwachten.

Tom vindt het nog steeds heel moeilijk om erover te praten en hij treedt nooit in details. Het enige wat ik weet is dat een stuk of twaalf Klanleden, waaronder zijn oom, Hollis hebben doodgeslagen. Tom wilde Hollis te hulp schieten, hij probeerde bij hem te komen, maar een van de mannen hield hem vast. Hollis zag hem echter wel en Tom zegt dat hij de blik in diens ogen nooit meer is kwijtgeraakt. Eerst was er die gruwelijke doodsangst, maar zodra Hollis Tom zag, veranderde die in diep verdriet. Tom schreeuwde en huilde en probeerde wanhopig zich los te rukken uit de greep van de man die hem in bedwang hield, en ondertussen keek Hollis hem onafgebroken aan met dat vreselijke verdriet in zijn ogen, totdat hij ze sloot en nooit meer opendeed.'

'Nee', fluisterde ik; ik wilde eigenlijk niet geloven dat er zoiets gebeurd kon zijn.

'Tom denkt nu dat Hollis niet zozeer verdriet had omdat hij ging sterven, maar omdat Tom het moest aanzien. Tom heeft er nachtmerries aan overgehouden waar hij nog steeds last van heeft. En nog altijd probeert hij Hollis te redden uit de klauwen van de Klan.'

Zoiets heb ik eerder gehoord, dacht ik. Hollis en de Klan. Lenny en de Jappen. Dezelfde nachtmerrie, alleen de kleuren verschilden. Ik voelde me plotseling tot Tom aangetrokken, ook al moest de kennismaking nog plaatsvinden. 'Besefte zijn oom wel dat Tom op Hollis gesteld was?'

'Dat was waarschijnlijk precies de reden waarom hij dit deed', zuchtte Sunny. 'Hij wilde Tom laten zien wat een neger waard was, zodat hij in de toekomst wel uitkeek voor hij vriendschap met hen sloot. Tom zegt dat Billy Wayne een zieke geest had, die verminkt was door haat. Waarschijnlijk dacht hij oprecht dat hij een goede daad verrichtte.'

'Maar Hollis was toch zeker onschuldig aan wat ze hem in de schoenen schoven?'

Sunny schudde langzaam haar hoofd. 'Het kan best dat hij iets gezegd had wat een blanke vrouw in het verkeerde keelgat was geschoten. Misschien keek hij haar recht aan, toen hij tegen haar sprak, of misschien stapte hij niet snel genoeg in de goot, toen ze hem wilde passeren op de stoep. Wie zal het zeggen?

In ieder geval staat het voor Tom niet vast dat hij zich ooit tegenover een blanke vrouw heeft misdragen.'

'Wat moet dat een gruwelijke ervaring voor Tom geweest zijn.'

'Die nacht heeft hij gezworen dat hij nooit iets met de Klan te maken wilde hebben en dat, als hij ooit mensen zou gaan haten, het mensen zouden zijn zoals Billy Wayne.'

'Zijn Toms ouders er ooit achter gekomen?'

'Tom heeft geprobeerd het hun te vertellen. Hij meende dat ze beslist in actie zouden komen, dat ze de moordenaars van Hollis voor het gerecht zouden willen slepen, zelfs als dat tot gevolg had dat Billy Wayne de gevangenis in draaide. Maar elke keer als hij over die nacht begon, zeiden ze dat hij zijn mond moest houden en nooit meer over dergelijke dingen mocht spreken. Ten slotte gaf Tom het op. Hij nam aan dat het stilzwijgen van zijn ouders betekende dat ze de moord en Billy's betrokkenheid daarbij goedkeurden. Misschien was dat zo, misschien ook niet. Wat Tom in die tijd nog niet wist, was dat een blanke die een neger vermoordde nooit ofte nimmer een gevangenisstraf kreeg. De zoveelste dode neger was net zoiets als de zoveelste dode hond. Alles wat Fulton senior deed, was een andere tuinman in dienst nemen. Over Hollis werd nooit meer gesproken.'

'Dat zal Toms verhouding met zijn ouders geen goed hebben gedaan.'

'Het veroorzaakte een blijvende kloof. Na de dood van Hollis realiseerde Tom zich dat hij meer van die negertuinman hield dan van zijn eigen vader en moeder. De verzameling houten beestjes die Hollis hem gaf, heeft hij nog steeds. Hij zegt dat die beestjes hem na Hollis' dood opdrongen om naar het noorden te gaan en dat heeft hij dan ook gedaan, ook al waren zijn ouders ertegen.'

'En toch kwam hij terug.'

'Uit een soort verantwoordelijkheidsbesef, ja. Oudste zoon komt familiebedrijf redden, zoiets. Nu praten Hollis' beestjes tegen ons allebei – en op een dag zullen we ook zeker gaan. Zodra het kan.'

Net toen Sunny haar verhaal beëindigde, hield ook de geasfalteerde weg op. De auto hotste en botste nu over een zandweg vol karrensporen. Sunny keek om zich heen en maakte een weids handgebaar. 'We rijden nu Coloredtown in, zoals het in de volksmond heet. Het is nog steeds Carver en toch een compleet andere wereld.'

De overgang naar deze andere wereld was een abrupte, alsof de ene foto in een oogwenk door de andere was vervangen. De keurige huizen en glad gemaaide gazons lagen achter ons; in plaats daarvan reden we langs een allegaartje van provisorische huizen, krotten van hout en asfaltpapier, hutten zonder glas in de sponningen, zonder gras in de voortuin, zonder paadjes naar de voordeur. Hier geen bloemen in bloembakken – hier bloeiden helemaal nergens bloemen. In plaats daarvan lag hier een oude auto zonder wielen en daar een berg onderdelen, wegroestend in regen en dauw. Tussen de krotten scharrelden een paar kippen. Verschoten wasgoed hing over waslijnen van gespleten touw, zonder knijpers. In het zand speelden schaars geklede kinderen op blote voeten. Hun bruine ogen keken onze auto nieuwsgierig na.

'De negerwijk is een smalle strook land tussen het eigenlijke Carver en de Big Black River', wees Sunny. 'De rivier ligt daarginds, achter de bomen rechts van jou. Het grapje gaat dat dit een handige plaats is voor een vuilstortplaats.' Ze keek me even van opzij aan om te zien of ik het begreep. Dat deed ik. 'Volgens sommigen wordt hij de Big Black River genoemd vanwege de lichamen die soms aanspoelen.'

'Heel fijn', zei ik.

Sunny knikte afwezig. 'We rijden nu het winkelcentrum in.'

Wat zij het winkelcentrum van Coloredtown noemde, deed denken aan het vroegere Wilde Westen en misschien nog wel meer aan de set voor een tweederangs cowboyfilm. De ene kant van de straat bestond uit een aaneengesloten rij nepgevels met uitzicht op wat schaarse bosschages aan de overkant. Voor de winkels langs liep een verhoogd, houten plankier bij wijze van trottoir, voor het geval de weg in een modderpoel zou veranderen door de regen. Overigens hield deze stoep aan het einde van de gebouwenrij op, zodat de mensen alsnog door de modder naar huis zouden moeten. Alle winkels waren opgetrokken uit hout en hadden daken van houten planken, hoewel een aantal daarbij nog overtrokken was met roestige, blikken platen.

'De eigenaars van deze winkels zijn de gelukkigen onder de negers', legde Sunny uit. 'Zij hoeven niet voor blanken te werken, maar zijn hun eigen baas.' Ze reed in een slakkengangetje, zodat ze me kon wijzen op Harolds kapperszaak, Bernadettes kledingboetiek, Reese' warenhuis, een café met de naam Kauwen en Kletsen, de begrafenisonderneming van de gebroeders Robinson en ten slotte een kantoor met daarop het naambordje van 'Daniel Dawson, arts'.

'Het gezegde gaat hier dat het verlies van Dawson de winst van de Robinsons is', grapte Sunny.

'Het is wel handig dat ze pal naast elkaar wonen', merkte ik op.

'Dokter Dawson is de eerste zwarte arts in Carver. Voordat hij kwam, zochten de mensen geen medische hulp; ze gingen gewoon regelrecht naar de Robinsons.'

'Je maakt een geintje, hoop ik.'

'Niet helemaal. Maar iedereen die ziek was moest naar Goodman, of zelfs helemaal naar Lexington om geholpen te worden. Als dat niet kon, deden ze het zonder.'

'Wilde geen enkele blanke dokter in Carver hen ontvangen?'

'Er was er een die dat wel wilde, zodra hij tijd had. Maar hij had eigenlijk nooit tijd.'

Ze zette de auto even stil voor het warenhuis. Op de ruime veranda stonden een stel schommelstoelen en een frisdrankautomaat. Drie mannen in overalls hadden het zich er met een colaatje gemakkelijk gemaakt. Twee anderen zaten tegenover elkaar aan een klein tafeltje te schaken. Sunny zwaaide naar de mannen; ze knikten haar allemaal toe en sommigen zwaaiden terug. Degenen die een versleten vilthoedje ophadden, lichtten dat even in de richting van de auto. Ze vonden het blijkbaar niet vreemd dat er in het winkelcentrum van Carver plotseling twee blanke vrouwen waren opgedoken. We stapten niet uit, we zetten zelfs de motor niet af. Na het korte blijk van wederzijdse herkenning keerde Sunny de wagen en reden we terug langs de weg waarlangs we gekomen waren.

'Het is duidelijk dat ze je kennen', zei ik.

'Klopt, van de cursus. Je zult later nog wel kennis met hen maken.' Ze wierp een blik op haar horloge. 'Ik moet nu terug naar huis om voor het eten te zorgen. Tom komt rond zes uur thuis en hij neemt de kinderen mee.'

'Vertel me eens meer over die cursus', drong ik aan.

Maar Sunny wuifde mijn verzoek weg. 'Dat kan wachten tot maandag, als ik je hierheen rijd voor een ontmoeting met T.W. en Mahlon. Zij zijn degenen die de cursus in feite geven en kunnen je er dus alles over vertellen.' Met een glimlach keek ze me aan. 'Het lijkt me ook wel genoeg Carver voor een dag, wat jij?'

'Zou je nog een vraag willen beantwoorden?' vroeg ik.

'Tuurlijk, zeg het maar.'

'Ik weet dat de Klan een hekel heeft aan negers, oosterlingen, joden, katholieken, communisten en immigranten. Klopt dat?'

'Inderdaad.'

'Wat zouden ze dan vinden van roodharige, Ierse Duitsers van de derde generatie, die hun brood verdienen met artikelen over de burgerrechtenbeweging?'

Sunny keek me effen aan. 'Hoezo? Overweeg je om je bij de vrouwenafdeling aan te sluiten?'

'Ik vroeg me alleen maar af of ik automatisch in hun zwartboek sta of 's avonds met een betrekkelijk gerust hart kan gaan slapen.'

'Je kunt beter een pistool onder je kussen leggen, gewoon voor het geval dat.'

'Daar was ik al bang voor.'

'Tom bewaart een geweer in de slaapkamerkast.'

'Wat ter wereld zouden ze nu voor bezwaar tegen Tom kunnen hebben?'

'Augie, de Klan heeft gewoon bezwaren tegen alles en iedereen. Punt.'

Ik knikte. We reden in omgekeerde richting door Coloredtown, terug naar huis.

24

Sunny en ik waren in de keuken kip aan het braden en maïs-
kolven aan het grillen, toen plotseling de achterdeur open
klapte en twee kleine windhozen naar binnen raasden, giebe-
lend en kwetterend in een onverstaanbaar koeterwaals.
Meteen daarna vulde de reusachtige gestalte van Tom Fulton
de deuropening. Sunny's man was een boomlange beer van
een vent, potig, maar niet te zwaar, met een golvende, blonde
haardos en ogen zo blauw als de zomerlucht. Met dreunende
stappen liep hij de keuken in; duidelijk een man die niet met
zich liet spotten. Even was ik zelfs bang dat hij boos was, maar
toen ik zijn brede glimlach ontwaarde, begreep ik meteen dat
een forse man niet anders dan dreunend kán lopen.

Sunny knuffelde de kinderen ter begroeting, en ging toen
op haar tenen staan om van haar man, die zich daarvoor
moest bukken, een zoen in ontvangst te nemen.

'Tom, kinderen,' zei ze met een handgebaar naar mij, 'mag
ik jullie voorstellen aan Augie Callahan. Augie, dit zijn Tom,
Joanie en Ronnie.'

De windhozen veranderden op slag in twee zwijgende,
starende kinderen. Ik probeerde in hun gelaatstrekken iets
van Sunny te ontdekken, maar vond niets. Met hun ronde
ogen, smalle neuzen en krullende, ver van zwarte haar, waren
dit jongetje en dit meisje puur hakujin. Sunny had hen

gebaard, maar op hun uiterlijk had voornamelijk Tom zijn stempel gedrukt. Bij de conceptie waren de meeste oosterse kenmerken gesneuveld.

Het stemde me een beetje verdrietig, maar dat duurde maar even. De kinderen glimlachten en zeiden hallo, en Tom greep mijn handen en zwengelde die geestdriftig op en neer. Meteen wist ik dat ik in dit huis evengoed thuishoorde als ooit bij de Yamagata's. Het besef werd alleen maar bevestigd toen Tom breed lachend uitriep: 'Dus jij bent Musume!'

'Inderdaad', lachte ik verbaasd. 'Dat wil zeggen, dat was ik vroeger.'

'Nee hoor, je bent het nog steeds', zei hij hartelijk. 'Wat fijn om je eindelijk te leren kennen. Ik kon mijn oren niet geloven toen Sunny vertelde dat ze je waarschijnlijk had opgeduikeld. Ik heb jarenlang de verhalen over jou aangehoord zonder te kunnen denken dat ik je nog eens met eigen ogen zou zien. Ik heb aan jou te danken dat deze knappe dame met mij getrouwd is, moet je weten.'

'O ja?' vroeg ik. Ik snapte er niets van. Ik keek van Tom naar Sunny om nadere uitleg.

'Daar hebben we het later wel over', zei ze. 'Het eten is klaar. Handen wassen, allemaal, en vlug een beetje.'

In een mum van tijd zaten we om de grote, eikenhouten tafel in de eetkamer, met schalen vol warm eten voor ons. Niemand maakte aanstalten om op te scheppen en ik zag dat Sunny Tom een knikje gaf, alsof ze wilde zeggen dat hij zichzelf het eerst moest bedienen. In plaats daarvan pakte hij de hand van Joanie, die naast hem zat, en met de andere hand die van mij. 'We zullen eerst danken', zei hij rustig. Ik was niet gewend te bidden voor het eten, maar na een vlugge blik om mij heen boog ook ik mijn hoofd en sloot mijn ogen. 'Vader,' bad Tom, 'wij danken U voor het eten dat voor ons staat. En we danken U ook dat Musume hier veilig is aangekomen' – hij kneep even in mijn hand – 'en dat U ons deze blijde hereniging hebt willen geven. Amen.'

'Amen!' echoden de kinderen en hielden daarna gretig hun bord bij.

Sunny gaf de schaal met kip door, terwijl Tom me vrolijk toegrijnsde. 'Musume, Musume', zei hij en hij klakte met zijn tong. 'Waar heb je al die tijd in vredesnaam uitgehangen?'

Ik kon het niet helpen: ik schoot weer in de lach. 'Ach, overal en nergens', grapte ik. Ik mocht deze man, zoals ik al bij voorbaat had geweten. Hij was zo gemoedelijk en vriendelijk dat je hem wel aardig moest vinden. Hij gedroeg zich helemaal niet als iemand die je net hebt ontmoet, maar als een oude vriend, en daardoor was hij dat ook meteen. Even was ik jaloers op Sunny, al was ik tegelijkertijd blij voor haar.

Tom nam een grote hap kip, kauwde en slikte. 'Ik hoorde van Sunny dat jullie als kinderen niet bij elkaar weg te slaan waren', zei hij toen met zijn vriendelijke, zuidelijke accent.

Glimlachend keek ik naar Sunny. 'Dat klopt. Ik heb een paar jaar min of meer bij Sunny in huis gewoond.' En om een of andere reden voegde ik eraan toe: 'Dat was nog voor de oorlog.'

Tom knikte. 'Ben ik even blij,' zei hij, 'want anders was ik vandaag niet zo gelukkig getrouwd.'

Ik fronste mijn wenkbrauwen; het verband ontging me. 'Hoezo?'

'Hij bedoelt,' antwoordde Sunny voor haar man, 'dat hij zo stom was om te denken dat mijn ouders hem niet als lid van de familie zouden accepteren, omdat hij hakujin is. Ik zei natuurlijk dat het onzin was, maar hij wilde me eerst niet geloven.'

Tom knikte weer, nam nog een hap van de kip en ging met een tevreden gezicht zitten kauwen, alsof mijn vraag hiermee voldoende beantwoord was. 'Hoezo?' drong ik aan.

'Nou, weet je', zei Tom – hij greep het servet dat naast zijn bord lag en veegde zijn vette vingers schoon – 'wij leerden elkaar kennen ongeveer … wat zal het geweest zijn … vijf of zes jaar na de oorlog. Sunny's vader, Toshio, nou ja, de oorlog was hem niet in de kouwe kleren gaan zitten, door het kamp en zo. Hij was zijn zaak en zijn huis kwijtgeraakt, zijn hele leven lag eigenlijk in puin. Toen hij uit het kamp kwam, was hij min of meer een gebroken man, waar of niet, Sunny?'

Sunny knikte, maar zei niets.

'Ik dacht zo dat hij wel een hekel aan de blanken zou hebben om wat we hem en zijn gezin hadden aangedaan. Ik zou het hem niet kwalijk hebben genomen. Als boeven zijn ze behandeld, allemaal, zonder dat ze iets verkeerds hadden gedaan. Ze waren stuk voor stuk net zo Japans als president Roosevelt zelf. Ze zagen er alleen op het verkeerde moment als Japanners uit.

En daar zat ik dan, een blanke vent, stapelverliefd op dat knappe juffie Yamagata, met wie ik wou trouwen zodra ik haar zag.' Hij wierp Sunny een blik toe over de tafel en glimlachte. Ze glimlachte terug en mijn hart kromp ineen onder de intimiteit van dit simpele oogcontact. 'Ik wist dat Sunny's familie in een kamp had gezeten,' ging Tom verder, 'en ik dacht dat ik geen schijn van kans maakte, maar zij wist zeker dat haar familie me zou accepteren. Het duurde even voor ik genoeg moed verzameld had om Toshio op te zoeken, maar uiteindelijk ging ik toch.'

Ik moest lachen bij de gedachte dat deze Goliat bang was geweest dat hij het zou afleggen tegen het kiezeltje van Toshio Yamagata's wrok.

'En nou moet je horen, Augie.' Tom gebaarde met het mes waarmee hij net een lik boter op zijn maïskolf had gesmeerd. 'Sunny had gelijk. Toshio was zo geschikt als wat. Hij accepteerde me vanaf het eerste moment. Na een poosje, toen we elkaar wat beter kenden, heb ik het hem op de man af gevraagd. Ik zei: "Toshio, zat je er eerst niet mee dat ik blank ben?" En hij zei: "Nee hoor, helemaal niet." Ik vroeg hem waarom en toen zei hij dat Sunny, in de tijd dat ze in Boyle Heights woonden, een blank vriendinnetje had gehad, dat voor hem en Suma als een dochter was. Hij zei dat ze jou zelfs Musume hadden genoemd, omdat ze van je hielden alsof je hun eigen dochter was. En ik weet nog dat hij tranen in zijn ogen had toen hij vertelde dat ze je door de oorlog waren kwijtgeraakt.'

Hevig bewogen voelde ik ook in mijn eigen ogen de tranen opwellen. Vlug haalde ik diep adem en ik dwong mezelf naar Tom te glimlachen. 'Nou, het doet me plezier dat ik voor jou de weg heb geëffend naar het huwelijksgeluk.'

Tom lachte en knipoogde naar Sunny. 'Mooi gezegd.' En hij zette de maïskolf aan zijn mond alsof het een mondharmonica was.

Onwillekeurig vroeg ik me af of Sunny bij Toms familie een even ruimhartige ontvangst had gekregen en wat Tom ervan gevonden had dat zijn Japanse vrouw hakujin werd. Ik vroeg me af hoe de kinderen zich hadden gevoeld toen hun Japanse moeder op een dag vertrok en terugkwam als een blanke vrouw. Er was zo veel wat ik wilde vragen, maar dit was er niet het goede moment voor. Stukje bij beetje zou ik wel te horen krijgen wat ik wilde weten.

'Mam,' zei Ronnie met zijn schelle stemmetje en hij trok zijn wenkbrauwen hoog op, 'was deze mevrouw echt jouw vriendin toen jullie nog klein waren?'

'Het is Miss Callahan, niet "deze mevrouw"', verbeterde Sunny. 'En ja, we waren elkaars beste vriendin.'

'Waarom hebben we haar dan nooit eerder gezien?'

'Je weet toch nog wel wat ik je verteld heb?' vroeg Sunny geduldig. 'Door de oorlog verloren we elkaar uit het oog.'

'Toen jij en opa en oma in het kamp werden gestopt?'

'Precies. Toen we naar het kamp moesten verhuizen, mocht Miss Callahan niet mee.'

Twee paar kinderogen staarden mij even aan en toen schetterde Joanie: 'Maar nu zijn jullie weer vriendinnen, hè, ook al zijn jullie nu al oud.'

Sunny's mond trilde even, maar ze onderdrukte de glimlach. Even wierp ze me een betekenisvolle blik toe. 'Dat klopt', zei ze toen. 'Miss Callahan en ik zijn weer vriendinnen, ook al zijn we al oud.'

'Jouw moeder wordt nooit oud, Joanie,' merkte Tom vriendelijk op, 'ook al wordt ze honderd.'

'Dat is nog ouder dan oma,' zei Ronnie, 'en die is al behoorlijk oud.'

'Laat maar, Ronnie', lachte Sunny. 'Vertel ons liever wat je vandaag allemaal hebt gedaan.'

De rest van de maaltijd vertelden de kinderen over hun belevenissen bij grootmoeder Fulton thuis – zij was ook heel oud, zeiden ze, alleen deed ze erg haar best om er niet oud uit te zien – en over het dienstmeisje Flora dat hun had geleerd om met een stukje touw een kop en schotel en een spinnenweb te maken. Een gevoel van welbehagen doortrok mij, toen ik daar zo tussen hen in naar het gebabbel zat te luisteren. Ik miste geen enkele blik en geen enkel klein gebaar, vol van het wonder dat ik erbij was.

Na het eten stond Tom op en begon de tafel af te ruimen. 'De kinderen en ik zullen wel afwassen', bood hij aan. 'Gaan jullie maar lekker op de veranda zitten uitrusten. Jullie hebben meer dan twintig jaar in te halen, en ik neem aan dat jullie nog maar nauwelijks begonnen zijn.'

'Wat een juweel van een man heb jij', zei ik tegen Sunny, hoewel Tom zich nog binnen gehoorsafstand bevond. 'Heeft hij toevallig nog ergens een vrijgezelle broer rondlopen?'

Tom gaf zelf antwoord. 'Een broer wel, maar die is al getrouwd; al bijna tien jaar.'

'Heb ik even pech!' lachte ik, maar het klonk mijzelf wat hol in de oren.

'Kom, Augie', zei Sunny. Ze duwde haar stoel naar achteren en stond op. 'Laten we ons voordeel doen met die ridderlijkheid van Tom en op de veranda ijsthee gaan drinken. Het gebeurt niet vaak dat de afwas mij bespaard blijft.'

Ik stond op en volgde haar naar buiten.

'Hoe is het je na Boyle Heights verder vergaan, Sunny?'

Het leek mij een goed uitgangspunt. Terug naar het begin, naar hun vertrek, naar de dag waarop meneer Eddington en zijn broer hen naar het station reden.

Sunny zuchtte diep, alsof ik een zware last op haar schouders had gelegd. We zaten naast elkaar op de veranda, elk in een schommelstoel, met een glas ijsthee in de hand. 'Weet je iets over het leven in de kampen?' vroeg ze.

'Heel weinig', biechtte ik op. Tot op dit moment had ik er ook niets over willen weten. Ik had alles willen vergeten wat met de Yamagata's te maken had.

'Wat wil je allemaal weten?' vroeg Sunny.

'Alles wat je me maar wilt vertellen.'

Ze schommelde even zwijgend heen en weer, terwijl ze haar gedachten ordende. Toen stak ze van wal. 'Eerst werden we naar een soort verzamelcentrum gebracht, waar we zes maanden zijn gebleven, totdat we werden doorgestuurd naar Manzanar. Het centrum dat ons was toegewezen was de renbaan van Santa Anita. Het eerste wat we bij aankomst zagen was prikkeldraad, schijnwerpers en bewakers met geweren. We kregen het gevoel alsof we naar de gevangenis waren gestuurd, terwijl we geen enkele misdaad hadden begaan, net zoals Tom tijdens het eten zei.

Hele families werden in de paardenstallen gepropt en er werd van hen verwacht dat ze zich daar gezellig inrichtten. De stallen waren witgekalkt, maar het rook er nog steeds naar paardenmest. We kregen ledikanten en dekens, maar we moesten zelf onze matrassen vullen met stro. Er waren afzonderlijke toiletten voor mannen en vrouwen, maar verder was er niets afgeschut. Je had totaal geen privacy. We moesten ons zelfs gezamenlijk wassen in wat vroeger de doucheruimte voor de paarden was geweest. Het was zo vernederend! Sommigen van de issei, die waren opgegroeid in Japan, waren gezamenlijk baden nog wel gewend, maar degenen die in Amerika waren geboren hadden een dergelijk gebrek aan privacy nog nooit meegemaakt. Ik had een grondige afkeer van die douches, en moeder ook. Moet je je voorstellen hoe ze zich voelde – ze was nog zwanger ook. Niet dat ze de enige vrouw was die een bevalling op de renbaan tegemoet kon zien.

Driemaal daags maakten we de gang naar de vliegenfabriek, zoals Sam en George de kantine noemden. Er waren er drie, maar ze waren allemaal even verschrikkelijk. Het was al erg genoeg dat het eten afschuwelijk was, maar de vliegen waren nog veel erger. Alle kozijnen en balken van de eetzaal waren bedekt met vliegenvangers, je weet wel, van die gele, kleverige spiralen. Niet dat ze lang geel bleven. Na een poosje waren ze allemaal zwart van de vliegen die eraan vastgeplakt zaten. Het eten was al nauwelijks binnen te houden en dan bungelden ook nog al die dode vliegen boven je hoofd, om nog maar te zwijgen van de levende die overal rondzoemden en op je eten gingen zitten.

Iedereen in het kamp was boos. De mensen maakten voortdurend ruzie, zelfs 's nachts als je probeerde te slapen. In die stallen hoorde je alles van elkaar; het waren gewoon grote, open schuren. Vloekende, ruziënde, huilende mensen – er kwam geen eind aan. Nacht na nacht, dag na dag. We waren allemaal volkomen de kluts kwijt.

Moeder huilde wekenlang. Papa uitte zijn woede nooit, maar werd steeds nukkiger. Obaasan was compleet wanhopig. Dat ze gedwongen werd op een renbaan te wonen was voor haar de allerdiepste vernedering, het dieptepunt na een leven lang ongelukkig zijn in Amerika. Net als altijd kreeg mijn grootvader ook hier weer de schuld van. Dag en nacht verwenste ze hem, zelfs in haar dromen, zoals ze altijd had gedaan. Alleen lachte ik haar nu niet meer uit. Voor het eerst van mijn leven begreep ik het en ik was verdrietig om haar.

Op een nacht riep ze de naam van mijn grootvader voor het laatst. Papa probeerde haar wakker te schudden, maar ze werd niet meer wakker. De naam van mijn grootvader is het laatste geweest wat ze heeft gezegd.' Sunny zweeg even en glimlachte weemoedig. 'Ik zag gewoon voor me hoe ze zich bij haar voorouders voegde, al mopperend dat ze in Amerika had moeten sterven op een plek die alleen voor dieren geschikt was.'

'Arme Obaasan', fluisterde ik.

'Toen we in het verzamelcentrum aankwamen, zei ze de hele tijd tegen papa: "Ik zei je toch dat de hakujin ons haten. Ik zei je toch dat we terug moesten gaan naar Japan." Net als ik lachte ook papa niet meer om haar. Hij heeft het nooit met zoveel woorden gezegd, maar ik denk dat hij zich ging afvragen of Obaasan misschien niet al die tijd gelijk had gehad, want kijk nou waar we beland waren!

Het enige goede dat we daar meemaakten, was de geboorte van de baby. Er was daar een provisorisch ziekenhuisje, dus we hoefden niet te zeggen dat ze in een paardenstal was geboren. Ik heb je al verteld dat ze Augusta werd genoemd, naar jou. Natuurlijk was ze welkom, maar de eerste tijd was moeilijk, omdat ze een echte huilbaby was. Ze huilde uren aan een stuk, dag en nacht, en soms was ze echt nergens meer mee stil te krijgen. Volgens mevrouw Sensaki, die in de stal naast ons woonde, waren het darmkrampjes, maar volgens moeder probeerde de kleine Gus alleen maar de tranen kwijt te raken die haar moeder had gestort in de tijd dat ze haar droeg.'

Ik schudde mijn hoofd en liet mijn blik over de tuin dwalen. Het daglicht treuzelde nog wat, maar de avondkoelte was al ingevallen en de dag verstilde meer en meer. 'En hoe was het voor jou, Sunny?' vroeg ik.

'Heel moeilijk', zei ze tamelijk onbewogen. 'Ik had het geluk dat ik nog jong was, denk ik. Ik had minder last van de woonsituatie dan de volwassenen. Jij weet ook wel dat kinderen taaier zijn en barre omstandigheden beter kunnen verdragen. Zij slapen op de grond even lekker als in bed. Daarbij kwam natuurlijk dat wij veel minder te verliezen hadden. Onze ouders hadden alles verloren waarvoor ze een leven lang hard hadden gewerkt. Wij, kinderen, hadden nog steeds een heel leven voor ons en de gedachte dat ons leven nooit meer zou worden wat het was, kwam nooit bij ons op. We gingen ervan uit dat op een dag alles weer normaal zou zijn. De oorlog was een onderbreking, niet het einde van alles, zoals hij dat voor de volwassenen wel leek te zijn.

Het moeilijkste was, te moeten aanzien wat de situatie deed met papa en moeder en Obaasan. Ze waren er kapot van en dat deed echt pijn. Ik dacht bij mezelf: als de hakujin ons dit kunnen aandoen, moeten ze ons inderdaad wel haten.'

Ze keek me even aan voor ze verderging. 'Ik begon verbitterd te worden en voor het eerst van mijn leven begon ik de blanken te haten. Ik wist wel dat er ook goede hakujin waren – zoals jij – maar ik had jou nooit als blanke beschouwd. Je was gewoon Augie, niet blank, niet Japans, gewoon Augie.'

Ze nam een grote slok thee. De ijsklontjes tinkelden tegen het glas toen ze het weer neerzette. 'Het was niets voor mij om een hekel te hebben aan andere mensen, maar als je denkt dat zij je haten, ga je hen op jouw beurt ook haten. Volgens mij gaat dat bijna automatisch.'

Ik schommelde even nadenkend heen en weer. 'En toch ben je met een blanke man getrouwd', zei ik.

Sunny haalde haar schouders op. 'Ja', zei ze eenvoudig.

'Je bent dus over die wrok heen gegroeid.'

'Ja, natuurlijk.' Het klonk een beetje verbaasd, alsof ik niet anders had hoeven verwachten.

Er viel weer een korte stilte, en toen zei ik: 'En na dat verzamelcentrum werden jullie naar Manzanar overgeplaatst?' Toen Sunny slechts knikte, vroeg ik: 'Hoe was het daar?'

Ze glimlachte zwakjes. 'Stoffig', herinnerde ze zich. 'We kwamen midden in een zandstorm aan en vanaf dat moment tot het eind van de oorlog werden we geplaagd door stof. Manzanar ligt in een woestijnvallei aan de voet van de Sierra's, en het waaide er onophoudelijk. Wanneer de wind hevig genoeg was om een zandstorm te veroorzaken, leek er een dikke mist te hangen, zodat je bijna geen hand voor ogen kon zien. We konden dus pas de dag na onze aankomst goed om ons heen kijken om te zien waar we terechtgekomen waren.'

'Ik vermoed dat het niet zo'n verheffend gezicht was', wierp ik ertussen.

'Niet echt', stemde ze in. 'Ik denk dat het wel een verbetering was ten opzichte van de paardenstallen, maar vergeleken bij Manzanar was Boyle Heights een chique woonwijk. Het kamp was opgezet als legerbasis, met een vast aantal barakken per blok, en voor elk blok een eigen kantine, toiletgebouw en wasruimte. Het had een oppervlakte van een vierkante mijl en het was afgezet met prikkeldraad. Er waren acht wachttorens, van waaruit we door soldaten met machinegeweren in de gaten werden gehouden. De regering noemde het een hervestigingskamp, maar dat was een mooi woord voor wat gewoon een gevangenis was, waarin meer dan duizend krijgsgevangenen op een klein oppervlak op elkaar gepropt zaten.

Maar goed, omdat ons gezin vier kinderen had, kregen we een van de ruimere appartementen. Daaronder werd verstaan een kamer van zes bij zeven meter; de andere kamers hadden een afmeting van vierenhalf bij zes. Een kamer, meer niet.

De barakken waren zo overhaast in elkaar geprutst, dat ze overal kierden. Wind, zand en stof woeien gewoon tussen de planken door naar binnen. We probeerden de gaten zo goed en zo kwaad als het ging dicht te stoppen met restjes asfaltpapier en stukken triplex, maar wat we ook deden, het stof leek altijd wel een opening te kunnen vinden. Als we wakker werden, lag ons bed er vol mee. Elke ochtend moesten we de lakens uitschudden. Hoe vaak we ook onder de douche gingen, we voelden ons nooit helemaal schoon. Er zat stof in onze kleren, in ons haar, in onze mond. Over het eten lag altijd een laagje stof; we proefden het de hele dag.'

'Dat klinkt afschuwelijk', zei ik zacht.

Sunny knikte kalm. 'Je zou denken dat je er op een gegeven moment aan gewend raakt, maar het wende nooit.' Ze wees naar de oprit. 'Ik heb Tom al honderd keer gevraagd de oprit te bestraten, omdat ik zo'n hekel heb aan de stofwolken die in het rond stuiven zodra het maar even waait. En de veranda zit ook altijd onder het stof.' Ze liet haar hand langs haar ene armleuning glijden en wreef toen met haar duim over haar vingertoppen. 'Zie je wel? Tom zegt dat hij het ooit zal doen, maar het is een van die klussen waar je nooit aan toe komt.'

Ik knikte begrijpend. Ik was er nog maar een dag en ook ik had de stofwolken al van de oprit omhoog zien dwarrelen. Je kon het stof, dat onzichtbaar in de lucht hing, zelfs ruiken. 'En jij hebt bijna vier jaar zo geleefd', zei ik.

'Ja. Maar als ik er nu op terugkijk, ben ik vooral verbaasd over de manier waarop Manzanar in een stadje veranderde. We probeerden een normaal leven te leiden, ondanks de situatie. Er waren scholen, mensen hadden zelfs vaste banen. Je had een warenhuis en een bank, er waren christelijke kerken en boeddhistische tempels, schoonheidssalons en kappers, er verscheen een krant, *Onafhankelijk Dagblad voor Manzanar*, en het ziekenhuis werd bemand door nisei-dokters en nisei-verpleegsters. Veel mensen in het kamp waren boer geweest, en zij slaagden erin een soort irrigatiesysteem aan te leggen, gevoed vanuit de kreek naast het kamp, en na een poosje werden er gewassen verbouwd en werden er dieren het kamp binnen gebracht – koeien, varkens, kippen, noem maar op – zodat het kamp voor wat betreft het eten helemaal zelfvoorzienend was.

Dan had je natuurlijk de mensen die in de handel hadden gezeten, zoals papa. Een aantal van hen, waaronder papa, verenigde zich in de *Consumentencoöperatie Manzanar*, die allerlei bedrijfjes exploiteerde, zoals het warenhuis en de kantine. Daardoor had papa iets te doen. Moeder had ook een baantje; ze maakte camouflagenetten. Iedere dag werden er in Manzanar meer dan vijfhonderd van die dingen geproduceerd. Het was gewoon een kleine industrie.

Mijn broertjes en ik gingen natuurlijk naar school en deden mee aan allerlei activiteiten. Ik ging bij het meisjeskoor en volgde cursussen twirling en kalligraferen – dat soort dingen. De jongens sloten zich aan bij de padvinderij en speelden mee in de footballcompetitie. We organiseerden dans- en filmavondjes en picknicks, er was van alles te doen. We vierden zelfs elk jaar de Vierde Juli, want ondanks alles waren sommigen van ons er nog steeds trots op Amerikaan te zijn. Ik denk, Augie, dat je verbaasd zou zijn als je wist hoe normaal ons leven daar op een gegeven moment werd, tot aan de bloementuinen toe die overal werden aangelegd. Het was heel anders dan de kampen in Europa, waar Hitler de Joden afslachtte.'

En ook heel anders, dacht ik, dan de kampen waar de Japanners de Amerikanen afslachtten. Ik probeerde de gedachte meteen weg te duwen, maar dat voelde als een verloochening van Lenny en dat kon ik niet. Ik verkeerde in een vreemdsoortig niemandsland, dat tussen twee tegenovergestelde werelden vermorzeld dreigde te raken. Aan de ene kant nam ik de Japanners nog steeds kwalijk wat ze Lenny hadden aangedaan, aan de andere kant was ik boos op Amerika om hoe we ons na het bombardement op Pearl Harbor jegens onze Japanse landgenoten hadden gedragen. Ik kon me noch met de ene, noch met de andere partij volledig identificeren, of mezelf tot een van beide partijen rekenen. Maar het lijden van beide ging me aan het hart. Misschien drong het op dat moment pas goed tot me door, dat het er uiteindelijk op neerkwam dat iedereen had geleden.

Ten slotte zei ik: 'Je klinkt nu helemaal niet verbitterd, Sunny.'

'Dat ben ik ook niet', zei ze eenvoudig. 'Zoals ik al zei, was het voor papa en mama moeilijker dan voor mij. Het was heus wel moeilijk; heel moeilijk soms. Maar er kwam uiteindelijk ook iets goeds uit voort, en daar kan ik toch blij mee zijn.'

'Lieverd?' Plotseling verscheen Tom in de deuropening. 'Sorry dat ik stoor, maar Joanie zegt dat ze buikpijn heeft en ze wil dat je even over haar buik komt wrijven. Ze zegt dat ik dat niet goed kan.'

'Zeg maar dat ik zo kom.' Tom verdween en Sunny keerde zich met een verontschuldigende glimlach naar mij. 'Waarschijnlijk wil ze alleen maar aandacht. Ze heeft dit altijd wanneer ze vindt dat ik te lang bij iemand anders blijf zitten. Nu moet ik ongetwijfeld naast haar blijven zitten tot ze slaapt.' Ze ging staan en legde een hand tegen de rugleuning van de stoel om het schommelen te doen ophouden.

'Ga maar gerust', zei ik. 'Ik denk dat ik vanavond ook maar eens vroeg onder de wol kruip.'

'Ja, je bent vast moe. Het is een lange dag geweest.'

Dat was het inderdaad. Zo lang, dat ik me het begin ervan in het Belle Motel bijna niet meer kon herinneren, evenmin als de rit van Jackson naar Carver. De morgen leek wel lichtjaren verwijderd van dit moment, het andere einde van een eindeloos lange tunnel.

'Ik denk dat ik hier nog een tijdje blijf zitten om van de avond te genieten', zei ik. 'Het is hier heerlijk.'

'Kan ik nog iets voor je halen? Wil je nog thee?'

'Nee, dank je, het is goed zo.'

'Nou, welterusten dan.'

'Welterusten', zei ik. Ik kwam overeind en we omhelsden elkaar. Ze voelde zo klein in mijn armen, bijna een kind nog. Even was ik terug in Fickett Street, op die aprilmorgen in 1942, en omhelsde ik Sunny ten afscheid.

Ze deed een stap achteruit en lachte. 'Welterusten', zei ze weer. Het was 1965, en we wensten elkaar niet meer dan een goede nacht. 'Tot morgenochtend.'

Ze ging naar binnen. Ik ging weer zitten en luisterde naar het gedempte gezoem van de insecten die hun slaapliedjes zongen. De schemering viel in met een zoet ruikende koelte.

Nog even en de zon zou ondergaan na deze langste dag van mijn leven. Iemand kan niet alleen van verdriet verblind raken, dacht ik, maar ook van iets goeds. Ik herinnerde me het moment dat we het bericht van Lenny's dood hadden gekregen – de klap, het ongeloof, de verdoving. Sunny terugvinden had hetzelfde effect op mij, alleen was ik deze keer verdoofd van blijdschap.

Ik zou gewoon rustig moeten afwachten tot die verdoving wegtrok en de blijde werkelijkheid tot me doordrong. Nu was het nog niet helemaal zo ver. Ik moest nog steeds tegen mezelf zeggen: 'Helen Fulton is Sunny Yamagata! Helen Fulton is Sunny!'

Een raadsel van drieëntwintig jaar oud, opgelost in een enkele dag. Van Californië naar Mississippi, van onwetendheid naar eindelijk weten, een vreemde en onverwachte reis. Wat is het leven soms toch wonderlijk en wat zit het vol vreemde kronkels en wendingen, vol verrassingen ook – soms een verlies, soms een geschenk.

Vandaag was het een geschenk geweest en ik was dankbaar. 'Laten we danken', had Tom gezegd. En dus dankte ik het lot dat me hier had gebracht, dankte ik Sunny die me had gevonden, dankte ik de sterren, de wind en God – wie of wat dat ook was – die mij deze thuiskomst hadden geschonken.

25

Alles wat ik van Howard Draper kon zien, was de achterkant van zijn hoofd. Het orgel bevond zich midden voor het koor en was gebouwd in een soort orkestbak, zodat de organist tegelijkertijd kon spelen en dirigeren. Dat was allemaal goed en wel voor de zangers, die daardoor zijn gezicht konden zien, maar tegenover de gemeente leek het niet zo heel beleefd.

Maar goed, zo was het nu eenmaal geregeld in de methodistische kerk van Carver, waar ik die zondag bij Sunny, Tom en diens moeder in de bank zat, griezelig dicht bij de preekstoel. Onderweg naar de kerk hadden we mevrouw Fulton opgehaald. Zoals te verwachten was, was zij het toonbeeld van zuidelijke charme: onberispelijk gekapt, beleefd, gereserveerd en ondanks haar zachte stem zelfbewust. En vol met racistische vooroordelen.

'In het begin was onze verhouding een beetje gespannen, maar dat is wel veranderd', had Sunny me die ochtend bij een kop koffie toevertrouwd. 'Sinds de operatie is Corinne best met me ingenomen.' Ze had erbij gelachen, maar haar lach was een beetje triest en sarcastisch tegelijk.

Waarom had Toms moeder Sunny voor de operatie niet geaccepteerd en op welke manier had ze haar afkeuring laten blijken? Het antwoord op de eerste vraag lag voor de hand; het antwoord op de tweede wilde ik liever niet weten. Het maakte me woedend als ik me voorstelde hoe Corinne Fulton tegen Sunny Yamagata had aangekeken voordat deze transformeerde tot de rondogige Helen Fulton.

De oude mevrouw Fulton was minstens zestig, maar probeerde wanhopig haar jeugdige uiterlijk te conserveren. Haar onnatuurlijk blonde haar, in elkaar gedraaid tot een gladde knot, stak scherp af tegen de donkere tint van haar gebronsde huid. Haar gezicht leek wel een schilderspalet, met roze blosjes, vuurrode lipstick en lichtblauwe oogschaduw. Haar ogen waren omkranst door valse wimpers en haar wenkbrauwen geëpileerd tot potlood-dunne boogjes. Ze droeg een blauwwit mantelpakje, witte handschoenen, een ronde hoed met een kleine voile die net over haar voorhoofd viel, en hooggehakte, smalle schoenen die zorgvuldig wit gepoetst waren. Ze had parels in haar oren, om haar hals en rond een van beide polsen. Zodra we waren gaan zitten, trok ze haar handschoenen uit, vouwde ze keurig op en deed ze in haar witleren tasje, dat sloot met een knip van schildpad. Haar benige handen vertoonden ouderdomsvlekken, maar de nagels waren glanzend rood gelakt en aan beide ringvingers prijkten edelstenen van grandioze afmetingen; aan de ene een diamant en aan de andere een uit zijn krachten gegroeide robijn. Ze moest haar handschoenen haast wel een maat te groot hebben gekocht, omdat de ringen er anders niet in zouden passen.

Ik had nooit veel opgehad met mensen die zich opzichtig kleedden, vooral niet als dat ook nog eens vrouwen op leeftijd waren die weigerden op een charmante manier oud te worden. Toch was het niet zozeer de uiterlijke verschijning van Corinne Fulton die me tegen de borst stuitte. Wat me veel meer dwarszat, was het verhaal over Hollis Hardy. Wat was dat voor een vrouw, die weigerde te luisteren als haar zoontje haar over een moord probeerde te vertellen? Wat was er door Corinne Fulton heen gegaan toen de kleine Tom haar vertelde dat hij had gezien hoe Hollis door de Klan werd doodgeslagen? Had het haar dan niet met afgrijzen vervuld dat haar eigen broer het kind uit bed had gehaald, om het te laten toekijken terwijl een stel jofele jongens alle leven uit een neger mepte? En dan niet zomaar een neger, nee, Hollis Hardy, hun eigen tuinman, met wie haar zoon bevriend was en van wie hij zo veel hield.

Moest je haar daar nu zien zitten, zo vroom en deftig. Ze wuifde zichzelf discreet koelte toe met het kerkblad, terwijl het koor zong van 'Wonderbare liefde, mijn ziel'. Ik had de neiging overeind te springen en haar uit te schelden voor hypocriet, maar ik nam tegelijk aan dat iedereen daar in de kerk wel in meer of mindere mate schijnheilig was. Denk alleen maar aan die organist annex Klanlid, die overdag de gezangen in de kerk begeleidde en 's nachts de negers de stuipen op het lijf joeg! Er was geen reden om speciaal naar Corinne Fulton te wijzen.

Overigens was ik zelf die ochtend net zo goed onder de hypocrieten. Ik boog mijn hoofd als er gebeden werd, ik zong mee uit het gezangboek in mijn hand en deed net of ik vol aandacht zat te luisteren naar de stroom clichés die van de lippen van de predikant vloeide. Zag ik er niet net zo uit als iedereen? Toch had ik nog nooit in mijn leven een kerkdienst bijgewoond. De laatste keer dat ik een kerk van binnen had gezien, was die keer dat Sunny en ik de kerk van de heilige Stefanus waren binnengestapt, op onze tot mislukken gedoemde zoektocht naar God. Mijn moeder was vanuit een kerk begraven, maar daar was ik niet bij. Ik achtte mijn afwezigheid een gepaste manier om afscheid te nemen van iemand die er voor mij ook nooit geweest was. De samenkomst voor Lenny's begrafenis was gehouden in de aula van het mortuarium. Alleen oom Finn, tante Lucy, Stella, Jack en ik waren aanwezig. Voor zo'n handjevol nabestaanden had je geen complete kerk nodig.

Sunny had verteld dat zij en Tom tegenwoordig regelmatig naar de kerk gingen. Volgens mij deden de meeste mensen dat zodra ze getrouwd waren en kinderen kregen. Stella en Jack in elk geval wel. Zij begonnen de diensten in de Stefanuskerk te bezoeken toen hun eerste kind op komst was en uiteindelijk waren alle vijf hun kinderen daar gedoopt. Ik zei dat ze zich niet zo moesten uitsloven, omdat God daar toch niet was, maar ze hielden zich doof voor mijn argumenten en gingen toch. Ik plaagde Stella ermee door te zeggen dat ze haar godsdienstigheid had opgelopen toen Jack levend en wel uit de oorlog terugkeerde – als een soort plaatsvervangende loopgraafbekering. Ze zei dat ze het zelf niet zo zou zeggen, maar dat ik gewoon niet begreep hoe dankbaar ze was.

De ramen van het kerkgebouw stonden open en boven onze hoofden zoefden een paar ventilatoren, maar nog steeds was het warm en benauwd. Ik snakte naar het einde van de dienst. Ik keek uit naar de lunch bij de burgemeester thuis, waar ik pas echt met Howard Draper zou kennismaken. Als journalist was ik zeer in hem geïnteresseerd en tot nu toe was die nieuwsgierigheid niet bepaald bevredigd. Ik had deze ochtend niet meer over hem opgestoken dan dat hij een geweldig organist was met een flinke bos haar, maar ik wist zeker dat er meer over hem te vertellen moest zijn.

Mijn opluchting was groot toen de dominee ons eindelijk heenzond met de woorden: 'Ga in vrede.' Glimlachend en handenschuddend schoven we de rijen uit, en we gedroegen ons inderdaad uitermate vreedzaam, terwijl Howard Draper ons uitgeleide deed met een laatste lied.

We haalden de kinderen van de zondagsschool en brachten hen naar Corinne Fultons huis, waar de trouwe Flora op hen zou passen. Toen we bij de burgemeesterswoning arriveerden, begroetten Cedric en Suellen Frohmann ons als verloren gewaande verwanten, en ik besefte dat ik getuige was van een staaltje onversneden zuidelijke gastvrijheid. De burgemeester gaf me een hand en zei dat hij het fijn vond kennis met me te maken en ik geloofde er elk woord van. Ik mocht hem meteen. Zijn vrouw was een beetje terughoudender, maar toch straalde ook zij een uitnodigende warmte uit.

Alles aan Cedric Frohmann was rond. Hij was gezet en had een echt vollemaansgezicht. Zijn haar begon te grijzen, en zijn bolle neus lag als een klompje klei tussen twee blozende wangen. Knap was hij dus niet, maar zijn lachende blauwe ogen hadden een bijna magnetische aantrekkingskracht. Wat echter vooral de aandacht trok, was zijn bijzondere vriendelijkheid. Suellen Frohmann was klein en tenger, smaakvol opgemaakt, en gekleed in een modieus lichtgroen jasje dat paste bij de kleur van haar ogen. Niet alleen hadden haar ogen dus een opvallende tint, ze stonden ook vriendelijk en zachtzinnig – het was het soort ogen dat je graag op je gericht ziet als je ziek bent.

Na de enthousiaste begroeting loodste het burgemeesters-echtpaar ons de eetkamer in; een ruime, koele kamer vol wit linnen en gepoetst zilver. Daar stelden ze mij voor aan twee mensen, een man en een vrouw, die met een glas in de hand bij het dressoir stonden.

'Howard,' riep de burgemeester, 'kom eens hier en maak kennis met deze schone jongedame, Augusta Callahan.'

Dit was dus de raadselachtige Howard Draper. Hij kwam met uitgestoken hand op me af, waarop de vrouw met wie hij had staan praten zichtbaar haar wenkbrauwen fronste.

'Erg leuk om u te ontmoeten, Miss Callahan', zei hij. Zijn accent viel extra op na de zuidelijke tongval die ik al de hele ochtend had gehoord. Terwijl we elkaar de hand schudden, vroeg ik me even af waarom hij niet getrouwd was. Hij was veel aantrekkelijker dan ik had gedacht of dan de achterkant van zijn hoofd had doen vermoeden. Hij was een lange, slanke man, met dik, golvend, pikzwart haar en ogen zo bruin als pure chocolade. Hij had een kuiltje in zijn kin en een goed geproportioneerde neus en zijn tanden deden denken aan een rij witte pianotoetsen. Zijn honingkleurige huid en ook zijn verdere verschijning wekten het vermoeden van mediterrane voorouders, Italianen misschien, of Grieken. Uit Sunny's opmerking dat hij vijftien jaar ouder was dan de dochter van de burgemeester concludeerde ik dat hij van mijn leeftijd moest zijn, vijfendertig ongeveer, maar hij was het soort man dat geen leeftijd lijkt te hebben en dus ook nooit oud wordt.

'En dit is onze dochter Betsey', zei mevrouw Frohmann vlug, terwijl ze met een moederlijk gebaar haar hand op de schouder van haar dochter legde. Betsey Frohmann was afge-richt voor een bestaan als vrouw vanaf de dag dat ze geboren was, zoveel was wel duidelijk. Haar houding en haar gedrag getuigden van een jarenlange oefening in charme. Zelfs de stand van haar hoofd had iets koninklijks. Misschien was zij een van die opgroeiende meisjes geweest die door het huis lopen met een stapel boeken op hun hoofd om zichzelf een mooie houding en manier van lopen aan te wennen. Die middag droeg ze een mouwloze gele jurk, die bij elk ander meisje simpel en ouderwets had geleken, maar in haar geval juist haar welgevormde figuur accentueerde. Haar blonde haar was boven op haar hoofd tot een golfje samengebonden en hing vandaar af op haar schouders. Ze had fijne gelaatstrekken en een smetteloze huid. Het enige minpuntje aan haar gezicht waren haar ogen; die stonden iets te dicht bij elkaar, maar aan het totaalplaatje deed dat nauwelijks afbreuk.

Ze glimlachte me zwakjes toe, met strakke lippen. 'Een genoegen om kennis met u te maken, eh – neem me niet kwalijk, maar was het nu Miss of Missus?'

Ik antwoordde dat het Miss was, waarop de geforceerde glimlach helemaal verdween. Geamuseerd bedacht ik dat ze me waarschijnlijk beschouwde als mogelijke rivaal in de strijd om de aandacht van Howard Draper. Ze moest wel smoorverliefd op hem zijn, stelde ik vast, en tegelijk in martelende onzekerheid over hun relatie verkeren.

Bij wijze van handdruk raakte ze kort mijn hand aan en siste: '*Miss* Callahan.' Ik kreeg bijna de neiging haar te ontwapenen door haar ervan te verzekeren dat ze niets van me te vrezen had. Als ik voor Howard Draper al enige belangstelling koesterde, dan was die puur beroepsmatig.

De overige leden van het gezelschap waren allemaal bekenden voor elkaar. Toen Betsey zich naar Sunny wendde om haar te begroeten, gleed er een opgewekte glimlach over haar gezicht, wat haar ineens een compleet ander aanzien gaf. 'Hoe gaat het met de kinderen, mevrouw Fulton?' vroeg ze. Ze wachtte niet op antwoord, maar babbelde meteen verder: 'Oh, ik wou maar dat u hen had meegenomen. Het zijn de liefste kinderen van Carver. Vind je ook niet, Howard? Ik zou de hele dag naar hen kunnen kijken.'

Afwachtend keek ze naar hem op. Howard keek een beetje wazig, maar glimlachte toch naar Sunny en zei: 'Ja, het zijn prachtkinderen.'

'Dank u,' lachte Sunny, 'maar ik ben bang dat u hen niet meer zo lief vindt als u eenmaal een maaltijd met hen hebt moeten uitzitten.'

'Vast wel', zei Betsey dweperig. 'Ik ben gewoon dol op kinderen.' Haar ogen lieten Howards gezicht geen moment los. Als het echter haar bedoeling was hem hiermee een hint over haar toekomstverwachting te geven, dan leek hij die in elk geval niet op te vangen. In plaats daarvan keek hij naar mij alsof hij iets wilde zeggen, en hij draaide zich pas om toen mevrouw Frohmann iedereen aan tafel nodigde.

De tafel was elegant gedekt met echt zilver en porselein, en leek wel een kunstwerk dat erom smeekte onberoerd gelaten te worden. Toen ik het servet pakte en over mijn schoot spreidde, voelde ik me bijna schuldig. Het leek haast een misdaad om zo'n bord met voedsel te bezoedelen en om de talrijke, blinkend gepoetste vorken en messen te gebruiken voor zoiets banaals als eten. De eetkamer van de Frohmanns was iets heel anders dan mijn eigen keukentje, waar Hilda en ik onze eenzame maaltijden verorberden van plastic borden en met een allegaartje aan bestek.

Sunny, Tom en ik zaten aan de ene kant van de tafel, Howard, Betsey en Corinne aan de andere kant. De burgemeester zat aan het hoofd, meteen rechts van mij, en zijn vrouw tegenover hem. Howard zat tegenover mij, en zo had ik goed zicht op hem en Cedric Frohmann tegelijk. De burgemeester was gezet, en Howard juist lang en mager, en toch viel mij een zekere gelijkenis tussen die twee op. Iets met de ogen, misschien, of dat opvallende kuiltje in de kin.

Ik zat nog over die kuiltjes te peinzen, toen een jong negermeisje door de klapdeuren achter de burgemeester binnenkwam. Ze droeg een keurige zwartkatoenen jurk en een wit schort met ruches. Op haar arm, die eigenlijk te mager leek om wat dan ook te kunnen dragen, balanceerde een zilveren dienblad. Ze moest sterker zijn dan ze leek, want zonder noemenswaardige inspanning begon ze vanuit de terrine op het blad de soep in onze kommen te scheppen.

'Over kinderen gesproken,' baste de burgemeester, alsof we het daar nog steeds over hadden, 'de kleine Celeste hier heeft een paar weken geleden de wereld verrijkt met een blakende zoon. Het schattigste negerjochie dat je ooit hebt gezien, waar of niet, Celeste?'

Celeste kneep haar lippen op elkaar, maar kon niet voorkomen dat haar mondhoeken in een verlegen glimlachje omhoog krulden. Zonder op te kijken zei ze schuw: 'Yessuh, dat is waar.' Ondertussen ging ze gewoon door met opscheppen, terwijl ze hevig haar best deed om haar trillende mond in bedwang te houden. Ik kreeg de indruk dat alleen het protocol over de omgang tussen blanke bazen en zwarte bedienden verhinderde dat ze al haar tanden bloot grijnsde.

'Doe maar niet zo verlegen, Celeste', zei mevrouw Frohmann nu en ze klopte het meisje op de arm. 'We zijn allemaal trots op de kleine Jeremiah. Ik zie heus wel dat zijn vader naast zijn schoenen loopt.'

Het meisje giechelde even, haar lippen nog steeds op elkaar, terwijl ze doorliep naar Tom. 'Dat klopt, mevrouw', zei ze toen. 'Ik moest gisteravond laat opblijven om zijn sokken te stoppen.'

Gelach golfde langs de tafel en even hing er een ontspannen sfeer die er tevoren niet was geweest. Celeste keek verrukt en was duidelijk met zichzelf ingenomen, hoewel ze zich niet toestond mee te lachen. Als een kat sloop ze langs de tafel en schepte soep op.

Corinne friemelde demonstratief aan haar parelketting en zei: 'Ja, die zwartjes van ons slagen er toch maar in om vertederende baby's voort te brengen.' Ze schonk Celeste een hooghartig glimlachje, maar het dienstmeisje keek haar niet aan.

'Is hij je eerste?' vroeg Howard joviaal.

Het meisje knikte. 'Inderdaad, suh.'

'Ik zou het kereltje graag eens zien.'

Celeste perste weer haar lippen op elkaar en maakte een kleine reverence. 'Goed, suh', zei ze. 'Dank u, suh.' En zonder dat ze iemand van ons had aangekeken verdween ze weer met haar dienblad achter de klapdeuren.

'Oh, ik ben eenvoudig dol op baby's', zei Betsey in het algemeen. Niemand besteedde er aandacht aan. Ik had net mijn lepel in de dikke erwtensoep gestoken, toen de burgemeester zich naar voren boog, zijn ene wenkbrauw optrok en zei: 'Zullen we eerst bidden?'

Oh ja, de openingsceremonie van de zuidelijke maaltijd! Ik liet mijn handen in mijn schoot vallen alsof ik zojuist op winkeldiefstal was betrapt, en toen de burgemeester van oordeel was dat iedereen een fatsoenlijke gebedshouding had aangenomen, galmde hij: 'Oh, Heer, wil genadig over dit eten uw zegen gebieden, amen.'

Een koor van 'Amen' echode rondom, gevolgd door het tinkelen van de lepels tegen de soepkommen. Ik moest inwendig lachen toen de burgemeester zijn servet in zijn kraag stopte, maar meteen daarop verschenen de eerste groene spetters op de geïmproviseerde slab, en ik begreep dat die geen overbodige luxe was. De burgemeestersvrouw had er overduidelijk geen zin in om drie keer per dag de voedselresten van de stropdassen van haar man te schrapen. En juist door dat servet om zijn nek nam de man mij vreemd genoeg voor zich in. Hij was zo door en door menselijk.

'Zo,' zei hij, met een stralende glimlach naar mij, 'dus u bent helemaal uit Los Angeles gekomen om ons nederige Carver te bezoeken. Ik hoop dat u geniet van uw verblijf.'

'Oh, zeker', zei ik. 'Heel erg. Carver is een leuke stad.' Ik voelde het plezier als hittevlagen van Sunny afstralen. 'Sunny heeft me al rondgereden en me het een en ander verteld over de geschiedenis van de stad.'

'Sunny?' vroeg de burgemeester.

Sunny keek abrupt op van haar soep. 'Dat ben ik', zei ze vlug. 'Sunny was mijn bijnaam toen ik nog een kind was.'

'Wat enig!' riep mevrouw Frohmann van het andere einde van de tafel. 'Het is zo'n blije naam!'

'Dus jullie vriendschap dateert al van jullie kindertijd', stelde de burgemeester vast.

'Inderdaad', zei Sunny. 'We hebben allebei in Boyle Heights gewoond, een wijk van Los Angeles, en we zaten bij elkaar op school. Dat was eind jaren dertig, begin jaren veertig.'

'Tsjonge, jullie zijn echt oude vriendinnen!' Dat was Betsey, die duidelijk even de aandacht moest vestigen op onze leeftijd en dat blijkbaar belangrijker vond dan de intensiteit van onze vriendschap.

Howard keek me over de tafel even veelbetekenend aan, met een scheef, geamuseerd glimlachje. Ik glimlachte terug en op dat moment drong het tot me door dat Howards relatie met Betsey Frohmann een kwestie van eenrichtingsverkeer was, en dat hij niet goed wist hoe hij zich op een fatsoenlijke manier kon bevrijden uit hij het romantische web dat Betsey en haar ouders om hem heen hadden gesponnen.

'En wat doet u daar in Los Angeles voor de kost, Miss Callahan?' vroeg de burgemeester.

'Oh, ik schrijf weleens wat …' begon ik en maakte mezelf toen met opzet het spreken onmogelijk door een grote hap soep te nemen. Ik hoopte vurig dat het gesprek een andere wending zou nemen, maar Betsey, die blijkbaar iets aan mij ontdekte wat ze de moeite waard vond, kwam plotseling tot leven. 'U bent toch geen scriptschrijver, of wel?'

'Nee, ik ben bang van niet …'

'Ze schrijft romans', kwam Sunny haastig tussenbeide.

'Heb je ooit', zei Suellen Frohmann, gebogen over haar soepkom. 'Dat is nog eens interessant.' Het woord kwam eruit als 'intessant' en ik schoot bijna in de lach.

Betsey was duidelijk teleurgesteld. 'Ik dacht dat alle schrijvers in Los Angeles voor de film schreven', zei ze.

'U schrijft vast romantische verhalen', zei de burgemeester stellig. 'Moet je net Suellen hebben, die is dol op die romantische boeken. Leest ze bij tientallen. Jij houdt er ook wel van, nietwaar, Corinne?'

'Nee, helemaal niet, ik heb geen tijd om …'

'Misschien heb ik wel een paar van uw verhalen gelezen', onderbrak mevrouw Frohmann Corinne. Dit leek een conversatie vol onderbrekingen te worden. 'Schrijft u onder uw eigen naam, of gebruikt u een pseudoniem, zoals de meeste schrijvers van liefdesverhalen?'

'Ik schrijf onder mijn eigen naam, en er is nog maar één boek van mij uitgegeven, en dat is beslist geen …'

'Ik ben gek op die verhalen van – lieve help, hoe heet ze ook alweer? Weet jij wie ik bedoel, Corinne, die schrijfster die haar verhalen altijd laat spelen in grote steden, zoals New York en Parijs?'

'Zoals ik al zei, ik lees nooit …'

'Oh, maar ze is vast niet half zo goed als u, Miss Callahan. Vertel me eens, hoe komt u aan de ideeën voor uw verhalen?'

'Nou, ik ben bang dat ik geen romantische verhalen schrijf. Ik moet er eerlijk gezegd ook niet aan denken.'

Er viel een stilte en even vroeg ik me af of ik mijn gastvrouw misschien beledigd had. Het was niet mijn bedoeling geweest om snobistisch te doen, maar het ergerde me altijd dat mensen voetstoots aannamen dat ik romantische boeken schreef – wat de meeste mensen deden zodra ze hoorden dat ik schreef – louter en alleen omdat ik toevallig een vrouw was. Dergelijke stereotypen vond ik deprimerend en vervelend, omdat ik ze altijd moest weerleggen.

'Ik ben bang,' zei ik, hopelijk een beetje luchtig, 'dat ik noch de ervaring noch de fantasie heb die nodig zijn om over romantiek te schrijven.'

Dit ontlokte wat nerveus gegrinnik aan mijn critici, al viel me op dat Howard niet meelachte. In plaats daarvan bleef hij me aandachtig aankijken. 'Waar schrijft u dan over, Miss Callahan?' vroeg hij.

Op dat moment kwam Celeste binnen om de soepkommen weg te halen en ik was haar dankbaar voor haar plotseling opduiken. Ik had er een hekel aan om over mijn werk te praten en vond het niet prettig om plots en karakters met anderen te bespreken, vooral als dat vreemden voor mij waren. Tot nu toe had ik nog geen standaardopmerkingen kunnen verzinnen waarmee ik de vragen van nieuwsgierige mensen kon beantwoorden.

Howard keek me echter met zo'n oprechte belangstelling aan, en wachtte zo duidelijk op een antwoord, dat ik hem niet wilde teleurstellen. 'Wel, meneer Draper,' zei ik dus, 'je zou kunnen zeggen dat ik verhalen schrijf over mensen, over gewone, alledaagse mensen en hun problemen.'

Iets beters kon ik niet verzinnen, maar Howard leek tevreden. Hij glimlachte. 'Dan hebt u vast een diep inzicht in de menselijke natuur.'

Ik keek naar die zachtaardige meneer Draper – de Dr. Jekyll en Mr. Hyde van Carver, Mississippi – die daar tegenover mij aan tafel zat en me breeduit toelachte. 'Dat zou ik graag willen, maar soms denk ik weleens dat ik juist helemaal niets van de menselijke geest begrijp.'

Weer was het stil aan tafel. Mijn blik haakte zich vast in die van Howard en we observeerden elkaar zoals een curator in een museum een zeldzaam stuk bekijkt.

'Nou, ik weet het niet, hoor', verbrak Betsey de stilte. 'Maar als ik in Hollywood zou wonen, zou ik voor de film willen schrijven.'

Haar onbenullige opmerking bleef in de lucht hangen, omdat Celeste weer binnenkwam, gevolgd door een man die misschien haar echtgenoot of vader was – of misschien ook helemaal geen familie. Samen serveerden de bedienden het hoofdgerecht, dat bestond uit dunne plakken rosbief, gekookte nieuwe aardappels en sperziebonen met amandelen.

Nu deed Tom voor het eerst zijn mond open. 'Ik geloof dat alle schone kunsten hier vertegenwoordigd zijn, of niet? Augie is schrijfster, Howard is musicus en Betsey is een plaatselijke beroemdheid vanwege haar aquarellen.'

'Nou, zeg dat wel', viel Suellen Frohmann hem geestdriftig bij. 'Ze heeft nog geen half jaar geleden de tweede prijs gewonnen bij een aquarelwedstrijd in Jackson. Ik vond haar werk natuurlijk stukken beter dan dat van de winnaar, maar ja, ik zat nu eenmaal niet in de jury.'

De rest van het diner verliep onder welwillende conversatie. Af en toe voelde ik de ogen van Howard op mij rusten. Het kostte me even tijd om voldoende moed bijeen te rapen en zijn blik nogmaals te beantwoorden, maar toen ik dat deed werd ik opnieuw met een steelse glimlach beloond. Daarna ging het de hele maaltijd zo door: onze ogen ontmoetten elkaar heel even, we wisselden een glimlach en keken weer elk een andere kant op. Nu en dan probeerden we ons met een of andere opmerking te mengen in de algehele conversatie, maar die momenten van woordeloos contact kwamen telkens terug.

Hij zat niet met me te flirten, dat wist ik zeker. Het was iets anders. Misschien was hij nieuwsgierig. Of misschien herkende hij iets in mij – wat weet ik niet. Zelf was ik in elk geval wel nieuwsgierig; ik wilde deze geheimzinnige inwoner van Carver graag beter leren kennen en de mysterieuze nevel om hem heen binnendringen. Wie was hij eigenlijk en waarom deed hij wat hij deed? Ik hoopte dat ik gedurende mijn korte verblijf in Carver een kans zou krijgen om dat te ontdekken.

Eindelijk kwam Celeste de dessertschaaltjes halen en de burgemeester droeg haar op de koffie in de zitkamer te serveren.

'Je hebt je viool zeker wel meegebracht', zei hij daarna tegen Howard, terwijl hij opstond van tafel en het servet uit zijn kraag trok. Het was niet zozeer een vraag, als wel een veronderstelling.

'Uiteraard', antwoordde Howard, die eveneens opstond. Hij schoof Betsey's stoel naar achteren en bood haar zijn hand om haar te helpen opstaan. Ze glimlachte hem dankbaar en vol bewondering toe.

'Dan moet je iets voor ons spelen', zei mevrouw Frohmann bevelend.

'Natuurlijk, met alle plezier.'

Het volgende ogenblik zaten we met z'n allen in de zitkamer en nipten onze koffie uit deftige, gebloemde kopjes – allemaal, behalve Howard, die voor de lege haard zijn viool stond te stemmen. 'Hij is de beste musicus die onze stad ooit gekend heeft', verklaarde de burgemeester trots. 'We hebben echt geluk gehad dat hij zomaar uit het niets in Carver is opgedoken. Wacht maar eens af wat hij allemaal met een viool kan doen, Miss Callahan.'

Ik zette mijn kopje terug op het schoteltje voor ik antwoord gaf. 'Na de dienst van vanochtend weet ik in ieder geval heel goed wat hij allemaal met een orgel kan doen.'

Howard keek niet op van zijn snaren, maar trok geamuseerd zijn wenkbrauwen op. Misschien vond hij het niet leuk als er over hem werd gepraat alsof hij er niet bij was.

'Howard kan elk instrument bespelen dat je maar kunt verzinnen', voegde Betsey eraan toe, duidelijk tegen mij.

'Nou, niet helemaal', protesteerde Howard. 'Maar bedankt voor het vertrouwen.'

'We laten hem elke zondagmiddag voor onze gasten spelen', zei Suellen en haastig ging ze door: 'Niet dat jij hier geen gast bent, Howard; het is alleen maar, nu ja, je bent zo langzamerhand bijna deel van ons gezin geworden.'

Howard friemelde aan de stemknoppen; hij leek een beetje onrustig te worden. Even keek hij mevrouw Frohmann glimlachend aan, maar het was duidelijk dat hij niet veel zin had om veel betekenis aan haar opmerking te hechten. Toen de viool goed genoeg gestemd was naar zijn smaak, vroeg hij: 'Zijn er misschien verzoeknummers?'

'Speel eens hetzelfde als vorige week!' riep Betsey. 'Je weet wel, dat ding van Brahms!'

Howard maakte een welwillende buiging. 'Dat ding van Brahms', zei hij. 'Komt eraan.'

Met de strijkstok in de aanslag boven de snaren en zijn vingers in positie op de hals van het instrument stond hij even zo stil als een standbeeld om zich te concentreren. Toen begon hij te spelen. En hij bood ons Brahms. Prachtig was het. Zijn strijkstok rees en daalde, zijn vingers streelden de snaren. Bijna onmiddellijk drong het tot me door dat dit niet zomaar muziek was; het was magie. We hadden voor niets anders meer oor dan voor de glanzende klanken die als een verkwikkende regen van de snaren stroomden. De muziek doordrenkte onze ziel, en pas nu realiseerden we ons hoe uitgedroogd die was; ons verlangen naar schoonheid herkenden we eerst op het moment dat zij ons geschonken werd. Howards spel deed me denken aan de wind en de sterren, aan zonlicht dat tussen de bladeren door prikt, aan sneeuw die geluidloos van de takken valt, aan leeuweriken hoog in de lucht, aan het breken van de branding en aan maanlicht op het water. Ik ademde de muziek in, ik dronk het in, ik zoog het in me op alsof ik mijn hele leven blind voor schoonheid was geweest en nu ineens al mijn zintuigen zich openden en ik het kon zien, horen en voelen. Ik had dit stuk al wel eerder gehoord, maar niet zo. Het was alsof Howard iets bovennatuurlijks in de kamer bracht, alsof zijn spel iets opriep van buiten de grenzen van deze wereld, uit een plaats waar recht en goedheid heersten. Hier wilde ik de rest van mijn leven door omringd zijn. Als nu de tijd zou stilstaan en ik zat de hele eeuwigheid in deze kamer opgesloten met Howard en zijn viool, dan was ik volmaakt tevreden.

Ik voelde me net Betsey, zo bewonderend zat ik naar Howard op te kijken. Ik wilde er echter niet aan toegeven. *Deze man terroriseert negers*, zei ik tegen mezelf. *Hij is lid van de Klan.* Maar hoe kon dat nou? Hoe kon een ziel die zulke muziek voortbracht zijn bezoedeld met een dergelijke waanzin? Dit was een man die aan de kant van de engelen hoorde te staan, maar die ervoor had gekozen zich onder dekking van de duisternis te scharen in een duivelse dans.

Toen het stuk was afgelopen, schakelde Howard naadloos over op een ander en daarna op een derde. Misschien duurde het maar even, misschien duurde het uren; ik weet het niet meer, de tijd stond stil. Niemand verroerde zich. Iedereen leek zijn adem in te houden. We verkeerden allemaal onder een betovering en ik dacht: *wie is deze man in vredesnaam?* Sinds we hier waren aangekomen was mijn verbijstering alleen nog maar toegenomen.

Toen we uiteindelijk afscheid namen, hield Howard Draper mijn hand net iets langer vast dan nodig was. Hij keek me aan, leek iets te willen zeggen, maar deed het toch niet. Er ging van alles door mijn hoofd wat ik helemaal niet wilde denken, en ik voelde van alles wat ik helemaal niet wilde voelen. *Denk erom, er zit een adder onder het gras.*

'Ik hoop dat we elkaar nog eens zullen ontmoeten, Miss Callahan, in de tijd dat u in Carver bent.'

'Ik ook. Dat hoop ik ook.' Met tegenzin trok ik mijn hand uit de zijne en draaide me om.

26

Weer zaten we in de schommelstoelen bij Sunny op de veranda, met glazen ijsthee in de hand, starend in de dieper wordende schaduwen van de invallende schemering. Toen we de familie Frohmann verlieten, was het al achter in de middag, ongeveer vijf uur. We hadden Corinne naar huis gebracht en daar de kinderen opgepikt. Bij wijze van avondeten hadden we een kleine snack genomen en daarna hadden we met ons vijven een bordspelletje gedaan aan de eettafel, totdat Tom aanbood om Ronnie en Joanie in bad te doen en naar bed te brengen. Hij stuurde Sunny en mij weer naar de veranda om daar lekker samen te gaan zitten, en toen we met onze thee naar buiten liepen, zei ik tegen Sunny: 'Wat een juweel van een vent. Waar heb je hem toch in vredesnaam opgeduikeld?' Ze glimlachte slechts; wat valt er ook voor verklaring te geven voor de onverwachte geschenken die het leven ons nu en dan in de schoot werpt?

Nadat we ons geïnstalleerd hadden, zei Sunny: 'Morgenochtend neem ik je mee voor een kennismaking met Mahlon Jackson en T.W. Foss, de cursusleiders. Het zijn twee intelligente en bekwame jonge kerels. Zij kunnen je alles vertellen wat je wilt weten over de cursus en over de actie voor kiezersregistratie.'

'Je zei toch dat zij van oorsprong niet uit Carver komen?'

Eigenlijk was ik op dat moment maar matig in Mahlon Jackson en T.W. Foss geïnteresseerd. Mijn gedachten cirkelden om Howard Draper en dat was al zo sinds we het huis van de burgemeester hadden verlaten. Met griezelige helderheid schoot Sunny's opmerking me weer te binnen: 'Als ik niet wist dat hij bij de Klan zat, zou ik Howard heel graag mogen.' Natuurlijk, wie niet? Hij nam je meteen voor zich in en hij maakte zulke prachtige muziek. Ik wist dat ik hem uit mijn hoofd moest zetten, maar hoe ik het ook probeerde, ik kon in gedachten geen oog van hem afhouden.

'Dat klopt, ze komen uit Jackson', bevestigde Sunny ondertussen. 'Maar ze hebben hier wel allebei familie wonen. Ze waren vorig jaar betrokken bij de Freedom Summer, en daarna wilden ze graag hun strijd voor de burgerrechten voortzetten. Ze beschouwen Carver als onontgonnen terrein, nog onberoerd door de gedachte aan gelijke rechten voor negers en blanken.'

'Hoe oud zijn die jongens eigenlijk?'

Sunny haalde haar schouders op. 'Twintig,' was haar antwoord, 'of misschien eenentwintig. Ik weet het niet precies.'

'Niet meer dan een stel kinderen', mompelde ik. 'En dat wil de grote draak verslaan.'

'Daar komt het wel op neer', stemde Sunny in. 'Maar als je het mij vraagt, zijn ze wel tegen de uitdaging opgewassen.'

'Dan moet ik wel bewondering voor ze koesteren.'

'Dat zul je nog meer doen als je hen eenmaal hebt leren kennen.'

'Weet de burgemeester van hun bestaan en van de cursus af?'

'Oh ja. Eerlijk gezegd denk ik dat hij het in zijn hart zelfs toejuicht. Dat is zomaar een gevoel van me, hoor. Misschien zit ik ernaast. Maar volgens mij zou hij graag willen dat de negers zich zouden laten registreren.'

'Het viel me op dat hij inderdaad welgemeend vriendelijk was voor de negers die bij hem werken, zoals jij al zei. Hij is duidelijk op Celeste gesteld en trots op haar zoontje. Vreselijk jammer eigenlijk, dat hij zo vastzit aan de status-quo en zich niet expliciet voor verandering uitspreekt. Een man in zijn positie zou veel ten goede kunnen doen.'

'Waarschijnlijk is hij tot de conclusie gekomen dat hij te veel te verliezen heeft. Als hij zich uitspreekt voor gelijke rechten, dan kan hij bij de volgende verkiezingen zijn burgemeestersbaantje wel op zijn buik schrijven. Alleen de blanken stemmen, dat weet je.'

'Dat weet ik, ja. Maar denkt hij er dan niet bij na hoeveel de negers erbij zouden kunnen winnen?'

Sunny dacht even na. Toen zei ze: 'Je moet van een zeker geestelijk formaat zijn om verder te kijken dan je eigen ambities, laat staan om die ambities op te offeren ten behoeve van anderen. Cedric Frohmann is een beste man, maar ik betwijfel of hij ook een groot man is.'

Ik knikte begrijpend. Van opzij keek ik naar Sunny, die over het gazon zat te staren en van haar thee nipte, en ik bestudeerde haar profiel. Dit leek me het goede moment om uiting te geven aan mijn nieuwsgierigheid. 'Het is dat ik wel beter weet,' zei ik plagend, 'anders zou ik zeggen dat al dat geknijp in je neus uiteindelijk toch geholpen heeft.'

Lachend keerde Sunny haar gezicht naar me toe. 'Dat, en het mes van de chirurg', zei ze. 'We waren me het stelletje wel, vind je niet? Denken dat we ons uiterlijk konden veranderen met knijpen en duwen? Ik kan me gewoon niet meer voorstellen dat we dat deden.'

'Kinderen doen wel meer gekke dingen.'

'Nou, daar weet ik alles van, zeker nu ik er zelf twee heb.'

'Je zei altijd dat je er meer hakujin uit wilde zien, maar eerlijk gezegd geloofde ik het nooit zo.'

'Oh, maar ik meende het echt, Augie. Als kind wilde ik er altijd als blanke uitzien.'

'Maar waarom dan, Sunny? Je was toch mooi zoals je was?'

Sunny snoof even en haar mondhoeken krulden. 'Het had niets te maken met mooi willen zijn', bekende ze. 'Volgens mij dacht ik gewoon dat mijn leven erop vooruit zou gaan als ik blank werd. Ik was altijd anders dan alle anderen. Van ons, Japanners, waren er maar zo weinig ...' Ze zweeg even en schudde haar hoofd. 'Ik wilde gewoon net zo zijn als de andere kinderen. Dan had ik erbij gehoord, dan was ik normaal geweest, snap je?'

Ik fronste mijn wenkbrauwen. 'Het ging dus niet zozeer om blank zijn, maar meer om er net zo uit te zien als de meerderheid, hoe die er dan ook uitzag?'

'Zo kun je het denk ik wel stellen.'

Ik nam een paar slokjes thee om even te kunnen nadenken. Ten slotte zei ik: 'Bij het uitblazen van de kaarsjes op een van onze verjaardagen heb ik gewenst dat ik de volgende dag als Japanse wakker zou worden.'

'Oh, ik weet dat jij er als Japanner uit wilde zien, maar – ik heb het je toen waarschijnlijk ook wel gezegd, maar ik zeg het nu weer – je wist niet wat je vroeg.'

'Volgens mij wel', zei ik langzaam. 'Ik wilde er net zo uitzien als de mensen die ik als mijn familie beschouwde.'

'Zelfs als je dan bij de rest van je omgeving uit de toon viel?'

'Ik denk dat ik daar nooit zo bij stilgestaan heb. De rest van mijn omgeving liet me koud; alleen thuis was belangrijk.'

'Dat gaat in een volmaakte wereld misschien op, maar in de echte wereld moet je op een gegeven moment de deur uit en dan kom je er gauw genoeg achter dat de vorm van je ogen er wel degelijk toe doet, evenals de kleur van je haar en je huid. Je kunt toch moeilijk je hele leven in de schoot van je familie doorbrengen.'

Ik zuchtte. 'Misschien heb je wel gelijk, Sunny.'

'Dat weet ik wel zeker', zei ze zacht.

Even hing er een geladen stilte tussen ons in. Ik wilde graag begrijpen waarom Sunny nu eigenlijk van uiterlijk was veranderd. 'Neem me niet kwalijk dat ik het zeg, Sunny, maar ik ben er niet van overtuigd dat je goed hebt gedaan aan die plastische chirurgie. Ik bedoel, je sloof je hier uit voor de burgerrechten van de negers, maar voor wat betreft de Japanners – je eigen volk, zogezegd – heb je het eigenlijk opgegeven en ben je als het ware naar de vijand overgelopen. Je had respect moeten eisen voor wie je was.'

Sunny knikte. Er trilde een spiertje in haar kaak. 'Daar heb ik ook heel lang over nagedacht, Augie. Welk signaal gaf ik ermee af aan mijn kinderen, aan de hele wereld zelfs, als ik blank zou worden? Koos ik daarmee niet de weg van de minste weerstand in plaats van pal te staan voor mijn eigen mensen? En om je de waarheid te zeggen, Augie, ik ben er nog steeds niet uit.'

'Waarom heb je het dan toch gedaan?'

Weer viel er een lange stilte, alleen verbroken door een paar diepe zuchten van Sunny. De ijsblokjes tinkelden elke keer als ze het glas aan haar lippen zette. Ten slotte liet ze het op de armleuning zakken en zei, starend over het grasveld: 'Je moet weten dat ik, toen ik de operatie uiteindelijk onderging, allang niet meer per se blank wilde zijn. Als we in Ohio waren gebleven, zag ik er nu hoogstwaarschijnlijk nog Japans uit. Ik deed de operatie alleen maar omdat we hierheen zouden verhuizen.'

Ik kon mezelf wel voor het hoofd slaan. Wat stom dat ik daar zelf niet opgekomen was! 'Natuurlijk! In Mississippi kun je beter een blank dan een Japans gezicht hebben.'

'Klopt', zei ze. 'Maar dat was het niet alleen. Mijn kinderen zijn zogenaamde halfbloeden. Ze zien er blank uit, maar een blik op mij was genoeg om duidelijk te maken dat ze van gemengd bloed zijn. Dus uiteindelijk komt het erop neer, dat ik het voor hen heb gedaan. Leven we dan nu met een leugen?' Sunny haalde berustend haar schouders op. 'In zekere zin wel. We laten onszelf voor blank doorgaan, alleen maar om geen risico's te lopen. Maar uit mijn eigen kindertijd wist ik nog maar al te goed hoe het was om anders te zijn en dat wilde ik mijn eigen kinderen besparen. En dan heb ik het ook niet alleen over uitgelachen worden; ik wil vooral voorkomen dat de Klan zijn oog op ons laat vallen.'

Ik fronste mijn wenkbrauwen en hield mijn hoofd een beetje scheef. 'Denk je echt dat er van die kant gevaar te duchten zou zijn?'

'Dat weet ik niet zeker', zei ze. 'Waarschijnlijk wel. Op deze manier komen we er in ieder geval niet achter.'

'Dus Tom ging ermee akkoord?'

Sunny knikte. 'Met tegenzin. Hij was boos, maar uiteindelijk stemde hij ermee in. Hij is hier in Carver een man van aanzien, vanwege zijn positie op de molen, maar dat maakt hem niet immuun voor de fratsen van de Klan. De Klan heeft het over het algemeen niet zo op gemengde gezinnen.'

Ik schommelde een beetje heen en weer en de ijsthee in mijn glas golfde mee. 'En wat vonden Chichi en Haha ervan?' vroeg ik. 'Waren zij er niet op tegen?'

'Ja en nee. Ze begrepen wel waarom ik het liet doen. Moeder zei zelfs tegen me dat ze opgelucht was bij de gedachte dat ik niet als Aziatische naar Mississippi zou verhuizen. Toch waren ze er in zekere zin ook verdrietig om. Je weet wat papa altijd zei: "Wij zijn geen Japanners, we zijn ook geen Japanse Amerikanen, we zijn gewoon Amerikanen en verder niks." Hij vond dat ik overal in het land ongehinderd moest kunnen wonen, en dat het niet nodig zou moeten zijn om een operatie te ondergaan alleen om mijzelf en mijn gezin te beschermen.'

'Wat vond jij daar zelf van?'

'Ik zei tegen hem dat hij dat maar in het zuiden aan de negers moest gaan vertellen en dan zien wat die te melden hadden over een veilig bestaan op elke willekeurige plek in die goeie, ouwe Verenigde Staten.'

Ik haalde diep adem en liet die langzaam weer ontsnappen. 'Daar heb je wel een punt. Ik begrijp ook wel dat je bang en bezorgd was om het lot van je kinderen. Toch blijft het een onomkeerbare oplossing voor een tijdelijk probleem, zeker gezien het feit dat jullie ooit weer naar het noorden zullen gaan.'

Ze schokschouderde. 'Je kunt er nu eenmaal niet tijdelijk als een blanke uitzien; niet voor zover ik weet, tenminste.'

'Nee, dat zal wel niet. Maar dan nog …' Ik worstelde met mijn gedachten en het kostte me een paar minuten voor ik er de woorden voor gevonden had. 'Ik denk, Sunny, dat het me gewoon verdriet doet dat jij je identiteit moest opgeven om tegemoet te komen aan de vooroordelen van anderen.'

Sunny fronste haar wenkbrauwen en zette haar schommelstoel in beweging, alsof het schommelen haar kon helpen om haar gedachten te ordenen. Ten slotte zei ze: 'Ik weet niet goed wat ik daarop moet zeggen, Augie. Volgens mij kan ik alleen maar benadrukken dat ik mijn identiteit juist niet heb opgegeven. Mijn gezicht is veranderd, maar ikzelf niet. Dat zijn twee heel verschillende dingen. Natuurlijk was het eerst heel raar. Toen de zwellingen van de operatie waren weggetrokken en ik mijzelf in de spiegel zag als blanke vrouw, vroeg ik me ook af: "Waar is Hatsune in vredesnaam gebleven?" Mijn spiegelbeeld bezorgde me telkens weer een schok. En ik was ook wel een beetje verdrietig, denk ik, want in eerste instantie leek het inderdaad alsof ik iets was kwijtgeraakt.

Na een poosje besefte ik echter dat ik, als ik niet in de spiegel keek, net zo leefde als daarvoor. Ik had dezelfde interesses, dezelfde opvattingen, dezelfde gevoelens als altijd. De operatie had mijn gezicht veranderd, maar niet mijn persoonlijkheid. Innerlijk was ik nog steeds dezelfde. Zo kon ik uiteindelijk zelfs voor de spiegel zeggen: "Hatsune is helemaal niet verdwenen. Ze staat hier."'

In mijn geest tuimelden haar woorden over elkaar heen en ik had even tijd nodig om ze tot me te laten doordringen. Het was een hele opgave, te begrijpen waar Sunny doorheen was gegaan; ik kon eigenlijk alleen maar proberen het me een beetje in te denken. Ten slotte vroeg ik: 'Maar hoort iemands ras dan niet bij zijn persoonlijkheid? Je Japanse erfenis en alle culturele gebruiken waren toch een deel van jouw leven?'

'Natuurlijk. Mijn ras en het feit dat ik in een Japans gezin ben opgegroeid hebben me ongetwijfeld gevormd tot wie ik nu ben, en daaraan kan ik ook niet ontsnappen. Misschien vraag je je in feite af of ik nu ineens iemand ben die in een blank gezin groot geworden had kunnen zijn?'

Ik knikte. 'Zo zou je het kunnen verwoorden, ja.'

Sunny lachte. 'De vraag is duidelijk, maar van het antwoord ben ik niet zo zeker!'

'Waag toch maar een poging', drong ik aan.

Weer een diepe zucht. Toen zei ze: 'Nogmaals, iemands ras en levensgeschiedenis dragen bij aan wát hij is, maar volgens mij is er ook iets wat daar nog bovenuit gaat, en dat is wíe hij is. Ik ben tot de overtuiging gekomen dat het wezen van een mens altijd hetzelfde is, ongeacht het lichaam waarin hij wordt geboren. We zijn immers meer dan ons lichaam, we zijn geestelijke wezens. We hebben een geest, of een ziel, of hoe je het ook noemen wilt. En hoe ziet die geest eruit? Hoe ziet het wezen van een mens eruit?' Ze schudde zachtjes haar hoofd. 'Mijn geest is niet Japans en ook niet blank. Je kunt er gewoon niet in die termen over spreken.' Ze zweeg even en bewoog haar ene hand over de geopende palm van haar andere. 'Het is misschien te vergelijken met lucht. Je kunt de ziel niet zien, maar hij is wel de bron van het leven. En de ziel is eeuwig, als je daarin kunt geloven.'

Kon ik dat? Ik was er niet zo zeker van. 'Doel je nou op dat deel van ons dat volgens sommigen na de dood verder leeft?'

Sunny knikte. 'Toen we nog kinderen waren, wilde ik heel graag in de hemel geloven, maar ik kon het niet. Nu wel.'

Ik verschoof een beetje in mijn stoel en liet mijn gedachten naar onze kindertijd terugdwalen. 'Als ik het me goed herinner', zei ik luchtig, 'luidde het evangelie volgens Vera Eddington als volgt: "Kort na de schepping is God er als een haas vandoor gegaan en nu moeten wij onze eigen boontjes zien te doppen. Het goede nieuws is dat niemand van ons in de hel terechtkomt, omdat er geen hemel en hel bestaan."'

Sunny moest lachen bij de herinnering. 'Gelukkig is de versie van mevrouw Eddington nooit in de canon opgenomen. Erg hoopgevend was het allemaal niet, vond je wel?'

'Je bent het dus niet met haar eens.'

'Nee. Ik heb wel een poosje gedacht ze misschien gelijk had, maar dat denk ik nu niet meer.'

Ik snoof even en haalde diep adem. Ik praatte zelden over geestelijke zaken, maar nu was ik nieuwsgierig. 'Waardoor ben je dan van gedachten veranderd?' informeerde ik.

Ze nam weer een slok thee, schommelde en dacht na. 'Daar is niet een enkele oorzaak voor aan te wijzen', zei ze ten slotte. 'Het kwam door een heleboel factoren en er ging tijd overheen. Het begon in het kamp, door een vrouw die Shidzuyo heette.'

'Vertel me dan eens wat meer over haar', drong ik aan, toen ze weer in stilzwijgen verviel.

Sunny glimlachte even. 'Shidzuyo was verpleegster en ik leerde haar kennen omdat ik heel erg ziek werd. Kort nadat we in Manzanar waren aangekomen, kreeg ik dysenterie. Dat kwam veel voor, vanwege het eten. Er raakten heel veel mensen aan de race, zoals het werd genoemd, en de meesten maakten er niet zo'n probleem van. Het was alleen gênant en lastig. Ik werd er echter zo ziek van dat ik in het kampziekenhuisje belandde. Ik kon niet meer eten en viel verschrikkelijk af, wat ik me helemaal niet kon permitteren. Op het laatst was ik zo verzwakt dat ik niet eens mijn hoofd van mijn kussen kon optillen. Soms had ik zo'n hoge koorts dat ik begon te ijlen. Er gingen uren, misschien wel dagen voorbij waarin ik geen flauw benul had van mijn omgeving. Af en toe kwam ik net voldoende bij mijn positieven om te merken dat ik een soort luier om had en dan kon ik wel in de grond zakken van schaamte, maar meestal kon het me allemaal niets schelen.

Moeder en papa waren in alle staten, hoewel ze probeerden het niet te laten merken. Ik zag het echter aan hun gezicht, wanneer ik tenminste helder genoeg was om hun gezicht te kunnen zien. De manier waarop ze naar me keken als ze naast mijn bed zaten maakte me doodsbang. Ik vreesde dat ze dachten dat ik zou sterven. Jaren later heeft moeder bekend dat dit inderdaad zo was. Iedere keer als ze op bezoek kwam, was ze ervan overtuigd dat het de laatste keer zou zijn. Niemand zei het echter hardop, niet tegen mij en ook niet tegen elkaar. Ze zeiden helemaal niets.

Shidzuyo zat heel vaak bij me, zelfs als ze geen dienst had. Haar naam betekent "vrede" of "rust", en dat was precies de goede naam voor haar. Wanneer moeder en papa er niet waren, kwam ze bij me zitten en zong liedjes voor me, of hield mijn hand vast, of liet me water drinken door een rietje. Soms leek het alsof ze zat te bidden. Ze was een toegewijd gelovige, maar dan op een heel rustige manier. Eigenlijk gaf ik aan haar gezelschap bijna de voorkeur boven dat van mijn ouders, omdat zij niet bang leek.'

'Je was haar dochter ook niet', viel ik haar in de rede. Ik had er behoefte aan Chichi en Haha te verdedigen. 'Natuurlijk kon ze niet zo bezorgd zijn als jouw ouders.'

'Nee, dat begrijp ik natuurlijk wel', gaf Sunny toe. 'Maar geleidelijk aan ging ze wel van me houden en ik van haar. In de jaren dat we in het kamp woonden en mijn eigen moeder zo diep ongelukkig en afwezig was, werd ze als een tweede moeder voor mij. Toen ik zo ziek was van die dysenterie, bracht de aanwezigheid van Shidzuyo me tot rust. Het was alsof er kracht van haar uitging en in mij overvloeide. Als zij bij me was, wist ik zeker dat ik beter zou worden. En dan was ik ook niet bang meer.'

'Hoe lang ben je ziek geweest?'

'Ik vermoed dat ik ongeveer drie weken in het ziekenhuis heb gelegen. Op het dieptepunt was ik nog maar vel over been en had ik totaal geen kracht meer. Zodra ik het stof weer kon ruiken, en het kon voelen op de kussens en de lakens, wist ik dat ik beter zou worden. Zodra ik weer in staat was om te praten, was een van de eerste dingen die ik tegen Shidzuyo zei: "Ik haat dat stof. Er is hier zo veel stof." En ik dacht natuurlijk dat ze het met me eens zou zijn en mee zou mopperen op dat afschuwelijke stof, net als iedereen daar. In plaats daarvan bracht ze haar gezicht dicht bij het mijne, alsof ze me een geheim ging vertellen, en fluisterde: "Het is in stof en vuil dat de lelie van zijn liefde bloeit." '

Het was even stil, alsof Sunny in gedachten weer naar Shidzuyo's gefluisterde woorden zat te luisteren. Toen vervolgde ze: 'Ik had geen idee wat ze bedoelde en eerst dacht ik dat ze niet goed bij haar hoofd was. Er was daar geen lelie te bekennen en bovendien, over wie had ze het eigenlijk? Maar zoals zij het zei, leek het alsof er ter wereld niets heerlijkers te bedenken was dan te midden van al dat stof en vuil te mogen wonen. En ook al boden haar woorden mij geen troost, de manier waarop ze erbij glimlachte en haar hand op mijn voorhoofd legde deed dat wel.

Na een tijdje begonnen er ook daadwerkelijk bloemen in het kamp te bloeien. Ondanks het feit dat het in de woestijn lag, was de grond er toch heel vruchtbaar en de mensen stonden erop dat ze tuinen zouden krijgen. Overal schoten de bloemen uit de grond – voor de school, bij de winkels en het postkantoor, in de brandgangen en in de steegjes tussen de barakken. Een paar professionele hoveniers legden zelfs een parkje aan met vijvertjes en watervallen en houten boogbruggetjes. Maanden nadat ik van de dysenterie was hersteld, nam Shidzuyo me op een dag bij de hand en wees me erop. "Zie je wel," zei ze, "ze bloeien zelfs te midden van het stof."

"Er zijn hier wel veel bloemen, tante," zei ik prozaïsch, "maar lelies zie ik nergens." Ze glimlachte alleen maar op die rustige manier van haar en zei: "Je hebt lelies in allerlei soorten, Hatsune. Het hoeven niet eens bloemen te zijn."

In de jaren daarna zou ze die regels over de lelies in het stof nog tientallen keren citeren. Toen ik het haar eindelijk eens vroeg, vertelde ze dat ze afkomstig waren uit een driehonderd jaar oud gedicht, geschreven door Henry Vaughan, en na verloop van tijd begon ook ik de betekenis ervan te begrijpen.'

Weer was het even stil. Ik stelde me voor hoe God op handen en knieën zat om lelies te planten in de stoffige steegjes van een gevangenenkamp.

'Daar in het kamp begon ik met Shidzuyo naar de kerk te gaan', vertelde Sunny verder. 'Als kerk was het niet veel bijzonders, gewoon een eenvoudige kamer met harde bankjes en een kruis aan de muur. Heel iets anders dan de kerk van de heilige Stefanus in Boyle Heights. Geen gewelfd plafond, geen gebrandschilderde ramen. Weet je nog dat we dachten dat God daar woonde, omdat het zo'n groot en prachtig gebouw was?'

Ik knikte. 'Nou en of. Ik kan nu nauwelijks meer geloven dat we echt in de veronderstelling verkeerden dat we in die biechtstoel regelrecht met God zouden kunnen spreken. Die arme priester. Geen wonder dat hij laaiend was. Twee van die halfgare kinderen die om een audiëntie bij God vragen, terwijl er een hele rij mensen zit te wachten om hun zonden op te biechten.'

Sunny schoot in de lach. 'We hadden het inderdaad niet helemaal door. Maar konden wij dat helpen? Niemand had het ons verteld.'

'Wat? Waar we God konden vinden?'

'Nee, hóé we Hem konden vinden. Dat heb ik pas van Shidzuyo geleerd.'

'Oké.' *Laat ik maar gewoon meepraten*, dacht ik schouderophalend. 'En hoe kun je Hem dan vinden?'

Sunny staarde even langs me heen. 'Zou je me uitlachen als ik zei dat het een kwestie van vertrouwen is?'

'Je hoort mij niet lachen, hoor.'

Ze knikte kort. 'Je moet weten dat Shidzuyo de eerste persoon was die ik ontmoette, die wist wat vertrouwen was. Ik weet nog dat ik haar al in een vrij vroeg stadium vroeg waarom God de oorlog had toegestaan en waarom Hij niet had ingegrepen toen de hakujin ons naar de kampen stuurden. Ze zei: "Dat weet ik niet, maar ik weet wel dat Hij er een reden voor heeft, en dat is genoeg voor mij." Begrijp je wel, ondanks alles bleef ze gewoon in God geloven. En het leven maakte het haar bepaald niet gemakkelijk. Ze had het nooit gemakkelijk gehad, maar sinds het begin van de oorlog was het er alleen maar erger op geworden.

Haar man was visser geweest, zij het niet zo'n heel goede, omdat hij een voorliefde had voor braspartijen. Ze hadden dus maar een klein inkomen en na Pearl Harbor verloren ze ook dat. Net als iedereen in het kamp raakten ook zij hun huis kwijt. Vanaf dat moment ging het met meneer Miyosha, Shidzuyo's man, van kwaad tot erger. Sommige mannen prutsten in de steegjes tussen de barakken een soort stookketels in elkaar, waarin ze een primitieve variant van sake brouwden. De drank werd meneer Miyosha's uitweg uit de barre omstandigheden van het kamp.

Volgens mij heb ik hem nooit anders gezien dan dronken of buiten westen. Soms werd hij gewelddadig en dan reageerde hij zijn woede af op Shidzuyo en hun volwassen kinderen. Soms moesten zijn zonen hem in bedwang houden; dan dreigde hij iemand te zullen vermoorden, het maakte niet uit wie – gewoon wie hij op dat moment toevallig in het oog kreeg. Op een nacht, toen meneer Miyosha na een van zijn vele feestjes op weg was naar huis, struikelde hij en klapte met zijn hoofd op de stoep voor de barak, waardoor zijn schedel verbrijzeld werd. Niemand hoorde of zag het gebeuren, en toen het ochtend werd, was hij al doodgebloed. Shidzuyo vond hem toen ze op weg ging naar haar werk in het ziekenhuis.

Tegen die tijd waren al haar kinderen al uit het kamp vertrokken. Begin 1943 hadden de jonge mannen toestemming gekregen om zich als vrijwilliger voor het leger aan te melden. De regering wilde een gevechtseenheid van nisei samenstellen. De vrouwen mochten zich als vrijwilligsters nuttig maken voor onder andere het Rode Kruis. Iedereen in het kamp kreeg een vragenlijst toegestuurd, met daarop onder meer de vraag of je mee wilde helpen met de verdediging van het land en zo ja, of je bereid was daartoe in het leger te dienen. Wie beide vragen negatief beantwoordde, werd bestempeld als 'niet loyaal aan Amerika'. Deze Nee-Neejongens, zoals ze werden genoemd, werden van de anderen gescheiden en bij wijze van straf naar een ander kamp gestuurd.

Shidzuyo's zonen Wesley en Harry, een tweeling, zouden datzelfde jaar twintig worden. Harry werd een van de Nee-Neejongens. Hij was boos om wat de regering ons had aangedaan en vond het krankzinnig dat Amerika het lef had jongens te vragen om te vechten voor hetzelfde land dat hen eerst naar de kampen had gestuurd. Zijn verbittering deed hem in Tule Lake belanden. Wesley meldde zich wel als vrijwilliger en werd ingedeeld bij het 442ste Regiment, dat vocht in Italië en Frankrijk. Tegen het einde van de oorlog hadden de mannen van dit Regiment bijna tienduizend onderscheidingen verdiend. Wesley kreeg er ook een, vanwege een verwonding die hem drie operaties en een jaar revalidatie kostte.

Shidzuyo's dochter Mary was verpleegster en zij ging voor het Rode Kruis werken op hetzelfde moment dat Wesley zich meldde voor het leger. Toen ze in Italië in een mobiel hospitaaltje werkte, liep ze tyfus op. We wisten niet eens dat ze ziek was, tot het telegram kwam met het nieuws van haar dood. Ik was op dat moment net bij Shidzuyo op bezoek. Ik meende dat haar wereld nu zou instorten en even leek het er ook op dat dit gebeurd was. Maar iets haalde haar er weer doorheen en toen begreep ik dat geloven in God meer is dan geloven dat

Hij bestaat. Het betekent dat je Hem kent op zo'n manier dat je nog steeds kunt zeggen dat Hij liefde is, zelfs al is je leven op aarde verworden tot een hel.'

Sunny zweeg. Ik reageerde niet op haar verhaal, omdat ik niet goed wist wat ik ervan moest denken. Uiteindelijk stelde ik haar de nietszeggende vraag: 'Hoe ging het na de oorlog verder met haar?'

'Ze is ook naar Cincinnati verhuisd en daar heeft ze jarenlang gewerkt als wijkverpleegster. Inmiddels is ze met pensioen en geniet met volle teugen van haar kleinkinderen. Allebei haar zonen wonen in de buurt. Natuurlijk hebben we nog steeds contact. Moeder en papa hebben een sterke band met haar, vooral moeder. Zij en Shidzuyo komen vaak bij elkaar op de koffie om bij te praten. Volgens moeder valt deze vriendschap onder het weinige goede dat ze aan het kamp heeft overgehouden.'

'Ze lijkt me een bijzonder mens.'

Howard Draper was een beetje op de achtergrond geraakt, maar nu stapte hij weer tevoorschijn. Hij mocht nog zo aardig zijn en zijn muziek nog zo prachtig, maar in vergelijking met iemand als Shidzuyo was hij toch bezoedeld. Het was maar beter om hem te blijven zien zoals hij was. Zelfs satan, zo had ik weleens gehoord, kon zich voordoen als een engel van het licht.

Sunny knikte. 'Dat is ze ook. Ik heb veel aan haar te danken – mijn leven zelfs.'

Ik wist dat ze hiermee niet alleen maar doelde op het feit dat Shidzuyo in het ziekenhuis naast haar had gezeten en haar tijdens haar ziekte had verpleegd.

Ik keek uit over de oprit waar de avondbries kleine stofwolkjes opjoeg. Het is in stof en vuil …

De Mississippimaan klom langzaam boven de bomen uit, vol en glanzend, en in het gras voerden licht en schaduw een gezamenlijke dans uit.

27

Coloredtown. Colortown. Colorfultown. Terwijl Sunny en ik over de ongelijke wegen van de zwarte wijk van Carver hotsten, zat ik met de woorden te spelen. We waren op weg naar een kleurrijke plaats, bedacht ik. Maar waar bleven die kleuren dan? Het groen van de bomen, natuurlijk – van de *longleaf pine*, de wilde druif en de *kudzu*. Het blauw van de vroege ochtendhemel. Maar verder was alles voornamelijk bruin. De zandweg. Het ongeverfde hout van de hutten. De roestige auto op blokken. En de huid van degenen die hier woonden, alle tinten zwart en bruin. *Culudtown*. Nikkerstad. Zwart omdat hier de zwartjes woonden.

Nieuwsgierige ogen volgden ons. Kinderogen, donkere irissen in helder wit, en oude ogen, geel en waterig. Sombere ogen, waarin niet alleen de zorg van elke dag, maar een hele geschiedenis lag, een reeks van eindeloze jaren tot ver in het verleden. Ze gluurden naar ons uit de ramen, vanaf de verandastoepjes, van de kant van de weg; in alle ogen hetzelfde oude verhaal van die lange, lange reis uit Afrika.

Sunny parkeerde voor het warenhuis, dat pas over een uur zijn deuren zou openen. De eigenaar, Curtis Reese, stond op de veranda al naar ons uit te kijken. Hij was lang, stevig gebouwd en gekleed in een verschoten rood T-shirt met daaroverheen een tuinbroek van spijkerstof. Om zijn hals had hij een rode zakdoek geknoopt. Toen hij ons zag aankomen, kwam hij met snelle sprongen de veranda af en hij was al bij de auto voordat Sunny de motor had uitgezet. 'Mornin', Miz Fulton', zei hij, nadat hij het portier voor haar had geopend. Sunny glipte achter het stuur vandaan en Curtis deed de deur weer dicht.

'Goedemorgen, Curtis', begroette Sunny hem. Ik stapte nu ook uit en liep om de auto heen naar hen toe. Sunny gebaarde naar mij. 'Mag ik je voorstellen aan Augie Callahan, verslaggever van One Nation, en niet te vergeten een goede vriendin van mij. Augie, dit is Curtis Reese.'

Ik glimlachte breed en stak mijn hand uit. 'Fijn om kennis met u te maken, meneer Reese.'

Hij beantwoordde mijn glimlach heel even, maar keek me ondertussen vorsend aan, alsof hij wilde inschatten wat voor vlees hij in de kuip had. Ik nam aan dat hij het zich in de loop der jaren had aangewend om elke blanke die hij ontmoette te keuren: vriend of vijand? Mijn hand verdween bijna helemaal in zijn grote, vlezige handpalm. 'Fijn dat u gekomen bent, Miz Callahan', zei hij en toen ik opnieuw tegen hem glimlachte, ontspande zich zijn gezicht. 'We hebben naar u uitgekeken', voegde hij eraan toe.

Hij deed een stap achteruit. Ondertussen schoten zijn ogen heen en weer; oplettend, maar niet bang. Met een hoofdknikje beduidde hij ons hem te volgen. Hij leek ons zo snel mogelijk naar binnen te willen loodsen. Twee blanke vrouwen midden in Culudtown op een vroege zomerochtend – zoiets zou de Klan toch minstens kunnen ruiken? 'Mahlon en T.W.' – hij sprak het uit als 'T-dub-ya' – zitten boven al te wachten. Gloria maakt trekkoffie. We hebben de kinders naar familie gestuurd, dan kunnen we ongestoord praten.'

'Dat is prima, Curtis', zei Sunny. 'We komen direct achter je aan.'

Boven de voordeur van de winkel rinkelde een belletje toen we naar binnen stapten. Achter ons draaide Curtis de deur weer op slot. Langs de stellingen met koopwaar liepen we naar het magazijn achter in de winkel. Vandaar leidde een smalle, houten trap naar de bovenwoning van Curtis en Gloria, vier kamers voor hen en hun vijf kinderen. Sunny was hier al veel vaker geweest, en ze had me onderweg gewaarschuwd dat de woning niet over een badkamer beschikte. Het enige sanitair bestond uit een poepdoos in een houten huisje in het bos achter de winkel.

'Ze hebben wel stromend water in de keuken,' had Sunny verteld, 'maar ze vinden het gênant dat ze binnen geen toilet hebben.'

'Met andere woorden: ik kan beter niet vragen of ik even mijn neus mag poederen?' begreep ik.

'Probeer dat inderdaad te vermijden, als het even kan.'

De trap gaf toegang tot een klein keukentje, waar een pikzwarte, mollige vrouw naast een ouderwets fornuis hevig stond te zweten, in afwachting van het moment waarop het water in de ketel zou gaan koken. Ze droeg een wit schort over een mouwloze, lila jurk van verbleekt katoen. Haar voeten rustten zwaar op een stel teenslippers; de roomwitte voetzolen puilden over de randen heen. Ze stond daar met de ene hand op de heup, alsof ze op het punt stond het water een standje te geven omdat het zo lang duurde voor het aan de kook kwam.

Toen ze onze aanwezigheid gewaarwerd, draaide ze zich om en schonk ons een glimlach die de hele keuken verwarmd zou hebben, als het er al niet zo heet was geweest. Zweetdruppels parelden op haar gezicht. Ze had een prettig, open gezicht, omkranst door een haardos die ze in grote krullen had gedwongen. 'Mornin', Helen', riep ze zangerig. 'Kom d'rin, lieffie. En dit is zeker je vriendin, de schrijfster? Kom binnen, kom binnen. Het water kookt al bijna.'

'Dit is Augusta Callahan, Gloria …' begon Sunny, maar voordat ze verder kon gaan kwam de vrouw al met uitgestoken handen op me af.

'Goeie genade, geef me een hand, Miz Callahan', zei ze. 'Helen heeft me verteld dat u een boek hebt geschreven. Ik heb nog nooit een echte schrijfster een hand gegeven. Het is me een eer, Miz Callahan. Wat zullen mijn leerlingen wel niet zeggen! O ja, ik ben Gloria Reese. Noem me maar Gloria.

Nergens goed voor om hier formeel tegen mekaar te doen. Echt een eer om u bij ons te hebben, Miz Callahan.'

Ze zwengelde mijn hand geestdriftig op en neer en ik moest inwendig lachen om haar enthousiasme. 'Nou, mijn boek was niet echt een bestseller, mevrouw Reese – Gloria, bedoel ik.'

'Maakt niet uit, maakt niet uit', verzekerde ze me. 'Het is uitgegeven en dus bent u een schrijfster.'

'Gloria is een van de onderwijzeressen op de lagere school voor negerkinderen', legde Sunny uit.

'Geef al meer dan twintig jaar les. Probeer de kinders in boeken te interesseren. Soms lukt het, soms niet. Maar zelf ben ik er dol op, op boeken en verhalen. Super om een echte schrijfster te ontmoeten, en dan nog wel een die helemaal uit Californië is gekomen om over ons te schrijven.'

Op dat moment begon de ketel te fluiten en toen pas liet Gloria Reese mijn hand los. 'Nou, het water kookt. Gaan jullie maar vast in de voorzaal zitten. Curtis, wijs ze de weg eens. Ik kom zo met de koffie.'

Achter Curtis aan liepen Sunny en ik naar de aangrenzende woonkamer, een ruime, nette kamer die rook naar desinfecteermiddel. De kale houten vloer zag eruit alsof hij nog die ochtend geschrobd was. De muur aan de straatkant was de enige met ramen, maar die waren wel groot en streeploos schoon. De gordijnen waren zorgvuldig gestreken en netjes opgehangen. Vanwege de hitte stonden de ramen wijd open, en ervoor stond een kleine ventilator uit alle macht te proberen nog wat frisse lucht de kamer in te zuigen.

Links van de deur stond een lange tafel met bankjes aan beide zijden en rieten stoelen aan hoofd- en uiteinde. Rechts bevond zich een klein gangetje, dat vermoedelijk naar de slaapkamers voerde. In de woonkamer zelf stonden aan de ene kant een bank en een koffietafel en tegen de muur daartegenover twee fauteuils met een tafeltje ertussenin. Op die tafel stond een schemerlamp met een rode kap. Aan alle muren prijkten ingelijste posters en familieportretten.

Bij onze binnenkomst stonden twee mannen op – of liever gezegd, ze sprongen overeind als marionetten waarbij te hard aan de touwtjes werd getrokken. Hun blikken schoten zenuw-achtig in mijn richting en ik besefte dat ze me, net als Curtis, probeerden in te schatten, terwijl ze tegelijkertijd een goede indruk op me wilden maken. Het was een tweesnijdend zwaard, die vraag: was ik te vertrouwen en zou ik hen respec-teren? Beide vragen vereisten een bevestigend antwoord, anders konden we bij voorbaat wel ophouden.

Sunny onderbrak het woordloze gesprek dat al meteen begonnen was. 'Augie,' zei ze, 'ik wil je graag voorstellen aan T.W. Foss en Mahlon Jackson.' Beide mannen knikten kort bij het horen van hun naam. 'Dit is Augusta Callahan,' zei Sunny tegen hen, 'de journaliste over wie ik jullie heb verteld.'

'Aangenaam', mompelden ze, maar geen van beiden gaf me een hand of glimlachte. Dat kwam later nog wel, dacht ik, als de kwestie van vertrouwen en respect naar tevredenheid was afgehandeld.

'Miz Fulton, als u en Miz Callahan nou eens op de bank gaan zitten', stelde Curtis voor. 'Dat zit vast lekkerder dan die ouwe stoelen. Mahlon, neem jij deze maar' – hij schoof een van de rieten stoelen naar de jongen toe – 'dan neem ik de andere, en T.W. en Gloria kunnen dan op de gemakkelijke stoelen gaan zitten.'

Mahlon droeg de stoel naar de andere kant van de kamer en zette hem naast de stoel van T.W.. Sunny en ik installeer-den ons op de bank. Ik had mijn aktetas meegenomen, waar-uit ik nu een schrijfblok en een paar pennen opdiepte. Ik had ook nog een bandrecorder overwogen, maar dat idee bij nader inzien verworpen. Voor journalisten waren het handige appa-raten, maar mensen die juist vrijuit moesten praten, klapten er vaak van dicht. Ik zou moeten vertrouwen op mijn vermo-gen om goed te luisteren en snel te schrijven.

Nu kwam ook Gloria binnen, met een dienblad vol kopjes en schoteltjes. Haar schort had ze afgedaan, en rond haar mid-del, waar het vastgebonden had gezeten, liep nu een gordel van zweet. 'Koffie voor iedereen!' Ze zong meer dan dat ze praatte, en de glimlach waarmee ze binnenkwam verbeterde de sfeer in de kamer op slag. Op haar dooie gemak ging ze de kamer rond en liet iedereen een kopje van het blad pakken, te beginnen bij Sunny en mij. Melk en suiker waren er niet bij. 'Op het fornuis staat nog meer koffie en als iemand zin heeft in frisdrank, kan ik beneden wel wat flesjes uit de ijskast halen. Geef maar even een seintje.'

Terwijl de koffie werd rondgedeeld, nam ik de gelegenheid te baat om T.W. Foss en Mahlon Jackson nader te bestuderen. Ze zaten allebei op het puntje van hun stoel, alsof ze elk moment overeind konden springen. T.W. was een magere jongen, die uitsluitend uit benen leek te bestaan. Hij leek wel een marathonloper, zo lichtgebouwd en lenig was hij, lichtvoetig als een jong hert. Hij droeg een grijze broek en een overhemd met korte mouwtjes en een borstzakje. Zijn smalle, blote voeten waren in sportschoenen gestoken die er zo te zien al heel wat kilometers op hadden zitten; dat ze net gepoetst waren, kon dit niet verbloemen. Ook zijn gezicht was lang en smal, met uitstekende jukbeenderen en een flink geproportioneerde kaak. De skeletachtige indruk van zijn gezicht werd nog eens versterkt door zijn kortgeschoren haar. Zijn verschijning werd gecompleteerd met een hoornen bril.

Mahlon was informeler gekleed, in een verschoten spijkerbroek, een simpel wit T-shirt en zwarte, hoge gympen met veters die op vele plaatsen geknapt en weer aan elkaar geknoopt waren. Hij had een afrokapsel dat zijn ronde gezicht omlijstte als warrig struikgewas. Hij was tamelijk lang, gespierd en stevig. Zijn handen waren zo groot als meloenen en zijn schoenen deden me denken aan de overmaatse stappers van Charlie Chaplin, met dit verschil dat ze bij Mahlon echt vol zaten met voet. T.W. zag eruit als een studiebol, Mahlon als een man van de daad. Ze vormden ongetwijfeld een uitstekend team.

Het grootste verschil tussen beide mannen zat echter in hun huidskleur. Zag je de een zonder de ander, dan waren ze allebei gewoon negers. Maar zag je hen naast elkaar, dan was het verschil in zwart verbijsterend opvallend. Waren ze twee koppen koffie geweest, dan was Mahlon de espressovariant en T.W. de koffie verkeerd. Dat betekende dat in T.W.'s voorgeslacht zowel zwart als blank bloed voorkwam, en ook dat die vermenging beslist meer dan een keer was opgetreden. Met iets meer melk in de koffie had T.W. voor een blanke kunnen doorgaan. Dat gold trouwens voor heel veel negers. Wie blank genoeg was, verhuisde naar het noorden en ging daar als blanke door het leven, terwijl zijn donkerder verwanten in het zuiden de last van hun huidskleur moesten blijven dragen.

Gloria bracht het dienblad weer naar de keuken, kwam terug en liet zich met een zucht in de overgebleven fauteuil zakken. 'Pfoe!' mopperde ze. 'Wat is het weer heet. Nou, jongens, Miz Callahan heeft vast meer te doen. Vooruit met de geit.'

De beide jongens wriemelden op hun stoel en keken elkaar aan, alsof ze geen van beiden wisten hoe te beginnen. Omdat ik hen graag zo goed mogelijk op hun gemak wilde stellen, opperde ik: 'Vertellen jullie me eerst eens iets over jezelf: waar jullie vandaan komen en hoe jullie in Carver zijn beland en ...'

Curtis viel me in de rede. 'Mahlon is een oomzegger van me, de zoon van mijn zus. Zij en haar man zijn direct na hun trouwen naar Jackson verhuisd en daar is Mahlon ook opgegroeid. Op dit moment woont hij bij Gloria en mij, en als hij niet voor de cursus in de weer is, helpt hij me in de winkel.'

Mahlon knikte instemmend.

'En u, meneer Foss?' Ik keek hem recht aan, in de hoop hem zo ver te krijgen dat hij voor zichzelf zou spreken.

T.W. schraapte zijn keel. 'Ik ben ook in Jackson opgegroeid, Miz Callahan,' zei hij, 'maar net als Mahlon heb ik familie in Carver. Ik logeer bij een neef en ik *hossel* wat hier en daar om mezelf te onderhouden. Meestal doe ik klusjes voor Doc Dawson in de kliniek. Ik vind het dokterswerk interessant, en ik mag van de dokter soms zijn boeken inkijken of zelfs meehelpen met de zorg voor de patiënten.'

Ik was onder de indruk. T.W. Foss was duidelijk goed onderlegd – waarschijnlijk vooral als gevolg van zijn eigen inspanningen. 'Zou u graag arts willen worden, meneer Foss?' vroeg ik.

'Noem me maar T.W., Miz Callahan.'

'Goed dan, T.W..'

De jongeman keek me strak aan. Zijn kaken bewogen hevig. 'Ik zou het inderdaad graag willen, Miz Callahan', zei hij toen en hij voegde er vlug aan toe: 'Over een poos, misschien.' De weemoed in zijn stem was onmiskenbaar, alsof hij bang was dat het bij een luchtkasteel zou blijven.

'Ze zijn allebei betrokken geweest bij de grote actie voor kiezersregistratie afgelopen zomer, je weet wel, Freedom Summer, toen al die blanke studenten uit het noorden een handje kwamen helpen', vertelde Curtis.

'Ik heb de gebeurtenissen gevolgd,' zei ik, 'al heb ik er zelf niet over geschreven.' Ik had in de zomer van 1964 wel andere dingen aan mijn hoofd: een boektournee, om maar iets te noemen, omdat mijn roman kort daarvoor was verschenen. Maar ook na die tournee had ik Mississippi vermeden. De keren dat ik er was geweest, had ik er meer van gezien dan me lief was. Bovendien had de verdwijning van de drie activisten nog tijdens mijn tournee plaatsgevonden en ook al werd het niet met zoveel woorden gezegd, toch werd algemeen aangenomen dat ze dood waren. Hoewel het vaak de journalistiek was die dergelijke mysteries oploste, had ik er geen zin in. Ik was veel te bang dat ik hen alleen maar zou vinden door hetzelfde lot te ondergaan en ik zat er niet op te wachten zelf voorpaginanieuws te worden, niet om die reden tenminste. Gelukkig waren er genoeg verslaggevers die zaten te springen om iets aan Freedom Summer te verdienen en zo had ik die maanden met andere bezigheden kunnen vullen.

Het leek wel of Curtis mijn gedachten had gelezen, want hij vervolgde: 'Ze kenden ook die drie jongens die vermoord zijn, waar of niet, Mahlon?'

Mahlon haalde zijn schouders op en sloeg zijn ogen neer. Het was T.W. die antwoord gaf. 'We hebben hen een keer ontmoet. Kregen geen kans om hen te leren kennen. De Klan was ons te vlug af.'

Even was de stilte in de kamer net zo benauwend als de hitte. Curtis knoopte zijn halsdoek los en veegde zich het zweet van het gezicht. 'Vertel haar maar eens over de cursus', zei hij aanmoedigend.

Voor het eerst deed Mahlon zijn mond open. 'Waar wilt u graag dat we mee beginnen, Miz Callahan?'

'Nou, ik heb al een aardig beeld van wat jullie op die cursus doen, maar als je het me eens in je eigen woorden vertelde?'

Omdat Mahlon aarzelde, nam T.W. opnieuw het woord. 'De negers hebben het recht om te stemmen, Miz Callahan, dat weet u. Iedereen kent de wet op de burgerrechten, die vorig jaar is aangenomen en ...'

'Wacht eens even, T.W.', viel Mahlon hem opgewonden in de rede. 'Doe nou niet alsof de wet op de burgerrechten een toverwoord is. De negers hebben al stemrecht sinds het Vijfde Amendement van 1890. We kunnen ons alleen niet laten registreren. De *bakra's* hebben wel duizend smoesjes om die registratie tegen te houden.' Even abrupt als hij was begonnen, brak hij ook weer af. Hij wierp me een schuldbewuste blik toe, alsof hij zich plotseling realiseerde dat ik ook een bakra was – een blanke.

'Let op je woorden, joh', zei Gloria streng.

'Sorry, Miz Callahan. Ik wilde u niet beledigen.'

'Het geeft niet, Mahlon', zei ik. 'Vertel alsjeblieft verder.'

T.W. pakte de draad weer op. 'Je hebt gelijk, Mahlon, dat kan ik niet ontkennen. We hebben stemrecht, Miz Callahan, maar hier in Mississippi staat maar vijf procent van de negerbevolking geregistreerd. Er worden veel te veel struikelblokken opgeworpen, en dat is precies waar de cursus voor is bedoeld: om die struikelblokken uit de weg te ruimen.'

'Dat heb je goed gezegd, T.W.', wierp Curtis ertussen.

Met een knikje bedankte T.W. voor het compliment. 'Tijdens de cursus leren we de mensen hoe ze het registratieformulier moeten invullen.'

'Veel mensen kunnen niet lezen of schrijven, vooral oudere mensen niet', legde Gloria uit. 'Daar bemoei ik me mee, samen met een paar andere vrijwilligers. Hester Mumford en ik beginnen bij het begin, het alfabet. Om te kunnen stemmen moeten mensen kunnen lezen en schrijven.'

'Gelukkig zijn er ook mensen die wel kunnen lezen', voegde Curtis eraan toe. 'Die hebben dan zogezegd een voorsprong. Met die mensen werken we aan het formulier en we bereiden hen voor op de toets.'

'De blanken hoeven die toets niet te doen,' nam T.W. het weer over, 'maar van de negers wordt verwacht dat ze een stukje van de grondwet uitleggen. De grondwet van Mississippi heeft tweehonderdvijfentachtig paragrafen. De registratieambtenaar kan elke willekeurige paragraaf kiezen en de neger vragen om uitleg. Dus lezen we de grondwet tig keer door, en dan hopen we dat iemand die zich wil laten registreren een beetje weet waar hij het over heeft.'

'Niet dat het wat uitmaakt', zei Mahlon zwartgallig. 'Wat de neger ook zegt, de ambtenaar kan hem laten zakken, gewoon omdat hij daar zin in heeft, zelfs al is het antwoord helemaal goed.'

Curtis knikte instemmend. 'En dat niet alleen,' zei hij, 'maar die ambtenaren stellen soms van die idiote vragen. Zoals hoeveel zaadjes er in een watermeloen zitten. Of hoeveel zeepbellen je krijgt van een stukje badzeep.'

'Dat zijn vragen die je niet kunt beantwoorden, Curtis', zei T.W.. 'En dat is ook net de bedoeling.'

'Het maakt ook niet uit wat hij vraagt', kwam Mahlon weer. 'Als de ambtenaar wil dat je zakt, dan zak je.'

'En dus zijn jullie al bij voorbaat verslagen', zei ik. 'Zelfs als je de grondwet van voor naar achter en terug uit je hoofd kunt opzeggen.'

'Klinkt alsof het geen zin heeft om het te proberen, nietwaar, Miz Callahan?' zei Curtis zacht en nadenkend, alsof de situatie pas nu goed tot hem door begon te dringen.

'We doen het om de wet op de proef te stellen', zei T.W. vastberaden. 'De wet zegt dat we mogen stemmen en de wet zegt dat we ons mogen laten registreren. En dus geven we het niet op. Telkens als we bij het registratiekantoor op de stoep staan, zeggen we daarmee tegen de blanken: "We kennen de wet, we kennen onze rechten." En op een dag zal de wet zegevieren, zelfs hier in Mississippi.'

Mahlon knikte, maar ook al leek hij het eens te zijn met T.W., toch zei hij: 'D'r zit anders wel meer aan vast, hoor, dan alleen die stomme vragen en zakken voor de test. D'r gebeuren ook veel ergere dingen en veel mensen zijn bang.'

'En da's goed te begrijpen ook', viel Gloria hem bij.

'Mensen die proberen zich te laten registreren raken hun baan kwijt', zei Curtis.

'Ze worden in elkaar geslagen', zei Gloria.

'Ze verdwijnen', zei Mahlon. 'Soms wordt hun lijk gevonden, soms niet.' Hij haalde zijn schouders op. 'Maar dood zijn ze.'

'Het is dus mogelijk dat iemand vermoord wordt, alleen omdat hij zich als kiezer wilde laten registreren', concludeerde ik. De vier donkere hoofden tegenover mij knikten ernstig.

Een kort moment zei niemand iets. De ventilator bij het raam blies warme lucht naar binnen. Niemand roerde zijn koffie aan, en ondanks de hitte stond die in de kopjes koud te worden.

Ten slotte nam Curtis weer het woord. 'Deze jongens weten waar ze over praten. Ze knokken al heel lang voor de burgerrechten, lang genoeg om kennis te maken met de stokken en de stenen van de blanken. Laat maar eens zien, Mahlon, wat er met je gebeurd is na je arrestatie vorige zomer.' En tegen mij zei hij verduidelijkend: 'Hij werd in Jackson opgepakt toen hij een paar lui van de Freedom School meenam voor registratie.'

Mahlon keek zijn oom en tante beurtelings aan. Beiden knikten hem toe, waarop de jongen met de rug naar Sunny en mij ging staan en zijn T-shirt omhoogschoof. Ik hapte naar adem. Kriskras over de donkere huid liep een spinnenweb van grauwe littekens. Mahlon liet zijn shirt weer zakken, ging zitten en zei alleen: 'Een van de hulpsheriffs had een zweep.'

'Prijs de Heer, want hij had de jongen wel dood kunnen slaan', zei Gloria.

'Mahlon is in het cellenblok bijna gestorven', zei Curtis. 'Was ook vast gebeurd als ze hem niet hadden vrijgelaten om naar de dokter te gaan.'

'Goeie genade', fluisterde ik. Ik kon mijn ogen niet van de jongen afhouden. Hij staarde onbewogen terug, hoewel ik de woede die achter zijn vreemd kalme ogen schuilging kon voelen en begrijpen.

Mahlon maakte een hoofdbeweging naar T.W.. 'Hij heeft er anders ook van langs gehad. Ik ben de enige niet.'

'Mijn littekens zijn minder erg', mompelde T.W. schouder-ophalend, alsof wat hij had meegemaakt er minder toe deed.

"t Is het lot van de neger', mompelde Curtis.

'Dat zou niet zo mogen zijn', zei ik slapjes, niet wetend wat ik anders moest zeggen. Jarenlang had ik over de burgerrech-tenstrijd geschreven, ik had vele vormen van onrecht gezien en ontelbare gruwelverhalen gehoord, maar deze twee jonge-mannen hadden iets over zich waardoor het allemaal nog eens zo reëel voor me werd.

'Het heeft ons veel moeite gekost om de mensen hier zo ver te krijgen dat ze zich wilden laten registreren', vertelde T.W..

'En d'r is nog niemand uit Carver echt naar het registratie-kantoor geweest', voegde Mahlon eraan toe.

'Maar dat zal nu niet lang meer duren', zei Sunny. Het waren haar eerste woorden sinds we waren gaan zitten. 'We hebben eindelijk vier cursisten kunnen overhalen om een poging te wagen. Twee mannen en twee vrouwen, alle vier in de twintig. Ze werken ook allemaal op de molen, dus ze lopen niet het risico dat ze hun baan verliezen. Tom geeft hun er komende vrijdag zelfs speciaal vrij voor.'

'Meneer Fulton heeft gezegd dat hij voor elke neger van de molen die zich laat registreren de leges zal betalen', zei T.W.. 'Da's twee dollar de man.'

Sunny knikte en wilde weer iets zeggen, maar Gloria viel haar in de rede. 'Meneer Fulton heeft bijna alle cursusmateri-aal betaald: schrijfblokken, boeken, pennen, noem maar op.'

'Dat is zijn manier om te helpen', zei Sunny luchtig.

'Helen hier komt soms helpen met overhoren', voegde Gloria eraan toe. 'Ze zit d'r al bij vanaf de start.'

'Wie is er nog meer bij de cursus betrokken?' vroeg ik aan niemand in het bijzonder.

Het was weer T.W. die antwoord gaf. "Es kijken, dat zijn Mister en Miz Reese, Miz Fulton, Hester Mumford. Ze helpen allemaal met overhoren. Dan heb je Doc Dawson, die komt zo vaak als hij kan om te helpen bij de uitleg van de grondwet. Hij weet er onwijs veel van.'

'Hoe vaak komen jullie bij elkaar?'

'We proberen een of twee keer per week te halen, maar er is geen vaste avond. We moeten ook telkens een andere plaats kiezen.'

'Dan weet de Klan niet waar en wanneer het is', legde Mahlon uit.

'Er zijn een paar ontmoetingsplaatsen en meestal sturen we iedereen zo'n twee uur voor het begin van de les bericht. Het kan in de baptistenkerk zijn, of hier in de winkel, of in de aula van de begraafplaats. Soms houden we de cursus zelfs gewoon bij de rivier.'

Ik knikte, terwijl ik vlug aantekeningen maakte. Toen ik daarmee klaar was, keek ik de twee jongens aan. 'Dus de Klan in Carver is op de hoogte van het bestaan van die cursus?'

'Reken maar', bevestigde T.W. gemoedelijk. 'Voor de drie K's blijft niet veel geheim.'

'We zijn al heel wat keren bedreigd, T.W. en ik', zei Mahlon.

'Tot nu toe is het bij woorden gebleven, maar op een dag doen ze wat ze zeggen, daar kun je zeker van zijn', zei Gloria. Het kwam er nonchalant en luchtig uit, alsof ze het had over de dag dat een oude vriendin op bezoek zou komen, of dat ze haar zelfgemaakte jam moest inleveren voor de braderie.

De twee jongens knikten. 'De Klan zal het niet eeuwig bij dreigementen alleen laten', mompelde T.W..

'Ze wachten gewoon tot wij iemand voor registratie mee-nemen naar Lexington', voegde Mahlon eraan toe. 'Ze gaan het vast niet leuk vinden als wij echt iets gaan doen. Komen-de vrijdag gaat er iets gebeuren. Of anders later een keer, maar gebeuren zal het.'

Ik vroeg me af wat dat dan precies zou zijn. Een bomaan-slag? Een lynchpartij? 'Zijn jullie dan niet bang?' vroeg ik en zodra de woorden eruit waren, voelde ik me vreselijk onnozel. Natuurlijk waren ze bang, maar zouden ze het ook toegeven?

T.W. boog zich een beetje voorover en klemde zijn handen in elkaar. 'Miz Callahan,' zei hij rustig, 'we zijn ons hele leven al bang voor de blanken. Niks nieuws voor ons.'

Mahlon haalde zijn schouders op. 'Het is ons leven, weet je. Als we iets doen, zijn we bang, maar als we niks doen ook.

Dan kun je net zo goed wel iets doen, zo bekijk ik het tenminste.'

'We leren de cursisten ook hoe ze het beste hun hoofd en hun kruis kunnen beschermen als ze een pak rammel krijgen', zei T.W.. 'Hoort gewoon bij de cursus.'

Weer staarden ze me allemaal onbewogen aan. Ik sloeg mijn ogen neer, me al te pijnlijk bewust van mijn blanke huid, mijn vrijkaartje voor een bevoorrecht en onbedreigd bestaan in een wereld vol onrecht en gevaar.

Ik schraapte mijn keel, deed net of ik mijn aantekeningen nog eens doornam en probeerde ondertussen mijn gedachten te verzamelen. Ten slotte vroeg ik: 'Stel nou dat die vier mensen aanstaande vrijdag worden tegengehouden, wat is dan de volgende stap?'

'We hadden bedacht om dan de winkel van Frohmann te boycotten tot we ons allemaal mogen laten registreren', zei Curtis. 'Burgemeester Frohmann heeft de klandizie van de negers nodig om zijn warenhuis draaiend te houden. Mijn winkel is het enige warenhuis van Coloredtown en ik heb niet alles wat de mensen nodig hebben, dus iedere inwoner van Coloredtown doet af en toe inkopen bij Frohmann.'

'Omdat de burgemeester de eigenaar van het warenhuis is, zou je denken dat hij wel iets aan die registratie zou kunnen doen', zei Gloria. 'Als hij tenminste prijs stelt op de centen van de kleurlingen.'

'En dat doet hij', zei T.W. met grote stelligheid. 'Hij is van ons afhankelijk, meer dan hem lief is. Daar komt bij dat de burgemeester goede maatjes is met Evan Hoopes, de registratieambtenaar. Daarom dachten we dat Frohmann misschien wat druk op zijn vriend kan uitoefenen, als zijn winkel hem tenminste aan het hart gaat.'

Cedric Frohmann leek in een lastiger parket te zitten dan hij ooit had kunnen denken. Koos hij voor het een, dan haalde hij zich de woede van de blanken op de hals en verloor hij zijn burgemeesterspost. Koos hij voor het ander, dan kreeg híj te maken met het verzet van de negers en Warenhuis Frohmann met een verlies van klanten. Hij was een goed

mens, ongetwijfeld. De komende dagen zouden moeten uit-
wijzen, of hij het in zich had om een groot man te worden.

'Waar gaan jullie tijdens de boycot dan boodschappen
doen?' vroeg ik.

'D'r zijn genoeg steden in de omgeving waar we kunnen
winkelen', zei Mahlon. 'We moeten er even voor rijden, maar
we komen heus niet zonder te zitten. De burgemeester zal er
het meeste last van hebben.'

'Ik hoop maar dat het niet zo ver komt', merkte ik op.

'Er is ook nog de mogelijkheid om een registratieambtenaar van de federale regering over te laten komen', zei Sunny.
'Hij kan een tijdelijk kantoor openen en daar met de registratie beginnen.'

'Dat tijdelijk is nou net het probleem, Miz Fulton', zei
Curtis. 'Wij willen gewoon dat de neger naar de plaatselijke
ambtenaar kan gaan om zich te laten registreren. Punt.'

Alle hoofden knikten instemmend.

Na een korte stilte zei T.W.: 'Morgenavond is de laatste
cursusbijeenkomst voor de registratiepoging op vrijdag. We
weten nog niet waar het is, maar we zullen dat aan Miz Fulton
doorgeven. We vinden het fijn als u kunt komen.'

Ik knikte plechtig. 'Ik zal er zijn', beloofde ik.

Terwijl we hotsend en botsend terugreden over de zandwegen
van Coloredtown, vroeg ik Sunny: 'Weten ze eigenlijk dat jij
vroeger Japanse was en in de kampen hebt gezeten?'

Ze schudde haar hoofd. 'Nee, Corinne is de enige die dat
weet.'

'Moeten ze het eigenlijk niet weten?'

'Waar zou dat goed voor zijn?'

'Dan weten ze dat jij het begrijpt.'

'Kan een blanke het dan niet begrijpen?'

Ik dacht even over deze vraag na. Toen zei ik: 'Niet op
dezelfde manier. Onze bevoorrechte positie staat ons daarbij in
de weg. Blanken kunnen heus wel boos zijn, verontwaardigd
zelfs, maar het onrecht treft nog steeds anderen, niet onszelf.'

Sunny haalde haar schouders op. 'Echt? Zou je die visie
ook tegenover Lenny verdedigen' – ze wierp een vlugge blik

opzij en keek daarna weer op de weg – 'als hij nog in leven was?'

Ik zweeg en ze ging verder: 'Wat ik probeer te zeggen, is dat de strijd om de burgerrechten niet alleen de negers aangaat. Het gaat iedereen aan. Onrecht is een vreemd iets. Het beperkt zich niet tot de neger of de Aziaat of de Jood. Het zaait zichzelf graag uit. Zelfs als je het de deur uitwerkt, krijgt het je een keer te pakken. En ook als je het niet de deur uit-werkt, krijgt het jou een keer te pakken. Als je maar lang genoeg leeft, ben je een keer de pineut. Zo simpel is het.'

28

Zo af en toe werd ik tegen mijn zin beslopen door gedachten aan Howard Draper. Zoals een kat achtjes om je benen draait terwijl je achter je bureau zit, zo kronkelden die gedachten om mijn brein. Ik heb een hekel aan katten en de gedachten aan Howard Draper waren me al even onwelkom. Een kat kon ik nog met mijn voet van onder mijn bureau wegduwen. Ook de beeltenis van Howard probeerde ik weg te dringen, maar o zo geniepig kwam hij steeds weer terugsluipen, talmde even om een pootje te likken, maar begon dan opnieuw kopjes uit te delen. In een bepaald opzicht was mijn belangstelling journalistiek van aard, maar ik wist best dat er meer aan de hand was. Zijn blik bij de handdruk ten afscheid bleef me achtervolgen en bracht me in de war. Wat wilde hij van mij? Wat wilde hij vragen of zeggen? En wat wilde ik eigenlijk van hem?

Ik zat in mijn eentje aan een tafeltje in Café Magnolia, met mijn handen om een kop koffie gevouwen. Het was drie uur, en zoals altijd halverwege de middag was het stil in het café. Ik was de enige klant. Aan een tafeltje in de hoek zaten twee meisjes in roze uniform van hun middagpauze te genieten; ze aten hamburgers en rookten sigaretten, maar dat belette hun niet om ondertussen druk te kletsen, alsof iemand met een stopwatch de tijd bijhield en ze hun geroddel elk moment zouden moeten afbreken.

Ik gaf net die vervelende kat weer eens een schop, toen Howard Draper in eigen persoon binnen kwam wandelen. Zijn plotselinge verschijning maakte me aan het schrikken en mijn gezicht begon te gloeien. Het gebabbel in de hoek verstomde abrupt. Het deed me denken aan het griezelig stilvallen van de vogels vlak voordat er een orkaan losbarst.

Howard knikte de meisjes vriendelijk toe, maar keek toen mijn kant op en glimlachte. Terwijl hij koers zette naar mijn tafeltje, voelde ik de blikken van de meisjes als een hoogtezon op mijn rug branden. Mijn adem stokte in mijn keel. Had ik nou maar niet zo met mijn koffie zitten treuzelen! Toch moest ik toegeven dat deze onverwachte ontmoeting me blij en opgewonden maakte. Even ging het door me heen dat ik me gedroeg als een puber, maar ik kreeg de tijd niet om bij die gedachte stil te blijven staan.

'Aan het genieten van een late lunch, Miss Callahan?' vroeg Howard, toen hij bij mijn tafeltje was gearriveerd. Hij was gekleed in een zwarte broek en een lichtblauw overhemd. Zijn donkere haar zat in de war, alsof hij met een open portierraampje had gereden. Hij zag er gebruind en jong en gezond uit. Om de een of andere reden dacht ik aan de oorlog en wat de reden ook was dat deze man niet in Vietnam zat, ik was er plotseling dankbaar voor.

Ik sloeg mijn ogen neer en zei: 'Ik drink alleen koffie.'

'Wacht u op iemand, of mag ik erbij komen zitten?'

Ik had de plaatselijke krant zitten lezen en de tafel lag bezaaid met losliggende katernen. Haastig graaide ik ze bij elkaar en vouwde ze onhandig op. 'Nee, ik bedoel, ik verwacht niemand, dus ga rustig zitten.'

Howard trok een stoel naar achteren en net op dat moment schoot er door de klapdeuren van de keuken een man het café in, die met twee dikbehaarde armen op de toog ging staan leunen. Zijn schort zat onder de vetvlekken en vegen meel. Aan zijn hoofd ontsproot een koksmuts als een reusachtige champignon. 'Goeiemiddag, Howard', loeide hij. 'Wat zal het zijn? Het dagmenu is gehaktbrood met aardappelpuree.'

'Bedankt, Jerry, doe toch maar hetzelfde als altijd', riep Howard terug.

Jerry tikte met een vette wijsvinger op de toog. 'Vandaag of morgen duw ik je een dagmenu door de strot', zei hij. 'Wie weet vind je het nog lekker ook.'

'Ik ben een gewoontedier, Jerry', bekende Howard en hij glimlachte er schaapachtig bij.

'Ik heb nog nooit een vent gezien die alleen op eiersalade kon overleven, Howard. Zo af en toe moet een man een stevig stuk vlees naar binnen werken.'

'O, maar dat doe ik ook, Jerry. Ik heb gisteren nog een hamburger gegeten met alles erop en eraan. En tussen twee haakjes, het was verrukkelijk.'

Jerry klemde verbeten zijn brede kaken op elkaar en schudde zijn hoofd. 'Dan stond Al zeker net aan de grill. Kan me niet herinneren dat ik ooit een burger voor je gebakken heb. Zo'n schokkende gebeurtenis was me beslist bijgebleven. Nou, vooruit dan maar, een eiersalade. Je wil d'r zeker een cola bij?'

'Je hebt 'em door, Jer.'

'Als je je smaakpapillen eens de schrik van hun leven bezorgde met een 7-Up?'

'Ik hou het bij cola.'

'Wil je er dan misschien een beetje vanille in?'

'Nee, doe maar gewoon puur.'

'Howard, wat ben je toch oersaai.'

'Welnee, alleen gauw tevreden.'

Jerry schudde nogmaals met geveinsde afschuw zijn hoofd. Toen keek hij naar mij. 'Ik kan u vast ook wel iets te eten aanbieden, Miss? Een stukje pastei voor bij de koffie?'

'Oh, eh, nee. Nee, dank u', antwoordde ik. 'Doe me alleen nog maar een kop koffie.'

Jerry verdween weer naar de keuken en Howards aandacht verplaatste zich weer naar mij. Ik was blij met de korte onderbreking, want die had me de gelegenheid gegeven om de meisjesachtige vlinders in mijn buik tot bedaren te brengen.

Howard legde zijn armen op de tafel en boog zich naar mij toe. 'Ik moet zeggen dat het een aangename verrassing is u hier tegen het lijf te lopen. Helen is …' Zijn stem stierf weg en zijn wenkbrauwen gingen vragend omhoog.

'Oh, die is thuis', legde ik uit. 'Ik heb wat lopen winkelen.' In werkelijkheid had Sunny mij na ons vertrek uit Coloredtown bij de bibliotheek afgezet, zodat ik daar wat achtergrondinformatie over de geschiedenis van Carver kon opzoeken. Maar ik had geen zin om Howard te vertellen wat ik in mijn schild voerde.

Howard knikte en ontrolde zijn servet. Er vielen een vork en een mes uit, die rinkelend op tafel belandden. 'En, geslaagd? Met winkelen, bedoel ik?'

Met een nonchalant gebaar haalde ik mijn schouders op. 'Ik heb alleen wat rondgesnuffeld.' Ik zou me toch niet nog verder in de nesten werken met dit leugentje? Hoe kwam ik hier weer uit? Ik zou het heft in handen moeten nemen en het gesprek een andere wending geven. 'Ik hoorde van Sunny dat u uit Chicago komt.'

'Sunny?' Even lag er onbegrip op zijn gezicht, maar toen klaarde het ineens op. 'Oh, Helen natuurlijk. Een mens raakt zulke koosnaampjes van vroeger toch maar moeilijk kwijt, vindt u ook niet?'

Ik knikte neutraal en herhaalde: 'Dus u komt inderdaad uit Chicago?'

'Klopt. Heb daar m'n hele leven gewoond, totdat ik een paar jaar geleden naar het zuiden ben verhuisd.'

'Een hele verandering.' Ik keek in mijn koffiekopje, dat bijna leeg was. In het bodempje bruin vocht dreef een wolkje drab.

'Klopt,' zei Howard instemmend, 'maar ik was ook hard aan verandering toe.'

Ik herinnerde me de praatjes over een stukgelopen relatie en vroeg me af wat ervan waar kon zijn. Als ik echter wilde binnendringen in het leven van Howard Draper, zou ik omzichtig te werk moeten gaan. 'Zat u daar ook in het onderwijs?'

Met gefronste wenkbrauwen staarde Howard naar zijn ineengeklemde handen op het tafelblad. Het leek wel alsof hij zich afvroeg waar ze voor dienden. 'Nee, niet echt. Ik zat bij het symfonieorkest.'

Ik zette onwillekeurig grote ogen op. 'Bij het Chicago Symfonieorkest?'

'Ja. Ik heb daar heel wat jaren gespeeld.'

Ik was sprakeloos. Er viel een onbehaaglijke stilte, waarin Howard me een beetje verontschuldigend toelachte, alsof hij zeggen wilde: *ik weet dat ik nu iets uit te leggen heb, maar ik weet niet of ik dat wel wil.*

Desondanks stelde ik de vraag. 'Bent u echt bij het Chicago Symfonieorkest weggegaan om hierheen te verhuizen?'

Howard ging verzitten en wierp even een snelle blik op de meisjes in de hoek. Er lag onrust in zijn ogen, alsof hij de meisjes niet vertrouwde. Toen boog hij zich naar mij toe en zei gedempt: 'Onder ons gezegd en gezwegen, ja, inderdaad. Er zijn niet veel mensen die weten dat ik bij het orkest zat, want ... Nou ja, het klinkt vast raar. Verdacht zelfs. Maar u woont toch niet in Carver, dus moet u dat stukje geschiedenis van mij maar mee terugnemen naar Los Angeles. U begrijpt het vast wel.'

Dat deed ik niet. Ik kon er met geen mogelijkheid bij. Juist op dat moment kwam Jerry naar ons tafeltje toe met een pot verse koffie in de ene hand en in de andere een dienblad met daarop Howards lunch. Hij schonk mij de koffie in en zette Howard zijn sandwich en cola voor. In beide helften van de sandwich was een tandenstoker geprikt, en het bord was afgeladen vol met patat en een flinke lik dillemayonaise.

'Tast toe', zei Jerry en hij klemde het lege dienblad onder zijn oksel. Met een hoofdbeweging naar Howard zei hij tegen mij: 'Die kerel zit hier alle uren van de dag en de nacht. Leuk hoor, als je niet hoeft te werken voor je brood.'

'Ha!' gaf Howard terug. 'Toevallig krijg ik maar een schijntje voor al mijn gezwoeg, ouwe jongen. Je weet best dat het niet meevalt om opstandige tieners muziekles te geven.'

'Daar heb ik niks tegen in te brengen', zei Jerry, die zich nog steeds tot mij richtte. 'Ik bak liever hamburgers dan dat ik een stelletje tuig probeer bij te brengen hoe ze muziek moeten maken.'

'Met uitzondering van Rosemary, natuurlijk.'

Jerry knikte. 'Hij leert onze Rosemary klarinet spelen ...'

'Een modelleerling', viel Howard hem in de rede, met een knipoog naar mij.

'Nou, 't is een beste meid, maar ze speelt even vals als de rest ...'

'Niet al mijn leerlingen spelen vals. Sommigen zijn zelfs heel ...'

'Als ze op dat ding zit te oefenen, piept-ie soms zo afgrijselijk dat de hond begint te janken alsof hij met de zweep gehad heeft. Wordt het nog erger, dan zoekt hij dekking onder de bank. En als ik niet te dik was, dan kroop ik ernaast. Van tweeën een: of dat kind scheidt ermee uit, of het hele huis wordt gek. Maar denk je dat ze dat wil: ermee uitscheiden? Geen sprake van en weet je waarom?' Jerry wachtte even tot ik ontkennend mijn hoofd schudde. 'Omdat ze helemaal hoteldebotel is van Howard. Twaalf jaar oud, en het enige waar ze over praat is een bejaarde muziekleraar ...'

'Dank je wel, Jerry.'

'... die allang getrouwd had moeten zijn. En dat had gekund ook, als hij het maar handiger had aangepakt.'

Howard lachte hartelijk. 'Wat weet jij er nou van hoe ik het heb aangepakt?'

'Ach, hou toch op. De helft van de vrouwen in deze stad is verliefd op jou, inclusief de dochter van de burgemeester, dat weet iedereen. Een mooie vangst anders.'

'Nou, Jerry ...' begon Howard en hij schoof op zijn stoel heen en weer.

'En wat doet die ouwe Howard daarmee? Niks! De meisjes van Carver zijn zeker niet goed genoeg voor hem! Nou?'

'Jer...'

'Neem die twee daar nou, bijvoorbeeld.' Hij dempte zijn stem en knikte naar de beide meisjes. 'Zouwen stuk voor stuk een moord begaan voor een avondje uit met Howard. Ah, maar de dames hebben geen schijn van kans ...'

Howard kuchte even en wierp Jerry een blik toe waaruit maar al te duidelijk bleek dat de loop van het gesprek hem niet beviel. Ik voelde dat ik begon te blozen, maar kon Howard toch nog een korte, maar meelevende glimlach toewerpen.

'Tussen twee haakjes,' zei Jerry nu, en hij zwaaide zijn duim eerst naar Howard en toen naar mij, 'begrijp ik goed dat jullie elkaar kennen?'

'Natuurlijk. Dat wil zeggen, we hebben gisteren pas kennisgemaakt', stamelde Howard. 'Miss Callahan is een vriendin van Helen Fulton.'

'Oh ja?' zei Jerry. 'Aardige vrouw, die mevrouw Fulton. Hoe lang blijft u hier, Miss ... eh ...'

'Callahan', schoot ik hem te hulp. 'Ongeveer een week. Gewoon een korte vakantie.'

Jerry snoof. 'Da's voor het eerst dat iemand hier in Carver vakantie komt houden! Nou ja, ieder zijn meug. Waar komt u vandaan?'

'Los Angeles.' De man begon me de keel uit te hangen.

'Oh ja?' loeide hij. Als het om stemvolume ging, leek hij nog nooit van het juiste midden te hebben gehoord. 'Howard hier is ook een stadsmens. Uit Chicago.' Hij snoof nog eens, of liever gezegd: hij produceerde een hele reeks korte snuifgeluiden achter elkaar, die zijn reusachtige, vlezige neusvleugels deden trillen. Ik concludeerde dat dit zijn manier van lachen was, al had ik geen idee waarom hij eigenlijk moest lachen. 'Nou,' zei hij ten slotte, 'jullie, stadsmensen, hebben vast een hoop te leuteren samen. Ik moet weer aan het werk.' Hij draaide zich om en schreeuwde tegen de meisjes: 'Hé, Barb en Irene, jullie zijn al tien minuten over tijd. Gaan jullie nog aan het werk, of moet ik het van je loon aftrekken?'

'Hè, Jerry,' riep er eentje terug, 'd'r zijn niet eens klanten.'

'Nou en?' antwoordde Jerry verontwaardigd. 'Denk je soms dat de toog vanzelf wel schoon wordt of dat de koffie zichzelf zet? Ik heb jullie niet aangenomen om hier te gaan zitten roddelen. D'r moet hier minder gezeten en meer gewerkt worden.'

De meisjes trokken een gezicht, zetten hun bordjes in elkaar en stonden op. Jerry wendde zich weer tot Howard en mij en zei *sotto voce*: 'Je ken nog beter een nikker in dienst hebben dan die twee.'

Howards ogen vernauwden zich en even dacht ik een vlaag van woede over zijn gezicht te zien schuiven, maar hij zei alleen: 'Val hen niet te hard, Jerry.'

'Ik moet er wel bovenop zitten,' protesteerde Jerry, 'anders krijgen we hier niks klaar. Maar goed,' – dit tegen mij – 'maak er een leuke vakantie van. Ik wil je wel een goeie raad geven: als je van plan bent om veel met Howard op te trekken, pas dan maar goed op je tellen. D'r zullen heel wat dames stikjaloers op je zijn, als je snapt wat ik bedoel.'

Howard begon te sputteren, maar Jerry snoof slechts een laatste keer en ging terug naar de keuken.

Howard slaakte een diepe zucht en zijn gezicht nam een berouwvolle uitdrukking aan. 'Het spijt me, Miss Callahan.'

'Dat hoeft toch niet …'

'Jerry is een aardige vent, maar soms weet hij niet van ophouden.'

'Dat snap ik best. Je hoeft het echt niet uit te leggen, ik heb genoeg mensen zoals hij ontmoet.'

'Dat is een van de nadelen van een kleine stad', ging hij verder. Blijkbaar had ik hem nog niet voldoende gerustgesteld. 'Er wordt veel te veel gekletst. De mensen weten alles van je, of dat denken ze. Ze willen het in elk geval graag. Niemand is immuun voor het geroddel.' Howard waagde even een glimlach, voor hij eraan toevoegde: 'Afgezien daarvan is Carver een fantastisch stadje.'

Ik aarzelde even, terwijl ik zijn opmerking overwoog. 'Meent u dat nou?' vroeg ik toen. 'Vindt u het hier echt prettig?'

'Ja.' Howard nam een hap van zijn sandwich en kauwde nadenkend. 'Geloof het of niet, dat meen ik echt. Het is hier rustig en gemoedelijk. De mensen zijn … nou ja, laten we zeggen dat je hier heel wat kleurrijke types hebt rondlopen, over wie je een boek zou kunnen schrijven. Zij zorgen ervoor dat ik me geen moment verveel. Bovendien geniet ik van mijn werk. Ik beschouw mezelf als een geluksvogel.'

'Maar verlangt u dan nooit eens terug naar Chicago en naar het orkest?'

'Soms wel', zei hij eerlijk. 'Maar nooit genoeg om daadwerkelijk terug te gaan.'

Ik nam kleine slokjes van mijn koffie, terwijl Howard korte metten maakte met de ene helft van de sandwich. Anders dan Jerry zou ik Howard Draper nooit saai hebben genoemd. Hij mocht dan een voorliefde voor eiersalade hebben, dat hij met zijn noordelijke wortels naar Carver was gekomen was toch allesbehalve de actie van een saai mens. Na een lange stilte vroeg ik: 'Mag ik vragen hoe u erbij kwam om uitgerekend voor Carver te kiezen?'

Hij keek op en zijn blik dwaalde over mijn schouder naar de muur achter mij. Hij was duidelijk in gedachten verzonken en ik liet hem rustig denken. Na een poosje antwoordde hij: 'Ik weet dat de meeste mensen het nauwelijks zouden kunnen begrijpen, maar u bent ook artistiek, dus misschien dat u mijn beweegredenen wel naar waarde kunt schatten.'

Hij keek me afwachtend aan, alsof hij een teken van instemming van mij verlangde. Ik was er niet zo zeker van dat ik zijn motivatie beter zou begrijpen dan anderen, omdat ik tot nu toe nog helemaal niets van Howard Draper begrepen had. Toch zei ik: 'Waarom probeert u het niet gewoon?'

Hij glimlachte even, bijna weemoedig, voor hij begon te praten. 'Het is eigenlijk heel simpel. Ik was niet tevreden; ik bedoel dat ik het gevoel had dat ik meer uit mijn leven zou kunnen halen. Je zou denken dat het voor een musicus voldoende moet zijn om lid te zijn van een symfonieorkest, meer dan voldoende zelfs, en ik kan ook niet ontkennen dat daarmee voor mij een droom in vervulling was gegaan. Maar weet u, volgens mij was dat ook juist het probleem, in elk geval voor mij. Ik denk dat het goed is om je talenten tot het uiterste te benutten en je ambities waar te maken, maar ik wilde daarnaast nog iets anders. Wat ik wilde was – en u moet niet lachen, hoor, Miss Callahan – wat ik wilde was schoonheid schenken aan een plaats die dat nodig had. En ik meende dat ik dat voor Carver kon betekenen.'

Dat was nog eens nobel! Wat een bewonderenswaardig idee! Een armzalig stadje schoonheid schenken en daarbij in een moeite door de negers het leven nog eens extra zuur maken. Ik schoot bijna in de lach en het enige wat me tegenhield, was het feit dat dat toch wel erg onbeschoft zou zijn, ongeveer net zoiets als op zijn sandwich met eiersalade spugen en hem voor hypocriet uitschelden. Wat hij natuurlijk was, maar ik wilde hem liever niet tegen me in het harnas jagen, in elk geval niet zolang ik niet wist hoe hij er zonder zijn harnas uitzag. 'Kunt u dat misschien nader toelichten?' vroeg ik, terwijl ik er gelukkig in slaagde mijn lachen in te houden.

Howard knikte en slikte een grote hap sandwich door. 'In Chicago was ik gewoon een van de vele musici. Ik was vervangbaar, men kon heel goed zonder mij. Tientallen violisten hadden zonder meer mijn plek in het orkest kunnen overnemen en het daar even goed gedaan als ik. Er was ook inderdaad al een vervanger voor mij gevonden, nog voor ik vertrok.' Hij zweeg even en lachte kort. 'Als we een concert gaven, zat ik me onder het spelen vaak af te vragen hoeveel mensen in het publiek er alleen maar zaten omdat hun vrouwen kaartjes hadden gekocht en hen hadden meegesleept, of omdat ze veronderstelden dat het wel cultureel stond om erheen te gaan. Dan vroeg ik me af hoeveel mensen echt naar de muziek zaten te luisteren en hoeveel er gewoon zaten te dagdromen of bij het verstrijken van de minuten hun ongeduld zaten te verbijten of misschien zelfs een dutje deden, terwijl wij hen vergastten op Schumann of Beethoven of Chopin.'

Hij schudde zijn hoofd. 'Het gaf me geen voldoening meer. Ik besloot dat ik liever in een kleinere plaats wilde wonen, waar mijn leven iets te betekenen zou hebben. Volgens mij is dat hier het geval, zowel door mijn muzieklessen als door het feit dat ik voor een aantal jonge mensen toch als een soort mentor ben gaan fungeren. Heel wat van die kinderen kijken naar me op. Ik wil hen helpen hun talenten te ontwikkelen, wat die talenten ook zijn. Ik wil hen helpen dankbaar te zijn voor het leven dat ze hebben gekregen. Snapt u wat ik bedoel?'

Ik knikte. Heel even wilde ik niets liever dan alles geloven wat hij zei. Ik wilde het, maar ik kon het niet. Ongetwijfeld was het waardevol wat hij voor de jongeren hier deed, maar dat leek overschaduwd of zelfs weggestreept te worden tegen wat hij de negers aandeed.

Ik tikte tegen mijn kopje en staarde naar de rimpelingen in de koffie, terwijl ik mijn gedachten op een rijtje zette. 'Wat vonden uw ouders ervan?'

'Mijn ouders leven niet meer', zei hij eenvoudig. 'Ze zijn allebei al een tijd geleden overleden, minder dan een jaar na elkaar. Ik was enig kind.'

'Wat erg voor u.'

Howard schudde zijn hoofd. 'Dat valt wel mee, hoor. Ik heb heel goede herinneringen aan hen, het waren fijne mensen.'

'Dat geloof ik graag.'

'Hoe dan ook,' – hij keek me nu recht aan en hield mijn blik vast – 'ik denk dat ze erachter hadden gestaan. Toen zij overleden zat ik al een paar jaar bij het orkest en daar waren ze erg trots op. Maar ze hebben ook altijd gezegd dat ik mijn hart moest volgen en dat heb ik gedaan. Daarom zit ik nu hier.'

Maar nogmaals, waarom in Carver? Waarom hier, terwijl het in het zuiden wemelde van stadjes als Carver, Mississippi?

Het gesprek viel even stil en zolang de stilte duurde, keek ik het café rond. Een van de meisjes stond openlijk naar ons te staren, terwijl ze met haar vaatdoek in ronde halen over de toog veegde. Ik had het sterke vermoeden dat ze haar voorraadje roddels voor de bridgeclub van vanavond aan het aanvullen was. Uit de keuken kwam gerammel van borden en we hoorden Jerry vloeken. 'Irene!' riep hij vervolgens, en de jongedame met de scherpe ogen verdween door de klapdeur. Ik slaakte een zucht van verlichting.

'Vertel me nou eens iets over uzelf, Miss Callahan', vroeg Howard toen. 'U hebt een boek geschreven. Uw ouders waren vast ook trots op die prestatie.'

Ik schudde mijn hoofd. 'Ik heb mijn beide ouders al voor mijn twintigste verloren.'

Howard keek me oprecht verdrietig aan, maar er lag geen medelijden in zijn blik. 'Daar hebt u het vast moeilijk mee gehad', zei hij zacht.

'Ach, ik had met geen van beiden echt een goede band. Het viel me nauwelijks op dat ze er niet meer waren.' Ik perste mijn lippen op elkaar; ik hoorde zelf hoe ongevoelig het klonk. Maar het was nu eenmaal waar en ik kon het ook niet meer terugnemen.

'Hebt u broers en zussen?'

'Ja, maar die zie ik nooit. Ik heb wel een nichtje aan wie ik erg verknocht ben. We zien elkaar zo vaak we kunnen. Voor de rest ben ik aan mezelf overgeleverd.'

Howard bedekte de patat en de dillemayonaise op zijn bord met zijn servet. 'Nou,' zei hij, 'dan zitten we eigenlijk in hetzelfde schuitje, of niet soms?'

We waren allebei alleenstaand en allebei artistiek, dat was waar. Maar daarmee had je de overeenkomsten ook wel gehad.

'Denkt u dat u ooit nog terug zult gaan naar Chicago?' vroeg ik.

'Het zou kunnen', was zijn antwoord. 'Ik heb alleen geen idee wanneer. Op dit moment heb ik geen plannen in die richting. Ik ben van plan in Carver te blijven zo lang als ik hier nodig ben.'

Nodig ben? Hoe lang zouden de leerlingen van Carver hem nodig hebben? Hoe lang zou de Klan hem nodig hebben? Wanneer zou hij besluiten dat hij niet langer van nut kon zijn? 'Maar het moet hier toch wel' – ik haalde diep adem – 'toch wel erg eenzaam voor u zijn.'

'Ik heb het veel te druk om me eenzaam te voelen.' Hij glimlachte zwak en ik wist dat hij niet helemaal de waarheid sprak. Ik vroeg me af welk deel van zijn verhaal op waarheid berustte en welk deel niet.

'Hoe zit het dan met het culturele leven hier?' drong ik aan. 'Er zijn geen musea, geen theaters, geen lezingen, geen kunstenaarscafés, niks!'

Hij lachte begrijpend. 'Ik zorg voor mijn eigen culturele leven', zei hij rustig. 'Dat is niet zo moeilijk. Ik heb mijn muziek. Ik heb al mijn lievelingsboeken meegenomen. In mijn flat hangt een ingelijste reproductie van de waterlelies van Monet, een landschap van Pissarro en een abstract van Rothko. Het laatste zonder titel, uiteraard.' Hij glimlachte weer.

In de keuken ging een bord aan diggelen en Jerry vloekte opnieuw luidkeels. 'Oh ja,' zei Howard, 'laat ik nou Jerry niet vergeten. Die is ook een liefhebber van de hogere cultuur. Aan zijn keukenmuur hangt een poster met de soepblikken van Andy Warhol. Volgens hem geeft dat een tikkeltje cachet aan zijn koksarbeid.'

Ik schaterde het uit. Howards subtiele gevoel voor humor beviel me wel. Een stukje van zijn persoonlijkheid had tenminste nog zijn integriteit bewaard en was noch een leugen noch een façade.

Op dat moment kwamen twee opgeschoten jongens het café binnen. Ze zagen Howard zitten en brulden meteen: 'Ha, meneer Draper!' en 'Hoe gaat-ie, meneer Draper?' De een schoof aan een tafeltje en de ander liep naar de jukebox. Howard riep een groet terug en zei tegen mij: 'Dat zijn twee leerlingen van me, van de middelbare school.'

Van het ene moment op het andere denderde de muziek van de nieuwste rockgroep, de *Grateful Dead* geheten, door het café. De klanken scheurden de rust van de tot nu toe zo vredige middag aan flarden, maar Howard lachte alleen maar en zei: 'Ik ben er nog niet in geslaagd hun interesse te wekken voor Dvořák en Pachelbell, maar er wordt aan gewerkt.'

Hij keek op zijn horloge. Ik merkte dat ik zat te hopen dat hij nog even zou blijven – ik had nog zo veel vragen – maar hij vertelde dat hij over twintig minuten een pianoles moest geven. Hij grabbelde net zolang in zijn broekzak tot hij genoeg kleingeld bij elkaar had voor een fooi. Daarna maakte hij aanstalten om op te staan, aarzelde even, en liet zich toen weer zakken. 'Ik neem aan,' zei hij, met stemverheffing om boven de muziek uit te komen, 'dat u er geen bezwaar tegen hebt om morgenmiddag met me te gaan lunchen?'

Daar hoefde ik niet eens over na te denken. 'Dat zou ik leuk vinden.'

'Goed.' Hij glimlachte. 'Zelfde plaats, maar dan … eh, zullen we zeggen om twaalf uur?'

'Lijkt me prima. Ik zal er zijn.'

Hij ging staan en stak zijn hand uit. 'Het was me een genoegen u weer te ontmoeten, Miss Callahan. Ik verheug me al op morgen.'

Ik glimlachte, maar wist niets terug te zeggen. Plotseling was ik dankbaar voor het geschetter van de jukebox, omdat dit me een excuus bood om te zwijgen. Howard draaide zich om en vertrok, en toen hij weg was zat ik nog lange tijd naar de deur te staren. Ik hield mezelf voor dat hij een man was met een natuurlijke aantrekkingskracht voor vrouwen – daar had Jerry ook geen misverstand over laten bestaan – en dat ik er wijs aan deed niet in die val te trappen. Ik prentte mezelf nog eens in dat hij lid was van de Klan en dat achter zijn aimabele buitenkant een duistere binnenkant school. Ik waarschuwde mezelf dat Howard dan in sommige opzichten een oprecht goed mens was, maar dat hij in andere opzichten doortrokken was van een ongelooflijk kwaad.

Was je maar precies zoals je je voordoet, dacht ik.

Maar zelfs al zat hij bij de Klan, toch wist ik nu al dat mijn hart de ontmoeting met Howard Draper niet ongedeerd te boven zou komen. Daar was het al te laat voor.

29

Ik probeerde net wanhopig de zoldertrap op te komen om Lenny te hulp te schieten, toen ik in mijn droom plotseling een geweerschot hoorde knallen. Ik wist niet of het de Japanners waren of iemand anders; nog nooit eerder had ik in mijn nachtmerries daadwerkelijk schoten gehoord. Na het eerste schot volgde er nog een, en toen een derde, en een mannenstem commandeerde: 'Bukken!' Nog steeds op de trap in mijn pogingen de zolderdeur te bereiken, probeerde ik tegelijkertijd te bevatten wat er gebeurde, toen een bekende stem, een vrouwenstem dit keer, bevelend mijn naam riep: 'Augie, wakker worden!'

Eindelijk rukte ik mijzelf los uit de droom en zag Sunny gehurkt op de drempel van mijn slaapkamer zitten. Ze riep nog eens mijn naam en wenkte me. Tegen de achtergrond van het gedempte schemerlicht in de hal was ze niet meer dan een silhouet. 'Augie, kom van je bed af! Bukken!'

Ik was nog zo slaperig en gedesoriënteerd dat ik rechtop ging zitten in plaats van te doen wat ze zei. 'Sunny, wat is er aan de hand?'

'Kom van dat bed af!' beval ze schril.

Weer knalde een schot, en beneden in het huis klonk het geluid van versplinterend glas. Onmiddellijk liet ik me van het bed af rollen en kroop naar Sunny toe. Die greep me bij de hand en trok me mee naar haar eigen slaapkamer, die naast de mijne lag. Daar zaten de kinderen al in elkaar gedoken achter het bed. 'We zijn hier veiliger dan aan de voorkant van het huis', zei Sunny. Ze nam Joanie op schoot en ik legde een arm om Ronnies schouders. Beide kinderen hadden grote schrikogen en beefden als een rietje.

'Wat is er in vredesnaam gaande?' siste ik nog eens.

'Er wordt op het huis geschoten.'

Dat had ik zelf ook al geconcludeerd. 'Maar waarom dan? Wat is er gebeurd? Wie wil er nu jullie huis onder vuur nemen?'

Sunny schudde haar hoofd onder de stortvloed van mijn vragen. 'De Klan, vermoedelijk, om ons de stuipen op het lijf te jagen.'

'Nou, dat is dan goed gelukt', snauwde ik. Mijn hart bonsde tegen mijn ribben. 'Ik dacht dat je dankzij de plastische chirurg veilig was voor de Klan.'

'Veiliger dan eerst, dat wel. Maar volgens mij is de Klan altijd op zoek naar een buitenkansje, en dan voldoet iedere smoes.'

'En wat is die smoes vannacht dan wel?'

'Misschien de cursus? Ik weet het niet.'

Joanie barstte in snikken uit. 'Papa moet komen', huilde ze. 'Waar is papa?'

Een goede vraag. Waar was Tom? Het was beslist zijn stem geweest die mijn droom had verstoord met het bevel om te bukken.

'Hij is beneden, lieverd', zei Sunny sussend. Ze streek het meisje over het haar, zoals Haha altijd deed als ze ons wilde troosten. 'Hij is gaan kijken wat er aan de hand is.'

'Zou hij doodgeschoten zijn?' vroeg Ronnie. 'Als hij nou beneden eens dood ligt te bloeden, mam, wat dan?' Ik voelde hoe hij zich schrap zette tegen mij aan, alsof hij op het punt stond op te springen om zijn vader te hulp te schieten.

'Zeg zulke dingen toch niet, Ronnie!'

'Ik wil naar papa!' jammerde Joanie.

'Hij komt zo terug, lieverd', suste Sunny het kind opnieuw. 'Papa moet komen!'

'Hier ben ik al, Joanie', klonk Toms stem. Hij stond in de deuropening, met een geweer in de hand. De riem van zijn spijkerbroek hing los en hij had niet de moeite genomen een overhemd aan te trekken.

Joanie rukte zich los uit haar moeders armen, vloog naar haar vader toe, en sloeg haar armpjes om zijn middel. Haastig trok hij haar mee terug naar het bed en hurkte daar met haar neer. Het geweer legde hij binnen handbereik op de grond. 'We moeten hier nu een poosje blijven zitten, schat', zei hij vriendelijk. 'Ik weet niet wie het was, maar hij is nu weg. Ik weet alleen niet of ze het niet een tweede keer zullen proberen.'

Zo zaten we met ons vijven in het donker op een kluitje op de vloer, als schoolkinderen tijdens een luchtalarmoefening. Een tijdlang zei niemand iets. We leken allemaal onze oren te spitsen of we alweer een auto hoorden aankomen.

Ten slotte vroeg Sunny zacht: 'Was het de Klan, Tom?'

'Kan best', meende die. 'Net iets voor hen om mensen bang te maken door in het holst van de nacht op hun huis te schieten. Aan de andere kant, ik moest de afgelopen week een paar man ontslaan. Misschien waren zij het die langskwamen om me even in te peperen dat ze dat niet op prijs stelden.'

'Ze hadden hoe dan ook wel iemand dood kunnen schieten', merkte ik zenuwachtig op.

Tot mijn verbazing schudde Tom het hoofd. 'Alleen per ongeluk. Ze mikten op de benedenverdieping vanuit de gedachte dat we wel boven zouden slapen. Het is hun wel gelukt om de lamp op de veranda en de ruiten van de woonkamer aan diggelen te schieten, maar het was alleen bedoeld als waarschuwing.'

'Nou, de boodschap is duidelijk', snoof ik.

Sunny fronste haar wenkbrauwen. 'Heb je de politie gebeld?'

'Nog niet.'

'Zou je dat niet doen?'

Tom lachte, een korte, vreugdeloze lach. 'Als het inderdaad de Klan was die zojuist onze woonkamer heeft verbouwd, dan was inspecteur Sturges ongetwijfeld van de partij.'

'Ja, maar waarom dan?' klaagde ik.

'Zoals ik al zei,' herhaalde Sunny, 'als het de Klan was – en dat weten we nog steeds niet zeker – dan hebben ze waarschijnlijk lucht gekregen van de plannen voor vrijdag.'

'En de Klan weet dat jij bij de cursus betrokken bent?'

Sunny knikte. 'Het is bijna onmogelijk iets voor de Klan verborgen te houden.'

Opnieuw zwegen we, ieder verzonken in eigen gedachten, wachtend op ik weet niet wat. Het sein dat alles veilig was? Als zo'n sein niet kwam, hoe zouden we dan ooit weer rustig naar bed kunnen gaan en ons veilig genoeg voelen om weer in slaap te vallen?

Ik begon net te denken dat we ons zo langzamerhand maar eens achter het bed vandaan moesten wagen, toen de nachtelijke stilte verbroken werd door het knarsen van autobanden over zand en grind. Toms rug verstrakte en hij hield luisterend zijn hoofd schuin. 'Een auto', fluisterde hij. De motor raasde, alsof hij hard aan een onderhoudsbeurt toe was. 'Het lijkt wel of …' Zijn stem stierf weg.

'Wie kan dat zijn, Tom?' vroeg Sunny.

'Ik weet het niet zeker.' Tom greep zijn geweer en kromde zijn vinger om de trekker. Langzaam kwam hij overeind en gebukt sloop hij naar de slaapkamerdeur. Inmiddels was de auto voor het huis gestopt en de motor zweeg.

'Voorzichtig, Tom!' riep Sunny hem na.

'Ik gluur alleen even uit het raam van de overloop', fluisterde hij terug en voegde er volkomen overbodig aan toe: 'Blijf zitten waar je zit.'

Ronnie wriemelde onder mijn arm. 'Mam,' fluisterde hij, 'ik ben bang. Je moet zorgen dat ze ons niet doodschieten, hoor!'

Sunny en ik keken elkaar recht in de ogen, terwijl we de kinderen steviger tegen ons aan drukten. 'Er wordt hier helemaal niemand doodgeschoten', zei Sunny. Ronnie was niet overtuigd. Ik ook niet, trouwens, en Sunny zelf waarschijnlijk ook niet.

'Ik wil niet dood', kermde de jongen.

'Sst, Ronnie', zei Sunny bijna boos. 'Er gaat niemand dood.' Ze tilde voorzichtig haar hoofd een beetje op en tuurde naar de overloop. 'Tom?' riep ze. Als een slecht gemikte pijl zigzagde zijn naam door de lucht.

Het duurde even voor er een reactie kwam. Ik meende te horen dat Tom de veiligheidspal van zijn geweer terugtrok. Na nog een eindeloos, ademloos ogenblik riep hij terug: 'Als ik het niet dacht! Volgens mij is het de stationcar van Lee Henry, maar het is moeilijk te zien zonder licht van de veranda.' Weer een pauze. 'Ja, het zijn Lee Henry en Miss Ebba.' Het geweer klikte opnieuw. 'Ik doe de deur even open.'

'Wat komen die in vredesnaam doen op dit uur van de nacht?' vroeg Sunny zich hardop af, maar haar stem klonk duidelijk opgelucht.

Ik legde lichtjes mijn hand op haar schouder en vroeg: 'Wie zijn het?'

'Vrienden van ons', stelde ze me gerust.

Tom kwam de slaapkamer weer in, deed de kast open en begon het geweer op te bergen. Even aarzelde hij en hij mompelde: 'Alhoewel – ik vraag me af ...' Hij graaide een overhemd uit de kast, trok het aan en stapte de deur weer uit, het geweer nog steeds in zijn hand geklemd. 'Blijf hier!' commandeerde hij over zijn schouder.

'Wacht nou even, Tom!' protesteerde Sunny. 'Ik wil mee.'

Tom weifelde, maar gaf uiteindelijk toe. 'Vooruit dan maar. We kunnen evengoed naar beneden gaan. Ik verwacht niet dat de Klan of wie het ook was vannacht nog terugkomt. Ze hebben gedaan wat ze van plan waren.'

Tom ging naar beneden, terwijl Sunny, de kinderen en ik nog even achterbleven om onze kamerjassen aan te trekken. Tegen de tijd dat we de trap af kwamen, had Tom de voordeur al opengegooid en stond hij aan het slot op de hordeur te frunniken. Door het weinige licht in de hal konden we met geen mogelijkheid zien wie daarbuiten op de veranda stond. Onze bezoekers waren niet meer dan twee schimmen. Vanuit de duisternis klonk een mannenstem: 'Sorry, meneer Fulton. Ik weet dat het al na middernacht is, maar Mama is me wakker komen maken en ze zei dat ik haar hierheen moest brengen ...'

'Het geeft niks, Lee Henry', stelde Tom hem gerust. Hij had eindelijk de hordeur open. 'Kom d'rin.' Met een lachje voegde hij eraan toe: 'We waren toch al wakker.'

Er stapte een reus van een man de hal binnen, met een piepklein vrouwtje aan zijn arm. Hoewel de minst aantrekkelijke van de twee, was zij het toch die onmiddellijk mijn volle aandacht had. Haar donkere huid hing los om haar hoekige gestalte, haar tengere rug was krom van ouderdom en ze schuifelde meer dan ze liep, ondanks de hulp van een wandelstok. Ze was gekleed in een verfomfaaide katoenen jurk – verbleekte madeliefjes op een blauwe achtergrond – die eruitzag alsof ze er al wekenlang in sliep. De jurk reikte tot over de knie en slobberde om haar heen. Haar kinderlijke voetjes werden verzwolgen door een stel haveloze leren schoenen, met daarboven nylon kniekousen die als donuts rond haar knokige enkels waren opgerold. Ze was het toonbeeld van een kwetsbare bejaarde vrouw, maar desondanks straalde ze onmiskenbaar grote kracht uit. Ik zag het aan haar gezicht, dat getuigde van vastberadenheid en wilskracht. Ze had een duidelijk doel voor ogen, en zou niet opgeven voordat ze het had bereikt.

Zonder een woord te zeggen liep ze langs ons heen naar de woonkamer, en wij volgden haar meteen. De kinderen klemden zich aan Sunny vast, hun ogen nog steeds wijd open. In de woonkamer draaide de oude vrouw een schakelaar om. Er floepte een aantal lampen tegelijk aan, waardoor in een klap de versplinterde ramen en de glasscherven op het tapijt zichtbaar werden. Overal tussen het glas lagen geraniumbloesems – een vreemd gezicht. Een van de potplanten op de veranda was blijkbaar geraakt en de bloemen waren door het open raam naar binnen gevlogen. Het salvo had ook de foto's van de schoorsteenmantels doen tuimelen, een leeslamp ondersteboven gegooid en minstens zes kogelgaten in de achtermuur geslagen.

Zwijgend nam de oude vrouw de schade op. Toen zei ze: 'Ze zijn dus al geweest. We zijn te laat, Lee Henry.'

'We hadden toch niks kunnen doen, Mama', zei de man berustend. 'Kogels hou je niet tegen met woorden.'

'We hadden hen kunnen waarschuwen, weet je, hen op tijd het huis uit krijgen.' Ze keek naar Tom; om hem aan te kunnen kijken moest ze haar hoofd bijna in haar nek leggen. Pas nu viel het me op dat ze maar een oog had. Op de plaats waar haar linkeroog had moeten zitten, zat een krater. De ingevallen oogleden trilden, alsof ze hun uiterste best deden zich over de lege oogkas te sluiten. 'Alles goed met jou en de kinders?' vroeg ze Tom.

'Prima', stelde Tom haar gerust. 'Alleen wat rommel, verder niks aan het handje.'

'Wie waren het, Miss Ebba?' vroeg Sunny. 'Weet u dat ook?'

Het antwoord kwam prompt. 'Klan, natuurlijk. Tuig. Wie anders rijdt er 's nachts rond om op onschuldige mensen te schieten?'

'Is het vanwege de cursus? Omdat we vrijdag een paar mensen willen laten registreren?'

'Weet ik niet.' De oude vrouw schudde langzaam haar hoofd. 'Maar 'k zou zo denken van wel.'

Tom zette het geweer tegen de muur en stopte zijn overhemd in zijn broek. 'Weet u toevallig ook wie er in de auto zat, Miss Ebba?'

Waarom bestookten ze dit kleine negervrouwtje met al die vragen? Het leek wel of ze dachten dat ze vaste gast was bij de geheime vergaderingen van de Klan. In volslagen onbegrip stond ik naar Miss Ebba te staren.

Ze perste haar lippen op elkaar en schudde haar hoofd. 'Weet ik ook niet, niet zeker tenminste', zei ze langzaam en nadenkend. 'Maakt ook niet uit, weet je. De Klan is gewoon één grote, lelijke kerel, meer niet.'

Ik moest meteen aan Howard denken, die van die grote, afzichtelijke persoonlijkheid deel uitmaakte. Ik vroeg me af of hij misschien in eigen persoon dat geschenkje in lood had afgeleverd, voordat hij weer in het duister van de nacht verdween.

'Neem me niet kwalijk,' zei ik zacht – ik vond het niet prettig om me ermee te bemoeien terwijl we nog niet aan elkaar waren voorgesteld – 'maar hoe weet u zo zeker dat het de Klan was?'

Het vrouwtje keek mij met haar ene oog een paar tellen lang strak aan voordat ze antwoord gaf. 'De Heer heeft het me gezegd, net als altijd. Hij spreekt tot mij in dromen en vertelt me wat er gaat gebeuren, weet je. Deze keer was Hij een beetje laat. Of anders had Lee Henry wat vlugger z'n broek aan moeten trekken.'

Ze keek Lee Henry verwijtend aan, en hoewel deze minstens vijftig moest zijn, misschien zelfs nog ouder, kromp hij onder haar blikken ineen als een tiener die een standje krijgt. Dat duurde echter maar even, toen had hij zichzelf weer in de hand en zei: 'Kom kom, Mama, als jij bij Louise en mij was komen wonen, zoals we je al honderd keer hebben gevraagd, dan had je niet zo ver hoeven lopen.'

'Lee Henry, je hebt het honderd keer gevraagd en ik heb je honderd keer gezegd dat ik m'n huis niet uit ga. Zo ver is het ook helemaal niet naar jou. Dat weet je best.'

'Maar Mama,' protesteerde Lee Henry, 'niks is dichtbij als je haast niet kunt lopen. Je doet er twintig minuten over om van je slaapkamer bij de voordeur te komen, en dat is maar vijf meter.'

'Dus volgens jou is het mijn schuld dat we te laat waren?'

'Ik zeg alleen dat het met die dromen van jou een hoop tijd zou schelen als je bij mij en Louise inwoonde. Bovendien is het niet verantwoord, zo'n oud mens als jij in d'r eentje ...'

Tom maakte een einde aan het gekibbel door voor te stellen om in de keuken iets fris te gaan drinken. Ik nam aan dat hij ons uit de voorkamer weg wilde hebben, gewoon voor de zekerheid, al viel het me wel op dat hij zijn geweer tegen de muur liet staan.

Weer ging Miss Ebba voorop. Het was een trage optocht die zich daar voortbewoog door de hal. De wandelstok van Miss Ebba tikte op de houten vloer. Even later lagen de kinderen op een gewatteerde deken in de ontbijthoek. Zij zakten langzamerhand weer in slaap, terwijl wij achter grote glazen limonade aan de keukentafel gingen zitten.

Voordat iemand het woord kon nemen, ging de oude vrouw mij met haar ene gelige oog doordringend aan zitten staren, alsof ze nog nooit eerder een blanke vrouw had gezien.

Haar ruige haar was strak naar achteren getrokken en hing in talloze vlechtjes in haar nek. Het grijs stond in sterk contrast met haar mahoniebruine huid. Ze was zo mager, dat haar gezicht een skeletachtige indruk maakte. Ik dacht bij mezelf dat ze eruitzag als iemand die al gestorven is, maar het eenvoudig vertikt om te vertrekken. 'Wij hebben nog geen kennisgemaakt', zei ze; er werd een rij vergeelde tanden zichtbaar waaraan het een en ander ontbrak. 'Ik ben Ebba Starks, en dit hier is mijn kleinzoon, Lee Henry Starks.'

Lee Henry gaf me een knikje en zei: 'Aangenaam.' Hij was in alles het tegenovergestelde van zijn oma, en ik kon slechts gissen naar de genen die in twee generaties aan de familie waren toegevoegd. Hij was even groot als zij klein was, zwaargebouwd, maar niet dik, en ondanks zijn timide optreden toch een indrukwekkende persoonlijkheid. Hij droeg een overall met daaronder een overhemd met korte mouwen, waaruit twee forse, stevige armen staken. Zijn handen waren zo groot dat het limonadeglas er helemaal in verdween. Ze deden me denken aan de handen van een reus, die met gemak de nek van een vrouw konden breken. Zijn vlezige gezicht zat vol putten; hij moest als puber onder de jeugdpuisten hebben gezeten. Zijn huid was verschillende tinten lichter dan die van zijn grootmoeder, maar er lag een donker waas van baardstoppels overheen. 'Fijn om kennis met u te maken', zei ik en hij glimlachte. Later zou ik ontdekken dat de ernst en de vriendelijkheid in die snelle glimlach kenmerkende eigenschappen van hem waren.

Sunny was even de kluts kwijt. 'Oh, het spijt me,' zei ze, 'ik had jullie eerder aan elkaar moeten voorstellen. Dit is een oude vriendin van mij, Augie Callahan. We hebben gezamenlijk onze jeugd in Californië doorgebracht.'

'Ik vind het fijn om u beiden te leren kennen', zei ik nogmaals. Ik wist niet precies of ik nu over de tafel heen mijn hand naar hen uit moest steken. Ze maakten zelf geen aanstalten om mij een hand te geven, en dus liet ik de mijne om mijn glas liggen.

'Lee Henry werkt op de molen', vertelde Tom. 'Hij is een van onze beste monteurs.'

De reus sloeg bescheiden zijn ogen neer bij dat compliment, maar Miss Ebba protesteerde meteen: 'Da's alleen maar waarmee hij zijn geld verdient. Zijn echte werk is de prediking van Gods Woord, weet je. Hij is de dominee van de baptistengemeente, maar dat levert hem geen cent op, laat staan dat hij zijn gezin ervan kan onderhouden.'

Lee Henry keek zijn grootmoeder aan. 'De molen van de Fultons is al meer dan dertig jaar goed voor me geweest, dat weet u toch best, Mama ...'

'Hoe dan ook,' viel Tom hem in de rede, 'u weet zeker dat het de Klan was, Miss Ebba?'

'Klopt.' Ze knikte zachtjes met haar hoofd, en in de oogleden van het ontbrekende oog klopte een adertje. 'De Heer heeft het me in een droom gezegd, weet je. Hij zei dat ze van plan waren vannacht bij jou langs te komen. Had Hij het maar eerder gezegd.' Ze keek neer op de kinderen die op de grond lagen te slapen.

'Ik dacht eerst dat het misschien de mannen waren die ik van de week ontslagen heb. Jij weet wel wie ik bedoel, Lee Henry.'

De aangesprokene knikte kort. 'Die twee die al een maand lang elke ochtend dronken binnenkwamen. U stond helemaal in uw recht, meneer Fulton. Bij geen een andere baas hadden ze zo vaak een nieuwe kans gekregen.'

'Trouwens, als Miss Ebba zegt dat het de Klan was, dan was het de Klan', besloot Tom.

Het verbaasde me dat hij voetstoots aannam wat de oude vrouw zei. Ik keek naar Sunny's gezicht om te zien wat die van Toms gedrag vond; misschien was het pure neerbuigendheid. Ze beantwoordde mijn blik en zei: 'Miss Ebba heeft al zo vaak gelijk gekregen, dat het dom zou zijn om haar woorden weg te wuiven. Een poosje geleden – hoe lang is het eigenlijk geleden, Miss Ebba, dat die dromen van u begonnen?'

De oude vrouw werkte hevig met haar kaakspieren en zei ten slotte: 'Zowat een jaar, denk ik. Misschien korter, misschien langer.'

'Ze begon dus dromen te krijgen,' vertelde Sunny verder, 'waarin God haar waarschuwt voor wat de Klan van plan is.'

De eenogige ziener, dacht ik. Ik hield mijn gezicht in de plooi, zodat niemand iets van mijn scepsis zou merken.

'De eerste man die door Miss Ebba werd gewaarschuwd, geloofde haar niet', vervolgde Sunny.

'En op het moment van zijn dood had hij waarschijnlijk veel spijt van die vergissing', voegde Tom eraan toe.

Mijn blik ging van de een naar de ander. Ze zaten overduidelijk op mijn vraag te wachten, en dus vroeg ik: 'Wat gebeurde er dan?'

Sunny nam een slokje limonade en zei toen: 'De man heette Amos Lowe …'

'Maar iedereen noemde hem Louie,' kwam Miss Ebba ertussen, 'omdat hij net zo goed trompet kon spelen als Louis Armstrong, weet je. Als kind speelde hij al in de cafés. Was ook eigenlijk nog een kind toen hij stierf. Pas tweeëntwintig was-t-ie, nietwaar, Lee Henry?'

Lee Henry staarde in zijn glas en duwde zijn onderlip naar voren tot je de roze, vlezige binnenkant kon zien. 'Zo ongeveer, ja. Leek wel ouder, maar dat kwam door z'n grote mond. Nooit iemand gezien met zo'n vlotte babbel als Louie. Dat werd ook z'n dood.'

'Hij was niet voorzichtig genoeg', zei Sunny. 'Je zou kunnen zeggen dat hij weigerde zich aan de regels te houden, aan de regels van de blanken welteverstaan. Hij keek blanke mensen recht aan, hij zei nooit netjes "meneer" of "mevrouw" en ging niet van de stoep af om een blanke te laten passeren.'

'En voor welke van die misdaden kreeg hij precies de doodstraf?' vroeg ik.

'Kies maar uit', zei Tom. 'Ze zijn allemaal goed. Elke reden voldoet als je een neger een kopje kleiner wilt maken.'

Ik knikte. 'En toen?'

Tom nam de draad van het verhaal op. 'Op een dag ging hij gewoon te ver. Hij liep gewoon door de stad, toen een stel blanke jongens hem opjutten tot een knokpartij.'

Lee Henry zat stilletjes zijn hoofd te schudden. Zijn ogen hield hij nog steeds neergeslagen, alsof hij de blanken die daar bij hem aan tafel zaten niet graag wilde aankijken. 'Ga nooit knokken met een blanke. Hij had het kunnen weten. Wat ze ook zeggen, je loopt gewoon door ...'

'Hebben die jongens hem doodgeslagen?' vroeg ik.

'Nee', zei Tom. Hij sloeg zijn armen over elkaar en liet ze op de tafel rusten. 'Louie was een mager scharminkel, maar verbazend sterk. Hij kende zijn eigen kracht ook, want hij vocht zijn hele leven al met andere negerjongens en hij had nog nooit verloren. Hij wist dat hij een goede kans maakte om die kerels in het zand te doen bijten, en dus ging hij hen te lijf. Nou, en of ze in het zand beten. Hij liet hen allebei buiten westen in een steegje achter.'

'Had beter moeten weten', mompelde Lee Henry weer. 'Had moeten weten dat een kleurling nooit met zoiets wegkomt. Vroeg of laat krijgen ze je te pakken.'

'Deze keer was het vroeg, als je het mij vraagt', zei Miss Ebba.

'Kwam de droom diezelfde nacht?' vroeg Sunny.

De oude vrouw schudde haar hoofd. 'Nee, de nacht daarna. De Heer zei dat de Klan iets met Louie van plan was. Hij zei ook waar en wanneer. Ik ging zo snel mogelijk naar Louie om hem te waarschuwen. Hij lachte alleen maar. Geloofde er geen woord van. Lachte me recht in m'n gezicht uit en noemde me een gek oud wijf.'

'De sufferd', fluisterde Lee Henry.

'Het gebeurde precies zoals Miss Ebba had voorspeld', legde Sunny uit. 'Amos – Louie – liep op een avond vanuit het café waar hij had gespeeld naar huis. Daarvoor moest hij over een stuk weg met bomen erlangs. Er stonden daar geen huizen, en waarschijnlijk was er om die tijd ook geen verkeer.'

'Dat deed hij altijd, Louie', vulde Lee Henry aan. 'Liep door het donker naar huis met zijn trompet onder de arm. Heel wat mensen hebben het hem uit zijn hoofd proberen te praten. Blijf dan in het café slapen, zeiden ze, of zoek ander werk. Het is niet veilig voor een neger om in zijn eentje door het donker te lopen. Maar hij zei dat hij niet bang was. Hij vond zichzelf zo stoer, dacht dat-ie iedereen wel aankon. Soms is angst niet verkeerd, Miz Callahan. Het houdt je in leven.' Hij zweeg en schudde opnieuw zijn grote hoofd.

'Het was voor de Klan dus niet moeilijk om uit te zoeken welke weg hij altijd nam', ging Sunny verder. 'Ze wisten waar hij werkte en hoe laat hij weer naar huis ging. Natuurlijk weten we niet precies wat er die nacht gebeurd is. We weten alleen hoe het afliep.'

Met haar ogen maakte ze Tom duidelijk dat hij het verhaal maar moest afmaken. Tom zuchtte en keek even naar de slapende kinderen. Toen hij begon was zijn stem zacht, alsof hij wilde voorkomen dat zijn woorden de kinderdromen zouden binnendringen. 'Ze hebben hem levend gevild. Daarna hebben ze hem in een boom gehangen en hem urenlang gemarteld, tot ze hem uit zijn lijden verlosten door hem een kogel door het hoofd te schieten.' Hij zag grauw en zijn ogen staarden in de verte, alsof hij de nacht van Amos' dood mee beleefde. En misschien deed hij dat in zekere zin ook wel; had hij niet een andere man onder de handen van de Klan zien sterven?

Even zaten we zwijgend bij elkaar. Toen zei Lee Henry: 'Ze stampten zelfs zijn trompet in elkaar. Die bungelde naast hem in de boom.'

Miss Ebba keek me opnieuw scherp aan. 'Het gebeurde precies zoals de Heer me had gezegd, weet je, woord voor woord. Ik heb Louie gewaarschuwd, maar hij wilde niet luisteren.'

Mijn scepsis wankelde, maar bleef toch overeind. Er moest de een of andere verklaring te geven zijn.

'De *story* over Louie ging natuurlijk rond,' vervolgde Miss Ebba, 'en nou luisteren de mensen wel als ik wat te zeggen heb.'

Ik knikte onwillig en schraapte mijn keel. 'Eh ... wat gaan ze nu doen? De Klan, bedoel ik?'

Het vrouwtje boog zich een beetje naar voren. Haar ene waterige oog bleef me strak aankijken. 'Dat kan ik toch pas weten als de Heer het me zegt in een droom.' Ze zei het langzaam en nadrukkelijk, en daardoor wist ik dat ze zich niet door mijn effen gezicht om de tuin liet leiden. Mijn twijfels bleven voor haar niet verborgen; ze keek dwars door me heen.

Lee Henry schoof zijn lege glas weg en legde zijn reusachtige handen gevouwen op tafel. 'Wat het ook is,' zei hij zacht, 'veel goeds kan het niet zijn, ga daar maar van uit.' Ook hij keek nu naar mij, als om me te waarschuwen dat ik alles maar beter serieus kon nemen.

Dat deed ik ook – de Klan, het geweld, de cursus en de kiezersregistratie. Ik nam dat allemaal heel serieus. Ik kon echter maar moeilijk geloven dat God speciaal afdaalde om dit uitgemergelde vrouwtje op de hoogte te stellen van de plannen van de Klan, hoewel ik moest toegeven dat ik het verhaal over Amos Lowe griezelig en onrustbarend vond. En trouwens: hoe kon het eigenlijk dat zij al bij de Fultons op de drempel stonden toen de ramen nog maar net uit het huis geschoten waren?

Ik wilde iets zeggen, het maakte niet uit wat. 'De mensen voelen zich vast en zeker veiliger, nu ze weten dat u hen voor de Klan zult waarschuwen.'

De oude vrouw haalde haar schouders op. 'De Heer doet wat Hij wil. Hij vertelt me niet alles. De Klan heeft ook wel dingen gedaan waar de Heer me niets over gezegd had. Niemand voelt zich veilig, kind.'

'Hoe bepaalt Hij dan,' vroeg ik, misschien oneerbiedig, 'voor welke … activiteiten … Hij u wel zal waarschuwen?'

Daar had je dat oog weer, dat ene doordringende oog dat me niet losliet. 'Wie kan de wegen van de Heer doorgronden?' zei Miss Ebba op een toon die geen tegenspraak duldde. 'Het is niet aan ons om daar vragen bij te stellen, weet je. Wat Hij doet is goed.'

We zaten nog lang bij elkaar om de keukentafel en verloren elk besef van tijd. Slechts af en toe zei iemand iets, maar verder zaten we ieder in eigen gedachten verzonken, of misschien te bidden tot de een of andere God.

Mijn eigen gedachten cirkelden rond T.W. en Mahlon en de cursisten die zich voorbereidden op hun registratie. Ik hoopte maar dat Miss Ebba tijdig vertrouwelijke informatie zou ontvangen, mocht de Klan iets tegen hen in de zin hebben – in ieder geval tijdig genoeg om te kunnen waarschuwen. Het was maar al te verleidelijk om te geloven in haar

nachtelijke lijntje naar God, als dat een tragedie voor aanstaande vrijdag kon voorkomen.

30

Na de schietpartij overwoog ik heel even mijn lunch met Howard af te zeggen. Per slot van rekening zou het zoiets zijn als brood breken met de vijand. Uiteindelijk besloot ik echter toch te gaan. Dat ik met Howard Draper ging lunchen was nodig voor mijn werk, zo redeneerde ik; een goede gelegenheid om een paar kleurrijke anekdotes voor mijn artikel te verzamelen. Ik was het aan mijn beroepseer verplicht de afspraak door te laten gaan.

Aangespoord door dit handige zelfbedrog stapte ik die dinsdag rond twaalven Café Magnolia binnen. Howard zat aan een tafeltje achterin, tegen het negergedeelte aan. Toen hij me zag, ging hij staan. Omdat het lunchtijd was, zat het café bomvol en plotseling voelde ik tientallen ogen op mij gericht. Iedereen leek zich om te draaien om te zien op wie Howard Draper had zitten wachten. Misschien was het verbeelding, maar toen ik naar hem toe liep, leek er even een stilzwijgen in het vertrek te vallen.

Hij trok een stoel voor mij naar achteren. Met een glimlach bedankte ik hem voor het galante gebaar en ging zitten. Ook hij ging weer zitten, schoof zijn stoel aan en strekte zijn lange benen uit onder de tafel; dit alles in een vloeiende beweging. Toen we eenmaal zaten, werd het staren minder en nam het geroezemoes weer toe. Ik had niet veel fantasie nodig om te begrijpen waar het gebabbel over ging, nu de gasten zo onverwacht een vers en sappig roddelpraatje bij hun hamburgers en frietjes opgediend hadden gekregen.

Howard sloeg de begroeting over en begon zich meteen te verontschuldigen. 'We zitten hier wel erg te kijk', zei hij. 'Maar de achteraftafeltjes waren allemaal al bezet toen ik kwam.' Hij haalde even zijn schouders op. 'Het is hier niet altijd zo druk.'

'Geeft niks, dit tafeltje is prima', zei ik en ik pakte de menukaart van tafel.

Ook hij sloeg zijn kaart open en liet zijn ogen langs de gerechten glijden. 'Ik hoop dat u trek hebt. Dit mag dan de plaatselijke friettent zijn, ze zijn ook in staat een heel aardig maal te serveren. Neemt u maar wat u wilt. Ik trakteer.'

Ik had niet zo veel trek, maar deed toch alsof ik het menu met aandacht zat te lezen. Zelfs met neergeslagen ogen kon ik Howards ogen nog op mij voelen rusten. Hij leek me onderzoekend gade te slaan. Na een korte stilte vroeg hij: 'Voelt u zich wel goed, Miss Callahan? U ziet er een beetje moe uit.'

Hoe kon ik hem nu vertellen hoe ik me voelde, hoe het met me ging, als ik zelf al geen touw aan mijn gevoelens kon vastknopen? Met een zucht sloeg ik de menukaart dicht. 'Ik ben bang dat ik vannacht niet zo best heb geslapen, meneer Draper.'

Hij trok vragend zijn wenkbrauwen op, maar voordat ik het kon uitleggen stond een van de meisjes van de bediening al bij ons tafeltje. Ze trok een schrijfblokje uit haar schortzak en haalde uit de diepte van haar geblondeerde suikerspinkapsel een potlood tevoorschijn. Volgens het borduursel op haar borstzakje heette ze Irene. Dit was dus een van de meisjes die volgens Jerry alles zouden geven voor een avondje uit met Howard. Uit de blik die Irene me toewierp, bleek wel dat het haar niet zinde dat ik hier alweer zat in het gezelschap van Carvers meest begeerde vrijgezel. 'Wat zal het zijn?' vroeg ze kortaf. Terwijl ze ongeduldig wachtte tot ik mijn keus had bepaald, liet ze een enorme kauwgumbel klappen.

'Ik wil graag een kom kippensoep en een ijsthee', deelde ik haar mee.

Ze knikte een keer, greep mijn menukaart en stak die onder haar arm. Daarna wendde ze zich tot Howard, glimlachte koket en begon tot mijn heimelijk plezier zelfs naar hem te lonken. Als ze haar ogen dicht had, leken de felblauw opgemaakte oogleden net de eitjes van een roodborstje in een nestje van samengeklonterde mascara. 'En waarmee kan ik u vandaag van dienst zijn, meneer Draper?' vroeg ze, en ging zo dicht bij hem staan dat haar heup zijn schouder bijna raakte. Haar stem had plotseling een zwoele klank en het was overduidelijk de bedoeling dat hij de vraag dubbelzinnig zou opvatten.

Howard was zich echter nauwelijks bewust van de bewondering die hem ten deel viel – of anders interesseerde die hem in het geheel niet. Hij vouwde de kaart dicht, gaf die aan Irene en zei zakelijk: 'Een sandwich met eiersalade en een cola, alsjeblieft. En wil je vragen of ze er vandaag nu eens geen patat bij willen doen?'

''Tuurlijk, schat', zei ze, terwijl ze druk op haar blokje stond te krabbelen. Haar felrode onderlip stak een beetje uit en ik wist niet of dit nu een teken van concentratie was of dat ze gewoon stond te pruilen. Toen ze klaar was met schrijven, stak ze ook de tweede menukaart onder haar arm, duwde het potlood terug in de suikerspin, draaide zich met een ruk om en verdween zonder een woord.

Howard en ik zeiden eerst een poosje niets. Hij zat onrustig te draaien en vlocht zijn slanke vingers in elkaar op het tafelblad. Toen boog hij zich een beetje naar voren, fronste zijn wenkbrauwen en zei: 'Ik hoop niet dat u vannacht ziek was, Miss Callahan.'

'Nee, dat was het absoluut niet.' Ik zuchtte diep, rolde mijn servet uit en schikte het servies op de papieren placemat. 'Het was alleen, nou ja, er is een aanslag gepleegd op het huis. Ik bedoel, iemand heeft midden in de nacht de ramen eruit geschoten. Er is een pot geraniums regelrecht de huiskamer binnengevlogen. Daarna heb ik geen oog meer dichtgedaan.'

Hij staarde me een lang ogenblik aan alsof ik Chinees had gesproken. Ten slotte vroeg hij: 'De ramen eruit geschoten? Wat bedoelt u?'

Ik vond het een rare vraag. Mijn verhaal was toch maar voor een uitleg vatbaar. Ik herhaalde het en sprak met opzet wat langzamer, alsof ik bij mijn toehoorder enige traagheid van begrip vermoedde. 'Nou, iemand reed naar het huis, mikte met een geweer of een buks op de ramen van de woonkamer en deed vervolgens wat schietoefeningen. Alles aan diggelen. Waar eerst glas zat, zit nu karton.'

Het klonk sarcastisch, maar ik was moe en boos. Ik dacht dat het me ergerde dat Howard me blijkbaar voor de gek wilde houden. Vermoedelijk had ik nog niet in de gaten dat ik eigenlijk boos op hem was omdat hij niet was zoals ik hem wenste en niet echt leefde zoals hij zich voordeed.

'Maar wie zou er nu op het huis van de Fultons willen schieten?' vroeg hij hoofdschuddend.

Ik haalde mijn schouders op, hopelijk nonchalant genoeg. 'Geen idee', antwoordde ik. Toen keek ik hem recht aan en vroeg vlak: 'U misschien?'

Hij probeerde oprecht verbaasd te kijken. 'Nee ... Nee, natuurlijk niet. Hoe zou ik dat moeten weten? Ik heb echt geen flauw idee. Nee ...' Hij zat vreselijk te stotteren. Wat hij verder ook mocht zijn, goed liegen kon hij niet. Ongetwijfeld speet het hem dat hij erover begonnen was. Hij haalde diep adem en sloeg zijn ogen neer. 'Zou het niet iemand kunnen zijn die onenigheid met Tom heeft? Iemand van de molen misschien?'

'Hmm, ja, dat dacht Tom ook. Hij heeft een paar mannen moeten ontslaan en die hebben hem dat misschien betaald willen zetten. Dat is een mogelijkheid, al kunnen we er niets met zekerheid over zeggen.'

'Hoe dan ook, ik neem aan dat er niemand gewond is geraakt.'

'Nee, we zijn alleen erg geschrokken. Zoiets overkomt je niet elke nacht.'

'Nee. Nee, inderdaad niet. Tom heeft zeker de politie wel gebeld?'

'Nou, vannacht niet, maar misschien heeft hij vanmorgen aangifte gedaan. Ik weet niet precies wat hij van plan was.'

Howard schudde zijn hoofd. 'Ik kan me gewoon niet voorstellen … Wat erg dat het net nu moest gebeuren, net nu u daar was. Ik ben blij dat er met u niets aan de hand is, en met de anderen ook niet.'

'Ach,' zei ik luchtig, 'ik heb nu tenminste een mooi verhaal voor als ik weer thuis ben.'

Howard grinnikte gemaakt. 'Ja, dat zal wel. Al moet ik zeggen dat het Carver natuurlijk wel in een kwaad daglicht zet.'

Ik boog me voorover en dempte mijn stem. Mijn hart bonsde, maar ik dwong mezelf tot spreken. 'Wilt u weten wat ik echt denk?' Ik wierp een snelle blik door het café en wenkte Howard wat dichterbij. 'Volgens mij waren het die lui van de Ku Klux Klan. U weet wel, die lui die kruisen in brand steken en negers lynchen.'

Howard deinsde achteruit en knipperde met zijn ogen, alsof hij mijn gezicht ineens niet meer scherp zag. 'Maar de Fultons zijn toch blank', wierp hij hardop tegen. Hij merkte zelf meteen dat het te hard was en vervolgde wat zachter: 'Waarom denkt u dat eigenlijk?'

'Iedereen weet dat Sunny betrokken is bij de kiezerscursus', antwoordde ik. 'U weet wel, die de negers helpt om te gaan stemmen. U wist dat toch ook wel, meneer Draper?'

Howard klemde zijn handen zo krampachtig in elkaar dat zijn knokkels wit werden. 'Ja, ik wist inderdaad of zij ook iets met die cursus doet, maar echt, ik betwijfel of dit de Klan geweest kan zijn. Als die waarschuwing op de cursus betrekking had, zijn er genoeg andere mensen te bedenken.'

'Zoals?'

Howard haalde zijn schouders op. 'De leiders uit de negergemeenschap, wie dat dan ook zijn. Ik weet zelf niet wie er allemaal aan die cursus meewerken, maar de negers zijn toch een meer voor de hand liggend doelwit.'

'Sunny geeft er les, net als een aantal negeronderwijzers.'

'Dat is waar, maar ze is ook de vrouw van Tom Fulton en je moet goed begrijpen dat Tom Fulton een vooraanstaand man is hier in de stad. Een groot deel van de bevolking van Carver werkt bij hem op de molen. Er zijn niet veel mensen die hem graag tegen zich in het harnas zouden jagen. Behalve als je natuurlijk net bent ontslagen. Dat lijkt toch de meest aannemelijke verklaring? Dat het iemand van de molen was, bedoel ik?'

'Misschien hebt u wel gelijk', zei ik. Ik leunde achteruit en deed net of ik toegaf. 'Maar ik neem aan dat we nooit helemaal zeker zullen weten wie het was.'

'Nee.' Opnieuw schudde Howard zijn hoofd. Hij trok zijn vingers weer van elkaar los en begon aan zijn servet te frunniken. 'Waarschijnlijk niet.'

'Toch is het grappig', zei ik en ik wachtte even voor het gewenste effect.

Howard hield op met frunniken en zijn handen kwamen op de tafel tot rust als twee aangespoelde zeesterren. 'Wat?'

'Pal na de schietpartij kwam er iemand langs die met grote stelligheid beweerde dat het de Klan geweest was.'

Mijn tafelgenoot fronste de wenkbrauwen en ging wat verzitten. Zijn vingers strengelden zich opnieuw ineen. 'Wie was dat dan?'

'Een zekere Miss Ebba. Een zwarte vrouw. Kent u haar misschien?'

'Niet persoonlijk, maar ik weet wel wie het is.'

'Ze deed me aan u denken.'

Nu leek Howard te schrikken. 'Hoezo?' vroeg hij.

'Ze leek me een van die kleurrijke persoonlijkheden uit Carver, over wie u het had gehad. Ze beweerde dat de Heer haar had verteld wie onze ramen eruit had geschoten. Ze zei dat Hij haar in een droom had verteld dat het de Klan was.'

Howard glimlachte vaag. 'Oh', zei hij.

'Hebt u nooit gehoord dat zij mensen waarschuwt van wie vermoed wordt dat zij een aanslag van de Klan kunnen verwachten?'

'Daar heb ik iets van gehoord, maar ik zou zo'n oude vrouw maar niet al te serieus nemen.' Hij probeerde te lachen, maar het lukte niet. 'U geloofde haar toch niet, of wel?'

Ik trok mijn schouders en wenkbrauwen tegelijk op. 'Misschien is ze niet goed wijs, maar misschien heeft ze ook gewoon gelijk. Per slot van rekening kwam ze direct na het schieten opdagen. Hoe wist ze dat ze naar ons toe moest gaan?'

Howard schraapte zijn keel en keek het café rond voor hij antwoord gaf. 'Misschien was het gewoon toeval. Wat ik al zei, de aanvallers waren hoogstwaarschijnlijk de ontslagen molenarbeiders of misschien gewoon een stel kinderen die uit verveling te veel hadden gedronken en uit de band sprongen. Iedereen weet dat hier voor de jeugd niks te beleven valt, vooral niet in de zomer. Dus dat is ook nog een mogelijkheid.' Hij leek nogal ingenomen met dit tweede scenario. 'Echt, als iemand zo oud is als Ebba Starks kunt u haar woorden beter met een korreltje zout nemen. Ze is al zesennegentig. Mensen van die leeftijd' – hij tikte tegen zijn voorhoofd – 'beginnen een beetje de kluts kwijt te raken, dat weet u ook wel.'

'Is ze echt al zesennegentig?' vroeg ik.

'Ja.' Hij knikte. 'Moet je je voorstellen. Toen zij geboren werd, was de slavernij pas vier jaar daarvoor afgeschaft. Haar ouders en grootouders waren slaven geweest op een plantage hier niet ver vandaan, en haar overgrootvader was ergens in de achttiende eeuw regelrecht uit Afrika gekomen, met een transport op een van de slavenschepen. We denken dat de slavernij al zo ver achter ons ligt, maar zo dichtbij is het dus nog. De afschaffing was in 1865, dus dat is dit jaar honderd jaar geleden. Dat is maar een klein beetje langer dan het leven van Miss Ebba.'

Howard Draper wist wel ongelooflijk veel van iemand die hij zei niet te kennen. Tussen neus en lippen door stelde ik een volgende vraag om te zien hoe hij zou reageren. 'Hoe is Miss Ebba haar oog kwijtgeraakt?'

'Door een ongeluk in haar jeugd', antwoordde hij zonder aarzeling. 'Ze viel uit een boom en kwam onderweg ongeluk- kig tegen een tak aan. Het oog had gered kunnen worden als een blanke dokter bereid was geweest haar te behandelen. Negerdokters waren er toen nog niet en geen enkele blanke dokter wenste zijn tijd te verdoen aan een poging om het oog van een klein negermeisje te redden.'

Om het moment te rekken en er zo lang mogelijk van te genieten, keek ik Howard een tijdlang met een effen gezicht aan. Toen zei ik: 'U zei toch dat u Ebba Starks niet kende?'

'Dat is ook zo', beweerde hij, totaal niet uit het veld geslagen. 'Net wat ik zei, ik weet wie ze is, maar ik heb haar nooit persoonlijk ontmoet.'

'Toch lijkt u wel erg veel over haar te weten.'

Howard haalde de schouders op. 'Dit is een kleine stad, weet u nog wel? Iedereen weet alles van iedereen. Het verhaal over Miss Ebba's oog is hier gemeengoed, het hoort bij de plaatselijke folklore.'

Ik greep naar het zoutvat, gewoon om iets om handen te hebben, en liet het heen en weer wippen op het formica tafelblad. 'Wat is eigenlijk uw visie op de burgerrechten, meneer Draper?' vroeg ik zo losjes mogelijk.

'De burgerrechten?'

'Ja. Gelijkheid voor de negers en dat soort dingen.'

Howard stak zijn onderlip naar voren en schudde licht zijn hoofd. 'Nou, die laat al veel te lang op zich wachten, natuurlijk.' Hij leek nog meer te willen zeggen, maar op dat moment kwam Irene ons eten brengen. Met opgetrokken neus, alsof het stonk, zette ze het voor ons neer. Howard bedankte haar, maar ze was alweer weg voordat hij was uitgesproken. Het korte intermezzo had ons gesprek echter lang genoeg onderbroken om Howard de gelegenheid te geven op een ander onderwerp over te gaan.

'Ik zat gisteravond de gedichten van Henry Vaughan te lezen, en toen moest ik de hele tijd aan u denken', flapte hij eruit.

'Oh?' Ik had gemakkelijk terug kunnen komen op de burgerrechten, maar dat hij uitgerekend de naam van Henry Vaughan noemde, kwam mij vreemd toevallig voor. Het was Sunny's dichter, degene die schreef over de lelies Gods die bloeien in het stof.

'Ja,' ging Howard verder, 'ik heb een voorliefde voor zijn werk, al zijn er veel meer dichters die ik graag lees. T.S. Eliot, Gerald Manley Hopkins, John Milton, George Herbert, eigenlijk alle dichters die iets – hoe zeg je dat – iets spiritueels hebben.'

'Geldt dat niet voor alle dichters?'

'Misschien wel, ja. Allemaal zijn ze op zoek naar iets, iets met eeuwigheidswaarde, zou je kunnen zeggen. Iets wat het leven zin geeft. Maar er is een verschil tussen zoeken en vinden, als u begrijpt wat ik bedoel.'

Ik begreep het niet, maar maakte een handbeweging die het tegenovergestelde moest beduiden. Howard schoof een beetje naar voren en trok een dun boekje uit zijn achterzak. Zonder zijn sandwich een blik waardig te keuren zwaaide hij met het boekje en vroeg: 'Mag ik u misschien een couplet voorlezen van zijn gedicht "De wereld"?'

Ik knikte toestemmend; hij sloeg het boekje open en bladerde tot hij de juiste bladzijde had gevonden. Even zweeg hij, zijn ogen op de tekst gericht. Hij leek zichzelf tot rust te brengen of zijn gedachten te verzamelen, net als een musicus doet voor hij het podium betreedt. Om ons heen zoemden de gesprekken, en het rumoer van potten en pannen dat uit de keuken kwam droeg nog eens bij aan het lawaai, maar zodra Howard begon te lezen schiep hij voor ons beiden een afgezonderde plaats, een eilandje waar de geluiden en de beelden en zelfs de geuren om ons heen niet konden komen. Even bestond er voor mij alleen nog maar zijn stem en de woorden die over het kleine tafeltje heen de afstand tussen ons overbrugden.

En dan te bedenken dat alleen de eerste twee regels tot me doordrongen. Die paar woorden overrompelden mij zo dat ik Howards stem nog wel hoorde, maar hem niet verder kon volgen; dat was ook niet nodig.

Toen het uit was, sloeg hij zijn ogen naar mij op zonder zijn gezicht op te heffen; het was duidelijk dat hij een reactie van mij verwachtte.

'Zou u die eerste twee regels nog een keer willen lezen?' vroeg ik.

Met zijn zangerige stem las hij opnieuw: 'Ik zag de eeuwigheid vannacht, een ring van zuiver licht in eindeloze pracht …'

Toen hij opkeek lag er een mengeling van geduld en nieuwsgierigheid op zijn gezicht. Na een korte stilte vroeg ik: 'En toen u dat las, moest u aan mij denken?'

'Ja.' Hij knikte kort.

Onwillekeurig wendde ik mijn blik af, maar omdat ik niet wist waar ik anders kijken moest, keek ik hem algauw weer aan. 'Grappig', zei ik zacht.

'Helemaal niet', wierp hij tegen. Hij deed het boekje dicht en legde het op tafel. 'Ik hoop dat ik u niet beledig, Miss Callahan, maar ik heb heel sterk het gevoel dat' – hij glimlachte verlegen – 'nou ja, bij gebrek aan een beter woord, dat er een soort geestverwantschap tussen ons bestaat.'

Ik hapte naar adem en om tijd te winnen begon ik omstandig zout in mijn soep te strooien. Voordat ik in staat was antwoord te geven, ging hij echter al verder: 'Neem me niet kwalijk als dat te vrijpostig klonk …'

'Nee, nee,' viel ik hem zelfs tot mijn eigen verbazing in de rede, 'het geeft niks, meneer Draper, ik …' Ik had willen zeggen dat ik hetzelfde voelde: een aantrekkingskracht die het lichamelijke oversteeg, een besef dat ik deze man in mijn ziel zou kunnen toelaten. Tegelijk zag ik mezelf nog niet toetreden tot de vrouwenafdeling van de Ku Klux Klan, die bij de Klanbarbecues de drankjes serveert en de banieren borduurt voor de jaarlijkse optocht. En dus zei ik: 'In het vliegtuig hierheen heb ik een volmaakt ronde regenboog in de wolken gezien. Ik kon mijn ogen niet geloven. Ik wist helemaal niet dat regenbogen een complete cirkel kunnen vormen; ik dacht dat het altijd halve cirkels waren. Ik had nog nooit een complete regenboog gezien. En het leek net of – ik weet het niet, ik heb niet zo veel verstand van voortekenen – maar het leek net of het iets te betekenen had. Als een gunstig voorteken of zoiets. En nu leest u precies een gedicht over een ring van eindeloos licht, net als die regenboog, en …' Ik brak af en nu was het mijn beurt om schaapachtig te glimlachen. 'Nou ja, het klinkt vast erg raar allemaal. Dat soort dingen betekent natuurlijk niets.'

'De regenboog had indertijd anders grote betekenis voor een man die Noach heette', merkte hij op.

Ik begon zenuwachtig te lachen. Ons gesprek had me in verwarring gebracht en ik voelde me niet langer op mijn gemak in Howards gezelschap. 'Ik vrees dat ik niet aan Noach kan tippen, dus waarom zou God mij een dergelijk teken sturen?'

'Wilt u nu echt beweren,' zei Howard en er brak een ondeugende glimlach door op zijn gezicht, 'dat u niet kunt tippen aan een dronkenlap?'

Ik trok mijn wenkbrauwen hoog op, zodat er rimpels in mijn voorhoofd verschenen. 'Pardon?'

Er schitterden pretlichtjes in Howards ogen, alsof hij genoot van mijn verwarring. 'Een van de eerste dingen die Noach deed nadat hij uit de ark was gegaan, was zich klem zuipen tot hij bloot en buiten westen in zijn tent lag. Dit stukje van het verhaal wordt op de zondagsschool meestal overgeslagen.' Hij glimlachte vriendelijk. 'We zijn allemaal mensen, Miss Callahan. En het wonder is dat ons een eeuwig leven wacht. De eeuwigheid bestaat, voor ons allemaal.' Met zijn rechterhand, de vingers samengedrukt als een rozenknop, maakte hij een beweging alsof hij de eeuwigheid zo uit de lucht plukte.

Ik begreep absoluut niet waar hij het over had, maar bedacht dat hier eerder de organist van de kerk aan het woord was dan het Klanlid. Of misschien was het de dichter in hem die sprak; ik wist het niet.

Hij keek naar zijn eten en zuchtte, alsof we een vervelend karwei moesten opknappen. 'Volgens mij doen we er goed aan te gaan eten', stelde hij voor. 'Ik moet over een uur een muziekles geven.' Hij pakte de sandwich en knikte even in de richting van de keuken. 'De dochter van Jerry – die met de klarinet.'

'U bedoelt degene die de hond jankend onder de bank doet vluchten?' vroeg ik.

Howard knikte met volle mond. Nadat hij de hap had doorgeslikt zei hij: 'Ik ben bang dat het historisch is. Ik heb het met eigen ogen gezien. Rosemary speelt afschuwelijk, maar het is een lief kind.'

'Vertel me eens wat meer over uw leerlingen', zei ik. Ik verlangde zo langzamerhand naar een eenvoudig gesprek, naar normaliteit, naar een geven en nemen waar je iets mee opschoot. Howard werkte gelukkig mee en dus praatten we al etend over zijn leerlingen. Het werd een litanie van anekdotes over door onhandige vingers ontwijde aria's, over recitals vol wanklanken, geproduceerd door kinderen zonder talent met af en toe een echte musicus in de dop ertussendoor. Ondanks mijzelf schaterde ik hardop. Een heel uur lang vergat ik waar ik was en waarom. De mensen om ons heen vervaagden tot toneelattributen op een overvol toneel. Ik dacht niet meer aan de burgerrechten, aan *One Nation* of aan mijn werk. De smoes die me het café had binnengedreven was helemaal vergeten.

De enige die er nog toe deed, was Howard Draper. Zijn stem. Zijn gezicht. Zijn lach en de lach die hij uit mij tevoorschijn toverde met een even groot gemak als een man water schept uit een put na een lange regenperiode.

Het was heerlijk om te kunnen lachen. Het was een genot dat ik lang niet had gekend, en nu ik het weer had ontdekt wilde ik niets liever dan het vasthouden in een ijzeren greep, zodat noch de tijd noch de omstandigheden er ooit nog iets aan konden afdoen. Ik wilde de rest van mijn leven lachen met Howard Draper, wat het me ook zou kosten.

Hij nodigde me uit de volgende avond met hem uit eten te gaan. Hij noemde tijd en plaats en weer, zonder een moment te haperen, zei ik dat ik er zou zijn.

31

'Waar is het vanavond?' vroeg ik aan Sunny.

Het was vroeg in de avond en we waren onderweg naar de cursus. Met een kolkende stofwolk achter ons aan reden we over de zandweg die ons naar Carver zou voeren.

'In de aula van het mortuarium', zei Sunny, alsof dat de normaalste zaak van de wereld was.

'Gezellig', reageerde ik. 'Zijn alle aanwezigen in leven?'

'Dat is wel de bedoeling, tenzij de Klan in een moordlustige bui komt opdagen.' Er was geen spoor van een glimlach op haar gezicht. 'Je moet maar denken,' voegde ze eraan toe, 'als dat gebeurt, hoeven we niet ver met de lijken te sjouwen.'

'Als we tenminste niet zelf een lijk zijn tegen die tijd.'

Even reden we stilzwijgend verder door hitte en stof. Aan de horizon hingen dikke, zwarte wolken, waardoor de avond vroeg inviel.

'Ben je nou nooit eens bang, Sunny?'

'Soms wel', gaf ze toe. 'Zoals vannacht bijvoorbeeld. Ik ben niet gewend op zo'n ruwe manier gewekt te worden, en ik vind het heel erg als de kinderen zo bang zijn. Maar ik geloof niet dat ik persoonlijk gevaar loop om vermoord te worden, als je dat soms bedoelt.'

'Waarom denk je dat eigenlijk? De Klan had vannacht geen speelgoedpistooltjes bij zich.'

'Nee, maar Tom had wel gelijk toen hij zei dat de schutters ons alleen maar bang wilden maken. Van een paar kogelgaten in mijn kamermuur ga ik echt niet dood. Er zijn niet veel negers die er zo goed vanaf komen.'

'Maar hoe kun je er zo zeker van zijn dat je nooit een direct doelwit zult worden? Het is bekend dat de Klan wel eerder blanken heeft omgebracht. Je hebt toch weleens van Goodman en Schwerner gehoord? Dat was vorig jaar om deze tijd.'

'Daar hoef je niet bang voor te zijn, Augie. Iets wat in je eigen achtertuin is gebeurd, vergeet je niet zo gauw. Bovendien weet je in Mississippi nooit iets helemaal zeker. Er zijn zo veel verschillende mogelijkheden, zo veel onbekende factoren. Voor de Fultons, en dus ook voor mij, ligt de zaak echter een beetje anders dan voor de vrijwilligers van Freedom Summer, en ik zal je zeggen waarom. Wij hebben het voordeel dat Tom werk verschaft aan een groot percentage van de beroepsbevolking van Carver. Ook veel leden van de Klan zijn bij Tom in dienst, dus eigenlijk is de molen voor ons een soort veiligheidsgarantie. Die garantie is waarschijnlijk niet helemaal vuurbestendig, maar zelfs Klanleden hebben er geen belang bij degene die voorziet in hun levensonderhoud om zeep te helpen – noch zijn vrouw en kinderen.'

Ik knikte. Tijdens onze lunch had Howard me min of meer hetzelfde gezegd.

'Ik moet er wel bij zeggen,' ging Sunny verder, 'dat er verschil bestaat tussen vermoord worden en lastiggevallen worden. Tom heeft hier aanzien, en wij zijn blank, maar dat maakt ons niet immuun voor de pesterijen van de Klan. Als je even in mijn woonkamer rondkijkt, zie je dat meteen.'

Ik knikte, ten teken dat ik het begreep. 'Daarom vind ik het toch nog steeds erg moedig van je, mevrouw Fulton uit het Machtige Blanke Amerika, dat je je inzet voor de cursus, of je nu met de dood bedreigd wordt of niet.'

Sunny schudde heftig het hoofd. 'De mensen die van plan zijn zich te laten registreren, die zijn pas moedig. Daar heb je echt lef voor nodig.'

'Ik weet niet of ik wel in hun schoenen zou willen staan.'

'Ik weet zeker dat ik niet in hun schoenen zou willen staan.'

Vol van de gedachte aan de jonge mensen die vrijdag een registratiepoging zouden wagen, bereikten we het stadscentrum. Sunny kende hen goed en zo dadelijk zou ook ik met hen kennismaken. Ik bewonderde hen nu al. Voor blanken was de gang naar de rechtbank, waar de registratie plaatsvond, een routineklus, maar voor de negers vereiste dat allerlei tactische manoeuvres. Zij waren geen burgers die een registratiekantoor binnenliepen, maar soldaten die het slagveld betraden. Met de stompe pijltjes van met grote moeite gememoriseerde feiten en cijfers moesten zij het opnemen tegen een oppermachtige vijand die zich bediende van het wapentuig van het onrecht. Op dit slagveld waren al heel wat negers gewond geraakt en sommigen waren zelfs niet levend teruggekeerd.

Ik sloot wanhopig mijn ogen bij de gedachte aan wat deze vier vrijwilligers te wachten kon staan. Toen ik ze weer opendeed, zag ik een oude negervrouw over het trottoir schuifelen, moeizaam, alsof ze een leven van onderwerping en onderdrukking met zich mee sleepte. Ze deed me aan Miss Ebba denken.

'Als Miss Ebba dan zo goed de toekomst kan voorspellen,' peinsde ik hardop, 'misschien kan ze ons dan ook vertellen of er als gevolg van de cursus iets in Carver zal veranderen.'

Sunny glimlachte toegeeflijk. 'Ik geloof niet dat ze toegang heeft tot dat soort informatie, ook al lijkt ze wel te weten wat zich binnen de Klan afspeelt.'

'Miss Ebba, de eenogige ziener.'

'Wat zei je daar?' Sunny leunde een beetje mijn kant op.

'Ik noemde haar de eenogige ziener. Haar ene oog is helemaal verdwenen en het andere ziet eruit of het elk moment dienst kan weigeren, maar toch kan ze in de toekomst kijken.'

Sunny knikte. 'Als Miss Ebba ooit tegen je zegt dat je ervandoor moet gaan, dan hoop ik dat je de benen neemt alsof de duivel je op de hielen zit.' Ik grinnikte, waarop Sunny bestraffend haar wenkbrauwen fronste. 'Ik weet dat het onnozel klinkt, maar ik wed dat Amos Lowe gewenst heeft dat hij inderdaad gevlucht was.'

'Ongetwijfeld', stemde ik toe. 'De waarschuwingen van Miss Ebba lijken toch wel ergens op te slaan. Ik begrijp alleen niet hoe ze eraan komt.'

'Dat doet niemand, Augie. Je hoeft iets echter niet volledig te begrijpen om toch te geloven dat het waar is.'

'Dat zal wel.'

'Miss Ebba komt vanavond ook naar de cursus. Had ik je al verteld dat ze een van de cursisten is?'

'Nee, echt?' Verbaasd schudde ik mijn hoofd.

'Ze is al een jaar bezig met de voorbereiding van de toets, zodat ze zich kan laten registreren.'

'Dat meen je niet.'

'Jawel. Een van haar kleinkinderen heeft haar leren lezen toen ze al bijna zestig was. Ze noemt zichzelf een laatbloeier en daarbij ook nog een trage leerling, maar ze wil dolgraag de volgende stap naar de vrijheid zetten. Ze is vast van plan zich te laten registreren voor de eerstkomende verkiezingen.'

'Of voordat ze sterft.'

'Eerlijk gezegd denk ik dat ze beide deadlines nog zal halen ook.'

'Als het haar lukt, wijd ik een apart artikel alleen aan haar. Nee, ik weet het nog beter gemaakt: ik ga een boek over haar schrijven.'

'Daar is stof genoeg voor. Het is een bijzondere vrouw.'

'Het is een schande dat die blanke dokter haar niet wilde helpen', zei ik.

'Welke blanke dokter?'

'Je weet wel, toen ze als kind haar oog verloor bij dat ongeluk; toen ze uit die boom gevallen was.'

'Is ze daardoor haar oog kwijtgeraakt?'

'Ja. Wist je dat niet?'

'Nee. Ik heb er nooit naar gevraagd en ze heeft het me nooit verteld, dus hoe ben jij daar in vredesnaam achter gekomen?'

'Howard Draper heeft het me verteld, toen ik vanmiddag met hem zat te lunchen. Volgens hem is het verhaal algemeen bekend.'

Sunny haalde haar schouders op en schudde haar hoofd. 'Nou, ik heb het nog nooit gehoord.'

'Hij zei dat het verhaal tot de plaatselijke folklore behoort.'

'Misschien woon ik dan nog niet lang genoeg in Carver.'

'Onze vriend meneer Draper woont niet langer in Carver dan jij.'

'Hmm. Misschien is het een van de verhalen die je moet kennen als je je bij de Klan wilt aansluiten. Ieder Klanlid moet weten hoe Miss Ebba haar oog verloor voordat hij de kap mag dragen.'

Sunny lachte zacht, en ik had graag met haar mee gelachen, maar ik kon het niet. Haar woorden maakten me van streek, doordat ze de vreemde combinatie van gevoelens naar boven haalde die ik jegens Howard Draper koesterde. Wantrouwen en nieuwsgierigheid. Afkeer en aantrekkingskracht. Weerzin en verlangen. Er was een tijd geweest dat ik Sunny alles vertelde, maar hiervan zou ik haar nooit deelgenoot kunnen maken. Wat viel er ook van te zeggen? Dat ik, als hij geen lid van de Klan was geweest en als ik niet terug hoefde naar Californië en als de tijd en de omstandigheden in ons voordeel hadden gewerkt, dat ik – ja, wat eigenlijk? Ik begreep mezelf niet eens. Ik wist alleen dat die wirwar van tegenstrijdige gevoelens in mijn hart me absoluut niet aanstond.

'Je hebt me nog niet verteld hoe je lunch met Howard eigenlijk was', zei Sunny. 'Leverde het nog bruikbaar materiaal op voor je artikel?'

'Volgens mij wel', zei ik ontwijkend. 'Het interessantste was nog dat hij zei dat volgens hem de gelijkheid voor negers veel te lang op zich laat wachten.'

'Nou wordt het helemaal mooi!' riep Sunny uit. 'Hij heeft je zeker ook wijsgemaakt dat hij voor honderd procent achter de negers staat. Dat is fijn, dan kan hij ons dirigeren bij het zingen van de vrijheidsliederen.'

'Interessante gedachte.'

Sunny snoof en mompelde: 'Het is toch een rare vogel.'

'Inderdaad', zei ik. De ziel van een kunstenaar. Het hart van een dichter. Op en top een heer en tegelijk een handlanger van moordenaars. Het grootste raadsel waarmee ik ooit geconfronteerd was.

We passeerden de informele grens van Coloredtown en kwamen algauw bij het mortuarium waar de cursisten zich verzamelden voor de lessen van vandaag. Sunny parkeerde, we stapten uit en ik volgde haar zwijgend naar binnen.

De voorzaal van het mortuarium bleek een spaarzaam gemeubileerde kapel, met een paar karige rijen klapstoelen, een podium en op de muur daarachter een groot, houten kruis. Achter de kapel bevond zich een grotere ruimte, waar de gebroeders Robinson de doodskisten tentoonstelden en bewaarden. Ik nam aan dat ze hier tevens de gestorvenen voorbereidden op hun laatste reis. Voor de relatief kleine negergemeenschap leek het aantal doodskisten mij buitengewoon groot. Ik kon alleen maar veronderstellen dat een zwarte begrafenisondernemer in Mississippi op alles voorbereid diende te zijn.

De doodskisten waren opzijgeschoven en stonden nu tegen de vier muren opgestapeld. In de ruimte ertussen krioelden zo'n vijfentwintig mensen. Er waren jonge mensen bij, die de puberteit nog maar nauwelijks achter de rug hadden, en ook mensen van middelbare leeftijd of nog ouder. Het waren allemaal negers. Een paar mannen waren bezig de klapstoelen in halve cirkels te plaatsen. T.W. Foss plakte een met de hand geschreven exemplaar van het Vijftiende Amendement op de binnenkant van een opengeslagen kistdeksel. De muren boden niet veel ruimte meer, maar het deksel van een doodskist was een even geschikte plek om een document aan op te hangen, al ontging de ironie ervan mij niet.

Sommige van de jongere cursisten zaten in kleermakerszit op de grond hun aantekeningen door te nemen en hun boeken door te bladeren. Ook Miss Ebba was er. Ze zat in een hoekje op een klapstoel, met ondanks de warmte een sjaal om haar schouders. Op haar neus stond een bril met dikke glazen, maar nog hield ze het vel papier vlak voor haar gezicht en tuurde er ingespannen naar. Haar kleinzoon Lee Henry zat naast haar en wees met zijn dikke wijsvinger bij om haar bij het lezen te helpen.

Bij onze binnenkomst kwamen Gloria en Curtis Reese meteen aanlopen om ons te begroeten. ''n Avond, Miz Fulton. Fijn dat u kon komen, Miz Callahan.'

We schudden elkaar de hand en ik bedankte hen voor de uitnodiging. Daarna riep Gloria: 'Mahlon, waar zijn je manieren, man? De dames zijn er al.'

Mahlon stond net een klapstoel uit te vouwen. Hij onderbrak zijn werk, knikte, zei: ''n Avond, Miz Fulton, Miz Callahan', en hervatte zijn bezigheden.

'We zullen u voor we beginnen aan de hele groep voorstellen, Miz Callahan', zei Curtis. 'Over een paar minuten zijn we zover. Ondertussen moet u maar doen of u thuis bent.'

'Kunnen we je ergens mee helpen, Curtis?' vroeg Sunny.

'Op dit moment niet, Miz Fulton.'

De Reeses liepen weg en Sunny keek mij aan. 'We zitten straks bij de groep die zich gaat laten registreren. Volgens mij is Mahlon van plan de hele strategie nog eens door te nemen, met de laatste details en zo.'

'Dus deze mensen worden verdeeld over verschillende groepen?'

'Meestal wel. Er zijn mensen bij die nog bezig zijn met de alfabetisering, van het leren lezen tot het schrijven van hun eigen naam. Dat is de groep waarmee Gloria en Hester werken. T.W. heeft een groep die de geschiedenis en het recht bestudeert – de Wet op de Burgerrechten en de Amendementen, de grondwet van Mississippi enzovoort. T.W. en Mahlon kunnen die stof allebei dromen. Het ziet ernaar uit dat ze vanavond het Vijftiende Amendement gaan behandelen.' Ze maakte een hoofdbeweging naar de openstaande kist, maar zei niets over de vreemdsoortigheid of de ironie ervan. 'En onze groep bestaat dan uit de mensen die daadwerkelijk tot registratie willen overgaan. Vier jonge mensen die al maanden hebben gestudeerd voor de toets. Onder leiding van Mahlon hebben ze ontzettend hard gewerkt.'

'Heeft hij hun ook de littekens op zijn rug laten zien?'

'Dat hoort bij het lesprogramma.'

'En dat heeft hun niet zo veel angst aangejaagd dat ze van registratie afzien?'

'Ze waren al doodsbang voordat ze de littekens zagen.'

'Dan had je gelijk toen je zei dat zij hier de helden zijn. Ik snap niet hoe ze het voor elkaar krijgen.'

Sunny knikte. 'Dat is nou moed: bang zijn en het toch doen.'

Daar viel niks tegen in te brengen. 'Mahlon is zelf zeker al geregistreerd?'

Sunny schudde haar hoofd. 'Hij heeft het geprobeerd, maar het is niet gelukt.'

'Gaat hij het vrijdag ook weer proberen?'

'Nee. Hij woont officieel in Jackson, dus kan hij in Holmes County niet ingeschreven worden.'

'O, natuurlijk, daar dacht ik even niet aan. En T.W.?'

'Je bedoelt of hij bij de volgende verkiezingen mag stemmen?' Sunny beantwoordde de vraag met een ontkennend hoofdschudden.

'Even voor de duidelijkheid,' zei ik, 'T.W. en Mahlon leiden deze cursus, ze kunnen de grondwet van Mississippi van voor naar achter en terug uit hun hoofd opzeggen, ze zouden de toets geblinddoekt kunnen maken en toch kunnen ze zich niet laten registeren? Heb ik dat goed begrepen?'

Sunny knikte. 'Ook al hebben ze alle antwoorden goed, dan heeft hun huid nog steeds de verkeerde kleur.'

Met een frons keek ik het vertrek rond. 'Hoe kan er dan ooit ook maar een neger in Mississippi geregistreerd worden?'

'Dat is een goede vraag, Augie. Ik weet het niet zeker, maar volgens mij geven ze er een paar toestemming zodra Big Brother zijn neus in de zaken van Mississippi komt steken. Dan kunnen ze de federale regering zogenaamd tonen dat ze niet discrimineren. Ze laten de lijst met namen van de geregistreerde negers zien en zeggen dat het er zo weinig zijn omdat de negers niet in registratie geïnteresseerd zijn. Hoeveel mensen de toets niet hebben gehaald of er al niet eens aan mochten beginnen, vertellen ze er natuurlijk niet bij.'

Ik wist niet wat ik hierop moest zeggen, maar een reactie was ook eigenlijk niet nodig. Curtis Reese wierp een blik op de grote klok en kondigde aan dat het tijd was om te beginnen. 'Vanavond hebben we een bijzondere gast', zei hij. 'Dit hier is Miz Augusta Callahan uit Los Angeles, Californië. Ze werkt als journalist voor het tijdschrift *One Nation*' – dit leverde een zenuwachtig gekuch op, en een licht rumoer van krakende stoelen en schuifelende voeten dat gedurende de rest van Curtis' toespraak aanhield – 'en ze is hier om een verhaal over ons te schrijven, over hoe we ons voorbereiden op de kiezersregistratie. Nou weten de blanke lui van Carver niet dat zij journalist is. Ze denken dat ze gewoon een vroegere vriendin is van Miz Fulton, waar of niet?' Hij keek naar Sunny, die knikte. 'En van ons zullen ze niet wijzer worden, waar of niet?'

'Vast niet!' klonk het her en der in het vertrek.

Curtis knikte glimlachend. 'Mooi zo. Laten we onze gast dus hartelijk welkom heten.'

Van alle kanten werd ik door kalme stemmen begroet. ''n Avond, mevrouw. Welkom, Miz Callahan.'

Met een knikje en een glimlach groette ik terug. 'Dank u. Ik ben erg blij dat ik hier bij mag zijn.'

Dat leverde nog meer gekuch en geschuifel en krakende stoelzittingen op.

'Goed', zei Curtis. 'Aan het werk. D'r is niet veel tijd meer voordat de eerste studenten zich zullen laten registreren.' Hij hief een van zijn grote handen en wees. 'De groep van Hester en Gloria gaat hier zitten, de geschiedenisgroep van T.W. daarginds en degenen die aanstaande vrijdag naar de rechtbank gaan voor registratie verzamelen zich bij Mahlon in de hoek daar.'

De cursisten verspreidden zich en namen plaats in de halve kringen die al voor hen waren klaargezet. Sunny en ik gingen zitten op de stoelen waarvan Mahlon ons met een brede armzwaai duidelijk maakte dat ze voor ons gereserveerd waren. Ik had een schrijfblok meegenomen, dat ik nu op mijn schoot opensloeg, en uit mijn handtas haalde ik een pas geslepen potlood. Toen ik opkeek, staarde ik in vier frisse, jonge gezichten die mij op hun beurt aankeken met een mengeling van nieuwsgierigheid en terughoudendheid.

Ik glimlachte. De twee mannen gaven me een knikje. Een van de vrouwen trok wat achterdochtig een wenkbrauw op. De andere vrouw, die zo klein was dat ze nog bijna een kind leek, schonk me een stralende glimlach.

Nu nam Sunny het woord. 'Augie, voordat Mahlon begint, wil ik je graag voorstellen aan onze toekomstige kiezers,' en ze keek vol trots naar het groepje.

Beide mannen barstten onmiddellijk in een schaterlach uit.

'Dat moeten we nog zien, Miz Fulton', zei de een. 'We moeten de ambtenaar nog laten zien dat we weten hoeveel pitten er in een watermeloen zitten.'

'Of hoeveel zeepbellen in een stuk badzeep', zei de ander.

Weer lachten ze hartelijk en dat stelde me op mijn gemak. Ik hield van mensen die in moeilijke omstandigheden hun gevoel voor humor wisten te bewaren. De vrouw die naar me had geglimlacht drukte haar hand tegen haar mond om haar gegiechel te smoren. De andere vrouw stak haar neus in de lucht en wierp de mannen een bestraffende blik toe. 'Als je maar niet denkt dat jullie lollig zijn', zei ze geërgerd. 'Dat soort vragen houdt ons al jaren bij de stembus vandaan.'

'Ah, Luella,' zei de eerste man, 'je kunt toch wel tegen een geintje? Een beetje lol maken is nodig voordat de strijd losbarst.'

De kleine vrouw legde voorzichtig een hand op Luella's arm en gaf haar een vriendelijk kneepje. 'Maak je maar geen zorgen, Luella', zei ze zacht. 'Zulke stomme vragen zal de ambtenaar vast niet stellen.'

'En doet hij het wel, dan doe je net of je precies weet waar je het over hebt', zei de eerste man weer. 'Je zegt gewoon: "Meneer de Ambtenaar, de laatste keer dat ik een watermeloen at, telde ik honderdtweeënveertig zwarte pitjes en driehonderdeenenzestig van die kleine witte." Dan weet-ie vast niks meer te zeggen!'

'Dan zegt hij gewoon dat ik er zo en zo veel naast zit ...' begon Luella.

'En als hij je vraagt naar de zeep,' onderbrak de tweede man haar, 'dan vraag je gewoon: "Meneer de Ambtenaar, bedoelt u de huishoudzeep of de luxe zeep?"'

De mannen brulden van het lachen, zodat iedereen in de zaal zich omdraaide om naar ons groepje te kijken. 'Mogen wij meelachen?' riep Curtis Reese, die bij het alfabetiserings-groepje was gaan zitten.

'Ze gedragen zich als een stel idioten, meneer Reese', antwoordde Luella voor de mannen.

'Altijd hetzelfde liedje', grinnikte Gloria. 'Net Laurel en Hardy, die twee.'

Mahlon schraapte zijn keel. 'We verspillen onze tijd, jongens', zei hij rustig.

Sunny, die duidelijk van het gekissebis had genoten, zei nu: 'Zijn jullie nu zover dat ik jullie aan Miz Callahan kan voorstellen?'

'Zeker weten.'

'Nou, graag, Miz Fulton.'

'Goed dan.' Sunny wees naar de jongeman links van ons. 'Dit is Buford Wiley ...'

'Noem me maar Bo', viel hij haar in de rede. 'Niemand noemt me Buford. Zelfs mijn Mama niet, en die heeft me toch zelf zo genoemd.'

'Bo werkt op de molen', vertelde Sunny. 'Trouwens, dat geldt voor alle vier. Tom geeft hun vrijdag vrij en ze kunnen ervan uitgaan dat ze nog steeds werk hebben wanneer ze uit Lexington terugkomen.'

'Als we terugkomen, tenminste', wierp Bo er weer tussen.

'Bo Wiley!' snerpte Luella.

''Tuurlijk komen we terug', zei de tweede man. 'De vraag is alleen: in hoeveel stukjes?'

'En dit is Eddie Schoby', zei Sunny. 'Eerste klas clown en aspirant komediant.'

'Hoezo, aspirant?' vroeg de aangesprokene met gespeelde verontwaardiging. 'Ik ben een beroeps. Vraag maar aan Miz Reese, die weet er alles van. Ik had de hoofdrol in het school-toneelstuk en ...'

Sunny liet hem praten. 'En deze jongedames zijn Susannah Travis en Luella Owens. Deze vier cursisten zitten er al vanaf het begin bij. Ze hebben hard gewerkt en we zijn allemaal van mening dat het tijd wordt om de stap naar de praktijk te zetten.'

'Wat gaat u zingen, Miz Fulton, als wij de rechtbank binnenstappen?' vroeg Eddie. '"Oh, when the saints go marchin' in", zeker?'

'Ah, nee', zei Bo hoofdschuddend. '"Save me, Jesus, I'm coming home" lijkt me een beter idee.'

Ik kon er niks aan doen: ik schoot in een luide lach. Ik had een gespannen sfeer verwacht, angst en een gevoel van moedeloosheid. Die angst was ook inderdaad tastbaar aanwezig, maar ik bespeurde ook iets anders, iets wat alleen te omschrijven was als plezier. Dat was het gevolg van het vlammetje van de humor, dat zich nooit laat uitdoven door een allesbeheersend, zwartgallig fatalisme; het natuurlijke mechanisme van het menselijk hart om leven voort te brengen in plaats van dood.

Ik was niet de enige die lachte. We lachten allemaal, zelfs Luella. Ze bevielen me wel, deze mensen. Ze bevielen me zelfs buitengewoon.

Uiteindelijk gaf Sunny antwoord op Eddies vraag: 'Ik zal er zeker zijn, Eddie, maar ik denk niet dat ik een muzikale omlijsting zal verzorgen.'

'Weet u echt zeker dat u niet met ons mee naar binnen gaat, Miz Fulton?' vroeg Susannah.

'Vergeet het maar', sprong Eddie ertussen. 'Terwijl wij in levensgevaar zijn, zit zij aan de overkant een ijsje te eten.'

'Zo wilde je het anders zelf, Eddie', bracht Sunny hem onder ogen. 'Je zei zelf dat je per se niet onder begeleiding van een blanke dame de rechtbank binnen wilde gaan.'

'Heb ik dat echt gezegd?' zei Eddie met gespeelde verbazing.

'Dat heb je echt gezegd', herhaalde Sunny. 'En daarom gaat Dave Hunsinger met jullie mee naar binnen.' Tegen mij zei ze verklarend: 'Dave is een burgerrechtenactivist uit Lexington. Ik ken hem niet, maar Mahlon wel. Hij is vorig jaar ter gelegenheid van Freedom Summer naar het zuiden gekomen en het was de bedoeling dat hij in de herfst weer terug zou gaan naar school – hij studeert rechten aan de universiteit van Harvard – maar hij heeft besloten nog een jaar extra in Lexington te blijven om met de kiezersregistratie te helpen.'

'Dus hij en Mahlon gaan met ons mee?' vroeg Eddie.

Mahlon knikte.

Nu keek Luella naar mij. 'Komt u ook mee naar Lexington, Miz Callahan?'

'Natuurlijk', antwoordde ik haastig; er was me veel aan gelegen dat ze wisten dat ik achter hen stond.

'Ze blijft bij mij zitten, hoor', waarschuwde Sunny. 'Wij kijken vanaf de overkant toe.'

'Hoe krijg je dan ooit een goed verhaal?' wilde Bo weten.

'Jij hebt toch een fotografisch geheugen?' pareerde Sunny onmiddellijk, voordat ik iets kon zeggen. 'Dan moet jij haar maar precies vertellen wat zich in de rechtbank heeft afgespeeld.'

'Misschien kan ik beter wel …' begon ik, maar Mahlon onderbrak me door zijn hoofd te schudden. 'U bent natuurlijk welkom, Miz Callahan,' zei hij beleefd, 'maar als we met te veel mensen naar binnen gaan, zetten we alleen maar de boel op stelten. We willen het graag zo eenvoudig mogelijk houden. Naderhand kunt u met ons praten en dan vertellen we u het hele verhaal.'

Ik knikte en zweeg. Ik was graag naar binnen gegaan om alles met eigen ogen te zien, maar ik piekerde er niet over om iets tegen de wens van de activisten in te doen.

Bo was echter niet tevreden. 'En als nou niemand van ons levend weer naar buiten komt, wie zal Miz Callahan dan het verhaal vertellen?'

'Bo Wiley!' kreet Luella weer.

'Als we er niet levend weer uit komen,' kwam Eddie, 'dan weet ze vanzelf al hoe het ging. Dat hoeft niemand haar dan nog te vertellen.'

Een stille ernst, een stilzwijgend afgrijzen daalde nu over de groep. Ik kon me niet voorstellen dat ze simpelweg van de aardbodem zouden verdwijnen, zodra ze de rechtbank waren binnengestapt – zelfs niet hier in Mississippi. Ik kon me echter evenmin voorstellen dat ze toestemming voor registratie zouden krijgen. Er zou in ieder geval iets gebeuren, en veel goeds zou dat waarschijnlijk niet zijn. Het was juist die onzekerheid, de vraag naar wat hun feitelijk te wachten stond, die het allemaal zo angstaanjagend maakte.

Na een lange stilte klonk het stemmetje van de kleine Susannah Travis: 'Miz Callahan, wat er ook met ons gebeurt, u zult wel zorgen dat de wereld het te weten komt, hè? U schrijft het in dat tijdschrift van u, wat ze hebben gedaan met die vier kleurlingen uit Carver die zich wilden laten registreren.' Haar ogen keken me smekend aan.

'Dat zal ik doen, Susannah', beloofde ik. 'Toch hoop ik dat jullie zelf je verhaal zullen kunnen doen, en dat het goed afloopt ook. Misschien mogen jullie je gewoon laten registreren.'

Ze geloofden me niet. Het stond op hun bezwete gezichten te lezen. Alsof ik het zelf al niet wist, zei Eddie vlak: 'We zitten hier in Mississippi, Miz Callahan. Voor negers loopt het hier nooit goed af, of je moet het een happy end noemen als je aan het eind van de dag nog leeft.'

Mahlon wierp een blik op de klok en keek ons daarna aan met een gezaghebbende blik in zijn donkere ogen. 'Vooruit, genoeg gepraat. Laten we de plannen voor vrijdag nog eens doornemen.'

Het volgende halfuur besprak hij wat ze moesten aantrekken, hoe laat ze zouden vertrekken, wat ze tegen de ambtenaar moesten zeggen en hoe ze moesten reageren als er dit of dat gebeurde. De vier jonge cursisten kregen van Mahlon te horen dat ze alle wetten die ze uit hun hoofd hadden geleerd paraat moesten hebben, en dan vooral de amendementen aangaande de burgerrechten. Ze dienden zichzelf moed in te spreken met de wetenschap dat ze volgens de uitspraak van het Hooggerechtshof van de Verenigde Staten gerechtigd waren zich te laten registreren. Hij zei dat ze zo nodig hun rechten ten aanhoren van de ambtenaar moesten herhalen. Hij waarschuwde hen voor de tegenstand die ze konden verwachten, niet alleen van de ambtenaar, maar van alle mensen met naamplaatjes die die middag toevallig in de rechtbank rondhingen. Hij drong aan op geweldloze reacties. Hij prentte hun nogmaals in hoe ze zichzelf konden verdedigen, mochten ze worden geslagen of gevangengezet. Terwijl Mahlon sprak, maakte ik aantekeningen. Zijn woorden deden me huiveren, ondanks de warmte.

Ik kende hen nog geen uur en toch koesterde ik al grote sympathie voor Eddie en Bo, Susannah en Luella. Ik wilde niet dat ze gewond zouden raken, ik wilde hen niet onder het bloed terugzien als gevolg van de onzachte aanraking van de gummiknuppels van overijverige hulpsheriffs, ik wilde hen niet in handboeien afgevoerd zien worden naar de cel, alleen maar omdat ze op een zomermiddag in juli 1965 hadden geprobeerd een rechtbank te betreden en omdat ze zichzelf gerechtigd hadden verklaard tot het burgerschap van Mississippi.

Toen Mahlon eindelijk uitgesproken was, keek hij de vier om beurten zwijgend aan. Toen vroeg hij: 'En, hoe voelen jullie je nu?'

'Bang', antwoordde Bo voor de hele groep. De anderen knikten.

'Zo hoort het ook.' Mahlon knikte. 'Als je een beetje zenuwachtig bent, sta je goed op scherp.'

'We zijn niet zomaar een beetje zenuwachtig, Mahlon. We doen het in onze broek.'

'Wou je terugkrabbelen?'

De vier wisselden angstige blikken. Even bleef het stil. Toen zei Eddie: 'Ik ga.'

'Ik ook', echode Susannah.

'Bo en Luella?' vroeg Mahlon.

'Yeah.'

'We gaan.'

Weer keek Mahlon hen alle vier aan. 'Zelfs als ze jullie bespugen?'

'Yeah.'

'Of arresteren?'

'Yeah.'

'Of bijna doodslaan?'

Ze knikten allemaal. 'Zelfs dan.'

'Goed dan. Jullie zijn er klaar voor. Op naar vrijdag.'

Lee Henry ging staan. Curtis Reese had hem gevraagd de bijeenkomst met gebed af te sluiten. Hij deed zijn ogen dicht en trok een diepe rimpel tussen zijn wenkbrauwen. Het leek wel of hij pijn had. Na een korte stilte zei hij: 'Heer Jezus, dank U wel. Dank U wel dat U vanavond bij ons was. Dank U wel dat U ons nooit zult begeven of verlaten. Heer Jezus, wij zijn Uw kinders. Uw waarheid heeft ons vrijgemaakt, maar in deze wereld, Heer, zijn we nog steeds niet vrij. Bevrijd ons, Heer. Bescherm de vier jongelui als ze zich gaan laten registreren. Bescherm hen, Heer, en bewaar hen. En, Heer, we bidden dat ze mogen slagen. Er moet toch een dag komen dat wij mogen doen wat we van de wet mogen doen. Er moet toch een dag komen, Heer, dat er geen bloed meer zal vloeien en geen haat meer zal zijn. Er moet toch een dag komen dat we met iedereen in vrede kunnen leven, zelfs met de blanke.

Leid ons naar die nieuwe morgen, Heer. Leid ons naar die nieuwe dag. Amen, Heer, amen.'

Tientallen stemmen, inclusief die van Sunny, zeiden dit laatste woord fluisterend na.

We stonden op om te vertrekken. Ik was er hard aan toe om naar huis te gaan. Het was een lange dag geweest op een veel te korte nacht. De combinatie van vermoeidheid en hitte maakte me duizelig en misselijk.

Ik klapte mijn schrijfblok dicht en stopte het potlood weer in mijn handtas. Daarna gaf ik de vier jonge mensen een hand. 'Tot vrijdag', zeiden we tegen elkaar. Hun handpalmen waren klam van het zweet. Die van mij ook.

Onderweg naar de deur voelde ik plotseling een hand op mijn elleboog. Ik draaide me om en keek in het opgeheven gezicht van Miss Ebba. Ze droeg dezelfde gekreukelde jurk als de vorige avond en ik vroeg me even af of ze wel andere jurken bezat, of dat dit echt haar enige exemplaar was.

Ze kneep me hard in mijn elleboog en keek me strak aan met haar ene ontwapenende oog. 'U moet eraan denken, Miz Callahan,' raspte haar stem, 'dat niet alles is wat het lijkt.'

Even wist ik niets te zeggen. Ik wachtte of ze misschien nog meer te vertellen had, maar toen er niets kwam, probeerde ik haar te prikkelen: 'Hoe bedoelt u?'

'Dingen, maar ook mensen ...' Ze liet mijn elleboog los, nam haar bril van haar neus en vouwde hem op. Daarna bracht ze haar gezicht nog dichter bij het mijne. 'Mensen zijn ook niet altijd wat ze lijken.'

Het kon niet anders of ze doelde op Howard Draper. Ze had vast gehoord dat ik met hem had geluncht in Café Magnolia. Er hadden daar immers ook negers gezeten, negers die het bericht even snel in Coloredtown hadden verspreid als de blanken dat in Carver hadden gedaan. Of het nu kwam door goddelijk ingrijpen, of door haar eigen intuïtie, Miss Ebba wist hoogstwaarschijnlijk wel dat Howard bij de Klan zat en ze probeerde me nu ongetwijfeld te waarschuwen voor zijn verbintenis met de nachtruiters.

'Maak u maar geen zorgen, Miss Ebba', zei ik. Net als zij noemde ik geen namen. 'Ik begrijp het.'

'Nee, kind', antwoordde ze. 'Ik geloof van niet. Ik wil je zeggen dat het goed is. Gewoon doen wat je wilt. Niet bang zijn.'

'Bang waarvoor, Miss Ebba?'

Voordat ze deze vraag kon beantwoorden, kwam Lee Henry erbij staan en legde vriendelijk zijn hand op haar arm. 'Zullen we gaan, Mama?' vroeg hij. 'Ik heb Louise beloofd dat ik het niet te laat zou maken en ik wil graag woord houden.'

Miss Ebba opende haar mond alsof ze nog iets tegen me wilde zeggen. Ik hoopte dat ze het zou uitleggen, maar in plaats daarvan zei ze alleen: 'Goed, Lee Henry, dan gaan we naar huis.'

Lee Henry knikte naar Sunny en mij en loodste zijn grootmoeder het mortuarium uit. Toen ze weg waren, zei ik tegen Sunny: 'Ik dacht dat ze me wilde waarschuwen dat Howard bij de Klan zit. Maar wat denk jij dat ze bedoelde toen ze zei dat ik niet bang moest zijn?'

Sunny haalde haar schouders op. 'Geen flauw idee. Misschien begint ze inderdaad een beetje te dementeren.'

We reden naar huis, eerst door Coloredtown en daarna door het blanke gedeelte van Carver, achtervolgd door de gebruikelijke kleine zandstorm en de woorden van Miss Ebba, dat raadsel dat om ontrafeling smeekte.

32

De wolkensluier was het afgelopen uur een stuk dikker geworden, zodat we huiswaarts keerden onder een dek van dreigende donderwolken. Tegen de tijd dat we thuis waren, was
het gaan regenen; eerst zachtjes als een bangelijke zwemmer
die het water test, maar algauw plensde het met bakken uit de
hemel. Sunny en ik legden het stuk tussen de garage en het
huis op een holletje af. Het water stroomde als een koude
douche over onze huid. Bij de keukendeur gekomen waren we
al helemaal doorweekt.

Ik liep meteen door naar mijn kamer om me af te drogen,
en overwoog even om maar direct in bed te kruipen, maar het
was nog geen negen uur. Daarbij was ik door de regenbui net
voldoende opgefrist om te besluiten dat ik eerst mijn eindredacteur in Los Angeles zou bellen en daarna mijn aantekeningen nog eens zou doornemen.

Nadat ik droge kleren aangetrokken had, liep ik naar het
telefoontoestel in de hal. Zoals ik al verwacht had, zat Richard
nog achter zijn bureau, ook al was het aan de Westkust al ruim
na zessen.

'Lijkt het iets te worden daar?' vroeg hij.

'Volgens mij kan ik je te zijner tijd wel een aardig verhaal
sturen.'

'Mik maar op de Pulitzer', zei hij en hing op. Hij was er de man niet naar om tijd te verspillen aan het bespreken van details. Dat kwam wel zodra mijn artikel op zijn bureau lag en was overgeleverd aan zijn rode pen.

Terwijl de bliksem grillige lichtpatronen tekende tegen de nachtelijke hemel en het huis beefde onder de donderslagen, zat ik in mijn kamer aan mijn bureau en las mijn aantekeningen door. Ik zat een tijdje te staren op wat ik na onze lunch van die middag over Howard Draper had geschreven: *Lunch met H.D. in Café Magnolia. Hij heeft me een gedicht van Vaughan voorgelezen. Ring van eindeloos licht. Zegt dat we geestverwanten zijn. Als we samen zijn voel ik dat ook zo. Later meer bij mijn positieven – weet dat het een leugen is. Hoe kan ik in het oog houden wie hij is als ik word verblind door wie hij lijkt te zijn?*

Ik las de woorden twee keer over en krabbelde er toen in de kantlijn naast: *Maakt ook niet uit. Nog een kleine week, dan zie ik hem nooit meer. Concentreer je op je werk.*

De ene donderbui na de andere trok die nacht over het huis en verstoorde mijn nachtrust met lichtflitsen en gerommel en het kletteren van de regen op het dak en tegen de ramen. Tussen de buien door had ik levendige en veelbetekenende dromen, dit keer niet over Lenny, maar over Howard. Hij stond viool te spelen op een open plek in het bos. Net als een violist bij een *square dance* speelde hij levendige, meeslepende deuntjes die de mensen uit het bos tevoorschijn lokten naar het feestje dat op die open plek aan de gang was. Alleen was het geen feestje, maar een lynchpartij. Wat Howard speelde vormde de achtergrondmuziek bij iemands dood.

Het was nacht, maar de open plek werd verlicht door een twaalftal brandende fakkels. Het schijnsel viel over een worstelende neger op de grond, die probeerde te ontsnappen aan de greep van de blanken die hem stevig vasthielden. Een grote, blanke man zat schrijlings boven op hem en bond hem de handen op de rug. Howard speelde een wilde melodie, maar niet hard genoeg om de hartverscheurende kreten van de neger te overstemmen. Ik stond vol ontzetting toe te kijken, niet in staat me te bewegen of iets te zeggen. Het lukte me zelfs niet mijn handen voor mijn oren te slaan om het geschreeuw van de worstelende man buiten te sluiten: 'Genade, genade, asjeblief. Oh, lieve Jezus, genade!'

Midden op de open plek verhief zich een eenzame boom, een grote eik. Aan de takken hingen de restanten van honderden touwen, getuigen van evenzovele moorden. Daartussen hing een gloednieuw touw, een pas geknoopte strop. Het andere uiteinde was vastgemaakt aan de bumper van een pick-uptruck. De jonge kleurling werd naar de boom gesleept en de strop werd om zijn hals geschoven. Hij schopte en krijste, en zijn woorden waren inmiddels onverstaanbaar, geen smeekbede of gebed meer. Ondertussen speelde Howard maar door. De truck werd gestart en in de eerste versnelling geschakeld. De wielen begonnen te draaien. De truck rolde naar voren, haperde even, alsof hij schrok van het onverwachte gewicht dat hij moest trekken. Nog wat gas, en verder schoof de truck in een wolk van opstuivend zand. Hoofd, schouders, rug en benen van de neger kwamen los van de grond als het deksel van een sardineblikje dat wordt opengedraaid. Nog een ruk, en nog een, en daar rees hij omhoog in de richting van de boomtak.

Eindelijk hing de neger los in de lucht. Zijn voeten schopten woest in het niets, in de wilde dans waarmee een dood door ophanging altijd gepaard gaat. Zijn polsen wrongen zich in het touw, en hij sidderde over zijn hele lichaam. Het wit van zijn rollende ogen zag er in het vlammenlicht uit als glanzende schoteltjes. Terwijl hij langzaam maar zeker stikte, ging zijn mond wijd open in een stomme schreeuw. Pas toen herkende ik hem. Bo Wiley. Opgehangen omdat hij zich als kiezer had willen laten registreren.

Toen ik vroeg in de ochtend wakker werd, had ik het gevoel dat mij verdriet en onheil boven het hoofd hingen, dreigend als de donderwolken die de hele nacht over Carver waren getrokken. Het verdriet en de angst golden voornamelijk Bo. Ik haalde me hem weer voor de geest, zoals ik hem gisteren op de cursus had leren kennen: zijn vriendelijkheid en humor, het schelle 'Aah-ha-ha-ha' dat diep in zijn longen begon en daarna uitgroeide tot een aanstekelijke schaterlach die het hele vertrek vulde. Het afgrijzen in zijn ogen volgde mij bij mijn terugkeer naar de realiteit en ik moest steeds weer tegen mezelf zeggen dat het niet echt gebeurd was, dat alles goed was met Bo, dat hij niet gelyncht was. Na een poosje begon de droom te vervagen, maar het verdrietige gevoel bleef hangen.

Er klonken voetstappen op de trap die me vertelden dat Sunny en Tom op weg waren om te gaan ontbijten. Het was hun gewoonte om de dag samen te beginnen, voordat Tom naar de molen vertrok. Ik zwaaide mijn benen buitenboord en besloot me aan te kleden en me bij hen te voegen.

Snel schoot ik een mouwloos bloesje en een lange broek aan en daarna liep ik blootsvoets langs de kamer waar de kinderen lagen te slapen. Ze deden deze week mee aan de vakantiebijbelschool van de methodisten, maar hoefden pas over twee uur op te staan. Boven aan de trap aarzelde ik even en liep toen terug naar Joanies kamer. Op mijn tenen sloop ik naar binnen en knielde naast haar bed. Ze lag op haar buik, haar gezicht op het kussen naar mij toe gekeerd, diep in slaap. Een lok donker haar lag dwars over haar wang.

Ik wilde haar gezicht een poosje aandachtig bekijken om te zien of ik er iets van Sunny in terug kon vinden. Ik vond wel een paar kleine aanwijzingen, herinneringen aan het meisje dat ik in Boyle Heights had leren kennen – de bolle wangetjes, de platte neusbrug. Toch was Joanies neus niet dat kleine knopje van de Sunny van vroeger. Haar ogen waren niet de bekoorlijke amandeltjes met de zware oogleden, die ik vroeger zo had bewonderd. Joanie had een prachtig gezichtje, waarin Oost en West elkaar ontmoetten, maar toen de samensmelting eenmaal een feit was, bleek dat Europa over de Oriënt had gezegevierd.

De dochter van Sunny Yamagata was een blank meisje dat woonde in het hart van Mississippi en sprak met een zuidelijk accent. Dit was de kleindochter van Chichi en Haha, de achterkleindochter van Obaasan en toch zou ze waarschijnlijk nooit – heel anders dan ik – de smaak van mochi leren kennen, of ervaren hoe het voelde om samen met heel veel andere mensen 'Banzai!' te schreeuwen ter ere van de verjaardag van de keizer, of weten hoe het was om in de nacht van oudjaarsdag op te staan en boekweitnoedels in kippenbouillon te eten. Nooit zou ze in kleermakerszit in het gras zitten luisteren naar mannen als meneer Omori en meneer Kikumura, die hun balladen naar de hemel zongen terwijl de sake hun steeds meer naar het hoofd steeg.

Tussen Japan en Mississippi lag een afstand van vele mijlen. Drie generaties scheidden Joanie Fulton van Obaasan. Ik beschouwde het als een verlies, maar er zou ongetwijfeld een dag komen dat Joanie Fulton zich de handjes dichtkneep om wie ze was geworden. In dit kleine meisje ging het land van de rijzende zon langzaam onder en maakte plaats voor de sombere schemering die Amerika heette.

In dit land, waarin de hele wereld samenkwam, waarin ieder land op aarde was vertegenwoordigd, waren de mensen die gelijkenis vertoonden met de eerste blanke kolonisten nog steeds de enigen die Amerika hun thuis mochten noemen. Joanie Fulton hoorde in Amerika thuis, al had dat voor de generaties Yamagata's voor haar nooit gegolden.

De vorige dag was ze mij vlak voor het avondeten in mijn kamer komen opzoeken, dus nog voordat Sunny en ik naar de cursus vertrokken. Ik zat net met twee kussens in mijn rug op de vensterbank te lezen. Als ik op reis was, nam ik altijd een paar romans mee om me er tijdens de lege uren van de reis mee te vermaken. Die middag zat ik eigenlijk niet echt te lezen, omdat ik in Carver tot nu toe geen echt lege uren had gekend. Ik zat voortdurend na te denken over Sunny en Chichi en Haha, en over het wonder dat ik hen had teruggevonden, en over de vraag wat dit voor gevolgen in mijn leven zou hebben. En wanneer ik niet aan hen dacht, dacht ik wel aan alle mensen die ik tot nu toe in Carver had leren kennen, en aan de rol die zij speelden op het toneel van dit kleine, zuidelijke stadje: Mahlon en T.W., het echtpaar Reese, burgemeester Frohmann en Miss Ebba en niet te vergeten Howard Draper.

In haar mouwloze jurkje, blauw met witte zeilbootjes, en met haar pop tegen haar borst geklemd, huppelde Joanie mijn kamer binnen. Haar donkere haar golfde los in haar nek. 'Wat ben je aan het doen, tante Augie?' vroeg ze. Ze was me uit zichzelf tante gaan noemen, hoewel Ronnie nog steeds Miss Callahan tegen me zei.

'Ik zat net …' Ik keek naar mijn boek. Ik was niet verder gekomen dan halverwege de eerste bladzijde. 'Ik zit gewoon maar wat te denken, geloof ik.'

'Waarover dan?'

'Oh, van alles en nog wat.'

'Mag ik bij jou op schoot?'

'Natuurlijk. Kom maar hier.'

Ik legde het boek weg en Joanie klom op de vensterbank en maakte het zich op mijn schoot gemakkelijk, met haar pop nog steeds tegen zich aan. Het was voor het eerst dat ze zo bij me op schoot kroop en tot op dat moment had ik niet beseft hoe ik al die jaren onder mijn lege schoot had geleden.

'Tante Augie, ik wil je wat vragen', zei ze. Een lichte ongerustheid overschaduwde haar lieve gezichtje.

'Ga je gang', zei ik uitnodigend. 'Ik zal proberen antwoord te geven.'

Haar serene, donkere ogen keken naar mij op en ze vroeg: 'Heb je echt mijn mama gekend toen ze nog een klein meisje was?'

'Oh ja', antwoordde ik, blij dat de vraag zo eenvoudig bleek. Ze wilde vast meer weten over haar moeder en mij. 'Ik heb je moeder leren kennen toen ze maar een klein beetje ouder was dan jij nu.'

Joanie knikte en perste nadenkend haar lipjes op elkaar. 'Ik kan niet geloven dat ze dat geweest is. Een klein meisje, bedoel ik.'

Ik lachte een beetje. 'Nou, ze was het echt, hoor. Ik was vroeger ook een klein meisje, al is dat misschien nog moeilijker voor te stellen.'

Joanie krabde aan haar ene oor. Ze schikte de pop zo dat die knus in de holte van haar arm kwam te liggen. 'Hoe zag mama eruit toen ze klein was?'

'Nou, ze was knap en heel slim en ze was het aardigste meisje dat ik ooit had gezien. Ze was mijn beste vriendin.'

'En nu dan? Is ze nu nog steeds je beste vriendin?'

'Oh ja', zei ik. 'Mijn allerbeste vriendin. Ik denk dat ze dat ook altijd wel zal blijven.'

Joanie verstrakte even, keek de kamer rond, hief haar gezichtje omhoog en fluisterde in mijn oor: 'Ze was vroeger Japans, hoor.'

Ik knikte plechtig. 'Dat weet ik', fluisterde ik terug. 'Toen ik haar leerde kennen, was ze Japans.'

'Maar nu is ze blank, net als papa.'

Ik blies zachtjes, onzeker over wat ik nu moest zeggen. De plotselinge verandering van ras die haar moeder had ondergaan moest voor zo'n klein meisje toch wel verwarrend zijn. Even vroeg ik me weer af of Sunny de juiste beslissing had genomen. 'Nou,' opperde ik toen, 'ze vond het beter dat jullie er allemaal hetzelfde uitzagen, voor als jullie naar Mississippi gingen.'

'Dat weet ik ook wel', zei Joanie schouderophalend. Toen vroeg ze: 'Was jij ook Japans, toen je klein was?'

Ik glimlachte, terwijl ik over haar vraag nadacht. Ze legde haar hoofd tegen mijn schouder en ik liet mijn kin op haar haren rusten. Zo staarde ik uit het raam en verbaasde me over de complexe meervoudigheid van antwoorden, opgeroepen door de simpele vraag van een kind. 'Ja', zei ik ten slotte. 'Maar niet op dezelfde manier als je moeder Japans was. Ik was alleen maar Japans in mijn hart.'

'Oh', zei ze, alsof dit een volkomen begrijpelijk en absoluut niet ingewikkeld antwoord was. Misschien is het voor een kind ook geen vreemde gedachte dat iemand in zijn hart Japans kan zijn, al is zijn huid nog zo blank. Voor een kind is alles immers mogelijk. 'En ben je dat nog steeds?' vroeg ze nu.

'Japans in mijn hart, bedoel je?'

Joanie knikte. 'Of ben je nu helemaal blank geworden?'

Ik dacht aan Lenny en aan de naamloze Japanners zonder gezicht die hem hadden vermoord. Ik dacht aan Chichi en Haha en Sunny. Zij hadden wel een naam en een gezicht. Ik kende hen. Toen ze na de oorlog niet terugkeerden, had ik goeden en kwaden over een kam proberen te scheren: 'Alle Japanners zijn vijanden. Alle Japanners zijn slecht.' Pas toen ik de waarheid uit Sunny's mond had vernomen, was ik in staat geweest de Yamagata's uit het vijandelijke kamp te halen.

Pas nu kon ik weer onderscheid maken en de gezichten van individuen zien, in plaats van de vage massa van een grote groep. De Yamagata's hadden dezelfde ogen, maar niet dezelfde ziel als de mensen die het leven van mijn broer hadden geruïneerd. En dat was wat hen anders maakte.

'Nou, Joanie,' zei ik dus, 'ik denk eigenlijk dat een deel van mijn hart altijd Japans zal blijven.'

Ze keek me doordringend aan. 'Dat geeft niet, want dat kun je wel geheimhouden', zei ze. 'Niemand kan je hart zien.'

'Maar lieverd, waarom zou ik het geheim willen houden?'

'Omdat de mensen je gaan haten, als ze het weten van je Japanse hart, net zoals ze vroeger een hekel aan mama hadden. Daarom moest ze ook naar het kamp.'

Ik streelde het kind over haar haren. 'Ach, Joanie, misschien zijn er mensen geweest die een hekel aan je moeder hadden omdat ze Japans was, maar dat gold niet voor iedereen. Alleen slechte mensen haten een ander omdat diens ogen schuin staan of omdat hij een donkere huid heeft.'

Joanie zuchtte. Afwezig streek ze haar pop over de haren, op dezelfde manier als ik de hare streelde. 'Ik zal nooit een hekel hebben aan iemand om hoe hij eruitziet', zei ze stellig.

'Dat is heel goed, lieverd,' zei ik, 'want dat mag ook niet.'

'Ik heb wel een hekel aan mensen die gemeen doen, maar niet als ze zwart zijn of Japans of zo.'

Onzichtbaar voor haar glimlachte ik boven haar hoofd. 'Ik wed dat je papa en mama het liefste zouden zien dat je aan helemaal niemand een hekel hebt, ook niet aan gemene mensen. Je hoeft niet hun vriendin te zijn, maar het is toch het beste als je hen ook niet haat.' Ik hoorde de echo van Haha's stem in mijn eigen woorden. Had zij me die les niet geleerd, die ik nu op mijn beurt doorgaf aan haar kleindochter?

Joanie ging rechtop zitten en keek me met grote ogen aan. 'Heb jij dan aan niemand een hekel, tante Augie?'

Daar hoefde ik niet lang over na te denken. 'Ik kan een persoon bedenken die ik niet zo heel erg aardig vind, ben ik bang.'

'Wie is dat dan?' wilde ze weten, terwijl ze zich weer tegen mijn schouder liet zakken.

'Een oom van me.'

'Heb je een hekel aan hem?'

'Lieve help, Joanie,' zuchtte ik, 'ik ben bang van wel.'

'Is hij gemeen?'

'Tsja, hij is in heel veel opzichten gewoon een nare man.'

'Dan vind ik dat je een hekel aan hem mag hebben. Ik ken hem niet, en toch heb ik een hekel aan hem, omdat jij ook een hekel aan hem hebt.'

Ik lachte zachtjes. 'Ik ben bang dat je moeder erg verdrietig zou zijn als ze wist dat jij een hekel hebt aan mijn oom Finn, alleen omdat ik dat ook heb.'

Joanie wriemelde heen en weer op mijn schoot en krabde aan haar wang. 'Heeft hij echt nooit iets aardigs gedaan? Ik bedoel, als hij dat wel heeft gedaan, kunnen we hem misschien ook een klein beetje aardig vinden.'

In gedachten speelde ik de film van die jaren weer af, op zoek naar een vriendelijk gebaar van oom Finn. Het leverde niet veel op, maar toch kon ik Joanie uiteindelijk een antwoord geven. 'Hij was erg goed voor mijn broer Lenny, toen die na de oorlog weer thuiskwam. Oom Finn gaf hem een baan en een plaats om te wonen en hij behandelde hem als zijn eigen zoon.'

Joanie bleef even stil. Toen zei ze: 'Dat vind ik wel genoeg om hem een klein beetje aardig te vinden. En jij?'

'Ik zal het proberen, lieverd.'

Toen zwegen we allebei. Ik bleef Joanies haren strelen en probeerde een ander onderwerp te verzinnen om niet meer over oom Finn te hoeven praten. Ik kon het niet opbrengen te beloven dat ik de man zou vergeven.

Ten slotte vroeg ik: 'Hoe ziet jouw hart er eigenlijk uit, Joanie?'

'Eh …' Haar hoofdje onder mijn kin ging een beetje omhoog. 'Even denken. Ik weet het! Assepoester!'

'Aha!' reageerde ik. 'Dus dan ga jij trouwen met de knappe prins!'

Joanie knikte. Haar pluizige haar kriebelde in mijn hals.

Ik moest weer aan haar woorden denken nu ik geknield naast haar bed zat. Ik bedacht hoe we in ons hart van alles konden zijn zonder dat iemand het wist. Het was zelfs mogelijk dat we onszelf niet eens zouden herkennen. Pas toen Joanie het vroeg, had ik me gerealiseerd dat een deel van mijn hart nog steeds Japans was.

Ik gaf Joanie een kus op haar wang, zachtjes, om haar niet wakker te maken, en ging naar beneden waar Tom en Sunny in de ontbijthoek roerei met toost zaten te eten.

'Goeiemorgen, Augie!' riep Tom, zelfs op dit vroege uur al vrolijk.

'Oh,' zei Sunny, 'als ik geweten had dat je beneden zou komen, had ik meer eieren gebakken.'

Ik stak mijn hand op. 'Voor mij niet, dank je wel. Ik heb even genoeg aan een kop koffie.' Ik schonk mezelf in uit de kan op het fornuis en ging bij hen aan tafel zitten.

'Hopelijk stoor ik niet …'

'Welnee, natuurlijk niet', zei Sunny. 'We zaten net over de bijeenkomst van gisteravond te praten.'

'Het lijkt erop dat iedereen er klaar voor is', zei Tom. 'Ik begrijp dat jij met de bende meetrekt naar Lexington?'

Ik knikte, blies in mijn koffie en nam een slokje. 'Ik ben niet helemaal hierheen gekomen om het feest uiteindelijk mis te lopen.'

'Ik hoop dat de sterke arm van de wet niet naar binnen komt stampen', zei Tom. 'Dat zou de feestvreugde goed bederven.'

'Als de sterke arm van de wet de uitvoering van de bestaande wetten eens ging afdwingen, zouden alle negers van Mississippi geregistreerd worden', zei Sunny. 'Dan was dit feestje helemaal niet nodig.'

Tom en ik knikten allebei. 'Het is een schande dat Mississippi de federale wetten aan zijn laars lapt', merkte ik op.

'De federale wetten?' herhaalde Sunny. 'Mississippi houdt zich niet eens aan zijn eigen wetten. Het enige wetboek dat de politie hier hanteert, is het wetboek van Jim Crow, en daarin staat dat negers niet mogen stemmen.'

Tom schepte een flinke hoeveelheid roerei op een stuk toost en schoof het hele zaakje in een keer naar binnen. Met volle mond zei hij: 'Ik vind nog steeds dat je had moeten proberen Cedrics hulp in te roepen.'

De blik die Sunny haar man toewierp was vol ongeloof, maar voor ze iets kon zeggen, was ik haar al voor. 'Waarom denk je dat de burgemeester zou willen helpen, Tom?'

Tom slurpte van zijn koffie, en zei toen hetzelfde als T.W. tijdens ons eerste gesprek: 'Frohmann is goede maatjes met de registratie ...'

'Kom nou, Tom,' viel Sunny hem in de rede, 'je weet best dat dat in dit stadium niets te betekenen heeft.'

'Zeker wel', sprak Tom haar tegen. 'Probeer de burgemeester zo ver te krijgen dat hij persoonlijk zijn toekomstige kiezers bij de gang naar de rechtbank begeleidt. Kan hij mooi zijn ouwe kameraad Evan Hoopes overhalen om hen te registreren.'

'Dat is een luchtkasteel, Tom.' Sunny kwam overeind om Tom en haarzelf nog een kop koffie in te schenken. Toen ze weer zat, vervolgde ze: 'Je weet best dat Cedric Frohmann het nooit van zijn leven in zijn hoofd zal halen om een groep negers naar de rechtbank te begeleiden.'

'Hoe weet je dat? Heb je het hem soms gevraagd?'

'Dat is niet nodig! Als hij probeert de stemmen van de negers te winnen, komt hem dat op stemmenverlies onder de blanken te staan. Zo stom is hij niet. De enige manier waarop we hem kunnen dwingen zijn invloed bij Hoopes aan te wenden, is door de winkel te boycotten. Misschien dat hij dan net genoeg in de piepzak komt te zitten om eens met zijn oude vriend te gaan babbelen.'

'Misschien', zei Tom toegeeflijk. Hij zat alweer te kauwen. Met een slok koffie spoelde hij de hap weg, en zei toen: 'Ik denk nog steeds dat hij belang heeft bij de stemmen van de negers, boycot of niet.' Hij legde zijn vork en mes dwars over zijn lege bord.

Sunny schudde langzaam haar hoofd. Toen keek ze naar mij en zei: 'Tom wil er vrijdag vier uur van maken, in plaats van vijf.'

'Wat bedoel je?' vroeg ik.

'Als hij om vier uur nog niets van ons gehoord heeft, weet hij dat we in moeilijkheden zitten. Bijvoorbeeld dat we allemaal gearresteerd zijn en dat hij naar Lexington moet komen om ons op borgtocht vrij te krijgen.'

Ik haalde mijn schouders op. 'Hoe kunnen wij nu in de cel terechtkomen als we aan de overkant van de straat in de ijstent zitten toe te kijken?'

'Er komt heus niemand in de cel terecht', zei Tom. Hij leunde achterover en genoot op zijn gemak van zijn koffie.

'Wat zie jij vanochtend alles zonnig in, zeg!' riep Sunny uit. Het klonk geëergerd, maar daarna moest ze toch lachen.

'Hij is vast met het goede been uit bed gestapt', opperde ik.

'Hoe weet je zo zeker dat er niemand de cel in gaat?'

'Ik denk gewoon dat het niet zo ver zal komen', zei Tom luchtig.

'Denk je dan dat ze toestemming voor registratie zullen krijgen?'

'Niet waarschijnlijk.'

'Wat dan?'

'Ik denk dat ze gewoon weggejaagd zullen worden, terug naar huis.'

'Dat klinkt niet zo feestelijk', zei ik.

'Dat wordt het vast ook niet.' Tom haalde zijn schouders op. 'Zo gaat het alleen altijd: telkens als er negers in Lexington opduiken die zich willen laten registreren, worden ze of meteen weggestuurd, of ze mogen wel de toets afleggen, maar krijgen dan te horen dat ze gezakt zijn. Meer gebeurt er eigenlijk nooit. Maar goed, de plicht roept. Ik ga naar de molen.' Hij ging staan en bukte zich om zijn vrouw een zoen te geven. Tegen mij zei hij: 'Augie, ik weet dat het niet zonder risico is om naar de rechtbank te gaan, maar ik weet ook dat het allemaal dik in orde komt. Anders zou ik Sunny niet laten gaan. Jou ook niet, trouwens.'

'Dus Miss Ebba is niet langs geweest met de een of andere waarschuwing?' zei ik.

Lachend greep Tom zijn gleufhoed van de haak naast de keukendeur. Hij zette hem op en zei: 'Als ze een van de komende dagen komt aanzetten, weten we zeker dat we het feestje beter kunnen afblazen.'

Na zijn vertrek keken Sunny en ik elkaar eens aan over onze koffiekopjes heen. We glimlachten aarzelend en ik zei:

'Hij ziet het helemaal zitten voor vrijdag, geloof ik.'

Mijn vriendin zuchtte. 'Dat wil hij ons laten denken, tenminste. Hij weet dat ik me ineens een beetje paniekerig ben gaan voelen.'

'Verwacht je dat er iets ergs gaat gebeuren?'

Sunny perste nadenkend haar lippen op elkaar. 'Ik verwacht in ieder geval niets goeds. Ik weet het ook niet, Augie. Misschien komt het omdat we gisteravond met die jongelui gepraat hebben. Ik heb nu de angst in hun ogen gezien en dat heeft me van mijn stuk gebracht, denk ik. Dat is natuurlijk niet voor het eerst, maar nu we over een paar dagen daadwerkelijk naar de rechtbank gaan, lijkt het allemaal opeens een stuk werkelijker. Een stukje van mij wil niets liever dan die kinderen bevelen thuis te blijven, zodat hun niets kan overkomen.'

'Je weet dat ze dat niet kunnen.'

'Inderdaad.' Ze knikte. 'Ik weet dat ze wel moeten gaan. En ik wil ook dat ze dat doen. Ze hebben er lang en hard voor gewerkt en het is de hoogste tijd dat ze in het kantoor van de ambtenaar hun beste beentje voor gaan zetten. Maar tegelijkertijd ben ik zo bang voor wat hun kan overkomen. Het zijn niet zomaar mijn leerlingen of een stel arme, onderdrukte negers. Het zijn mijn vrienden. Ik ben aan hen gehecht geraakt. Als er iets gebeurt met een van hen ...'

Haar stem stierf weg en plotseling zweefden de gekwelde ogen van Bo Wiley uit mijn droom mij weer voor de geest. Ik stond op en schonk mezelf een kop koffie in om zo het beeld weer kwijt te raken. 'Laten we er het beste maar van hopen, Sunny.' Wat moest ik anders zeggen? Hoe kon ik haar geruststellen over hun lot, als er niets met zekerheid te zeggen viel?

Ik ging weer zitten. Mijn handen voelden plotseling koud aan en ik vouwde ze om mijn kopje om ze te warmen. 'Er komt een dag,' voorspelde ik, 'dat een neger uit Carver de rechtbank binnenstapt en als geregistreerd kiezer weer naar buiten komt. Ik weet niet wanneer dat zal zijn, maar het zal gebeuren.'

Sunny zat even roerloos, toen glimlachte ze naar me. 'Ik weet zeker dat je gelijk hebt', zei ze. 'Misschien wacht ons aanstaande vrijdag al een aangename verrassing.'

'Hoe dan ook, jij en ik moeten tegenover de cursisten de moed erin houden. Ze mogen geen seconde merken dat we zenuwachtig zijn. Ze zijn zelf al bang genoeg.'

Met een knikje stemde Sunny hiermee in. Ze pakte een lepeltje en begon in haar koffie te roeren, al zat er geen suiker en melk in. 'Weet je wat ik op dit moment heel graag zou doen, Augie?' vroeg ze. Toen ik mijn hoofd schudde, verscheen er een klein, verlegen glimlachje op haar gezicht. 'Ik zou willen dat ik de telefoon kon pakken om even met moeder en papa te praten. Raar, hè?'

'Helemaal niet.'

'Maar ik ben vierendertig! En nog steeds ren ik met al mijn nieuwtjes, goed of slecht, naar mama en papa. Ik wil hun nog steeds alles vertellen.'

'Je bent een geluksvogel, dat je dat kunt doen.'

'Het probleem is dat het nu niet kan, omdat ze op reis zijn. Ik heb geen idee waar ze uithangen. Ik wou dat ze zelf eens belden. Alhoewel, als ze dat deden, weet ik niet eens of ik hun over vrijdag zou vertellen. Ik wil niet dat ze zich zorgen maken over mij. Op een gegeven moment moet je als kind je ouders gaan beschermen, weet je.'

Ik had geen ouders meer die bescherming nodig hadden, maar ik knikte toch. 'Denk je dat ze zullen bellen terwijl ik hier nog ben?'

'Daar valt niets van te zeggen.' Sunny haalde haar schouders op. 'We spreken elkaar meestal een keer in de week, maar als ze onderweg zijn weet je nooit van tevoren wat ze zullen doen.'

Er viel een geladen stilte in de keuken. In stilte wenste ik met mijn hele hart dat Chichi en Haha zouden bellen. Ik herinnerde me hoe Chichi zijn armen om me heen had geslagen toen Sunny en ik dachten dat de marsmannetjes waren geland en dat de wereld zou vergaan. Ik herinnerde me Haha's warme hand tegen mijn wang toen Pearl Harbor was gebombardeerd en onze wereld daadwerkelijk verging.

'Ik mis hen echt heel erg', zei ik kleintjes.

'Ik ook.'

'Wat zullen ze wel niet zeggen als ze horen dat ik hier ben?'

Sunny glimlachte dromerig. '"Musume", denk ik.' Haar mond bleef een beetje openstaan, alsof ze van plan was nog meer te zeggen, maar haar ogen dwaalden naar het plafond alsof ze naar woorden moest zoeken. Na een korte stilte lachte ze zacht en zei: 'Om je de waarheid te zeggen, Augie, ik heb geen idee wat ze zouden zeggen.'

'Zal ik jou eens iets zeggen, Sunny?' zei ik. 'Dat ene woord zou voor mij al meer dan voldoende zijn.'

33

Die ochtend, nadat we de kinderen bij de vakantiebijbel-school hadden afgezet, ging ik met Sunny naar Providence Street, de belangrijkste winkelstraat van Carver waar het wemelde van de antiekzaakjes en tweedehandsboekwinkel-tjes. 'Laten we onszelf eens verwennen', had Sunny na het ontbijt voorgesteld. Ik was het met haar eens dat we allebei wel wat afleiding konden gebruiken, en waar kon je beter aan het heden ontsnappen dan tussen de schatten en snuisterijen van het verleden?

We slenterden tussen de beschimmelde meubelstukken door en langs complete verzamelingen van nep-antieke heb-bedingetjes en andere prullaria, we scharrelden tussen stapels tijdschriften van tientallen jaren terug, bladerden door bedui-melde boeken, en baanden ons een weg tussen dozen vol vingerdoekjes, antimakassars en tafellinnen. Een paar uur lang vergat ik Bo Wileys doodsbange ogen, de stem van Howard Draper die mij voorlas uit zijn gedichtenbundel en de geur van tastbare angst in het mortuarium – of in ieder geval slaagde ik erin ze zo ver mogelijk naar de achtergrond te drin-gen.

Ik ging helemaal op in de levens van mensen die hun aardse reis al beëindigd hadden en al deze voorwerpen hadden achtergelaten zodat ik daar op een warme zomerdag lekker in kon rommelen. Zoals altijd liep ik ook nu weer te peinzen wie de eigenaar was geweest van dit boek, deze platenspeler of dit paar knoopjeslaarzen. Wie waren zij, wat hadden ze in hun leven meegemaakt, wat hadden ze gezien van de liefde, van angst en van lijden? Ik vond het leuk om hun levensverhalen bij elkaar te fantaseren en ik ontleende een vreemde troost aan de wetenschap dat alles wat ze hadden moeten doorstaan nu voorbij was, en dat ze misschien zelfs wel in een oord van vrede waren aangekomen.

Toen we honger kregen, reden we naar Warenhuis Froh-mann om daar te lunchen. 'Als je in Carver verblijft, ben je min of meer verplicht minstens een keer bij Frohmann te gaan eten', had Sunny gezegd op een toon die geen tegen-spraak duldde. Ik stribbelde dan ook niet tegen. We bestelden hamburgers en frietjes en grote chocolade milkshakes, die zo dik waren dat het rietje rechtop in het glas bleef staan.

We werden bediend door een slanke jongeman met een blozend gezicht die eigenlijk in Vietnam had horen te zitten – en daar ongetwijfeld gezeten zou hebben, ware het niet dat hij de dans ontsprongen was als gevolg van zijn manke been. 'Polio', fluisterde Sunny toen hij eenmaal buiten gehoorsaf-stand was. 'Hij heeft er waarschijnlijk zijn leven aan te dan-ken.'

Aan het ene eind van de toog draaide een blond meisje met leren schoentjes aan het ene rondje na het andere op haar kruk, terwijl haar moeder, die niets in de gaten leek te heb-ben, van haar koffie nipte. Aan het andere eind zat een oudere man gebogen over een stuk bosbessentaart. Met onvaste hand bracht hij de kleine hapjes die hij op zijn vork had geprikt naar zijn wachtende lippen.

De jongen van de bediening was druk bezig met het schoonvegen van de toog, de aluminium servethouders en de bolle dekseltjes van de peper- en zoutvaatjes. Ondertussen liep hij zachtjes te fluiten. Blijkbaar kon hij zijn geluk niet op dat hij hier in de smorende hitte van een klein stadje zat, in plaats van in de smorende hitte van de jungle van Zuid-Viet-nam. Op een broeierige zomerdag als deze was het moeilijk voorstelbaar dat in dat kleine Aziatische land de levens van onze jongemannen bij honderden tegelijk werden uitgedoofd. Even dacht ik aan Alan Hastings de Derde, de verloofde van de jonge vrouw die ik in het vliegtuig had ontmoet. Zou hij misschien vandaag in de borst worden getroffen door de kogel van een sluipschutter? Of zou hij op een landmijn trappen, daar neergelegd door een stel spleetogen, en zou zijn lichaam openbarsten als een ontluikende, bloederige roos? Ik kon dat niet weten en zou het ook nooit te weten komen. Maar als hij liever zo doodging dan vermoord te worden door een neger uit Mississippi, dan hoopte ik dat zijn wens in vervulling zou gaan.

De oude man had zijn bosbessentaart op, schoof een muntstuk onder zijn schoteltje en liet zich van zijn kruk glijden.

'Doe rustig aan, Wally', riep de jongen vanachter de toog.

De oude man salueerde, zijn knokige hand aan zijn wenkbrauw, en schuifelde naar buiten.

De koffiedrinkende vrouw nam haar rondtollende dochtertje bij de hand en wandelde naar de vrouwenafdeling, waar ze tussen de katoenen blouses en leren handtassen verdween. Nadat hij de fooi die ze naast haar kopje had laten liggen in zijn zak had gestoken en de toog had afgeveegd, propte de jongen de vaatdoek in zijn achterzak en smeet een glas water over de grill. Die was onmiddellijk overdekt met een waas van spetterende belletjes. Met de rug naar ons toe begon de jongen met een spatel de schuimende laag van de grill te krabben. De blubberige brij van restjes hamburger, steak en uien schoof hij in een kleine bak. We zaten daar wel een uur, maar zijn handen stonden geen moment stil.

Toen we bijna klaar waren met eten, vroeg Sunny: 'Nu we dit allemaal achter de kiezen hebben, wat zullen we dan vanavond nog eens eten?'

Ik roerde met mijn rietje door het laatste restje milkshake. Ik had Sunny nog niet van mijn plannen voor die avond op de hoogte gesteld, omdat ik huizenhoog opzag tegen het gesprek dat daar ongetwijfeld op zou volgen. Nu ze echter zelf over het avondeten begonnen was, kon ik het niet langer voor me uit schuiven. Half onwillig biechtte ik op: 'Ik ga vanavond met Howard Draper uit eten.'

Ik kon me de verbazing op Sunny's gezicht goed indenken, hoewel ik haar niet durfde aankijken. Al mijn aandacht ging naar het restje ijs dat ik al roerend liet smelten in een plasje bruine melk, en ondertussen wachtte ik op haar reactie. Toen die eindelijk kwam, was het niet meer dan een stomverbaasd: 'Waarom?'

Op de een of andere manier leek dit niet het goede moment om Sunny te vertellen over de veronderstelde geest-verwantschap tussen Howard en mij. 'Misschien omdat hij me uitgenodigd heeft?' Ik maakte er een vraag van en probeerde te lachen, maar mijn vriendin vond het helemaal niet grappig.

'Denk je nou echt dat het voor je artikel nodig is om hem nog eens te ontmoeten, of is het je gewoon volkomen in je bol geslagen?' Haar stem klonk toonloos en gespannen.

Ik zuchtte en weigerde nog steeds haar in de ogen te kijken. 'Het is een bijzonder boeiende persoonlijkheid, Sunny. Wat kan ik er verder van zeggen?'

'Hij is een gevaarlijk man, Augie', wierp Sunny tegen. 'Je weet toch wat hij is.'

Wat kon ik anders doen dan knikken? 'Ja, ik weet wat hij is. Maar laat ik jou nu ook eens iets mogen vragen, en ik bedoel dat niet als grapje of zo: hoe kun jij week in week uit gezangen zingen in de kerk, terwijl deze man achter het orgel zit?'

'Probeer nou niet van onderwerp te veranderen, Augie.'

'Ik verander helemaal niet van onderwerp. Het onderwerp is Howard Draper, en daar heb ik het over. Mijn punt is: vind jij ook niet dat er iets – ik weet niet hoe ik het zeggen moet – iets geheimzinnigs om hem heen hangt? Anders zou jij je toch ook een hypocriet voelen, dat je God prijst onder de muzikale begeleiding van een Klanlid?'

Ze bleef zo lang zwijgen dat ik al bijna dacht geen antwoord te zullen krijgen. Eindelijk zei ze: 'Wat Howard buiten kerktijd doet, is iets tussen hem en God, of iets tussen hem en de duivel, een van tweeën. Ik heb daar niets mee te maken. Ik hoef de zonden van Howard Draper niet goed te praten.'

'Nee, dat is waar', zei ik instemmend. 'Maar denk je dan niet dat er een soort verklaring voor zou kunnen zijn ...'

'Augie ...' Sunny fluisterde het bijna. 'Alsjeblieft, doe het niet, vanavond.'

Ik sloot even mijn ogen en opende ze weer. De ontzetting stond op haar gezicht te lezen. 'Ik heb al met hem afgesproken.'

'Bel hem dan op en zeg dat je ziek bent of dat er iets tussen gekomen is.'

'Nee.' Ik schudde mijn hoofd. 'Nee, ik wil dit echt.'

'Waarom dan, Augie? Waarom wil je die man in vredesnaam nog vaker zien?'

Ik perste mijn lippen op elkaar en staarde naar het verlichte menu boven de grill, alsof ik tussen de hamburgers, de kaasburgers en de hotdogs het antwoord zou kunnen vinden. 'Ik weet niet wat ik tegen je moet zeggen', gaf ik na een poosje toe. 'Hij heeft me uitgenodigd en ik heb ja gezegd. Als je dat idioot vindt, moet jij dat weten. Ik neem zelfs aan dat je gelijk hebt.'

Sunny propte een servetje in elkaar en liet dat op haar bord vallen. 'Als ik je moeder was, zou ik het je verbieden', zei ze.

'Als jij mijn moeder was, was je al jaren dood en door de alcohol geconserveerd.'

Ze fronste haar wenkbrauwen. Haar ogen stonden verdrietig. 'Augie,' zei ze, 'is er een manier om je dit nog uit het hoofd te praten?'

'Nou moet je eens even luisteren', zei ik kalm. 'We gaan alleen maar uit eten en daarna gaan we naar de woensdagavondsamenkomst van de een of andere baptistengemeente – in Lucasville, geloof ik dat hij zei – waar hij moet orgel spelen. Dat klinkt toch tamelijk onschuldig allemaal? We gaan nota bene naar de kerk! Wat kan er nou helemaal gebeuren?'

'Je zit niet meer op de middelbare school, hoor. Dit is geen onschuldig afspraakje...'

'Het is helemaal geen afspraakje, zoals jij dat noemt ...'

'Nou ja, wat het ook is, je bevindt je wel in het gezelschap van een Klanlid.'

'Daar weet ik officieel niets van! Het enige wat ik dus weet, is dat hij een musicus is, die amuzikale kinderen leert hoe ze moeten musiceren, of hoe ze dat beter niet kunnen doen, net hoe het uitkomt.'

'Wat is dan het nut ervan, Augie? Jullie gaan onder valse voorwendselen met elkaar om. Hij denkt dat jij niet weet dat hij bij de Klan zit, maar dat weet je wel, al ga je hem dat zeer zeker niet aan de neus hangen. En jij denkt dat hij niet weet dat jij een journalist bent die hier is voor een artikel, maar misschien weet hij dat wel en misschien is de hele Klan daar al van op de hoogte; is het trouwens ooit bij je opgekomen dat dat nou net de reden is waarom hij zo veel aandacht aan je besteedt – alleen maar omdat je een journalist bent die hier een reportage over de kiezersregistratie komt doen?'

Dat was inderdaad bij me opgekomen. Meer dan eens zelfs was door me heen gegaan dat hij wist waarom ik hier was en dat hij een spaak in het wiel wilde steken zodat er nooit een artikel zou komen. Zodra die gedachte zich echter in mijn brein dreigde te nestelen, verwierp ik hem hartgrondig.

'Hij weet dat ik romans schrijf, maar hoe zou hij er ooit achter gekomen kunnen zijn dat ik journalist ben?' vroeg ik.

Sunny hield haar hoofd een beetje schuin, en tussen haar wenkbrauwen verschenen twee diepe rimpels. '"Hoe zou zij er ooit achter gekomen kunnen zijn," zo vroeg hij zijn Klanbroeders, "dat ik bij de Klan zit?"' Ze schudde haar hoofd. 'Er wordt gepraat, Augie. Geheimen lekken uit. De mensen weten altijd meer dan wij denken. Misschien is hij zelfs een fervent lezer van *One Nation*. Misschien krijgt hij elke maand je foto en je naam onder ogen. Heb je daar weleens bij stilgestaan?'

Ik schokschouderde en probeerde zorgelozer te kijken dan ik me voelde. 'Dus jij denkt dat hij bezig is me in een KKK-val te lokken met de bedoeling me uiteindelijk op te knopen?'

Sunny ademde een keer diep in en uit. 'Ik weet dat het een beetje melodramatisch klinkt, maar luister nou eens, jij begon zelf over Schwerner en Goodman. Denk je dat zij van tevoren wisten dat ze onder een aarden wal zouden eindigen? Ze gingen alleen maar een paar negers een zetje in de richting van de stembus geven en voor ze het wisten lagen ze in een ongemarkeerd graf met de afmetingen van een kleine berg, en waren hun namen het nieuws van de dag.'

Ze keek me doordringend aan en voegde er toen aan toe: 'Onderschat de wreedheid van de Klan niet, Augie. Je kunt wel denken dat jou als blanke vrouw niets kan overkomen, maar laat ik je dit zeggen: iedereen die tot de harde kern van de Ku Klux Klan behoort, zou zijn eigen moeder ophangen als ze een neger ook maar een blik waardig keurde.'

Ze had me bijna overtuigd. Ik was inderdaad geneigd Howard te bellen om de afspraak af te zeggen. En toch wist ik dat ik dat niet zou doen. Ik zou Howard die avond weer zien, eenvoudig omdat ik niet anders kon. Een deel van mij was bang, maar een ander deel wist voor honderd procent zeker dat Howard Draper mij hoe dan ook nooit kwaad zou doen. Iets in mij verzekerde me ervan dat ik veilig was. Misschien was ik wel een beetje helderziend, net als Miss Ebba. Misschien was iets van haar vermogen om het onzichtbare te zien op mij overgegaan in de paar momenten dat we in het mortuarium naast elkaar hadden gestaan. Zij had gezegd dat ik niet bang hoefde te zijn. 'Gewoon doorgaan. Niet bang zijn.' En hoewel ik haar woorden niet had begrepen, zou ik toch doorgaan, precies zoals zij me gezegd had. Ik zou me niet door angst laten tegenhouden.

Het kostte me veel tijd om mijn gefragmentariseerde gedachten bij elkaar te rapen. Ik kende de feiten aangaande Howard. Ik had ze allemaal op een rijtje en ze keer op keer onderzocht. Er bleef echter zo veel over wat ik niet van hem wist, wat niemand van hem wist, en in die ontbrekende elementen bevond zich de sleutel tot de echte Howard Draper. Toen ik eindelijk mijn mond weer opendeed, verbaasde ik ook mezelf met de opmerking: 'Ik ben er nog niet eens zo zeker van dat hij bij de Klan hoort, Sunny.'

Sunny zette grote, ongelovige ogen op. 'Wat doet hij dan op hun bijeenkomsten? Denk je dat hij in de war is en de Klan aanziet voor de Rotaryclub? Of denk je dat hij per ongeluk naar binnen is gehobbeld en sinds die tijd in de veronderstelling verkeert dat hij bij de vrijmetselaars beland is?'

Ik trommelde met mijn vingers op mijn lippen en dacht even na. 'Die vrouw die met Tom heeft gepraat,' opperde ik toen, 'je weet wel, van wie de man bij de Klan zit; misschien is zij wel in de war. Misschien heeft zij wel gelogen.'

Sunny schudde haar hoofd. 'Waarom zou ze dat doen? Ze heeft daar geen enkele reden toe.'

Ik trok een servetje uit de houder en veegde een druppel milkshake van de toog. 'Ik weet niet hoe het komt dat ik het zo zeker weet, maar het klopt gewoon niet met elkaar, Sunny.'

'Hoe bedoel je, het klopt niet met elkaar?' Ze keek sceptisch.

Ik snoof en schudde mijn hoofd. 'Ik weet niet of ik het goed kan uitleggen. Ik bedoel, er zit meer in die man dan je op het eerste gezicht zou denken. Hij heeft iets waar wij niets van weten ...'

'Je bedoelt dat hij misschien wel geen methodist is, maar in werkelijkheid een volgeling van Hare Krishna, zo vredelievend dat hij nog geen vlieg kwaad zou doen?'

Ze nam de moeite niet het sarcasme uit haar stem te weren. Ik duwde mijn lege glas weg en staarde naar mijn handen die op de toog lagen. Hoe kon ik Sunny nou uitleggen wat ik zelf niet eens begreep?

'Het spijt me, Augie, maar die man is echt een rotte appel, en dat is dat.'

'Ik weet dat nog zo net niet, Sunny. Ik heb gewoon het gevoel – ik weet niet – dat er nog een laag onder zit. Verwijder de musicus en je ziet een Klanlid, maar verwijder vervolgens het Klanlid en je vindt nog iets anders, iets wat verklaart ...'

Sunny legde een hand op mijn arm. 'Luister, Augie, mensen denken of doen soms rare dingen als gevolg van eenzaamheid. Begrijp me niet verkeerd, maar ...'

'Wat weet jij nou van eenzaamheid af, Sunny?' Het was niet mijn bedoeling geweest om boos en verbitterd te klinken, maar de woorden kwamen er desondanks zo uit.

'Genoeg om het te herkennen als ik het zie', zei Sunny zachtmoedig. 'En ook genoeg om te weten dat het ons een richting uit kan sturen die we anders nooit hadden gekozen.'

Ik vlocht mijn vingers in elkaar en kneep ze samen tot de knokkels wit werden. Ik gaf de voorkeur aan de gedachte dat ik werd voortgedreven door mijn beroepsinstinct of door mijn vrouwelijke intuïtie; niet door zoiets onprofessioneels als eenzaamheid.

Mijn vriendin keek me bezorgd aan. 'Ik kan je de wet niet voorschrijven,' zei ze, 'maar ik zou echt graag zien dat je vanavond niet met hem uitging. Als je iets zou overkomen, zou ik mezelf nooit vergeven dat ik je hierheen gehaald heb.'

'Er gebeurt echt niets, Sunny. Neem dat nou alsjeblieft van mij aan.' Ik glimlachte breed en klopte haar op de hand. 'Je zult het zien. Ik ga fijn met Howard Draper naar de kerk en ik zal het overleven ook.'

'Ik hoop dat je gelijk hebt, Augie.' Ze gaf even een kneepje in mijn arm, voor ze haar hand weer terugtrok. Daarna draaide ze zich om op haar kruk en stond op.

We lieten een fooi op de toog achter, betaalden onze burgers en verwisselden de kunstmatige koelte van Warenhuis Frohmann voor de nietsontziende, verblindende gloed van de middagzon.

Ik had met Howard afgesproken dat we elkaar om halfvijf voor Café Magnolia zouden treffen. Net toen ik om kwart over vier mijn auto in een van de parkeervakken langs de hoofdstraat zette, schoof zijn oranje Kever in het vak ernaast. Hij zwaaide naar me en reikte over de versnellingspook heen om het portier voor mij te openen. Vlug stapte ik uit mijn eigen auto regelrecht de zijne in, voordat de ogen van Carver weer genoeg gezien hadden om alle tongen in beweging te zetten.

'Goeie planning', zei Howard. 'We zijn allebei vroeg.'

'Grote geesten hebben dezelfde manier van denken', grapte ik.

'Geestverwanten ook.' Hij glimlachte naar me, zette de auto in zijn achteruit en in een mum van tijd tuften we door het hart van de stad. Ik had geen idee waar we naartoe gingen. Howard had gezegd dat hij me wilde meenemen naar zijn favoriete eetplek, maar dat het een verrassing moest blijven.

Ik zou echt graag zien dat je vanavond niet met hem uitging, had Sunny gesmeekt, maar hier zat ik in mijn lichtgele jurk, vastgegespt in de veiligheidsgordel en volkomen bereid Howard te volgen waar hij ook ging.

De raampjes van de auto stonden open vanwege de hitte, en de warme, stoffige wind blies in mijn gezicht en haren. Ik trok een zijden sjaaltje uit mijn tasje, sloeg het losjes om mijn hoofd en knoopte het vast onder mijn kin.

Weer glimlachte Howard mij toe. 'U ziet er vandaag prachtig uit, Miss Callahan', zei hij en voegde eraan toe: 'Zoals altijd.'

Ik bedankte hem. Ik wilde maar al te graag aannemen dat zijn woorden en zijn glimlach oprecht gemeend waren. Toch bleef de twijfel knagen. Er bestond immers zoiets als schone schijn? Net zoals het oog zich door een optische illusie kan laten bedriegen, zo kan ook het hart slachtoffer worden van bedrieglijke trucjes. Hoe kon je nu weten wat waar en echt was, als je zintuigen zich tegen je keerden?

Het is zo duidelijk als wat, beweert Sunny. Hij hoort bij de Klan. Wat wil je eigenlijk nog meer weten?

U moet eraan denken, Miz Callahan, valt Miss Ebba haar in de rede, dat niet alles is wat het lijkt.

Maar wat is dan de waarheid aangaande Howard Draper, Miss Ebba?

Die man is een rotte appel en je weet: die tast de hele fruitmand aan. Gebruik toch je ogen …

Gewoon doen wat je wilt, kind. Niet bang zijn.

Onderschat de wreedheid van de Klan niet, Augie. Iedereen die tot de harde kern behoort, zou zijn eigen moeder ophangen …

Dingen, maar ook mensen … Mensen zijn ook niet altijd wat ze lijken …

Ik weet het, ik weet het, Miss Ebba. Maar er moet toch ergens een plaats zijn waar de illusies ophouden en waar dat wat voor ogen is, ook echt is? Als de dingen nooit zijn wat ze lijken, wat is dan nog de zin van alles?

Hij zit bij de Klan, Augie. Meer feiten heb je niet nodig.

Gewoon doen wat je wilt, kind, gewoon doen wat je wilt.

'Misschien had ik je moeten waarschuwen dat je beter een lange broek aan kon trekken', zei Howard met een fronsende blik naar mijn jurk.

'We gaan toch naar de kerk?'

'Ja, dat wel, maar … nou ja, je zult het wel zien.'

Ja, je zult het wel zien, echode Sunny.

Zelf droeg hij een sportief lichtblauw overhemd met korte mouwen, dat in een spijkerbroek zonder riem gestopt was. Pas nu drong tot me door dat dit wel een heel vreemde uitrusting was. 'Mag je in deze kleren wel orgel spelen bij de baptisten?' vroeg ik.

Howard lachte kort. 'Niet bepaald', zei hij. 'Als ze wisten dat de organist een spijkerbroek aanhad, zou de halve gemeente me bij de predikant van ketterij beschuldigen. De andere helft zou die stap helemaal overslaan en me zonder vorm van proces ophangen.'

We stopten voor een verkeerslicht, het laatste voordat we de stad uit zouden zijn. De lucht om ons heen kwam tot rust, de motor stond in zijn vrij. Even vroeg ik me af of ik de deur open zou gooien en ervandoor zou gaan voordat de auto weer in beweging kwam. Howard leek te suggereren dat hij vanavond geen orgel zou spelen. Maar als we dan niet naar de kerk gingen, waar gingen we dan wel heen?

Mijn hand was al daadwerkelijk onderweg naar de deur en mijn vingers kromden zich rond de verchroomde handel, toen Howard uitlegde: 'Ik draag een toga over mijn kleren heen, dus het maakt niet uit wat ik verder aanheb. Geen mens die het ziet. Op een echt snikhete avond draag ik er alleen een hemd en een korte broek onder. Gewaagd, hè?'

Weer lachte hij en ik liet mijn hand in mijn schoot vallen. Ik wist niet wat me te wachten stond: een fijne avond met een geestverwant of een gearrangeerde ontmoeting met de Ku Klux Klan. Vreemd genoeg was ik niet bang. Dat mijn hand naar de deur was gegaan was alleen uit een instinctieve drang tot zelfbehoud, een reflex zonder achterliggende gevoelens, en dat was alles. Wat ik wilde was hier naast Howard Draper zitten, waar hij me ook mee naartoe nam. Ik wilde ontdekken dat ik het wat hem betreft bij het rechte eind had, dat deze man uit meerdere lagen bestond en dat de laag die het diepste weg lag, goed was.

Howard schakelde en de Kever ronkte weer voorwaarts. Op de onmogelijk kleine bandjes van dat minuscule wagentje reden we de stad uit. Telkens als Howard schakelde, schokten onze lichamen naar voren en de luidruchtig vibrerende motor rammelde al onze ingewanden door elkaar. Na een mijl of wat verliet Howard de verharde weg en sloeg een smal zandpad in dat door een verwilderd bos voerde. Het pad leek uit louter karrensporen en bulten te bestaan, en zonlicht en schaduw wisselden elkaar in hoog tempo af. Ik proefde zand op mijn tong en over mijn hele lijf lag een film van zweet – in mijn nek, op mijn rug, in mijn knieholten. Als ik mijn arm naar buiten had gestoken, had ik zo de blaadjes van de bomen kunnen trekken.

Ik wilde iets zeggen, maar wist niet wat. Ik had zo veel vragen, waarvan de vraag naar onze bestemming de minst belangrijke was. Mijn dringendste vraag luidde: 'Wie ben jij nu eigenlijk, Howard Draper?'

Ten slotte zei ik: 'Dat restaurant waar we heen gaan, ligt wel erg ver van de bewoonde wereld, geloof ik, meneer Draper?'

Hij keek me van opzij onverstoorbaar aan en glimlachte. 'Zou je het erg vinden om me Howard te noemen?' vroeg hij.

Hij omzeilde mijn vraag, maar ik wilde hem best tutoyeren. 'Goed, Howard dan, maar waar zijn we …'

'En mag ik dan Augusta tegen jou zeggen?'

'Ik geef de voorkeur aan Augie. Maar ik vroeg me af …'

'Augie dus.' Zijn mondhoeken krulden weer omhoog. 'Een ongebruikelijke naam. Ik vind 'm leuk.'

'Dank je.' Ik probeerde het nog een keer: 'Howard, ik geef het op. Waar gaan we eigenlijk eten?'

'Dat was een verrassing, weet je nog? Het is mijn lievelingsplek, zoals ik al zei. Ik denk dat hij jou ook wel zal bevallen. We zijn er bijna.'

Ondanks zijn geruststellende woorden had ik niet de indruk dat we in de buurt waren van wat dan ook. Er leek geen eind te komen aan het hotsen over die zandweg, maar op een gegeven moment draaiden we een nog smaller weggetje in, niet meer dan een paadje tussen de bomen door.

We snorden een heuveltje op en er aan de andere kant weer af, tot we uiteindelijk een open plek bereikten. De plek zag er echter heel anders uit dan die waarop de lynchpartij van mijn droom zich had afgespeeld. Hier weken de dennenbomen uit elkaar, en er stroomde een smal riviertje tussen bemoste oevers, met wilgenbomen erlangs die het water beroerden met de toppen van hun bebladerde vingers.

Howard zette de motor af en we bleven even rustig zitten in de plotselinge stilte. Langzamerhand, zoals ogen wennen aan het donker, begonnen mijn oren de geluiden van het bos te onderscheiden: het gorgelen van het water, het zingen van de vogels, het lispelen van de wind in de bomen. De lucht was vervuld van zoete dennengeur en het was er aangenaam koel door het bladerdak dat zich verhief in de heldere zomerlucht. Zou ik op deze serene plaats de Klan ontmoeten? Als dat inderdaad het geval is, dacht ik bij mezelf, als ik hier zal sterven, dan hoop ik dat ze me hier achterlaten. Het was een heerlijke plek om eeuwig te liggen slapen.

'Nou, we zijn er', zei mijn metgezel na een poosje. 'En voor het geval je het nog niet doorhad: we gaan picknicken.'

Hij stapte uit, liep haastig om de auto heen en opende het portier voor mij. Bij het uitstappen reikte hij me de hand en ik accepteerde zijn hulp. Daarna keek ik om me heen, terwijl ik gedachteloos de kreukels uit mijn jurk streek. Howard klapte een stoel naar voren, dook halverwege de auto in en kwam weer overeind met een picknickmand in zijn hand.

'Ik heb hem zelf klaargemaakt. Ik hoop dat je het niet erg vindt.'

'Het klinkt fantastisch.'

'Het is hier wel een beetje landelijk, dat weet ik. Daarom meende ik dat een lange broek prettiger voor je geweest zou zijn. Maar je hebt er goed aan gedaan om voor de kerk een jurk aan te trekken.' Hij zweeg even en liet opnieuw zijn blik over mijn kleding glijden. 'Ik ben bang dat ik het niet zo handig georganiseerd heb. Misschien hadden we toch beter naar een restaurant kunnen gaan.'

'Oh, nee! Ik ben juist blij dat we hier zijn. Het is een prachtige plek.'

'Ik heb een deken meegenomen om op te zitten.' Hij liep naar de voorkant van de Kever, opende de klep van de laadbak en trok er een dunne deken uit, zo een die je in een koele lentenacht over je bed legt. De deken had dezelfde kleur als Howards overhemd en als de hemel die zich helder en wolkeloos boven ons uitspreidde.

Niet ver van de rand van het water vonden we een geschikt plekje om te zitten. 'Ik hoop dat je goed zit', zei hij, toen we ons op de deken hadden geïnstalleerd. De dikke laag dennennaalden vormde een verbazingwekkend zacht kussen. 'Voor mij is dit de mooiste plek van heel Mississippi. Ik wilde je hem graag laten zien voordat je teruggaat naar Californië.'

Californië leek op dat moment iets uit een ander leven, maar ik besloot dat ik, voor ik terugging, de waarheid over Howard Draper boven tafel zou krijgen, op wat voor manier dan ook.

34

Ik schopte mijn schoenen uit, knoopte mijn sjaal los en schudde mijn krullen vrij. 'Hoe heb je deze plek ontdekt?' vroeg ik ondertussen.

Howard was de picknickmand aan het uitpakken, maar op mijn vraag hield hij meteen op. In zijn rechterhand had hij een plastic zak vol dikke blauwe druiven. 'Puur geluk', zei hij schouderophalend. 'Kort nadat ik in Carver was komen wonen, was ik een beetje aan het rondrijden, gewoon een soort ontdekkingstocht om te kijken wat Mississippi zoal te bieden had. Toen kwam ik hier uit en nu ga ik hier zo vaak mogelijk heen. Het is zo'n beetje mijn toevluchtsoord, begrijp je? Voor als ik er eens even uit moet.' Hij staarde even naar de druiven in zijn hand, alsof hij niet goed wist wat hij ermee moest doen, en legde ze uiteindelijk op de deken. 'Dit is de eerste keer dat ik iemand heb meegenomen', zei hij een beetje verlegen.

Hij pakte de mand verder uit. 'Ik hoop dat je genoegen wilt nemen met sandwiches. Ik heb pastrami met mosterd en corned beef met mosterd. Geen al te ruime keuze, vrees ik. Maar er zijn ook groenten in het zuur, chips, koude bonen en bubbeltjesfrisdrank.'

Even lachten we naar elkaar. 'Dat lijkt mij een uitstekend maal', zei ik. 'Doe mij maar de pastrami.'

Hij gaf me een sandwich die in vetvrij papier was gewikkeld en nam er zelf ook een. Daarna draaide hij met zijn padvindersmes een blikje witte bonen in tomatensaus open en kieperde de inhoud op twee papieren bordjes. Hij scheurde de zak chips open, schroefde de deksel van een potje met ingemaakte babymaïs en hield toen in elke hand een flesje omhoog. 'Wat zal het zijn, cola of druivensap?'

Ik koos de cola. Hij wipte het dopje eraf met zijn mes en gaf me het flesje aan. Het was lauw, maar dat kon me niet schelen. 'Oh!' zei hij ineens. 'Vorken! En servetjes natuurlijk. Die mag ik niet vergeten.' Zijn hand verdween weer in de mand en kwam met vorken en servetten weer omhoog. En ook nog met iets anders, wat hij op de deken voor me neergooide.

'Heb je dit weleens gelezen?'

Daar lag een exemplaar van mijn eigen boek, *Een soldaat komt thuis*. 'Zo niet, dan moet je dat eens doen', ging Howard verder. 'Het is geweldig.'

Ik glimlachte bij dat compliment, ook al nam ik het niet serieus. 'Je hoeft dat echt niet te zeggen, hoor, alleen omdat ik het heb geschreven.'

'Dat doe ik ook niet, ik meen het echt. Dat boek heeft me tot ver na middernacht wakker gehouden. Toen ik eenmaal begonnen was, kon ik het niet wegleggen. Het huis had om mij heen tot de grond toe kunnen afbranden. Je bent een begaafd schrijfster, Augie. Je hebt een bijzonder talent.'

Ik voelde een warme blos langs mijn hals en wangen omhoogkruipen. Om Howards aandacht van mijn gloeiende gezicht af te leiden, pakte ik het boek op en bladerde erdoorheen. 'Dit komt niet uit de bibliotheek', merkte ik slapjes op.

'Ik heb het gekocht', zei hij. 'Nou ja, een vriend van mij heeft het gisteren in Jackson voor me op de kop getikt. Ik had het geprobeerd in de boekwinkel van Carver, maar die moesten het bestellen, en daar wilde ik niet op wachten. Dus toen Gary mij belde en zei dat hij langs wilde komen, heb ik hem gevraagd of hij iets voor me wilde doen.'

Even vroeg ik me af hoe Howard aan een vriend in Jackson kwam, maar ik stelde de vraag niet. 'De bibliotheek van

Carver heeft er anders wel een exemplaar van, hoor. Ik heb het gecontroleerd, toen ik er laatst aan het snuffelen was.' Ik grinnikte een beetje beschaamd. 'Dat klinkt wel wat egotripperig, geloof ik.'

Howard schudde zijn hoofd. 'Helemaal niet. Ik weet zeker dat ik dat ook zou doen.'

'Het was overigens niet uitgeleend', ging ik verder. 'Je had jezelf een paar dollars kunnen besparen.'

'Dat weet ik, maar ik wilde het boek zelf hebben. Per slot van rekening ken ik de auteur persoonlijk. Dat is te zeggen ...' Hij fronste en verbeterde zichzelf. 'Ik ken je eigenlijk niet heel goed, is het wel, aangezien we elkaar nog maar net hebben ontmoet. Maar door je boek te lezen heb ik volgens mij al een beetje in je hart kunnen kijken.'

'O ja? En wat zag je daar?'

'Dat je gevoelig bent en intelligent. En dat je weet wat verdriet is. Het is een heel droevig boek, Augie, maar het is wel heel levensecht. Je bent niet bang om het leven onder ogen te zien, en om het te beschrijven zoals het is. We hebben mensen nodig die daartoe bereid zijn en het vervolgens nog goed kunnen ook.'

Ik schudde mijn hoofd. 'Dat weet ik niet, hoor', sputterde ik zachtjes tegen. 'Ook al verdien ik mijn brood met schrijven, toch betwijfel ik nog vaak of ik het eigenlijk wel kan.'

'Dat doen de meeste kunstenaars. Degenen die nooit twijfelen aan hun talenten verliezen zichzelf in hun eigen gewichtigheid en uiteindelijk komt er niets goeds uit hun vingers.'

Ik bleef even stil. Toen zei ik: 'In elk geval bedankt voor je belangstelling, Howard. Dat betekent veel voor me.'

'Ik ben niet alleen in het boek geïnteresseerd, Augie.' Hoe verlegen hij daarnet ook was geweest, nu keek hij me recht in de ogen, en nu was ik degene die de blik afwendde. Ik wilde best over mezelf praten, en ook wel over hem, maar een gesprek over ons beiden gaf me een onbehaaglijk gevoel.

Misschien begreep Howard mijn angst, want hij bracht de conversatie handig op een ander onderwerp. 'Mag ik vragen wie die Lenny eigenlijk is?' Hij sloeg het boek open en wees naar de opdracht. *Voor Lenny*, stond er. Het waren de enige twee woorden op de bladzijde.

'Dat is mijn oudste broer', legde ik uit. 'Het boek is min of meer op zijn leven gebaseerd, of beter gezegd: zijn leven inspireerde mij tot dit verhaal. Lenny heeft het grootste deel van de oorlog in een Jappenkamp gezeten.'

'Grote goedheid', fluisterde Howard. Hij deed het boek weer dicht en schudde zijn hoofd. 'En hoe is het nu met hem?'

'Hij is gestorven – een paar jaar geleden. Heeft zichzelf dood gedronken.' Ik probeerde te glimlachen, maar faalde jammerlijk. 'Mijn oom zegt altijd dat de Japanners hem hebben vermoord toen ze hem in Bataan gevangennamen, maar dat Lenny zo taai was dat hij er vijftien jaar over heeft gedaan om dood te gaan.'

Howards ogen stroomden vol medelijden. 'Je oom kon best eens gelijk hebben. Het was …' Hij keek aandachtig naar de omslag. 'Ik kan geen woord bedenken dat sterk genoeg is. Gewetenloos, misschien? Wat ze de gevangenen in de kampen hebben aangedaan, bedoel ik. Het was door en door onmenselijk.'

'De Japanners?'

Howard knikte. 'Ik ken zelf niemand die het heeft meegemaakt, maar ik heb wel de verhalen gehoord. Ik heb nooit begrepen hoe de Japanners zo meedogenloos konden zijn, en hoe ze onze soldaten zonder gevoel of gewetenswroeging konden afmaken, alsof ze een stel vliegen doodsloegen.'

'Het was niet erger dan wat de Duitsers met de Joden hebben uitgespookt, neem ik aan.'

'Nee.' Howard knikte. 'Wat de Duitsers met de Joden hebben gedaan, was verschrikkelijk. Maar als ik een Amerikaans soldaat was geweest, was ik honderd keer liever door de Duitsers krijgsgevangen gemaakt dan door de Japanners.'

We hadden ons eten nog maar nauwelijks aangeroerd. Ik plukte een stukje pastrami van mijn sandwich en knabbelde er nadenkend op. 'Ik kende mijn broer voor de oorlog eigenlijk niet', zei ik. 'Ik was nog heel jong toen hij het huis uit ging om bij de marine te gaan. Hij was van plan daar carrière te maken. Pas na de oorlog maakte ik hem bewust mee en zelfs toen heb ik hem niet echt leren kennen. Hij stelde zich voor niemand meer open. Het was alsof hij als een dode naar huis was teruggekeerd en alsof wij allemaal zaten te wachten op het moment dat ook zijn lichaam besefte dat er geen sprankje leven meer in hem was. Hij is dus altijd een soort vreemdeling voor me gebleven. Desondanks haatte ik de Japanners om wat ze hem hadden aangedaan. Volgens mij was dat voor mij het moeilijkste van de hele oorlog. Ik ging er de mensen door haten van wie ik altijd het meest had gehouden. Voor de oorlog woonde er bij ons in de buurt namelijk een Japans gezin en dat had me min of meer in huis genomen, praktisch geadopteerd. Ik beschouwde hen als mijn familie.'

'Maar je eigen familie dan, Augie? Wat was er met hen gebeurd?'

'Mijn vader stierf toen ik nog heel klein was en mijn moeder, nou ja, die draaide een beetje door, zoals mijn oom zou zeggen. Ze begon te drinken – misschien deed ze dat al jaren en werd het na mijn vaders dood alleen maar erger. Toen ik dus met die Japanse familie in aanraking kwam, was mijn vader dood en mijn moeder was lichamelijk wel aanwezig, maar in alle andere opzichten niet. Ik denk dat de Yamagata's daarom zo veel voor mij zijn gaan betekenen. Ik had hen nodig en het wonder was, dat ze het fijn leken te vinden als ik er was.' Ik zweeg, glimlachend bij de herinnering. 'Het kwam zelfs zo ver dat ik mezelf als Japanse ging beschouwen. Met uitzondering van mijn uiterlijk was ik helemaal Japans.'

Howard luisterde aandachtig en verroerde zich niet. Toen ik uitgesproken was, keek ik naar hem om te zien hoe hij het verhaal opnam. Hij vroeg: 'Heeft Helen hen ook gekend?'

Een fractie van een seconde wist ik niet waar hij het over had. 'Helen?'

'Oh, ik moet natuurlijk Sunny zeggen. Ik vergat even dat ze een bijnaam had.'

'Oh ja!' Ik liet een zenuwachtig lachje horen. Ik zou goed moeten nadenken bij wat ik Howard wel en niet vertelde. 'Ja, Sunny kende dit gezin ook.'

'Ze zijn tijdens de oorlog zeker geïnterneerd?'

'Klopt. Ze werden naar Manzanar gestuurd.'

'Wat gebeurde er na de oorlog? Hebben ze je broer ooit ontmoet?'

'Nee, ze zijn nooit meer naar Los Angeles teruggekomen. Ik heb hen nooit meer gezien.'

Howard nam een slok druivensap en staarde over de rivier. 'Dus …' Hij aarzelde en fronste zijn wenkbrauwen. 'Dat heeft je zeker flink dwarsgezeten?'

'Er is een tijd geweest dat ik hen haatte omdat ze me na de oorlog niet waren komen halen', gaf ik toe. 'En wat er met Lenny was gebeurd tijdens zijn ongeplande omweg via Japan maakte me ontzettend boos. Daarna stonden alle Japanners een tijdlang op mijn zwarte lijst. Nu ik wat ouder ben, kan ik alles beter begrijpen. Het heeft me veel tijd gekost, maar ik kan nu onderscheid maken tussen de Japanners die mijn broer hebben vermoord en de Japanners die mij hebben opgevoed. Ik besef nu ook dat er soms dingen in het leven gebeuren waardoor mensen hun beloften niet kunnen nakomen, ook al willen ze dat nog zo graag.' Howard kon niet weten hoe kort het nog maar geleden was dat dit besef in mij was ontwaakt en dat het nu waarover ik sprak nog maar enkele dagen oud was.

'Heb je sindsdien nooit meer iets van hen gehoord?'

'Nee', loog ik en ik moest een andere kant op kijken om dat te kunnen doen. Nooit zou ik hem kunnen onthullen dat Helen Fulton in feite Hatsune Yamagata was.

'Is er geen manier te bedenken om hen op te sporen?'

'Ik zou niet weten hoe.'

'Stel dat het zou kunnen, zou je hen dan weer terug willen zien?'

'Oh ja, liever dan wat dan ook.'

Na een korte stilte zei hij: 'Ik wou dat ik hen voor je kon vinden, Augie, en aan jou teruggeven.'

Ik wist dat hij het meende. 'Dat is lief van je, Howard.'

'Het is trouwens weer iets wat wij gemeen hebben. Ik weet ook wat het is om te houden van iemand van een ander ras. Degene die mij op de hele wereld het liefste is, is een negervrouw die Trudy heet. Ze is altijd als een moeder voor me geweest.'

Ik keek hem plotseling scherp aan toen ik me realiseerde van wie deze woorden eigenlijk kwamen. 'Een negervrouw?' herhaalde ik.

Howard knikte. 'Trudy heeft in mijn opvoeding een grotere rol gespeeld dan mijn eigen ouders. Niet dat mijn ouders zich afzijdig hielden. Het waren goede ouders, liefhebbend en vriendelijk, en ze wilden altijd het beste voor mij. Maar met Trudy had ik een speciale band. Ze heeft vanaf mijn geboorte voor me gezorgd en me verwend als een enig kind, wat ik ook was.'

'Waarom hebben je ouders niet meer kinderen gekregen?'

'Mijn moeder kon geen kinderen krijgen. Na mij, bedoel ik.' Hij wierp me een zijdelingse blik toe, nam een hap van zijn sandwich en at eerst zijn mond leeg voor hij weer iets zei. 'Ze had altijd al een zwakke gezondheid. Dat was een van de redenen waarom ze Trudy hadden aangenomen voor het werk in huis en ook om te helpen bij mijn verzorging, zodra ik gearriveerd zou zijn. Trudy deed al die dingen die mijn moeder gedaan zou hebben als ze gezond was geweest. Ze gaf me te eten, zorgde voor me als ik ziek was, las me voor totdat ik zelf kon lezen en dwong me elke dag een uur lang te oefenen op de piano. Ze was vriendelijk en rechtvaardig, maar als ze dacht dat ik het verdiend had, kon ze me ook flink uitkafferen. Ze zei altijd dat als ze me maar een ding zou mogen leren, dit het verschil tussen goed en kwaad zou zijn.'

'Dat klinkt als de ideale moeder', merkte ik op. Inwendig dwaalde ik verloren rond in een oerwoud van duizend vragen.

'Dat was ze ook', zei Howard. 'Ik beschouw mezelf als bevoorrecht, hoewel ik de afgelopen jaren weleens gedacht heb dat ze haar werkelijke roeping is misgelopen. Trudy heeft een stem waar je koud van wordt. Ze heeft nooit les gehad, maar ze is een natuurtalent zoals je maar zelden tegenkomt. Wanneer ze voor me zong, was ik altijd compleet betoverd. Er was een liedje waar ik nooit genoeg van kreeg. "Deep River" heette het. Het is een oude negrospiritual, misschien ken je het wel.' Ik schudde mijn hoofd. 'Nou ja, altijd als ze bij het gedeelte kwam dat gaat over het beloofde land waar alleen

maar vrede heerst, kreeg ik van onder tot boven kippenvel.'
Howard schudde traag het hoofd, verzonken in zijn herinneringen. Het was alsof hij de stem die hem als kind zo diep had
geraakt opnieuw kon horen.

'Soms bezwaart het me weleens,' ging hij toen verder, 'dat
haar leven helemaal gewijd was aan de zorg voor mij. Ze had
iets groots kunnen bereiken en in plaats daarvan was ze niet
meer dan huishoudster en kindermeisje.'

'Misschien vond ze wel dat ze iets groots bereikte door jou
op te voeden.'

Howard glimlachte verlegen, maar zei niets.

'Heeft ze ooit gezegd dat ze moeite had met de manier
waarop ze haar leven had ingevuld?'

'Nee, nooit.'

'Dan was ze vast gelukkig, denk je ook niet?'

Howard keek me heel even aan. 'Ik denk eigenlijk dat
negers niet zo gewend zijn in termen van gelukkig of ongelukkig te denken, Augie. De meesten hebben het te druk met
overleven.'

Ik zat met de mond vol tanden. Toen ik bleef zwijgen,
verbrak Howard de stilte met de opmerking: 'Ik zal je haar
foto laten zien.'

Hij haalde zijn portefeuille uit zijn achterzak en uit het
vakje waar hij zijn bankbiljetten bewaarde kwam een zwart-
witfotootje tevoorschijn, met dunne, zachte randjes, alsof het
al heel wat keren in en uit de portefeuille was geschoven.
Howard zat er even naar te staren en gaf het toen aan mij. 'Bij
nader inzien geloof ik niet dat je er zoveel op ziet', zei hij.

Ik zag een man, een vrouw en een kind in een tuin, terwijl
op de achtergrond een lange, magere vrouw vanuit de deuropening van een huis naar het trio stond te kijken. Haar trekken waren nauwelijks te onderscheiden, maar op de foto leek
haar huid zo licht dat ik haar voor blank zou hebben gehouden, als ik inmiddels niet had geconcludeerd dat zij de negervrouw moest zijn.

'Ben jij dat?' vroeg ik, wijzend op het kind.

Howard grijnsde. 'Ben bang van wel. Een paar jaartjes
geleden.'

Ik bekeek de foto aandachtig, en probeerde er iets uit af te leiden over het leven dat de jonge Howard met deze mensen had geleid. De oude Draper was met zijn blonde haar en ronde gezicht met goed geproportioneerde trekken overduidelijk van Scandinavische afkomst. Hij was klein en gezet, had brede schouders en vlezige handen, waarvan hij er een nonchalant op de schouder van zijn zoon liet rusten. Vanachter een bril met draadmontuur keken zijn ogen me streng aan en zijn mond was niet meer dan een smalle, liploze streep. Hij glimlachte niet. Hoewel hij op het gras zat, droeg hij toch een donker pak met een stropdas.

'Je vader ziet eruit als een zakenman', zei ik.

'Bankier.'

'Je lijkt geen sikkepit op hem.'

'Dat zeggen meer mensen', zei Howard schouderophalend.

'Was hij net zo muzikaal als jij?'

Howard schudde zijn hoofd. 'Hij had geen spatje talent. Mijn moeder zei altijd dat als hij in de kerk stond te zingen, de helft van de honden van Chicago begon te janken.'

'En je moeder? Was zij muzikaal?' Op de foto zag ze er niet zo uit. Ze leek voornamelijk vermoeid. Ik schatte haar niet ouder dan dertig, maar de ziekte waardoor ze niet meer dan een kind had kunnen krijgen had haar al in zijn greep. Ze was klein en dik, mollig als een rijpe pruim, met donkere kringen onder haar ogen en afhangende schouders. Ze leek blond of al grijs, dat kon ik niet goed zien, maar haar kapsel was in elk geval gewatergolfd en kwam tot net over haar oren. Ze had haar gezicht naar de camera geheven en ze glimlachte zwak, alsof het haar inspanning kostte, maar ze dat er wel voor overhad. Geen knappe vrouw, maar toch maakte ze een vriendelijke en zachtzinnige indruk.

Howard moest een beetje lachen om mijn vraag. 'Mijn moeder was even muzikaal als mijn vader. Natuurlijk heb ik dat nooit met zoveel woorden gezegd. Als pa de helft van de honden aan het blaffen kreeg, dan kreeg ma ongetwijfeld de andere helft aan de gang. Nee, mijn liefde voor muziek heb ik aan Trudy te danken.'

Ik keek op van de foto. 'Maar je talent dan?'

Hij haalde opnieuw zijn schouders op. 'Rechtstreeks van God? Heel veel mensen hebben toch talenten die hun ouders nooit hebben bezeten? Heeft een van jouw ouders ooit iets geschreven?'

Ik schudde lachend mijn hoofd. 'Nee, daar heb je gelijk in.' Ik tikte op de vrouw in de deuropening. 'Dit is Trudy, zeker?'

'Ja. Ik dacht eigenlijk dat ze er duidelijker op zou staan, maar op deze foto kun je haar eigenlijk niet zo goed zien.'

Ongetwijfeld had hij de foto al honderd, zo niet duizend keer bekeken sinds hij uit Chicago vertrokken was en toch wist hij niet hoe weinig die van de negervrouw liet zien. Ik besefte meteen dat dit kwam omdat hij de foto niet nodig had om zich haar beeld voor ogen te halen. Wanneer hij ernaar keek, zag hij niet de foto, maar de beeltenis van Trudy die permanent in zijn geest gegrift stond. Dat gezicht maakte deel uit van zijn wereld sinds het moment dat hij zijn babyoogjes had opgeslagen om te zien wie de fles aan zijn lipjes hield. Met dat gezicht voor ogen was hij opgegroeid, dag in, dag uit had hij daarmee geleefd; langer dan ik Chichi en Haha had gekend, en toch kon ik me de lijn en vorm van hun geliefde gezichten exact voor de geest halen, zelfs zonder foto. Zo had ook Howard geen foto nodig om Trudy's gezicht te zien.

'Ze schrijft me nog steeds elke week en dan smeekt ze me om naar huis te komen', vertelde Howard.

'Ik kan me goed voorstellen dat ze niet wilde dat je weg zou gaan.'

'Dat wilde ze inderdaad niet en dat ik naar Mississippi ging, vond ze helemaal verschrikkelijk. Ze heeft maandenlang geprobeerd het me uit mijn hoofd te praten. Ze noemde me een idioot die zijn carrière te grabbel gooide. Dan zei ik dat ik ging doen wat ik moest doen. Volgens mij begon ze het op het laatst te begrijpen. Ook al blijft ze smeken, ze weet nu dat ik hier moet zijn.'

'Hoezo? Als ze nog steeds wil dat je naar huis komt, heeft ze zich er blijkbaar niet bij neergelegd dat je hier bent.'

Howard stopte een paar druiven in zijn mond, kauwde en spoelde ze weg met het lauwe druivensap. Toen zei hij: 'Ze vindt dat het haar plicht is om dat te zeggen. Het is gewoon een natuurlijk uitvloeisel van al die jaren waarin ze me heeft opgevoed en beschermd. Maar op de dag dat ik naar Missis-sippi vertrok – en dit zal ik nooit vergeten – bracht ze me naar de trein en voordat ik instapte, nam ze mijn gezicht in haar handen, keek me recht in de ogen en zei: 'Howard Draper, ik ben zo apetrots op jou dat ik er nog eens van zal barsten.' Howard glimlachte bij de herinnering. 'Het is het mooiste wat iemand ooit tegen me heeft gezegd.'

'Wat een prachtig verhaal, Howard', zei ik, maar in stilte dacht ik: *hij vertrouwt er blijkbaar op dat ik dit verhaal zal meene-men naar Californië zonder het aan iemand in Carver te vertellen. Zou hij anders niet bang zijn dat het op de een of andere manier de Klan ter ore komt?*

Ik dacht koortsachtig na over deze vraag, maar kwam tot de conclusie dat het niet zo'n probleem zou zijn als de Klan iets te weten kwam over Howards vroegere kindermeisje. Veel blanken waren oprecht op hun negerbedienden gesteld; kijk maar naar Cedric Frohmann. De burgemeester deed daar ook helemaal niet geheimzinnig over. Heel het blanke deel van Carver had in zijn eetkamer gezeten en ongetwijfeld gemerkt hoe hij tegen Celeste en de anderen aankeek. Waarom zou het in Howards geval anders zijn? Misschien kon zelfs een Klanlid in Mississippi de foto van zijn kindermeisje bij zich hebben zonder ervoor te hoeven boeten.

Dit was dus niet wat me dwarszat aan het verhaal van Trudy en Howard en het duurde even voordat tot me door-drong wat dat dan wel was: als hij meer van deze negervrouw hield dan van wie dan ook, waarom was hij dan naar het zui-den gereisd om zich daar bij de Klan aan te sluiten?

'Volgens mij is dit een dag van eerste keren', zei Howard ondertussen. 'Ik heb nog nooit eerder iemand over Trudy ver-teld. Niet hier in de buurt tenminste.'

'Is er een reden waarom mensen het niet zouden mogen weten?' vroeg ik met ingehouden adem.

Howard stak zijn onderlip naar voren en schudde langzaam

het hoofd. 'Nee. Het kwam gewoon niet bij me op om iemand over haar te vertellen. Vermoedelijk ben ik in mijn hart iemand die de dingen graag voor zichzelf houdt. Maar ik wist dat jij zou begrijpen wat ik voor haar voel.'

Nu kon ik er echt geen touw meer aan vastknopen. Ik hoopte maar dat Howard zijn eigen leven beter begreep dan ik.

Howard keek op zijn horloge. 'Het spijt me het te moeten zeggen,' zuchtte hij, 'maar het wordt zo langzamerhand tijd voor de kerk.'

We verzamelden het afval en het overgebleven voedsel en stopten dat in de picknickmand. Howard ging staan. 'Handje?' bood hij aan.

Ik pakte zijn hand en toen ik eenmaal stond, liet hij niet los. Niet direct, tenminste. Zijn stem klonk onmiskenbaar verdrietig, toen hij zei: 'Er is telkens zo weinig tijd, vind je niet?'

Ik knikte. 'Bedankt dat ik jouw bijzondere plek mocht zien, Howard.'

Hij keek me aan en kneep even zachtjes in mijn hand, voordat hij zijn greep liet verslappen en zijn vingers uit de mijne gleden.

Voor de tweede keer binnen een week, en voor de tweede keer van mijn leven, bevond ik me in de kerk. Ik zat direct aan het gangpad, in een bank ongeveer halverwege tussen de achterdeur en het altaar. Naast mij zat een jongetje dat het presteerde om meteen na het openingslied de hik te krijgen. De eerste explosie kwam ook voor hemzelf als een verrassing, want die kwam er op volle kracht uit, net toen de dominee de preekstoel beklom voor de Schriftlezing. Ik kon horen dat de jongen met een klap zijn mond dichtdeed en uit mijn ooghoekjes zag ik hoe hij naar zijn moeder keek, die terugkeek alsof ze zeggen wilde: *hoe haal je het in je hoofd in Gods huis!* De dominee zette zijn leesbril op en keek over het randje geamuseerd toe, toen op hetzelfde moment een tweede hik weerkaatste tegen de muren van het heiligdom.

'Tommy, houd je adem in!' fluisterde zijn moeder nijdig.

De dominee verbeet een glimlach en begon te lezen.

Tommy haalde diep adem. Zijn wangen bolden op alsof hij twee pingpongballetjes in zijn mond had en zijn gezicht verschoot in hoog tempo van lichtroze naar knalrood.

Hij drukte zich tegen de rugleuning van de kerkbank en hoe langer hij zijn adem inhield, hoe dieper hij omlaag zakte.

'Tommy, ga rechtop zitten!'

Tommy schoot overeind en zijn adem ontsnapte met een luide zucht. De dominee zette zijn bril af, sloot zijn ogen en begon te bidden: 'Hemelse Vader ...'

'Hik!'

'Tommy, gedraag je!'

'Ik kan er niks aan doen!'

'Martin, doe iets!'

De man naast haar ging staan, greep Tommy bij de hand, mompelde 'Neem me niet kwalijk' tegen mij en stommelde met zijn zoon de bank uit, langs het gangpad naar achteren. Nog een laatste 'hik' bereikte ons, voordat ze verdwenen waren.

Tommy's moeder blies geïrriteerd, wuifde zichzelf koelte toe met het kerkblad en betastte met een witgehandschoende hand haar keurig gekapte haar. Ze wierp me een zijdelingse blik toe met een 'Die jongens toch'-glimlach en richtte al haar aandacht weer op de dominee.

Mijn eigen blikken dwaalden naar Howard, die dwars op de gemeente op de orgelbank zat. Zijn handen lagen verscholen in de plooien van zijn weelderige zwarte toga. De dominee deed een paar mededelingen – volgende week zondagmiddag werd de jaarlijkse gemeentepicknick gehouden, de zusterhulp organiseerde binnenkort een taartverkoop en bijdragen voor de voedselbank konden worden afgegeven bij het kerkelijk bureau – toen Howard zich een beetje naar de gemeente draaide. Zijn ogen zochten mij en toen hij me ontdekte, glimlachte hij. Ik glimlachte terug. Was het echt pas vier dagen geleden dat ik hem voor het eerst had ontmoet?

De dominee kondigde het tweede gezang aan en Howards handen kwamen uit hun schuilplaats tevoorschijn en sloegen een akkoord aan. De gemeente ging staan. Rondom mij barstte het gezang los, terwijl ik nog steeds in het gezangen-boek stond te bladeren, op zoek naar de juiste bladzijde. Al voordat ik uit mijn ooghoeken de boze blik van de vrouw naast mij opving, voelde ik de afkeuring in golven van haar af slaan. Eindelijk had ik de bladzijde gevonden. Met een ver-ontschuldigende glimlach keek ik opzij en terwijl ik mijn buurvrouw stilzwijgend uitdaagde haar Martin ook op mij af te sturen, begon ik mee te zingen.

Er volgde een lange en vervelende preek. De dominee was innemend en enthousiast, maar ondervond zware concurren-tie van de hitte. Aan het plafond draaiden zachtjes grote ventilatoren, maar in de kerk bleef het broeierig en benauwd. Slechts af en toe woei er door de geopende ramen een stoffig briesje naar binnen. De gemeente werd een roerige zee van wapperende kerkblaadjes.

Ik doodde de tijd door afwisselend te staren naar Howards profiel en naar het reusachtige, gebrandschilderde raam ach-ter het koorbalkon. Het hoofd van de gestolde Christusfiguur was in eerste instantie nog helder verlicht, maar naarmate de zon verder wegzonk en de avondschemering inviel, vervaagde het steeds meer. De ogen die doordringend naar de gemeente hadden gestaard, leken langzaam dicht te vallen, alsof zelfs hij niet anders kon dan zich aan de hitte van Mississippi gewon-nen geven.

Eindelijk was de preek afgelopen. Staande zongen we de slotzang, gingen weer zitten voor de slotzegen en daarna maakten de mensen aanstalten om te vertrekken. De vrouw naast mij schoof zonder een woord te zeggen aan de andere kant de bank uit. Howard had niet gezegd waar ik hem na de dienst moest opwachten, dus bleef ik zitten waar ik zat. Een paar mensen die me door het gangpad voorbijliepen, glim-lachten, knikten of mompelden een groet. Ze leken wat terug-houdend en bleven dus niet staan voor een praatje. Misschien dachten ze dat ik in geestelijke nood zat en dat ik daarom de bank niet uit te branden was en strak naar het gebrandschil-derde raam zat te staren. Ik zat daar echter alleen maar te wachten op de organist die me naar huis zou brengen.

Even later stapte Howard met zijn toga nog aan van het podium af en kwam naar me toe. Hij ging achterstevoren in de bank voor de mijne zitten en legde zijn arm op de rugleuning. 'Ik hoop dat je het geen probleem vindt om nog even te blijven', zei hij. 'Ik wil je nog iets geven.'

Ik moet verbaasd gekeken hebben, want hij haastte zich uit te leggen: 'Nu we toch hier zijn, zou ik graag een paar stukken voor je spelen. Als een soort cadeautje, zeg maar, net zoals jouw boek een cadeau was voor mij.'

Zijn aanbod ontroerde me en dus zei ik met een glimlach: 'Dat zou ik fantastisch vinden.'

'Moet je vanavond op een bepaalde tijd thuis zijn?'

'Nee, hoor, helemaal niet.'

Toen de kerkzaal leeggelopen was, kwam de dominee het gangpad op lopen vanuit de hal waar hij de kerkgangers had staan groeten. Met een zakdoek veegde hij over zijn voorhoofd. 'Het is weer even warm als altijd, wat jij, Howard?'

'Er lijkt geen eind aan te komen', zei Howard instemmend. 'Mag ik je voorstellen aan een vriendin van me, Augusta Callahan? Augie, dit is dominee Sherman Keister. Ik heb het voorrecht onder hem te mogen dienen terwijl de gemeente op zoek is naar een nieuwe vaste organist.'

De dominee gaf me een stevige hand. 'Aangenaam kennis met u te maken, Miss Callahan. Woont u hier in de buurt?'

'Nee, ik kom uit Los Angeles', antwoordde ik. 'Ik logeer bij vrienden in Carver.'

'Aha.' Hij knikte en wiste opnieuw zijn voorhoofd af. 'Ik zag dat u kennis hebt gemaakt met de familie Hutchinson. Dat was de kleine Tommy, die de hik kreeg.'

'Ja', zei ik lachend. 'Hij veroorzaakte nogal wat opschudding, ben ik bang.'

De dominee haalde zijn schouders op. 'Oh, dat was naar verhouding maar een kleinigheid. Als een van de koorleden flauwvalt, dat is pas erg. Dat kun je veel moeilijker negeren.'

'Yeah', zei Howard. 'Vreselijke momenten zijn dat.'

'Zo, Howard, dus jij wilt nog even hier blijven?'

'Als je het niet erg vindt, ja. Ik zou Miss Callahan nog een staaltje willen laten horen van wat dit orgel kan.'

'Ga je gang. Als je bij je vertrek het licht maar uitdoet. Dan ga ik ervandoor, want ik heb Meredith al vooruitgestuurd om een nieuwe voorraad ijsthee te maken. Volgens mij staat er al een glas voor me klaar.'

'Ga jij maar lekker naar huis, Sherm', zei Howard joviaal. 'En leg je benen op een stoel. Wil je tegen Meredith zeggen dat ik nog steeds zit te wachten op die solo van haar?'

'Ze zegt dat ze dat zal doen zodra ze haar plankenkoorts heeft overwonnen. Haar maag maakt nu nog een complete salto, telkens als ze eraan denkt.'

Grinnikend liep de dominee weg, terwijl hij zijn lange toga alvast openritste.

Toen hij verdwenen was, zei Howard tegen mij: 'Blijf jij maar gewoon hier zitten, dan hang ik eerst deze jurk even weg. Daarna zal ik een paar deuntjes voor je spelen.'

'Moet ik bij het orgel komen staan?'

Hij schudde zijn hoofd. 'Dat is te dichtbij. Hier klinkt het veel beter. Momentje.'

Ik keek hem na toen hij het gangpad afliep en achter een deur aan de voorkant van de kerkzaal verdween. Zonder toga kwam hij even later weer tevoorschijn en ging achter het orgel zitten. Eerst rommelde hij wat met de registerknoppen, daarna sloeg hij een akkoord aan, keek nog even naar mij en begon te spelen.

Ik herkende de muziek die hij had gekozen wel – of beter gezegd: ik herkende de componisten. Eerst Bach, daarna Dvořák, Pachelbell en Schubert. Daar zat ik, zijn eenmanspubliek, omspoeld door heldere, lieflijke klanken. Het werd donker, niet plotseling, maar geleidelijk, terwijl Howard opnieuw mijn ziel veroverde met zijn muziek.

Ik had de tijd stil willen zetten. Dit moment moest mijn eeuwigheid worden. Voor altijd gewiegd in deze muziek, in Howards geschenk aan mij. *Zo voelt het als er iemand is die van je houdt*, dacht ik.

De smaak van de liefde, hoe zoet ook, was echter een kort leven beschoren en werd overschaduwd door de bitterheid van mijn werkelijke leven. Terwijl ik naar Howard zat te luisteren, ontrolden zich de jaren voor mijn ogen als een boekrol die op een tafel wordt uitgerold en volgekrast blijkt te zijn met vreemde krabbels en tekens in de kleur van oud bloed. Ik liet mijn ogen over de jaren gaan, over alles wat daarin te zien was: de oude Plymouth van mijn vader, gegrepen door de trein; de alcoholadem van mijn moeder in mijn gezicht, terwijl ze me Lenny noemt; de gloeiende punt van Stephens sigaret en zijn mededeling dat hij vertrekt om de Jappen om zeep te gaan helpen. De driftbuien van oom Finn en het dansende crucifix aan de muur. De lege huls van het huis van de Yamagata's op de ochtend dat ze per trein naar een overvol interneringskamp worden gestuurd. De belofte: 'We komen terug, hoor!' Stella en de Liddels en Jimmy Durante met zijn 'Welterusten, Mrs. Calabash', terwijl mijn hond Jimmy de tranen van mijn gezicht likt. Het wachten op het bankje voor Chichi's winkel. Wachten, wachten, eindeloos wachten. En in plaats van de Yamagata's de thuiskomst van die levenloze man, de man die zo goed als dood was na de gastvrijheid van het Japanse keizerrijk genoten te hebben. En ten slotte het geluid van een dichtslaande deur. Het geluid van dichtschuivende, driedubbele grendels. En dan stilte.

In tegenstelling tot de woorden van John Donne was ik een eiland geworden. 'Niemand is een eiland', had deze gedicht, maar ik was het wel. De enige vrienden die ik mijzelf wenste, waren boeken. De enige liefde die ik had, was mijn werk. Boeken laten je niet in de steek, werk doet je geen beloften om die vervolgens niet na te komen.

Howard speelde, de nacht viel en in dat ene, verschrikkelijke ogenblik kwam ik tot de ontdekking dat de gevangenis waarin ik mezelf zo veel jaren geleden had opgesloten geen zelfgekozen afzondering was, maar eenzaamheid. Ik had er verheven gedachten over gekoesterd, als was het de afzondering van de kunstenaar, een knus hoekje waar ik samen met de muze vertoefde en waar wij ons kleine wereldje van woorden schiepen. Bij nader inzien was dit kamertje echter leeg – op mijn eigen ingemetselde en geharnaste zelf na.

Wanneer had ik precies die laatste grendel dichtgeschoven? Wanneer was ik opgehouden met leven? Wanneer had ik de keus gemaakt dat ik alleen nog zou doen alsof? Ik was even dood als Lenny bij zijn thuiskomst en ik wist niet eens wanneer ik was gestorven. Was het een plotselinge dood of een lang stervensproces geweest? Ik wist het niet. Ik wist alleen dat ik niet meer leefde, want wat was leven zonder liefde?

Ik was aan deze avond begonnen vanuit het verlangen om een blik te kunnen werpen in het hart van Howard Draper en te ontdekken wat daarin echt was en wat niet. In plaats daarvan werd mij inzicht geschonken in mijn eigen ik, ontdaan van alle illusies en alle vormen van voos zelfbedrog. Ik was zelf Lenny, een wandelende dode, en liep aan tegen de muren van mijn eigen graf. Een tijdlang had ik dit wel gemakkelijk gevonden, maar nu was ik er niet meer zo zeker van dat dit bestaan mij blijvend voldoening zou schenken; niet nu ik een glimp had opgevangen van de buitenwereld waar de levenden gezamenlijk hun dagen doorbrachten.

Zou ik in staat zijn terug te gaan naar Californië en mijn toneelspel op te geven? Zou ik mijn pogingen om een zelfvoorzienend eilandje te zijn kunnen staken? Zou ik los kunnen breken uit deze grafkelder, zou ik risico's durven nemen door mezelf open te stellen voor relaties die voor de meeste mensen tot het normale fundament van hun leven behoorden?

Als dat kon, dan zou ik, anders dan Lenny, misschien weer kunnen leven.

De muziek hield op. Het slotakkoord bleef nog even hangen en stierf toen definitief weg. Wat overbleef was het geluid van de ventilatoren, het avondlied van de vogels buiten en het suizen van het bloed in mijn oren.

Ik ging staan. Howard kwam achter het orgel vandaan, liep naar me toe en pakte mijn hand.

'Dank je wel', fluisterde ik.

Bij wijze van antwoord bracht hij mijn hand naar zijn lippen en drukte er een kus op. Er schoot een steek door mijn hart en ik begreep dat er na al die jaren van sterven nog net voldoende leven in mij zat om verdriet te kunnen voelen.

35

We reden in een ontspannen stilzwijgen. De raampjes waren open en de auto schokte over een lang, recht zandpad dat uit zou komen op de hoofdweg naar Carver. Er stonden geen straatlantaarns en ook de maan liet zich niet zien, zodat het enige licht afkomstig was van de auto zelf. Ook al voerden we groot licht, onze wereld bestond slechts uit een donkere, door bomen omzoomde tunnel en de weg voor ons werd slechts stukje bij beetje zichtbaar in het licht van de koplampen.

Ik voelde nog steeds de warmte van Howards hand op de mijne, en de aanraking van zijn lippen op mijn vingers. Ik was gelukkig en ongelukkig tegelijk en geen stap dichter bij het antwoord op de vraag wie Howard Draper ten diepste was. Maar er moest toch iets zijn wat aan het zinloze betekenis gaf, iets wat zijn betrokkenheid bij de Klan kon verklaren? In een vreemdsoortige poging om mezelf te troosten hield ik mezelf voor dat het gemakkelijker zou zijn om hem weer los te laten, als zou blijken dat hij inderdaad een toegewijd nachtruiter was. Ik kon me geen enkel ander einde voor ons verhaal indenken dan dat ik hem uiteindelijk weer zou loslaten.

We hadden misschien tien of vijftien minuten gereden zonder een andere auto tegen te komen, toen we na een bocht in de weg ineens een licht zagen, zo'n vierhonderd meter verderop. Het bewoog niet en verspreidde een dof schijnsel, en pas na enige ogenblikken konden we de truck onderscheiden die langs de kant van de weg geparkeerd stond. De motorkap was omhoog en een man stond over de motor heen gebogen. Daar vlakbij stond een vrouw. Ze had een kerosinelamp in haar hand en torste tegelijkertijd een klein kind op haar heup.

Ik keek naar Howard, die de situatie leek in te schatten.

'Ziet eruit als motorpech', zei hij rustig. 'Ik ben niet zo technisch, maar ik kan allicht kijken of ik iets kan doen.'

'Ken je die mensen?' vroeg ik.

Hij schudde zijn hoofd. 'Ik kan hen niet zo heel goed zien, maar ik geloof het niet.'

Vlak voor de gestrande truck zette Howard de Kever aan de kant, zonder de motor af te zetten. De lichtbundel van de koplampen versmolt met het licht van de kerosinelamp, zodat we het smalle, ingevallen gezicht van de vrouw goed konden zien, evenals de kalende schedel van de man die over de motorkap gebogen stond. 'Jij blijft hier', zei Howard.

Even bekroop me de neiging zijn arm beet te pakken en te zeggen: 'Laten we doorrijden, Howard. We kunnen toch niets doen …' Maar hier was een heel gezin in moeilijkheden, een man en een vrouw en een klein kind, en Howard had gelijk dat hij daarvoor wilde stoppen. Ik begreep niet waarom ik plotseling zo bang was, of het moest zijn dat we in Mississippi waren, waar de dingen vaak niet waren wat ze leken, waar de hele atmosfeer was doortrokken van een bijna tastbare haat, waar neger en negervriend zomaar vermist konden raken en pas dagen, maanden of zelfs jaren later werden teruggevonden, hun overblijfselen overwoekerd door het moerasgras van een afgelegen rivierarm. Dat mocht allemaal waar zijn, maar wat had dat met ons te maken? Wij waren gewoon een blank paar dat stopte om een blank gezin met motorpech te helpen. Ik zei niets en liet Howard uitstappen.

'Goedenavond, mensen!' riep deze, terwijl hij het portier achter zich dichtsloeg. 'Wat is het probleem?'

De vrouw draaide zich om en tilde de lantaarn omhoog om Howard te kunnen zien. Het kind op haar heup begon te jammeren en wreef met een mollig knuistje in zijn ene oog.

De man richtte zich op en trok een oude lap uit zijn achterzak, waarmee hij zijn handen begon af te vegen.

Niemand zei iets. Howard ging wat dichter naar hen toe. 'Ik ben geen monteur,' zei hij, 'maar ik wil vanuit de stad wel even voor u opbellen en iemand sturen, als u dat wilt.'

Het enige antwoord was het tsjirpen van de krekels en het gekwaak van de boomkikkers, ergens in het bos. De man stond nog steeds zijn handen af te vegen en zei niets.

Ik boog me wat naar voren en hield Howard nauwlettend in het oog. Hij stond nu halverwege de Kever en de truck. Zijn langgerekte schaduw in het licht van de koplampen versmolt met de donkere weg voor hem, alsof hij door de duisternis werd opgeslokt. Even stond iedereen roerloos. Het tafereel werd tot een vreemd tableau, een gestolde afbeelding van een donkere nacht op een stil landweggetje in Mississippi. Ik was de onzichtbare toeschouwer, de ongeziene passagier, onzichtbaar achter de felle lichtbundels. Ik reikte naar de deurklink. Ik wilde de deur opendoen en Howard roepen om terug te komen; hem zeggen dat deze mensen zichzelf maar moesten zien te redden als ze niet eens wilden teruggroeten of gewoon iets zeggen. Ik deed echter niets van dat alles; ik wachtte.

De vrouw zei zachtjes iets tegen de man, waarop deze de motorkap dichtklapte. Hij rekte zijn hals om in de laadbak te kijken, vloekte luid en zei toen bevelend: 'Sta op, man!'

Howard schrok van de schreeuw, deed aarzelend een stap achteruit, maar bleef toen weer staan. Boven het dak van de cabine verscheen nu de gestalte van een man, niet meer dan een silhouet dat oprees uit de laadbak en tegelijkertijd half verborgen bleef achter de cabine. De man zette de schaduw van een fles aan zijn lippen, klokte die leeg en smeet de fles tussen de bomen. Het glas versplinterde tegen een stam en de man veegde zijn mond af met zijn mouw. Even wankelde hij, maar hij hervond meteen zijn evenwicht.

Weer deed Howard een stap achteruit.

De man naast de truck uitte opnieuw een krachtterm en schreeuwde toen: 'Schiet toch eens op, Wilman!'

Opnieuw deed Howard een stap naar achteren.

De man die als Wilman werd aangesproken legde zijn linkerhand op de cabine om houvast te hebben. 'Nikker!' brulde hij toen.

Hij hief zijn rechterarm en strekte hem naar voren. In het licht van de lantaarn glansde de loop van een geweer dat gericht was op de plek waar Howard zich bevond.

'Vooruit, Wilman!' De man naast de truck bleef maar vloeken en de schim op de truck verwensen.

'Nikker!' Nu hield Wilman het geweer met beide handen vast. Weer zwaaide hij opzij, weer hervond hij zijn evenwicht.

Howard draaide zijn hoofd om naar mij, en langzaam volgde ook de rest van zijn lichaam – armen, heupen, voeten. Toen klonk er plotseling een schot en Howard stond met een schok stil. Ik gilde het uit en zag vol ontzetting hoe Howard eerst verstijfde en toen traag in elkaar zakte. In het licht van de koplampen kon ik zijn gezicht zien; het was vertrokken van verbazing en pijn. Met zijn hand op zijn hart kantelde hij opzij.

Ik hoorde de motor van de truck starten, de versnellingen knarsen, het kind huilen en de man in de laadbak schateren, maar het kwam allemaal van heel ver, als door een dikke mist. De geluiden waren ijl, als klanken uit een te zacht gedraaide radio. Ik was de auto al uit en vloog naar Howard, die daar in het stof lag.

'Oh, God! Oh, God!' De woorden kwamen vanzelf, recht uit mijn hart, zonder eerst een omweg langs mijn hersenen te maken. 'Oh, God! God in de hemel!'

Ik knielde naast Howard op de weg, terwijl de truck ons met grote snelheid voorbijraasde. Howards ogen waren open. Langzaam en voorzichtig legde ik zijn hoofd in mijn schoot. Zijn rechterhand lag plat op zijn hemelsblauwe overhemd, dat nu pikzwart zag van het bloed. Zijn ogen rolden in hun kassen totdat hun blik de mijne ontmoette. Er lag geen angst in, zelfs geen verdriet, alleen een intense aandacht, alsof hij probeerde zich mijn gezicht in te prenten om de herinnering eraan te kunnen meenemen naar de overkant.

'Howard', fluisterde ik. Ik legde mijn ene hand op zijn voorhoofd en de andere over de bebloede vingers op zijn borst. 'Howard, ik …' Ik wilde hem zeggen dat ik het niet begreep, dat het niet kon dat hij daarnet nog orgel voor mij speelde in de kerk en nu, van het ene moment op het andere, hier in zijn eigen bloed op een zandweggetje lag, neergeschoten door iemand die hem per vergissing voor een neger had aangezien.

Dat moest het zijn. Een verschrikkelijke vergissing. We waren ongetwijfeld op een valstrik gestuit, georganiseerd door de Klan voor de een of andere nietsvermoedende neger. En in plaats daarvan was Howard gekomen.

Maar had dan niet een van deze mensen gezien dat Howard Draper een blanke was, en niet de neger op wie zij stonden te wachten? Misschien was de schutter te dronken geweest om het verschil te kunnen zien, maar zelfs in het zwakke licht hadden de andere man en de vrouw kunnen zien dat Howard blank was.

Waarom hadden ze dan in vredesnaam de schutter zijn gang laten gaan, zodat hij een kogel in Howard Draper kon jagen?

Achter ons stopte een auto en er stapten een man en een vrouw uit. Ze begonnen koortsachtig tegen me te praten, maar ik weet nog steeds niet wat ze allemaal zeiden. Er drong nauwelijks nog iets tot me door. Ik wist alleen nog dat Howards ogen waren dichtgevallen en dat ik het beeld de rest van mijn leven met me mee zou dragen: Howard Draper, stervend op een achterafweggetje in die wrede en onbarmhartige staat die Mississippi heet.

36

Er hangt altijd iets heiligs rond de dageraad, rond dat eerste
scheurtje in het nachtelijk donker, als daar de vage glans van
daglicht doorheen sijpelt en vervolgens langzaam langs de
hemel omhoogkruipt. Het is als een opstanding, het opstaan
tot een nieuw leven vanuit de diepte van de slaap, het ontwa-
ken van het bewustzijn, het inademen van hemelse adem,
zonder welke het leven niet mogelijk was.

Ik zag de dageraad aanbreken, die ochtend nadat Howard
was neergeschoten. De dag kwam even geluidloos aansluipen
als een kat die op lichte pootjes over het gras trippelt. Vanaf
de veranda zag ik de duisternis terugwijken voor de zon, die de
komst van de zoveelste nieuwe dag aankondigde. Ik had geen
oog dichtgedaan. Sinds kort na middernacht had ik in deze
stoel gezeten, schommelend, luisterend en turend in de maan-
loze nacht en al die tijd had ik geprobeerd een manier te
vinden om te spreken tegen een God met wie ik nog nooit
eerder een woord had gewisseld.

Nu kwam na al die lange, donkere uren de nieuwe dag en
bracht niet alleen licht, maar ook iets anders, iets wat niet te
horen of te zien was, maar toch heel tastbaar aanwezig. Er brak
een nieuw inzicht bij mij door: als we voor de dagelijkse zonsopgang konden vertrouwen op de goed geordende structuur
van het universum, dan was ook het verloop van mijn leven

niet louter een kwestie van toeval. Het was meer dan toeval alleen dat ik hier nu zat, in Mississippi, op de veranda van Sunny Yamagata, op een ochtend in juli 1965.

Ik zag het licht omhoogglijden. Het nam het gras, de bomen en de veranda in bezit en omhulde uiteindelijk ook mij zoals ik daar zat: in dezelfde lichtgele jurk die ik de vorige avond aanhad, nu besmeurd met Howards bloed. Toch was het goed zo. Er was orde gekomen in mijn chaos en vrede in mijn hart.

De stilte van de vroege ochtend werd plotseling verbroken door een naderende auto. De razende motor was duidelijk aan een onderhoudsbeurt toe en de vier versleten banden slipten over het zand. Even later draaide een oude, bruine stationcar de oprit van de Fultons in. Het was dezelfde auto die langs was komen rijden in de nacht dat de ramen kapot waren geschoten.

Zodra de auto stilstond, kwam Lee Henry achter het stuur vandaan. Bijna zonder me aan te kijken gaf hij me een knikje en liep toen om de auto heen om zijn passagier te helpen uitstappen. Miss Ebba accepteerde zijn uitgestoken hand, zwaaide haar voetjes buitenboord en probeerde te gaan staan; een, twee keer – pas de derde keer slaagde ze erin zich op te richten. Toen ze eindelijk stond, reikte Lee Henry naar binnen om haar wandelstok te pakken.

Ik ging staan om hen te begroeten. Lee Henry sloeg zijn ene arm om Miss Ebba's middel en ondersteunde met de hand van zijn andere arm haar elleboog. Zo schuifelde ze van de auto naar de verandatrap. Ze leek nog kleiner en verder ineengeschrompeld dan een paar dagen geleden. Aan de voet van de trap bleef ze staan en sloeg haar ene oog naar me op; dat doordringende oog dat alles leek te zien, zelfs wat onzichtbaar was. Even rustte haar blik op mijn met bloed bevlekte jurk en toen keek ze me aan. Ze slikte moeilijk en de wandelstok beefde in haar hand.

'Izzie dood, Miz Callahan?' vroeg ze schor.

'Nee, Miss Ebba', stelde ik haar gerust. 'Hij leeft nog.'

'Prijs de Heer', zei het vrouwtje ademloos, de lofprijzing niet meer dan een zucht. Ze legde een hand op haar hart en blijkbaar vloeide alle kracht uit haar benen weg, want ze leunde even zwaar tegen Lee Henry aan. Daarna begonnen ze samen langzaam de trap op te klimmen, een zorgvuldig gecomponeerde dans van voet en wandelstok.

Toen ze eindelijk vlak voor me stonden, vroeg ik: 'Miss Ebba, wie is Howard Draper?'

Ze knipperde met haar waterige, gelige oog. 'Kind,' zei ze, 'ik ben gekomen om dat te vertellen. Waar zijn Mister en Miz Fulton?'

'Ze slapen. Ze zijn pas twee uur geleden naar bed gegaan.'

'Maak hen wakker, kind. Zij moeten het ook horen.'

Ik keek even naar Lee Henry, om te zien wat die ervan vond. Hij knikte. Gedrieën gingen we naar binnen, de woonkamer in. Tien minuten later hadden Sunny en Tom zich al bij ons gevoegd. Ze hadden zich overhaast aangekleed en in de keuken stond ook al een pot koffie te pruttelen.

Miss Ebba zat in een grote, gemakkelijke stoel en leek daardoor nog eens zo klein. Haar wandelstok lag dwars over haar schoot en ze omklemde hem met beide handen. Voor ze iets zei, keek ze ons een voor een aan, alsof ze zich ervan wilde overtuigen dat ze onze volledige aandacht had. Toen begon ze.

'Niemand wist wie Howard Draper was.' Haar stem was nog steeds schor en het ooglid over de lege oogkas trilde. 'Zelfs Lee Henry niet.' Lee Henry schudde plechtig zijn hoofd. 'Dat moest ook, weet je. Jaja, dat moest.'

Ze zweeg en haar mond bewoog, alsof ze de woorden eerst moest kauwen, zodat ze gemakkelijker naar buiten zouden komen. Ik leunde naar voren en wachtte.

'Langgeleden,' vertelde ze verder, 'gebeurde er iets ergs met mijn kleindochter, het nichtje van Lee Henry. Ze was na haar werk op de molen onderweg naar huis, toen ze een stel blanke mannen tegen het lijf liep. Niet eens de Klan, gewoon drie jonge mannen van wie iedereen gezegd zou hebben dat ze fatsoen in hun lijf hadden. Ze waren net van de middelbare school en zouden in september op de universiteit beginnen. Maar jongelui die te veel op hebben, doen vaak domme dingen, slechte dingen.' Miss Ebba schudde haar hoofd en haar

knokige knuistjes omknelden haar wandelstok. 'Ze verkrachtten mijn kleindochtertje, met hun drieën. Trokken haar mee
het bos in en pakten haar om de beurt en ze was zelf nog maar
een kind. Maar zwanger werd ze wel, jaja; ze ging een kind
krijgen van een van die blanke mannen.'

'Haar mama, dat was mijn dochter Hattie, wist dat de baby
een kwartbloed zou worden, het kind van een blanke en een
mulat. Dat wist ze omdat de vader blank was en mijn kleindochter een halfbloed. Mijn dochter Hattie wist wat het was
om door een blanke man te worden overweldigd. De vader van
mijn kleindochter was niet Hatties man, maar een blanke;
gewoon iemand die zin had in een verzetje en dus een voorbij-
komende negervrouw te grazen nam en zwanger maakte.'

'Zo was Trudy geboren. Trudy had zo'n lichte huid, dat ze
zelf bijna voor blank kon doorgaan. Bijna, niet helemaal. Hattie wist dat Trudy's baby meer blank dan zwart zou zijn en dat
hij een kans had voor blanke te worden aangezien. Hattie
diende bij een stel brave blanken, vriendelijke mensen, en zij
regelden dat een blank echtpaar ergens in het noorden de
baby wilde adopteren. Nog voordat de zwangerschap zichtbaar
werd, zat Trudy in de trein naar Chicagie, en niemand wist dat
er een kind in haar groeide. "Ga hier weg, kind", zei Hattie
tegen haar. "Ga hier weg en kijk nooit meer om." We hebben
Trudy nooit meer gezien, maar ze schreef ons wel. Ze liet ons
weten dat ze een jongetje had gekregen en dat het blanke
echtpaar haar in dienst had genomen om te helpen bij de
verzorging van het kind. Trudy zei dat ze zich net de moeder
van Mozes voelde, die haar eigen zoon mocht verzorgen ook
al was die door rijke mensen geadopteerd.'

Miss Ebba wachtte even en haar ene oog gleed weer langs
ons heen. 'Ik hoef jullie niet meer te vertellen, dat uit dit
jochie Howard Draper is gegroeid.' Weer was ze even stil, als
om ons de gelegenheid te geven het nieuws te verwerken.
Niemand zei iets. De koffie was vergeten. We hadden ook
geen koffie meer nodig; ook zonder waren we klaarwakker.

'Howard wist van jongs af aan dat hij geadopteerd was, hij
wist alleen niks van de omstandigheden, hoe het was gegaan
en zo. Pas toen zijn ouders gestorven waren, heeft Trudy hem

de waarheid verteld, dat zij zijn moeder was. Hij was toen allang volwassen. Vanaf dat moment begon Howard erover te denken om naar Carver te gaan. Zo ging in vervulling wat zijn moeder jaren geleden had gezegd – hij was echt een Mozes, geadopteerd door rijke mensen, maar hij gaf die rijkdom op om zijn volk te gaan bevrijden. Hij had kunnen blijven waar hij was, hij had gewoon door kunnen leven als blanke man, maar hij zag dat niet voor zich, zei hij. Hij zei dat hij niet in de luxe van het blanke noorden kon leven, terwijl zijn volk in het zuiden nog steeds als slaven werd behandeld.

En dus kwam hij hierheen. Trudy bad en smeekte, maar hij ging toch. Hij kwam hier en zocht me op en zei: "Ik ben je achterkleinzoon, de zoon van Trudy. Ik heb je hulp nodig." Hij had het in zijn hoofd gekregen om bij de Klan te gaan, de vergaderingen te bezoeken om achter hun plannen te komen, zodat hij de negermensen kon waarschuwen. Hij had mij nodig om die waarschuwingen door te geven. Een gekke, oude negervrouw krijgt dromen waarin God haar vertelt wat de Klan in het geheim allemaal uitspookt. Ik merkte wel dat Howard niet van het idee af te brengen was en dus beloofde ik dat ik hem zou helpen.

Dat hebben we dus gedaan. Hij hoorde iets op een bijeenkomst van de Klan en dat kwam hij mij dan vertellen. Dan ging ik naar Lee Henry, maakte hem wakker en zei dat hij me ergens heen moest brengen. Sommigen luisterden, anderen niet. De mensen die wel luisterden hadden een kans, zij konden zich voorbereiden op de komst van de Klan.'

Een dikke traan maakte haar oog nog eens zo groot. Haar kaken bewogen weer hevig, terwijl ze zich probeerde te beheersen. Toen zei ze zacht: 'D'r was niemand die me kon waarschuwen over Howard. Toen de Klan plannen kreeg met mijn eigen lieve achterkleinzoon, kon ik hem niet waarschuwen.'

Haar stem stierf weg. Het was stil in huis. We waren er allemaal, maar in dat ene, korte ogenblik waren we niet bij elkaar. Ieder van ons had zich teruggetrokken in zichzelf om zijn eigen gedachten te verzamelen en te verwerken wat we zojuist hadden gehoord.

Voor mij begon het eindelijk allemaal duidelijk te worden. Howard Draper was dus een nepblanke. Dat verklaarde hoe een man als hij – met zijn stem vol mededogen en zijn hart vol poëzie – lid van de Klan kon zijn. Dat verklaarde de foto van een geliefde negervrouw in zijn portefeuille. Dat verklaarde waarom een dronken schooier zijn geweer op Howard had gericht en hem voor nikker had uitgescholden.

Tom kwam met een ruk overeind en liep naar het raam. Het versplinterde glas was de vorige dag door nieuwe ruiten vervangen. Lange tijd stond Tom over het gazon te staren. Eindelijk draaide hij zich om en zei: 'Dus ze hebben op de een of andere manier ontdekt wie Howard was en wat hij deed?'

'Op de een of andere manier', zei Miss Ebba instemmend.

Tom wendde zich weer naar het raam. Met zijn ene arm leunde hij tegen het kozijn en hij liet zijn kin op zijn mouw rusten. 'En daarom is hij dus neergeschoten', zei hij zacht. 'De Klan besloot dat ze hem het zwijgen op moesten leggen.'

'Tuurlijk, meneer Fulton', zei Miss Ebba eenvoudig.

'Wist hij niet dat het hierop kon uitlopen?'

'Dat wist hij heel goed. Maar niks kon hem op andere gedachten brengen. De Heer weet dat ik het vaak heb geprobeerd.'

'Het verbaasde me al dat de Klan iemand uit het noorden vertrouwde', merkte Sunny op. 'Je zou toch denken dat ze onmiddellijk argwaan hadden moeten krijgen.'

Lee Henry stak nadenkend zijn onderlip naar voren en zei: 'Waarschijnlijk vonden ze het geweldig om een nikkerhater uit het noorden in hun midden te hebben.'

'De Klan vind je ook in het noorden, kind', voegde Miss Ebba eraan toe. 'En trouwens, Howard speelde het zo dat het leek of zij hem erbij vroegen in plaats van andersom. Hij heeft heel lang niets anders gedaan dan het gezelschap zoeken van mannen van wie hij dacht dat ze bij de Klan zouden zitten. Hij ging met hen biljarten, of naar de bar, en dan zei hij allerlei dingen waardoor ze gingen denken dat hij een hekel aan negers had. Ah, en of ze op hem af kwamen. Ze smeekten hem bijna om lid te worden. Eerst deed-ie alsof hij d'r niks voor voelde, en hij stelde het steeds uit, zodat ze zouden denken dat ze hem hadden overgehaald. Hij was al een jaar in Carver, toen hij me vertelde dat hij lid zou worden.'

Toen Miss Ebba uitgesproken was, zei Lee Henry: 'Neem me niet kwalijk, meneer Fulton, maar ligt Howard nog steeds hier in Carver in het ziekenhuis? Als dat zo is, en de Klan komt erachter ...' Hij hoefde zijn zin niet af te maken; wij begrepen zo ook wel in welke richting zijn gedachten gingen.

Tom schudde zijn hoofd. 'Zodra zijn toestand stabiel was, is hij per ambulance naar Jackson vervoerd om daar geopereerd te worden. De enige chirurg die hier de operatie had kunnen doen, was niet beschikbaar.'

Tot mijn verbazing leek Lee Henry opgelucht. 'In Jackson ligt-ie beter.'

'Ongeveer vier maanden geleden heeft Howard contact gezocht met de FBI in Jackson', legde Miss Ebba uit. 'Hij gaf alles door wat hij over de Klan wist. De FBI probeert al een tijdje informatie over de Klan te krijgen, en Howard wist dat hij kon helpen. Hij zei dat hij daar een mannetje had zitten die Gary Colscott heette. U moet hem vertellen wat er met Howard gebeurd is, meneer Fulton. Misschien kunnen zij iets voor hem doen.'

Tom knikte. 'Een goed idee, Miss Ebba. Moord valt buiten de bevoegdheden van de FBI, dus poging tot moord waarschijnlijk ook, maar misschien zijn ze bereid Howard een vorm van bescherming te bieden zolang hij daar ligt. Ik zal het nummer van het kantoor in Jackson opscharrelen en straks even bellen. Gary Colscott, zei u?'

'Dat is je man.'

Gary. Zo heette de man die mijn boek uit Jackson voor Howard had meegebracht. Howards 'vriend' was dus een FBI-agent. Weer een puzzelstukje dat op zijn plaats viel.

'Weet u zeker dat hij te vertrouwen is, Miss Ebba?' mengde Sunny zich in het gesprek. 'Sommige lui van de FBI zijn toch minstens even erg als de Klan? Ze zeggen wel dat ze voor de burgerrechten zijn en zo, maar voor vijftig cent zouden ze na donker met de Klan mee uit lynchen gaan. Misschien zat die Gary Colscott wel achter de schietpartij.'

Miss Ebba schudde haar hoofd. 'Dat denk ik niet, kind. Het is waar dat sommige FBI-mensen de negers net zo erg haten als de Klan. Maar Howard zegt dat we die Colscott kunnen vertrouwen; hij zei dat het een eerlijk en goed mens is. Howard voelt dat soort dingen aan.'

'Miss Ebba,' zei ik – het was voor het eerst dat ik mijn mond opendeed – 'hoe wist u dat u hierheen moest komen? Hoe wist u dat wij op de hoogte waren van wat Howard vannacht was overkomen?'

'Ik wist dat u gisteravond bij hem was, Miz Callahan. Hij had me verteld dat jullie samen naar de baptistenkerk zouden gaan waar hij op woensdagavond orgel speelt.'

'Maar hoe wist u dan dat hij was neergeschoten?'

Het was Lee Henry die mijn vraag beantwoordde. 'Ene Albert Vick, dat is een neger die als schoonmaker 's nachts in het ziekenhuis werkt, die vertelde door heel Coloredtown dat Howard gewond was binnengebracht. Natuurlijk denkt bijna iedereen in Coloredtown dat Howard bij de Klan zit. Ze weten niet dat hij eigenlijk een neger is. Waarschijnlijk zijn ze nu allemaal aan het fuiven, omdat ze denken dat de Klan iemand van d'r eigen heeft neergeknald.'

Tom begon te ijsberen. Sunny boog zich naar voren in haar stoel. 'Maar ze moeten weten wie hij is, Lee Henry. We moeten het hun vertellen.'

Lee Henry keek Sunny zwaarmoedig aan. 'Wat stelt u dan voor, Miz Fulton?'

'Lee Henry, jij bent toch voorganger, of niet soms?' zei Miss Ebba plotseling.

'Yep.'

'Dan moet jij een gebedssamenkomst beleggen in de kerk, om voor Howard te bidden en iedereen over hem in te lichten.' Ze keek naar Sunny en Tom. 'Hoe slecht is hij eraan toe, weten jullie dat?'

'Nou, we hebben om vier uur vanochtend nog naar het ziekenhuis gebeld,' zei Tom, 'en toen kwam hij net de OK uit. Hij was er goed doorheen gekomen, maar volgens de dokter was hij nog niet buiten levensgevaar. D'r is altijd kans op infecties, al ziet het er op dit moment goed uit. De dokter zei dat Howard geluk gehad had. De kogel is boven in zijn rug ingeslagen en er aan de andere kant, net onder zijn schouder, weer uitgekomen. Hij is niet eens in de buurt van zijn hart geweest en heeft onderweg ook geen slagaders geraakt. Wat dat betreft was het een tamelijk onschuldige wond.'

'Die mensen die hem weer opgelapt hebben,' zei Lee Henry, 'wisten die dat hij een neger was?'

Tom snoof zachtjes, plotseling vermaakt. 'Ik vermoed dat het ziekenhuis hem als blanke heeft geregistreerd, of het nieuwtje moet ook buiten de Klan zijn rondgegaan.'

Niemand van ons was met Howard meegegaan naar Jackson, hoewel Tom en ik nog in het ziekenhuis van Carver waren op het moment dat de ambulance met Howard erin vertrok. Het stel dat na de schietpartij op de zandweg was gestopt, had Howard en mij naar het ziekenhuis gebracht, waar ik onmiddellijk Sunny en Tom had gebeld. Sunny was thuisgebleven om op de kinderen te passen, maar Tom was meteen gekomen om me bij te staan en later naar huis te kunnen brengen. Net toen Howard naar Jackson werd gebracht, dook er een politieagent op die mijn verhaal wilde horen en ook een verklaring wilde optekenen van het paar dat als ambulancechauffeur was opgetreden. De agent, die Stuart Dunberry heette, maakte echter een ongeïnteresseerde en afwezige indruk. Hij schoof onrustig op zijn stoel heen en weer en peuterde voortdurend aan een grote eeltplek in de palm van zijn hand. Zelfs toen ik de voornaam noemde van de man die de trekker had overgehaald, nam hij de moeite niet om aantekeningen te maken. Hij haalde zijn schouders op en zei lijzig: 'Ik ken hier in de buurt helemaal geen Wilman, Miz Callahan.'

Nu begreep ik pas waarom hij helemaal geen moeite leek te willen doen die Wilman op te sporen. Ongetwijfeld wist Stuart Dunberry wat ik op dat moment zelf nog niet wist, namelijk dat Howard in feite een neger was. 'Heb jij me ooit niet verteld dat de hoofdinspecteur van politie hier in Carver ook bij de Klan zit?' vroeg ik aan Sunny.

Sunny knikte. 'Dat is Bill Sturges. Hij zit niet zomaar bij de Klan, hij is *Exalted Cyclops* van de afdeling Carver.'

'De infiltratie van de Klan binnen het politieapparaat gaat veel verder dan je denkt', voegde Tom eraan toe. 'Als je bij een Klanvergadering iedereen zijn kap af zou trekken, zou je denken dat je in een stafvergadering op het hoofdkantoor van politie beland bent, zo erg is het.'

'Geen wonder dat agent Dunberry niet in mijn verklaring geïnteresseerd was', merkte ik op.

Ik kon me goed voorstellen dat Stuart Dunberry na zijn terugkeer op het bureau samen met inspecteur Sturges hartelijk had gelachen om de val van Howard Draper. De gedachte maakte me razend, en mijn enige troost was dat hun overwinningsvreugde van korte duur was geweest. De huurmoordenaar was te dronken geweest om zuiver te kunnen richten. Was Wilman nuchter geweest en zijn schot nauwkeuriger, dan had Howard het niet overleefd.

'Zou Dunberry weten dat Howard naar Jackson is overgebracht?' vroeg ik.

Tom keek naar de klok op de schoorsteenmantel. Het was even voor zevenen. 'Het is nog wel vroeg, maar ik zal iemand van de FBI uit bed proberen te bellen om te vragen of ze beveiliging kunnen sturen.'

Hij verliet de kamer en ik zei tegen niemand in het bijzonder: 'We kunnen dus wel veilig aannemen dat de politie van Carver geen jacht zal maken op de man die Howard heeft neergeschoten.'

Daar moest Lee Henry om lachen, hard en verbitterd. 'Ik denk eerder dat ze op dit moment met diezelfde vent feest zitten te vieren. Nee, Miz Callahan, d'r is geen recht in Carver voor een neergeschoten neger, hoe blank z'n huid ook is.'

'Er dreigt nog steeds gevaar, hoor', wierp Sunny ertussen. 'Zowel van de kant van de Klan als door de schotwond.'

'Ik zal vanavond een samenkomst houden', verzekerde Lee Henry haar. 'We zullen voor Howard bidden en de mensen van Coloredtown vertellen wie hij is. Zodra we thuis zijn, zal ik de mensen bij mekaar roepen.'

'Misschien kunt u beter niet naar huis gaan, Miss Ebba', zei Sunny. 'Misschien bent u ook wel in gevaar. Als de Klan achter de identiteit van Howard is gekomen, weten ze misschien ook welke rol u in dit alles hebt gespeeld. Misschien kunt u beter bij ons blijven, in elk geval voor een poosje.'

Voor het eerst die ochtend brak er een glimlach door op Miss Ebba's gezicht. 'Lief dat u zo bezorgd bent, Miz Fulton,' zei ze, 'maar dat is helemaal niet nodig. Mij overkomt heus niks.' Ze grinnikte even diep in haar keel. 'Ik ben zesennegentig. Hoeveel tijd heb ik hier op aarde nou nog te gaan? Als die kerels in hun beddenlakens zo nodig op visite willen komen en me een paar dagen voor mijn tijd naar de hemel sturen, dan moeten ze dat vooral doen.'

Sunny schudde haar hoofd, maar glimlachte toch. 'Weet u het zeker, Miss Ebba? U bent hier welkom, hoor.'

'Als ik hier blijf, kind, kun je straks weer een stel nieuwe ruiten betalen.' Ze grijnsde al haar gele tanden bloot en voegde er toen zachter aan toe: 'Ik ben niet bang, Miz Fulton. Niet bang om te leven, en niet bang om te sterven. Wat er ook gebeurt, ik ben in de hand van de Heer, weet je.'

'Miss Ebba, hoe kon Howard lid zijn van de Klan zonder daadwerkelijk betrokken te raken bij – hoe zal ik het zeggen – bij hun activiteiten?' vroeg ik.

'Je bedoelt: afranselen en verkrachten en vermoorden?'

Ik knikte.

'De Klan heeft voor dat soort werk een speciale groep, die zichzelf de Klavaliers noemt. Voor de Klavaliers moet je gevraagd worden. Howard zat daar niet bij. Hij ging alleen naar vergaderingen, rally's, picknicks, dat soort dingen. Deed zijn plicht en hield de hoge heren tevreden. Niet iedereen in de Klan hoeft rond te rijden om negers de hersens in te slaan.'

Op dat moment kwam Tom terug in de kamer en we keken hem allemaal verwachtingsvol aan. 'Kreeg een antwoordapparaat', zei hij. 'Ik heb een boodschap voor Gary Colscott ingesproken. Hij zal nu wel snel terugbellen.'

'Hopelijk snel genoeg', zei Sunny.

Tom ging weer zitten. Hij leek nu nog vermoeider dan toen ik hem wakker had gemaakt. 'Wat een zootje', mompelde hij. 'En dan te bedenken dat ik teruggekomen ben naar Mississippi met de gedachte dat ik deze keer de Klan wel zou kunnen ontlopen.'

'Ik vraag me toch af hoe ze dat van Howard hebben ontdekt', zei ik.

'Dat weet je nooit, kind', zei Miss Ebba hoofdschuddend. 'Dat weet je nooit.'

'Iedereen die zich aanmeldt als lid wordt door de Klan helemaal doorgelicht', vertelde Tom. 'Ik ben eigenlijk alleen maar verbaasd dat ze er niet eerder achter gekomen zijn.'

'Howard moet geweten hebben dat ze onderzoek naar hem deden', viel Sunny hem bij. 'Hij moet geweten hebben dat het slechts een kwestie van tijd was voor ze hem zouden ontmaskeren.'

'Dat hoort ook bij de eed van trouw', merkte Lee Henry op. 'Dood aan degene die de geheimen van de Klan verraadt. Zo iemand moet door zijn eigen broeders worden omgebracht.'

De woorden deden mijn bloed in ijs veranderen en ondanks de warmte huiverde ik. 'Toch deed hij het', zei ik zacht.

Miss Ebba zette haar wandelstok tussen haar voeten en probeerde zichzelf overeind te hijsen. Lee Henry schoot haar te hulp. 'We moeten aan de slag voor de gebedssamenkomst', zei Miss Ebba. 'Komen jullie ook?' Ze keek naar de drie blanke gezichten daar in de kamer.

'We zullen er zijn, Miss Ebba', beloofde Sunny.

Miss Ebba knikte tevreden. Ze deed een stap voorwaarts, bleef weer staan en keek ons opnieuw allemaal aan. 'Oh, nog iets wat jullie vast wel willen weten. Die mannen die Trudy hebben verkracht, je weet wel? Een daarvan is nou burgemeester. Het kan heel goed dat Trudy zwanger is geraakt van Cedric Frohmann.'

Even zat ik verstomd. 'Weet Howard dat?' zei ik toen moeilijk.

Miss Ebba knikte. 'Dat weet-ie.' Ze tikte met haar duim op haar kin om ons te bepalen bij het kuiltje dat beide mannen daar hadden. 'Dat weet-ie.'

Tom en Sunny keken elkaar hoofdschuddend aan. Met hulp van Lee Henry schuifelde Miss Ebba naar de voordeur. Ik volgde hen om de deur achter hen dicht te kunnen doen.

Voordat ze de veranda op stapte, legde Miss Ebba haar hand op mijn arm, die oude, zwarte, prachtige hand. 'Kind,' zei ze zacht en ze keek naar me op met haar ene oog, dat glansde van vriendelijkheid, 'de Klan was niet het enige waar Howard met mij over praatte. Bid voor hem, Miz Callahan. Hij heeft uw gebed nodig.'

Ik knikte kort, en beloofde daarmee iets te doen waarvan ik geen idee had hoe het moest. 'We hebben geluk gehad, dat we een uur later langskwamen dan de Klan verwachtte', zei ik. 'Als ik niet bij Howard was geweest, was hij op zijn gewone tijd naar huis gegaan en dan was Wilman nog nuchter genoeg geweest om recht te schieten.'

Ik lachte, maar Miss Ebba niet. Ze keek heel ernstig en zei: 'Dat was geen geluk, kind. Gods hand heeft Howard beschermd.'

'Dan komt het vast ook helemaal goed met hem', concludeerde ik.

'Wij kennen Gods wegen niet', antwoordde de oude vrouw. 'Het is aan God om te beslissen of Howard blijft leven of niet.'

'Maar als Hij Howard tot nu toe bewaard heeft …'

Miss Ebba klopte me op de hand. 'Bid jij nou maar, kind. Bid dat het de wil van de Heer mag zijn dat hij in leven blijft.'

Ze kneep nog even in mijn arm en schoof toen aan de arm van Lee Henry de veranda over, de trap af, naar de wachtende auto. De zon was inmiddels boven de bomen uit geklommen, de ochtendkoelte was verdwenen en het begon warm te worden. Ik keek de auto na, toen die wegreed in een wolk van stof en zand. Het deed me denken aan het gedicht dat Shidzuyo in het kamp voor Sunny had opgezegd. *Het is in stof en vuil dat de lelie van zijn liefde bloeit.*

Ik liep naar boven en liet me dwars over mijn bed vallen. Alles kwam weer terug: de rit naar het ziekenhuis, met Howard bewusteloos op de achterbank van de auto van de onbekenden en ik gehurkt naast hem op de vloer. Ik had onafgebroken gekeken naar zijn ademhaling, naar het rijzen en dalen van zijn borstkas, zonder mijn ogen te durven afwenden, uit angst dat hij zou ophouden met ademhalen als ik even niet oplette.

Ik deed mijn ogen dicht om de herinnering te verdrijven. Ik zei tegen mezelf dat ik de bebloede jurk moest uittrekken en iets schoons aandoen, maar ik was te moe om een vin te verroeren. Ik voelde mezelf wegglijden, en opnieuw schoten schrik en verbazing door me heen bij de gedachte: *dus Howard Draper is een blanke neger* – maar meteen daarna dwarrelde ik als een herfstblaadje omlaag in een diepe, onrustige slaap.

37

Het grootste deel van de dag lag ik in een onrustige slaap, waaruit ik pas halverwege de middag wakker werd. Pas toen ging ik onder de douche en trok ik een schone jurk aan. Sunny en ik waren in de keuken met het avondeten bezig, toen Tom vanaf de molen belde om te zeggen dat hij niet op tijd thuis kon zijn voor de gebedssamenkomst.

'Ga maar zonder mij', zei hij. 'Ik moet hier een paar brandjes blussen voor de zaak uit de hand loopt.'

De gemoederen op de molen waren de laatste tijd nogal verhit geraakt, legde Sunny me na het telefoontje uit. De helft van de arbeiders probeerde zich in een vakbond te organiseren, terwijl de andere helft, allemaal mensen van de Klan of in elk geval met sympathie voor de Klan, daartegen was. 'Weer een uitdaging voor Tom Fulton in het gewone, dagelijkse leven van Mississippi in de jaren zestig', besloot Sunny.

Na het eten brachten we de kinderen naar hun oma en reden zelf door naar Coloredtown. Onderweg lachte Sunny me van opzij toe, terwijl ze zei: 'Je had toch gelijk over Howard. Hoe wist je dat nou, dat hij niet bij de Klan zat?'

Zonder aarzelen antwoordde ik: 'We zijn geestverwanten.' Het was de enige verklaring die ik had en ze vroeg niet verder.

De 'zwarte' baptistenkerk leek in de verste verte niet op de baptistenkerk van Lucasville, waar Howard de vorige avond de zang begeleid had, en ook niet op de methodistenkerk waar de Fultons en de burgemeester en verder alle andere inwoners van Carver op zondagochtend naartoe gingen, voor zover ze niet zwart of katholiek of Joods waren. De kerk waar Lee Henry als voorganger diende, was opgetrokken uit ongeverfd hout en bestond uit een grote ruimte, die eruitzag of hij in elkaar zou zakken zodra er iemand te hard nieste. Een gammel trapje van vijf losliggende sintelblokken leidde naar de voordeur. De helft van de ruiten was kapot of ontbrak, de verlichting bestond uit een serie kale peertjes, bungelend aan blootliggende draden langs het plafond. Langs het gangpad in het midden boog de vloer vervaarlijk door, als de ingezakte rug van een afgebeeld werkpaard. De piano voor in de zaal miste een aantal witte toetsen en zag er zo oud en vervallen uit dat zijn dagen geteld leken. Er stonden geen kerkbanken, maar in plaats daarvan was een groot aantal simpele houten bankjes zonder leuningen in keurige rijen neergezet. Er waren geen ventilatoren en dus was het binnen warm en benauwd. Het aanzien van het gebouw werd slechts gered door een prachtig gesneden en gepolijst houten kruis aan de muur achter de tafel die als altaar diende.

Op het moment van onze aankomst was een knappe jonge vrouw een solo aan het zingen, begeleid door Gloria Reese op de piano. De soliste had haar ogen gesloten en hield haar hoofd een beetje achterovergebogen, zodat haar roze tong en haar witte tanden zichtbaar waren. Haar warme sopraan hing helder in de ruimte als het geluid van een windharp in een koude nacht.

Heer, neem mijn hand en leid mij, dan houd ik stand …

Sunny en ik bleven bij de deur staan luisteren, de zaal voor ons een zee van deinende ruggen, wiebelende hoedjes en wapperende waaiers. De bankjes zaten propvol en langs de muren zaten de mensen op de vloer. Ik keek op mijn horloge. We waren precies op tijd, en toch waren al deze mensen al lang voor ons gearriveerd, terwijl ze niet eens wisten waarom. Ze wisten alleen dat er een speciale gebedssamenkomst was belegd en dus waren ze gekomen.

Door nacht en stormgedruis leidt U mij naar uw huis ...

Toen het lied afgelopen was, liepen de beide vrouwen rustig naar hun zitplaatsen, door de gemeente overladen met kreten als 'Amen, zusters' en 'Prijs de Heer'. Nu kwam Lee Henry, die op de voorste rij zat, overeind. Toen hij zich omdraaide, zag hij Sunny en mij aarzelend bij de deur staan, zoekend naar een zitplaats. Hij wenkte ons naar het gangpad en beduidde met een knikje dat er nog plaats was op een bankje vooraan. Een beetje voorzichtig liepen we over de hellende vloer, twee blanke vrouwen in een oceaan van zwarte gezichten. We zagen Curtis Reese met zijn neef Mahlon Jackson en een hele rij kinderen, waarschijnlijk het nageslacht van Curtis en Gloria. T.W. Foss was er, vergezeld van Bo Wiley en Eddie Schoby. Hoewel ik hen op dat moment niet zag, hoorde ik later dat ook Luella en Susannah zich ergens in de menigte ophielden. Ik herkende de gebroeders Robinson, de eigenaars van het mortuarium, en ook een of twee gezichten van de burgerrechtencursus. De mensen knikten of lachten ons toe bij wijze van groet, maar hier en daar zag ik ook verbaasde gezichten.

We ontdekten een lege plaats op de voorste rij, naast Miss Ebba, en persten onszelf in de lege ruimte. Lee Henry stond inmiddels bij het altaar en zei glimlachend: 'Zuster Anita en zuster Gloria, hartelijk dank voor dat prachtige lied.' Vervolgens sloeg hij een reusachtige bijbel open die op de altaartafel lag en staarde er een hele poos zwijgend naar. Ondanks de hitte droeg hij een versleten kostuum met een stropdas, en het zweet droop langs zijn slapen, in zijn nek en op de gesteven kraag van zijn smetteloos witte overhemd.

'Broeders en zusters', begon hij rustig. Hij keek eindelijk op en liep om de altaartafel heen, totdat hij er recht voor stond. Zijn ogen gleden onderzoekend over de verzamelde gelovigen, als twee zoeklichten die een dichte mist proberen te doorboren. 'Broeders en zusters,' begon hij nog eens, 'we zijn hier vanavond bij elkaar gekomen omdat er iemand is die onze gebeden nodig heeft. Het is een man van wie we ooit gezworen zouden hebben dat hij een vijand was, maar al die tijd stond hij aan onze kant. Het is een man die zijn thuis in het noorden van het land heeft achtergelaten, die een goed leven heeft opgegeven om in Mississippi zijn volk te komen helpen, net zoals Mozes het paleis van Farao verliet om de Joden de weg te wijzen naar het beloofde land.'

Weer ging zijn blik van de ene kant van de kerk naar de andere en terug. Een griezelige stilte was over de mensen neergedaald. Ook over mijn eigen rug kriebelden nu straaltjes zweet. Lee Henry ging verder.

'De man over wie ik het heb, is Howard Draper.'

Achter mij hapten mensen naar adem en daarop golfde het gefluister door het vertrek. Hier en daar ving ik het woord 'Klan' op.

'Sommigen van jullie weten inmiddels wie Howard Draper is en wat hij heeft gedaan, anderen nog niet', zei Lee Henry. 'En als je het nog niet weet, dan zal ik het je nu vertellen. Luister goed, vrienden.'

Ik voelde gewoon hoe de hele gemeente zich gretig vooroverboog, net zoals ik die ochtend had gedaan toen ik naar Miss Ebba zat te luisteren. De gezichten van de mensen die buiten meeluisterden door het open raam rechts van mij kwamen nog dichterbij, om maar geen woord te missen.

Al pratend begon Lee Henry te ijsberen. 'Twee jaar geleden verliet Howard Draper Chicago, verliet zijn huis om naar Carver te verhuizen. Hij liet die grote stad achter, hij gaf zijn baan op en hij reisde dat hele eind naar Carver in Mississippi. Nu vragen jullie natuurlijk: "Waarom? Waarom zou een blanke man zoiets doen? Waarom zou een blanke ooit hier willen komen wonen, in een onbelangrijk stadje als Carver?"'

Hij zweeg even en leek op een antwoord te wachten, maar niemand waagde het hardop naar Howards beweegredenen te gissen. 'Dan zal ik jullie vertellen waarom', zei Lee Henry ten slotte. 'Howard Draper kwam hierheen omdat hij helemaal geen blanke is. Howard Draper is een neger, net als jij en ik.'

Er ging een schok door de mensenmenigte en iemand riep: 'Heer in de hemel, dat kan niet waar zijn!'

'Het is waar!' riep Lee Henry terug. 'Howard Draper is een neger! Hij is mijn eigen neef! Hij is de achterkleinzoon van

Miss Ebba, de zoon van haar kleindochter, een vrouw die sommigen van jullie gekend zullen hebben, Trudy Loomis. Zijn huid is misschien even blank als die van alle blanken in Carver, maar door zijn aderen vloeit kleurlingenbloed. En jullie weten allemaal dat een man met kleurlingenbloed een neger is. Al is zijn huid zo blank als die van Sneeuwwitje, hij is en blijft een neger.'

'Waar wil je naartoe, Lee Henry?'

Ik draaide me om en zag een keurig geklede man met wit haar opspringen van een bankje in het midden van de kerk. Hij klemde met beide handen een versleten gleufhoed tegen zijn borst en kneedde de randen in afwachting van het antwoord.

'Daar kom ik op, Solomon', zei Lee Henry. 'Ga zitten en geef me de tijd. Ik zal jullie alles vertellen wat je weten moet.'

De man bleef echter staan. 'Ik heb horen zeggen dat Howard eropuit trok met de Klan. En nou zeg jij dat hij een neger is? Je eigen familie nog wel?'

'Howard Draper zat inderdaad bij de Klan.' De gemeente hapte als één man naar adem, maar Lee Henry schonk er geen aandacht aan. 'Ga zitten, Solomon. Geef me een kans.'

Zelfs toen Solomon alweer zat, golfde het gemompel nog door de rijen, totdat iemand erbovenuit riep: 'Is het waar wat Lee Henry zegt, Miss Ebba? Is Howard Draper familie van u?'

Met behulp van haar wandelstok ging Miss Ebba staan en langzaam schuifelde ze naar voren. Daar richtte ze zich in haar volle lengte op en haalde diep adem. 'Deze man is jullie pastor', zei ze zacht verwijtend, met een knikje naar Lee Henry. 'Hij is al bijna twintig jaar jullie pastor. Je zou beter moeten weten dan mij te vragen of hij liegt, ja of nee.'

'Mama?' Op de voorste rij stak een vrouw aarzelend haar hand op. Ze zat naast mij, aan de andere kant van de open plaats waar Miss Ebba had gezeten. Ik had haar nog niet eerder opgemerkt. 'Laat mij het maar vertellen, Mama.'

Miss Ebba keek geschrokken. 'Zeker weten, Hattie?'

Bij wijze van antwoord kwam Hattie overeind en liep naar voren. Toen ze naast Miss Ebba ging staan, was goed te zien dat ze de dochter van de oude vrouw was. Ze was langer en tamelijk dik, maar de gelijkenis was onmiskenbaar. 'Lee Henry liegt niet', zei ze rustig, maar op ferme toon. 'Sommigen van jullie zijn te jong om het je te herinneren, maar anderen waren erbij toen ik mijn kleine meid naar Chicagie stuurde. Toen ze wegging, droeg Trudy het kind van een blanke man.' Haar ogen stroomden vol tranen, maar haar stem bleef vast. 'Ik wou dat niemand het ooit te weten zou komen, maar nu weten jullie het. En dat kind is nu thuisgekomen. Ik heb zelf ook pas net gehoord dat Howard Draper mijn eigen kleinzoon is. Vandaag pas. En ik ben zo trots op wat hij gedaan heeft.'

Ze zweeg en keek het vertrek rond. Na een korte stilte klonk de stem van een vrouw: 'Wij ook, Hattie, lieverd. Wij ook.'

Overal werd instemmend gemompeld. Miss Ebba en Hattie keken elkaar even aan; toen liet de oude vrouw haar ogen over de menigte gaan, alsof ze iedereen wilde uitdagen ooit nog de integriteit van haar familie in twijfel te trekken. Toen ze er zeker van was dat de boodschap was overgekomen, zei ze: 'Ga door, Lee Henry. Vertel wat er gebeurd is en wat Howard gedaan heeft.'

Lee Henry wachtte rustig tot Miss Ebba en Hattie weer op hun plek zaten. Hij vouwde zijn handen, legde zijn wijsvingers als een torentje tegen elkaar en bracht die naar zijn lippen. Zijn ogen waren neergeslagen en hij leek diep in gedachten verzonken. Eindelijk, toen de verwachtingsvolle spanning in de zaal zo hoog was opgelopen dat je bijna niet meer kon ademen, deed hij zijn jasje uit, legde het over de tafel en stak van wal.

'Hier komt het verhaal, broeders en zusters. Hier komt het verhaal.'

En toen vertelde hij alles, overigens zonder de naam van Cedric Frohmann te noemen. Het hele verhaal kwam eruit: van de verkrachting van Trudy en de adoptie van de baby tot de beslissing van de volwassen geworden jongen om zijn leven op het spel te zetten voor de mensen die hier vanavond in de kerk zaten, om te proberen hen te beschermen tegen gevaar en zelfs tegen de dood. Hij vertelde hoe diezelfde Howard Draper de vorige avond was neergeschoten op een donkere weg, ongetwijfeld door een lid van de Klan, en dat hij nu de gebeden van zijn mensen nodig had om te herstellen van de kogelwond die zijn dood had kunnen worden.

Daarna begon de preek. 'Howard Draper, mensen, is de Mozes van onze tijd. Onze Mozes! Hij hoefde niet hierheen te komen. O nee, hij had kunnen blijven waar hij veilig was, waar hij een huis had en een baan en geld op de bank. Hij had daar kunnen blijven en leven als een rijke blanke! Maar net als Mozes deed hij dat niet. Voor Howard Draper was de schande omwille van Christus meer waard dan alle schatten van Egypte!' Lee Henry rekte het woord 'alle' verscheidene seconden lang, maakte ondertussen een brede armzwaai die het hele vertrek moest omvatten en wees toen naar boven.

Van de achterste rij kwam een stem: 'Verder, broeder Starks.'

Lee Henry maakte zijn das los, duwde een vinger in zijn halsboordje en rekte zijn hals. Uit de achterzak van zijn broek trok hij een zakdoek tevoorschijn, waarmee hij het zweet van zijn gezicht wiste. De mensen die buiten bij het raam stonden, begonnen naar de muggen te meppen. Rondom de peertjes boven ons hoofd fladderde een dichte zwerm zoemende insecten. Overal in de kerk wapperden de mensen druk met velletjes papier om zich koelte toe te wuiven.

'Broeders en zusters,' vervolgde Lee Henry, 'Howard Draper leek op Mozes. Maar, vrienden, hij leek ook nog op iemand anders! Ik zeg, hij leek ook nog op iemand anders, en die man was Jezus! Ik zeg, Howard Draper leek op Jezus ...'

'Hoe dan, broeder, vertel het ons!'

'Omdat Jezus naar de aarde kwam ...' Lee Henry's wijsvinger schoot omhoog in de richting van het plafond en daarna omlaag naar de vloer. 'Ik zeg, Jezus kwam naar de aarde ...' Weer ging de vinger omhoog en omlaag. 'Ik zeg, Jezus kwam naar de aarde, ook al had Hij in de hemel kunnen blijven om te genieten van alle rijkdommen van het koninkrijk van de Heer!'

'Zo is het!'

'Amen, halleluja!'

Lee Henry pakte opnieuw zijn zakdoek en veegde ermee over zijn voorhoofd, zijn lippen en zijn nek. De mensen wachtten gespannen af tot hij verder zou gaan.

'Nu zeggen jullie misschien,' vervolgde Lee Henry, rustiger nu, 'nu zeggen jullie misschien: "Broeder Starks, Howard Draper is Jezus niet. Howard Draper is de Zoon van God niet." En mijn antwoord is: dat weet ik. Ik weet dat hij Jezus niet is. Wat ik zeggen wil, is dat Howard Draper op Jezus lijkt, omdat de liefde van Jezus in zijn hart woont. De liefde van Jezus woont in zijn hart en dat is de reden waarom hij zijn bestaan in het noorden kon opgeven en hierheen komen om te leven en misschien zelfs te sterven voor zijn zwarte broeders en zusters.'

Hij zweeg, keek om zich heen, heen en weer lopend voor het altaar. 'Nou zal ik jullie eens wat vertellen over die man Jezus.'

'Laat horen, broeder Starks!'

'Ga door, Lee Henry, wij luisteren.'

'Laat me jullie eens iets vertellen over de Zoon van God.'

'Verder, broeder!'

Lee Henry bleef staan, wachtte even en schreeuwde toen: 'Jezus was geen blanke ...!'

'Dat was hij niet!'

'Amen!'

'Prijs de Heer, broeder!'

'En Jezus was ook geen neger ...!'

'Nee, ook geen neger!'

'Jezus was een Jood. Toen de Heer naar de aarde kwam en een mens van vlees en bloed werd, was dat het vlees en bloed van een Jood. Niet van een blanke, niet van een neger, maar iets ertussenin. Nou leefde Jezus in een land hier ver vandaan, Israël, en dat was in die tijd zo'n beetje het middelpunt van de wereld. Jezus leefde precies in het midden van de wereld, omringd door Afrika en Europa en India en China. En weet je wat ik dus denk?' Zijn stem werd luider. 'Ik zeg, weet je wat ik dus denk?'

'Vertel ons wat je denkt, broeder!'

'Ga door, Lee Henry, wij luisteren.'

'Ik denk dat in Jezus' aderen het bloed vloeide van alle rassen op aarde! Ik zeg jullie hier vanavond, broeders en zusters, dat Jezus geen blanke was...'

'Amen, halleluja!'

'En Hij was ook geen kleurling …'

'Maakt niet uit, prijs de Heer!'

'En ook al was Hij van het Joodse ras, toch was Hij niet alleen een Jood. Ik zeg jullie, volgens mij had de Zoon van God *alle* kleuren, net zoals het licht alle kleuren heeft. In het licht zijn alle kleuren gemengd, en jullie weten wat de Schrift zegt over het licht!'

'Vertel het nog maar eens, dominee!'

'Ga door, Lee Henry.'

'De Schrift zegt: "De Heer is mijn *licht*" …!'

'Prijs de Heer!'

'De Schrift zegt: "God is het licht van het *leven*" …!'

'Amen, amen, Heer Jezus!'

'De Schrift zegt: "God is licht en in Hem is in het geheel geen duisternis!"'

'Zo is het, Heer Jezus!'

'Prijs de naam van Jezus!'

De zakdoek kwam weer tevoorschijn en al ijsberend probeerde Lee Henry de stromen zweet langs zijn gezicht te stelpen, maar tevergeefs.

En in die korte stilte zag ik in gedachten opnieuw de ronde regenboog die ik uit het vliegtuigraampje had gezien, het gekleurde licht dat mij een aan de hemel geschreven boodschap had geleken. En ik hoorde opnieuw de stem van Howard die de woorden van Henry Vaughan declameerde: *Ik zag de eeuwigheid vannacht, een ring van zuiver licht in eindeloze pracht …* Het was Lee Henry die het beeld compleet maakte en alle stukjes samenvoegde tot een herkenbaar geheel, door uit te roepen dat Jezus, de Zoon van God, het licht van het leven is. Het was maar een kort ogenblik, maar genoeg voor mij om het volledige beeld te doorgronden, te aanvaarden en te koesteren in mijn hart. Jezus, de Zoon van God, de ring van eindeloos licht, de cirkel van het eeuwige leven.

Toen de zakdoek weer in de achterzak was verdwenen, hield Lee Henry abrupt op met ijsberen en keek strak het gangpad langs. 'Bloed is een raar ding', zei hij zacht. 'De blanken beweren dat je een kleurling bent als je maar een druppel gekleurd bloed in je aderen hebt. Al is je huid zo blank als die van Howard Draper, al zie je er blanker uit dan alle mannen met een Klankap op, al is je moeder blank en je vader blank – het maakt allemaal niet uit. Stroomt er ook maar een druppel gekleurd bloed door je aderen, dan ben je een kleurling. Maar vrienden, weten jullie wel wat de Bijbel zegt over bloed?'

Lee Henry liep naar de andere kant van de altaartafel en bladerde in de bijbel tot hij vond wat hij zocht. Deze keer was het Miss Ebba's schelle stemmetje dat zei: 'Verder, Lee Henry! We wachten.'

'Hier staat,' vervolgde haar kleinzoon, 'in het boek Handelingen, dat God uit één mens alle volken heeft gemaakt die op aarde wonen. Horen jullie dat, broeders en zusters?'

'Amen!'

'Ik zeg, horen jullie dat, broeders en zusters?'

Een donderend 'Amen!'

'In Handelingen 17, vers 26, staat dat God uit één mens alle volken heeft gemaakt die op aarde wonen. Weten jullie wat dat betekent?'

'Zeg het ons, broeder Starks!'

'Dat betekent dat er op de hele wereld maar één soort bloed bestaat! Er is geen blank bloed en zwart bloed en Joods bloed. Er is maar één soort bloed en dat bloed stroomt in ons *aaallemaal*!'

'Amen, broeder!'

'Er is maar een soort bloed!'

'Prijs God!'

'Er is maar een soort bloed!'

'Halleluja!'

'Ja, mijn vrienden, oh ja, er is maar een soort bloed!'

Lee Henry liep weer naar de andere kant van de tafel en daar zuchtte hij diep. 'Zelfs toen Jezus nog op aarde was, had je allerlei soorten haat. Allerlei soorten haat, alleen omdat de mensen verschillend waren. En weten jullie wie in die tijd de negers waren?'

'Wie dan, Lee Henry?'

'Zeg het, broeder!'

'De neger van Jezus' tijd was de Jood. De Jood werd gehaat en onderdrukt door de blanken. En Jezus Christus was een Jood. Toen God naar de aarde kwam, nam Hij het vlees en bloed aan van de neger van het Romeinse Rijk. Hij kwam naar de aarde en nam vlees en bloed aan van een slaaf. Hij kwam naar de aarde en nam het vlees en bloed aan van de mensen die werden gehaat en vervolgd en verdrukt.

Ik zeg jullie vanavond, broeders en zusters, dat Jezus wist wat het was om gehaat te worden.'

'Zo is het!'

'Jezus wist wat het was om te worden veracht, bespuugd, geslagen.'

'Prijs de Heer!'

Met luide stem en met de nadruk op ieder woord verklaarde Lee Henry: 'Jezus wist wat het was om gedood te worden door mensen die Hem haatten!'

'Amen!'

'Halleluja!'

'Prijs de naam van de Heer!'

Plotseling viel er een diepe stilte. Het was zo stil dat ik mezelf kon horen ademhalen. Ik durfde me niet te verroeren, in afwachting van het moment waarop Lee Henry verder zou gaan.

'Nou, laat me jullie nog eens iets vertellen, mijn vrienden', zei hij ten slotte.

'Zeg het maar, broeder Starks!'

'Ik wil jullie dit zeggen: het was toen verkeerd en het is nu nog steeds verkeerd. Ik zeg jullie: al die haat die leidde tot de dood van de Heer Jezus was toen verkeerd, en is nu nog steeds verkeerd.'

Als bowlingballen rolden de Amens door het gangpad, tot ze bij Lee Henry tot stilstand kwamen. Toen het lawaai was weggestorven, vroeg hij zacht: 'Zullen we de haat laten winnen?'

'*No suh, no suh!*'

'Help ons, Heer!'

'Ik vraag jullie: zullen we de haat laten winnen?'

'Nooit, Heer!'

'Dat mag niet, Jezus!'

'Wat gaan we dan doen, broeders en zusters?'

'Bidden!'

'Wat kunnen we beter doen, broeders en zusters?'

'Geloven!'

'Goed zo!' Lachend als een leraar wiens klas zijn huiswerk goed gemaakt heeft, keek Lee Henry de mensen aan. 'Goed zo! We gaan bidden en we gaan geloven. We gaan bidden dat Gods liefde mag neerdalen op aarde! We gaan geloven dat de liefde het zal winnen!'

'Amen!'

'Prijs de Heer!'

'En ik wil jullie nog iets anders zeggen, vrienden.'

'Zeg het maar, broeder Starks!'

'Laat me jullie iets zeggen over de Klan. Dat is een groep mannen die kwaad in de zin heeft jegens alle mensen die niet precies zo zijn als zij. Laat me jullie vertellen wat er met hen zal gebeuren. De Klan, die heeft een eigen motto. Dat motto hebben ze regelrecht uit het Heilige Boek, regelrecht uit Hebreeën. Het motto luidt dat de Klan gisteren en heden dezelfde is en tot in eeuwigheid. Laat me jullie zeggen wat dit is, broeders. Het is *godslastering*! Doodgewone, koelbloedige godslastering, waarmee ze God recht in het gezicht spugen! Want dat vers, dat gaat over Jezus! Dat vers spreekt over Jezus en de Klan heeft het recht niet de naam van Jezus eruit te halen en de naam van de Klan daarvoor in de plaats te zetten.' Lee Henry kneep zijn ogen half dicht en tuurde over de hoofden van zijn toehoorders heen. 'Wee hem die zichzelf op de plaats van God zet!'

'Amen, broeder!'

'Ik zeg nogmaals: wee hem die zichzelf op de plaats van God zet!'

'Amen, broeder!'

Bijna fluisterend zei Lee Henry nu: 'De straf op godslastering is de dood.'

Even legde hij zijn handen gevouwen op zijn hart en liet ze toen slap langs zijn zijden vallen.

'Alleen God is tot in eeuwigheid', zei hij eenvoudig. 'Alleen God is tot in eeuwigheid.' Hij zuchtte diep, alsof hij een zware strijd tot een goed einde had gebracht.

Na een lange stilte rechtte hij zijn schouders en vervolgde rustig: 'Mijn vrienden, ik zal jullie vertellen dat er een einde komt aan het kwaad. Er komt een dag dat er een einde komt aan al het kwaad. En wanneer dat gebeurt' – zijn stem nam weer toe in kracht, hij hief zijn ene hand omhoog en zijn wijsvinger wees naar een punt ergens boven ons – 'mijn vrienden, wanneer er een einde komt aan het kwaad, dan blijven de oprechten van hart tot in eeuwigheid!'

Als een standbeeld stond hij daar, zijn blik in de verte en zijn arm uitgestrekt, alsof hij regelrecht de eeuwigheid in keek. Ik had haast de neiging me om te draaien en te kijken of er achter in de kerk een lamp was aangeknipt, want wat Lee Henry daar ook zag – de weerspiegeling ervan brandde in zijn ogen, zoals een kampvuur weerspiegeld wordt in de ogen van de omstanders. Of misschien was het gewoon een vaste, onuitwisbare hoop die glansde in die twee donkere ogen.

Ten slotte liet hij zijn hand weer zakken en hij schudde zacht zijn hoofd, alsof hij uit een diepe slaap ontwaakte. Hij keek de zaal rond, naar al die gespannen opgeheven gezichten, waaronder het mijne. 'Tot die dag moeten we trouw zijn, vrienden. En op deze avond heeft een man ons gebed nodig, een man die in een ziekenhuisbed ligt, neergeschoten tijdens de uitoefening van zijn plicht: de plicht om zijn volk te beschermen. Howard Draper was bereid zichzelf in gevaar te brengen omwille van u en mij. Wie is er nu bereid om hem voor de troon van God te brengen, en om genezing en genade voor hem af te smeken?'

Onmiddellijk stond er iemand op en begon te bidden, gevolgd door vele anderen. Mannen, vrouwen, zelfs kinderen gingen staan om een paar woorden te zeggen, te bidden om genezing en te smeken om genade. De tijd loste op in dit enorme, veelstemmige, biddende koor en ik verloor mezelf in de schoonheid ervan, gegrepen door de eenvoud, getroost door het geloof van deze mensen die zich richtten tot een God van wie ze niet alleen geloofden dat Hij bestond, maar ook dat

Hij hen liefhad. En ik besefte dat bidden niet meer was dan dit: een eenvoudige schreeuw om hulp, recht uit het hart, een schreeuw tot iemand op wiens trouw je aan kon, wiens trouw even gegarandeerd was als de komst van een nieuwe morgen aan het einde van iedere nacht.

Alstublieft, bewaar Howard, dacht ik en alsof ze het gebed in mijn binnenste had gehoord, fluisterde naast mij Miss Ebba: 'Amen.'

38

We waren nog maar halverwege de weg naar Lexington toen Luella ons vroeg om even te stoppen. Drie minuten later waren we opnieuw onderweg, met achterlating van Luella's ontbijt in de berm van de snelweg.

'Sorry, Miz Fulton, Miz Callahan', mompelde het meisje. Ze zat ineengedoken op de achterbank. Haar ogen waren gesloten en haar hoofd lag tegen de leren bekleding. Op haar voorhoofd en bovenlip parelden kleine zweetdruppeltjes.

'Verontschuldig je maar niet', stelde Sunny haar gerust en ze wierp via de achteruitkijkspiegel een blik op Luella. 'Ik begrijp heel goed dat je zenuwachtig bent.'

'Wil je wat frisdrank?' bood ik aan. 'Dat helpt misschien een beetje.' Bij mijn voeten stond op Toms aanraden een koelboxje met koude frisdrank. Voordat Luella antwoord kon geven had ik al een blikje cola opengetrokken. Ik gaf het door naar achteren, waar Susannah het ijskoude blikje aanpakte en het tegen Luella's voorhoofd hield. Om Luella's mond verscheen een beverig lachje. 'Ha, lekker', zei ze zwak.

'Denk je dat je iets kunt drinken?' vroeg Susannah.

Luella knikte en pakte het blikje aan. Maar in plaats van een slok te nemen ging ze uit het raam naar de voorbijschietende pijnbomen zitten staren. 'Ik ben m'n hele leven al bang geweest,' zei ze zacht, 'maar nog nooit zo bang als nu.'

Het was vrijdag 30 juli, de dag waarop de vier jonge inwoners van Coloredtown volgens afspraak naar de rechtbank van Holmes County zouden gaan om zich te laten inschrijven in het kiezersregister. Achter ons reed Mahlon; bij hem in de auto zaten Eddie en Bo. Toen we hen die ochtend bij de winkel van Reese hadden ontmoet, waren ze zo gespannen en stil als etalagepoppen. Op mijn ochtendgroet mompelden ze iets onverstaanbaars, maar verder leken ze nog het meest op een stel herten dat gevangen is in het licht van de koplampen van een naderende auto, de ogen wijd opengesperd van angst en niet meer in staat nog een vin te verroeren. Ik hoefde me niet af te vragen waar hun uitbundige vrolijkheid was gebleven.

'Je kunt je nog steeds terugtrekken, Luella, dat weet je', zei Sunny. 'We kunnen altijd de andere drie geregistreerd proberen te krijgen en dan kun jij het een andere keer proberen.'

De jonge negervrouw schudde droefgeestig haar hoofd. 'Nee, Miz Fulton. Het maakt niks uit of ik vandaag ga, of volgende week, of volgend jaar. Ik zal nog steeds even bang zijn, dus kan het net zo goed vandaag.'

We legden zwijgend een paar mijl af. Ik leefde intens met Luella en de anderen mee, maar mijn gedachten waren bij Howard. Die ochtend was er bericht uit het ziekenhuis gekomen, dat Howard van de intensive care was overgebracht naar een eenpersoonskamer. Dat betekende dat hij vooruitging. Verscheidene FBI-agenten hadden zich vrijwillig aangeboden om in hun vrije tijd de wacht te houden bij de deur en zo was Howard het klokje rond voorzien van bewaking. Als de Klan niet alsnog een manier uitvogelde om hem te pakken te krijgen, en als er geen onverwachte complicaties optraden, dan maakte hij een goede kans op volledig herstel. Ik hield echter nog sterk rekening met beide mogelijkheden en dus bleef ik me zorgen maken.

Om mijn gedachten een beetje af te leiden draaide ik me om naar de beide jonge vrouwen op de achterbank en glimlachte hen toe. 'Wat zien jullie er trouwens prachtig uit', zei ik. Allebei waren ze uitgedost als voor een bruiloft of een andere feestelijke aangelegenheid. Ze hadden een katoenen jurk aan met korte mouwen. Die van Luella was marineblauw, en van de ronde hals tot aan de plooirok versierd met grote, witte knopen. Susannah's jurk was lichtgroen, met een bies van imitatiekant langs de hals en de mouwen. Ook droegen ze beiden handschoenen met witte kraaltjes erop, licht versleten hoedjes en schoenen met lage hakken die onlangs nog een extra poetsbeurt hadden gekregen.

Susannah grijnsde voluit terug, maar Luella mompelde hoofdschuddend: 'Dank u, Miz Callahan, maar volgens mij zie ik er alleen maar uit als iemand die kotsmisselijk is.'

'Je ziet er geweldig uit, Luella', protesteerde Sunny. 'Het moet me van het hart dat ik ontzettend trots ben op jullie allebei. Er is veel moed nodig voor wat jullie gaan doen.'

'Dank u, Miz Fulton', zei Susannah gedwee, maar Luella kreunde: 'We zijn er nog niet, Miz Fulton. Misschien moeten Eddie en Bo me wel de rechtbank in dragen. Hoe goed zal ik er dan nog uitzien? Een negervrouw die zich wil laten registreren, maar nog niet eens op haar eigen benen kan staan!'

'Zodra we er eenmaal zijn, voel je je vast beter', voorspelde Sunny vriendelijk. Luella kreunde opnieuw, maar zweeg.

'Weet je,' kweelde Sunny verder, in een poging om geruststellend te klinken, 'het ergste wat er volgens mij kan gebeuren is dat jullie worden weggestuurd zonder zelfs maar de kans te krijgen om de toets te maken. Ze komen vast met een of andere smoes op de proppen om jullie ervan te weerhouden een poging te wagen. Dus dan gaan we gewoon weer naar huis en proberen het later nog eens. Jullie hebben het volste recht om dit te doen, vergeet dat niet. Jullie hebben de wet aan jullie kant.'

'Dit is Mississippi, Miz Fulton', zei Luella vlak. 'De federale wetten maken geen enkele kans tegen die goeie ouwe Jim Crow.'

Sunny had diezelfde opmerking ook gemaakt, nog maar een paar dagen geleden, maar nu zei ze: 'Als je dat echt gelooft, Luella, dan kunnen we net zo goed meteen teruggaan naar Carver en de burgerschapscursus opdoeken.' Ik wist dat ze omwille van de twee jonge vrouwen op de achterbank haar eigen twijfels probeerde te verbergen. Iemand moest proberen een glimlach te tekenen op het gezicht van Jim Crow, anders was het vooruitzicht van een ontmoeting met hem simpelweg te bedreigend.

Bij wijze van antwoord sloot Luella haar ogen en schudde haar hoofd.

'Hoe vaak denkt u dat we het zullen moeten proberen, Miz Fulton?' vroeg Susannah.

'Ik heb geen idee, maar we blijven net zo lang naar de rechtbank gaan tot jullie geregistreerd zijn, hoe vaak het ook nodig is.'

'Genade, Heer', mompelde Luella, terwijl ze zich achterover liet zakken. 'Maak er nu maar meteen een eind aan, Heer, dan ben ik ervan af.'

Susannah wierp een zijdelingse blik op haar vriendin en klakte met haar tong. Toen ze sprak, klonk er onmiskenbaar ontzag door in haar stem: 'Er komt een dag,' zei ze zachtjes, 'dat de een of andere neger de geschiedenis in gaat als de eerste kleurling van Carver die als kiezer wordt geregistreerd. Misschien ben ik het wel, als de Heer het wil. Stel je voor! Misschien ben ik het wel.'

Met die opmerking in gedachten zagen we de eerste glimp van de rechtbank, die hoog op een heuvel in het centrum van de stad was gebouwd. Dit was het heilige der heiligen voor iedereen – behalve voor negers, die het op eigen risico betraden.

Mahlon parkeerde in een straatje verderop, en Sunny en ik zetten de vrouwen daar ook af. Daarna reden we naar het plein dat om de rechtbank heen was aangelegd. We vonden een parkeerplekje vlak voor de ijstent die als uitkijkpost zou dienstdoen. Bij het pukkelige jongmens achter de toonbank bestelden we allebei een cola, waarmee we aan een van de tafeltjes op het buitenterras gingen zitten.

Op dat moment waren de vijf jonge mensen al halverwege het plein. De mannen waren even keurig gekleed als de vrouwen, in witte overhemden en zorgvuldig gestreken broeken, met een stropdas en schoenen die volgens Eddie die ochtend nog gepoetst waren met een ouwe lap en een heleboel spuug. Het was een prachtig stel, zoals ze bereid waren hun verantwoordelijkheid als stemgerechtigde te nemen. Ik kon alleen maar hopen dat ze op de een of andere manier zouden slagen – door een speling van het lot, door een regelrecht wonder, of door kortstondige gewetensnood bij de registratieambtenaar.

De rechtbank zelf was een statig gebouw van twee verdiepingen, met daarbovenop een grote, witgeschilderde klokkentoren. De bovenste verdieping was voorzien van boogramen en de ramen op de begane grond waren versierd met decoratieve sluitstenen. Het gebouw was omgeven door een gazon met wandelpaden naar de vier ingangen, aan elke zijde van het plein een. Voor elke ingang leidde een trapje van twee of drie treden naar een open zuilenveranda.

Op een van de veranda's stond een jonge, blanke man te wachten. Toen hij het groepje zag naderen strekte hij de hand naar hen uit. 'Dat is vast Dave Hunsinger', legde Sunny uit. 'Je weet wel, de plaatselijke activist die met hen meegaat naar het kantoor.'

Toen het groepje hem had bereikt, schudde Dave hun ieder de hand, en ging hun daarna voor naar binnen, de zware, dubbele deuren door. Toen de laatste was verdwenen en de deur achter hen was dichtgegaan, zei ik: 'In ieder geval heeft Luella het op eigen benen gered.'

Sunny glimlachte. 'Dat wist ik wel.'

Zenuwachtig speelden we met de rietjes in onze cola, maar we dronken niets. Geen van beiden konden we onze ogen van de ingang van de rechtbank afhouden. Er reden een paar auto's voorbij. Winkelende mensen schoven de winkels rond het plein in en uit. Niet ver van waar wij zaten stond een oudere neger de stoep te vegen. Ik hoorde het zwiepen van de bezem al voordat ik mijn ogen van de rechtbank losmaakte om naar de oude man te kijken. Zijn lippen bewogen onder het werk, en telkens als zijn gezicht naar ons toe gekeerd was, ving ik een of twee noten van zijn liedje op. Ongetwijfeld was het een protestlied of een gospelsong, een van die gezangen die uitkijken naar een verre toekomst.

Ik vroeg me af of hij ooit had geprobeerd zich te laten registreren. Vermoedelijk niet. Ik zag hoe de blanken hem voorbijliepen zonder hem een blik waardig te keuren, laat staan een knikje of een glimlach om hem te begroeten. Voor hen was hij niet meer dan een verlengstuk van zijn bezem, of bestond hij zelfs helemaal niet. Hij was maar een nikker, een man zonder eigen leven, zonder geest, zonder ziel.

Wat zou hij als neger in Mississippi allemaal hebben gezien? Wat had hij meegemaakt in zijn leven, in dat tijdsbestek van zestig jaar of meer, vanaf het begin van deze eeuw? Wat voor verhalen zou hij mij kunnen vertellen, niet zozeer van hoe hij had geleefd, maar van hoe hij het had óverleefd in een staat als deze? Die ene straatveger zou een goudmijn van verhalen blijken – verhalen over vooroordelen, volharding, tragedies en heel misschien zelfs hoop – als maar iemand de moeite wilde nemen om verder te kijken dan zijn huid en om die verhalen uit zijn binnenste op te diepen.

Verzonken in mijn eigen gedachten sloeg ik hem een tijdje gade, tot hij opkeek van zijn werk en zag dat ik naar hem keek. Een fractie van een seconde gingen zijn moede ogen, waarvan het wit de kleur van slappe thee had aangenomen en de onderste oogleden naar beneden hingen als die van een hazewindhond, wijd open van verbazing of angst of beide. Meteen sloeg hij ze snel weer neer. Hij draaide me de rug toe en liep al vegend in tegenovergestelde richting weg.

Negers werden hier gelyncht omdat ze een blanke vrouw in de ogen hadden gekeken. Negers werden hier gelyncht voor minder dan dat. Deze oude man was erin geslaagd zo'n zestig jaar te worden in een blanke wereld, en hij was niet van plan nu nog risico's te nemen.

Terwijl ik hem nakeek, zei Sunny zachtjes: 'Daar komen ze.'

Ik keek snel om, nog net op tijd om ons groepje een voor een de rechtbank uit te zien komen. Ze verzamelden zich op de zuilengalerij, waar ze bleven staan praten.

'Nou,' zei ik, 'dat is zo vlug, dat ze beslist geen toestemming hebben gekregen.'

'Ik ben benieuwd wat Hoopes deze keer voor smoes heeft gebruikt', zei Sunny zuchtend. 'Misschien ging hij net weg voor een vroege lunch, of misschien registreert hij niet meer op vrijdagen, of misschien waren de formulieren op.'

'Ze zijn er tenminste heelhuids vanaf gekomen.'

'Dat wel, ja. Waar zouden ze het nu over hebben?'

'Geen idee. We horen het wel als ze hierheen komen.'

Er gingen een paar minuten voorbij en nog steeds had niemand de zuilengalerij verlaten. Aan het gezwaai van armen en het geschuifel te zien waren ze in een verhitte discussie verwikkeld. Op een gegeven moment wees Mahlon naar ons, en we zagen Dave Hunsinger een korte blik in onze richting werpen. Even later begonnen alle hoofden te knikken, waarop Dave de groep verliet en met lange passen op ons af begon te lopen. Niemand volgde hem.

'Wat is er toch aan de hand?' mompelde Sunny.

Zwijgend schudde ik mijn hoofd, mijn ogen strak op de mensen daar vlak voor de rechtbank gevestigd. Naast het imposante stenen gebouw leken ze nietig en onbeduidend. Op dat moment kwamen ze alle vijf de zuilengalerij uit, maar in plaats van koers te zetten naar Mulberry Street, waar de auto stond, knielden ze neer op het pad.

'Gaan ze nou een knielactie houden?' zei Sunny en haar stembuiging verried dat het niet zozeer een vraag was als wel een uitroep van ongeloof.

Nu had Dave Hunsinger ons bereikt. Hij was een lange, stevig gebouwde jongeman met blond haar en rode wangen. Zijn haar was langs de slapen geschoren en boven op zijn hoofd in rechtopstaande stekeltjes geknipt en zijn donkerblauwe ogen tuurden door brillenglazen met een donkere hoornen rand. Anders dan de anderen was hij informeel gekleed in een gestreept T-shirt, een spijkerbroek zonder riem en gymschoenen. Kortom, hij was het prototype van de Amerikaanse student, wat hij zonder Freedom Summer ook geweest zou zijn.

Hij stelde zich kort aan ons voor en vervolgde toen zonder verdere plichtplegingen: 'Ze werden gewoon prompt weer weggestuurd.'

'Wat had Evan Hoopes voor uitvlucht?' vroeg Sunny.

Hoofdschuddend vertelde Dave: 'We hebben Hoopes niet eens te zien gekregen. We liepen in de hal een hulpsheriff tegen het lijf die ons meteen tegenhield, vroeg wat we kwamen doen en toen zei dat de registratieambtenaar op vakantie was. Hij liet ons zelfs niet toe in het kantoor zodat we het met eigen ogen zouden kunnen zien. We vroegen wanneer Hoopes zou terugkomen en hij zei dat hij dat niet wist.' De jongeman schudde vol duidelijke afkeer het hoofd. 'Tien tegen een dat Hoopes gewoon daarbinnen is, en op ditzelfde moment dat blanke echtpaar zit te registreren dat door de deur aan de andere kant binnenkwam toen wij weggingen.'

'Dat weet je natuurlijk nooit', zei Sunny. 'Dat stel kan hier om allerlei redenen zijn.'

'Dat doet er helemaal niet toe', viel Dave haar in de rede. 'Die hulpsheriff stond te liegen. Ik ken zijn naam niet, maar ik heb hem daar wel eerder gezien. Hij is zo Klan als-ie groot is. Als je hem ziet, weet je al hoe hij over de burgerrechtenbeweging denkt.'

'Dus nu hebben jullie besloten een knielactie te houden? Dat was niet de bedoeling.'

'Deze jongelui zijn toch getraind in geweldloze demonstraties?'

'Dat is waar, maar denk je echt dat het verstandig is om daar in dit stadium toe over te gaan?'

Dave knikte. 'Absoluut.'

'Staan ze er allemaal achter?'

Daves enige antwoord was een knikje in de richting van de rechtbank. 'Luister,' zei hij toen, 'ik moet even iemand bellen. Hoog tijd om de troepen te mobiliseren ...'

'Maar ...'

Dave had zich echter al omgedraaid en liep een eindje verder een drogisterij binnen.

Sunny keek mij met opgetrokken wenkbrauwen aan. Even zeiden we geen van beiden iets. Toen zei ze: 'We hebben tijdens de cursus wel over knielacties en dergelijke gesproken, maar ik had niet verwacht dat we er vandaag al bij betrokken zouden raken.'

'Waarschijnlijk overwogen ze dat het evengoed nu kon als een volgende keer.'

Sunny staarde naar de geknielde jonge mensen en plukte aan haar onderlip. 'Hier komen moeilijkheden van', merkte ze op.

Dave kwam de winkel weer uit, stak met lange passen het plein over en voegde zich bij het groepje door net als zij neer te knielen. Sunny en ik keken zwijgend toe. Een paar minuten later arriveerde een zestal jonge mensen, blanken en negers, om het protest met hun lichamen kracht bij te zetten. Het kwartier daarna bleven ze komen, twee hiervandaan, drie daarvandaan, een handvol uit een straat verderop, totdat het aantal jongeren was opgelopen tot verscheidene tientallen.

'Het ziet ernaar uit dat hij echt alle troepen heeft gemobiliseerd', zei ik.

'Het zijn vast allemaal jongeren die hier in Lexington actief zijn in de burgerrechtenbeweging.'

'Dat zit er wel in.'

'Het lijkt wel of ze paraat waren.'

'Misschien was dat ook wel zo, misschien zijn ze wel voortdurend paraat en op alles voorbereid.'

'Ik weet niet of ik hier wel zo blij mee ben, Augie.'

'Nou, het wordt een wat wilder feestje dan we verwacht hadden. Compleet met muziek en de hele handel.' De groeiende menigte had inmiddels protestliederen aangeheven, de liederen die de achtergrondmuziek vormden bij de turbulente tijden waarin wij leefden. Hoeveel reportages had ik al niet gezien van mensen die uit volle borst aan het zingen waren – in demonstratieve optochten, bij knielacties, vastgeketend aan hekken terwijl de plaatselijke politie probeerde hun de hersens in te slaan?

'Misschien moet ik Tom nu maar vast bellen', zei Sunny, meer tegen zichzelf dan tegen mij. 'Dan weet hij wat er gaande is. Ik denk niet dat we hier zonder arrestaties doorheen komen.'

Op de stoeprand stond de oude neger aandachtig naar de mensenmassa voor de rechtbank te kijken, met de bezemsteel in beide handen geklemd. Uit zijn gezichtsuitdrukking viel niets op te maken over zijn gedachten. Beschouwde hij de demonstranten nu als een club dwaas en werkschuw tuig of had hij bewondering voor hen, om de moed waarvan deze daad van burgerlijke ongehoorzaamheid getuigde? Hij deed zijn pet af, veegde met zijn onderarm over zijn voorhoofd, zette zijn pet weer op en bleef onverstoorbaar staan kijken. Dit had hij al zo vaak gezien. Het was alleen maar de zoveelste show in de langdurige strijd om gelijke rechten voor zijn volk.

En ik zat daar maar, met een glas koude cola in mijn hand. In een flits wist ik dat ik genoeg had van toekijken. Ik had gezien hoe de Yamagata's alles kwijtraakten, alleen omdat hun ogen scheef stonden en hun naam klonk als een liedje, en ik had niets kunnen doen. Ik was jarenlang getuige geweest van onverdraagzaamheid, terwijl ik mijn artikelen over rassenverhoudingen schreef, maar behalve woorden op papier zetten had ik er niets tegen ondernomen. Ik had toegekeken toen Howard Draper werd neergeschoten omdat een deel van zijn familie haar wortels in Afrika had en ook toen was ik niet in staat geweest het te voorkomen.

Nu stond ik er echter met de neus bovenop, terwijl een groep jonge negers ervan werd weerhouden iets te doen waartoe zij het volste recht hadden, en tegen deze ene daad van onrecht stond ik niet machteloos. Ik kon in opstand komen, ik kon door mijn daden laten zien dat het verkeerd was, ik kon die hulpsheriff en die ambtenaar en alle andere inwoners van Lexington laten weten dat hier iets goed fout zat en dat dit moest veranderen.

'Waar ga je heen, Augie?'

Ik had niet eens gemerkt dat ik mijn stoel achteruit had geschoven, was gaan staan, en al op weg was naar de straat. 'Ik ga meedoen aan de knielactie, Sunny.'

'Ben je gek geworden?' Ze dwong me haar recht aan te kijken. 'Ik heb je gevraagd om er een artikel over te schrijven, niet om zelf te gaan protesteren. Het is gevaarlijk, Augie.'

'Daar heeft Howard zich ook niet door laten tegenhouden, of wel soms?'

'Augie ...'

'Jij hoeft niet mee, Sunny, maar ik kan hier gewoon niet langer blijven zitten en van een veilige afstand toekijken.'

Ze keek me een poosje zwijgend aan en aan haar ogen zag ik dat ze een zware innerlijke strijd voerde. Ongetwijfeld dacht ze aan Tom en aan de kinderen. Misschien dacht ze aan de littekens op Mahlons rug. Maar misschien dacht ze ook aan de genummerde labels die haar familie had moeten dragen, toen ze met het schamele overblijfsel van al hun bezittingen gedwongen werden een trein te nemen waarvan alleen God de bestemming wist. Want net toen ze haar blik van mij afwendde en weer naar de rechtbank keek, passeerde er een auto in een wolk van stof, en misschien zag Sunny niet het rode stof van Mississippi, maar het dorre zand in het interneringskamp in de Californische woestijn. En misschien hoorde ze niet alleen de stemmen van een stel jonge idealisten, maar ook de muziek van het korps van het Leger des Heils in Hollenbeck Park en misschien vertelde dat haar iets wat ik niet kon horen. Toen ze zich weer naar me omdraaide, was de rust in haar ogen weergekeerd. Het volgende moment staken we samen de straat over.

39

Ingeklemd tussen Bo en Susannah zongen we de protestliederen mee, zwetend en zwaaiend van vermoeidheid onder de
laaiende middagzon. Onze knieën en voeten begonnen pijn te
doen op de harde grond en sluipenderwijs nam ook de angst
bezit van mij. Hou je aandacht bij de liederen, hield ik mezelf
voor, maar mijn gedachten zwierven desondanks weg.

Het was een reis zonder doel, met haltes als de open kist
van de jonge neger Emmett Till, wiens gezicht tot onherkenbaar pulp was geslagen. Hij had evengoed een oude man kunnen zijn, in plaats van de veertienjarige die in zijn onschuld
een blanke vrouw een paar dwaze woorden had toegevoegd.

De reis voerde me langs de foto's van de verbrijzelde en
met kogels doorzeefde lichamen van de drie burgerrechtenactivisten die vorig jaar nog onder die aarden wal hier in Mississippi vandaan waren gehaald. Een volgende pleisterplaats was
de federale gevangenis van Mississippi waar twee jaar eerder
Fannie Lou Hamer met knuppels bijna dood was geslagen,
alleen omdat ze met haar zwarte lichaam had plaatsgenomen
aan een lunchbar in een busstation. Stel je voor: je bestelt een
hamburger en het eindigt ermee dat ze gehakt van jou proberen te maken. Dat ze een vrouw was, deed niet ter zake. Nee,
in de arena waar de bittere strijd om de burgerrechten werd

uitgevochten, kregen vrouwen eindelijk dezelfde behandeling als mannen, en werden ze even wreed afgetuigd als zij.

Zelfs blanke vrouwen ontsprongen de dans niet. Viola Gregg Liuzzo werd door de Klan vermoord omdat ze de negers bij de protestmars van Selma naar Montgomery had geholpen. Ze was een blanke huisvrouw uit Michigan, moeder van vijf kinderen, die de reportages over de mars op televisie had gezien en besloten had om mee in actie te komen. Het was haar laatste daad. Het onzelfzuchtige gebaar leverde haar twee kogels in het hoofd op.

Ik vocht tegen de neiging om op te staan en weg te rennen om mijn eigen blanke vrouwenhachje te redden. Je hoeft dit niet te doen, redeneerde ik inwendig. Dat gold echter ook voor Howard en toch had die het gedaan, ongeacht het gevaar en de mogelijke gevolgen, omdat zijn goede hart hem niet toestond een andere keuze te maken.

Dus bleef ik geknield zitten totdat ik het gevoel had dat de knieën van mijn lange broek verkleefd waren geraakt met het gras. Ik bleef knielen, ook toen ik dacht dat ik in de zon zou wegsmelten tot een poel van vlees en bloed. En al die tijd werden we genegeerd, zo lang dat ik me af begon te vragen of er ooit iemand in de rechtbank de moeite zou nemen aandacht aan ons te besteden, of dat de hitte, de dorst en onze eigen pijnlijke gewrichten onze enige tegenstanders zouden blijken te zijn.

Er kwam niemand opdagen om ons te ondervragen of de mantel uit te vegen. Er ging niemand de rechtbank in of uit, in elk geval niet aan de zuidzijde, waar wij ons bevonden. Het leek wel of de mensen van wie wij de aandacht probeerden te trekken vastbesloten waren die niet te geven. Het leek of ze er welbewust op aanstuurden dat we uitgeput zouden raken, het zouden opgeven en naar huis gaan. Zelfs het winkelend publiek rond het plein leek meer belangstelling te hebben voor de uitverkoop dan voor de zoveelste protestactie. Onze enige stille supporter was de oude straatveger, die af en toe zijn werk onderbrak om naar ons te kijken.

Ondertussen zongen we maar door. Zodra een lied was afgelopen, zette iemand een ander in, onmiddellijk bijgevallen door de rest. Wanneer de woorden mij onbekend waren, deed ik alsof. Gedachten aan gekneusde lichamen duwde ik weg en ik probeerde kracht te ontlenen aan de tekst van elk lied. *Keep your eyes on the prize. This little light of mine, I'm gonna let it shine. Ain't gonna let nobody turn me around* ...

Eindelijk, eindelijk kwam een piepjong, spichtig hulpsheriffje de dubbele deuren van de rechtbank uit geslenterd. Hij liep naar de rand van de zuilengalerij, waar hij tegen een van de pilaren ging staan leunen. Ik was bijna opgelucht toen ik hem zag. Toch gaf hij er in eerste instantie geen blijk van dat hij ons gezien had. Hij grabbelde in het borstzakje van zijn uniform, haalde een pakje sigaretten tevoorschijn, pakte er eentje uit, tikte ermee tegen de pilaar en stak hem toen in het liploze spleetje dat hem als mond moest dienen. Daarna rommelde hij in de zakken van zijn bruine, zorgvuldig gekreukelde broek, vond er het doosje lucifers waarnaar hij op zoek was, streek er een af en stak zijn sigaret aan. Hij sloeg de lucifer uit en smeet hem op de grond. Nonchalant, alsof hij op zijn eigen veranda stond, ging hij staan roken. In plaats van naar de demonstranten vlak voor hem tuurde hij naar de lucht en – geloof het of niet – hij amuseerde zichzelf door kringetjes te blazen en de wegzwevende rook aandachtig na te kijken. Zijn houding getuigde van een grotere verachting dan woorden ooit hadden kunnen doen. Nog steeds waren we aan het zingen; het werd zo langzamerhand een eindeloze herhaling van steeds weer dezelfde liederen. Hij bleef maar doen alsof we niet bestonden. Zo gingen er een volle vijf minuten voorbij, waarin het oproken van zijn sigaret zijn enige zorg leek.

'Bo,' vroeg ik, 'is dat de hulpsheriff die weigerde jullie bij de ambtenaar toe te laten?'

Bo tuurde naar de man en knikte. 'Dat is 'm, Miz Callahan.'

Na een aantal minuten, die een eeuwigheid leken te duren, smeet de hulpsheriff zijn peuk op de grond. Pas toen duwde hij zich met zijn schouder van de pilaar af en liep een eindje het pad op, zijn duimen in zijn riem gehaakt. Na een paar stappen bleef hij staan en liet zijn blik over de mensenmassa glijden. Nu verwaardigde hij zich eindelijk om ons op te merken en de uitdrukking op zijn gezicht maakte duidelijk dat hij de aanblik even weerzinwekkend vond als die van een hoop verse, dampende paardenvijgen midden op het plein. Hoofdschuddend begon hij het pad af te kuieren. Hoe dichter hij bij ons kwam, hoe meer het zingen wegstierf, totdat nog slechts twee of drie stemmen het refrein haperend ten einde zongen. Daarna viel er een stilte, een zenuwslopend zwijgen.

Ik boog mijn hoofd, plotseling een en al aandacht voor het gras onder mijn knieën, en wachtte. In afwachting van wat er zou gebeuren verstijfden al mijn spieren. Ik deed mijn best gelijkmatig te blijven ademhalen, in en uit, in een rustig tempo, om niet toe te geven aan de paniek. Voor het eerst van mijn leven onderging ik echter de sensatie dat angst alle kracht uit je doet wegvloeien.

'Jullie weten toch wel dat je de wet overtreedt, of niet soms?' De stem van de hulpsheriff maakte me aan het schrikken, hoewel de woorden niet ruw of luid werden uitgesproken. Misschien was het juist de vlakheid ervan die ze zo afschrikwekkend maakte.

Iemand in de menigte gaf antwoord: '*No, sir*.' Ik herkende de stem en bijna onmiddellijk ontdekte ik Dave Hunsinger. 'U overtreedt zelf de wet.'

Sigaret draaide zich met een ruk om, tot hij Dave recht aankeek. 'O ja?' vroeg hij, nog steeds op diezelfde vlakke toon. 'Hoezo, knul?'

Dave weifelde geen moment. 'De vier negers die zich deze ochtend kwamen laten registreren hebben het volste recht om te stemmen. Door daarvoor geen toestemming te geven leeft u zelf de wet niet na.'

Sigaret had zijn ogen half dichtgeknepen tegen de zon, maar desondanks was de flits van ergernis goed zichtbaar. 'Luister eens even, jochie,' zei hij lijzig, 'ik heb meer dan genoeg van die bezoekjes van jou en je nikkervriendjes. Je bent niet eens van hier. Waarom ga je niet terug naar waar je vandaan komt, in plaats van je neus in onze zaken te steken?'

'Burgerrechten zijn een zaak van iedereen.'

Sigaret deed een paar dreigende stappen in de richting van Dave, die nog steeds in het gras geknield zat. 'O ja, nikkervriend?' De minachting droop eraf, maar Dave was niet van plan zich te laten intimideren. '*Yes, sir*', zei hij flink.

'Denk je dat wij hier in Mississippi buitenstaanders nodig hebben om ons te vertellen hoe we onze nikkers moeten aanpakken?'

'Blijkbaar wel, meneer, want jullie brengen er niet veel van terecht.'

'Gaan we nou brutaal worden?'

'No, *sir*, ik zeg alleen maar hoe het is.'

Sigaret draaide zich om en liep een eindje terug. 'Horen jullie dat?' brulde hij. Inmiddels had zich een man of zes in de zuilengalerij van de rechtbank verzameld. 'Deze nikkervriend uit het noorden denkt dat wij niet weten hoe we met onze kleurlingen moeten omspringen.'

Er werd schaterend gelachen en een van het groepje riep terug: 'Dan moeten we hem maar eens een staaltje laten zien van hoe hoe we de nikkers aanpakken.'

'En de nikkervrienden erbij', voegde een tweede stem eraan toe.

Sigaret draaide zich weer om en lachte snuivend, terwijl hij over de geknielde menigte keek. 'Nou,' sneerde hij, 'we willen toch geen moeilijkheden, of wel?'

Ik voelde wel aan dat er desondanks moeilijkheden zouden komen.

Sigaret haalde zijn gummiknuppel uit de houder en zwaaide er nonchalant mee langs zijn dij. 'Waarom houden jullie er niet gewoon mee op? Ga fijn naar huis als een stel brave jongens en meisjes.'

'We gaan nergens heen voordat we de registratieambtenaar hebben gesproken', zei Dave. Het verbaasde me dat zijn stem zo vast bleef. Zelf zat ik van top tot teen te beven en ik begon ook licht in mijn hoofd te worden.

De knuppel landde in Sigarets handpalm dat het kletste. 'Ik zei je toch, knul, dat hij er vandaag niet is.'

'Dat willen we dan graag met eigen ogen zien.'

Nu werd de hulpsheriff pas echt kwaad. Tot nu toe was het een spelletje voor hem geweest, waarbij hij had genoten van zijn machtspositie, maar er waren eindelijk genoeg woorden gevallen om hem in woede te doen ontsteken. Ik zag het aan het verstrakken van zijn schouders en zijn opeengeklemde kaken. Langzaam liep hij naar Dave toe, totdat hij hoog boven hem uittorende. Telkens weer sloeg hij met zijn gummiknuppel in zijn handpalm, terwijl hij vroeg: 'Wou je beweren dat ik lieg?'

Dave keek op. Zijn ogen tuurden door zijn brillenglazen zonder een spoor van angst. 'Zeker niet. Ik zeg alleen dat we het recht hebben om zelf te gaan kijken.'

'Je bent niet eens inwoner van Mississippi, knul. Je hebt dat recht helemaal niet.'

'De vier negers die zijn gekomen voor registratie zijn wel inwoners van Mississippi en zij hebben het volste recht om zelf te constateren of de registratieambtenaar in zijn kantoor is of niet.'

Ik was ervan overtuigd dat de knuppel het volgende moment met een krakende slag op het hoofd van de jonge activist zou neerkomen, en mijn eigen lichaam verstrakte als om zich tegen de klap te wapenen. Er gebeurde echter niets. Sigaret draaide zich om en liep sloom over het grasveld, tot hij vlak voor Bo Riley stond. Omdat ik naast Bo zat, stond hij meteen ook vlak voor mij. Vlug sloeg ik mijn ogen weer neer, en zoomde in op de zwarte schoenen die een paar centimeter voor ons tot stilstand waren gekomen. Het waren heel gewone schoenen en toch had ik in mijn hele leven niet eerder iets gezien waarvan zo veel dreiging uitging.

'Jij bent toch een van die nikkers die zich kwamen registreren?' vroeg Sigaret op beschuldigende toon. Zijn stem was weer vlak en zacht.

Uit mijn ooghoeken zag ik dat ook Bo zijn blik op de schoenen van Sigaret had gefixeerd. 'Yessuh', fluisterde hij schor.

'Wat zeg je? Ik versta je niet, knul. Praat wat harder!'

'Yessuh', zei Bo, luider nu.

De knuppel kletste nu met regelmatige tussenpozen in de open hand. 'Denk jij ook dat je het recht hebt om de ambtenaar te spreken?'

Ik hoorde Bo's adem stokken. Toen schraapte hij zijn keel. 'Yessuh.' Zijn adamsappel wipte op en neer. 'Yessuh, dat denk ik.'

Pets, pets, pets. 'Hoe lang woon je al in Mississippi, knul?'

'Mijn hele leven, *suh*.'

'En hoe lang mag dat wel niet zijn?'

'Eenentwintig jaar, *suh*.'

Pets, pets, pets. Sigaret vermaakte zich weer uitstekend. 'Dan heb je niet veel geleerd in eenentwintig jaar, knul, of wel?'

Bo schoof zenuwachtig op zijn knieën heen en weer en ik begreep zijn dilemma. Hoe kon je nou antwoord geven op zo'n vraag?

'Ik zei dus,' herhaalde Sigaret met stemverheffing, 'dat je in die eenentwintig jaar niet veel hebt opgestoken.'

'*Nawsuh*, dat zal wel niet', zei Bo. Het klonk berustend.

'Wou jij me vertellen dat een domme nikker als jij best kan stemmen?'

Weer deed Bo er het zwijgen toe. Inmiddels waren de andere hulpsheriffs ook uit de zuilengalerij gekomen en hadden zich onder de menigte verspreid. De glanzende schoenen van Sigaret kregen gezelschap van een stel cowboylaarzen met stalen neuzen. Op ooghoogte bevond zich een buik waar al veel te veel biertjes doorheen waren gevloeid. De knopen van het overhemd dat er overheen spande stonden bijna op springen en daar waar de stof week, waren stukjes roze, behaarde huid zichtbaar. Ik durfde niet zo ver op te kijken dat ik ook het bijbehorende gezicht kon zien, maar ik kon me ook zo de dubbele kin en de hangwangen wel voorstellen. Vermoedelijk had hij een pluk pruimtabak achter zijn kiezen, want hij rochelde, schraapte zijn keel en het volgende ogenblik landde er een klodder bruin slijm als een kleine, natte komeet in het gras bij Bo's knieën.

'Heb je last van die nikker, Floyd?' vroeg hij toen aan Sigaret.

'Heb je ooit weleens gehoord van een nikker waar je geen last van had, Hank?' antwoordde Sigaret/Floyd.

De vingers van Hank waren net worstjes. Met een van die worstjes wees hij nu naar mij en het gebaar benam me bijna de adem. 'Wie is dit eigenlijk, knul?' Hij stelde de vraag aan

Bo, op een toon alsof uitgerekend mijn aanwezigheid tussen al die mensen een persoonlijke belediging voor hem was.

Bo verschoof weer wat en schudde toen zijn hoofd. 'Dat weet ik niet, *suh*.'

'Weet je dat niet? Deze dame zit pal naast jou op haar knieën in het gras en zingt alle liedjes mee, en dan wou jij me vertellen dat je haar niet kent?'

Er liep een straaltje zweet langs mijn rug, en dat had niets met de hitte te maken. De pijn in mijn knieën werd bijna ondraaglijk. Nog even en ik zou voorovervallen, met mijn neus op de stalen punten van Hanks laarzen. Met uiterste wilsinspanning bleef ik rechtop zitten.

'*Yessuh*', zei Bo.

'Ja, wat, knul?'

'Ik ken haar niet, *suh*.'

Net als Floyd haalde nu ook Hank zijn gummiknuppel uit de houder. 'Volgens mij wel.'

'Het is waar', flapte ik eruit. Nu keek ik de man wel aan en inderdaad: een dubbele kin en uitgezakte hangwangen, precies zoals ik had verwacht. Op de intense haat in zijn donkere ogen was ik echter niet voorbereid. 'Hij kent mij echt niet.'

Met een vloek nam Floyd de zaak weer over. 'Jij bent ook niet van hier, aan je manier van praten te horen.'

'*No, sir*.' Ik schudde mijn hoofd.

'Ben je ook een van die goedwillende burgerrechtenlui?'

'Niet precies.'

Pets, pets, pets. 'Wat bedoel je daarmee? Je bent het wel of je bent het niet.'

Ik dacht even na. 'Dan ben ik het wel, denk ik.'

'Meissie toch,' zei Hank klaaglijk, 'je bent een knap wijffie, maar je bent net zo stom als die nikker daar.' Met zijn gummiknuppel wees hij naar Bo. Ik zweeg. Ik had elk besef van tijd verloren en merkte niets meer van wat er om mij heen gebeurde. Hoewel Sunny vlak naast mij zat en haar schouders maar een paar centimeter van de mijne verwijderd waren, was ik me nauwelijks van haar aanwezigheid bewust. Ik wist niet wat de andere demonstranten en de andere hulpsheriffs aan het doen waren. De hele wereld was ineengekrompen tot de plaats waar Bo en ik geknield zaten, met boven ons Floyd en Hank, hun onzinnige vragen en onrustige knuppels.

"Tuurlijk is ze stom', zei Floyd. 'Het is een van die nikker-vrienden uit het noorden. Stommere lui bestaan er niet.'

Sunny legde haar hand op mijn rug. 'Niets zeggen', fluis-terde ze. Dat had ze niet hoeven doen, niet tegen mij tenmin-ste. Het gesprek maakte me misselijk en woedend, maar ik was niet van plan erop in te gaan. De beide hulpsheriffs waren overduidelijk aan het jennen, in de hoop dat de menigte zich tot relschopperij zou laten verleiden. In dat geval hadden ze een geldige reden om tot arrestaties over te gaan.

Hank liet de punt van zijn knuppel onder Bo's kin glijden en dwong zo zijn hoofd omhoog. Bo gaf toe, maar hield zijn ogen neergeslagen. Het zweet liep in straaltjes langs zijn sla-pen en zijn kaakspieren trilden.

Hank doorbrak de ondraaglijke stilte. 'Ben je soms met deze blanke dame de koffer ingedoken, knul?'

Bo sidderde. Zijn adamsappel wipte een paar keer snel op en neer, alsof de woorden hem in de keel bleven steken. 'Naw-suh', fluisterde hij toen.

'Volgens mij wel.'

De knuppel dwong Bo's kin verder omhoog. Bo verzette zich een beetje en perste zijn lippen op elkaar. 'Nawsuh, ik zweer het. Ik ken haar helemaal niet, suh.'

'Dit begint te veel uit de hand te lopen, sheriff.' Ik schrok op toen ik Sunny's stem hoorde, kalm en beheerst. 'Vier inwo-ners van Mississippi zijn hier alleen maar gekomen om zich te laten inschrijven, en als u hen nu gewoon toelaat bij de amb-tenaar, of hen met eigen ogen laat constateren dat hij er niet is, kunnen we daarna allemaal rustig naar huis gaan.'

'En wie mag jij dan wel zijn, dametje?' Hank spoog de woorden stuk voor stuk uit, samen met een nieuwe prop tabak. Deze keer richtte hij naar links.

'Wie ik ben, doet er niet toe', was Sunny's antwoord. 'Het enige wat van belang is, is de wet, en zoals die meneer daar al zei, bent u in overtreding.'

Daar moesten Floyd en Hank uitbundig om lachen. Hanks buik blubberde als pudding. 'In overtreding?' aapte Hank haar na. 'Dame, wij zouden jullie allemaal kunnen wegslepen op beschuldiging van onwettige samenscholing en ordeverstoring.'

Sunny bleef uiterlijk onbewogen. 'Als u ons nu gewoon onze zaken laat afhandelen, dan gaan we daarna rustig weg.'

Hank had zijn knuppel onder Bo's kin weggehaald en omklemde de beide uiteinden alsof het een deegroller was. 'Ben je doof of zo?' vroeg hij. 'Floyd heeft al gezegd dat meneer Hoopes er vandaag niet is. Nergens voor nodig om bij zijn kantoor te gaan rondsnuffelen om te zien of het waar is of niet.'

'Nog zo'n stomme nikkervriend', mompelde Floyd.

Ik begon me net af te vragen wat de doorbraak zou gaan worden in deze onbesliste wedstrijd. Waardoor zouden we ten langen leste mogen opstaan uit onze knielende houding, ons mogen losrukken uit het gazon waarin we zo langzamerhand wortel hadden geschoten? Er moest iets gebeuren om een eind aan de actie te forceren. Een van beide partijen moest het opgeven, maar geen van beide was daartoe bereid. Het volgende ogenblik maakte echter een eind aan al mijn overwegingen. Bo Wiley besloot dat hij geen woord meer wilde horen. Nauwelijks had Floyd die opmerking over Sunny gemaakt, of Bo schoot overeind en werkte de magere hulpsheriff tegen de grond. Ik herinner me nog dat ik begon te gillen en ook overeind probeerde te komen, en dat ik mijn ene hand naar Bo uitstrekte, maar op dat moment brak de hel los.

Ik stond nog niet eens helemaal rechtop, toen ik een scherpe pijn door mijn rug voelde schieten. Het was de gummiknuppel van Hank, of van een van de anderen, die neerbeukte tussen mijn schouderbladen. Eerst was ik alleen maar verdoofd, maar algauw maakte die verdoving plaats voor hevige pijn, die in mijn beide armen schoot, en langs mijn ruggengraat omlaag tot in mijn benen. Ik tuimelde op de grond, en de wirwar van lijven, het geschreeuw, het geduw en getrek in de menigte boven mijn hoofd en de stem van Sunny die mijn naam riep, drongen nog maar vaag tot me door. Ik verzette me niet tegen de handen die mijn armen op mijn rug trokken en ook niet tegen de metalen banden die om mijn

polsen gleden en dichtklikten. Iets omklemde mijn boven-
arm, hees me overeind en voerde me naar een wachtende
arrestantenwagen. Daar zat ik, ingeklemd tussen transpire-
rende lichamen, omringd door de stank van zweet, tussen
vloekende en kreunende mensen, en voor ik wist wat er
gebeurde hotsten we door de straten van Lexington van de
rechtbank naar de gevangenis, twee straten verderop.

40

De mannen werden van de vrouwen gescheiden en we werden in aparte cellen gesmeten, zodat we elkaar niet meer konden zien, maar nog wel horen. De traditie vereiste dat gevangenen ook naar kleur werden gesorteerd, maar deze keer kwamen blanke en zwarte vrouwen in dezelfde cel terecht. Ik neem aan dat de sterke arm der wet van mening was dat ze ons daarmee zwaar beledigden, maar in werkelijkheid was het een hele troost om het hele vrouwengroepje uit Carver bij elkaar te hebben.

In totaal zaten we met ons twaalven in een cel die was bestemd voor vier. De vrouwen persten zich op de nauwe bedden van de twee stapelbedden of zochten een plekje op de vloer. Een zat er zelfs met haar hoofd tegen het toilet geleund en een ander lag onder de lekkende wasbak met haar armen bij wijze van kussen onder haar hoofd. Het was er benauwd en warm en schemerig. Het enige raam zat zo hoog dat het in feite geen nut had als opening voor licht en lucht.

In eerste instantie praatten we niet veel. Hoewel we stonden voor dezelfde zaak, waren de mensen uit Carver en de meisjes van Dave Hunsinger een paar uur geleden nog volkomen vreemdelingen voor elkaar geweest. De omstandigheden zorgden ervoor dat de kennismaking enigszins moeizaam verliep. We waren moe en bang, we hadden dorst en zaten opgesloten, en daardoor leken de gebruikelijke beleefdheden nogal irrelevant.

Het was duidelijk dat niet alle demonstranten gearresteerd waren. De hulpsheriffs hadden zich beperkt tot een aantal uitverkorenen, maar waren er wel in geslaagd de hele Carver-groep in te rekenen, zowel mannen als vrouwen, en dat leek mij een goede zaak. Sunny en ik voelden ons verantwoordelijk voor Susannah en Luella en nu wisten we tenminste waar ze uithingen.

Ze zaten samen op een van de onderste stapelbedden en leunden tegen de stenen muur. In het tumult was Susannah haar handschoenen en haar schoenen kwijtgeraakt en haar kousen waren onherstelbaar gescheurd. Haar voetjes met de roze voetzolen staken vanaf de rand van het bed naar voren en bungelden boven de betonnen vloer als een stel hulpeloze puppy's. De helft van haar kanten kraag was tijdens de schermutselingen verdwenen en de andere helft zat nog maar met een paar verwarde draadjes aan haar jurk vast. Haar hoed stond scheef en was half over haar wenkbrauwen gezakt, maar ze nam niet de moeite hem recht te zetten. Met een lege blik in haar wijd opengesperde ogen staarde ze strak voor zich uit. Haar ogen deden me denken aan die van de Engelse kinderen die na de zoveelste luchtaanval op Londen verdwaasd door het puin scharrelden.

Luella was er wat beter vanaf gekomen, en had het handgemeen en de arrestatie doorstaan met haar schoenen en hoed op de juiste plaats. Ze had zelfs haar handschoenen nog aan, hoewel ze vol vuile vegen zaten. Ze zat naast Susannah, haar armen om haar opgetrokken benen geslagen alsof ze zichzelf tot een bal probeerde op te rollen. Er zat een takje in haar haar en de grassprietjes hadden een grillig patroon in het vel van haar knieën achtergelaten. In haar ogen stond slechts verbazing te lezen, omdat ze het tot hier had gebracht zonder door haar eigen angst of door de knuppel van de hulpsheriffs het loodje te leggen.

Zij waren de enige twee vrouwen in de cel met een jurk aan. De vrouwelijke vrijwilligers van Dave Hunsinger vormden een nogal haveloos stel, eenvormig wat betreft kleding en kapsels, alsof ze het afgezaagde beeld dat de meeste mensen van burgerrechtenactivisten hebben, probeerden te bevestigen. Het waren zes blanke vrouwen en twee zwarte, en ze droegen allemaal een spijkerbroek of korte broek, gebatikte T-shirts of mouwloze bloesjes en gymschoenen of sandalen. De blanke vrouwen hadden lang haar met een scheiding in het midden, op een na, die net zulke krullen had als ik en ze in bedwang hield met twee grote haarspelden. Een van de negervrouwen had zich getooid met het afrokapsel dat de laatste tijd in de mode was gekomen en de ander droeg het haar in verscheidene strakke vlechten naar achteren.

Afgezien van het feit dat we verhit en vuil en dorstig waren, hadden de meesten van ons ook wel ergens pijn. We wreven onze polsen waar de handboeien omheen hadden gezeten, we ondersteunden ribben waar we een por tegenaan hadden gekregen en voelden voorzichtig aan een bult op ons achterhoofd. Ik vroeg Sunny of zij gewond was, en ze zei van niet. Mijn vraag leek haar wakker te schudden uit haar verdoving en ze begon her en der te vragen hoe het met iedereen gesteld was.

Op het kale matras van het tweede onderbed lag een potige, blonde vrouw languit. Haar gezicht ging schuil achter haar haar en haar rechterhand. Ik dacht dat ze stilletjes lag te huilen of misschien zelfs probeerde te slapen, maar toen Sunny haar aansprak, haalde het meisje haar hand weg en kwam er een bloederige massa haar en vlees tevoorschijn.

'Natalie!' gilde een ander meisje. Ze kwam bij Sunny staan en boog zich over haar vriendin heen. 'Ik wist niet dat je zo erg bloedde! Waarom zei je niks?'

Zonder op antwoord te wachten, sprong ze weer overeind, trok een van haar sandalen uit – het was zo'n leren geval met een zool die uit een fietsband gesneden leek – en begon ermee op de celdeur te bonzen. 'Hé!' schreeuwde ze. 'Hé, we hebben medische hulp nodig!' Het was goed te horen dat ze een van die 'goedwillende nikkervrienden uit het noorden' was, uit Boston, als ik het accent tenminste goed plaatste. Beslist niet iemand uit het zuiden, dit meisje. Ze leek ongeveer twintig jaar en straalde het zelfvertrouwen en de vastberadenheid uit die zo kenmerkend waren voor de doorsnee burgerrechtenactivist. Haar lange, bruine haar was achter haar oren gestreken, en ze droeg een T-shirt met daarop het vredesteken en de woorden: *make love, not war.*

Toen er geen reactie kwam, schreeuwde ze nog een keer, sloeg met haar sandaal op de spijlen en voegde er een paar gepeperde verwensingen bij. Eindelijk hoorden we ergens een deur opengaan en daarna klonken er voetstappen op de betonnen vloer. Een jongeman, wiens badge duidelijk meer glom dan zijn verstand, bleef buiten de cel staan en staarde ons zwijgend aan.

'Nou?' riep Boston en ze wees met haar sandaal naar het bed waarop het gewonde meisje lag. 'Ga je nog iets doen of hoe zit het?'

De hulpsheriff keek langs de sandaal in de aangewezen richting en zijn blik bleef op het blonde meisje rusten. 'Wat is er met haar aan de hand?' vroeg hij. Ondertussen knaagde hij op een tandenstoker, die hij met zijn tong heen en weer rolde van de ene mondhoek naar de andere.

'Ze heeft een lelijke snee in haar voorhoofd', antwoordde Sunny. 'We zouden op zijn minst wat ijs kunnen gebruiken, totdat ze hier uit mag en naar de dokter kan.'

De hulpsheriff stond nog even bewegingloos alsof hij niet precies begreep wat zich daar in zijn blikveld afspeelde. Boston produceerde opnieuw een stroom verwensingen, waarin ze onder andere haar twijfels uitte over de genetische afkomst van de hulpsheriff, en eindigde haar tirade met: 'Wat mankeert jou eigenlijk? Ga dat ijs halen, nu!'

Hij haalde zijn schouders op. 'We hebben hier geen ijs', zei hij onaangedaan. De tandenstoker rolde traag langs zijn gebarsten lippen.

'Wat dacht je dan van een handdoek?' vroeg Sunny. 'Hebben jullie hier dan niet een handdoek of iets dergelijks?'

Weer haalde hij zijn schouders op. 'Ik zal eens kijken.'

Hij verdween en kwam even later terug met een handdoek die zo vies was dat hij al maandenlang in het herentoilet moest hebben gehangen. Voordat hij hem aangaf, haalde hij de tandenstoker uit zijn mond – het uiteinde was zo gerafeld dat het net een klein heksenbezempje leek – en zwaaide ermee naar het bed waarop Natalie lag. 'Als je maar zorgt dat er geen bloed op het matras komt', zei hij dreigend. Toen gaf hij de handdoek aan de woedende Boston en zij smeet hem haar sandaal achterna toen hij de gang weer in liep. Waarschijnlijk miste ze, want we hoorden de deur achter hem dichtgaan zonder verdere incidenten.

Boston nam de handdoek mee naar de wasbak, en terwijl ze de ene vloek na de andere over dat onbeschaafde en achterlijke zuiden afriep, maakte ze de doek nat met koud water en bracht hem naar haar vriendin. 'Ik red me wel', zei ze botweg tegen Sunny en duwde haar opzij. Sunny aarzelde even, maar wendde zich ten slotte af en kwam weer naast mij zitten op de harde, maar verbazend koele vloer.

'Het zal niet lang meer duren of Tom krijgt in de gaten dat er iets is gebeurd', zei ze. 'Dan komt hij meteen met de borgsom.'

'Het zou me niet verbazen als Dave Hunsinger daar ook iemand voor achter de hand heeft. Misschien staan we wel zo snel weer op straat dat Tom niet eens hoeft te komen.'

Sunny knikte. 'Misschien wel. Hoe is het trouwens met je rug?'

'Het schrijnt nogal.'

'Laat eens kijken.'

Ik draaide me gehoorzaam om en liet haar mijn blouse opstropen tot mijn schouderbladen.

'Er loopt daar een mooie, rode streep die op den duur zal verkleuren tot prachtig blauw, maar tegen Mahlon kun je nog steeds niet op.'

'Gelukkig.' Ze liet mijn blouse weer omlaagglijden en ik draaide me weer om. 'Ik wilde nog zeggen dat ik grote bewondering heb voor de manier waarop je het opnam tegen die twee hulpsheriffs. Ik zat zo te bibberen dat ik nauwelijks rechtop kon blijven zitten en jij was niet eens bang.'

Sunny schudde haar hoofd. 'Dat heb je mis, Augie. Ik ben maar een keer in mijn leven banger geweest en dat was toen ik dacht dat de marsmannetjes geland waren om ons met hun hittegeweren om zeep te helpen.'

Ik glimlachte bij de herinnering aan Sunny en mij, zoals we daar samen in Sunny's klerenkast hadden gezeten op de avond voor Halloween, wachtend op de dood. 'Dat weet ik ook nog', zei ik. 'Het leek zo echt allemaal. Weet je nog dat de buurjongen binnen kwam stormen om te vertellen dat New Jersey vernietigd was en dat we zo snel mogelijk moesten vluchten, nu het nog kon?'

We lachten zachtjes. 'Inderdaad', zei Sunny. 'En toen ik hem later tegenkwam, zei hij dat hij al die tijd had geweten dat het nep was, en dat hij ons alleen maar de stuipen op het lijf had willen jagen.'

'De leugenaar', zei ik hoofdschuddend. 'Volgens mij had niemand in eerste instantie door dat het nep was, zelfs Chichi en Haha niet.'

'Ik denk inderdaad dat zij ook even getwijfeld hebben. Nou ja, de hele geschiedenis maakte Obaasan aan het lachen, dus was het uiteindelijk wel de moeite waard. In mijn herinnering is het de enige keer dat Obaasan gelachen heeft.'

We zwegen even en ik concentreerde me op de pijn in mijn rug. Eén tik met de knuppel en mijn hele rug deed zeer. Wat had Mahlon dan wel niet moeten doorstaan na de afranseling die zulke verschrikkelijke littekens had achtergelaten? Hoe moest het wel niet geweest zijn voor Fannie Lou Hamer, en voor al die anderen, zwart en blank, die nog net niet doodgeslagen waren? Hoe moest het zijn voor mensen die telkens opnieuw werden mishandeld: nieuwe wonden over oude littekens, de ene laag over de andere, net zolang tot hun rug een archeologisch studieobject was geworden, nuttig voor het onderzoek naar de geschiedenis van het onrecht?

Om die gedachte te verdrijven zei ik: 'Ik wou dat Chichi ons nu kwam vertellen dat het allemaal maar een spelletje was.'

Sunny knikte met gesloten ogen. 'Ik wou ook dat hij hier was, en moeder ook, zelfs al zouden ze ons dat nou net niet kunnen vertellen.'

'Al zouden ze helemaal niets kunnen zeggen, het zou toch alle verschil van de wereld maken als ze hier waren.'

'Dat weet ik.'

'Ik mis hen zo erg.'

'Ik ook.'

'Waar denk je dat ze nu zijn?'

Sunny haalde even haar schouders op. 'Geen idee. Overal en nergens.'

'Dan zou ik ook overal en nergens willen zijn.'

Er gleed een glimlach om de lippen van mijn vriendin. 'Daar zitten we dan, vierendertig jaar oud, en we roepen als een stel kinderen om papa en mama.'

'Reken maar. Als zij er waren, was het altijd weer goed, hoe erg het ook was. En je moet niet vergeten dat ik maar drie jaar lang een vader en moeder heb gehad. Ik ben echt tekortgekomen.'

'Je ziet hen heus wel terug.'

'Denk je?'

'Natuurlijk. Als ze eenmaal horen dat ik je gevonden heb, zijn ze niet meer te houden.'

'Dat hoop ik.' Het was even stil. 'Is het ooit bij je opgekomen, vroeger, toen we nog kinderen waren ...' Mijn stem stierf weg. Natuurlijk hadden we nooit gedacht aan gevangenissen, burgerrechten, rassendiscriminatie. We behoorden tot verschillende rassen, maar voor Pearl Harbor had ik dat alleen maar fantastisch gevonden, omdat het zo'n duidelijke scheidslijn vormde tussen de familie waarin ik was geboren en die waar mijn hart lag. Ik formuleerde mijn vraag anders: 'Wie had ooit kunnen denken dat we nog eens samen in de gevangenis zouden belanden?'

'Nou ja,' zei Sunny en ze legde haar hoofd tegen de stenen muur, 'voor mij is het niet de eerste keer dat ik opgesloten zit.'

'Ik dacht dat je nog nooit eerder was gearresteerd voor je activiteiten.'

'Dat ben ik ook niet. Ik heb het over Manzanar.'

Een vlugge blik door de cel leerde me dat enkele van onze medegevangenen tijdens de Tweede Wereldoorlog nog niet eens geboren waren. Anderen waren nog maar baby's. Ongetwijfeld had geen van hen ooit van Manzanar gehoord. Na de oorlog werd er niet veel meer gesproken over de interneringskampen voor Japanners. De hele affaire werd doodgezwegen, zoals een demente oudtante of een familieschandaal taboe is tijdens de tafelgesprekken. Twintig jaar later wisten de meeste Amerikanen niet dat er ooit zulke kampen waren geweest.

'De Japanners in de kampen hadden het echter niet half zo slecht als de negers in het zuiden', ging Sunny verder.

'Misschien niet,' gaf ik toe, 'maar je hoeft je eigen lijden ook niet te bagatelliseren. Jullie zijn alles kwijtgeraakt.'

Sunny sloot haar ogen. Ze was met haar gedachten duidelijk terug in die tijd en ik wachtte geduldig. Na een poosje zei ze: 'In het kamp zei Shidzuyo eens tegen me: "De eigenlijke gevangenis is de haat, Hatsune." Ze noemde me altijd Hatsune, nooit Sunny. Hoe dan ook, op een dag in het voorjaar wandelden we door het kamp, gewoon als tijdverdrijf, en we keken naar de tuinen waar net alles weer in bloei kwam, en zoals altijd zagen we ook het prikkeldraad en de wachttorens en de bewapende mannen die vandaaruit op ons neerkeken. Ik zei tegen Shidzuyo dat het een volmaakte dag was geweest als die kerels daar niet hadden gestaan. Ik zei dat ik hen haatte, omdat ze ons vasthielden in die gevangenis en toen zei ze tegen mij dat mensen die anderen haten de enige mensen zijn die echt gevangenzitten, omdat haat iemand zo ketent dat hij niet eens meer echt kan leven. Zulke mensen komen niet verder dan bestaan. Maar wie geen haat koestert in zijn hart, is vrij, waar hij zich ook bevindt.'

Na een lange stilte vroeg ik: 'Maar wie is er dan nog vrij?'

Sunny rolde haar hoofd langzaam heen en weer langs de stenen muur. 'Ik heb daar die middag lang over nagedacht en kwam tot de slotsom dat ik het niet kon helpen. Dat zei ik ook tegen Shidzuyo: "Ik kan er niets aan doen, tante", zei ik. "Ik haat de blanken die ons hier in gestopt hebben en mijn vader en moeder alles hebben afgepakt."'

Ze zweeg en ik wachtte. Na een paar eindeloze seconden ging ze verder: 'Shidzuyo zei: "Dat is dan jouw keus en daar zul je mee moeten leren leven." Ik zei nog een keer dat ik niet anders kon dan hen haten om wat ze ons hadden aangedaan en ze zei alleen: "Je kunt heus wel anders, Hatsune." "Maar ik kan er toch niks aan doen dat ik het zo voel?" vroeg ik en toen zei ze: "Je zou je verstand kunnen laten spreken in plaats van je gevoel." Ik zei dat ik hoe dan ook nooit van hen zou kunnen houden, ook al spiegelde mijn verstand me voor dat ik dat wel wilde. En toen zei ze: "Misschien niet, maar je kunt besluiten te vergeven en dat zou zelfs nog beter zijn.""

Ik dacht over haar woorden na en ook over Sunny zelf – over wat er van haar was geworden. 'Jij hebt inderdaad vergeven, of niet, Sunny?' vroeg ik toen.

'Ik moet telkens opnieuw vergeven, omdat ik steeds weer in de verleiding kom aan mijn gevoelens toe te geven. De waarheid is dat ik mijn woede nooit compleet heb overwonnen – niet alleen mijn woede over Manzanar, maar ook die over alles wat ik in de jaren daarna heb gezien. Mijn woede over de dingen waarvan ik hier in Mississippi getuige ben geweest. Het is zo veel, Augie. Ras tegen ras, volk tegen volk. En het is niet alleen de rassenstrijd, maar ook de klassenstrijd, de strijd van mannen tegen vrouwen, van de ene familie tegen de andere. Er lijkt geen einde aan te komen.'

Ik haalde diep adem, terwijl ik over haar woorden nadacht. 'Het lijkt inderdaad eindeloos allemaal; en hopeloos ook.'

Sunny glimlachte hierom, een onverwachte en geruststellende glimlach. 'Toch geloof ik vast dat het niet altijd zal blijven zoals het nu is, Augie', zei ze.

Ik wilde haar vragen wat ze daarmee bedoelde, maar op dat moment ontstond er commotie, ergens in de verte. We hoorden een deur opengaan en weer dichtslaan, gedempte, woedende stemmen en een schuivend geluid, alsof er iemand werd weggesleept.

'Wat gebeurt er?' vroeg Sunny.

'Ik weet het niet.' Ik schoof over de vloer naar het traliehek om beter te kunnen zien, maar de gang was verlaten.

'Zouden de mensen met de borgsom er zijn?' vroeg een van de andere vrouwen, maar er gaf niemand antwoord.

Het volgende ogenblik hoorden we een mannenstem. De woorden waren grotendeels onverstaanbaar, maar vol woede. Een tweede stem mompelde iets. Daarna de eerste weer, woedend, dreigend, vloekend. Toen een angstig: 'Nawsuh, ik zweer het, suh.' Nu klonken er verscheidene stemmen door

elkaar, pesterig en kwaad, gevolgd door: 'Nee, nee, alstublieft...' Een slag en een gil die ons door merg en been ging.

Luella sprong van het bed af en rende naar de deur. 'Het is
Bo', zei ze zacht, haar handen om de tralies geklemd. 'Ze slaan
Bo.'

Van de andere kant van de gevangenis drong het geschreeuw
van de mannen tot ons door, de stemmen van Mahlon en
Eddie en Dave en een tiental anderen.

'Jullie hebben het recht niet ...'

'We zullen Washington op de hoogte stellen ...'

'Dit kunnen jullie niet maken ...'

'We gaan een onderzoek eisen ...'

'Hou vol, Bo!'

'Je bent niet alleen, broeder ...'

En telkens weer bereikten ons vanaf die afschrikwekkende
plek in de gevangenis van Holmes County de doffe, zware
klappen op naakt vlees en de kreten van de jonge man wiens
moed ik zo bewonderde en wiens humor me aan het lachen
had gemaakt. Ik sloot mijn ogen tegen de ontzetting die bij
elke volgende schreeuw van Bo Wiley door me heen golfde.
Met mijn voorhoofd tussen de spijlen geduwd dacht ik: *Lieve
God, laat hen ophouden* en *Hou vol, Lenny, ik kom eraan. Ik zal
hen tegenhouden, Lenny*. De kreten van Bo Wiley werden de
kreten van Lenny Schuler die zo vaak de nachten van mijn
jeugd hadden verstoord.

Sunny kwam naast me zitten en legde een arm om me
heen. In de hele gevangenis klonk nu het verwarde tumult
van mannen- en vrouwenstemmen, schreeuwend, vloekend
en huilend. Een van de vrouwen in onze cel krijste voortdurend: 'Dit kunnen jullie niet doen, dit kunnen jullie niet
doen!' Ze konden het echter wel en ze deden het ook, wetend
dat ze vrijuit zouden gaan, dat de gevolgen zouden uitblijven,
dat er niemand kritische vragen zou stellen.

Eindelijk, van het ene op het andere moment, was het stil.
Daarna hoorden we weer dat slepende geluid, waarschijnlijk
de hakken van Bo's met spuug gepoetste schoenen die over de
vloer sleepten, terwijl de hulpsheriffs hem terugsleurden naar
de mannencel.

Niemand verroerde zich. We zaten allemaal ergens op te wachten, zonder te weten waarop. Na een hele tijd draaide Luella zich langzaam om en ging terug naar het stapelbed, waar ze snikkend haar gezicht in haar handen verborg.

Sunny en ik bleven onbeweeglijk geknield zitten op de harde vloer en klemden ons vast aan de tralies. Zonder haar aan te kijken zei ik: 'Ik haat de kerels die dit met Bo hebben uitgehaald. Hoe zou ik hen nou niet kunnen haten?'

Even bleef het stil, toen herhaalde ze haar raadselachtige voorspelling: 'Het zal niet altijd zo blijven, Augie.'

Op de een of andere manier voldeed dit antwoord me niet.

Uren gingen voorbij en er kwam niemand om ons vrij te kopen. Sunny keek telkens weer op haar horloge en dan mompelde ze: 'Ik vraag me af waar Tom uithangt.' We babbelden wat met de meisjes van Dave Hunsinger, net genoeg om te weten te komen hoe ze heetten, waar ze vandaan kwamen en hoe vaak ze al waren gearresteerd. Het was de bedoeling dat een van hun medewerkers, een zekere Aaron Wexler, hen kwam vrijkopen, maar ook hij was niet komen opdagen.

'Er is hier iets niet pluis', verkondigde Boston, die eigenlijk Ellen Parsons heette en aan de universiteit van Massachusetts studeerde – beter gezegd: gestudeerd had, voor Freedom Summer. Inmiddels beschouwde ze het als lichtzinnig om tijd aan studie te besteden, als je ook daadwerkelijk iets kon doen. Zodra ze haar bijdrage aan de vrijheidsstrijd van de negers had geleverd, zou ze zich gaan inzetten voor de gelijkberechtiging van vrouwen.

Ook onze andere celgenoten waren van buiten de staat, behalve de beide negermeisjes die in Lexington geboren en getogen waren en door Dave voor het werk waren geronseld. Het meisje met de vlechten vertelde dat ze ervan droomde de trein naar het noorden te pakken en daar ergens aan de Canadese grens te gaan wonen. Ze wilde zo ver mogelijk bij Mississippi vandaan, omdat ze inmiddels had geconcludeerd dat er in het zuiden nooit iets zou veranderen.

Al dat gebabbel deed de tijd echter niet sneller gaan. Er werd geen eten gebracht en we hadden honger. Bij toerbeurt dronken we water uit de kraan, maar als maagvulling voldeed dat nauwelijks. Niemand kwam ons vertellen wat er gaande was – de sheriff niet, zelfs de hulpsheriffs niet.

We vroegen ons af hoe het met Bo zou zijn. We durfden niet naar de mannen te roepen, uit angst dat de cipiers ons dat betaald zouden zetten door Bo opnieuw af te ranselen of door een ander slachtoffer te kiezen. Sunny tobde over Tom en de kinderen. Ik dacht aan Howard en vroeg me af of ik hem ooit weer zou zien. Ik wilde hem zo graag laten weten dat ik trots was op hem om wat hij had gedaan.

De schemering viel in, daarna de duisternis. Aan het plafond flakkerde een eenzaam peertje aan dat onze cel verlichtte.

'We hebben rechten, hoor', mompelde Boston tegen niemand in het bijzonder. Niemand gaf antwoord. Ze klonk uitgeput en leek zo langzamerhand de futiliteit van haar woorden te beseffen. We konden alleen maar wachten. Nadenken en wachten.

Eindelijk, rond een uur of negen, kwam er leven in de brouwerij. Het was niet wat we hadden gehoopt en toch was het iets wat we zonder het te weten broodnodig hadden gehad. Aan de andere kant van de gevangenis begonnen de mannen te zingen. Opnieuw zetten ze de reeks protestliederen in die we gezamenlijk op het grasveld voor de rechtbank hadden gezongen. Toen hun stemmen ons bereikten, klaarden we allemaal zichtbaar op. We keken elkaar aan en op sommige gezichten brak zelfs een glimlach door.

'Alles wel', zongen ze. 'Alles wel. Lijden wij in deze tijd, God heeft ons een plaats bereid. Alles wel.'

En inderdaad, op die broeierige zomeravond in die akelige gevangenis was alles wel. Ik stelde me voor hoe die jonge mannen, opeengepakt in hun kleine cel, de woede en de angst en de vernedering opzijzetten om te midden van de wanhoop hun liederen van hoop te kunnen blijven zingen.

Misschien is er pas definitief geen hoop meer als wij niet meer willen zingen. Wie zal het zeggen?

41

Tom Fulton en Aaron Wexler hadden urenlang geprobeerd toestemming te krijgen voor het betalen van een borgsom, maar telkens weer werden ze weggestuurd. Vijf keer kregen ze te horen dat de hoogte van de borg nog niet was vastgesteld en dat ze over een uur maar moesten terugkomen. Na vijf uur belde Tom Cedric Frohmann op. Het was bekend dat deze bevriend was met de sheriff van Holmes County, een man die de twijfelachtige naam Elwood Posse droeg. Een kort maar volgens de berichten verhit telefoongesprek tussen deze beide mannen resulteerde uiteindelijk in onze vrijlating. Bij het verlaten van onze cel troffen we Tom aan, die net de hulpsheriffs ongenadig aan het uitkafferen was. Toen hij echter Bo zag aankomen, half strompelend en half door Mahlon en Eddie gedragen, bestierven hem van woede de woorden op de lippen. Hij was sprakeloos. Ik denk dat hij in dat moment van woordeloze, withete razernij eindelijk de roepstem van de houten beestjes van Hollis hoorde die hem zeiden uit het zuiden weg te gaan.

Dave Hunsinger en zijn medewerkers verdwenen naar alle kanten in de nacht, terwijl onze groep de terugtocht naar Carver aanvaardde. We reden terug in dezelfde auto's als waarmee we gekomen waren, met uitzondering van Bo. Hem installeerden we behoedzaam op de achterbank van Toms auto, met een opgevouwen deken onder zijn hoofd.

Onderweg dronken we de frisdrank op die nog in de koelbox zat en dat stilde onze ergste trek. We zeiden niets en halverwege vielen de twee jonge vrouwen in slaap, Susannah met haar hoofd op Luella's schouder. Het was al na middernacht toen de ongeplaveide en onverlichte straten van Coloredtown oplichtten in de koplampen van de kleine colonne, die terugkeerde als soldaten van het slagveld, een verslagen bataljon.

Met een bescheiden druk op zijn claxon bij wijze van afscheid sloeg Mahlon af om Eddie af te zetten en daarna zelf door te rijden naar het bovenhuis van de familie Reese. Tom reed meteen door naar de praktijk van dokter Dawson om de enige zwaargewonde die we bij ons hadden over te geven in de handen van de enige negerdokter in Carver. Gelukkig was die thuis toen de geïmproviseerde ambulance arriveerde. Op Toms kloppen deed hij onmiddellijk open en hij begon dadelijk de bebloede hoofdhuid te hechten en de gebroken ribben te zetten, met niet meer aan dan de onderbroek waarin hij had liggen slapen.

Ondertussen brachten Sunny en ik de meisjes thuis. Blootsvoets en slaapdronken, maar ook kaarsrecht en vol waardigheid trippelde Susannah over het verharde zandpad dat naar haar voordeur leidde. Voordat ze opendeed, zette ze eindelijk haar hoed recht. Luella aarzelde nog even toen ze ons goedenacht wenste en vroeg toen: 'Gaat u ooit nog met een volgende groep mee voor een registratie, Miz Fulton?'

'Zeker, Luella', antwoordde Sunny. 'Ik weet zeker dat we nog eens zullen gaan.'

'Als u dan maar weet dat ik meega.'

Sunny glimlachte. 'We gaan niet zonder jou. Welterusten, Luella.'

'Welterusten, Miz Fulton, Miz Callahan.'

Toen gingen ook wij naar huis, Sunny en ik in de ene en Tom in de andere auto. Daar wensten we elkaar goedenacht met de stilzwijgende afspraak dat we het bespreken van de gebeurtenissen zouden uitstellen tot de volgende ochtend. Op dit moment hadden we in de eerste plaats rust nodig.

Doodop kroop ik tussen de koele lakens, dankbaar dat ik eindelijk mijn ogen dicht kon doen. Onmiddellijk viel ik in een droomloze slaap, waaruit ik pas tegen de middag werd gewekt doordat de auto van Lee Henry de oprit op kwam rijden. Hij en Miss Ebba kwamen elke dag even langs voor de laatste berichten over Howard. Omdat ze geen telefoon hadden, konden ze zelf niet bellen en Tom nam elke ochtend contact met het ziekenhuis op.

Toen ik rechtop ging zitten sloeg er een golf van misselijkheid door me heen – te wijten aan voedselgebrek, oververhitting en de pijn in mijn rug. Gelukkig ging het voorbij. Ik waste mijn gezicht en probeerde mezelf een beetje op te kalefateren; vervolgens ging ik naar beneden om de Starks te begroeten. Ze zaten in de woonkamer samen met Sunny ijsthee te drinken. Tom was als elke zaterdag op de molen, dat wist ik. Toen ik binnenkwam, zag ik aan de ogen van Lee Henry dat ik er net zo beroerd uitzag als ik me voelde, maar hij had zich al snel weer in bedwang en glimlachte me toe.

Miss Ebba zette haar glas op het bijzettafeltje naast de fauteuil. Ze had vandaag een andere jurk aan, een mouwloos geval van bruin linnen met aan de voorkant gele knopen, als kwartjes zo groot. Ze droeg echter nog dezelfde afgetrapte schoenen en dezelfde nylon donuts om haar enkels. 'We horen net dat u gister het cellenhuis van Holmes County van binnen hebt bekeken, Miz Callahan', zei ze goedig.

Ik lachte kort en ging in de grote leunstoel zitten. 'Dat klopt, Miss Ebba. Het onderkomen liet nogal te wensen over, maar toch was het een interessante ervaring.'

Lee Henry boog zich wat naar voren en zei: 'We vinden het machtig vervelend dat dit u moest overkomen, Miz Callahan.'

'Zit er niet over in, Lee Henry. Ik zit liever samen met goede mensen achter de tralies dan dat ik met slechte mensen buiten loop.'

Lee Henry knikte. De schouderbanden van zijn tuinbroek spanden over zijn reusachtige schouders en de knopen in de metalen beugeltjes die de voorflap op zijn plek moesten houden, hielden het maar net.

'Ik heb net verteld wat er gisteren allemaal is voorgevallen', zei Sunny. 'Ze hadden er via via al het een en ander van gehoord. Iedereen weet dat Bo bij dokter Dawson is opgenomen. Een handvol jongeren van de cursus heeft zich aangeboden om volgende week naar de rechtbank te gaan voor een nieuwe poging.'

'Ondanks wat Bo is overkomen?'

'Vermoedelijk juist vanwege wat Bo is overkomen.'

Het werd stil in de kamer. Door het open raam dreef het gelach van de buiten spelende kinderen naar binnen.

Miss Ebba tuurde met haar ene oog naar Sunny en zei: 'Als ze gaan, ga ik mee.'

'Maar Mama …'

'Stil, Lee Henry. Mijn besluit staat vast. Ik heb niet voor niks al die tijd zitten blokken, weet je. Dat was om me voor te bereiden op de registratie en nou ga ik het proberen ook, al wordt het mijn dood.'

'Of al maken ze je dood.'

'Dat kan ook, Lee Henry, maar ik ga niet langer zitten toekijken. Ik heb alles geleerd wat er voor de registratie te leren valt, en het wordt tijd dat ik het nou eens ga doen.'

Sunny zuchtte. 'Ze is echt vastbesloten, Lee Henry. Ik denk niet dat we haar nog op andere gedachten kunnen brengen.'

'Zekers niet', zei Miss Ebba ferm.

'Er zal echter nog een cursusbijeenkomst georganiseerd moeten worden om te bespreken wanneer we gaan en met wie precies.'

'Ik ga in elk geval', zei Miss Ebba.

Lee Henry slaakte een diepe zucht. Hij keek van zijn oma naar Sunny en terug en veranderde toen van onderwerp. 'We zijn hier niet om over de registratie te praten, maar om te horen hoe het met Howard gaat. Heeft Tom vanmorgen nog naar het ziekenhuis gebeld?'

Ik keek gespannen naar Sunny en die knikte. 'Ja. Met Howard gaat het prima, zo goed als te verwachten was. Ze zijn nog steeds bang voor infectie, maar tot nu toe is er niets wat daarop wijst. Hij eet alweer een beetje en heeft gisteren zelfs om pecannotenijs gevraagd – hij zei dat hij er zin in had.'

'Lijkt me een goed teken', merkte Lee Henry op. 'Een stervende vraagt niet om ijs, of wel soms?'

'Mag hij al bezoek hebben?' vroeg Miss Ebba, die Lee Henry's opmerking negeerde.

'Hij mag maar een bezoeker tegelijk ontvangen en dan maar voor een paar minuten.'

Miss Ebba knikte en haalde diep adem. 'Wil een van jullie dan naar hem toe gaan? Hem een boodschap van mij overbrengen? Namens mij iets tegen hem zeggen?'

'Wat dan, Miss Ebba?' vroeg ik.

'Zeg dattie naar huis moet gaan, terug naar Chicagie. Zijn taak hier is afgelopen. Hij kan verders niks meer doen. Zeg dat-tie naar huis moet gaan voordat er nog ergere dingen gebeuren.'

Howard zou toch zeker al begrepen hebben dat zijn taak hier voorbij was en dat er niks anders op zat dan naar huis te gaan? Ik bedacht echter dat Miss Ebba hem wilde laten gaan met haar zegen, dat ze hem ervan wilde overtuigen dat hij had gedaan wat hij kon en dat nu de tijd voor vertrek was aangebroken.

Sunny keek naar mij. 'Wil jij het soms doen?' vroeg ze.

Alsof ze dat al niet wist. En Miss Ebba ook.

'Ja', zei ik eenvoudig.

'Ik zal zo dadelijk het ziekenhuis bellen om te vragen hoe je het beste rijden kunt', bood Sunny aan.

'Je moet me komen vertellen wat hij gezegd heeft, hoor', instrueerde Miss Ebba.

'Dat zal ik doen', beloofde ik.

'En zeg die jongen dat ik van hem houd, maar dat ik hem nooit meer in Mississippi wil zien.'

Ik glimlachte. 'Ik zal het zeggen, Miss Ebba.'

Ze knikte tevreden en daarna stonden zij en Lee Henry op om weg te gaan. De telefoon ging en met een korte verontschuldiging liep Sunny weg om op te nemen, terwijl ik de Starks ging uitlaten. We stapten de veranda op en boven aan de trap zei Miss Ebba nog: 'Ik heb gehoord dat die rechtbank niet zo heel veel treden heeft.'

'Nee, hoor, een paar maar', stelde ik haar gerust.

'Da's maar goed ook. Ik word te oud voor al dat traplopen.'

'Mama,' mopperde Lee Henry goedmoedig, 'je bent zo langzamerhand voor bijna alles te oud.'

'Hou je mond, Lee Henry', berispte Miss Ebba hem. 'Ik hou je nog steeds bij, of niet soms?'

'Da's waar', mompelde Lee Henry. 'Maar misschien is dat alleen maar omdat ik zelf ook al een ouwe sok begin te worden.'

'Nou, schei dan eens uit met je gejammer, ouwe, en help me naar de auto.'

Ik kon hen goedmoedig horen kibbelen totdat de beide portieren waren dichtgeklapt en zelfs toen ze wegreden, zag ik nog Miss Ebba's drukke gebaren en bewegende lippen. Ik schoot in de lach. Mijn lach fladderde hoog de lucht in, de zon tegemoet. Ik was gelukkig, door het dolle heen als een schoolmeisje voor haar eerste afspraakje. Nog maar een paar uur, dan zag ik Howard weer.

In het ziekenhuis wees een verpleegster me de weg naar Howards kamer met de woorden: 'Het is die kamer met die man voor de deur.'

'Die man' was een FBI-agent in burger, die geen oog van me afhield toen ik door de gang dichterbij kwam.

'Augusta Callahan?' vroeg hij zonder verdere plichtplegingen.

Ik knikte bevestigend. Sunny had het ziekenhuis bericht dat ik in aantocht was.

'Mag ik uw legitimatie even zien?'

Ik grabbelde in mijn tasje, haalde mijn portefeuille tevoorschijn en overhandigde hem mijn rijbewijs. Hij bestudeerde het, keek naar mij, keek nog eens naar het document en gaf het toen terug. 'U bent de schrijfster van dat boek?' zei hij vragend.

'Inderdaad', antwoordde ik. 'Bent u soms Gary Colscott?' Hij knikte. Zijn gezicht bleef strak, ook toen ik tegen hem glimlachte. 'U bent dus degene die het boek voor Howard heeft gekocht, toen hij het in Carver niet kon krijgen?'

Gary Colscott haalde zijn schouders op. 'Dat was wel het minste. Howard heeft enorm veel voor me gedaan.'

'Ik heb gehoord dat hij u van informatie voorzag.'

De agent knikte in de richting van de openstaande deur. 'Daarom ligt hij ook hier.'

'Ze zijn echt meedogenloos, hè?' zei ik.

'Er komt een dag dat we dat ongedierte aan hun eigen strop ophangen.' Er klonk een zweem van woede in zijn stem, maar eindelijk glimlachte hij toch. Weer knikte hij naar Howard. 'Ik denk dat hij slaapt, maar u mag best naar binnen.'

Dat deed ik, en ik zag dat Howards ogen inderdaad gesloten waren. Ik liep naar het bed; het was voldoende voor mij om gewoon bij hem te zijn. Ik kon best wachten tot hij wakker werd. Ik had helemaal geen haast, en ik kon niet weer weggaan zonder hem Miss Ebba's boodschap te hebben overgebracht.

Hij lag aan een infuus waaruit een heldere vloeistof zijn linkerarm in liep. Zijn gezicht was grauw; alle kleur was eruit weggetrokken. Zelfs zijn lippen waren wit, en de donkere baardstoppels op zijn wangen en zijn kin leken net kleine potloodstipjes op het gebleekte schildersdoek van zijn huid. Zijn haardos stak er schokkend zwart tegen af en voor het eerst viel me op dat hij hier en daar begon te grijzen. Een lok van zijn te lange pony viel over zijn voorhoofd en instinctief stak ik een hand uit om hem uit zijn gezicht te strijken. Bij dat gebaar begonnen zijn oogleden te trillen en vervolgens sloeg hij zijn ogen op. Even staarde hij me aan, niet alsof hij probeerde te bedenken wie ik was, maar alsof hij probeerde te bedenken waarom ik daar was. Eindelijk fluisterde hij mijn naam: 'Augie?'

'Hallo, Howard.' Ik streek het haar uit zijn gezicht en lachte naar hem.

'Augie, het spijt me', zei hij hees. Hij zweeg even om zijn lippen te bevochtigen en ik nam de kans waar door vriendelijk te vragen: 'Wat zou jou nou moeten spijten?'

'Dat ik je in gevaar gebracht heb. Dat had ik nooit mogen doen ...'

'Ik ben nooit ergens heen gegaan waar ik zelf niet naartoe wilde. Het was mijn eigen keus.'

Hij schudde langzaam het hoofd. 'Ik had het recht niet.'

'Maar Howard, ik …'

'Die eerste keer, bij de burgemeester thuis …' Hij zweeg weer, schraapte zijn keel, liet zijn tong nogmaals over zijn droge lippen glijden. 'Ik zei tegen mezelf: "Draper, ouwe jongen, wees nou geen dwaas. Laat haar met rust." Maar toen zag ik je weer in het café …'

'Ik weet het, Howard, ik weet het en het is goed zo.'

Hij staarde me onderzoekend aan, bestudeerde mijn gezicht, keek me in de ogen. Een poosje zeiden we geen van beiden iets. Toen zei ik: 'Ik heb een boodschap voor je van Miss Ebba en Lee Henry.'

Er speelde een glimlachje om zijn mond. 'Ik denk dat ik wel weet wat, maar zeg het toch maar.'

'Ga naar huis. Ga terug naar Chicago.'

De glimlach verbreedde zich. 'Ik ben niet langer welkom in Mississippi, geloof ik.'

'Zeg liever dat je dekmantel is weggewaaid.'

Howard knikte bijna onmerkbaar. 'Heeft Miss Ebba je over mij verteld?'

'Het hele verhaal van A tot Z.'

Hij keek even peinzend voor zich uit, tilde toen zijn vrije arm een beetje op en wenkte me met een kromme vinger naderbij. Toen ik me naar hem overboog, zei hij zacht: 'Mijn dekmantel is niet helemaal weggewaaid, hoor. Ze hebben me hier op de blanke afdeling gelegd.' Hij knipoogde en legde de vinger op de lippen.

Ik lachte zachtjes. 'Ik zal je geheim niet verklappen', verzekerde ik hem. 'Maar Howard, je gaat toch wel echt weg? Je gaat toch wel terug naar Chicago?'

Hij haalde zijn schouders op. 'Misschien kan ik me hier in Jackson bij de Klan aansluiten, of in een ander klein stadje.'

'Dat is een grapje, mag ik hopen. Het zal niet lang duren of heel Mississippi weet dat een van de Klanleden uit Carver een nepblanke was. De witte ridders van Carver zullen overal worden uitgelachen.'

Howard lachte weer, maar zijn glimlach was flauw en weinig overtuigend. 'Ik wilde niet dat Cedric Frohmann ooit te weten zou komen dat ik zijn zoon ben.'

'Maar Howard, er waren drie mannen bij betrokken. Hoe kun je er zo zeker van zijn dat juist Frohmann je vader is?'

Howard legde zijn wijsvinger op het kuiltje in zijn kin. 'Hoe denk je dat ik hier aan kom?' Zonder op een antwoord te wachten vervolgde hij: 'Helemaal zeker weten doe ik het natuurlijk nooit, maar ik lijk meer op de burgemeester dan op een van de andere twee.'

'Goed, maar waarom denk je dan dat de burgemeester er nu achter zal komen?'

'De Klan moet het hebben ontdekt van Trudy, dat ze naar het noorden is vertrokken toen ze van mij in verwachting was. Anders hadden ze nooit kunnen weten dat mijn moeder een negervrouw was. De burgemeester zit niet bij de Klan, maar hij is niet op zijn achterhoofd gevallen. Op de een of andere manier zal hij te horen krijgen waarom ik ben neergeschoten.'

'Je bedoelt dat iemand van de Klan hem zal vertellen dat hij je vader is?'

Howard schudde het hoofd. 'Ik betwijfel of de Klan weet wie mijn vader is. Het enige wat van belang is, is dat ze weten wie mijn moeder is, en dat zij een kleurlinge is. Wat hen betreft kan mijn vader ook best een neger zijn. Een met een heel lichte huid, dat wel, maar toch een neger.'

'Toch begrijp ik het nog steeds niet. De burgemeester komt er dus achter dat je bent neergeschoten omdat je een neger bent, maar waaruit kan hij dan concluderen dat hij je vader moet zijn?'

'Nou, Cedric was dronken toen hij en de andere twee mijn moeder verkrachtten, maar niet zo dronken dat hij het zich niet meer herinnert. Hij weet heel goed wie hij verkracht heeft en wanneer dat was. Hij kan het sommetje dus zelf wel rond krijgen.' Hij keek me aan, zijn ogen wijd open. 'Zie je, ik denk dat die verkrachting de reden was waarom hij de universiteit van Mississippi de rug toegekeerd heeft en in het noorden is gaan studeren. Ik denk dat Cedric de herinnering aan wat er gebeurd was en de plaats waar het gebeurd was wilde ontvluchten.'

'Dat duidt er in elk geval op dat hij nog enig besef van goed en kwaad heeft.'

'Eerlijk gezegd ben ik gaan geloven dat hij een goed hart heeft; hij is een goed mens die leeft in een kwade tijd, op een kwade plaats.' Howard haalde diep adem. 'Toen ik in Carver arriveerde, voelde ik niets dan minachting voor Cedric Frohmann. Toen leerde ik hem kennen en het grappige is, dat ik hem nu echt mag. Hij heeft Trudy natuurlijk iets verschrikkelijks aangedaan, maar ik vermoed dat hij, toen de alcoholroes was weggetrokken, zelf ook onpasselijk was van de hele kwestie. Het was, nou ja, de enige misstap in heel zijn brave leven, het enige roekeloze moment. Zo ben ik er tenminste tegenaan gaan kijken. En tot op zekere hoogte heb ik het hem zelfs vergeven.'

'Dus daarom ging je elke zondag naar het burgemeestershuis? Om bij Cedric Frohmann te zijn?'

'Ja.'

'Je weet toch wel, dat iedereen dacht dat je belangstelling had voor zijn dochter?'

'Ik weet heel goed wat iedereen in Carver denkt', gaf Howard luchtig toe. 'Ik heb haar ook nooit willen kwetsen, maar het ging me niet om Betsey. Die wekelijkse uitnodiging was meer dan ik had durven hopen toen ik naar Carver kwam. Ik dacht dat ik Cedric alleen van een afstandje zou zien, en dat ik hem alleen van horen zeggen een beetje zou leren kennen. De ironie is dat ik een tijdlang in zijn buurt kon zijn omdat hij mij als schoonzoon wel zag zitten.'

In de gang ratelde op piepende wieltjes een medicijnkarretje voorbij. Een dokter werd opgepiept. Gary Colscott kuchte en dat bepaalde ons weer bij zijn aanwezigheid.

'Weet je, Howard,' zei ik, 'als Cedric Frohmann niet had gedaan wat hij deed, zou jij niet eens bestaan.'

'Dat is waar', zei hij instemmend. 'Als je de verkrachting uit het verhaal schrapt, verdwijn ik ook.'

'Er is dus toch iets goeds uit die verschrikking voortgekomen.'

'Zo bekijk ik het ook graag', gaf Howard toe. 'Maar dan moet ik wel iets zinvols met mijn leven doen. Ik meende dat ik in een unieke positie verkeerde om de negers van Carver te kunnen helpen.' Hij ging een beetje anders liggen; de beweging deed hem ineenkrimpen en zijn ogen vernauwden zich tot smalle spleetjes. Toen keek hij weer naar me op. 'Nou ja, nu weet je waarom ik uit Chicago ben weggegaan om in een gat als Carver te gaan wonen.'

Ik knikte.

'Ondanks mijn goede bedoelingen heb ik niet veel bereikt, geloof ik.'

'Howard!' protesteerde ik. 'Je hebt veel meer bereikt dan je denkt.'

Hij schudde zijn hoofd. 'Ik had zo graag nog veel meer willen doen. Ik was nog maar net begonnen, ik had net de eerste inlichtingen aan de FBI verstrekt en …'

'Nou moet je eens goed naar me luisteren', viel ik hem in de rede. Ik probeerde streng te klinken. 'Je hebt veel meer gedaan dan de meeste mensen ooit zouden doen. Veel meer. Denk je nu echt dat er veel mensen zijn die hun leven op het spel zetten om te proberen de Klan te slim af te zijn?'

Het was een retorische vraag en Howard gaf geen antwoord.

'Hoe dan ook,' ging ik verder, 'ik ben blij dat je ontmaskerd bent. Ik werd gek van dat raadsel hoe iemand als jij bij de Klan betrokken kon zijn.'

Howard zette grote ogen op. 'Wist je dat dan al voordat Miss Ebba het je vertelde?' Toen ik knikte, vroeg hij: 'Hoe dan?'

'Er is een lek op de molen. Een vrouw van een van de Klanleden brieft dingen aan Tom over en Tom vertelt die weer aan Sunny. Toen ik in Carver aankwam, was het eerste wat ik te horen kreeg dat Howard Draper overdag kerkorganist was en 's nachts Klanlid. Het intrigeerde me in hoge mate.'

Lachend schudde Howard het hoofd. 'Dus probeerde je te ontdekken wat ik voor iemand was.'

'Ja. Ik wist dat er een verklaring moest zijn, iets waar niemand in Carver van op de hoogte was. Iets zei me dat je geen Klanlid was, maar ik had nooit kunnen denken dat je een nepblanke zou zijn.'

Bij deze woorden verdween even alle uitdrukking uit zijn gezicht en daarna leek hij bezorgd of bedroefd. Misschien had het praten hem ook alleen maar vermoeid. Hij sloot even zijn ogen, en toen hij ze weer opendeed zag ik er een zweem van angst in.

'Wat is er, Howard?' vroeg ik.

'Ik vraag me af ...' Hij zweeg, wierp een blik op het raam en keek toen weer naar mij. 'Ik vraag me af wat je nu van me denkt. Ik ben dan wel geen Klanlid, maar ik ben en blijf een neger.'

Ik weet niet of het kwam door de angst in zijn ogen of door het verdriet in zijn stem of door de achterliggende betekenis van de vraag, maar plotseling zag ik hem alleen nog door een waas van tranen die ik onmogelijk kon bedwingen. Ik wist niet of ik nog een woord zou kunnen uitbrengen met die prop in mijn keel en dus boog ik me dicht naar hem toe en fluisterde vlak boven zijn gezicht: 'Wat ik van je denk?' Ik schudde mijn hoofd en er gleed een dikke traan langs mijn wang. Huilend en lachend tegelijk zei ik: 'Howard Draper, ik ben zo apetrots op jou dat ik er nog eens van zal barsten.'

En toen lag mijn wang tegen zijn lippen, en hij kuste mijn tranen weg en ook al die jaren vanaf het moment dat ik besloot nooit meer lief te hebben, en nog verder terug, tot de tijd voor Lenny, voor Chichi en Haha en Sunny, voor moeder en oom Finn en tante Lucy, terug tot op die dag dat ik de naam Augusta kreeg als gevolg van iemands slordigheid. Een pasgeboren baby, rood en rimpelig en krijsend, maar bereid tot liefhebben en verlangend naar liefde omdat wij nu eenmaal allemaal zo geschapen zijn. De grendels schoven open, de jaren smolten weg en plotseling was er een nieuw begin. Net als Sneeuwwitje kwam ik door een eenvoudige kus opnieuw tot leven. Soms is er niet meer nodig voor een opstanding uit de dood. Een simpele kus, en daar ben je weer.

42

Nog nooit had ik last gehad van een *writer's block*, tot het moment dat ik in Sunny's logeerkamer meer dan een uur naar het maagdelijke vel papier in mijn schrijfmachine had zitten staren. Mijn eindredacteur had me in goed vertrouwen naar Mississippi gestuurd, in de verwachting dat ik zou terugkomen met een waardevol artikel over de kiezersregistratie in een stadje waar nog geen enkele neger stond ingeschreven. Ruim een week later, nu ik mij zette tot het schrijven van het verhaal, bedroeg het aantal geregistreerde negers nog steeds nul. Waar het echter om ging, was dat ze het hadden geprobeerd; dat was het verhaal. Ze hadden het geprobeerd en zouden doorgaan met proberen, en dat was het voornaamste wat er te zeggen viel.

Mijn aantekeningen lagen her en der op stapeltjes op mijn bureau, als getuigen die zitten te wachten tot ze door de rechter worden opgeroepen. Van mij zouden ze echter geen kans krijgen iets te zeggen. Ik werd te zeer in beslag genomen door iets anders. In mijn geest nam een heel ander verhaal langzaam vaste vorm aan, en als ik daar niet nu naar luisterde, zou het weleens aan mijn neus voorbij kunnen gaan.

Een onderdeel van dit verhaal speelde zich op datzelfde moment af voor mijn open raam. Voor de honderdste keer die middag peddelde Joanie op haar roze fietsje naar het einde van de oprit en terug; de zijwieltjes wierpen kleine stofwolkjes op. Ze was al een halfuur in de weer, heen en terug, heen en terug, waarbij ze af en toe uitriep: 'Kijk eens, mama! Kijk eens hoe hard ik kan!' En dan riep Sunny van de veranda terug: 'Goed zo, Joanie! Nog even en de zijwieltjes mogen eraf!' In de tuin opzij van het huis was Ronnie met twee vriendjes van de sportclub aan het oefenen met een honkbalknuppel, waarbij Tom als werper fungeerde. Vanwaar ik zat kon ik de jongens niet zien, maar Tom wel en ook de bal die af en toe langs hem zeilde, bijna tot aan de weg. De lucht was vervuld van jongensstemmen, gejuich en gelach en goedmoedige plagerij.

Ik genoot van het geluid, van dit gezin en hun jonge vrienden, genietend van een luie zondagmiddag, en ik dacht: *dit is het leven*. Dit is het mooiste van wat het leven te bieden heeft. Is er iemand op de wereld die iets anders verlangt dan rust en plezier met zijn geliefden op een warme zondagmiddag?

In elk geval verlangde ik ernaar, dat stond wel vast, hoewel ik het mezelf jarenlang had ontzegd. Het was echter nog niet te laat. Er was nog tijd. En het feit dat ik nog jaren voor me had om te leven – om echt te leven – beschouwde ik als een geschenk. Een puur en simpelweg onverdiend geschenk.

Ik richtte mijn aandacht weer op mijn typemachine, op de lege pagina, op de met de hand geschreven aantekeningen om mij heen. Ik zou uit al die losse notities een samenhangend geheel moeten fabriceren en er een leesbaar artikel van moeten maken. Dat zou ik doen ook, maar vandaag waarschijnlijk nog niet. Deze dag was bestemd voor iets anders – voor de eerste fluisteringen van een compleet ander verhaal.

Mijn gedachten vlogen terug naar die ochtend, toen in de kerk twee vreemde dingen gebeurd waren. Het eerste was de manier waarop de dominee over Howards afwezigheid was heen gehobbeld. 'Onze gebruikelijke organist is ziek,' had hij plichtmatig aangekondigd, 'maar Lucinda Craft heeft ruimhartig beloofd dat ze voor hem zal invallen tot hij weer terug is.'

Eerst dacht ik dat hij een grapje maakte, maar algauw stelde ik vast dat niet alleen hij, maar iedereen bereid was met deze halve waarheid genoegen te nemen. Iedereen zou toch

inmiddels wel weten dat Howard was neergeschoten en helemaal niet zou terugkeren. Niet dat er in de *Carver Clarion* ook
maar met een woord over de zaak was gerept. De hoofdredacteur zat zelf bij de Klan en geen enkele Klanjournalist zou
natuurlijk toestaan dat een schietincident binnen de Klan de
voorpagina zou halen. Er waren echter snellere manieren te
bedenken om een nieuwtje te verspreiden dan via het dagblad, en ik twijfelde er niet aan dat het nieuws over Howard
nog vlugger dan anders de ronde had gedaan.

Per slot van rekening zaten we hier in Mississippi. Iedereen was op de hoogte, maar niemand haalde het in zijn hoofd
om hardop het ondenkbare uit te spreken: dat een neger de
euvele moed had gehad zich voor een blanke uit te geven! Dat
een neger zich had binnengedrongen in de Klan! Dat was een
schande die nooit meer viel uit te wissen. Dus was het maar
het beste om, in ieder geval in het openbaar, net te doen alsof
Howard Draper ziek was geworden; en als hij nooit meer
terugkwam, nou, Lucinda Craft deed het helemaal niet gek bij
Ik zie een poort wijd openstaan, dus waarom zouden we ergens
over mopperen?

Het tweede vreemde incident was de binnenkomst van
Betsey Frohmann aan de arm van een opvallend knappe – en
uitzonderlijk blonde – jongeman. Ik gaf Sunny een por met
mijn elleboog toen het paar naar voren liep om bij de burgemeester en zijn vrouw te gaan zitten. Niet dat Sunny hen
anders niet gezien zou hebben. Op het moment dat het jonge
stel als de eregasten van een bruiloft door het gangpad kuierde, was de dienst al lang en breed aan de gang. Het lag er
duimendik bovenop dat ze expres te laat waren gekomen, met
de vooropgezette bedoeling om door iedereen gezien te worden.

'Met wie is ze eigenlijk?' fluisterde ik tegen Sunny.

'Ik heb hem nooit eerder gezien.'

'Waar heeft ze die zo snel opgeduikeld?'

Sunny haalde de schouders op. 'Wie het weet, mag het
zeggen. Hij heeft vast ergens in de coulissen staan wachten.'

'Denk je dat ze erg van streek is bij de gedachte dat ze
verliefd was op haar halfbroer?'

Sunny schudde haar hoofd. 'Ze zal nooit weten dat Howard haar halfbroer is. Dat weten maar heel weinig mensen en dat blijft zo.'

Ik dacht daar even over na en knikte toen begrijpend. Alleen Miss Ebba, Lee Henry, Sunny, Tom en ik en de burgemeester zelf – als hij tenminste, om met Howard te spreken, twee en twee bij elkaar optelde – zouden de identiteit van Howards vader kennen. En dat was beslist niet iets wat de burgemeester aan zijn vrouw en dochter zou willen opbiechten.

'Maar inmiddels zal ze toch wel weten dat Howards moeder een negervrouw uit Carver was?' veronderstelde ik.

'Oh, dat ongetwijfeld.'

'Dan weet ze in ieder geval dat ze verliefd was op een neger.'

'Ja. En ik denk dat ze daardoor nog veel meer van streek is dan ze van dat andere ooit geweest zou zijn.'

Ongetwijfeld hoopte Betsey Frohmann dat de herinnering aan haar contact met Howard Draper sneller zou verbleken als ze werd gezien in het gezelschap van een blauwogige, blonde jongeman. Deze had in elk geval geen kleurlingenbloed in de aderen, oh nee, geen druppel.

Des te beter, dacht ik nu en glimlachte bij mezelf. Howard Draper hield toch al niet van haar.

Ik was zo in gedachten verdiept dat ik Sunny niet binnen hoorde komen. Toen ze tegen me begon te praten, schokte ik van schrik overeind in mijn stoel.

'Sorry dat ik je aan het schrikken maak', verontschuldigde ze zich lachend. 'Ik hoop dat ik je niet stoor.'

'Kijk zelf maar.' Ik gebaarde naar de typemachine en het lege vel papier.

Sunny knikte begrijpend. 'Problemen met het verzinnen van de aanhef?'

Ik schudde mijn hoofd. 'Het gaat niet zozeer om de aanhef als wel om het complete verhaal', bekende ik.

'Denk je dat er eigenlijk niets over te schrijven valt?'

'Oh nee, dat is het niet. Nee, er zit beslist een goed artikel in al deze aantekeningen verborgen. Het is alleen maar ...' Ik zweeg en Sunny drong aan: 'Wat is er precies, Augie?'

'Ik weet het niet. Ik kwam hier in de verwachting dat ik het zoveelste verhaal over de burgerrechtenbeweging zou schrijven, en dat zal ik ook doen. Het is alleen dat zich nu ook een ander verhaal aan me opdringt, een verhaal dat begint op een zomerse dag in Hollenbeck Park, waar een muziekkorps van het Leger des Heils staat te spelen.' Ik haalde diep adem. 'Over een klein meisje met deftige schoentjes aan en een ander klein meisje dat een thuis nodig heeft en het vindt ook.' Ik keek naar Sunny op. Ze glimlachte; ikzelf ook, trouwens. 'Het is een verhaal over verliezen en terugvinden. Over een Japanse vrouw die blank wordt, en over een blanke man die eigenlijk een kleurling is en over een blanke vrouw met een Japans hart die verliefd wordt op een neger die doorgaat voor een blanke. Het is dus eigenlijk een liefdesverhaal.' Ik lachte zachtjes en schudde mijn hoofd. 'Ik had nooit gedacht dat ik er nog eens een zou schrijven, maar dit is wat ik wil.'

Sunny legde haar hand op mijn schouder en gaf er een kneep in. 'Dan moet je het doen, Augie.'

'Dat zal ik ook doen', antwoordde ik. 'Ik denk dat ik dat inderdaad maar ga doen.'

Ik ruimde al mijn aantekeningen op. Later zou ik ze wel weer tevoorschijn halen, maar vandaag niet meer. Ik had de roepstem vernomen uit een andere tijd en van een andere plaats, en daar gehoorzaamde ik aan. Ik zweefde terug naar die ene gedenkwaardige dag in mijn jeugd. Mijn vingers begonnen over de toetsen te vliegen en het geratel van de machine vulde de kamer. Als ik nu een uur stevig doorwerkte, kon ik een paar pagina's afkrijgen; dan had ik alvast een begin.

Buiten ging het leven gewoon door, maar ik was niet langer in Mississippi. Ik was weer een klein meisje, dat Augie Schuler heette en doelloos door de straten van Boyle Heights liep te dwalen …

43

Die avond zaten we met elkaar rond de eettafel van de Fultons en speelden Monopoly tot ver na kinderbedtijd. Om tien uur lag Joanie met haar hoofdje op tafel te slapen; in haar vuistje klemde ze een plastic hotel en een biljet van twintig Monopolydollars. Tom droeg haar naar bed, met Ronnie op zijn hielen. Sunny en ik verhuisden naar de keuken om een kop thee te drinken en nog even samen te zijn voordat ook wij naar bed zouden gaan.

'Wanneer ga je terug naar Los Angeles?' vroeg ze.

'Dat weet ik nog niet precies. Over een dag of wat, waarschijnlijk.'

'Ik vind het vreselijk dat je weer weggaat.'

'Ik ook.'

Met kleine slokjes dronken we onze thee en luisterden naar het gezang van krekels en boomkikkers dat door het open raam naar binnen klonk.

'Het klopt gewoon niet, op de een of andere manier', zei ze. 'Nu we elkaar eindelijk gevonden hebben, lijkt het of we ook samen zouden moeten blijven.'

Ik knikte. 'Hoe lang denken jullie nog in Carver te blijven?'

'Daar kan ik echt niets van zeggen, maar waarschijnlijk niet lang meer. Juist de afgelopen week heb ik iets in Tom zien veranderen. Hij is hier nooit gelukkig geweest, maar was bereid omwille van de molen te blijven. Nu lijkt zelfs die bereidheid verdwenen.'

'Het wordt Corinnes dood als hij naar het noorden teruggaat.'

'Het wordt Toms dood als hij hier blijft.'

Ze schonk zichzelf nog wat thee in en roerde er wat suiker doorheen. 'We moeten wel contact houden.'

'Natuurlijk', zei ik, verbaasd dat ze het blijkbaar nodig vond om dit te zeggen. Grinnikend voegde ik eraan toe: 'Sean McDougall is mijn postbode niet meer, weet je nog wel? Als je me schrijft, is het niet ondenkbaar dat ik je brieven ook echt krijg.'

Ze glimlachte flauwtjes. 'We vliegen wel een keer naar Los Angeles om je op te zoeken. Moeder en papa zullen ook beslist willen komen. Is er veel veranderd in onze oude buurt?'

'Niet zo heel veel. Er wonen zelfs nog grotendeels dezelfde mensen, zij het allemaal natuurlijk een stuk ouder.'

'Ik ben er sinds de oorlog niet meer geweest. Het zal wel vreemd zijn om er weer terug te zijn.'

Ik haalde mijn schouders op. 'Het lijkt nog precies op vroeger. Ik denk dat je Boyle Heights zonder moeite herkent.'

Ze staarde even in haar theekopje en keek toen weer op. 'Ik denk echter dat Boyle Heights mij niet meer zal herkennen.'

Daar zat iets in. 'Dat geeft toch ook niet echt. Zoals Thomas Wolfe al zei: een mens kan nooit terug naar huis. Dat kan niemand.'

'Toch voelt Boyle Heights in zoveel opzichten nog steeds als thuis.'

'Misschien omdat je je in Carver niet thuisvoelt. Ik denk dat we altijd ergens een plek willen hebben die voelt als thuis.'

'Wat voelt voor jou als thuis, Augie?'

Ik dacht even na en ik wist dat ze gelijk had. 'Mijn thuis is een klein, wit huis in Fickett Street waar ik woon samen met jou en Chichi en Haha.'

Sunny knikte met opgetrokken wenkbrauwen. 'Denk je dat we ooit weer vlak bij elkaar zullen kunnen wonen? In elk geval in dezelfde stad?'

Ergens schreeuwde een nachtuil. Ik zweeg om ernaar te luisteren. Toen zei ik: 'Ik zie niet in hoe dat zou kunnen, maar ik prijs mezelf al gelukkig dat ik tenminste weet waar je bent. We hebben zo'n geluk gehad dat we elkaar na al die jaren hebben teruggevonden.'

'Dat is zo', zei ze instemmend. 'Dat hebben we zeker.' Ze keek me aan, haar hoofd een beetje schuin en haar gezicht zacht van medeleven. 'Hoe zit het met jou en Howard? Hebben jullie al plannen?'

Zuchtend duwde ik mijn theekopje van me af. 'Ik weet het niet. Er is nog niets definitief uitgesproken. Ik weet alleen dat hij teruggaat naar Chicago en ik naar Los Angeles.'

'Maar je houdt wel van hem, toch?'

'Ja, volgens mij wel.' Ik zweeg even en glimlachte. 'Voor zover je kunt houden van iemand die je nog maar een week kent.'

'En houdt hij ook van jou?'

Daar moest ik even over nadenken. 'Daar kan ik je geen antwoord op geven, Sunny. Hij heeft helemaal niets gezegd – over de toekomst, bedoel ik.'

'Denk je dat je terug in Californië je oude leven weer kunt oppakken en verder leven zoals je gewend was?' vroeg Sunny, nadat ze me een poosje nadenkend had aangekeken.

Ik schudde van nee. 'Nee, dat zou me geen voldoening meer geven. Alleen al het feit dat jij weer bij mijn leven hoort – jij en Chichi en Haha – dat verandert alles.'

'Is het genoeg?'

'Dat zal wel moeten.'

Sunny keek sceptisch. 'Ik zou je graag gelukkig zien, Augie.'

Ik zuchtte weer en voelde hoe mijn voorhoofd zich rimpelde boven mijn wenkbrauwen, terwijl ik piekerde over wat ik hierop moest zeggen. 'Volgens mij ben ik al gelukkig, Sunny. Gelukkiger dan ik in tijden geweest ben.'

Ze glimlachte, stond op en bracht onze kopjes naar de gootsteen. Toen ze zich weer omdraaide, was haar glimlach verdwenen. 'Je zou niet alleen moeten zijn.'

'Dat ben ik ook niet meer. Zolang ik maar weet waar jij en Chichi en Haha zijn vind ik alles best.'

'Nou, we zullen ervoor zorgen dat je dat altijd precies weet.'

'Dan zal het met mij ook altijd goed gaan.'

Sunny deed het licht in de keuken uit, en samen gingen we naar boven, waar we elkaar goedenacht wensten.

In plaats van naar bed te gaan, kroop ik weer achter mijn bureau. Het gesprek met Sunny had gevoelens en herinneringen wakker geschud die ik niet wilde verliezen in de krochten van de slaap. Ik schreef vellen vol notities, met de hand, om het geratel van de typemachine te vermijden. Een uur of twee later, om ongeveer een uur 's nachts, maakte ik voldaan een stapeltje van de papieren en besloot dat de tijd rijp was om te gaan slapen. Voordat ik opstond, wierp ik nog een laatste blik uit het raam. Tot mijn verbazing ontdekte ik licht in de verte, een vage gloed die als een geestverschijning boven de bomen uit rees. Wat lag er eigenlijk ten oosten van het huis? Het duurde even voordat ik me voldoende had georiënteerd, maar toen wist ik het weer. De Big Black River. En Coloredtown.

Langzaam kwam ik overeind, terwijl ik geen oog van de gloed boven de bomen afhield. Met mijn knieholten duwde ik de bureaustoel naar achteren. Het licht was afkomstig van Coloredtown, het steeg op en verspreidde zich langs de nachtelijke hemel en dat kon maar een ding betekenen.

Ik vloog naar de slaapkamer die aan de mijne grensde. 'Sunny, Tom!' riep ik. 'Volgens mij is er brand in Coloredtown.'

Ze waren onmiddellijk wakker. 'Wat is er aan de hand?' vroeg Tom.

'Ik zie licht boven de bomen, aan de kant waar Coloredtown ligt.'

Tom sprong uit bed, schoot een kamerjas aan en rende naar de overloop. Sunny en ik kwamen naast hem staan voor het raam en tuurden over zijn schouders naar buiten. De gloed was feller geworden, een rozige glans die als een slecht getimede zonsopgang het nachtelijk duister verdrong.

'Je hebt gelijk', zei Tom. 'Zo te zien staat de hele stad in lichterlaaie.'

Hij draaide zich om, duwde ons opzij en verdween in de slaapkamer. Toen hij weer naar buiten kwam, was hij al aangekleed en gespte hij net de riem van zijn spijkerbroek vast. 'Ze zullen alle hulp kunnen gebruiken,' zei hij, 'en ik heb een donkerbruin vermoeden dat de brandweer van Carver geen vinger zal uitsteken.' Hij was alweer boos en ik begreep heel goed waarom. Kwam er dan nooit een einde aan?

'Ik ga mee, Tom', riep ik hem achterna toen hij de trap af liep. Ik had nog steeds de sportieve broek en blouse aan die ik na de kerkdienst had aangetrokken en ik haastte me terug naar mijn kamer om mijn schoenen te halen. Toen ik terugkwam, zag ik tot mijn verbazing dat Tom op de trap op mij had staan wachten. 'Opschieten', jachtte hij.

Sunny kwam een stap dichterbij. 'Ik wil ook wel mee, Tom', bood ze aan, maar hij schudde zijn hoofd en antwoordde: 'Nee, blijf jij maar bij de kinderen. Bovendien, je vergeet de trein.'

Wat hij daarmee bedoelde, wist ik niet en op dat moment kon het me ook niet schelen. Sunny keek bezorgd en ik zei: 'We komen zo snel mogelijk terug.' Ze kwam boven aan de trap staan en keek ons na, toen wij naar beneden renden. Ik kon haar blik in mijn rug voelen, maar keek niet meer om. Mijn gedachten waren al in Coloredtown, bij de mensen die ik daar had leren kennen. De mannen en vrouwen van de cursus. De jonge mensen met wie ik naar Lexington was gegaan en met wie ik een cel had gedeeld. De gezinnen die tijdens de gebedsbijeenkomst in de baptistenkerk opeengepakt hadden gezeten. En niet te vergeten Miss Ebba en Lee Henry en Hattie Loomis – Howards eigen familie. Coloredtown wemelde van familieleden van Howard.

Wie zou er gewond zijn? Waren er doden gevallen?

Bij aankomst ontdekten we dat het hele winkelcentrum in brand stond, de complete winkelstraat met winkels, kantoren en huizen die het centrum van Coloredtown vormden: het warenhuis en het appartement van de familie Reese, het mortuarium, de kapperszaak, de kledingboetiek, Kauwen en Kletsen, de praktijk van dokter Dawson en het woonhuis daarboven. Al deze gebouwen zaten aan elkaar vast, en allemaal brandden ze als een fakkel.

Tom minderde vaart om aan de kant van de weg te parkeren, en hij mompelde maar een woord: 'Klan.' Hij had het niet hoeven zeggen; ik had het zelf ook al bedacht.

De stad leek nog het meest op de hel uit Dantes *Goddelijke Komedie* en dan op de binnenste cirkel ervan. Mensen holden heen en weer, schreeuwend en huilend, zwarte silhouetten tegen het enorme inferno dat het hart van de stad verteerde. De hitte was zo intens dat ik hem zelfs op deze afstand mijn huid voelde schroeien. De lucht was heet en rokerig, en iedere ademhaling kostte inspanning.

Even stonden Tom en ik onbeweeglijk naast de auto, aan de grond genageld door het schouwspel, zonder te weten waar we het eerst te hulp moesten schieten. Hij was mijn aanwezigheid zeker vergeten, want het volgende moment kreeg hij de zeggenschap over zijn benen terug en sprintte in de richting van de brand. In het licht van de vlammen zag ik dat hij iemand bij de arm greep. De onherkenbare persoon gebaarde met zijn andere arm naar het vuur en samen verdwenen ze achter de brandende gebouwen.

Voordat ik mezelf kon dwingen in beweging te komen en Tom achterna te gaan, ontdekte ik dat er onder een boom, niet ver van waar de auto stond, iemand lag. Ik ging erheen en in de vlammengloed werden de gelaatstrekken van een jonge man zichtbaar. Het was Bo Wiley.

Ik knielde naast hem neer op de aangestampte aarde, net naast de deken waarop hij lag. Zijn ogen waren open en zijn voorhoofd was in wit verband ingepakt. Een tweede, veel groter verband zat om zijn verder naakte borstkas gewonden. Zijn ene hand had hij tegen zijn ribben gedrukt, alsof hij zo de pijn tot bedaren wilde brengen.

'Bo', zei ik zacht.

Hij draaide zijn ogen mijn kant op; de gloed van het vuur weerspiegelde in de donkere knikkers. 'Miz Callahan', fluisterde hij verbaasd.

'Gaat het goed met je?' vroeg ik.

Hij sloot zijn ogen en knikte flauwtjes. 'De dokter heeft me naar buiten geholpen, zodra de brand ontstond. Gelukkig zijn de ruiters niet gebleven, anders hadden we er niet uit gekund. Ze gooiden alleen hun brandbommen door de ramen en vertrokken.'

'Zijn er gewonden?'

Bo likte over zijn lippen, die droog en gebarsten waren. Ik wenste dat ik water bij me had gehad. 'Ik weet het niet, Miz Callahan', zei hij toen.

Ik keek naar de brandende gebouwen en toen weer naar Bo. 'Hoe laat kwamen ze?'

'Een halfuur geleden ongeveer.'

Niet dat het er veel toe deed. Van belang was alleen dát ze gekomen waren, en wat ze vervolgens hadden gedaan. 'Ik kan beter gaan helpen, Bo. Denk je dat je hier alleen kunt blijven?'

Bo knikte. 'Ze slepen water aan uit de rivier, maar' – hij kromp ineen en schudde zijn hoofd – 'het heeft geen zin. Alles is verloren. De hele straat is weg.'

'Misschien kan er nog iets gered worden', opperde ik slapjes; ik wist heel goed dat Bo het waarschijnlijk bij het rechte eind had.

'Ga nu maar gauw, Miz Callahan.' Bo knikte in de richting van het vuur. 'Met mij gaat het wel. Ik had ook graag willen helpen, maar dat gaat niet.'

'Blijf jij maar rustig liggen, Bo.' Ik legde even mijn hand op zijn schouder en hij trok zich haastig terug. Niet omdat het pijn deed, dat wist ik wel, maar gewoon omdat ik hem had aangeraakt. Het was een reflex, meer niet. Toch verbaasde het me en het kwetste me ook, omdat ik het van Bo niet had verwacht. We hadden naast elkaar gezeten bij de demonstratie voor de rechtbank en hij had geprobeerd mij te beschermen en te verdedigen. We waren in dezelfde arrestantenwagen naar de gevangenis gesleept. We hadden iets gedeeld wat alles met ras te maken had, maar toch boven ras uit ging.

Toch, hij was en bleef een neger en ik een blanke vrouw, en ondanks alles waar we in geloofden en wat we hadden gedaan, bleef dat verschil bestaan, omdat de wereld besloten had dat het zo hoorde. De angst voor de blanken was Bo met de paplepel ingegoten en het was een angst waar hij nooit echt overheen zou groeien. Misschien kwam er ooit een tijd waarin een neger – Bo Wiley's zoon, misschien, of zijn klein-zoon – onbevreesd een blanke vrouw in de ogen zou kijken, maar iets wat over een periode van jaren is ontstaan heeft ook jaren nodig om weer ongedaan gemaakt te worden.

Ik trok mijn hand terug en hij sloeg zijn ogen neer.

'Blijf maar rustig liggen', herhaalde ik, stond op en liep naar het vuur.

In de uren daarna voerden we een bij voorbaat verloren strijd. Twee lange rijen gaven emmers door van de Big Black River naar de achterkant van de straat en weer terug. Ik voegde me bij een ervan, en vond een plaatsje tussen Curtis Reese en een vrouw die ik niet kende.

'Is er nog iemand binnen, Curtis?' Ik moest schreeuwen om boven het geloei van de vlammen uit te komen.

Zijn donkere huid glom van het zweet en de druppels spat-ten in het rond toen hij zijn hoofd schudde. 'Zeker weten doe ik het niet, Miz Callahan,' zei hij, 'maar volgens mij is ieder-een eruit.'

'Gewonden?'

'Een paar brandwonden. Hoe erg weet ik niet.'

Vlak bij een van de gebouwen ontdekte ik Tom, die water op de vlammen smeet. Het was me een raadsel hoe hij de hitte kon verdragen, maar toen zag ik dat de rijen steeds opscho-ven, zodat er niemand lange tijd in de buurt van het vuur hoefde te zijn. Degene die de emmer leeggooide, droeg hem ook terug naar de rivier, terwijl ondertussen een ontelbare hoeveelheid andere emmers van hand tot hand naar voren werd doorgegeven. Zelfs de kinderen hielpen mee, jongens en meisjes, sommigen niet ouder dan acht of negen jaar. De meesten waren blootsvoets – bijna iedereen, eigenlijk. Ze lagen in bed, toen de brand uitbrak.

We moeten geweten hebben dat het hopeloos was. Hoe kon het anders? We hadden brandweerauto's nodig, slangen, tonnen water, maar we hadden niet meer dan enkele tientallen emmers. Het water werd door de vlammen verzwolgen, even snel als een uitgestrekt duingebied een paar regendruppels opzuigt.

Toch gingen we door. Emmer na emmer na emmer. Van de ene hand in de andere. Aanpakken, doorgeven, aanpakken, doorgeven. Struikelend over je benen tussen de bomen door naar de rivier. Sporen van naakte voeten in de zandstrook langs de oever. Oh, dat koele zand, dat koele water! Schep het water in de emmer, hijs op, geef door. Let niet op de duizelingen door de hitte en de rook. Let niet op de blaren in je handen. Denk niet aan je pijnlijke spieren en de uitputting; blijf gewoon in beweging. Pak de emmer, geef door. Nooit geweten dat water zo zwaar was. Ik bots tegen iemand aan, wie is dat? Geen tijd om sorry te zeggen. Geen adem over om te praten. Overal hoestende, hijgende mensen. Van zweet druipende gezichten. Betraande wangen; tranen van de rook, tranen van verdriet. Knappende takken onder mijn voeten, water dat over mijn buik, mijn armen, mijn benen gutst. Geen sterren aan de hemel, alleen een smal reepje maan achter de dikke rookwolken. We werken bij het licht van de vlammen alleen, een spookachtig, dansend licht. Zal de morgen ooit aanbreken? Overal om mij heen kringelen fragmentarische gebeden tegelijk met de rook omhoog: 'Help ons, Heer', 'Oh, Jezus, geef mij kracht' en soms niet meer dan: 'Oh, Heer, oh, Heer!', omdat er met het verstrijken van de uren ook niet veel anders meer te zeggen viel.

Zelf bad ik ook; zonder woorden vroeg ik om kracht om vol te kunnen houden. Ik vocht tegen de verleiding om me uit te strekken op de bosgrond en me over te geven aan uitputting en slaap.

Voelde jij je nu ook zo, Lenny? Dag na dag, jaar na jaar, toen je ziek en moe en hongerig was en geen kracht meer overhad, maar toch geen andere keus had dan verder te leven? Hoe heb je dat voor elkaar gekregen? Hoe is het je ooit gelukt in levenden lijve naar Boyle Heights terug te keren?

Oom Finn had gezegd dat het bloed van de O'Shaughnessy's hem tijdens de oorlog in leven had gehouden. Misschien was dat zo. Misschien bleef hij zich ook alleen maar uit pure wilskracht verzetten, zelfs toen hij wist dat hij verslagen was. Misschien was hij tot de slotsom gekomen dat hij, als hij dan toch moest sterven, in elk geval niet wilde sterven omdat hij een blanke huid en ronde ogen had en omdat dit in het Bataan van 1942 het verkeerde uiterlijk was.

Als ik het hun zou vertellen, zouden de inwoners van Coloredtown dan geloven dat mijn eigen broer had geleden omdat hij blank was? Dat hij was uitgehongerd en mishandeld en de onuitsprekelijke gruwelen van een werkkamp had moeten doorstaan omdat hij als Amerikaan in Bataan was toen dat door de Japanners werd bezet? Zouden ze begrijpen dat zelfs een blanke uit Amerika, het land van de voorspoed en de vrijheid, zijn leven niet zeker was, zolang de haat bleef bestaan?

Het dak van de winkel en het huis van de familie Reese stortte in. De ene brandende balk tuimelde over de andere en uit de gesprongen ramen golfden zwarte rookslierten naar buiten, alsof het vuur zijn tong naar ons uitstak. Daarna kwam het dak van de kapperszaak naar beneden en toen dat van het café en van de boetiek. Het domino-effect ging de hele straat door, totdat de complete gebouwenrij met een diepe, berustende zucht in elkaar zakte.

We bleven vechten tegen het vuur, hoewel er weinig meer te redden viel. Niemand kon zeggen hoe lang het had geduurd – misschien een uur, misschien langer – maar eindelijk begon het vuur dan toch aan intensiteit te verliezen. De laaiende vlammen doofden tot een knisperend smeulen, als verzadigde veelvraten die voor het slapengaan hun vingers nog eens aflikken.

Ten slotte kwamen de emmers tot stilstand. Het werd stil in het bos. De mensen leken ter plekke bevroren, en probeerden het verlies en de verwoesting te bevatten. We merkten nauwelijks dat de morgen vanuit de Big Black River omhoogkroop. We stonden daar maar, met stomheid geslagen, met open mond starend naar wat er over was – niets dus. Alleen

een berg zwarte as, bespikkeld met gloeiende puntjes van smeulende sintels, en witte rook die opsteeg in de stille ochtendlucht.

Het leek een eeuwigheid te duren voordat er mensen in beweging kwamen, de armen om elkaar heen sloegen en elkaar begonnen te troosten. Anderen bleven in hun eentje op de grond zitten en staarden murw en verslagen voor zich uit. Sommigen zaten met hun gezicht in hun armen te huilen. Anderen liepen weg, alleen of in kleine groepjes. Het gezin Reese stond bij de puinhopen van hun huis en hun levensonderhoud, met de armen om elkaar heen. De gebroeders Robinson staarden naar de overblijfselen van hun bedrijf. Ik kon de hele zandweg af kijken, tot de plaats waar Tom eeuwen geleden de auto geparkeerd had en waar Bo Wiley nog steeds op de grond lag. Om hem heen had zich een groep mensen verzameld. Waren dat de andere gewonden? Dokter Dawson wikkelde een soort verband om de arm van een jonge man. Waar hij het vandaan had, viel met geen mogelijkheid te zeggen. Zijn praktijk was verdwenen met voorraden en al. Misschien was het een lap van een kledingstuk of een gescheurd kussensloop dat iemand was komen brengen. Tussen de mensen liep een vrouw met een emmer waaruit ze met een grote lepel iedereen van drinkwater voorzag.

Lange tijd bleef ik daar op dezelfde plaats staan. Ik was niet in staat me te verroeren, niet zozeer door de uitputting als wel door het grote verdriet in mijn hart. Verdriet om de mensen van Coloredtown, verdriet om Lenny, verdriet om iedereen die moest leven in een wereld waar de angst het altijd won van de zekerheid en waar de enige zekerheid erin bestond dat wij zonder uitzondering met angst moesten leren leven.

Midden in de opstijgende rook van het uitdovende vuur stond Lee Henry, met een nog volle, maar inmiddels nutteloze emmer in zijn grote hand. Hij staarde naar de verkoolde resten van de winkelstraat en ik vroeg me af wat hij precies zag en wat er door hem heen ging. Kon hij nu nog steeds in de toekomst zien, waar de oprechten van hart tot in eeuwigheid blijven? Of was dat venster nu gesloten en vergrendeld en waren de gordijnen dichtgeschoven?

Ik ging naar hem toe en vroeg zacht: 'Wat nu, Lee Henry?'

Hij bleef strak voor zich uit kijken. 'We bouwen het zaakje weer op, Miz Callahan.'

'Kunnen al deze mensen wel weer opnieuw beginnen?'

Lee Henry knikte kort. 'Dat kunnen we, Miz Callahan.'

Ik keek om me heen, naar de uitgeputte, getraumatiseerde mensen die daar nog ronddwaalden. 'Hoe snel kunnen ze met de herbouw beginnen, denk je?'

'Vandaag,' zei hij, 'als de Heer het wil.' Pas toen keek hij me aan en in zijn ogen lag dezelfde glans als tijdens de gebedssamenkomst. Ik herkende die blik; hij getuigde van hoop. Ik wilde me aan die hoop vastklampen, die in me opzuigen en me eigen maken. Net als Lee Henry wilde ik in de eeuwigheid kunnen kijken. Hoe slaag je er eigenlijk in om aan het goede vast te houden? had ik hem willen vragen. Maar iemand riep zijn naam en met een korte verontschuldiging liep hij weg.

Tom was nergens te bekennen. Ik besloot hem te gaan zoeken. Misschien konden we eerst een paar uur gaan slapen en dan terugkomen om te helpen opruimen.

Op dat moment reed er een auto het stadje in. Langzaam schoof hij over de geblakerde grond die kort tevoren nog de hoofdstraat was geweest. Als een zombie draaide ik me om en keek hem na. Het duurde even voor het tot me doordrong dat het Sunny's auto was, en dat er nog meer mensen in zaten. Ze was waarschijnlijk ook gekomen om mee te helpen en had onderweg een paar extra helpers opgepikt.

Ze parkeerde de auto midden op de weg, opende het portier en stapte uit. Met haar ene arm op de bovenkant van het portier en de andere op het dak bleef ze staan. Ze staarde naar de geblakerde ruïnes en zelfs van deze afstand en ondanks de nevel van rook kon ik de ontzetting op haar gezicht zien. Na enkele seconden bukte ze zich en zei iets tegen de passagiers in haar auto. De andere portieren gingen tegelijk open en er stapten een man en een vrouw uit. Ze waren duidelijk niet gekleed op bluswerkzaamheden. De man droeg een kostuum en een gleufhoed; de vrouw een rok, een blouse en een modieus hoedje.

Als ik Tom dan niet kon vinden, kon Sunny me tenminste naar huis brengen, bedacht ik. Ik kon op Toms auto een briefje achterlaten. Zuchtend dwong ik mijn vermoeide benen in beweging te komen en me naar Sunny's auto te dragen. Nog nooit was ik zo doodop geweest, zo volkomen leeg. En waarschijnlijk kwam het daardoor dat ik al bijna bij de auto was, voordat ik besefte wie daar op mij stonden te wachten.

Met een schok stond ik stil, tegengehouden door een muur van ongeloof. Mijn adem bleef in mijn keel steken. Mijn hart stond even stil en sloeg daarna op hol. Ik deed mijn ogen dicht tegen de prikkende rook, schudde mijn hoofd, en keek nog eens.

Ze waren zo klein; veel kleiner dan ik me herinnerde, en oud nu, en grijs. Toch was er geen vergissing mogelijk: dit waren de vader en moeder die ik sinds 1942 niet meer had gezien. Ze keken aandachtig naar mij, alsof zij op hun beurt in mijn gezicht het kleine meisje probeerden te ontdekken dat ze eens zo goed hadden gekend, dat ze Dochter hadden genoemd.

Met grote moeite deed ik een stap naar voren. Sunny liep om de auto heen en glimlachte naar me.

'Hoe … Hoe kan dat nou?' stamelde ik. Meer kon ik niet uitbrengen.

'Ze belden zaterdag vanuit Vermont, net toen jij bij Howard in het ziekenhuis was', legde Sunny uit. 'Toen ik vertelde dat jij hier was, zeiden ze meteen dat ze de eerstvolgende vlucht naar Jackson zouden nemen. Ze zijn net met de trein aangekomen. We zijn eerst naar huis gegaan, maar ze popelden om je te zien, en ze stonden erop dat we je zouden gaan zoeken.'

Mijn mond hing open, maar woorden had ik niet. 'Ik heb niets gezegd, want ik wilde je verrassen', ging Sunny verder.

Nu, dat was gelukt. Ik keek naar de man. Hij had zijn hoed afgezet en hield die nu tegen zijn hart gedrukt. Ik schudde mijn hoofd. 'Zijn jullie echt helemaal uit Vermont gekomen? En dan nog wel naar Mississippi, ook al hadden jullie gezworen hier nooit een voet aan de grond te zetten?'

'Musume,' zei Chichi met die zachte en vriendelijke stem die ik me nog zo goed herinnerde, 'Musume, hoe konden we nou níét komen zodra we hadden gehoord dat jij hier was?'

Zijn ogen achter de brillenglazen waren vochtig. Zelf voelde ik de tranen langs mijn wangen stromen, en ongetwijfeld tekenden ze witte strepen in de laag stof en roet op mijn gezicht. Toen deed Haha een stap naar voren en legde haar hand tegen mijn wang. Ze keek me alleen maar aan, zoals een moeder die haar baby voor het eerst ziet, met onmiskenbare verbazing en vreugde. Ik vouwde mijn eigen hand om de hare, voelde de warmte van haar handpalm tegen mijn huid en het was precies hetzelfde gevoel als op de dag van het bombardement op Pearl Harbor, dat ook ons wereldje aan flarden had gereten.

Dat was nu echter niet belangrijk meer, want plotseling vielen Chichi en Haha en Sunny en ik elkaar in de armen. We huilden en lachten en praatten allemaal tegelijk. En daar, te midden van stof en vuil, as en roet, openbaarde zich Gods liefde; immers, ondanks alles wat ons gescheiden had gehouden, hadden we elkaar uiteindelijk toch weer gevonden. Of misschien moest ik zeggen dat we weer bij elkaar gebracht waren. Hoe dan ook, iets goeds was tussenbeide gekomen, een lichtstraal was door het donker heen gebroken en had een klein venster geopend, een kleine uitkijkpost vanwaaruit ik zicht kreeg op die uitgestrekte, nooit eindigende goedheid, die blijft tot in eeuwigheid.

44

Ik beloofde Richard dat hij zijn artikel nog voor het eind van de zomer zou krijgen, en nam daarna verlof om nog een poosje in Carver te kunnen blijven, bij Chichi en Haha. We hadden zo veel te bepraten, zo veel in te halen, zo veel herinneringen op te halen. Ik vertelde hoe oom Finn hun brieven had onderschept, zodat ik nooit te weten kwam waar ze waren; hoe ik de oorlogsjaren bij mijn nichtje Stella had doorgebracht en hoe ik telkens als Jimmy Durante het einde van zijn programma aankondigde met de woorden: 'Welterusten, mevrouw Calabash, waar u ook bent' aan hen had moeten denken en in tranen was uitgebarsten. Toen ik vertelde hoe ik met Jimmy op het bankje voor de winkel naar hen had zitten uitkijken, barstten zij in tranen uit. Ik geloof dat we samen heel wat afhuilden, maar we lachten nog meer. Iedere avond zaten we tot laat aan de keukentafel en dronken groene thee. Haha en ik hielden elkaars hand vast, haar hand die in de mijne lag zo nietig nu.

Natuurlijk betekende hun aanwezigheid in Carver wat Sunny betreft dat de aap uit de mouw was gekomen. Niet lang nadat het nieuws dat een van haar vooraanstaande burgers een neger was het hele stadje met stomheid had geslagen, kwam de volgende klap toen bleek dat Tom Fulton eigenlijk een Japanse vrouw had. Het was een dubbele dreun, waarvan heel Carver liep te tollen. Het idee dat deze twee populaire en gerespecteerde burgers niet eens tot het blanke ras behoorden!

Daarna leek iedereen elkaar met wantrouwen te begluren en zich af te vragen wie van hen nog meer onder een blanke dekmantel door het leven ging.

Toen ik hem van Sunny vertelde, vond Howard het allemaal bijzonder grappig. 'En ik maar denken dat ik het enige gemaskerde raadsel van Carver was', zei hij. 'Ik had nooit gedacht dat Helen Fulton een nog interessanter toneelstukje opvoerde.'

Ik lachte met hem mee, maar zei toen: 'De chirurg heeft haar wel een handje geholpen, hoor. Jouw optreden was volkomen naturel.'

Howard zat in een stoel bij het raam tijdens dit gesprek. Hij sterkte elke dag verder aan. 'Was ze daarom zo bij de negers betrokken, en bij die cursus – omdat ze weet wat het is om niet blank te zijn?'

Daar moest ik even over nadenken. De vorige dag had ik met Sunny gewinkeld en op een gegeven moment hadden we – wat ook duidelijk de bedoeling was – een opmerking opgevangen. 'Geen wonder dat ze altijd bij de negers rondhangt', zei een vrouw tegen een andere vrouw. 'Ze is er zelf praktisch ook een.'

Dus zei ik tegen Howard: 'Volgens mij hebben haar ervaringen als Japanse er wel iets mee te maken, maar ik denk dat ze precies hetzelfde gedaan zou hebben als ze als blanke was geboren. Ze is gewoon een goed mens. Ze streeft naar gerechtigheid.'

Howard knikte begrijpend. 'Wat gaan de Fultons nu doen?'

'Ze gaan terug naar het noorden, naar Cincinnati, waar ze elkaar ontmoet hebben. Sunny's ouders wonen daar nog.'

'Gaan ze weg omdat ze denken dat het niet anders kan, nu Carver het weet van Sunny?'

'Eigenlijk niet. Weet je, Howard, een heleboel mensen worden wel echt beroerd van de gedachte dat Sunny Japanse is. We hebben anonieme en zelfs dreigende telefoontjes gehad, soms midden in de nacht, en meer van dat soort dingen.

Sommige mensen negeren Sunny nu volledig of keren haar demonstratief de rug toe als ze haar zien. En dan heb je natuurlijk ook nog de Klan, die even dol op Japanners is als op negers, maar goed' – ik lachte een beetje – 'Klanleden zijn eigenlijk op niemand erg dol, zelfs niet op elkaar, denk ik.'

Howard knikte en haalde de schouders op.

'Verder zitten ze met Toms moeder', vervolgde ik. 'Die is buiten zichzelf van woede, omdat heel Carver nu weet dat ze een Aziatische schoondochter heeft en dat haar kleinkinderen halfbloeden zijn. Ze spreekt geen woord met de Yamagata's en dreigt dat ze Tom nooit zal vergeven dat hij haar deze schande heeft aangedaan.'

'Maar ze wist al die tijd toch al dat Sunny Japanse was?' onderbrak Howard mij.

'Jawel, maar na de operatie is ze Sunny langzamerhand gaan accepteren.'

Howard schudde zijn hoofd. 'Ongelooflijk', zei hij zacht.

'Ja, het was een hele schok voor Carver. Veel mensen zijn net als Corinne Fulton en reageren precies als zij. Gelukkig zijn er ook heel wat anderen. Al de hele week wordt Sunny opgebeld en opgezocht door vriendinnen die zeggen dat ze weliswaar stomverbaasd zijn, maar dat het voor de vriendschap geen enkel verschil maakt dat ze uit een Japanse familie komt. Veel mensen zijn heel hartelijk voor de Yamagata's. En zal ik je nog eens iets vertellen? Sommige van die mensen zijn Coloredtown te hulp geschoten bij het opruimen van de rommel, of door voedsel en kleren te schenken, of zelfs assistentie bij de wederopbouw te beloven. Het is echt onvoorstelbaar.'

Howard glimlachte. 'Dat is geweldig nieuws, Augie.'

'Ik denk dat tragedies ook iets goeds hebben, hoe gek dat ook klinkt. Ze geven mensen de kans om in actie te komen en te helpen, en gelukkig zijn er in Carver ook mensen die daartoe bereid zijn.'

'Ik heb altijd geweten dat er ook in Carver goede mensen woonden.'

'Ik ook', zei ik instemmend. 'Sunny waarschuwde me direct al dat ik de mensen hier niet over een kam moest scheren. Hoe dan ook, Sunny en Tom hebben nu het gevoel dat het niet eens per se nodig is om naar Cincinnati terug te gaan, maar ze willen het toch graag. Volgens hen is de tijd er rijp voor.'

'En de molen?' vroeg Howard. 'Gaat Tom die verkopen?'

Ik schudde mijn hoofd. 'Nog niet direct. Voorlopig laat hij hem in betrouwbare handen achter. Die persoon kan leiding geven aan het bedrijf totdat Tom besluit of hij het wil verkopen en zo ja, wanneer.'

Howard keek uit het raam. Toen zei hij tegen me: 'Jij was trouwens zelf ook aardig aan het toneelspelen, hè? Met je undercoverjournalistiek voor *One Nation*!'

'Sunny en ik dachten dat ik betere resultaten zou krijgen als ik er geen ruchtbaarheid aan gaf.'

'Vordert je artikel al een beetje?'

'Nou, de aanhef is klaar.'

'Zodra het af is, zou ik het graag willen lezen.'

Ik snoof. 'Mijn eindredacteur ook.'

We zwegen. Door het raam zweefde een licht briesje dat de geur van dennennaalden met zich meebracht. Howard zat even met zijn ogen dicht. 'Het is een hele reis voor jou geweest, Miss Callahan', zei hij zacht. 'Je hebt je familie teruggevonden aan het eind van de regenboog.'

Ik schudde mijn hoofd, opnieuw verbaasd. 'Ik kan nauwelijks geloven dat het allemaal echt gebeurd is, Howard.'

Er speelde een weemoedig glimlachje om zijn lippen. 'En nu? Wat zijn je plannen?'

'Ik heb het er met de Yamagata's over gehad om naar Ohio te verhuizen. Chichi en Haha hebben een heel groot huis. Ze hebben me gevraagd een poosje bij hen te komen wonen – zo lang ik maar wil, zeiden ze erbij.'

'Hoe moet het dan met je werk?'

Ik haalde diep adem. 'Ik wil weer een boek schrijven', zei ik toen. 'Volgens Chichi heb ik bij hen thuis alle rust om te schrijven. Ik denk dat ik er klaar voor ben om mijn baan bij *One Nation* op te zeggen en me te gaan concentreren op het schrijven van romans. Met de hulp van de Yamagata's moet dat zeker lukken.'

Howard knikte en trok zijn wenkbrauwen op. 'Dat klinkt

ideaal.'

'Ja, hè? Ik kan het nog steeds niet bevatten.'

'Ik ben erg blij voor je, Augie.' Howard greep mijn hand en hield die vast. 'Ik ben echt heel blij met hoe de zaken voor jou hebben uitgepakt.'

Ik keek aandachtig naar onze ineengestrengelde vingers. Als roodharige had ik een uitzonderlijk blanke huid, en toch was die van hem maar een paar tinten donkerder. Onwillekeurig moest ik lachen. Wat maakte het uiteindelijk allemaal uit? Het kon mij helemaal niet schelen hoe donker zijn huid was. Ik hield van deze handen, van de muziek die ze voortbrachten, van de persoon bij wie ze hoorden. Ik sloeg mijn ogen op en keek Howard recht aan. Hij zat met intense aandacht naar me te kijken.

'Chicago is niet zo heel ver van Cincinnati.'

'Nee, niet zo heel ver', bevestigde ik.

'Ik wil je niet meer kwijt, Augie.'

'Dat hoeft ook niet.'

Met een zwakke glimlach liet Howard zijn duim over de rug van mijn hand glijden. 'Je kunt me geloven of niet, maar ik ben nog nooit in Cincinnati geweest.'

'Ik hoop dat je de stad een beetje zult gaan leren kennen.'

Hij bracht mijn hand naar zijn lippen en drukte er een kus op. 'Ik ben van plan de stad te leren kennen als mijn broekzak.'

Een paar dagen later vloog hij naar Chicago terug. 's Avonds belde hij me op en vertelde dat Trudy euforisch was omdat haar lieveling veilig thuis was gekomen. 'Ze wil je heel graag ontmoeten', zei hij. 'Zeg maar dat ik hoop dat dat niet lang meer zal duren', antwoordde ik.

Op zes augustus van dat jaar was het twintig jaar geleden dat Hiroshima was gebombardeerd, waarmee een einde was gekomen aan de oorlog die mij van de Yamagata's had gescheiden. Op die zesde augustus 1965 zette president Johnson zijn handtekening onder de nieuwe kieswet. Op negen augustus herdachten we het bombardement op Nagasaki, eveneens twintig jaar geleden, dat aanleiding was geweest tot de overgave van Japan en het tekenen van het vredesverdrag.

Op die negende augustus 1965 stapte Miss Ebba, geëscorteerd door burgemeester Cedric Frohmann, de rechtbank van Lexington binnen en werd daar als eerste zwarte burger van Carver in het kiesregister ingeschreven.

Diezelfde dag vierden Sunny en ik gezamenlijk onze vijfendertigste verjaardag. 'Wist je eigenlijk,' vroeg Chichi mij, 'dat iedereen die op negen augustus 1930 geboren is, heel bijzonder is?'

'Ja, Chichi', antwoordde ik. 'Dat heeft iemand me ooit verteld toen ik nog een klein meisje was en het is me altijd bijgebleven.'

'Heb ik je weleens over dat Japanse spreekwoord verteld, Musume?' Chichi lachte even. 'Het gaat zo: *Umi-no-oya-yori mo sodate no oya.*'

Ik dacht even na, maar schudde toen mijn hoofd. 'Ik kan me niet herinneren of ik het weleens gehoord heb. Wat betekent het?'

'Het betekent, Musume: "Je adoptiefouders zijn je echte ouders."'

Ik glimlachte naar mijn vader. 'Nou, Chichi, zoals u weet ben ik nooit zo'n ster in Japans geweest, maar dit had ik u al heel lang geleden in het Engels kunnen vertellen.'

Epiloog

Het staat er nog: het oude bankje, waarop op die vroege herfstdag in 1938 twee kleine meisjes vriendschap sloten. Grappig, hoe zo'n toevallige ontmoeting je levensloop compleet kan veranderen – al zou ik het woord 'toevallig' hier niet mogen gebruiken. Ik geloof niet meer in toeval. Als schrijfster herken ik een plot wanneer ik er een zie, en ik weet ook dat een verhaal geen optelsom is van een reeks losse gebeurtenissen. Iemand moet ze verzinnen en samenvoegen en alle gebeurtenissen toe schrijven naar een einddoel.

Het is 29 augustus 1965 en ik zit in Hollenbeck Park. Ik weet dat mijn leven goed is zoals het is en zich ontvouwt volgens een plan dat ik niet altijd begrijp, maar waar ik wel vertrouwen in kan hebben. Een verhaal dat mij terugbrengt bij Sunny en Chichi en Haha, had ik zelf nooit kunnen bedenken en moet bovendien voortkomen uit een liefdevol hart.

Ik ben van plan om oom Finn te bezoeken. Het is zondagmorgen en ik weet dat hij en tante Lucy dus thuis zullen zijn. Ik heb hen ik weet niet hoe lang niet meer gezien. Tante Lucy belt me sporadisch op, maar dat is dan ook alles wat wij in de familieband investeren.

Oom Finn heeft een paar jaar geleden een hartaanval gehad, waarvan hij nooit helemaal is hersteld, waarschijnlijk omdat hij gewoon even veel bleef eten en drinken, en even humeurig bleef als vroeger. Wel verkocht hij de winkel en trok hij zich terug in zijn gemakkelijke stoel. In 1959 kocht hij een televisie die hem, zoals Stella zegt, 'bezighoudt terwijl hij op de dood zit te wachten'. 'Hij had allang dood moeten zijn,' zei ze ooit, en ze snoof er afkeurend bij, 'maar hij is gewoon te koppig om te sterven.' Dat is dus een familietrekje, als oom Finn het wat Lenny betreft tenminste bij het rechte eind had. Ik heb echter bedacht dat ik beter kan gaan voordat zijn koppigheid het opgeeft. Zijn O'Shaughnessy-bloed geeft hem niet het eeuwige leven.

Zou oom Finn mij wel willen ontvangen? Ik heb geen idee. Toch ben ik op weg naar hem toe en als hij dat wil, moet hij de deur maar voor mijn neus dichtslaan. Ik bedenk echter dat hij dat jaren geleden ook had kunnen doen, toen mijn moeder met vier kinderen bij hem op de drempel verscheen. Toch gaf hij ons onderdak, ook lang nadat de levensverzekering van mijn vader was opgebruikt, en dat pleit toch in zijn voordeel.

Ik had het hele eind van mijn appartement naar Fresno Street met de bus willen gaan, maar besloot onderweg bij het park uit te stappen. Als ik de rest van de route ga lopen, heb ik wat meer tijd om na te denken en moed te verzamelen.

Het is rustig in het park. Overal fluiten vogels en rond de vijver slenteren een paar mensen, gearmd en doelloos. Ik zou graag geloven dat het overal op de wereld zo rustig was, maar dat dit niet het geval is, weet ik natuurlijk heel goed. Toen ik op 14 augustus in Los Angeles terugkeerde, gingen de rellen in de wijk Watts net hun vierde dag in. Na jaren van armoede en onderdrukking waren de negers daar in opstand gekomen. Burgers vochten met de politie, gebouwen gingen in vlammen op, winkels werden geplunderd en het begon erop te lijken dat de hele wijk van de aardbodem weggevaagd zou zijn voordat de opstand was neergeslagen. Meer dan dertig negers kwamen om en meer dan duizend raakten gewond. En zo gaat het maar door. Om de vernietigende gevolgen van onrecht te zien hoefde ik heus niet in Mississippi te blijven.

De zon staat bijna op het hoogste punt. Hij glinstert in het water van de vijver en zet de plek waar ooit het muziekkorps stond te spelen in het volle licht. Ik sta op van het bankje en zet koers naar Louis Street; in een opwelling besluit ik nog even langs het huis van de Yamagata's te lopen. Ook daar ben ik in jaren niet meer geweest.

Het huis in Fickett Street ziet er wat ouder uit, een beetje vervallen ook, maar wat kun je anders verwachten na een kwart eeuw? Indertijd was het lichtgroen geschilderd, maar de verf bladdert en laat los als schilfers dode huid. Het zou opnieuw geschilderd moeten worden. Dit huis verdient zorgvuldig onderhoud. Het is de hoeder van zo veel herinneringen, mijn herinneringen, die vol zijn van geluk.

In de voortuin spelen drie kleine kinderen, allemaal meisjes. Hun identieke, opvallend blonde haar maakt duidelijk dat het zusjes zijn. Ze zitten met hun poppen vadertje en moedertje te spelen, net zoals Sunny en ik vroeger deden. Ik hoop maar dat het geluk in dit huis een beetje is blijven hangen, en dat deze kinderen dat voelen als ze 's avonds in bed op de slaap liggen te wachten.

Ik keer het huis, dat ooit aan de Yamagata's behoorde en dus ook aan mij, de rug toe en sla de richting van Fresno Street in. Wat moet ik zo dadelijk eigenlijk tegen oom Finn zeggen? Ik weet wel wat ik graag zou willen zeggen. Ik zou willen zeggen dat je de mensheid niet kunt opdelen in 'zij' en 'wij'; dat er alleen afzonderlijke mensen bestaan, die stuk voor stuk een complex geheel vormen van ervaringen, meningen, verwachtingen, dromen en overtuigingen; dat sommige Japanners rasechte Amerikanen zijn en sommige blanken rasechte negers en sommige Iers-Duitse Amerikanen rasechte Japanners. En ook dat het gaat om je hart en niet om je gezicht, hoe dat er ook uitziet.

Dit is wat ik tegen oom Finn zou willen zeggen, maar ik weet nu al dat ik dat niet zal doen. Ik ga hem na al die jaren niet bezoeken om een lezing te houden over het menselijk hart en zelfs al deed ik dat wel, dan nog vraag ik me af of hij het zou begrijpen. Dat ik nu op weg ben naar oom Finn is alleen ter wille van mijn eigen hart, dat vanaf de tijd dat ik bij hem op zolder bivakkeerde zo verkild en gesloten is geraakt.

Ik zal zelfs niet tegen hem zeggen dat ik hem vergeven heb, want hij zou niet weten of begrijpen waarvoor ik hem zou moeten vergeven. Toch vergeef ik hem, in stilte, in mijn hart. Dat moet genoeg zijn.

Nu sta ik voor de deur en mijn hart bonst. Als ik klop, zal hij zelf opendoen. Dat doet hij altijd, want hij, Finn O'Shaughnessy, is de koning van dit huis en de wachter aan de poort. Hij was het die opendeed toen mijn moeder aanklopte in 1938, samen met haar kinderen, en hij nam hen in huis. Hij was het ook die opendeed toen Chichi aanklopte in 1945, op zoek naar mij, en hij joeg hem weg.

Ik klop. Bijna onmiddellijk gaat de deur open en daar staat oom Finn. Hij is ouder en dikker geworden. Zijn rode haar is nu grijs en op de kruin heel dun. Hij heeft alleen een hemd aan boven zijn grijze broek, en witte sokken. Zijn vermoeide ogen kijken me even geschrokken aan, alsof hij me wel herkent, maar zich mijn naam niet herinnert. Maar dan glimlacht hij – dat kleine trekje om de lippen dat bij oom Finn voor een glimlach doorgaat.

'Dag, oom Finn', zeg ik.

'Wel alle…' Hij krabt zijn kalende kruin en brult dan over zijn schouder: 'Hé, Lucy, kom eens gauw! We hebben bezoek!'

Hij doet de deur wat verder open en gaat opzij om me door te laten. 'Kom binnen, Augie. Doe je jas uit. Waar heb je in vredesnaam al die tijd gezeten?'

Nog eens brult hij om tante Lucy en hij smijt er een paar vloeken tussendoor. Onwillekeurig glimlach ik geamuseerd. Hij is niets veranderd – maar ik wel. Ik stap naar binnen en doe de deur zachtjes achter me dicht.

Dankwoord

Dit boek had niet kunnen ontstaan zonder de hulp van mensen die de beschreven gebeurtenissen aan den lijve hebben ondervonden. Daarom gaat mijn dank uit naar

Mary Tanaka en haar zoon Don, die tot 1942 in de wijk Boyle Heights in Los Angeles hebben gewoond. Toen na het bombardement op Pearl Harbor duizenden Japanse Amerikanen in kampen werden geïnterneerd, kwam de familie Tanaka terecht in het hervestigingskamp Rohwer in Arkansas. Hun herinneringen vormden het kader voor dit boek. Mary en Don, bedankt dat jullie mij je verhaal wilden vertellen.

Toshiko Ito, eveneens in Californië geboren en getogen, verbleef als jonge vrouw tijdens de oorlogsjaren in het hervestigingskamp Heart Mountain in Wyoming. Toshiko, bedankt voor je zorgvuldige lezing van het manuscript en je waardevolle suggesties ter verbetering. (En mijn neef Bob Erbeck ben ik dankbaar omdat hij me met Toshi in contact heeft gebracht!)

William Hodes was een van de studentenvrijwilligers die in 1964 tijdens Freedom Summer in Mississippi werkzaam waren. Als dank voor zijn inspanningen genoot hij korte tijd gastvrijheid in de gevangenis van Greenwood. Bill, bedankt voor het beantwoorden van de lange vragenlijsten die ik je per e-mail toestuurde. En natuurlijk ben ik er trots op een ex-gedetineerde in de familie te hebben!

Tevens dank aan Anne Koch voor haar toestemming om enkele gedeelten te citeren uit het beroemde hoorspel van Howard Koch, *The War of the Worlds*. De eerste aflevering, uitgezonden op 30 oktober 1938 door theater Mercury van Orson Welles, bracht bij vele luisteraars enorme paniek teweeg, tot grote hilariteit van vele anderen.